COLLECTION FOLIO

Aragon

Blanche
ou l'oubli

Gallimard

Tous droits de traduction, de reproduction et d'adaptation
réservés pour tous pays.
© Éditions Gallimard, 1967.
© Aragon, 1971, pour *Après-dire* publié en fin de cet ouvrage.

Ainsi, dans la formation du nom qui d'adjectif passe à l'état de substantif; dans les restrictions des sens qui absorbent le déterminant dans le déterminé ou le déterminé dans le déterminant; dans les métonymies qui font passer le nom d'un objet à un objet voisin uni au précédent par un rapport constant; dans les extensions et les métaphores qui font donner le nom d'un premier objet, perdu bientôt de vue, à un second objet soit de même nature, mais, plus général, soit d'une nature différente; partout la condition du changement est l'oubli que l'esprit fait d'un premier terme, en ne considérant plus que le second.

Cet oubli a reçu des grammairiens le nom de catachrèse, *c'est-à-dire abus...*

Arsène Darmesteter (La Vie des Mots étudiée dans leurs significations — 1886)

... a certain distortion is introduced by the organization of this survey, as a projection backwards of certain ideas of contemporary interest rather than a systematic presentation of the framework within which these ideas arose and found their place.

Noam Chomsky (Cartesian linguistics — 1966)

PREMIÈRE PARTIE

> *... Et dans le livre que tu lis*
> *Je vois que les mots sur la page*
> *Sont les symboles de l'oubli*
>
> Le Fou d'Elsa.

I

CECI N'EST PAS
UN ROMAN D'ANTICIPATION

Il ne suffit pas d'être belle pour qu'un homme s'attache à vous. Marie-Noire, avec un nom comme ça quand on est blonde, — et encore d'un blond blanc — ça devrait pourtant. Eh bien, non, elle avait des mains de savon pour les garçons, faut croire. Un certain sens de l'élégance, elle se tenait bien propre, elle savait se taire, chantait agréablement, pas mal faite, et même drôle, non pour les histoires qu'elle racontait, mais c'était un tour d'esprit, les choses dites comme par hasard, sans y toucher. Avec ça, tous les étés, sur une plage ou une autre, elle trouvait toujours un type qui se dorait, avec lequel les choses semblaient s'arranger. Il y a énormément de beaux gars au monde, qui, en vacances, semblent ne plus penser qu'à l'amour.

Mais quand ils se rhabillent en septembre, je ne sais pas. Ou c'est elle, ou c'est lui, enfin rien n'a de lendemain.

Marie-Noire ne s'étonne même plus. Cinq ou six ans, déjà l'habitude. Elle a décidé de ne pas avoir de regrets, elle n'en a pas. Même pas de souvenirs. Il y en avait un, il me semble, il embrassait bien, mais là alors. Un blond ou un brun ? A La Baule ou à Saint-Cast ? Pour les timbres-poste, il y a des catalogues. Les hommes... Parfois ils sont galants, un, une fois, il lui a dit : « Pourquoi tu serais pas cover-girl, Marie-Noire ? » En effet, pourquoi pas ? Mais ça ne s'est pas présenté. Elle fait assez jolie pour qu'on ne regrette pas de lui payer à dîner, voilà. On ne peut pas dire qu'elle manque de conversation. Elle a même des idées sur la peinture. Elle sait reconnaître une Simca d'une Peugeot, enfin c'est quelqu'un qu'on peut sortir. Le cas échéant, elle se rappelle qu'elle a une mère. Son père, elle préfère pas.

S'il y avait une guerre, quelqu'un se déciderait certainement à l'épouser. Mais d'abord elle n'y tenait pas. Je veux dire à être épousée, parce que pour la guerre. Forcément. Vous ne voudriez pas. Remarquez, en 1944, elle avait trois ans. Mais on lui en a tant raconté, que c'est comme si elle y était. Entre nous, plutôt emmerdant, les guerres. Ce que les gens en retiennent, en tout cas. Peut-être tout bonnement qu'ils ne savent pas. Raconter, bien entendu. S'ils savaient, on n'irait pas au cinéma. Pour éviter les souvenirs, mieux vaut la jeunesse. Avec les garçons, comme ils n'ont rien à se rappeler, il y a en, ils se caressent tout le temps leur petit bide. D'autres, ils se tordent les pieds. Je n'ai pas de préférence. Je n'aime pas ceux qui portent la maman du bon Dieu sur une chaînette d'or, juste à la fourchette. Ceux qui ont une moto ou un side... d'abord la question se posait, mais, passé vingt ans, ils ont tous une bagnole, grande ou petite, c'est toujours de la bagnole. On pourrait dire qu'on a l'embarras du choix. Si on choisissait, s'entend.

S'il y avait la guerre. Alors qu'on n'aurait plus le temps de choisir. Et puis après, les hommes, ça manque, pas ? C'est-à-dire, à ce qu'on lui a raconté, évidemment il y a les Allemands. Ils sont faits comme les autres, seulement ils vous prennent la lèvre entre le pouce et l'index. Et alors. Alors, rien : c'est comme ça qu'ils font.

Les guerres en Asie ou en Afrique ? Vraiment pas intéressant. D'abord les gens ne parlent plus que de ça. Et pour ce qu'on y comprend. On les gagne sans arrêt, ces guerres-là, et un beau jour voilà qu'on les a perdues.

Tandis qu'une guerre chez soi, c'est comme le pot-au-feu, ça a le goût de ce qu'on met dedans. Puis anciens combattants pour anciens combattants.

Cette année-là, il avait fait mauvais. Surtout sur la Côte d'Azur. Pourquoi, sais pas, une année comme ça. Tous les matins, cette angoisse machinale avant d'ouvrir les rideaux : et si ça faisait beau pour changer ? Puis va teuf... du gris qu'on tient, ça se chante. On guette la culotte de gendarme. Beiges, qu'ils sont de nos jours, alors. La pluie hésite, les oiseaux baissent, et les pierres mouillent. Marie-Noire était sur la Côte... je ne l'avais pas dit ? Ça va de soi, ou, sans ça, la Côte d'Azur, je m'en tamponnerais s'il y faisait chaud ou s'il y faisait froid. D'ailleurs il ne s'agit pas de la température. Seulement ça pissait comme on saigne du nez. Pas froid, mais enfin, les jambes. Ça ne tient pas, le soleil, qu'est-ce qu'on use comme bas ! L'enfant qui la concernait, Marie-Noire, était un joueur de volley-ball dans les un mètre quatre-vingt-sept, des dents faut voir, qui se nouait les jambes autour du cou, se promenait avec un transistor même en mer, étant surtout nageur d'échine, et ne se démenait pas trop dans les coins avec notre demoiselle, en raison d'un match à Zagreb en vue pour six ou sept semaines plus tard. D'où des trous dans l'emploi du temps. Qu'elle comblait chez le coiffeur. Dommage qu'on n'ait pas des hommes pour le manucure. Marie-Noire changeait de couleur d'ongles deux fois par semaine. Peine perdue avec son volleyeur. Il ne lui regardait que les seins. Pas tort : un joli coup double au score. D'ailleurs parfaitement persuadé d'être seul à marquer. A son âge. Et plutôt content de lui.

Moi, je vous raconte ça. Vous croyez que j'ai des idées arrêtées sur comment ça tourne. Ou va tourner. Peut-être court. Marie-Noire, un point, c'est tout. Elle ne va pas tomber pour un maître-nageur. Le préposé ne va pas l'enceindre, on dit comme ça ? Si elle l'oublie à la rentrée, ce ne sera pas un drame.

Comment voulez-vous que ça tourne ? Je le mets au concours. Une histoire de chantage... vous n'êtes pas fou, depuis quand, et puis chanter pour quoi ? Tout le monde couche, non ? Et justement le volleyeur... c'est mal parti : son genre, lui, c'est les massages, il se fait pétrir, on dirait qu'on va en faire des boulettes. Puis il se tripote les tendons d'Achille, un à la fois. J'attends que ça passe. On pourrait trouver mieux, mais quoi ? Les drogues, je m'ennuie d'avance. Pour l'inceste, vous repasserez, trop tard, trop tard. La perversité manque d'invention. Ah, évidemment, si Marie-Noire changeait de sexe, ça fait moderne, et puis ça poserait des problèmes, question sport. Il n'y paraît pas. Et qu'est-ce que vous diriez d'un bon petit assassinat dans les dunes. Les dunes ? A Juan-les-Pins ? On pourrait changer de crémerie remarquez. Ou faire lande bretonne, ou attendre un peu, la neige, les slaloms... Mais c'est plutôt le chien pour trouver un coin tranquille. Partout si fréquenté de nos jours. En Angleterre, je ne dis pas, à la pleine lune. Les Français, eux, aiment leurs aises : ils préféreront toujours des draps à une Viva-Sport. Sans compter l'eau courante. Si encore il y avait un mari pour animer l'affaire. *Uxor ex machina*. Même alors. L'adultère, ça date : le genre 1900, fixe-chaussettes. On épouse un appartement, une maison de campagne, ça ne vous fait pas de scène en flagrant délit. Il ne se passe rien. Que du temps. Une petite ride un beau jour, l'envie de savoir si on plaît encore, dans le train, ou un garçon-livreur. Marie-Noire n'en est pas encore là. Il lui faudra bien deux ans... Ceci n'est pas un roman d'anticipation.

J'ai un peu oublié mes vingt-quatre ans. Et puis il n'y avait pas de transistors. Il fallait manger tous les jours, quand j'avais vingt-quatre ans, voilà. On n'imagine pas ce qu'il faut de ressources intellec-

tuelles pour manger tous les jours. Les fins de mois.
De temps en temps, je faisais une tentative pour
entrer dans le commerce. On m'avait proposé d'être
vendeur avenue de l'Opéra, dans ce magasin où on
pouvait déjà voir le tableau : *Phryné devant ses juges*,
que j'ai retrouvé dans un roman de 1959... vous savez
bien, 1959, l'année des *400 coups*! ah? vous avez
oublié. Ça pouvait encore passer, *Phryné*, mais les
scènes de chasse genre anglais... j'ai préféré ne pas
manger tous les jours. C'est comme ça que j'ai rencontré Moussinac, on n'a pas tout de suite fait copains,
d'abord ça me gênait qu'il fût communiste... à vrai
dire, il ne l'était pas encore. Vous disiez, ce n'est
pas un roman d'anticipation... Quoi? Ah oui. Non,
ce n'est pas. La discussion là-dessus viendra plus tard.
Alors tout de même vous anticipez sur l'anticip...
d'ailleurs qui, *vous*? je disais que Moussinac, communiste il ne l'était pas encore... je n'y comprenais rien
à leurs trucs, aux communistes, ces histoires de syn-
dicats et d'anciens combattants... Qui c'est, qui
m'avait envoyé le voir, à ce journal du soir qui n'a
pas duré, Moussinac? Delluc, bien sûr. Et Delluc,
je lui avais écrit, encore, c'était avant la fin de la
guerre, quand il avait publié *La Guerre est morte*,
ce roman, vous savez, avec sur la couverture, Ce
n'était pas encore *le regretté Delluc*, comme on a dit
après sa mort. Il m'avait trouvé un petit bout de
figuration en 1921, dans *Fièvre*. 1922, c'était l'année
de *La femme de nulle part*, mais il en avait peut-être
assez de moi, après cette expérience, il m'avait dit :
« Allez donc à *Bonsoir*, voir l'ami Moussinac! » Il n'y
avait pas de place pour moi à *Bonsoir*. Un de mes
contemporains, en ce temps-là disait qu'on peut aimer
une femme pour son collier de perles. Ce qui m'aurait
évité de chercher ma pitance dans le journalisme cré-
pusculaire. Mais, ce gars-là, il était en avance pour
son âge. Moi, ça me scandalisait plutôt.
*Le bruit court qu'on nous ménage une surprise litté-
raire...* murmurait vers cette époque-là, et ma parole :

avec courtoisie (je n'y puis rien, c'est le texte), le bibliothécaire quaker d'*Ulysses*, vous savez *Ulysses* ? Joyce, oui. La mode n'en vint qu'un peu plus tard, de Joyce j'entends. En 1922, tout le monde ne lisait pas ce *Fantomas*-là en feuilleton dans *Little review*, à Paris. Et, *bordel or not bordel*, personne ne vous demandait sur ce ton un peu méprisant des jeunes filles qui ont eu des relations : alors vous n'êtes même pas judoka ? Non. Il y avait un restaurant rue des Moulins : il me fallait économiser un mois pour y offrir à la personne concernée, avec collier de perles ou pas, des rognons au madère, sans la moindre allusion de ma part. Vous voyez comme les temps sont changés. Où en étions-nous ? Ah oui : Marie-Noire...

Quand j'avais vingt-quatre ans, Marie-Noire, son papa n'était pas encore de taille à la faire. Vingt-quatre ans et quelques mois, ce serait facile de s'y retrouver. Henry Bataille venait de mourir, deux ou trois jours avant. Deux ou trois jours avant cette rencontre au métro Ternes, à la même minute le cœur de Berthe Bady s'était déchiré, descendant l'escalier de sa maison de campagne. A la même minute, deux ou trois jours avant, je veux dire : avant de rencontrer, moi, au métro Ternes, cette personne, deux ou trois jours après... mais ça ne vous regarde pas. Je veux dire, il ne s'agit pas vraiment de moi. D'ailleurs, je n'étais pas le seul, terriblement pas le seul. Alors, supposons. Je lui aurais bien payé une chambre au Ritz. N'était. D'ailleurs l'idée ne m'en est pas venue tout simplement pas venue. Jusqu'en 1965. Ainsi. Cette personne. Le genre Rachel, sauf pour la maigreur, — l'orient, mais légèrement poule. Et naturellement brune, mais alors ce qu'on appelle brune ! Comment avait-elle les yeux, Rachel ? Musset n'en dit rien. Je m'étais tout de suite rappelé comment Musset raconte son affaire avec Rachel. Elle sortait de la Comédie. Le théâtre se terminait tôt en ce temps-là, dix heures et demie, après les cinq actes du *Tancrède* de Voltaire, où elle était Aménaïde :

Tancrède meurt, ô ciel, sans être détrompé!

Mlle Rachel, très entourée, des élèves du Conservatoire, des Polytechniciens, venait de déboucher sous les arcades du Palais-Royal, elle aperçoit ce garçon de vingt-huit ans, avec son collier de barbe et son teint pâle, qui était venu la saluer dans sa loge à l'entracte, et elle a soudain flambé de planter là sa compagnie de gamins : « Je vous emmène souper », dit-elle à Alfred, je ne sais ce qu'il imagine ni ce qui s'est passé dans le fiacre, mais Rachel habitait avec Papa et Maman. Passage Véro-Dodat. Et bien que ce soit là, dans la galerie tout au moins dans les appartements, qu'on ait mis l'éclairage au gaz pour la première fois à Paris, en 1826, il y faisait sacrément noir treize ans plus tard vers les onze heures du soir. Tout était déjà éteint. Les logements ne l'ont eu, le gaz, que quand le gazomètre situé dans l'actuelle rue Condorcet, entre les rues de Maubeuge et Rodier, est entré en fonction, après 1843, et alors Rachel avait changé de pigeonnier. Ce soir-là, d'Alfred, en 1839, il fallut bien faire la conversation à Papa et Maman, tandis que l'actrice grillait de la viande à côté. Le tout avait, à la bougie, un air fantomatique. Il est vrai que les parents au bout d'un certain temps s'en iront se coucher, et nos jeunes gens vont continuer de se donner la réplique, lisant à haute voix *Phèdre* ensemble à cette flamme tremblante... On n'a pas idée de ça. Comment s'étaient-ils mis à cette lecture, qu'est-ce qui les avait pris? Vous imaginez de nos jours un homme de cet âge qu'une actrice enlève au sortir du théâtre et qui se mettrait à lui donner la réplique de *Phèdre* tard dans la nuit...

Mon Aménaïde à moi différait de Rachel, dont j'imagine qu'elle avait les yeux (ces yeux dont on ne m'a rien dit et qui étaient violets au métro Ternes), mon Aménaïde différait de Rachel par cette aisance bien en chair, un air de s'évanouir à vous regarder, n'importe qui s'y serait flatteusement trompé. Elle s'appelait ... nom de Dieu, j'ai oublié comment! Mais là, oublié! oublié! Oublié comme le trottoir, oublié comme de la mie de pain, oublié comme un rond de serviette, oublié bleu, oublié noir... enfin oublié tout ce qu'il y a d'oublié, comme ma clef! Faut-il! J'aurais pu demander à un autre, mais plusieurs ont mal tourné, il y a eu des morts en quarante ans tassés, c'est comme ça la mémoire. Mais non, mais non, ce n'était pas la mère de Marie-Noire! Ni sa grand-mère. Laissez-moi la paix avec Marie-Noire, si le monde était ainsi fait que rebrousser chemin de combien, quarante-trois ans et le petit doigt, ce soit pour retomber sur la parenté directe de cette enfant, ça ne serait plus la vie, mais Alexandre Dumas père, ainsi. Enfin, ça se passait comme sur les scènes du boulevard. Elle avait un boa de plumes bleues et noires, de longs gants de suède gris, la robe presque au genou, des petits souliers extraordinairement décolletés pour l'époque, un jabot plissé de lingerie, enfin un de ces genres. Et un ventre! un adorable petit ventre, tout plat, tout rond. Quand elle enlevait tout ça, bien sûr. Parce que nous avions oublié notre Racine et que nous ne songions guère à *Phèdre*. Ces petits hôtels des Ternes, on y entre, on en sort. « Si tu venais prendre un verre chez moi ? » Était-ce chez Papa et Maman ? Pas pressée en tout cas. Elle m'avait ramené un peu à pied et beaucoup en taxi, un détour par le Bois de Boulogne pour s'en retourner sur l'avenue Victor-Hugo, où il y avait foule, au troisième, un de ces buffets à petits éclairs, choux à la crème et cognac, on se serait cru en plein Offenbach. Beaucoup de messieurs, d'âges divers, et des personnes en petit nombre, qui avaient l'air d'être là pour la figuration, le mari avec plein de dents d'or derrière ses lunettes, plutôt usé sur les bords, et diamantaire de son état.

Mais le principal personnage était un barbu aux larges épaules, veston de velours noir et cravate marine à pois blancs, occupé à faire des plaisanteries au piano quart-de-queue, trois quadragénaires ajoutant le grain de sel de leurs voix à ces variations qui frisaient le blasphème, qu'on appelait respectivement, les quadra... Stentor, Rogomme et, le troisième, un géant chauve et rouge, Basse-Taille. Nous fûmes accueillis, c'est-à-dire la maîtresse de maison, par un couplet si bonnement obscène la concernant que j'en rougis, tandis que le mari reprenait en chœur avec tous les assistants. On voit bien que ça se passe au début de 1922. J'essaye de m'imaginer 1965, et Marie-Noire dans une petite sauterie de ce genre-là. Meubles de chez Ruhlmann, verrerie Lalique, chaussures d'Hellstern, tea-gowns Chanel, portrait de Maryse par Van Dongen. Ça y est! Maryse, le nom. Quant aux cochonneries, c'était joué sur du Jean-Sébastien Bach. Mon petit ami D... rigolait dans un coin... Il me dit : « Toi aussi! Et au métro Ternes? Décidément... » Lui, c'était Péreire. Ça change un peu la perspective : le chemin de fer de ceinture... Le chorus, j'en retrouve les paroles, ou tout au moins une version édulcorée : *Pour Maryse il faut — Trente-six taureaux...*, le pianiste s'appelait Jacob Boehme. « Nous ne sommes pas parents... » m'expliqua-t-il, puis suivant une plaisanterie probablement traditionnelle il rectifia : « Je ne parle pas de vous, cher beau-frère! » D... m'avait expliqué que c'était l'amant en titre. « Asseyez-vous, — me dit le mari, — vous avez les yeux cernés. » Il m'apportait des choux. Je suis revenu trois ou quatre fois dans cette maison, il faut bien se nourrir. Maryse m'appelait *mon cousin*, ce qui marquait les distances.

Puis je fus pris de tout autres considérations. Mais je ne me sens pas encore le cœur d'en arriver là. D'abord, en février, j'avais été à Strasbourg. Pour

quelqu'un de ma génération, habitué à regarder cette
ville comme au-delà de la frontière, *Les Oberlé*,
Colette Baudoche, vous voyez ça ? Non ? Ça ne vous
dit plus rien, vous avez oublié ce genre de littérature...
enfin, pour quelqu'un comme moi, Strasbourg,
c'était encore un peu l'Allemagne. L'Allemagne pavoi-
sant bleu-blanc-rouge, mais l'Allemagne tout de
même. D'où une certaine curiosité... mais, bien sûr,
je n'aurais pas été à Strasbourg, n'était qu'il fallait
bien manger, et mes divers expédients, de ce côté-là,
ne faisaient jamais long feu ; Strasbourg donc, parce
qu'on m'y avait envoyé. Je ne sais comment, quelqu'un qui avait parlé de moi à Jacques Rivière. Il
faut vous dire que le directeur de la *n. r. f.*, après
l'armistice, avait été chargé de fonder une publication pour la zone occupée, *La Revue rhénane*, et
comme on lui avait dit que j'étais un jeune philologue
affamé, il avait donné mon adresse au Ministère de la
Guerre, où on s'intéressait à la linguistique d'une
certaine façon : le problème d'actualité, c'était de
savoir que faire en Alsace, simplement substituer
le français à l'allemand, ou encourager le parler local,
jusqu'à quel point le parler local était-il vivant — etc.
J'avais donc reçu une petite mission qui n'avait l'air
de rien...

Je dois dire que ma maigre connaissance de l'allemand ne me facilita pas d'abord d'établir les frontières
de cette langue et de l'alsacien. Il faisait encore froid
et je m'ennuyais. Au café où j'allais écrire, parce que
la chambre d'hôtel était mal chauffée, je me trouvai
deux ou trois fois à côté d'une tablée qui jouait au
poker, un capitaine, des messieurs d'âge et un drôle
de type, du mien, d'âge, ou à peu près, avec une bonne
tignasse ébouriffée et un profil d'aigle, qui parlait
fort, avec l'accent de là-bas, et qui se tapait les cuisses
quand il parlait, avec des exclamations. Une fois,
lassé des culottes qu'il prenait, il repoussa un bock,
et se tourna vers moi, tenant sur le hasard des propos
désillusionnés. C'est comme ça que nous avons fait

connaissance. Après, on se baladait dans la ville, qu'il connaissait comme sa poche, il aurait voulu me présenter à René Schickelé, l'homme après tout le plus capable de me renseigner question patois, hein, mais Schickelé était en voyage quelque part. Mon nouvel ami, le drôle, c'était qu'il s'appelait Alexandre, comme le légitime de Maryse... Maxime, seulement, un prénom rare, qui fait Gorki. Il avait la démangeaison d'écrire, mais assez de raison pour ne pas me montrer ses essais. Il habitait chez ses parents, faisait je ne sais trop quoi... dans une librairie... avait des amis à Paris du côté Dada. Je ne raconte tout ça que pour vous dire comment et par qui, en premier lieu, mon attention avait été attirée sur un poète allemand qui n'était pas du programme, alors, et dont personne ne parlait en France. C'était que, sous le prétexte de la philologie, il voulait s'assurer, Maxime, d'une traduction qu'il en avait faite. J'y jetai un coup d'œil sans trop comprendre l'intérêt de ces poires jaunes et de ces églantines... Le nom de l'auteur ne me disait rien. C'est pourtant ainsi que je fis connaissance avec Hölderlin, et je fus après longtemps poursuivi par l'impossibilité de traduire cette *Hälfte des Lebens* qui semble si simple à première vue. Je n'arrivais pas à me résoudre aux mots français du dictionnaire. Et je craignais d'inventer, par exemple, si, à *ins heilignüchterne Wasser*, je donnais pour équivalent *dans l'eau saintement dégrisante*, ce que par la suite des temps je n'ai retrouvé ni chez Maxime Alexandre en 1942, ni chez Geneviève Blanquis en 1943. Mais là n'est pas la question : l'essentiel est qu'au moins pour ses vers Johann-Christian Friedrich Hölderlin était entré dans ma vie en 1922.

Peut-être que si je m'attarde ainsi sur l'année 22 est-ce parce que j'avais alors trouvé pour la première fois, avec ce printemps, un emploi à peu près stable, dans un théâtre où venaient les troupes étrangères. Le directeur espérait de moi que je lui faciliterais la vie par ma connaissance des langues. Le malheur est qu'il n'eût guère affaire à des compagnies malayo-polynésiennes et que, par exemple, j'ignorasse encore le danois, où je n'ai commencé à patauger qu'après la seconde guerre mondiale, comme vous dites, quand je me mis à éprouver l'irrésistible envie de lire Hjelmslev dans le texte.

Peut-être que je m'attarde sur l'année 22 parce que je crains de penser à plus tard, que je recule devant mon destin. Parce qu'il tremble en moi de cette femme. Non... qu'allez-vous penser? La seule. Son nom se tait avant ma lèvre. C'est la chanson de l'autre : *Si vous croyez que je vais dire — Qui j'ose aimer... — Je ne saurais pour un empire...* Oh, je n'avais qu'à lui donner le premier nom venu... Thérèse, pourquoi pas? Élisabeth... C'est bien plus tard, je ne savais pas encore le danois. Et le langage qu'il aurait fallu lui parler, jusqu'à aujourd'hui, je ne le connais pas. Un langage de cérémonie comme celui des *tekoekoer* sur les toits, que vous dites tourterelles. Anne-Marie peut-être, ou Clarisse. Je lui essaye des noms comme des robes. Le merveilleux des robes, c'est ensuite qu'on les enlève. Je lui enlève tous les noms l'un après l'autre... Olga... Louise ou Juliette... l'un après l'autre, tous les noms, je les lui ôte avec mes lentes, lourdes mains... tous les noms balbutiés, c'est comme dans la chanson : *Y avait Dine — y avait Chine, y avait Claudine et Martine...* ah! Martine... *— y avait la belle Suzon, — la duchesse de Montbazon... — y avait Madeleine...* J'aurais pu l'appeler, après tout, Madeleine. Pas un nom ne tient à ses épaules, ils glissent d'elle comme une chemise, tous, ils ne lui sont jamais qu'un vêtement essayé. Plus tard, elle viendra plus tard, avec son nom.

II

LE *JE* ET LE *VOUS*

Qui suis-je ? On pourrait s'y tromper. *Je* suis entré en scène par une clause de style : *Mais quand ils se rhabillent en septembre, je ne sais pas.* Cela se passait en septembre 1965, sur une plage où *je* n'ai pas mis les pieds. Cette année-là, j'avais choisi le Jura pour recevoir la pluie, en fait de vacances. Par la suite, c'était généralement le *je* de Marie-Noire. Tout de même, le *je m'en tamponnerais*, plus loin, est évidemment le *moi je* qui *vous raconte ça*, celui qui a *un peu oublié ses vingt-quatre ans*. Mais qui est-il, vous pensez l'auteur, né en 1897. Vous êtes un peu simple. Qui, vous ? Nous sommes plusieurs. Comme chez cette Maryse. Bon, tâchons d'en préciser le *moi je*. L'un des, c'est-à-dire.

Né *aussi* en 1897. Déteste le théâtre parce que père acteur. Lucien Gaiffier, vous savez, le grand Gaiffier. Mère en fuite depuis 1908, avec un officier de marine plus jeune qu'elle (un gosse ! disait Papa), qui écrivait des romans sur les mœurs de garnison en Extrême-Orient. Élevé à Verneuil, jusqu'à ce que Papa trouve la pension trop chère, ayant épousé sa bonne. Là-dessus, le Lycée Carnot, et sur son chemin il y avait un libraire avec des livres soldés sur le trottoir, des boîtes : l'argent, des sous qu'on lui donnait pour le tramway, y passait, l'économisant d'aller à pied, à des livres improbables, les *Œuvres de Girodet-Trioson*, les

Tropes de Du Marsais, la *Louisa* de Régnier-Destourbet, et un jour le *Cours de linguistique* de Ferdinand de Saussure, qui l'avait attiré parce que c'était un livre venant de Genève, j'étais en khâgne [1]. En 1916. De Genève, la Suisse, la liberté, quoi! *Je* crois bien que c'est ce livre-là qui a décidé de *sa* carrière. Ça vous suffit : tout cela parfaitement d'époque, un jeune homme dont on pourrait dire, style antiquaire, il est né avec ses pieds. Une entorse, justement, lui a évité le front de justesse. S'est mis à étudier les langues orientales, toute sorte de dialectes des îles, mais ne s'en sortait pas avec l'allocation familiale. D'autant qu'à cette époque, ayant pris le goût du tabac levantin, Khédives et autres, se ruinait en cigarettes hors de prix, il faut dire, plus que pour le goût, pour les inscriptions arabes que comportaient les boîtes. Histoire, semble-t-il, d'apprendre à déchiffrer leur alphabet, et d'accéder (une idée à lui) par les signes au langage : d'ailleurs, par là, répétant la démarche qui l'avait frappé chez l'Anglais George Borrow, lequel apprit le chinois à déchiffrer les caractères sur les assiettes d'un collectionneur de porcelaines. Les difficultés financières s'aggravant, se mit à fumer la pipe. Réduit au caporal, sans intérêt linguistique.

Cela juste comme (1919) il accepte la proposition d'une dame dans les antiquités, que ça ennuyait plutôt de se lever matin, et dont il tint la boutique avant midi : le petit écriteau en partant, *Ouvert à 14 heures*. Et remarquez que dans le fourre-tout, au fond, avec une porte sur la cour, il y avait une bergère d'un commode! Pas seulement pour lire, tome après tome, *Symbolique et Mythologie de l'Antiquité* de Friedrich Creuzer, dans l'édition de Guigniaut, que lui prêtait avec mille recommandations le cousin Louis, et l'idée le travaillait que les mythologies, c'est une façon de voyager quand on ne peut pas se le payer au

---

[1]. « Moi ? Non, j'étais au P. C. N. », *dit l'auteur.*

vrai. Et puis, ce n'était pas loin du Lycée Fénelon, de temps en temps une petite qui faisait un saut...

Deux cents francs par mois, et encore pas d'emblée : d'abord il avait été convenu cent, avec un pourcentage sur les ventes, mais voilà, personne n'achète un fauteuil Régence ou un clavecin Louis XVI entre neuf heures et midi, il faut se rendre à l'évidence. Deux cents donc, après des criailleries. A ce prix-là, on ne se paye pas une garçonnière. J'aurais pu plaire, pour en revenir à la première personne, si j'avais été moins maigre, mangeant tous les jours, m'étant fendu de douze chemises d'un coup, et ne portant pas à mon habitude, faute de quelqu'un pour les réparer, les chaussettes une paire sur l'autre, avec les trous contrariés. Aucun des jeunes gens qui concernent Marie-Noire n'en est là. Ils ont des professions lucratives ou une famille généreuse, voilà. Metteur en scène à la télévision, l'un, atomiste à Saclay, celui de 1964... Ça n'existait pas de *mon* temps. L'astronomie non plus n'était pas une profession d'avenir. Les lycéennes, entrant dans le fourre-tout, disaient *c'est sympa ici*, comme Marie-Noire, *c'est formid!* Ça mesure, jusqu'à un certain point la distance entre deux générations : ce que j'appelle *mon temps*, comme si le temps m'avait échappé, ou plutôt qu'à partir d'un certain âge on se mette à le partager avec les autres...

Qu'est-ce que je racontais des professions d'avenir ? Vous parlez si la prétention d'être linguiste, à cette époque-là! Et comme. Alors, à qui demandait, je te vous la lui. Dans les grandes largeurs. Comment expliquer aux gens que si, plus particulièrement, je m'étais attaché au malais, c'était à cause de Mata Hari ? Enfin de son nom. Qui, dans cette langue, signifie soleil. Mais il est formé de *mata*, œil, et de *hari*, jour. Bien sûr, il n'y a que le linguiste pour entendre la métaphore soleil, œil du jour, ceux dont c'est la langue n'y voient que le soleil! L'histoire se complique du fait que *mata* répété, comme se forme le pluriel,

mata-mata, ne signifie pas, ainsi que l'on pourrait
logiquement penser, les yeux, mais un espion ou un
policier, ce qui sans doute est la même chose en
Malaisie. Ainsi Mata Hari portait sa destinée dans son
nom solaire... Encore une fois pour ceux qui regardent les mots avec des yeux étrangers. La chose se
compliquant lorsque l'on découvre que *mata* cela
signifie aussi centre, noyau, mèche (comme dans un
bourbillon), cœur (comme dans le bois)... Imaginez-
vous que j'avais alors commencé l'étude du malais
chez Berlitz : vite le professeur en avait eu assez d'un
type qui regarde le vocabulaire de cet œil-là, qui
espionne le vocabulaire. A l'École, c'était un autre
genre. Mais, de toute façon, mes manières avec les
langages faisaient qu'on se défiait de moi. Aussi
me suis-je assez vite mis à parler de mes études différemment suivant mes interlocuteurs. Ne me bornant
pas comme les Malais à changer de pronom pour la
politesse, le rang, les différences raciales, mais me
donnant pour polyglotte aux gens ordinaires à qui ça
vous en met plein les yeux, cachant mon petit bagage
sud-oriental aux spécialistes à qui ça, eux, m'eut,
hein ? et l'un d'eux qui s'appelait Damourette, un
de ces visages émerveillés de lunettes dans une auréole de barbe, avait inventé pour moi la profession
de mythologicien : ce qui ne vous nourrit pas son
homme. Même en *mon* temps. Qu'est-ce que j ?
c'est-à-dire j'allais... je voul... enfin... Histoire de
faire la différence, et c'est son neveu, à Damourette, par qui j'avais connu l'oncle, un médecin le
nev... enfin un interne, un grand cheval blême, à
moustaches couleur de typhoïde à treize ans, le
Docteur Pichon, qu'on l'appelait sans plus attendre,
c'est le neveu donc, travaillant avec lui (l'oncle),
toute pathologie mise de côté, à leur *Grammaire*
monumentale, qui essayait de me détourner de la
mythologie comme description de l'espèce humaine,
pour m'enseigner conjointement la pataphysique
et le jargon des salles de garde. Obscène, le neveu,

à souhait. Chantant les airs sacrés de la profession, à en avoir des crises de tachycardie. Ne déposant les morpions du *De profundis* que pour parler grammaire. Ayant découvert mes liens d'amitié avec l'avant-garde artistique et littéraire de la saison, dont la syntaxe le faisait jubil... Mais non et non : ma phrase devait se terminer d'autre f... je... bon, bref. Parce que l'avant-garde, c'est une autre histoire où je ne vais pas me lancer comme un poney de cirque. Le Docteur, pour en revenir à lui, il disait qu'avec ma manie de faire la différence, et, dans son vocabulaire ça se vous prononçait *calcul différentiel*, probable affaire de foutre les math-sup. aux menottes des fantômes, le bilan d'une époque était pour moi une question de grammaire comparée (parce que j'av... bien entendu avec lui, plus ou moins laissé passer le bout de l'oreille d'âne de mes préoccup' malayo-polynésiennes). Affaire de se payer un brin ma fiole, classant mes idées linguistiques avec les auteurs romantiques allemands de l'époque prémüllerienne, et moi-même au mieux comme un sous-fifre de la *Grammaire comparée* de Bopp... Si bien, à l'en croire, que, pour en sortir, c'était moins aux ressembl' qu'aux dissemblances que je devais m'attacher. Ce qui était une manière de dire ce qu'aujourd'hui, dans un langage différent, je résumerais au conseil d'énumérer comparativement ce qui n'existait pas de *mon* temps et ce qui n'existe plus de *notre* temps. Vous me suivez ? Il n'y avait pas encore de prise de courant à trois voies en 1922, par exemple : la partouze, notion toute récente alors, on n'en avait pas songé à tirer des conclusions pour l'équipement électrique. Et par contre de nos jours... mais ça nous entraînerait trop loin dans l'ethnographie des Grands Ensembles. De mon temps, pour m'y confirmer, on ne s'enfilait pas des vitamines, on portait encore des bretelles, tiens, au fait, ça reprend, on se vous coupait avec les lames Gillette bleues que c'était simplement affreux, il fallait, ce qui s'appelle, avoir lu le dernier

Henri de Régnier, la nouveauté au café, pure anglomanie, c'était de boire du Bovril, avec du sel de céleri, et on se sifflotait faux *Les petits païens.*

Trois ou quatre fois donc, je l'ai dit, l'un dans l'autre, avant de partir et au retour de Strasbourg d'où je n'avais rien rapporté de très valable pour mes employeurs, à part les questions que je me posais sur Hölderlin, les choux à la crème m'avaient paru tomber du ciel, la boutique d'antiquités plus question et je n'étais pas encore entré dans ce théâtre, puis une autre fois, chez Maryse, qui je vois ? Léon-Paul Fargue. C'est un poète de ce temps-là que j'avais rencontré rive gauche. Il avait été jeune vers 1895. Maintenant, plutôt avachi, assez gras, chauve, ramenant, l'œil perdu : il se couchait tard. Je lui demande : « Vous ? comment ça se fait ? Caumartin ou Odéon ? » Il me répond ni l'un ni l'autre : c'était Jacob Boehme qui l'avait attiré là, sous le prétexte de chanter la *Chanson du Déquiouscoutage.*

« Il y a longtemps, jeune homme, — m'avait dit l'auteur de *Tancrède* (tiens, lui aussi ?) —, vous, que vous la connaissez, la maîtresse du lieu ? » Les derniers mots avec une bizarre emphase ? (*la mettre, est-ce du lieu ? là, mes tresses! du lit, euh!...*). Moi, l'oreille ailleurs, j'ai trouvé ça immoral, le rôle de Jacob. Et D... s'est moqué de moi ; il faisait des virées avec l'amant de cœur, prétendant que c'était un type tout ce qu'il y a de marrant. Ah, il faut dire aussi qu'en ce temps-là il y avait des claques. La vie a tout de même bien changé. Je ne connais plus personne qui boive des *gin-fizz.* Il y a des choses qu'on croit éternelles, puis, un beau jour, on ne sait même pas quand. C'est comme ça. Je me souviens, enfant, mon père en tournée, il demandait : « Garçon ! Un Fernet-Branca ! » Pas croyable.

Mais je parlais d'Édouard... je veux dire du Docteur Pichon. Au fond, ces histoires qu'il me faisait, c'était gentillesse de sa part. Il trouvait que je me fourvoyais avec les mythologies. Il me lisait le passage

où l'excellent M. Perrot, professeur au lycée impérial Louis-le-Grand proclamait la précellence de la philologie comparée sur l'enquête archéologique, tenant lui-même les mythologies pour de vieux cailloux...
Écoutez :

Ni ces grands amas de coquilles si patiemment remués et examinés par les antiquaires norvégiens ; ni ces lacs italiens et suisses dont M. Troyon et ses émules explorent les rivages et interrogent du regard et de la sonde les eaux transparentes ; ni les cavernes fouillées par M. Lartet ; ni ces antiques sépultures d'un peuple sans nom, qui se retrouvent des plateaux de l'Atlas aux terres basses du Danemark, ne nous livrent d'aussi curieux secrets que les riches et profondes couches du langage où se sont déposées et comme pétrifiées les premières conceptions de l'homme naissant à la pensée, les premières émotions qu'il a éprouvées en face de la nature, les premiers sentiments qui aient fait battre son cœur...

Il aurait continué des pages et des pages si je ne l'avais arrêté. Ce grammairien estimait que la sémantique a des limites, et que je devais me confiner à l'analyse de ce qui est du ressort de cette science encore jeune, qu'il ne fallait point violenter. Il en parlait comme d'un nourrisson avec son crâne pas soudé. Estimant que la sémantique au mieux (ou si vous voulez au pis) se borne à la phrase, — il disait *à l'énoncé*, — il me faisait observer que les mythes impliquent des séries, — il disait *séquences*, — d'énoncés articulés en récit, et que le mythe ne pouvait se décrire sans faire appel, non seulement au contexte, mais à des données extérieures au texte, — il prononçait *extratextuelles*, — notamment ce qui fait sortir le sémanticien des limites propres à la sémantique. Plût au ciel que je l'eusse cru! Mais j'étais et suis demeuré un homme hasardeux, qui ne se plaît que hors des limites assignées. Toute ma vie, et pas seulement dans les domaines de la science, l'aura surabondamment montré. Nous discutions, le Docteur

et moi, devant des peintures murales, dépassant
étrangement la médecine et la sémantique, dans
cette salle de garde de Broussais qui n'existe plus,
où j'allais le voir les soirs que c'était son tour. Mais
ceci, c'était encore en 1921. En 1922... parce que c'est
en vingt-deux que j'ai rencontré l'autre, place des
Ternes... et Maxime Alexandre à Strasbourg... mais,
d'évidence, ce n'est pas cela qu'on attend de moi
en fait de réponse quand on me demande...
Qu'est-ce qu'il se passait au juste en 1922 ? Essayez
de poser la question à d'autres pour voir. De quoi
faire chuter les candidats à la radio. Je compte
jusqu'à sept... quatre, cinq, six... Attendez! L'année
commence avec un changement de pape, les fumées
noires, Pie XI. Et puis, je l'ai déjà dit, Bataille :
*Ah! quand je serai près de la porte de plâtre, — Lorsque
viendra mon tour, tranquille et de moi-même — Je me
dévêtirai pour le sommeil suprême...* Il avait écrit cela
juste vingt ans plus tôt, et oui, il s'était dévêtu
pour prendre son bain, c'est dans la baignoire que la
mort est venue, une mort dans sa main qui lui em-
poigne le cœur, comme à Bar le squelette de Ligier
Richier, la mort, ou peut-être l'oubli, dont elle n'est
qu'un nom de mauvais goût. A la même minute...
mais je me répète, non ? Il faut bien se répéter :
ceux qui pourraient lire ceci, que savent-ils d'Henry
Bataille, savent-ils seulement que Berthe Bady, sa
compagne du début du siècle, l'interprète de toutes
ses pièces, jusqu'à la rencontre d'Yvonne de Bray,
après qu'il se furent séparés, avait disparu quelque
part, en Normandie, je crois, ne vivant que de sa
mémoire ? A la minute de *la porte de plâtre*, elle
descendait l'escalier, elle a porté la main à son cœur :
est-ce le cœur qui est la mémoire, est-ce la main qui
est l'oubli ? Ce cœur-ci s'est brisé comme un écho,
l'écho qu'il était seulement depuis, combien, dix
années. J'en vois d'ici que je connais, en 1965, qui
n'aimeront pas cette histoire. Les coïncidences...
une pure coïncidence d'ailleurs, un hasard. Ces

esprits forts se sont fait un Dieu nommé hasard.
Drôles de matérialistes!

Moi... J'avais pourtant *oublié* la chose : une scène
de théâtre quelque part, dans un coin, un enregistrement sur rouleau, tout éraillé, qui se remet en branle.
On m'avait mené voir *La Marche nuptiale* au Vaudeville, à la générale, octobre 1905 : cela finissait
par cette scène où Grâce de Plessans demande à
Claude Morillot de jouer quelque chose qui ne fasse
point penser à la vie future, à l'au-delà, par exemple,
la *Valse d'amour* de Moskowski. Et pendant qu'il est
au piano, elle se tue... C'est dans la chambre d'hôtel
du deuxième acte, où Claude alors jouait Mendelssohn,
*une chambre d'hôtel pauvre, elle communique avec
une autre chambre par le fond, qui sert de chambre à
coucher, tandis que celle-ci est veuve de lit, transformée
en cabinet de toilette, salle à manger, etc. comme en
témoigne le désordre varié, quoique propre, de différents
meubles : cartons sur l'armoire à glace, étagère au mur
qui sert à soutenir cent objets divers. Les costumes
pendus au mur, etc. La porte de l'autre chambre est
entrouverte en ce moment...*

Ne vous y trompez pas, c'est dans le livre. Les
livres sont de drôles de mémoires. Moi, je ne revoyais
que la fin du quatre, ayant oublié même qu'au deux,
la porte s'est ouverte, et des facteurs sont entrés
poussant ledit piano, acheté par Claude en secret,
avec l'argent pris dans la caisse de son patron. Donc,
à la fin du quatre, tandis qu'il joue la *Valse*, Berthe,
c'est-à-dire Grâce, *va au tiroir de la commode où elle
prend silencieusement une chose enveloppée dans un
châle*, et passe en chantant dans la seconde pièce,
tandis que Claude continue à jouer. On a entendu
un bruit, le pianiste s'est levé, a regardé la fenêtre
d'abord, puis la porte maintenant fermée appelant :
Grâce! Grâce, tu n'as pas entendu? ouvrant la porte
d'abord *timidement*, puis d'un coup et l'on voit
Grâce étendue à terre, *contre le bois de lit, une chaise à
côté d'elle, renversée.* Ah, comme les gens de goût

ont raison de ne pas aimer ce théâtre-là! Bady jouait Grâcc de Plassans, mon père tenait un petit rôle dans l'affaire. Un rôle de composition, vous comprenez. C'est le chic des grands acteurs. Paraître juste pour dire trois mots. Quand j'y pense, en 1922, c'est probablement le nom de mon père qui m'avait fait engager dans ce théâtre.

Mais, en 1905, j'avais, quoi, huit ans tout juste. Toute la vie après ça, j'ai eu peur, avec toutes les femmes, si je rentrais un peu en retard, ou bien qu'elles étaient parties dans la pièce à côté pendant que moi... Remarquez, je ne joue pas le piano, du moins, pas s'il y a du monde. Et puis je ne me souviens pas d'avoir barboté dans la caisse. Toute la vie, j'ai eu peur avec les femmes, que tout d'un coup, comme ça, pour une raison dont on ne se fait pas idée, elles... dans la pièce à côté... Mais il faut dire que moi aussi je suis un homme de mauvais goût, c'est-à-dire que j'ai une mémoire qui choisit mal. D'ailleurs, Berthe Bady, B.B., comme Papa disait quand elle était si belle, je la revois telle qu'elle apparaissait au premier acte, en costume tailleur, un costume tailleur de 1905, la taille ajustée, très jeune fille encore, avec sa toque de fourrure. Dans la vie, pas besoin de revolver, l'escalier, elle est tombée soudain dans l'escalier, le cœur, parce que lui, là-bas, son cœur aussi... et ce n'était pas elle qui était entrée dans la salle de bains, qui l'avait trouvé, d'abord sans comprendre, puis ce grand cri! Peut-être bien est-ce le grand cri de *l'autre* qui est arrivé à Berthe, à cent kilomètres de là, peut-être. Le mauvais goût. La vie aussi est un théâtre. Une histoire de quelques jours avant de rencontrer cette femme au métro Ternes :

Et tu finiras là, histoire de mon cœur!

Et puis, je l'ai déjà dit, 1922, c'est l'année de *La Femme de nulle part*. Je pourrais bien raconter l'histoire de Delluc. Dans le genre Bataille, on ne fait pas mieux. Je me promenais la nuit avec Delluc, de bar en bar. Il me disait tout à coup, me tutoyant pour l'occasion : « Prête-moi dix louis... », ça nous faisait bien rire tous les deux. Il me disait tout à coup : « Tu crois qu'une femme peut m'aimer ? » Il avait de longues jambes, assis sur le tabouret, un air d'élégance triste, ou c'était le costume déjà un peu usé ? Ce teint pâle des nuits longues comme les pailles brisées. Il me disait tout à coup : « Tu ne sais pas ce que c'est que d'aimer une femme... » Je disais que si, et cela le faisait bien rire tout seul.

Bon. Mais, une fois de plus, si l'on me demande : *que s'est-il passé en 1922 ?* on veut sans doute en réponse, non point ces histoires privées, mais quelques repères qui permettent de situer la rencontre de Maryse dans l'histoire universelle, quelques coordonnées de chefs d'État, de guerres. Et quand se brisent ces deux cœurs qui donc était président de la République ? Deschanel, mais non : c'était sous Millerand, Deschanel déjà depuis deux ans... et c'est d'ailleurs cette année-là qu'il meurt, le mois, ça je ne sais pas.

Fait rien. C'est déjà champion. Si on songe à ce que tout le monde sait de l'année vingt-deux ! Peut-être, au printemps, comme je venais de trouver cette place illusoire dans un théâtre, Rapallo... on ne trouve même plus Rapallo dans le Larousse de poche. Remarquez que Poincaré, Raymond, alors président du Conseil, n'y figure qu'en sous-tribune à l'article *Poincaré Henri*, mathématicien français (1859-1912), comme son cousin. Difficile, difficile de se faire idée des variations dans les connaissances courantes. Le Larousse de poche, Jacob Boehme n'y sera jamais. Pas plus que son homonyme, au reste. Il faisait pourtant des petits poèmes pas si mal, mon Jacob à moi. Mais voilà, même moi, j'ai oublié comment ça s'appelait ! Et quand il était soûl, enfin, quand il était fin soûl, il parlait de la guerre. De ce que nous appelions alors *la* guerre. Pas celle de soixante-dix. Pas mèche de lui parler d'Hölderlin : pour lui c'était un Boche. De temps en temps, je l'apercevais à la terrasse du Dôme. Je lui disais : « Et Maryse ? »,

c'était la moindre politesse. « Je vous remercie »,
il répondait. Et puis, après un petit moment, un air
de souci : « Alexandre a ses rhumatismes... » Alexandre,
c'est le mari. Pas Maxime. Ah, mais non, les rhumatismes c'était déjà en 1923. D'ailleurs, c'est en 1923
que j'ai quitté mon emploi théâtral. Une année qu'on
ne peut plus marquer avec un film de Delluc. L'année
du *Pèlerin* et de *L'Opinion publique*, vous savez ?
Si vous ne savez pas, allez voir à la Cinémathèque.
Encore une sacrée mémoire, la Cinémathèque, on ne
se rend pas compte, ça ne sert pas encore pour les
amnésiques, mais un de ces jours... Évaluer le temps
qui passe. Entre cet été pluvieux où Marie-Noire
sur la Côte mesure au peu d'entrain de son ami
saisonnier que la jeunesse porte en elle sa fin et ces
après-midi avenue Victor-Hugo chez Maryse, il y
a le temps qui sépare la Commune de Paris de l'éclatement de la guerre en 14. Je me fais l'effet d'une
vieille pendule qui ne s'est pas contentée d'être
la durée des autres. Est-ce qu'en 1914 j'avais la
moindre représentation de la vie à Paris en 71 ?
Pourquoi le joueur de volley-ball devrait-il se faire
une image exacte du Mouvement Dada ? ou du salon
de l'avenue Victor-Hugo ? Qu'est-ce que j'aurais
pensé, moi, chez Maryse, de la fête chez Rosanette,
rue de Laval, *une maison illuminée au second étage
par des lanternes de couleur...* Vous n'y êtes pas ?
Arnoux a pris chez le costumier *une culotte de velours
bleu, une veste pareille, une perruque noire* et Frédéric
Moreau un domino dont Flaubert ne rêve pas de
nous dire la couleur.

— « *Où diable me menez-vous ?* » dit Frédéric
— « *Chez une bonne fille, n'ayez pas peur !* »
*Un groom leur ouvrit la porte et ils entrèrent dans
l'antichambre, où des paletots, des manteaux et des
châles étaient empilés sur des chaises. Une jeune femme,
en costume de dragon Louis XV, la traversait en
ce moment-là. C'était M*^{lle}* Rose-Annette Bron, la
maîtresse du lieu...*

C'est Fargue qui m'avait, chez Maryse, l'année précédente, dit, entre haut et bas, un chou à la crème et une fine, avec cette lassitude du ton en quoi il était inimitable : « *La maîtresse du lieu...* ces mots-là me rappellent Rosanette... imaginez Maryse en dragon Louis XV : comment étaient bâties les filles en 1848, hein ? Avec cette taille fine qu'elle a, Mme Alexandre, ces fesses et ces nichons-là, un vrai sablier... » Quand j'y repense, je ne sais plus si je me souviens du troisième avenue Victor-Hugo, ou si j'imagine le second rue de Laval : d'autant que, rue de Laval, cela ne dit plus rien à personne, je ne suis pas gêné par le décor, les feuilles de marronnier sculptées sur la façade encore blanche (en ce temps-là, moi, le modern-style, vous savez...). Qui sait toujours que s'appelait ainsi, rue de Laval, l'actuelle rue Victor-Massé que dominait à l'est le premier gazomètre de Paris ? C'était la plus haute partie du quartier Bréda : les maisons y étaient neuves ou presque, au temps de Rosanette, bâties lors de morcellements récents. L'immeuble où habitait Maryse, lui, n'avait guère plus de passé dans cette part de l'avenue Victor-Hugo qui est de l'autre côté de la place, en venant de l'Étoile (mais le taxi nous y avait menés, la première fois s'entend, de la porte Dauphine par la rue des Belles-Feuilles, alors pas question de sens unique). Ce n'était plus le temps des lorettes, et Mme Alexandre habitait avec son mari, voilà tout. Un immeuble assez élégant, l'ascenseur dans le mur avec des portes genre Lalique. Je pouvais aussi bien me l'imaginer en Rosanette et rue de Laval, ma Rachel 1922. Avec des bas de coton blanc comme ce Delacroix... ou en culotte de dragon, toute soutachée. Dans le merveilleux domaine de l'oubli, la liberté de l'oubli. Je me voyais entrant, précédé de ce travesti, tout droit sorti d'un autre Delacroix, *imité* d'un Delacroix mâle, ou non : il y a une des *Dames d'Alger* qui ressemble à Maryse, et comme Frédéric je n'apercevais *que de la soie*, du *velours, des épaules nues, une masse de couleurs qui se balancent aux sons d'un orchestre caché par des verdures entre des murailles tendues de soie jaune, avec des portraits au pastel, çà et là, et des torchères de cristal en style Louis XVI...* Le Van Dongen en fait de pastel, et le quart-de-queue de Jacob Boehme pour orchestre, on n'est pas à ça près. La bouche pleine, Léon-Paul me montrait le lustre. Eh bien, quoi ? C'est un lustre. La rue Paradis en est pleine : cet amas de roses de porcelaine avec des oiseaux et des feuilles de fer peint vert. L'autre me regardait avec pitié : comme s'il fût insensé que je ne susse point *L'Éducation sentimentale* par cœur ! Le temps d'essuyer la crème à ses lèvres désabusées : « Qu'est-ce qu'on vous a donc appris à l'école, jeune philistin ? *Frédéric* (il avait pris sa voix de citation) *leva les yeux : c'était le lustre en vieux Saxe qui ornait la boutique de* L'Art industriel... » Fin de voix de citation. Le doigt dressé s'abaisse. L'œil fait loupe sur moi, tandis que reprend la parole sur le ton de la mémoire : « Quand j'avais votre âge, — dit Fargue —, il y en avait un pareil, de lustre, chez Thadée Natanson, seulement là, pas de demoiselle en travesti ! Et remarquez que la *Revue Blanche*, ça faisait très rue de Richelieu, je veux dire Jacques Arnoux, le marchand d'estampes... plus que Schlésinger, sa musique... plus vrai que le vrai... D'ailleurs, vous dites, quoi, la rue Paradis en est pleine... est-ce que vous avez *oublié* que Mme Arnoux, quand Frédéric vient la voir en décembre 1845, habitait rue Paradis-Poissonnière ? » Moi, je ne l'écoutais plus. J'en étais resté à *Quand j'avais votre âge...* c'est ce que je pourrais dire à Marie-Noire, elle me regarderait avec un air incrédule, pour elle je n'ai jamais eu son âge, et d'ailleurs c'est vrai, je n'ai jamais couru les plages avec les pieds palmés pour la chasse sous-marine, je n'enregistre pas les conversations de mes amis sur magnétophone, je me faisais foutre à la porte des *Deux Magots* pour avoir eu la prétention d'y entrer sans veston en plein juillet 1922 et, si je me promenais sur les grands boulevards avec une barbe, elle était fausse. Au moins deux ans plus tôt, la barbe, si j'y réfléchis.

L'Histoire est incompréhensible sans ces attendus-là. C'est bien parce qu'on oublie de l'en munir qu'elle a toujours l'air gréco-romaine, et qu'une génération ne comprend plus rien à ce que racontent ses aînés. Il ne s'agit pas, comme on l'a fait, de jouer *Tartufe* en complet veston : il faut traduire tout ce qui se décale dans le temps, avec la langue de son temps, ses techniques, et le bazar qui se démode d'un Salon des Arts Ménagers à l'autre. La plus petite inexactitude dans les machines à laver ou les taille-crayons rend nos mensonges sans vraisemblance, il faut que Manon soit comprise *du dedans* par les beatniks, et qu'il n'y ait pas de doute à avoir sur les cils artificiels qu'elle porte. Mais Marie-Noire alors! Je ne dois pas oublier que, moi qui vous parle, je n'ai jamais rencontré Marie-Noire. Tout aussi bien que Rosanette, je l'imagine, ça oui. Je vous ai dit que j'étais dans le Jura, cet été, pendant qu'elle attendait son volleyeur à Juan-les-Pins, chez le coiffeur. Vous direz que j'aurais pu la connaître auparavant. Sans doute. Mais cela ne s'était pas produit. De toute façon, ce n'était point de s'être trouvé avec elle au Drugstore des Champs-Élysées qui m'aurait fait rêver à la rue de Laval : *On venait là, le soir, en sortant du club ou du spectacle ; on prenait une tasse de thé, on faisait une partie de loto, le dimanche, on jouait des charades ; et Rosanette, plus turbulente que les autres, se distinguait par des inventions drolatiques, comme de courir à quatre pattes ou de s'affubler d'un bonnet de coton...* Pas croyable, ce demi-monde Louis-Philippe, et même chez Mme Alexandre vous vous seriez fait recevoir à proposer une partie de loto! Et le Van Dongen, mon cher! Comparez-le avec le portrait de Rosanette par Pellerin, *vue de face, les seins découverts, les cheveux dénoués, et tenant dans*

*ses mains une bourse de velours rouge, tandis que,
par-derrière, un paon avançait son bec sur son épaule,
en couvrant la muraille de ses grandes plumes en
éventail...* Vous avez beau dire, la peinture, ça change
moins que la vie. Pas plus tôt dit ça que... car qui
ferait aujourd'hui le portrait de Marie-Noire ? Elle
n'est pas moins jolie que Maryse ou Rosanette,
après tout. Mais les peintres qu'elle connaît estiment
précisément que la peinture a autre chose à faire
que de s'occuper de Marie-Noire, ils ne s'intéresse-
raient devant le tableau de Pellerin qu'à la tache
rouge de la bourse, et encore! à condition qu'on
oublie que c'est une bourse. « Toute la tragédie
moderne, — dit l'un d'eux, — se cantonne dans le
combat de la mémoire et de l'oubli : moi, je suis pour
l'oubli... » Ça promet.

Peur d'oublier, je me relis. Tout ce qui précède.
D'un coup. Ça vous a tout autre air qu'à le penser,
qu'à l'écrire, d'un mot sur l'autre. Et je m'aperçois
que le problème, ce n'est pas qui je suis, mais ces
façons de dire : *remarquez... ne vous y trompez pas...
bref... moi qui vous parle... vous direz...* Qu'est-ce
que c'est ? Un tic, ou une peur ? A l'instant *ça vous a
un tout autre...* S'il faut définir le *je*, que dire du *vous*?
Nous nous en tirons, les grammairiens, à qualifier
ce vous-là d'explétif. A vrai dire, c'est une simple
défaite : nous le savons bien, aucun mot n'est explétif.
On dit d'un mot qu'il est explétif pour s'en débarrasser,
quand on n'a pas élaboré de théorie qui rende compte
de son entrée en scène. Ce besoin que j'ai d'un interlocuteur. Cette tragédie du *vous*. Je me suppose
un autre qui m'écoute. Je parle au mur. Ou peut-être
que j'anticipe, qu'il y aura un *vous*? Le correspondant. Celui à qui j'écris. De quoi a-t-il l'air ? Il me
ressemble, autant dire qu'il n'existe pas, que je
me parle dans le miroir. Si je dis *vous*, pourtant,
c'est que j'ai besoin d'un *vous*. Pour penser. Pour me

souvenir. Pour parler. Rien ne m'est plus atroce que la vérité, cette mort de moi-même, qu'il me faut m'avouer : et c'est bien le secret de ma vie, ce que je cache comme dans les romans anglais, l'enfant monstrueux que personne n'a vu, et que trahit pourtant une fenêtre de plus à la façade du château. Le secret du château c'est que *vous* n'existe pas. Ce *vous* qu'écrire sollicite. Qui me ressemble et ne me ressemble pas. Qui me ressemble assez pour m'entendre à demi-mot, qui ne me ressemble pas, parce qu'il est, par exemple, plus jeune, ailleurs, en proie à d'autres drames, qu'il sait ce que je ne sais pas, comme ce que je sais il l'ignore, ce *vous* en qui mes paroles sonnent comme le pas d'un étranger dans les couloirs de la maison, ce *vous* dont l'oreille ne comprend qu'un mot sur quatre que je dis, et rêve, invente les autres, réinvente le lien de mes murmures, de mes cris... ce *vous* que j'invente contre l'oubli.

Et puis, *tenez*, Fargue... ce n'était qu'un *vous* bien qu'il fût mon aîné. Je m'y étais attaché pour des faits de langage : il avait inventé un système de référence à lui, qu'il employait avec quelques personnes, son petit monde privé, qui ne disait ni *sympa* ni *formid*, mais *c'est insensé d'invention*, une sorte de transcription familière du monde Ubu, où les palotins étaient devenus les potassons, et Fargue ainsi prolongeait sa jeunesse contre l'oubli, par un parler qu'il avait communiqué à d'autres comme un rhume de cerveau. J'avais le goût d'étudier le parler potasson, alors, comme aujourd'hui je décris Marie-Noire.

Et puis le baragouin des îles... Depuis que j'étais entré à l'École des Langues Orientales, je rigolais un peu de ma naïveté, Berlitz... Outre que, de Creuzer, j'avais fait un saut à Humboldt. Vous n'avez pas lu ? C'est vachement intéressant, Humboldt. Justement pour le javanais. Nature, ça ne me tournait pas vers la pratique, parce que, Humboldt, lui, dans son temps, on avait plutôt le genre archéologique. Et non seulement, ce qui l'intéressait à Java, cet homme, ce n'était pas le *ngoko*, la vulgaire, et pas même le jacter cérémonial ou *krama*. Non, il lui fallait le *kawi, qui est*, dit M. l'Abbé Favre, un missionnaire apostolique lequel a joliment employé son séjour à Java, ... *au javanais et à ses dialectes, le sunda, le madura et le bali, ce que le pâli est au birman et au siamois, ce que le sanscrit est au prâcrit ou hindoustani, c'est-à-dire la langue sacrée ou religieuse.* C'est-à-dire que le kawi est un sanscrit simplifié, mêlé de quelques mots locaux. Bien que Humboldt, pour sa part, pense que le sanscrit tel que nous le connaissons, celui qu'on enseigne à l'École, pourrait être le perfectionnement d'un alphabet de la Polynésie, d'une famille polynésienne d'alphabets, comme dans les langues bugis, tagala etc... Bon, ça ne vous intéresse pas. Mais peut-être comprendrez-vous plus tard et l'intérêt que j'ai pris pour les Bugis qui travaillaient près de chez nous, à Java, aux textes anciens de leur langue... et aussi, chez les Dayaks, à leur parler-Dieu, le *basa sanyan*... J'oublie tout le temps que cette histoire n'est pas un roman d'anticipation.

Cinq ans, cinq ans encore avant de te donner, tout bas, ton nom...

III

BERCEUSE POUR UN ÉLÉPHANT

Quand je me retourne en arrière, c'est moins de mes souvenirs que je m'émeus, ces jours-ci, je veux dire à cet âge de brume où me voici, moins de mes souvenirs que de ce qui m'en échappe. La vie, pour l'œil intérieur qui cherche à la reconstituer, ressemble beaucoup à ces rêves dont on se croyait mémoire, et puis qu'il est impossible de préciser. Une image en flotte encore, au-delà de laquelle on voudrait aller, ou en deçà, sans y vraiment parvenir. On revient sur cette silhouette de soi-même, comme si on louchait sur son nez, ses épaules : il ne reste du jeune homme que j'étais qu'une vague attitude, qu'un soupçon de ce qu'il va sans doute advenir de lui. Je relis ma vie, comme un roman que j'aurais aimé, ou pas aimé, enfin qui m'eût fait jadis une certaine impression. J'en saute les pages, cherchant ce moment dont j'attends qu'il me prenne à la gorge, je ne le trouve pas, ou peut-être l'ai-je passé. Est-ce bien cela, oublier ? Un cache-cache avec soi-même. Il y a des périodes entières de l'existence qui semblent ainsi perdues. Maintenant. Je sais qu'un beau soir, sur une parole de quelqu'un, ou objet de rappel, ou même... quoi qu'il en soit, cela reviendra dans la pleine conscience que, du coup, je n'aurai plus d'autre chose, d'autre saison. Comme si on battait les cartes. J'avais ainsi,

donc, *oublié* Rosanette, Maryse au vrai, puisque cela
s'appelle oublier. En réalité, je crois qu'elle s'était
en moi *démodée*. Rien de bien extraordinaire à cela,
d'ailleurs, pour ce qu'elle avait pu compter, ces
quelques fois chez elle, ou une rencontre aux courses.
Déjà, les courses! Ma vie avait pris un tout autre tour.
J'avais, entre-temps, abandonné ce théâtre, où l'on
ne me pardonnait guère d'ignorer le danois. Je croyais
être amoureux, je m'étais fait l'ombre d'une femme
qui était entrée en moi comme un courant d'air dans
la chambre. Elle me racontait ses amants : je me taisais sur mes médiocres aventures. Un jour, chez elle,
dans l'Ile Saint-Louis, elle avait invité Fargue
(*You know each other, don't you? Jeffry, please, light
the candles!*) nous déjeunions à trois dans la petite
salle à manger qui donnait sur la rue étroite. On
allumait des bougies en plein midi. Le quai, la Seine,
le cri égorgé des remorqueurs, le soleil qui descend
du Panthéon comme un chien jaune, c'était pour la
chambre à coucher, notre musique à nous. Comme on
voit les choses avec des yeux différents : cette chambre,
je l'ai retrouvée un peu plus tard dans *Les Faux
Monnayeurs*, Gide évidemment décrivant d'ouï-dire,
mon Dieu, que tout varie avec l'éclairage, c'est comme
l'exotisme du mot *djellaba* dans la bouche de cet
écrivain, pour dire peignoir (je l'entends, cette affectation des phonèmes : *djjell-lla-bbâh*...), on oublie
les lieux même s'il en flotte en vous vaguement
l'atmosphère. Un brusque décalage dans ma vie,
mais je ne vais pas raconter ça. La bonne apportait
le *Yorkshire pudding and mintsauce*. Aussi Léon-Paul
parlait-il de Londres. Les petits pubs mal famés de
l'East End, avec leurs airs Toulouse-Lautrec, les
Françaises de Soho, patriotes comme pas une, qui
marchent à l'œil quand elles comprennent qui on est,
et Chelsea, ah, Chelsea! Il y a quelque chose d'irrémédiablement Vuillard dans les petites maisons de
Chelsea, le chintz de Chelsea... Et j'ai oublié comment
s'appelait à Chelsea... Le *Horse's shoe?* Pas le

Horse's shoe, d'ailleurs pas du *Yorkshire pudding* qu'on mangeait, mais...

Mon amie l'écoutait poliment, jouant de ses bracelets. *Have a drink!* Il y avait en ce temps-là une Sud-Américaine à l'arrière-plan du poète. Je l'avais vue une fois. Sans lui. Lui, aujourd'hui, tellement couleur locale pour notre hôtesse, *so french!* Soudain, est-ce qu'il avait senti quelque chose de faux dans sa propre voix, à vouloir à tout prix faire Turner sur la Tamise, je ne sais. D'ailleurs, parler de l'Angleterre à une Anglaise, avouez que c'est coton. Extraordinaire qu'on ait pu aller à Londres et en avoir retenu si peu. Au vrai, il s'était lancé sur son thème, croyant sa tête pleine de souvenirs londoniens. Et il ne retrouvait que des cartes postales, vous savez de ces cartes sur lesquelles on a écrit dans tous les sens, l'image en est brouillée, la pluie des mots qui tombent de travers... Puis, avec ça, il croyait bon, pour notre hôtesse d'émailler son Londres de quelques phrases dans le dialecte de là-bas, où il se prenait les pieds, un de ces accents gaulois! au point de s'en excuser, disant : « Vous savez, moi, l'anglais, j'ai commencé à l'apprendre dans la classe de Mallarmé, alors, vous comprenez! » Un petit détour par Whistler et cela le ramenait à nouveau par Vuillard à Chelsea... ah, Chelsea! C'était un peu comme s'il se fût égaré dans la ville, alors qu'il voulait montrer combien elle lui était familière. L'idée me vint qu'il bouchait les trous avec du Valery Larbaud ou du Paul Morand, et je sentis errer sur mes lèvres, tout à fait contre ma volonté, une sorte de pâle sourire cruel, une expression de voyou. Son regard de bœuf sur moi, soudain. J'eus le sentiment désagréable d'être un train de marchandises. Il toussa un peu, et me demanda, comme on se venge : « Et... comment s'appelait-elle, cette personne... chez qui je vous ai aperçu il me semble... vous la voyez encore ? » Question de mauvais goût : « Vous voulez parler de Rosanette ? » lui dis-je. Tout à fait machinalement, je dois l'avouer. C'était, à cause de

lui sans doute, le prénom qui m'était venu. Il répéta :
« Vous la voyez encore ? » Et, sans lui répondre,
j'expliquai à mon amie qu'il s'agissait de la maîtresse
de Jacob Boehme, chez laquelle une fois par hasard...
notre ami et moi... Et elle : « *What did you say?
Rosanet? What is it for a name?* » Trop long à expliquer. Le bœuf mugit un peu et redemanda du marc.
En mangeant, du marc ? Le sagouin. J'avais pourtant
pour lui un faible à cause de son amitié avec Alfred
Jarry, autrefois. Jarry, aussi, avait sa langue de Sioux,
mais le potasson, c'était du Jarry dégénéré. Ce truc
d'Alfred, dans leur temps, *Haldernablou*... impossible
de me rappeler si c'était Haldern ou Ablou, Fargue.
Lequel des deux noms pouvait être ressemblant ?
Il devait être comme un fil, alors, Léon-Paul. A première vue, aujourd'hui Ablou lui seyait mieux aux
joues, pour le son, bien que, dans Jarry, ce soit un
page. Mais le personnage ? Ablou, aujourd'hui, est-il
possible que cela ait été le jeune Fargue ? La vie
vous passe dessus, et votre jeunesse est à réinventer,
il n'en reste que des mots. Et encore les mots, après
quarante années... Après quarante années, les mots
se sont vidés. Ils ont encore la forme vague des choses,
mais il n'y a plus rien dedans. Combien de mots de
ma jeunesse, un jeune homme d'aujourd'hui peut
au plus jouer aux billes avec ! Certains, on s'en ressert,
mais pour désigner autre chose. Comme cette histoire
classique de la feuille et du papier, d'abord il fallait
la feuille d'arbre pour décrire le papier sous un volume
mince, puis on dit : passe-moi une feuille... et il n'y
a plus de feuille, il n'y a plus que le papier. Le mot
est là, on a oublié la chose, le mot en coiffe une autre,
un bonnet de coton qui change de tête... Tiens ! un
bonnet de coton... voilà qui me fournit un exemple
à mon goût, plus convaincant que la feuille de papier
classique : quand j'étais gosse, l'honnêteté des fabri-
cants se mesurait dans le textile à l'étiquette : *soie
et coton* ou *laine et coton*, *fil et coton*... Cela s'opposait
à la *pure soie*, au *pur fil*, à la *pure laine*... d'où l'on ne

pouvait que conclure que, en matière de tissu (si j'ose dire), l'impureté, c'était le coton. Eh bien, depuis quelques années, et pour cela il a fallu une véritable révolution industrielle, une réévaluation du marché des étoffes, il y a des cravates, des chaussettes, des chemises, des draps, sur quoi l'on peut lire: *Pur coton*. Il y a quarante ans encore, cela aurait bien fait rire. Alors, vous comprenez, le parler de Fargue... Le parler de Fargue, hein ? après quarante ans... essayez voir des *Ludions* sur un jeune homme. Ou le parler palotin, qui est Haldern ? qui est Ablou ? Allons ! Fargue n'a peut-être pas oublié, pensai-je ce soir-là, dans l'Ile Saint-Louis, mais. Pensais-je. Mais. Sans doute. Difficile toujours de lui demander. Indiscret. A tout le moins. Indisc. Bien que, Léon-Paul, remarquez. Ce jour-là. Plutôt la gaffe. Qu'il maniait. Au fait, comm... je me dem... par quel ou quel mir... aurait-il su, Léompe, que nous nous disputions, Sally et m..., mais alors ! depuis trois jours pour avoir rencontré dans le square à côté de Notre-Dame, cette peursonne brune qu'elle avait un peu forci depuis 1922, mais toujours son p'tit air de folie indifférente, et qui me fit cygne de la main, tenant son paraple roulé, tout comme si la veille. Qu'attendait-elle à l'ombre des gargouilles ? Oh, et puis ! Sans doute avait-elle étendu son champ de bataille au-delà du métro. « *Such an awful woman! how dare you?* » Inexplicable, et puis je n'y retrouvais plus ni son nom ni son adresse ni rien... Flaubert ne m'était donc revenu, l'*Éduc'centime*, qu'à cause de Fargue, ici. Où avais-je la tête ? On faisait à nouveau la guerre au Maroc et en Syrie. A moins que ça fût déjà fini ? Non, non, cela durait encore en 1926, les Riffains, les Druses. Et d'ailleurs, en France, que se passait-il en 1926 ? Alors, ça, le brouillard. Pas la moindre idée. Un pays abstrait. Toujours Poincaré, ou quoi ? Et même était-ce en 1926, ou 1927, qu'on était ? D'après le chapeau de Mme Alexandre, ça pouvait bien 1927. A condition que ma mémoire ne se trompe pas de galure. Et que je

sache encore distinguer les années avec Talbot ou
Rose Descat, à défaut de films. Maryse avait une robe
tulle et ruban, de hautes bandes transversales, jaune
et bis, bien plus longue qu'au métro Ternes, un chapeau, toque derrière, et sur le devant un large bord
de velours, comme avant-guerre les grands ombrages
dépassant les épaules. Vous aurez beau dire et beau
faire, je regretterai toujours cette mode à la fin de
l'enfance, par quoi la femme pour moi prit forme sous
ces toitures disproportionnées, et la robe entravée,
collante aux hanches et moulant les seins... les longs
gants qui retombent du poignet, les doigts retirés
pour manger les petits fours. J'avais à peine dix-sept
ans, aux premiers jours de 1915, quand il fut pour la
première fois dans la rue permis aux hommes de
regarder le pied des dames jusqu'à la cheville, et j'en
rougissais violemment. Quel chemin nous avions fait
d'alors à 1927! Puisque décidément j'opte pour 1927...

« Devinez qui j'ai rencontré! — dit Fargue, me
coupant la mémoire. — Vous ne devineriez jamais.
Basse-Taille, oui, le géant! celui qui chantait (*ici
Léon-Paul s'est écarté de la table pour laisser sa voix
lui partir bien du ventre*): *Maryse a le...* oh pardon!
comment disait-on quand il y avait des jeunes filles?
enfin *trente-six taureaux*... » Il riait tout seul. Imaginez-
vous, Basse-Taille, eh bien, Basse-Taille de nos jours...
cela le faisait rire à en avoir la larme à l'œil, si bien
que je ne saurai jamais ce que Basse-Taille, de nos
jours... Tiens, c'est drôle, on dit *de* mon *temps*, mais
jamais que *de nos jours*, je n'y avais jamais pensé.

« Mais savez-vous, chère amie, que ce jeune homme...
— et Léon-Paul, tourné vers son hôtesse, me désignait
d'un doigt agité comme s'il m'avait voulu tirer les
oreilles, — savez-vous que je l'ai rencontré, j'allais
dire surpris, il y a de cela bien cinq ou six ans... oui,
six, il était à peine majeur... dans un tout autre
quartier... » Six ans? Qu'est-ce que ça veut dire?
Il ne s'agissait donc pas de Rosanette? « Oui, chez
une vieille amie à moi, d'ailleurs, une femme char-

mante, mais qui ne devrait jamais parler qu'avec ses jambes... de très belles jambes, ma foi... il lui était, m'a-t-il semblé, fort cher, le malheureux! et elle faisait des vers! » Bon, je préférais qu'on abandonnât Mme Alexandre sur son banc du Square Notre-Dame. Je dis pourtant au poète : « Mieux vaudrait, cher ami, ne pas parler ici, à table, ou l'avez-vous oublié? d'une personne qui, elle, est morte... et m'a donc oublié, elle... » Et lui, avec cet air mi-doux : « Vous avez raison, mon petit, tenons-nous-en aux vivantes! » Il levait son verre à la dame présente. « De toute façon, je préfère l'Ile Saint-Louis! »

Il ne devait pas lire les vers en anglais, faut croire. J'ai gardé une plaquette de l'autre, la morte, il faudra que je montre ça un jour à Marie-Noire, pour lui donner idée de la distance. D'un potasson à l'autre. Les poèmes, c'est fantastique : ça se démode encore bien plus que les femmes. Je veux dire leurs robes.

Le père de Marie-Noire n'était pas acteur. C'est Papa. Ne pas confondre. Pourquoi diable Marie-Noire préférait-elle ne jamais parler du sien? Il n'était pas sympathique, cet homme, ou bien, il avait quitté sa femme? Je préfère imaginer Marie-Noire aux Bains Deligny. Le père, ça se trouvera un autre jour. On vit très bien sans. Surtout cette génération-ci qui retire pour un rien sa liquette. *Laissez votre paternel au vestiaire!* Slogan.

Ce 8 octobre 1965, un vendredi, il fait une chaleur de juillet, une année où juillet vous grille. Deligny est une grenouillère. On n'a pas vu ça de l'été. Des gens s'arrêtent sur le quai, un peu plus bas que la passerelle Solférino, te vous reluquer la jeunesse au naturel, ce qu'on en aperçoit sur le praticable du solarium, à travers le caillebotis blanc, Marie-Noire se sent parfaitement contente d'être seule, débarrassée du volleyeur, en route pour la Yougoslavie. De se laisser caresser de l'œil sans que ça tire à conséquence. Pas le moment de lui parler de son papa. Elle pense vaguement à Paris beurre-frais qui s'est débarbouillé çà et là pendant les vacances, à l'encombrement des voitures sur le pont de la Concorde, aux travaux le long des quais rive droite qui n'ont guère avancé, écoutant tousser le bulldozer. Il est question qu'on l'engage, Marie, pour les *public-relations* chez un éditeur. Mais il faut être aimable avec des types qui ont passé l'âge. Et c'est fou l'inconscience des hommes! Ça croit rester buvable, à rajeunir ses caleçons. Il lui prend l'envie frénétique d'un jus de pamplemousse. N'y en a plus. Avec ce soleil. Plash! ça plonge de tous les côtés. Deux types, vêtus d'un minimum pièce, se plaignent de l'extension de la zone bleue.

Si elle voulait, je lui apprendrais bien le malais, à cette Marie-Noire. Le siamois ou le khmer, à la rigueur. Avec ces événements. Dans le siamois ce qui me plaît, à moi, c'est l'écriture. L'alphabet le plus régulier du monde. C'est net, des jouets. Mais le malais. Avec le malais, l'intérêt réside dans la syntaxe. Elle exprime les rapports sociaux, nationaux, raciaux. Les pronoms personnels changent suivant la classe respective des interlocuteurs, leur nationalité respective, nous qui n'avons que le *tu* et le *vous*, à peine plus raffinés que des Anglais (bien que ce soit peut-être plus snob de réserver le *tu* exclusivement pour Dieu). Chaque fois qu'il y a une révolution, en principe, il faudrait changer la grammaire. Je m'expliquerai plus loin. En attendant, vous pouvez toujours potasser le *Berlitz Bahasa Melayu Tinggi*, spécialement édité pour le personnel commerçant d'outre-mer de la *Standard Vacuum Oil Company* en 1952, et vous le voyez d'ici, le personnel commerçant, quand on lui dit bonnement : *Tuan Churchill orang Inggris?* qui apprend à répondre : *Ya, Tuan Churchill orang Inggris*, et plus subtilement à la question : *Presiden Sukarno kah orang Amerika?* réplique : *Tidak, Pre-*

siden Sukarno buan orang Amerika, tetapi orang Indonesia... etc. Textes qui se comprennent tout seuls avec un peu de malice, si l'on se souvient que le mot *orang-outang*, nous apprend le Grand Larousse, vient en particulier du mot malais *orang* qui signifie homme. A défaut d'un dictionnaire d'indonésien. J'en ai bien un, mais c'est indonésien-anglais : l'*Echols and Shadily*...

« Bon, — dit Marie-Noire, — mais quel besoin puis-je avoir du malais, ou du javanais, pour les *public-relations* ? D'autant qu'aucun avenir ne s'ouvre pour moi, semble-t-il, dans les services commerciaux d'outre-mer de la *Standard Vacuum Oil Company*... » Remarque déplacée dans la bouche d'une jeune personne pour moi tout imaginaire, à qui ne s'adressaient aucunement les lignes précédentes. Ce n'était pas à moi, de toute façon, qu'eût pu la faire, cette charmante fille, aussi dévêtue qu'il est permis à cent mètres de la Chambre des Députés, puisqu'elle ne m'a jamais vu en chair et en os et que, d'ailleurs, ce jour d'extrême chaleur, je suis chez un médecin du boulevard Haussmann, en train de me faire charcuter le visage. Ou si c'était la veille ? Je pourrais téléphoner à la secrétaire, pour vérifier la date ? Bah, les grandes batailles, l'histoire militaire les localise rarement à vingt-quatre heures près !

Tout de même, comment se fait-il que j'aie prêté cette repartie à Marie-Noire, comme si je l'eusse, même imaginairement, connue, en pure contradiction avec ce que je venais de dire ? Simple étourderie ? Je ne crois pas. Le problème est de savoir ce que j'avais oublié : que Marie-Noire ne pouvait m'entendre, que je ne pouvais entendre Marie-Noire... ou tout simplement que, ou Marie-Noire ou moi, il faut choisir, est dépourvu d'existence réelle. Par conséquent que, dans aucun cas, la conversation ne peut entre l'un et l'autre s'établir... il n'y a point communication entre ces mondes où nous avons l'un et l'autre apparence d'être, et l'imagination ne saurait se confondre avec la mémoire. Elle est le plus souvent fille de l'oubli.

Par exemple, tout à l'heure... c'est-à-dire cinq jours après que j'aie imaginé... ou tout du moins cinq jours après celui où j'imagine Marie-Noire à Deligny, traversant, moi, le Pont Alexandre, au volant de ma voiture, immobilisé par le feu rouge, à mi-fleuve, j'ai aperçu (ou plus exactement j'apercevrai) une scène qui pourrait donner départ d'un développement romanesque : au soleil de seize heures, environ, une personne en pantalon, dans une version féminine du travesti, c'est-à-dire un pantalon de linge blanc avec une veste à flaflas bordés d'une ganse noire, un chapeau de paille et un appareil à la main, se porte, ou portera, vers une passante brune, sans chapeau ni fantaisie particulière à son petit ensemble foncé. Elle offre à celle-ci une feuille de papier, étant apparemment une de ces photographes qui vous prennent à l'improviste et vous envoient votre portrait si vous inscrivez votre adresse sur le bulletin tendu. Cela ne doit pas intéresser la passante qui dépasse la quémandeuse, mais pourtant aura, il faut bien croire, changé d'avis, car elle se retourne pour échanger quelques mots avec ladite, ralentissant le pas. L'autre répond à une question que je ne puis, ne saurais saisir ni reconstituer au mouvement des lèvres : elle a, du moins aura eu, dans les épaules je ne sais quelle précipitation complaisante, qui exprime, exprimait sans doute l'espoir d'une pratique décrochée. Cela, très bref. La passante a repris reprend la rapidité de son pas, suivie encore un instant par cette personne qui fait le trottoir en tout bien tout honneur, puis s'arrête s'arrête, puis s'arrêtera déconcertée, regardant vers les Invalides, en quête d'une proie plus docile. Ce genre de tableautin m'eût sans doute paru dépourvu de tout intérêt, si brusquement je n'avais été saisi d'une ressemblance. La passante... pas possible ? Non, vous n'y êtes pas, je connais plusieurs personnes à Paris. Celle-ci me fait penser, oh, du bout des cheveux! à une femme-peintre, d'un très grand talent, dont la peinture me plaît au-delà de ce qu'on en exprime. Comme, inconsciemment, sous ma main la voiture s'est remise à doucement rouler, je me dis à la muette, d'une tête hochée, drôle plutôt d'imaginer que ce puisse être Mireille Miailhe, voilà-t-il pas qu'un second photographe se précipite sur elle, même cérémonie, le papier tendu, la passante cette fois ne lui porte pas intérêt, l'abanbonne comme une mouche derrière elle, arrive au coin du trottoir, côté Petit Palais, et rencontre un troisième photographe, avec un petit veston de toile grise ouvert, flottant, qui s'élance vers elle, malgré l'évidence, son désintérêt, la marche hâtée, il a dû élever la voix, tend son bulletin à bout de bras, comme pour engueuler celle qu'il sollicite et, les voitures s'ébranlant, j'aperçois, de profil, le profil qui ne tient pas à être photographié, juste comme Mireille Miailhe s'engage sur la chaussée, ou enfin la personne qui semblait ressembler à Mireille et qui, d'ailleurs, lui ressemble, pour la bonne raison que c'est elle. Et en effet c'est, ce sera bien elle, et alors il n'y a plus de roman, puisque Mireille Miailhe a cessé d'être un personnage imaginaire.

Me voilà prévenu : je ne dois jamais rencontrer Marie-Noire, connaître Marie-Noire, ou elle ne sera plus Marie-Noire. Et je file, parce que, me retournant pour suivre le manège des photographes, je vois la demoiselle au chapeau de paille qui a brusquement intercepté des clients : un type comme ils sont tous maintenant, avec des cheveux blonds tapioca faisant mèche en avant, et une fille rieuse, son petit ballot à la main sortant sans doute de Deligny, justement Marie-Noire qui ramène avec elle sa dernière conquête.

J'avais depuis longtemps cessé d'imaginer Rosanette, ou de me souvenir d'elle, comme il vous plaira.

Pas d'elle seulement. D'autres femmes à qui j'ai pu être bien autrement lié, qui ont joué dans ma vie un rôle d'autre importance. Je ne sais comment vous êtes, mais essayez de fermer les yeux, vous retrouvez peut-être des circonstances, un restaurant, une promenade sur un lac, un certain parf... des tournures de phrase... qu'est-ce qu'il vous reste de ce qui vous a pourtant, jadis ou naguère, paru la chair de vos regards ? Cette expression vaut ce qu'elle vaut. Tient lieu de plusieurs autres. D'une certaine sorte de gémir. Qui est-ce, les autres ou moi, pour s'effacer ainsi ? Cette vie, il faut croire, était écrite au crayon. Je me relis de vieilles lettres, et ne les comprends plus. Rosanette, après tout, ce n'était qu'une fleur du papier, au mur d'une chambre de passage. J'essaye de préciser son image, il me semble qu'elle avait une petite irrégularité des dents d'en haut. En ce temps-là, ce n'étaient pas choses que l'on songeât le moins du monde à corriger. Fumeuse avec ça, qui vous offrait des cachous. La petite boîte de fer ronde, vous savez, dont on fait tourner le couvercle, que ça t'ouvre un trou sur la tranche. Que de choses je revois avec cette précision-là ! Des lieux, des objets. A diverses profondeurs, comme les poissons dans l'aquarium. Tout à coup changeant de position respective. « Ces messieurs-dames seront contents, la pièce est bien chaude... » dit le valet qui veut son pourb.

Par exemple, un café près du Châtelet, j'y arrivais vers une heure, une heure et demie du matin : en ce temps-là, j'avais un travail de l'après-midi et du soir. Cela commençait vers les trois heures le tantôt, je dînais dans les parages, puis. Jeune, j'aimais marcher, même dans la pluie. Une chose étrange, la pluie, dans le quartier des Halles, avec les épluchures, la bousculade, les clameurs. Souvent je m'amenais avant l'heure au café en question. On pouvait y prendre une choucroute ou simplement de la bière. Des collègues m'accompagnaient parfois. Le plus souvent, j'étais seul. Pas tout à fait seul. Parce qu'il y avait les habitués. On se saluait, on ne se parlait pas. Mais on n'était pas seuls. Je ne vais pas vous décrire l'endroit, quel intérêt, pourtant c'est extraordinaire ce que j'en revois les détails, cette population flottante, la molesquine écailleuse où d'anciennes fesses avaient laissé leurs fossettes. J'avais souvent un bouquin avec moi. Ma pipe posée sur le marbre, je lisais dans des langues improbables des poèmes épiques ou des journaux de sport. Les gens avaient bien remarqué la bizarrerie de mes bagages.

Une nuit, je déchiffrais du siamois précisément... pourquoi précisément. J'ai l'adverbe qui m'échappe, une sorte de salive, j'ai beau me surveiller... je déchiffrais donc n'importe, un texte t'haï... il faut dire que j'avais pris curiosité de ces « Berceuses pour éléphants » qui ont fleuri vers le milieu du xviie siècle, par quoi des brahmanes tentaient d'apaiser la bête prise et ligotée, et, sur le son des flûtes ou de claquettes en bois, dans un langage obscur, lui promettaient une vie autrement douce que dans les forêts sauvages, et ce genre de poésie qui suppose à la fois chez l'éléphant connaissance de la langue t'haïe et le sentiment de la beauté des vers, me faisait je ne s... bref, je déchiffrais un *kap* de K'hun T'hep K'hawi, j'étais à déchiffrer un *kap* quand le chauffeur de taxi qui venait tous les soirs nous prendre, quatre ou cinq, à nous entasser dans sa bagnole, et il nous distribuait, quelqu'un avant moi, du côté du faubourg Saint-Jacques, puis repiquait me déposer à Montparnasse, les autres c'était rue de Vanves, et par là-bas, au-delà des portes... le chauffeur donc une nuit, tout ce que je savais de lui, une confidence, c'était qu'il avait une pendule de coquillages rapportée de Mers-Plage, il m'avait surpris dans un alphabet dont on n'a pas idée, net comme des moustaches de chat, s'était assis sur ladite molesquine, et me dit : « Quelle sorte d'homme tu es, je me demande ? Tous les soirs que je te trimbale, et pas plus avancé. Après ça, si tu faisais un mauvais coup, on m'interrogerait... » C'est drôle :

Isidore, admettons qu'il s'appelait Isidore, pour lui, c'était comme avec mes confrères, les linguistes : parce qu'avec eux aussi j'étais un peu suspect à cause de mon polyglottisme [1]. Un polyglotte pour eux, ce n'est pas catholique : linguiste ou sémanticien, le chic réside à ne connaître que sa langue maternelle. Moi, pour ne vous rien cacher, je trouve que ça frise l'inceste.

Il y avait des putains aussi sur les banquettes. Mais ici, c'était le repos, c'était en dehors du travail. Elles entraient, vous reconnaissaient, montraient d'un petit signe qu'elles vous connaissaient, jamais sans qu'on se fût parlé. Elles restaient entre elles, ici. Souvent apportant des sandwiches dans leur sac. Une qui avait un chien, un colley, lui venait me rendre visite. Sa patronne parfois le rappelait : « Pistache! Tu ne vois pas que tu embêtes Monsieur ? » Je faisais non de la pipe. Pistache s'en retournait dans les jupes de sa maîtresse, la queue basse, et il me regardait de loin. Je lui avais donné un sucre, une fois, peut-être six mois avant. En fait de colley, c'était plutôt un Airedale : ça ne se ressemble pas, peut-être qu'elle avait changé de clebs entre-temps...

Mais les femmes, allez vous rappeler les femmes! Les distinguer. On se souvient bien d'un morceau de sucre, mais le distinguer d'un autre! Quant aux femmes, on prête à l'une les particularités de l'autre. Et puis, je ne sais pas, comment on a fait ça avec elles, hein? On dirait une sorte d'incompréhensible pudeur. Il y en a, encore, je les vois se déshabiller, ou me déshabiller. Dans le détail, c'est plutôt flou. A des époques diverses, des erreurs de perspective, quelque chose de lointain. Bizarre, les traits ne sont nets que pour les toutes premières. La chambre encore, une lumière, mais le sucre s'y dissout. Au-delà, je veux dire en venant vers moi, le moi d'aujourd'hui,

---

[1]. Polyglottisme... ce mot n'a pas l'honneur et, pendant que j'y suis, je devrais plutôt écrire *polyglottage* (péj.).

tout prend façon d'incertitude tendre. Cela ne dépasse guère le geste de leur écarter les genoux. Il me semble qu'il y aurait une incorrection croissante à mieux se souvenir. Le plaisir que j'ai eu d'elles. Parfois j'entends des hommes raconter le plaisir qu'ils ont pris, avec celle-ci ou celle-là. Oh, ce n'est pas la grossièreté, les mots parfois vraiment précis, non! mais je ne sais pas, j'ai envie de leur dire, voyons, voyons, c'était autre chose. Autre chose. Il n'y a pas de mots pour cela. Comment faire entrer cet *autre-chose*-là dans la linguistique générale? Cela ne s'inscrit pas dans les phrases. Ou plutôt si je commence une phrase, croyant avoir là, sur le bout de la langue, le tableau, le moment, la couleur, la robe tombée, cette clarté sur le corps de la femme, un ruban d'épaule qui glisse, et ce sentiment de peur mêlé à la hâte chez elle, ses bras, la tête perdue... le désordre qui se met dans la mémoire, je n'ai pourtant pas vraiment oublié, mais cela me fuit. Un Chelsea comme un autre... Si je force le souvenir, tout d'un coup, je comprends ce qui m'arrive : j'imagine, voilà, je ne me souviens plus, j'imagine. Le pire oubli, qu'imaginer. C'est oublier jusqu'au fait de l'oubli même. J'imagine...

Pas seulement les femmes. Ainsi Fargue, à propos de Chelsea. Comment, Fargue? dira-t-on puisque Fargue. Eh bien, pourquoi pas Fargue aussi, et qui vous prouve. Je suppose que plus que le fait, le nom vous trouble. Mais, après tout, qu'est-ce que ça vaut au juste un nom? Je pourrais appeler Léon-Paul Fargue n'importe qui du sexe masculin. Sauf quelqu'un qui aurait trop l'air, vraiment, la mèche, de s'appeler Napoléon Bonaparte. Et même, peut-être que je dis Léon-Paul Fargue, et que pour moi il s'agit de la Princesse de Clèves. Je ne plaisante pas. Si j'introduis dans un récit un personnage portant un nom connu, c'est histoire de révoquer les doutes que vous pourriez avoir le concernant. Par exemple, vous détourner de l'idée saugrenue, ou pas saugrenue, que c'est de moi qu'il s'agit. Dans le cas présent, j'ai voulu d'évidence avoir un personnage de tout repos, que vous croyiez connaître, puissiez-vous faire certifier conforme par quelques survivants, ou tout au moins avoir existé dans l'entre-deux-guerres. Toujours histoire de trompe-l'œil. Apporter à l'irréel la mesure de la réalité, effacer les frontières de l'imagination, qu'on se perde innocemment dans ce domaine incertain où l'on passe de la vue à la pensée, de l'insomnie au rêve, du témoignage à la fable, de la mémoire au mensonge. Etc. On fait ainsi entrer la vie, sa vie, c'est-à-dire *l'oubliable*, dans un nouveau système de références, un *roman* si vous voulez, c'est-à-dire qu'on la fait passer dans l'inoubliable. Et la vie ainsi s'explique, parce qu'elle cesse d'être hasard, pour s'éclairer de la construction systématique où je l'ai introduite, d'appartenir, comme disent mes confrères, à une *structure*. Bien, il ne s'agit pas de ça, mais le doute est maintenant jeté : Fargue, le Fargue par moi rencontré, est-il ou non Léon-Paul Fargue, ou ai-je donné son nom à quelque autre personnage, un Airedale par exemple, pour qu'on ne puisse le reconnaître derrière une identité établie avec des papiers d'état civil, plusieurs livres publiés et une préface posthume de Saint-John Perse ? Peut-être. Peut-être pas. En fait, jusqu'à ces dernières lignes, vous ne vous êtes pas un instant demandé si j'avais connu, rencontré, fréquenté ce poète. Il vous paraissait évident que je l'avais pris tout fait, dans ma vie passée, l'épinglant dans ce récit, comme un souvenir, un papillon-souvenir pour télévision temporelle. Maintenant, il vous faut en rabattre. On ne sait plus. Moi-même. Sauf une chose, c'est que, moi, je n'ai jamais rencontré Léon-Paul Fargue. Je ne l'ai pas connu. Pas fréquenté. Pas moi. Ce qui change tout. Il y aura eu des gens qui cependant l'auront trouvé ressemblant. D'autres qui discutaient le portrait. Les voilà, les uns et les autres, désarçonnés. C'est mon droit de faire surgir chez Rosanette, ou d'inviter à déjeuner dans l'Ile Saint-Louis, un personnage appelé Charlemagne, Spinoza ou Léon-Paul Fargue, ou allez-vous donc me le contester. Charlemagne, en 1927, vous auriez pu dire, ça ne doit pas être le même. Sans doute. Si Léon-Paul n'est pas ressemblant, ce n'est pas oubli de ma part. Ici nous devrons redéfinir l'imagination.

Peut-être ne vous ai-je fait croire à la présence de ce lépidoptère du genre sphinx dans divers lieux de divagation que pour y mettre ce petit trouble, qu'on a, couché dans sa chambre, pour un froufroutement dans les rideaux, un bruit de vitre heurtée à la fenêtre. Quoi qu'il en soit, du moment que vous doutez de Fargue, qu'il peut être n'importe qui fardé de ce nom, mon Léon-Paul a jeté l'ombre équivoque de ses ailes, leur poussière, sur les gens, les lieux, les choses racontées. Peut-être choisi par moi pour cette phrase de lui qui m'a hanté : *En art, il faut que la mathématique se mette à l'ordre des fantômes.* Il me vient à l'esprit qu'en agissant ainsi ce n'est bien entendu pas sur Fargue, que je cherchais à faire planer le doute, mais sur toute la réalité du spectacle offert. Et peut-être même sur la réalité, à simplement parler. La manie que j'ai de montrer les dessous des tours de passe-passe fait que, désormais, je devrai remiser dans l'armoire la marionnette dont on a trop vu les ficelles. C'est fini, Léon-Paul Fargue ne peut plus être un acteur de ce drame. Même pas un simple *vous*, pour meubler le décor, comme je *vous* l'avais insinué. Il faudra qu'en fait de fantôme, j'aille lui chercher un remplaçant dans ce café du boulevard de Strasbourg, à côté du théâtre Antoine, où figurants et comédiens sans emploi attendent l'embauche derrière un anis lentement dégusté. Basse-Taille, par exemple, auquel, et je me demande pourquoi l'avoir préféré à Rogomme ou Stentor, aurait mon Fargue de carton du moins servi d'introducteur, avec ce fou rire que je ne puis partager, étant fils d'acteur, je vous le rappelle, et ne considérant point, ainsi que le peuvent faire d'autres, les gens de théâtre mal fortunés comme des fantoches risibles.

Et que soit l'éléphant Fargue ou Basse-Taille, la berceuse que je lui chante ne lui promet pas moins de trouver le paradis dans ce monde réel au son des flûtes et de claquettes en bois. Les hommes qu'on prend pour *sauvages* on les fait, derrière la jolie barrière de l'alphabet, même moins régulier que les caractères t'haï, entrer dans notre écriture, dans notre cage-écriture, ils deviennent personnages de roman, ils apprendront à danser, à déjeuner en ville, à parler de Chelsea, ah, Chelsea! je les apprivoise à des fins sémantiques, non reconnues par les hommes de science, mais ça viendra. Et que mes chers collègues le veuillent ou non, Fargue ou Marie-Noire, et moi-même, nous voilà comme apprivoisés, qui faisons partie d'un *ensemble*, c'est l'essentiel, un ensemble nommé roman, qu'il faudra tôt ou tard soumettre à l'analyse. Éléphants à bercer avant la crise de nerfs et la vaisselle lancée.

Cette année-là, j'avais rencontré mon destin.

IV

PERSONNE N'ÉCOUTE LES VOYAGEURS

C'est vrai que j'avais mes préoccupations à moi, mêlées de rêves. Les problèmes variables d'une langue sur l'autre, les similitudes des questions soulevées par des langues pourtant en tout différentes... Et puis, gagner sa vie, à d'improbables trucs qui tenaient quelques semaines... qui empêchaient d'ailleurs de se tenir au courant de ce qui se faisait dans ce domaine, en ce temps-là l'objet de brusques phénomènes d'extension... vous ne me comprenez pas ? Mais j'en étais, comme ça, à 1928, 1929, voyons. Vous ne vous rendez pas compte de que c'était, ces années-là, et de l'impossibilité de tout suivre, tout, d'être à jour. Il y a les bibliothèques, il faut encore pouvoir y aller. S'abonner aux revues, acheter les bouquins, vous en parlez à la légère. Évidemment quelqu'un comme Pichon attirait mon attention sur ce qui paraissait d'essentiel. Sans lui, j'aurais probablement passé à côté des travaux de l'École de Prague, comme on dit, les *Remarques sur l'évolution phonologique du russe* de Jakobson, et l'article de Troubetzkoy *Sur la morphonologie* qui m'avaient donné envie d'en savoir plus sur des travaux où je me sentais soudain comme un enfant qui apprend à lire... Il disait, Édouard, vous allez voir, ces gens-là, ils vont tout foutre par terre, on aura l'air de plésiosaures. Il avait un peu l'air d'un plésiosaure, déjà, lui. Mais l'histoire de la science, est-ce que ça peut se développer sans tenir compte de l'histoire des hommes ?

Voilà que j'en suis arrivé à ce moment de ma vie où le passé ni l'avenir plus ne comptent. Et tous ceux que je coudoie dans le métro, les concerts, le long de la Seine aux soirs de feux d'artifice, les messes de bout de l'an, les boîtes de nuit, les générales, finalement ne sont plus que décor, décombres ou défets. Peut-être de là vient que se sont gommés en moi de grands pans de mémoire. Des années et des années, je ne les traîne plus derrière moi que comme ces branches mortes au revers du pantalon (Une veuve! une veuve!). Je ne me rappelle plus clairement les rapports que j'avais avec ces silhouettes aujourd'hui incertaines. Une distance tout à coup s'est mise entre mille choses et moi. Toute cette rumeur ancienne s'est évanouie, ou peut-être cela tient-il à ce que s'est installée dans ma vie une constante musique, une sorte d'accompagnement aux jours et aux nuits. Je n'avais guère désormais l'envie d'imaginer un Fargue, une Rosanette. J'avais perdu le goût d'une certaine flânerie de la tête et du cœur. Tout se passait comme si j'avais eu des lèvres neuves, un autre corps, une raison d'être, la perpétuelle arrière-pensée d'un printemps. J'avais rencontré cette femme, ma femme. Voilà.

De cela, je n'ai pas l'intention de parler. Cela ne regarde personne. Bien qu'il me fût difficile, impossible, alors, de cacher ma folie, mon vertige. Mais cela ne tenait pas à ce que je disais. Je n'en parlais à personne, jamais. Seulement on voyait bien en moi la lumière et cela surprenait le monde. Silencieux que je fusse, mon secret se faisait mal gardé. Presque aussitôt, était-ce de ne le point partager ou simplement de son existence, cela me sépara de mes amis, de mes habitudes, et de plusieurs de mes idées. On a cru ne pouvoir se passer de ces objets qu'on avait chez soi, puis une femme entre, et on ne voit plus que l'encombrement des choses, on ne songe plus qu'à faire place nette à ce renouveau. On jette ce à quoi l'on croyait tenir, on n'aime plus que les fleurs fraîches. Ce que cela se fane vite, les amis.

Comme j'avais changé! Geoffroy Gaiffier tout de même. Portant ce nom par habitude. Un veston quand on se met à les faire courts et ajustés, on ne peut plus mettre l'ancien long et flou. Mais un nom, il passe à l'homme qu'on est devenu, et ça ne fait aucune différence pour la police ou les gens.

Par une curieuse logique, il advint, ou sembla logiquement advenir, que ces changements coïncidèrent avec le fait qu'il s'en trouva, des gens, à la fin des fins, pour prendre notion de mon étrange persévérance dans l'étude de langages problématiques, ou tout au moins auxquels on ne pouvait comprendre la sorte d'intérêt que je portais. La réputation d'un homme se fait tout d'un coup : jusque-là c'était un bohème ou je ne sais, un maniaque, l'anglais, l'espagnol, on comprend, l'allemand à la rigueur... Et puis je l'ai dit, les spécialistes, si on leur demandait leur avis sur moi, avaient une moue : qu'on apprenne le latin, le grec, le sanscrit, bon! Ils me tenaient pour un traducteur ou un interprète, tout au plus. Un linguiste, cela analyse les langues, cela ne les parle pas. Mais justement, dans les ministères, ce qu'on cherche, c'est plutôt des interprètes que des linguistiques. Cela se dit, cela parvint à des personnages qui s'étonnèrent, et puis qui sans doute avaient quelques calculs touchant l'extrême-sud oriental. Enfin l'on me fit plusieurs propositions où je n'eus qu'à choisir. Nous nous expatriâmes donc. Bangkok, Phnom-Penh, puis Saigon, Sumatra, Java... Une diversité de babillages...

Le murmure du vent roulé — soumarouwoun'g —
du vent roulé parmi les plantes, tarde et dort...

D'avoir appris le malais, je n'étais plus un cerveau brûlé, une espèce de rêveur comme ce René Ghil que personne ne lit, et dont je me surpris à répéter les vers, qu'émaillent les mots de la vulgaire de Java, comme les très douces phrases de ma vie :

Yiau

C'était Fête-hier dans Batavia.
      Tout en haut
de la mer et ses soleils qui sont dans ma tête
ainsi qu'un resplendissement de regrets! ah
tout en haut de mes Yeux en détresse, il monta
des voiles et des mâts, et des ailes plissées
au dos de rêves de dragons, d'ediong'-Tshina...

 Des années passèrent. J'ai beaucoup appris dans les mers du Sud. Il faut voir l'homme ailleurs qu'où l'on naquit. Sortir de la vie habituelle. Alors on en sent mieux la grandeur et la misère. Les gens qui ont toujours vécu en Perse ont l'habitude de marcher par les rues au milieu des mourants. La famine est pour eux naturelle comme chez nous le coryza. Dans les îles, le langage avait pris sens, la syntaxe avait cessé d'être hiéroglyphe de la vie. J'en voyais les coutures. Ici l'oubli était impossible. C'était le monde cruel de la mémoire qui ne peut se démentir. Et puis je n'étais plus seul. Toute menace, toute injustice, je les regardais dans ce miroir. Il suffisait du frémir de cette main dans ma main... J'ai dit que je n'en parlerai pas. Je n'en parlerai pas. Ou juste pour... Non. Non. C'est la contre-phrase, enfin, du vers lamartinien : *Un seul être vous manque et tout est dépeuplé.* N'essayez pas de la faire, *un seul être...* il suffit d'un seul être pour donner au monde sa profondeur.

 Aujourd'hui, si je me tourne vers cette époque de ma vie, tout se confond, j'ai oublié jusqu'à l'inoubliable. Je n'en ai gardé qu'une couleur, un visage. Je crois avoir rêvé ces contrées, le soleil et les grandes pluies. Si j'en parlais, ce serait comme Fargue de Londres, *ah Chelsea, Chelsea!* D'abord, je croyais, revenant à Paris, avoir beaucoup à dire. Mais personne n'écoute les voyageurs. Ils sont lassants à vous entretenir comme ça de choses qu'on ne connaît pas. Alors vous parlez le javanais ? me disait-on. Je n'aurais jamais cru que, vingt ans après l'école, les gens eussent cette dextérité à l'emploi de cet argot qu'on fait, ajoutant au bout des mots *javon, javé*. Mon dentiste, qui est le confident de toutes les bouches du théâtre, du cinéma, de la littérature, me laissant la gueule ouverte, à sécher, avec un gros tampon de ouate dans la joue, Dieu que je déteste ça! me racontait tout ce que j'avais besoin de savoir pour n'avoir pas l'air de tomber du ciel. Basse-Taille était mort, on ne savait pas si c'était un suicide. Gide s'est converti au bolchevisme. Vous n'avez pas vu *Liebelei* ? Ah, ça, mon cher, faut aller voir. Mais je crois que vous connaissez Mme Alexandre, hein ? Eh bien, imaginez-vous, imaginez-vous que son mari a découvert le pot-aux-roses... Le pot-aux-roses ? Quel pot... Bon Dieu, je vous ai dit de ne pas fermer la bouche! Le temps que ça sèche... Le pot-aux-roses, bien entendu, qu'elle et Jacob Boehme... Mais non, il ne le savait pas! Vous êtes bon, vous, ce n'est pas une raison parce que tout Paris. Il les a surpris. A la longue, on perd toute prudence. Là, j'ai failli m'étrangler. Oh, ça a été un drame! Alexandre se promenait avec un revolver. Il le montrait à tout le monde, en expliquait le mécanisme. L'ennui, c'étaient les petits fours. Un tas de gens qui ne savaient plus où aller, en fin d'après-midi. Tout le monde n'est pas reçu chez Mme Mühlfeld. Et puis, vous savez, quand on s'est créé des habitudes... J'ai vu votre ami Moussinac, récemment. Pendant que vous vous prélassiez sous les palétuviers, il en a eu, des embêtements. Il avait ouvert un théâtre, place du Delta, je crois bien. Vous savez ce que c'est la place du Delta ? C'est sensiblement la barrière Poissonnière, et l'amorce de ce que furent les Promenades Égyptiennes, je parie que vous n'avez jamais entendu parler des Promenades Égyptiennes ? Elles n'ont duré qu'un an, pour laisser place en 1819 au Jardin du Delta... tout ça, oublié! Avec Moussinac, la Russie remplaçait l'Égypte. Drôle de genre de catachrèse (*je rectifie, parce que lui, prononçait* prothèse). Il avait compté sur ses amis politiques pour le soutenir, pas vrai ? Jouant comme ça des pièces de là-bas, hein ? Et puis va te faire fiche. Ils n'ont pas vu le point, faut croire. On l'a laissé bouffer ses économies... Jacob Boehme me l'avait envoyé, mais lui s'est recommandé de vous.

C'était ma canine gauche qui nécessitait la machine, bzz, bzz, bzz, et puis rincez-vous. On était le combien de quelle année ? La seule chose dont il ne m'avait pas soufflé mot, le dentiste, c'était que ce soir-là, place de la Concorde... et moi, si j'avais songé à enlever la feuille du calendrier, la date du jour ne m'aurait rien dit : je ne savais pas que le six février, ce serait le Six-Février. Il n'était encore que quatre heures de l'après-midi. Un beau temps, pas croyable. Enfin Jacob et Rosanette s'étaient mis dans leurs meubles. Ils vivaient assez pauvrement. Ah, ce n'est plus l'avenue Victor-Hugo ! Un petit couple édifiant, des amoureux... Mais vous comprenez, les diamants, c'est fini. Alors, n'oubliez pas, hein ? allez voir *Liebelei*...

Mon dentiste, il avait son cabinet Place Vendôme. La haute voûte, une cour avec une banque américaine, la beauté de l'escalier, le premier au-dessus, les grandes pièces si hautes qu'elles avaient l'air vide, l'acier des instruments, le fauteuil tournant blanc... dans sa blouse à manches courtes, un calot, l'homme d'un mètre soixante et onze, net comme tout le reste, sa moustache de Siamois, et tout le recul nécessaire au coude, vers le plafond, pour vous arracher la molaire.

Le type qu'elle avait rencontré à Deligny, Marie-Noire, son métier, c'était la télévision, mais sa vie, c'étaient les chansons. Il n'en ratait pas une. Adamo, Guy Béart, Richard Anthony, Catherine Sauvage... et puis le Musicorama d'Europe n° 1... il traînait sa

nouvelle amie partout. Un garçon d'un sentimental!
Mais pour le reste, pas de surprise : elle l'avait choisi
dans l'eau, alors. Une truite au bleu, on vous l'a
d'abord montrée dans l'aquarium. Rien à dire,
il était bien frais. Ils étaient chez lui, il y avait
au mur ce Picasso qu'on voit partout, une reproduction, on se serait cru dans un film de Godard : elle sur
le lit, lui qui apporte à boire du Frigidaire, tellement
plus dans son élément, comme ça, tout nu. Elle lui dit,
admirative : « On ne t'a pas tiré à plusieurs exemplaires ? parce que j'ai une amie... » Et lui, pas étonné
du tout : « J'ai un petit frère, mais faudra attendre...
il a onze ans! » La boisson était bien fraîche, du lait
tout simplement. Marie-Noire rêvait, on ne sait à
quoi. Lui, jouait avec les cheveux de Marie-Noire.
« On ne t'a jamais dit... — commença-t-elle, et puis
ça saute, les yeux vers le mur. — Pourquoi ça s'appelle *Guernica*... ce tableau... » si bien qu'il ne saura
jamais ce qu'on ne lui a jamais dit. Et lui : « Pourquoi
tu t'appelles Marie-Noire ? s'il fallait tout expliquer... »
Évidemment, elle a une idée de derrière l'oreille.

Pourquoi, pourquoi est-ce que je raconte cela ?
Je le savais avant de commencer cette page. Puis ça
m'est sorti de la tête, Peut-être n'est-ce pas du tout
à Marie-Noire que je songeais ni à ce garçon qui me
rappelle mon cousin Louis, à sa petite moustache près,
un brin de fougère roussie lorsque j'avais cinq ou six
ans et qu'on m'envoyait le réveiller vers dix heures du
matin, étant rentré Dieu sait quand, il criait *quoi ?*
pris d'une peur épouvantable parce que je survenais
dans la chambre et, voyant cet enfant, il rougissait
comme une demoiselle, d'avoir surgi torse nu des draps
abominablement froissés : il avait toujours une légère
sueur sur les narines, et cherchait à tâtons son pince-
nez, myope en diable, et, désarmé de ne pas avoir ses
verres, plus pressé d'en coiffer son nez que de mettre
une chemise. C'est peut-être lui qui m'a donné l'idée
d'apprendre les langages austraux, étudiant qu'il était
aux Langues Orientales, comme je le devins. Mais pas

le nouvel ami de Marie-Noire. Qui ne sait pas que, *Guernica*, c'est du basque.

Je n'avais encore jamais entendu parler de Guernica quand je suis revenu de Java, en 1934. Je n'étais pas le seul. Il y a des lieux comme ça qui deviennent un beau jour, et pour un certain temps, célèbres, tout le monde les ignorant la veille encore, se croirait déshonoré de ne pas en connaître le nom, ou même, plutôt, n'imaginerait pas qu'il puisse y avoir quelqu'un qui ne le connaisse pas. C'est généralement, pas toujours, le prix du sang. Encore un peu de temps et une fille demandera à un garçon, au lit : « Dis donc, cet Hiroshima, qui c'est ? Un poète ou un général ? » et l'autre, s'il l'a su, l'aura peut-être *oublié*. Nous sommes tous un peu le cousin Louis, quand il ne pouvait pas retrouver son pince-nez. Quel âge il pouvait avoir, vingt ans ? Au plus. Lui, une époque est venue où une femme qu'il avait abandonnée l'attendait le soir au bas de chez nous, sous la voûte, avec un revolver. Il en avait aussi peur que de moi le matin. Il remontait, le visage griffé. C'était comme ça, l'amour en 1905. Je vous avais déjà parlé du cousin Louis : c'est lui, plus tard, juste après la guerre, en 19, il me semble, qui m'avait prêté le Creuzer... Quand j'étais chez mon antiquaire, vous vous rappelez ? Et il est certain que c'est de cette longue lecture entrecoupée de petites filles, qu'était né l'*Essai sur les parlers mythiques*, qui était, après tout, un anti-Creuzer, une entreprise pour éliminer la mystique en conservant l'érudition de *Symbolique et Mythologie*... L'apport sérieux de Creuzer, c'est d'avoir considéré la mythologie grecque comme issue des croyances orientales, et en fait, pour ma part, de m'avoir dirigé vers celles-ci, c'est-à-dire, vers les langages d'Asie. Parce que, les symboles, moi, je m'étais mis à penser que c'étaient des mots désaffectés, dont l'ancien contenu avait disparu comme d'une église où on ne prie plus, mais les savants qui passent par là, plus tard, se refabriquent une religion ou les Viollet-le-Duc en repeignent à leur idée les murs. Tout ça pour dire que j'abandonnai mon *Essai* pour une exploration verbale de l'Orient. Nous voilà loin du garçon trouvé à Deligny, que j'appellerai pour l'instant l'*Inconnu de la Seine*...

Mais quelle idée avait donc Marie-Noire derrière sa jolie oreille, comme une mèche de cheveux rejetée ? Son type, en tout cas, n'était pas myope. Il lui demandait, rêveur : « Qui tu préfères ? Aznavour ou Barbara... » J'ai *oublié* ce qu'elle a répondu. Chez Rosanette, avenue Victor-Hugo, la grande vogue, c'était Fortugé. Et, à la réflexion, le cousin Louis avait bien quelque chose de Fortugé. En 1934, j'avais tout à fait oublié Fortugé, mort dans la fleur de son âge. Quant au cousin Louis, je n'y ai pas songé une fois en trente et un ans. Je veux dire de 1934, où je l'ai vu en passant à mon retour de Java, jusqu'à aujourd'hui, dans cet octobre brûlant de 1965... C'est qu'alors, comme tout le monde, je commençais à avoir d'autres chiens à fouetter. Impossible de me rappeler comment cela put bien commencer. Il y a des gens qui ont attendu Guernica, moi c'était bien avant. Peut-être l'affaire Stavisky... je m'y étais intéressé parce qu'on appelait Stavisky M. Alexandre, et ça me faisait rire, pensant d'abord à Maxime qui avait un peu disparu de mon horizon avec le romantisme allemand, et puis le mari de Rosanette, qui avait, lui, mis quatorze ans à comprendre, l'un dans l'autre, si j'ose dire, le caractère volage de Maryse. *Trente-six taureaux*... avec toutes ces stations de métro le chiffre en avait dû être plusieurs fois dépassé. Elles avaient pris un autre caractère, les stations de métro, quand on s'était mis à y descendre en courant, un tas, pour échapper à la police. C'est ce que, nous autres sémanticiens, nous appelons un changement de sens. De ce type que Darmesteter tenait, lui, pour un *oubli*. Jusque-là, le métro, on le prenait pour aller à son travail, enfin c'était un moyen de communication. Voilà qu'il servait maintenant à se garer des matraques. Mais ce nouvel emploi devait être de courte durée en raison des succès du Front populaire. De trop courte durée pour que le mot métro se chargeât d'une signification consignée comme *pop*. Dans les dictionnaires, avant de connaître la consécration de l'Académie. En matière de métro, si j'ose dire, la variation linguistique la plus remarquable de ces années fut celle de ce qu'on appelait alors le *Nord-Sud :* c'était une ligne allant de la Porte Clichy à la Porte de Versailles, qui n'appartenait pas à la compagnie propriétaire du mot *Métropolitain*. Dans le langage courant, le mot Nord-Sud signifiait une ligne souterraine neuve, propre et parfumée, contrastant avec le métro du début du siècle, sale et malodorant. Par la suite, la nouvelle appellation devenue désuète, tout prit le nom et l'aspect du métro. Le *Nord-Sud* fut oublié, il se fit entre le métro classique et lui une osmose de crasse, où le sens de l'utopie Nord-Sud s'évanouit, par catachrèse, comme dans ces révolutions dont le rêve avec le temps disparaît sous l'ancienne poussière revenue. Et du coup, par un curieux effet, le chemin de fer souterrain qu'à Berlin on disait *Untergrundbahn*, *Subway* à New York, vit le mot métro, d'un nom propre, devenir un nom commun.

C'est en pleine guerre d'Espagne que je les ai rencontrés, Jacob et Rosanette. Dans un petit bistro d'où on pouvait voir sortir de la Comédie Mlle Rachel et Alfred de Musset. Avec de l'imagination, parce que, pour l'instant, Alfred, il était en pierre sur un banc de pierre, sous une muse de pierre plutôt blonde, des bandeaux bien sages, et pas l'air d'avoir l'envie d'aller souper passage Vérot-Dodat comme elle le lui faisait peut-être luire. Mais, le temps que ceci se lise, on aura oublié qu'il y avait un monument à Musset à l'angle de la Comédie. Je disais, un petit bistro en longueur qui fait un peu le coin de la place, au bord nord-ouest de la rue Saint-Honoré, devant la fontaine occidentale, juste en arrière de la station de taxis. On n'a pas l'air de se douter que c'est là que Jeanne d'Arc a été blessée, et de là qu'on est parti à l'assaut du Louvre lors des Trois Glorieuses. Non, c'était plutôt fait pour les chauffeurs de place, accoudés au zinc, comme s'ils n'avaient pas du tout envie de gagner leur matérielle, leurs voitures dehors, avec le drapeau noir, et toute sorte de gens qui vont dans un sens et dans l'autre, regardant à droite, à gauche et au fond, aux praticables de la scène, s'il ne vient pas un taxi qui s'arrêterait à la station encombrée de tous ces véhicules à l'embossage sous l'emblème des pirates.

En pleine guerre d'Espagne. On ne se rend pas compte, près de trente ans plus tard. La peinture, ça continue. Mais l'histoire. Maintenant tout le monde sait qui c'est, Rimbaud, on s'excite sur, comment donc ? Un homme de l'oubli. L'oubli fait homme. L'inventeur à vrai dire d'un système métagrammatique d'écriture lequel permet d'aboutir par un jeu de miroirs analogue à celui des rimes (mais étendu à la phrase) à une création imprévue due à des combinaisons phoniques, fournissant à l'écrivain les éléments mêmes du récit. Impossible de retrouver son nom, tout d'un coup... ah, c'est bête. Je le vois, comme si j'y étais, en 1922, ce soir-là, au Théâtre Antoine... et puis son nom, pas mèche ! Enfin je ne connais que ça, qu'est-ce que je disais ? Dada à la Sorbonne, *Ubu* à la Télé, Malraux ministre, l'histoire, quoi ! Mais Guernica... le *Petit Larousse* que j'ai sous la main est de 1924, l'année des *Rapaces* (*Greed*, vous vous souvenez ? Stroheim sans Stroheim... aux Ursulines)... Guernica, Guernica, ça doit être un film plus tard, et les titres, vous savez, c'est comme pour un morceau de musique, on écrit ce qu'on veut sous les images : *Pavane pour une infante défunte*, *Morceaux en forme de poire*, *Symphony in blue*, *Pierrot lunaire*... tout ça, des noms propres. On dit Marie-Noire, et qu'est-ce qu'on sait d'elle, après tout ? De l'idée qu'elle a derrière l'oreille, comme une plume d'oie. D'ailleurs elle n'en a peut-être pas. Pareil, avec *Guernica*, on l'achète aux Galeries, vous savez, la Maîtrise ? Ou à Deligny. D'une autre monnaie. Achète n'est pas le mot. On achète un billet de métro, mais, en général, on sait où on va. Où va-t-elle, Marie-Noire, avec ce beau gosse ?

A la station Ternes, si on m'avait dit, cette femme, dans quatorze ans, ce sera pendant la guerre d'Espagne, il y aura deux chauffeurs de taxi avec leurs cache-poussière qui seront en train de faire de la lutte à mains plates à côté du comptoir, Alfred de Musset en face, les candélabres-bouquets, leurs têtes rondes, déjà tous allumés à six heures du soir sur la place... parce qu'en 1922 qu'est-ce qu'il y avait en fait de lumignons ? et Jacob avec une canne à pomme d'ivoire, une femme à son bras. Nom de Dieu, c'est Rosanette ? Bien sûr. Qui voudriez-vous que ce soit ? Jacob est un amant fidèle. Un Jacob à quatre épingles, pas un grain de poussière. Il a toujours une cravate marine à pois blancs, sa barbe, et cette voix de tête dont il joue, on dirait l'ocarina. Mon chair, quelle hureuse sœurpryse... Un Don Juan drôlement pas du tout Mozart.

« Bonjour, mon cousin », dit Rosanette, et c'est bien elle. Mais comme si elle s'était oubliée. Comme si ses yeux n'étaient plus violets, mais noirs. Comme si l'éclat était devenu poudre. Comme si elle avait maigri pour ressembler à Rachel. Comme si le boa sur ses épaules était toujours à la dernière mode. Comme si elle avait perdu son ticket de métro, qu'elle le cherchait sous les chaises, puis oubliait même de le chercher sous les chaises. Alors elle s'asseyait. Elle avait ce sourire errant, la bouche ouverte, absente. Et Jacob parlait d'abondance, un vrai canard marchant en tête devant ces dames canes, pas tout à fait comme si on s'était vus la veille, mais. Par exemple, votre petit ami D..., vous le voyez toujours ? Il vous a dit, non ? Parce qu'il est chez Hitler, ces jours-ci. Nuremberg, *heil! heil!* il doit se lever avec les autres, tout le Congrès, le bras tendu. On n'a pas idée de ça à Java, hein ? Ça viendra. Et Léon Moussinac ? Vous l'avez revu depuis votre retour! Nous sommes sortis ensemble un soir, avec Eisenstein... un drôle de mec, celui-là! Une foule de connaissances communes qui lui revenaient dans la moustache, au courant, au courant de tout et de tous, l'œil toujours gros, du sous-Fargue, facilement fixe, dans cette tornade, qui vise Maryse, l'inquiétude, puis ferme sa taie d'aigle devant le soleil. Maryse, elle avait ouvert son sac, disposé un tas de petites choses sur la table, des clefs, un mouchoir froissé, deux ou trois rouges, une lettre, le poudrier doré, des élastiques, un tas d'élastiques qui avaient dû fermer des boîtes avec du coton rose, qu'est-ce qu'elle cherchait ? Elle ne s'en souvenait plus : « Dites, qu'est-ce que je cherchais donc ? Ah oui... Mon cousin, je ne peux pas me souvenir. Vous êtes le fils de la Tante Esther, ou comment ? Je me perds dans cette famille, je me perds. J'essaye en vous regardant de retrouver les autres. Il y avait un grand brun, frisé frisé, toujours à me chiper mes caramels. Un beau garçon. Vous êtes du côté de Maman, vous, en tout cas... Ah, voilà mes cigarettes! » Les cache-poussière volaient entre les tables : la lutte des chauffeurs prenait des proportions épiques. « Vous n'avez pas du feu ? » dit Rosanette au garçon. « Qu'est ce que c'est ? — dit le garçon —, une *Camel* ? » Alors Jacob trouvait-il la conversation trop intime : « Mais non, mon petit! Comme toujours une Perrier pour Madame et moi une Suze à l'eau! » Mondain avec ça, décidément. Non, cette année, nous ne sommes pas allés à Megève. Ça finit par être toujours la même chose. Et la petite, vous savez, le ski. Avec sa patte. Oui, elle se l'est cassée bêtement, comme ça, pas du tout les sports d'hiver. En voulant attraper un pot de confitures. Pendant que je n'étais pas là, imaginez-vous. C'est une gourmande, ça, c'est une gourmande! Et elle : « Je vous remercie, ça va mieux... »

J'avais bien remarqué qu'elle boitait un peu. Ou

tout au moins je n'avais pas voulu tout à fait le remarquer. Il y a de ces choses qu'on voit sans les voir. Mais ça n'expliquait pas, cet air d'oiseau traqué. Et le sourire. Comme s'il lui était interdit de s'arrêter de sourire, d'un sourire de chez le dentiste, ne fermez pas la bouche avant que le ciment ait pris, surtout ! Et, peut-être, à en juger par le regard, qu'il avait déjà pris, le ciment, mais ailleurs... Elle fumait sa *Camel*, qui était une *Three Castles*, semant ses cendres sur le marbre. Ailleurs. Le sourire ailleurs. Jacob, dans sa danse de paroles, avait approché ses bacchantes de mon pavillon et, sous la table, il me pressait bizarrement le genou dans sa grosse patte de sergent de ville : « Un petit coup de sang qu'elle a eu, la mignonne... vous comprenez... — soufflait-il, avec un air de confidence, — un petit coup de sang, maintenant ça ne se voit plus trop... de gauche... parce qu'à droite, euh, euh ! Elle s'est payé un petit coup de sang ! »

Un mendiant qui sentait l'aisselle des ponts venait d'entrer, tenant par la main, sa poupée de chiffons pressée sur son cœur, une petite albinos aux yeux vides, d'une étrange propreté, laquelle se mit à chanter sous le nez de l'un, sous le nez de l'autre :

Ah, parlez-moi d'amour !
Redites-moi des choses tendres...

Jacob, s'autorisant de ce que je fumais ma bouffarde, sa Dunhill posée sur la table, avait sorti une blague de caoutchouc et lui déplissait l'anus : « Moi, mon cher, vous savez, les *Camel*, ou les... je préfère le gros cul. » Le vainqueur du combat dont Chimène est le prix sirotait une menthe verte : dans la deuxième, à Vincennes, il complotait de ponter sur Lucie de Lammermoor, c'est une petite pouliche qui a de l'allant. On la donne à dix contre un. Mais justement. Justement quoi ?

A chacun son rêve et sa vie. On parle ensemble et cela donne un brouhaha. Qui prêterait l'oreille au long désert des autres ? Personne, je vous dis, n'écoute les voyageurs. Chacun fait sa fumée. Et vit dans sa maison trouée, sous son petit panache bleu à lui. Maryse range ses rouges sagement, puis, une idée, les ressort.

« Parlez-moi un peu de votre charmante femme, — dit Maryse, — je vous ai aperçus ensemble, mon cousin. Comment donc est son petit nom ? »

V

« ET TOI, TA GRANDE PASSION ? »

Je m'avise, à raconter les années de ma jeunesse, des trous singuliers de ma mémoire, ou du moins de la construction que ma mémoire en élabore. Je raconte ma vie comme on fait les rêves au réveil. Tout d'un coup de simples anecdotes sont données pour les épisodes de l'essentiel. Etc. Par exemple, une rencontre avec celui-ci ou celle-là. Maryse ou Fargue. Et puis c'est entre haut et bas, à propos de Pichon, que je fais allusion aux amitiés que j'ai eues, en ce temps-là, dans ce que j'appelle avec une désinvolture qui ne peut tromper personne, *l'avant-garde artistique et littéraire de la saison*. Par exemple. Mais pas même un mot de la guerre du Maroc, et de l'effet qu'elle a eu sur moi. Ni de... Bon, puisque, cela, c'était systématique ! Tout de même...

A toutes les époques, les gens de mon espèce ont vécu avec la perspective d'une utopie. Dans les temps modernes, il n'y a pas besoin de mettre les points sur les *i*. Mais avant, c'était Dieu, le paradis, ou simplement la bonté. Avoir parcouru tout cet espace qui va de l'autre guerre à la guerre d'Espagne, sans un mot de ce qui se passait là-bas... je veux dire en U. R. S. S... ça pourrait se prendre pour une forme de l'oubli. Oh, je sais bien : il ne manque pas de gens pour qui. Mais moi. D'ailleurs moins pour des raisons sociales que morales. Ou étais-je si mal informé ? Je suis de ceux à qui, par exemple, l'interdiction du film d'Eisenstein, *Le Cuirassé Potemkine*, ont plus appris sur la texture de notre propre société que tous les ouvrages d'économie et de politique n'auraient pu faire. C'est Moussinac qui m'avait mené voir ça dans un club fermé, sur la montée de Montmartre. Il ne faut pas croire que j'en étais resté là. Certains faits font tache d'huile, ils rendent autour de vous le papier transparent. On commence à rêver. Le Front populaire était un de ces rêves-là...

Ah, nous vivons d'analogies. Rien pourtant ne nourrit moins bien son homme. J'avais à peu près oublié ce qu'il advint de Frédéric Moreau, et toute son histoire avec Rosanette, mêlée à ce temps de la Seconde République. Quand on pense à *L'Éducation sentimentale*, on n'en retrouve plus guère que le mot de la fin, ces souvenirs de collégiens en 1837, à Sens, qui s'étaient présentés au lieu de perdition de la ville, avec des fleurs, puis, croyant qu'on se moquait d'eux, se sont enfuis. Et, pour résumer d'un mot toute sa vie, Frédéric dit à Deslauriers : *C'est là ce que nous avons eu de meilleur*. Moi, pour cette phrase, toute la vie, j'ai eu l'envie d'aller au bordel à Sens, puis voilà, ça ne s'est pas trouvé, et maintenant on les a supprimés, les comme vous dites.

1937, ce n'était pas 1937, et pas plus 1848. Le Front populaire, on ne pouvait pas en venir à bout avec un Changarnier et une fusillade au bout de quatre mois. Il fallait d'abord le feu un peu partout pour remettre la France à la raison, la cerner, avant de se jeter dans une entreprise d'autre envergure. On le savait, bien sûr, sans y croire. On sentait pourtant le sol pourrir sous les pieds. Il y avait encore des cortèges et des chants. Les disputes intérieures détournaient les esprits de ce qui se passait au loin. On m'avait embauché dans une organisation d'intellectuels qui se donnaient pour but l'arbitrage entre les partis contre le fascisme : c'est-à-dire qu'on s'y dévorait à belles dents. Il y avait un professeur d'histoire,

Maman! Nous l'appelions la Tarasque, et quand il apparaissait... C'est vers ce temps-là que j'aperçus encore deux ou trois fois Maryse et Jacob dans le quartier : ils ne devaient pas habiter très loin. Ils me ramenaient à d'autres pensées. Elle, s'appuyait au bras de son poète, de plus en plus emmitouflée de boas et de voiles. J'essayais de me rappeler comment diable finit Rosanette dans le roman ? Impossible. Ça doit tenir en deux ou trois lignes dans un coin. Ce qui m'était présent à l'esprit, c'étaient les scènes du Deux Décembre, sur les marches de Tortoni la mort de Dussardier, Sénécal démasqué... Tout cela n'a rien à voir. Le reste après, ce n'est que quelques pages : *Il voyagea. Il connut la mélancolie des paquebots... Il revint. Il fréquenta le monde, et il eut d'autres amours encore...*

Flaubert, de qui se débarrasse-t-il ? De Frédéric ou de nous ? Treize lignes lui auront suffi pour, des marches de Tortoni à cinq heures d'un soir de décembre 1851, par-dessus quinze années et quatre mois, sauter à cette tombée du jour où Mme Arnoux arrive chez lui, à Paris, à la fin de mars 1867. Cinq pages et neuf lignes, dans l'édition originale. La vie a passé : ils se seront revus du moins une fois pour savoir qu'il est désormais trop tard. Une paire de ciseaux et une mèche de cheveux gris. Cela suffit pour effacer Rosanette. *L'Éducation* n'est pas l'histoire des femmes avec lesquelles, Frédéric ou Gustave, le héros a couché, mais celle de la femme avec laquelle il ne s'est finalement rien passé. Et même, en y regardant de près, s'il nous est dit de Rosanette qu'elle est *veuve d'un certain M. Oudry, et très grasse, maintenant énorme...* et qu'elle a adopté un petit garçon, qu'importe désormais! C'est de Mme Arnoux seulement que nous avons gros cœur. De Mme Arnoux ou d'Élisa Schlésinger. A en croire Gérard-Gailly, à qui l'on doit d'avoir vu clair dans tout ceci, l'entrevue de 1867 a eu lieu en 1866, non point à Paris, mais à Bade, où Flaubert s'est rendu. C'est l'un ou l'autre. Mais, Bade ou Paris, l'essentiel tient à ce que, dans le *roman*, soit ici entrée une scène que l'auteur ne pouvait prévoir, en pleine écriture du récit, que la vie ait forcé la main de la chimère. Ainsi Mme Schlésinger vient au livre en gestation ajouter *l'inimaginable*, c'est elle qui achève l'œuvre, ne le voyez-vous pas ?

Tous les romans du monde, au bout du compte, ceux qui les ont écrits n'avaient-ils pas une différente histoire à dire, qui a pris ces traits pour les autres ? Celui qui a inventé *Tristan et Yseut*, peut-être qu'à la fin de sa vie il passait devant une maison aux volets fermés, et qu'il détournait les yeux... Manon, il y avait encore, voilà quoi, pas vingt ans, sur la route des filles perdues, l'auberge où Des Grieux obtint de lui parler une dernière fois... et celui qui fut vraiment Julien Sorel, son ombre flottait encore à Brangues, si bien que Claudel avait pris Stendhal en grippe parce que, dans *Le Rouge et le Noir*, à son avis, ce n'était pas le jeune garçon de son village qu'on voyait, mais je ne sais quelle invention romanesque.

Hölderlin avait au moins *cru* inventer la fin de son *Hypérion* : la mort de Diotima... il n'était que d'un lustre en avance sur la réalité. Quand il écrit la dernière page du roman, c'est, semble-t-il, tout juste avant son départ de Francfort, sa séparation d'avec Suzette Gontard. La mort de Diotima est-elle un reflet de ce qui finit alors ? une transposition de ce qui a amené le coup de tête de Hölderlin, quittant Francfort ? Dans le roman, Hypérion revient en Allemagne et son désespoir se mêle au jugement sévère qu'il porte sur le peuple allemand, il va quitter ce pays, il l'annonce. Mais la dernière lettre à Bellarmin, par quoi le livre s'achève, marque le soudain apaisement du héros, lui qui n'espérait plus rien de ce peuple : *Aber der himmlische Frühling hielt mich auf... (Mais le printemps céleste me retint ; il était la seule joie qui me restait, il était même mon dernier amour, comment aurais-je pu penser encore à d'autres choses et quitter le pays où il demeurait ?)*. Cette dernière lettre annonce

« *Et toi, ta grande passion ?* »

donc la survie de Hypérion, au-delà de Diotima, la négation de la mort : *Was ist denn der Tod und alles Wehe der Menschen ?... qu'est-ce donc que la mort et toutes les douleurs des êtres humains ? Ah, que de paroles creuses les originaux ont forgées! Tout pourtant survient du désir et tout pourtant finit dans la paix.* La mort de Diotima, à laquelle pourtant il continue de s'adresser, n'est qu'un symbole, et Hypérion lui dit encore : *Auch wir, auch wir, sind nicht geschieden, Diotima, und die Tränen um dich verstehen es nicht... (Même nous, même nous ne sommes pas séparés, et les larmes versées sur toi ne le comprennent pas).* Et c'est peut-être encore l'espoir du mot terminal : *So dacht ich. Nächstens mehr. Ainsi pensais-je. Prochainement j'en dirai davantage...* Ainsi en dispose Hölderlin en 1799. Mais le 22 juin 1802, la vie donne une autre fin à *Hypérion*, deux ans et demi après la publication du *Second livre* : Diotima, c'est-à-dire du moins Suzette, meurt et au début de juillet Hölderlin arrive chez sa mère fou furieux. Tout s'est ici passé à l'inverse de *L'Éducation*. La vie et le roman rivalisent à inventer le malheur, les modalités du malheur. J'en parlerais sans fin, mais je n'ai pourtant à cette minute le cœur qu'à la double histoire de Frédéric et de Mme Arnoux, de Flaubert et d'Élisa Schlésinger. Et pour nous qui pourrions, pourtant, à refermer ce livre, en avoir nostalgie, ce qu'il advient d'une Rosanette, pourquoi faut-il... peut-être est-ce que nous n'y croyons pas, tandis que Mme Arnoux, c'est pour nous démontré, nous ne voulons même pas en douter, on l'a prouvé, on n'y reviendra plus, c'est bien Élisa Foucault, femme de l'éditeur de musique Maurice Schlésinger, sujet allemand. C'est de cette femme réelle que depuis près d'un siècle nous sommes amoureux. Nous. Je veux dire tous les hommes d'une certaine espèce. Ceux qui ne peuvent pas s'arrêter au coin de la rue Tronchet et de ce qui fut la rue de la Ferme, je veux dire la rue Vignon, jetant alternativement les yeux de là vers la Madeleine et la rue Basse-du-Rempart,

sans ressentir cette amertume de Frédéric qui attendit
en vain, ici, Mme Arnoux, tandis que le peuple se sou-
levait ce jour de février 48. Dans le va-et-vient moderne, la pancarte de sens unique à l'entrée de la rue
Vignon, les filles sur le trottoir (tiens, ces jours-ci,
elles ont toutes la panique, parce qu'il y a un étranger,
dit-on, qui les étrangle...), nous sommes ceux dont le
cœur bat d'un souvenir qui est devenu le nôtre. Si un
homme s'arrête à ce lieu banal, regarde autour de lui,
ne se décide pas à traverser quand les voitures s'arrêtent, et ses yeux se perdent... je me dis : il pense à
Mme Arnoux. Et dans la rue Richelieu, je ne peux m'empêcher de chercher où était le magasin Schlésinger. Je
le sais, mais je n'y crois pas, à cause de ce grand bâtiment moderne, une banque ou quoi ? qu'on y a construit. Que nous importe désormais Rosanette ! L'étrange
chose que la vie : Mme Arnoux, pour nous, toute sa
séduction sera de n'être pas morte du fait de Flaubert, romancier... et ce qui donne à jamais à Diotima
ce retentissement dans le cœur des hommes à venir,
c'est d'avoir en mourant donné la plus cruelle vérité
à l'invention du poète. Mais non, non, je n'ai que faire
de cet Hölderlin à qui *follement* tout me ramène, tout
le temps me ramène ! Ce n'est ici le lieu. Ni le moment.
Pour Marie-Noire...

Si *L'Éducation sentimentale* paraît à la veille de 70,
dont elle porte *par anticipation* la date, sans doute
cela n'a-t-il pas plus de sens que ces présages dans le
ciel avant que César tombe sous le couteau de Brutus
et commencent les guerres civiles de Rome... *Nec diri
totiens arsere cometae*, dit Virgile (*Géorgiques*, I, 488),
on ne l'avait jamais vu *autant s'embraser de comètes
effrayantes*, mais n'est-il pas vrai que ce roman, de
bout en bout, est habité par les bouleversements du
pays ? Et l'on ne saura jamais ce que put, aux premiers
jours, en penser Élisa Schlésinger, qui habitait alors
l'Allemagne, et dont on a pu retrouver tous les Flaubert, sauf un, *L'Éducation*... La fin qu'avait écrite à
celui-ci l'auteur : *C'est là ce que nous avons eu de meil-*

leur... ce souvenir pour oublier... n'est qu'une façon de nouer sa chaussure au roman. Mais la vie, onze et douze ans après, devait lui donner son réel épilogue. Flaubert ne l'a pas connu. Cela ne devait être que pour nous, car c'est seize mois après la mort de Gustave, qu'en septembre 1881, quelque part à cinq lieues au sud de Bade, étant à la chasse, Maxime du Camp voit sortir de l'asile d'Illenau, au-dessus d'Achern, sur les contreforts de la Forêt-Noire, comme un pensionnat, les folles qu'on mène en promenade. En tête de la colonne, une vieille, et *ses cheveux blancs et désordonnés s'échappaient de dessous un vieux chapeau de paille bosselée, où pendait une fleur déchiquetée...* Le reste de la description est trop atroce pour s'y complaire. Elle salue Maxime, et lui reconnaît Élisa. On sait qu'elle dura sept années encore sans sa raison. Ainsi s'achève au pire cette amère histoire d'amour. Qu'en était-il resté dans cette tête démente ? Avait-elle eu seulement conscience de Flaubert mort ? Je pense souvent à cette femme détruite, avec tout ce qui est la détresse de mon cœur. Elle est l'image de notre destinée, de cette chose pire que la mort qui est de se survivre. Elle est le spectre épouvantable de l'oubli. Oublieuse oubliée... ses yeux errent par cette petite colline boisée au sud-est de Baden-Baden et les grilles de la maison d'aliénées l'attendent à la fin de la promenade, noires sur l'automne des arbres roux. De ce drame, il ne sera jamais fait d'opéra. Yseut au moins meurt jeune, et belle encore, il y a la mer, les vents, le navire, tous les genêts du Léonnois dans la musique, et l'on couchera les deux amants dans la même tombe, d'où s'élève le double chèvrefeuille. Il fallait les temps modernes pour créer l'absolu du désespoir. Au fur et à mesure que l'âge m'envahit, et me cerne, je comprends mieux la scène d'Illenau, j'en sens plus profond dans ma chair la signification déchirée.

Et ces mots me reviennent que je disais tantôt : ... *auch wir sind nicht geschieden, Diotima, und die*

Tränen um dich verstehen es nicht... quand on est jeune est-ce qu'on comprend les choses mieux que ne font les larmes ? Il faut l'usure patiente du cœur pour en voir la trame. Il faut avoir perdu le goût du breuvage pour que les lèvres remarquent la dureté du verre. Qu'est-ce que je disais de l'utopie ? Il n'y a pas utopie que des sociétés. L'amour. Ah, dites si vous le voulez, que je blasphème. Et puis l'on croyait en l'avenir, parce que l'on croyait en soi, bien entendu. Au fur et à mesure que *soi* s'amenuise, que l'avenir n'est plus pour lui, l'homme cesse d'y croire, déchire déjà ce qu'il lui en reste, puisque ce n'est plus l'infini... Marie-Noire ne peut pas comprendre cela, me comprendre. Il n'y a pas de commun langage entre nous, pas de commune mesure. J'ai dépassé le temps des larmes. Ce ne sont plus mes larmes qui ne comprennent pas, Diotima, l'impossibilité de nous séparer. Déjà, l'oubli... déjà, la glace... je n'ai lu *Hypérion* que très tard... mais Marie-Noire ne me permet pas de m'expliquer sur ce sujet : elle a la tête pour l'instant encore à *L'Éducation sentimentale*.

« Moi, Monsieur, — dit Marie-Noire, — je ne vois pas dans ce livre-là tout ce qui vous travaille. » Elle n'a rien entendu de ce que j'ai dit d'*Hypérion* : ce n'est pas de son folklore. Quand j'ai cessé de parler de Frédéric Moreau, elle a continué à rêver sans moi. Et elle suit sa pensée : « C'est peut-être parce que je ne suis pas assez au courant des personnages, de leur temps, comment ils étaient habillés, de quoi ils avaient l'air aux bains de mer, et puis je peux bien vous l'avouer : ça m'est très difficile d'imaginer la vie sans autos, à moins que ça soit l'époque où on montait à cheval comme on se mouche. Je l'ai lu, ce bouquin. C'est presque aussi difficile qu'un roman d'espionnage...

— Parce que les romans d'espionnage, c'est difficile ?

— Tiens, cette idée! Il faut connaître. Outre que c'est plein de politique et, les auteurs, ils se trompent tout le temps eux-mêmes, étant donné que, le temps d'écrire et que ça vous parvienne dans les pattes, les frontières ne sont plus à la même place, il y a eu trois contre-révolutions, les vilains deviennent des sous-développés, on ne s'y retrouve plus. Pour en revenir à ce Flaubert, dans *L'Éducation*, ce que j'en ai retenu, moi, ce sont les enfants.
— Les enfants?
— Bien, vous n'avez rien remarqué? Il y a le garçon de Mme Arnoux qui a le croup le jour où Frédéric l'attend rue Tronchet. Il y a l'enfant de Frédéric et de Rosanette qui meurt couvert d'une espèce de muguet. Il y a l'enfant que Rosanette adopte et, vous, ça ne vous touche pas autrement, vous ne voyez qu'une chose, qu'elle a grossi...
— Mais vous avez lu ça avec attention, ma chère petite, comment ça se fait?
— Oh, il n'y a pas mystère. Le *Livre de poche*... C'est pas parce que c'est bon marché, mais. Cet été. J'avais un ami, il se faisait tout le temps attendre...
— Le volleyeur ? »
Elle me regarde et, tout d'un coup, elle se rend compte qu'il y a dans tout ça quelque chose d'anormal, qu'elle résume par : « Comment vous savez ça, vous, le volleyeur ? » Je ne peux pas lui expliquer que c'est moi qui l'ai inventé, le volleyeur, puisqu'elle croit que c'est elle. Puis, moi-même, me voilà très gêné. J'avais dit que je ne pouvais pas avoir de conversation avec Marie-Noire, parce que ça rompait toutes les conventions entre nous. Et voilà que je me prends en flagrant délit. Remarquez, on peut avoir décidé d'une chose et, chemin faisant, changer la règle du jeu. Je pourrais aussi bien l'avoir rencontrée, où, ce n'est pas la question, cette enfant. Pourquoi est-ce que je ne parlerais pas aux jolies filles, voulez-vous me dire ? D'autant qu'en 1965, ça doit faire seize ou dix-sept ans que ma femme m'a quitté. Vous ne saviez pas ?

Voilà ce que c'est que de parler, de parler. Bon, ce côté de la question ne vous regarde pas. Je ne vous raconte pas ma vie privée. Une fois pour toutes. Je pourrais aussi bien l'avoir rencontrée au Ranelagh, Marie-Noire... ou bien, être un ami de sa mère... ou... enfin, c'est facile. Elle pourrait avoir envie de se distraire avec autre chose qu'un jeune homme, et moi, je pourrais lui enseigner un dialecte de Bornéo... pendant que son type est au quai Kennedy.

« Vous êtes drôle, vous, — elle dit, — à quoi ça me servirait, vos dialectes, pour les *publics relations*? Il n'y a pas beaucoup d'acheteurs, vous savez, dans ces sports d'hiver-là! Mais, alors, c'est vrai que vous avez été à Bali? »

Je lui dis que oui, j'ai été à Bali, que ce n'est pas surfait, les femmes, la beauté des femmes de Bali. Elle dit : « Parlez-moi plutôt des hommes... j'ai vu des photos. » C'est fou ce que j'ai peu à dire des hommes de Bali, moins encore que de Chelsea. Elle ne s'anime que pour les robes, et refuse de me croire quand je lui dis que le velours en vient de Lyon... Elle se pince le nez, très sérieuse, puis affirme : « Ça doit avoir changé avec l'indépendance! » Là-dessus, elle me pose un tas de questions sur Sukarno, et ce qui se passe en Indonésie (où c'est, Djakarta?), parce que la lecture des journaux cette semaine, elle s'y perd, et qu'est-ce que les Chinois font là-dedans? J'essaye de lui expliquer la géographie, elle me suit mal : « C'est presque aussi difficile... — Qu'un roman d'espionnage, Marie-Noire? Bien sûr. Si vous connaissiez la langue... est-ce qu'on comprend quelque chose à un pays, aux gens d'un pays si on n'en connaît pas la langue? Tenez, c'est ma marotte, mais prenez le malais, je vous dirai des choses élémentaires touchant le malais : il ne faut pas oublier que c'est une langue des îles, c'est-à-dire une langue de marins et de marchands, qu'on cessera de parler si on s'enfonce à l'intérieur des terres, la langue des rivages où s'affrontent des hommes et des femmes de nations, de races diverses, et transparaissent les dominations successives, les hégémonies sociales des aborigènes, des étrangers, des colons... Si vous vous adressez à un Chinois ou à un Tamoul, vous aurez des mots différents, et cela se marquera dans la multiplicité des pronoms personnels, dont la foison s'explique par la diversité des rapports humains, et les pronoms personnels ne sont pas les mêmes, ni dans un sens ni dans l'autre, entre Malais ou entre Malais et non-Malais, ou entre hommes, ou entre hommes et femmes...

— Ah, c'est trop compliqué! — dit Marie-Noire, — je ne comprends pas. » Je lui explique : le *je*, c'est pis que pour les romans, entre personnes égales, à se poliment parler, on dit *saya*, on écrit dans les livres *sahaya*. Entre Malais s'entend, comme entre Malais et Européens. Mais si le *je* s'adresse à un souverain... « S'il y a des souverains! » interrompt Marie-Noire.

Appelez-les *rajah* ou *radja*, si vous voulez, le *je* donc s'adressant à un Rajah se dira *patek*, et si nous sommes entre Malais, en langage familier, *aku*... mais *beta*, par écrit, entre personnages officiels du cru. Quant au pronom vocatif, le *vous* (il n'y a pas de *tu*), la relation entre celui qui parle et l'autre se complique : un Malais parlant à un Européen dit *tuan*, à une dame européenne *mem*, à une dame chinoise *nyonya*... mais s'il parle à un Rajah ce sera *engku*, à un prince régnant *tuanku*, à un simple chef malais *dato'*, à un Chinois né en Malaisie *baba*, à un banquier chinois *tanke*, à un Chinois quelconque ou à un Tamoul quel qu'il soit, de l'Inde ou de Ceylan, çivaïste, djaïmite ou bouddhiste...

« N'en jetez plus! » dit Marie-Noire.

Mais si vous parlez pour une assemblée de Malais vous direz *engkau*, entre gens de même rang *entchek*, et par écrit des personnages officiels se diront *sahabat-beta*... Ce qui n'est encore rien : car, dans la correspondance, le pronom porte entre amis et parents le caractère de la parenté ou de l'amitié, variant avec l'âge... vous n'y êtes pas? Par exemple : vous écrivez à votre frère cadet, à un jeune cousin, un jeune beau-frère, le *vous* employé sera *adinda*, et sous sa plume à lui *adinda* signifiera *je*, s'adressant à vous. De même avec un jeune ami, si la différence d'âge est de faible importance. Tandis que votre frère aîné (ou sœur aînée), un cousin, un beau-frère ou belle-sœur plus âgés, un ami d'une tout autre génération, vous écriront *kakanda* pour *je*, et ce mot sous votre plume à leur adresse signifiera *vous*. Un fils, une fille, un neveu ou une nièce, un beau-fils, une belle-fille, un très jeune ami se désigneront par *anakanda* qui sera le mot qui, sous votre plume, signifiera *vous* à leur égard. Dans les rapports écrits d'un père, d'un oncle, d'un beau-père, d'un ami âgé avec qui l'on correspond, *je* se dira *ayahanda* et leurs correspondants emploieront ce mot avec le sens de *vous*. Dans les relations analogues avec des personnes du sexe, une mère, une tante, une belle-mère, une dame d'âge, le même rôle est joué par le mot *bonda*...

« C'est trop compliqué! » répète Marie-Noire.

Mais il faut tout ramener à une conversation entre *elle* et *lui*, qui ne sont ni commerçants étrangers ni marins à l'escale ni employés de la Standard Vacuum Oil Compagny ni rajahs ni gens d'âges différents, simplement une fille et un garçon, à Paris, une fille sans doute avec l'imagination qui travaille et un garçon comme tous, je veux dire Philippe, autant choisir Philippe, pour la commodité. Un personnage qui n'a pas de prénom, qu'est-ce qu'on peut faire dans ses bras? Je vous laisse le soin de transcrire, supposons le problème résolu : il lui aurait dit, Philippe, qu'est-ce que c'est, le bouquin que *tu* traînes? — *tu* exprimant ici aussi bien la relation entre eux que celle d'un Anglais quelconque avec Dieu, — qu'est-ce que c'est, ce bouquin, un roman d'espionnage? Elle lui aurait parlé des enfants dans ce roman-là, des enfants que vous n'y auriez pas remarqués, parce que c'est de Mme Arnoux que vous seriez amoureux... mais, ces jours-ci, au moins, cette fille, vous pourriez lui montrer un tableau de la Crucifixion, elle n'y

verrait ni Jésus ni les larrons, attirée dans un coin
par un petit qui joue innocemment à la toupie, sans
voir l'éponge de fiel tendue. Et, par exemple, elle et
Philippe, justement, ils ont été voir ensemble le dernier
Fellini au nouveau Drugstore de Saint-Germain-des-
Prés, et ce qu'elle en a retenu, là aussi, ce sont les
enfants, les enfants dans tout ça. Vous savez ? *Juliette
des esprits*... Il y a Juliette toute gosse, comme elle se
revoit, et puis ses petites nièces dans les trois, quatre
ans, qui dansent le twist. Quant à moi, je m'efface,
je m'oublie... Je récris tout ce qui précède, les conversations, comme si le rôle était distribué à quelqu'un
d'autre. A Philippe, pendant que nous y sommes.
Il y a des difficultés, parce que, par exemple, comment mettre dans la bouche de Philippe cette histoire
du velours de Lyon à Bali ? On supposerait qu'il y
a été mioche, parce que son père était représentant
de la fabrique, et une fois il a emmené là sa femme
et son fils. Alors quand Marie-Noire l'interrompt :
« Parle-moi plutôt des hommes... », Philippe, c'est
comme si on lui demandait de raconter Chelsea où
il n'a jamais mis les pieds, c'est fou ce qu'il a peu à dire
des hommes de Bali, des femmes aussi d'ailleurs. Il
ne sait pas un mot de la langue que ces gens-là parlent.
Il avait quatre ans et il ne dansait pas le twist, c'était
en 1946, il a un an de moins que Marie-Noire : « J'ai
un peu oublié... — avoue-t-il, et très vite : — Alors,
ce livre de poche, c'est sur les enfants ? L'idiot, c'est
que, sur les enfants, c'est toujours des vieux qui
écrivent, ils ont oublié. Ne m'embrasse pas comme ça,
ou je vais recommencer ! — Laisse-moi. — Je n'y
pensais pas, c'est de ta faute. » Alors, elle raconte
L'Éducation sentimentale. Enfin, ce qu'elle en a retenu.

Personne ne leur dira que c'est triché, qu'au début,
Frédéric, sur le bateau qui part de Paris, remontant
la Seine, pour aller à Nogent-sur-Seine (*regagnant sa
province par la route la plus longue*), quand il voit
pour la première fois Mme Arnoux, s'il a dix-huit ans,
nouvellement reçu bachelier, c'est triché. Flaubert,

à la première ligne du roman, délibérément a menti, datant l'affaire : *le 15 septembre 1840, vers six heures du matin.* — Parce que, lui, quand il a rencontré Élisa Schlésinger, en 1836, et qu'il en est tombé amoureux pour la vie, il avait quatorze ans. Naturellement, il y a excuse à ses propres yeux par le fait que si Frédéric, dans le livre, avait quatorze ans, Schlésinger comprendrait de quoi il s'agit, et puis d'autre part qui est-ce qui y croirait ? Un gamin, vous voulez rire ! C'est bon dans la vie, ces choses-là, mais dans un roman. Et Philippe, qu'est-ce qu'il retiendrait de tout ça, les quatorze ans, ou bien *amoureux pour la vie...?* « Qu'est-ce que tu as à me regarder comme ça ? — dit Marie-Noire, couchée sur le ventre, assez lasse, dans cette lumière de perle qui lui coule vers les reins. — Pourquoi tu ne dis rien ? Tu es là, tu me fais peur... ne fais pas ces yeux-là ! » Philippe ne se rend pas compte : « Quels yeux tu voudrais-t-il que je te fasse ? » Elle ferme un peu les siens, pour imaginer. Imaginer, c'est le contraire de voir : « C'est avec ces histoires de l'étrangleur, ces jours-ci, — elle dit, — je me demande... Quel plaisir il y prend, ce garçon, tu comprends, toi ? Peut-être que les femmes, d'abord, ça leur plaît, ses mains, là... — Les ravissantes mains de Marie-Noire sur son cou, elle bat des pieds. — Essaye un peu, pour voir comment ça fait ! » Elle s'est tournée vers lui, le cou, les doigts de la main gauche qui le caressent. Philippe trouve ça idiot. Puis il ne sait pas refuser, et aussi il a tout de même envie de ses lèvres où il n'y a plus trace de rouge, et il commence à faire semblant. Elle aime ce jeu. Il dit que c'est un jeu stupide, mais ses mains s'y prennent. Il serre un peu. Elle a rouvert très grands ses yeux sur lui. Il ne lui avait jamais vu des yeux si grands. Il serre un peu plus. Elle dit tout bas : « Plus fort... » Et tout d'un coup il sent qu'il y prend plaisir, il se redresse, les mains ouvertes, il éclate en sanglots. Un gosse, un vrai gosse. Qu'est-ce que tu as ? Il s'est écarté. Il est sur ses genoux, il regarde ses mains, il chiale.

Marie-Noire s'est mise à rire, mais qu'est-ce que tu as ? Il renifle, il a eu peur, à son tour, un tout petit instant, il a eu l'envie de vraiment serrer. Et puis, ça lui sort, il n'en pouvait plus : « Mais, idiote, est-ce que tu ne vois pas que je t'aime ? »

Elle s'attendait à tout, mais pas à ça. Ce n'est plus le genre des garçons. Dire à une fille. Non. Ça ferait rire. Il y en a encore, ils vous disent ça pour qu'on se déshabille. Mais au lit. Marie-Noire regarde Philippe. Elle ne rit pas. Il répète, comme un gamin qu'on a surpris l'œil à la serrure, à mi-voix : « Je t'aime... je t'aime... » Et elle dit : « Qu'est-ce qui te prends... au bout de quinze jours ? » Ça fait dans la chambre un grand silence. C'est peut-être de cela qu'il parle, au mur, ce tableau de Guernica. Ce type, il leur dit peut-être à toutes, un jour ou l'autre. Moi, je n'ai pas l'habitude. C'est comme quand on prenait le bateau à vapeur à Paris pour aller à Nogent-sur-Seine. Je t'aime, il a dit. Il n'a plus quatorze ans ! Maintenant tout va devenir d'un difficile. Il ne pleure plus, il dit : « Je t'aime... je ne l'ai jamais dit à personne... je me serais fait couper en petits morceaux, plutôt... et puis voilà... voilà... et tu as ri...

— Je n'ai pas ri, — dit Marie-Noire. — J'ai eu peur seulement, vraiment peur... »

Ils ne savent plus que faire ni que dire. C'est comme si... enfin. Ils sont là. Ils ont oublié. Philippe s'excuse : « On dit des choses parfois... on ne devrait pas... » Et puis ça lui revient, il crie : « Mais je t'aime ! » Une scène ridicule. Tout ça, terriblement gênant. Et voilà que Marie-Noire parle avec une voix très douce, comme on fait pour endormir un tout petit enfant : « Tu crois... Philippe... tu crois ce que tu dis ? » Elle a tout à fait fermé ses yeux maintenant, pour imaginer. Imaginer *je t'aime*. Un mot tout à fait oublié. Et puis voilà qu'elle parle, qu'elle parle, et je ne vais pas imiter ce qu'elle dit. Il faudrait du vice. On ne peut pas imiter l'eau. A la rigueur les larmes. Mais l'eau. Elle parle à Philippe. Qu'est-ce que je fais là-dedans ? On peut regarder des gens faire l'amour, mais se dire *je t'aime*, ça. Je suis de trop. Oubliez-moi, oubliez-moi, mes enfants. Ils n'y ont pas de peine, eux. J'ai dit ça une fois : *je ne l'ai dit à personne...* Ce n'était pas vrai. Je l'avais dit à toutes les femmes. Mais c'était vrai pourtant, je ne l'avais jamais dit.

Marie-Noire, qu'est-ce qu'elle imagine ?

Tout autre chose. Imaginer tout autre chose, c'est encore oublier, d'un oubli plus profond que le vide, l'absence, la pensée enfuie, c'est la pensée *prise*, occupée. Il lui est revenu que c'était ce matin qu'on devait voir la comète. Elle avait oublié la comète. Et se la rappelle soudain. Non pas à cause de Virgile, de la première *Géorgique*, cela nous n'y pouvons rien, c'est le déchet, la conversation changeant d'interlocuteurs, ni Philippe ni Marie-Noire ne peuvent citer le *nec diri totiens arsere cometae*. Il y a eu des jeunes gens jadis qui citaient Virgile au lit. Fini. Marie-Noire ne s'est pas levée hier à l'aube pour voir dans le ciel cette *comète effrayante* arriver dans la banlieue du soleil pour y devenir la seconde lumière du ciel, et sans doute se détruire d'avoir atteint la beauté. Il n'y a pas à regretter, personne à Paris ni d'ailleurs dans le reste du monde, sauf au Japon où on l'avait inventée, imaginée... personne ne l'a vue, et pourtant on affirme qu'elle a perdu la tête. A la veille de quoi sommes-nous, de quels meurtres, de quelles guerres civiles ? Une comète ne fait pas le printemps. Marie-Noire oublie la comète, oublie sur un guéridon son *Livre de poche*, elle se lève et se voit, s'imagine dans le miroir au-dessus de la cheminée. C'est dans un appartement de ce genre-là, il y a une cheminée de marbre blanc, avec une glace au-dessus, Marie-Noire oublie Philippe. Elle a vingt-quatre ans. Elle est encore belle. Elle se dit, avec un petit tremblement des lèvres, je suis *encore* belle. Dans deux ans, j'en aurai vingt-six. C'est à vingt-six ans que Brigitte Bardot avait décidé de se tuer, et ce n'est pas de sa faute si. Dans deux ans, je me serai peut-être déjà rendue indispensable pour les *public relations.* De toute façon, je serai vieille... Il y a bien cinq ans qu'elle pense avec horreur qu'un jour elle pourrait avoir vingt-six ans. Et si cela fait sourire les gens, ce sont des gens qui ont oublié ce qu'ils pensèrent, quand ils n'avaient pas vingt-six ans. Ou trente, c'est à peu près pareil. Flaubert, par exemple, écrivant à Louise Collet en 1853, je veux bien qu'il ait déjà trente et un ans : *Les souvenirs que je rencontre ici à chaque pas sont comme des cailloux qui déboulent par une pente douce vers un grand gouffre d'amertume que je porte en moi... Ah! comme je suis vieux! comme je suis vieux, pauvre chère Louise!* Marie-Noire n'a pas lu la *Correspondance*, on n'en est pas encore à en faire des romans d'espionnage, pardon, je veux dire des *Livres de poche*. Elle se regarde dans la glace, et elle y voit au fond, tout nu, assis sur ses jambes, ce garçon qui lui a dit *je t'aime*. Philippe, technicien à la Télé. Soldat *après* la guerre d'Algérie. Dix-huit mois en Allemagne, près de Baden-Baden, précisément de Baden-Baden. Revenu en 1964... Elle se tourne vers lui, c'est-à-dire vers cette imagination de lui que se fait la glace, et elle est sur le point de dire quelque chose qu'elle ne dit pas. Une pensée trop brillante, qui s'est trop approchée du soleil, et qui perd la tête. Il faudra qu'elle lui parle de Bade : il dit ordinairement *Baden*.

La concierge a apporté *Le Monde* pour Philippe. Elle sonne, et glisse le journal sous la porte. Marie-Noire regarde cette chose de papier ramper vers elle dans l'entrée. Elle se baisse et la prend, tourne les pages et lit :

LA COMÈTE RETROUVÉE

(*De notre corresp. particulier*)
Marseille 22 octobre. — *La comète Ikeya-Seki a pu être vue par l'observatoire de Haute-Provence dans la journée de jeudi.*

Après le lever du soleil le ciel s'est dégagé et les astronomes ont observé la comète à partir de 10 heures. Elle est passée au périhélie c'est-à-dire au point de sa trajectoire le plus près du soleil à environ 1 200 000 kilomètres de celui-ci. Il est assez extraordinaire qu'une comète passe si près du soleil. Elle était moins brillante que les prévisions l'avaient annoncé et difficile à observer, car le fond du ciel est très brillant.

La comète n'étant séparée du soleil que d'un degré, il était dangereux de pointer un télescope dans une direction aussi proche de celle du soleil, car la focalisation du rayonnement risque de causer des dommages. L'emploi de filtres interférentiels isolant la lumière du sodium a permis d'estimer les dimensions de la nébulosité entourant le noyau à 30 secondes d'arc, soit environ 25 000 kilomètres. En outre, on a pu déceler une queue très faible et très courte.

Les astronomes de l'observatoire de Haute-Provence ont pu obtenir des spectrogrammes notamment dans le bleu et le rouge. Le spectre de cette comète se caractérise par la présence de raies d'émission très fines de sodium souvent observées dans les comètes à moins d'une unité astronomique du soleil, ainsi que de raies de fer, distinctes dans la grande comète de 1882, présence ainsi confirmée ; et pour la première fois des raies de calcium ionisé sont trouvées dans une comète. Ce sont là les caractères les plus frappants de la comète Ikeya-Seki. Mais l'étude détaillée des documents obtenus permettra sans doute d'identifier d'autres éléments.

Alain Lubrano.

L'Éducation sentimentale a été mis en librairie en novembre 1869. L'avant-dernier chapitre, c'est-à-dire la visite de Mme Arnoux, est censé se passer fin mars 1867. Les trois pages par quoi le livre est bouclé ou bâclé, la conversation entre Frédéric et Deslauriers (*c'est là ce que nous avons eu de meilleur !*) se passe *vers le commencement de cet hiver...* de quel hiver ? Ça pourrait être décembre 67 ou décembre 68,

ou tout au plus décembre 69, par une légère anticipation. Deslauriers demande à Frédéric Moreau :
« ... *Et toi, ta grande passion, M*^me *Arnoux ? — Elle doit être à Rome avec son fils, lieutenant de chasseurs. — Et son mari ? — Mort l'année dernière... — Tiens !* » dit l'avocat...

Il est à remarquer que, si pour tous les personnages et pour les faits romanesques, l'auteur a introduit un léger décalage des années, le fils de Mme Arnoux a l'âge de celui de Mme Schlésinger : comme si Flaubert avait voulu le dater, il a noté (en apparence inutilement), à la fin de la première partie, du *12 décembre 1845 vers neuf heures du matin* le moment où Frédéric apprend la mort de son oncle qui, le faisant son héritier, lui permet de s'établir à Paris, pour où il part le lendemain (13.XII.45). Et c'est par conséquent le quatorze ou le quinze qu'il se rend *rue Paradis-Poissonnière,* où Mme Arnoux lui présente son fils Eugène, *un petit garçon de trois ans à peu près.* Or, Adolphe-Maurice Schlésinger, l'enfant qui sous le nom d'Eugène Arnoux a le croup en février 1848, était effectivement né en janvier 1842.

C'est presque aussitôt après l'arrivée de Frédéric à Paris, en 1845, qu'Arnoux l'introduit chez Rosanette, qu'apparaît Rosanette, rue de Laval, en dragon Louis XV. D'alors à la fin de 1869, quand Adolphe-Maurice, ou tout au moins Eugène Arnoux, est supposé se trouver à Rome avec sa mère, il y a donc exactement vingt-quatre ans. Ce qui suppose que Rosanette, quand Deslauriers l'a revue, pouvait avoir autour de quarante-cinq ans, peut-être moins, *très grosse maintenant, énorme...* hénaurme.

Et, pour ce qui est de Maurice Schlésinger, le père, il devait mourir à Bade en février 1871, environ quinze mois après la mise en vente de *L'Éducation,* n'ayant outrepassé que d'un peu plus d'un an le terme assigné par Flaubert à la vie de M. Arnoux. Ainsi l'imagination (qui, dans ce roman, a sans doute inventé le croup du petit Arnoux, ressort génial du récit, mais aussi moyen à la fois de camouflage par rapport à Schlésinger et explication de l'échec que Flaubert concède à son amour-propre), l'imagination n'a pas grand jeu sur le temps réel, s'il lui est possible de tricher avec l'espace, faire de Bade à un détour de phrase une Rome d'amertume (*Elle doit être à Rome avec son fils, lieutenant de chasseurs*... oh, ce verbe *devoir* banalement entendu!). La vie humaine à l'échelle romanesque est après tout aussi mesurée que dans la vie de Marie-Noire. Heureusement qu'avec les années nous perdons souvenir des perspectives cruelles de la jeunesse. L'horizon de la vieillesse recule devant l'homme à mesure qu'il avance dans sa durée, tout comme celui du paysage pour le promeneur. Le jugement que l'on porte sur l'avenir, même si cela semble être notre avenir propre, en réalité n'est à chaque pas rendu que pour l'avenir des autres. Ce que nous avons pensé de l'âge, nous l'oublions. Nous oublions, je vous dis, nous oublions. Cette faculté merveilleuse qu'a l'homme de ne plus savoir ce qu'il est, de quoi il a l'air, sa tournure, son visage! Et il lui arrive de dire à une femme *je vous aime*, persuadé qu'il ne l'a jamais dit à personne jusque-là... Il a oublié toute sa vie, comme une simple enfance, il croit commencer, il a oublié derrière lui, dans l'ombre des années, toutes les Rosanette et, s'il les revoit, comment voulez-vous qu'il ait pour elles les mêmes yeux : elles sont devenues très grosses, énormes, ou ce ne sont plus que des squelettes fardés. L'homme les regarde, lui qui ne se voit pas, il regarde le temps sur ces horloges tragiques, et n'y entend plus battre son propre cœur. Dieu du ciel! Je pense à celle qui est morte cette année, elle m'avait téléphoné, donné rendez-vous pour quatre jours plus tard et, ce jour-là, j'ai appris la chose terrible... Dieu du ciel, je ne l'ai pas revue. Ceci m'a été épargné.

Mais où est-elle, ma vivante ? Chez moi, les guides s'entassent pour la suivre, la surprendre, Baedeker, Guides Joanne, Michelin, Galignani, Guides bleus.

« *Et toi, ta grande passion ?* » 95

Ils traînent sur les tables, tombant d'une étagère, déparent un rayon de bibliothèque. Comme si je devais les avoir, en avoir toujours un ou deux sous la main, pour, si fantaisie lui avait pris, à elle, du Tyrol ou du Luxembourg, ou de Florence ou de Malmö, des Cyclades ou des Lofoten... des guides de hasard, de n'importe quand, l'Empire ou le Panama, et le Südbahn-Gesellschaft a créé un établissement climatérique à Abazzia, près de Fiume, à quatorze heures de Vienne, avec wagons-lits... mais peut-être a-t-elle préféré la Finlande où les hors-d'œuvre s'appellent *Voileipäpöytä*, l'on boit des liqueurs à la framboise arctique et à la ronce des marais... guides qui ne comptent ni le temps ni les guerres ni les révolutions... et peut-être que tout simplement, à Paris, là, dans ma rue, et je précipite à la fenêtre pour voir s'enfuir à une allure insensée (elle qui déteste qu'on conduise trop vite!) le radio-taxi où elle vient de monter... PEL 22-22...

Et si j'allais, et si j'allais me souvenir? Dieu-garde l'homme d'oublier d'oublier! Un temps vient qu'il ne vit plus de rien d'autre que de l'oubli. Je n'en étais arrivé, pensant à rebours, pas même à l'année 37. Je n'avais pas encore lu *Hypérion*, la terrible lettre : *Es ist aus, Diotima! unsre Leute haben geplündert, gemordet, ohne Unterschied, auch unsre Brüder sind erschlagen*... Je ne peux pas traduire cela, anticiper à traduire cela. Oublier *avant*, comme *après*... pourrai-je toujours oublier? Heureux les aveugles!

VI

LE NOM DE LA VIOLETTE

Quand la guerre a commencé, cette fois, je ne m'étais pas fait d'entorse. J'avais quarante-deux ans, je ne m'en rendais pas autrement compte. On m'avait mis d'abord au *Continental*, chez Giraudoux, en raison, je pense, d'un peu de journalisme alimentaire que j'avais commis après mon retour de Malaisie, reportages descriptifs et politiques. Je m'y déplaisais. Puis je ne me sentais pas non plus à ma place, à faire la propagande de cette guerre et de ce gouvernement. J'ai demandé à partir dans une unité combattante, pas du tout par envie d'en découdre, on se battait peu d'ailleurs, mais pour ne plus fréquenter le public du *Continental*. « *Les conversations du Continental* », titre. Ce qu'il fallait entendre! Des gens pas méchants, parfois. Mais si sûrs d'avoir raison. Ou peut-être craignant de passer pour penser autrement. Je supportais mal leurs propos sur des amis à moi que j'estimais parce qu'ils n'avaient pas changé d'opinion, eux, quand c'était devenu dangereux. J'avais eu une prise de bec avec l'un d'eux, à propos de Moussinac. Moi, je l'aimais bien, Moussinac. Et ce n'est pas parce qu'il était communiste que je n'aurais pas été chez lui, à ce dîner rue Leclerc. Nous avions parlé du passé. C'est extraordinaire ce que l'état de guerre, les bandes de papier collées sur les vitres, le couvre-feu, tout cela est propice à parler

du passé. Tout le monde, dans les maisons, a l'air de
ranger de vieilles lettres. Nous avions parlé de Delluc,
qui était mort à trente-quatre ans (l'année d'*Entr'acte*,
ça s'écrivait encore comme ça, c'est-à-dire en 1924)
et puis nous, nous étions toujours là, moi quarante-
deux, et vous, cher ami ? Comme si je ne le savais
pas : Moussinac m'avait invité pour fêter ses cinquante
ans. Delluc les aurait, ils étaient de la même classe.
Cinquante ans, cinquante! Jeanne riait, te voilà
vieux! Aussi l'avait-on démobilisé. Cinquante ans.
Aujourd'hui 19 janvier 1940. Moi, j'allais quitter
Paris, on m'y avait mis dans une caserne sur les
boulevards périphériques. Je devais partir d'un instant
à l'autre, pour faire mon instruction dans les chars.
« Comme Paul... » disait Moussinac, qui avait été très
lié avec Vaillant-Couturier. Il ne les portait pas,
ses cinquante ans, d'abord, et puis tout d'un coup ça
me faisait réfléchir, je n'en étais pas si loin. En 1947...
Cinquante. C'était l'âge qu'avait Fargue à l'époque
de ce déjeuner dans l'île Saint-Louis, tout juste...
Quand je pense à l'effet qu'il me faisait, alors. Bête
plutôt, d'être impressionné comme ça par les chiffres
ronds, cinquante! Et puis, ça ne fait pas tant que tout
ça, cinquante ans. J'étais parti pour des comparaisons.
Ainsi, quand Fargue atteignait la cinquantaine,
j'avais sensiblement l'âge de Flaubert au coin de la
rue Vignon, vingt-sept ans, et maintenant qu'il en a,
lui, soixante-quatre, et que c'est le tour de Moussinac
de passer le seuil du demi-siècle, j'ai les quarante-deux
de Schlésinger, ce jour-là. Drôle de mic-mac, ce
mélange de calendriers! Mais l'âge de Schlésinger...
il faut dire que c'est une chose qui m'avait fait grande
impression quand je m'en étais aperçu jadis : je suis
né, juste, jour pour jour, cent ans après Schlésinger.
Vigny aussi était de 1797. Le jour, ça... On a de ces
idées sottes : d'abord, je ne croyais pas que j'aurais
jamais trente ans, et puis, quand on faisait allusion
à plus tard, si on me disait, et qu'est-ce que vous en
penserez en 1940 ? je me fâchais tout rouge, et ne

parlez pas de malheur. Voilà qu'on y était, en 1940.
Alors je me disais, est-ce que je vivrai plus vieux que
Vigny, mort en 1863 ? Je me le suis dit jusqu'au bout
de 1963. D'autant que j'ai eu une congestion pulmo-
naire au début de l'hiver, et que sans les antibiotiques...
Si on avait donné des antibiotiques à Vigny, mais il
ne s'agit pas de cela. A partir de 1964, j'ai commencé
à penser que de toute façon je ne vivrai pas plus que
Schlésinger, ça me ferait encore aujourd'hui cinq ans
et quatre mois de mauvais, quoi! mais en 1940 je
n'étais pas aussi pessimiste. Au fond, si on m'avait
tué quelque part du côté de Dunkerque... je serais
mort heureux. J'aimais. Chaque lettre qui m'arrivait.
Même la séparation... ah! Je ne savais pas ce que
c'est, alors, que la séparation, la vraie. La guerre,
séparés par la guerre. Mais par l'âge! Il y a des fossés
plus profonds que la guerre. La guerre alors... sans
doute nous n'étions pas ensemble. Mais cela n'était,
ne pouvait être que passager. Je serais mort heureux.
C'est quand elle m'a quitté que j'ai senti cette chose
étrange, mon âge. L'avais-je oublié ? Il m'est revenu
d'elle. En quarante, non, je ne le sentais pas. Malgré
ces jeunes gens dans mon unité, comme une espèce
zoologique inconnue. On vit de fil en aiguille, *de
propos en propos... locution*, dit Littré, *prise du travail
de la couturière qui après avoir mis un fil, coud avec
l'aiguille et, après avoir cousu avec l'aiguille, reprend
du fil, et ainsi de suite*. Un beau jour... le langage ne
s'entend pas parler.

La guerre... c'est ça pourtant qui est un grand
oubli. Je ne vivais plus que par correspondance, on
avait inventé pour mes yeux la distraction du désordre, le décor du désordre, un immense pays vidé
de sa mémoire. Il avait suffi de quatre mois pour me
donner des préoccupations étrangères à moi-même, on
m'avait fait officier des chars. Dans ce monde désaf-
fecté, où nous étions sans attaches, comme des enfants
avec de grands jouets, une société caricature, ce qui
dominait l'existence, c'était le caractère provisoire

de tout. Si je recherche dans ma tête ce Chelsea-là,
je retrouve une plaine avec un rideau de peupliers,
l'équipe de football, ou une sorte de faux château
plein de bidons et de vareuses accrochées au mur,
les roulantes dans la cour, puis des maisons pauvres,
abandonnées, des papiers à fleurs écorchés, un angle
pendant..., la boue du camp de Sissonne... les manœuvres de nos petits monstres neufs, comme si on était
toujours au lendemain du Jour de l'An. C'est là que
je reçus un mot de ma femme qui me racontait comme
elle pouvait (nous avions déjà appris à avoir notre
langage postal) l'arrestation de Moussinac. Ils étaient
à table, le soir, Jeanne, Léon, elle-même et quelqu'un
qu'elle ne nommait pas, qui avait d'ailleurs tout de
suite filé. Le 20 avril. Trois policiers étaient arrivés :
« Le commissaire de M... a quelques renseignements
à vous demander. » On ne l'avait plus revu. A la
Santé. Je ne pouvais pas arriver à m'imaginer ce que
cela signifiait, physiquement. Aux derniers jours
d'avril, on nous avait fait faire mouvement en Artois.
Caudry. La popote. Quand cela devint sérieux, cela
commença par le téléphone, des fils transportés, on
organisait partout les réseaux de fils avec les p. c.,
la division, le corps d'armée, les Anglais... Puis les
courses de nuit. La première route à balises lumineuses
en Belgique. Après quoi l'on se mit à casser les jouets.

Tout cela, tout ce qui suivit, je ne suis pas très sûr
de l'avoir vu ou de l'avoir inventé. Pas comme un
rêve. J'imagine les plantes. Si vous arrachez quelqu'un
de sa vie, c'est comme un rosier, un lilas. D'abord,
il n'y comprend rien. On voit à ses feuilles qu'il souffre,
et sa grande affaire est de s'arranger avec cette terre
nouvelle... d'oublier l'autre terre, son enfance. Cette
comparaison ne vaut rien, ou du moins n'est qu'une
lumière douteuse. J'imagine les fous. Ah, c'est
plutôt ça! Ils vivaient où les jours et les nuits les
avaient menés, dans des rapports qu'ils ne compre-
naient peut-être pas très bien, mais auxquels ils
s'étaient faits, qu'ils s'expliquaient selon leur my-

thologie propre. Voilà que tout d'un coup on les a transplantés dans un lieu où rien ne semble légitimer la présence des autres. D'une certaine façon, cela ressemble un peu aux vacances quand on était petit, les hôtels de villégiature, où on se rencontrait avec des gens bizarres, pas comme nous, venant de petites villes ou de grandes, de milieux qui ont leur jargon, et on se flairait, nous les gosses, comme des chiens. Dans l'asile d'aliénés, de la même façon, on accepte la femme qui se prend pour une chaise, le furieux qui se croit Gengis Khan. Napoléon exige qu'on lui dise *tuanka*. Il se crée entre ces personnages imaginaires des relations qui ne ressemblent en rien à la vie courante, il s'établit des conventions réciproques, un langage de politesse, une hiérarchie. Une syntaxe. Enfin, c'est une Malaisie avec ses grades, ses obligations, son cérémonial. Le tout, quand enfin le sang coule, et la mort ajoute à tout son poivre de peur, prend un caractère burlesque et terrible. Nous étions une maison de fous. Une maison de fous qui croissait comme un feu, puis se mit à se recroqueviller, comme les feuilles sous la flamme. La démence maintenant fuyait à grands gestes de bras vers le sud-ouest. Et le maniaque, passé Périgueux, qu'il fallait encore appeler *Mon Colonel!*

Je me revois, un jour plus tôt, déjà de l'autre côté de la Loire, au milieu d'une famille épouvantée, des gens très bien, une grande maison, des domestiques... nous campions là depuis la veille, tard dans la nuit enfin... ils étaient tous ensemble, confondus, à jeter les choses dans des malles, à envelopper des objets cassants, à dire ça on ne peut pas, on ne peut pas l'emporter... et moi, j'avais pris le garçon sur un genou, je le faisais sauter, lui tenant les mains, il se renversait avec de grands rires, des rires immenses pour un être minuscule, et puis tout à coup il m'a dit, très sérieusement : « Raconte-moi Paris, Monsieur! » Une petite tête, avec la peau transparente, tendre, et les cheveux blonds, les yeux trop haut dans le

front. Raconter Paris... je me frottais les paupières.
J'essayais de me souvenir. C'étaient des images
brouillées, des cartes postales, quelle heure est-il
sur les cartes postales, à part le jour ou la nuit ?
J'essayais d'imaginer Paris. Et les mots de majesté
qu'il faut pour parler de Paris à un petit enfant.
Que choisir ? Ces quais ou cette rue, un café, la
lumière : qu'aurait-il compris à tout ça, ce pauvre
petit fou-là, qui voulait qu'on lui raconte Paris ?
Ah, Chelsea, Chelsea... De tout cela, si je le disais à
tel ou tel, que retiendrait-il ? Marie-Noire n'entendrait
que ce mioche... Et pas ce sanglot de Gaiffier qu'on
appelait *Lieutenant* dans la maison de fous en flammes.

J'ai appris seulement en 1944, quand le jeu se fit
à l'envers, que ma mère était morte (mon père, lui,
n'avait pas attendu les grandes orgues, je l'avais,
comme on dit, *perdu* quand nous étions à Java, vers
1933, il aurait pu avoir sa pneumonie en tournée,
j'étais habitué à ses disparitions). Maman... tiens,
c'est drôle ! j'ai dit *Maman*, ça n'avait pas dû m'arriver de le penser même, depuis 1908... j'avais fini par
lui pardonner de nous avoir abandonnés trente et
quelques années plus tôt. Je n'y songeais guère.
Son amant, enfin son second mari, était quelque chose
pour la France Libre dans le Pacifique. Il avait,
paraît-il, rencontré une autre femme... comment tout
cela s'était goupillé, je n'en sais rien, peut-être simplement une de ces histoires de l'âge, sans drame,
Maman avait admis, puis elle partit pour l'Amérique
se reposer, Miami, je crois. Elle a dû y finir toute
seule. Je ne sais pas trop de quoi. Quelque chose de
mortel en tout cas. Le drôle avec moi, c'est que mon
père que j'ai connu tout de même un peu plus, qui
s'est occupé de me mettre à l'école, il était disparu
comme n'importe qui dont on barre le numéro de
téléphone dans son carnet. Cette femme que je
n'avais pas revue depuis ma première communion,
une condition posée à son officier de marine, on fichera
le camp après... cette inconnue, somme toute, voilà

que de me dire, elle est morte, sans que je l'aie revue,
je ne la reverrai jamais, je ne lui dirai jamais, raconte-
moi mon enfance, Maman, tu veux bien ? toute une
part de moi, tout ce qui s'est enfoncé dans l'ombre
d'avant 1908, je n'en saurai jamais plus rien, il n'y a
plus de témoins, personne pour me dire on t'avait fait
un costume de velours noir, le genre petit Lord
Fauntleroy, tu sais... ou bien, tu te souviens quand
nous avons eu cet accident de voiture, mais non,
bêta, un fiacre à cheval, un soir de tempête... Personne.
C'est extraordinaire, la vie : comme si on se faisait
une bibliothèque pour y mettre le feu.

Ma femme, qui ne l'avait pas connue du tout, bien
entendu, avait appris avant moi la mort de ma mère.
C'est elle qui me l'a annoncée. « Tu sais, il faut que je
te dise... ta mère, mon chéri... » Elle me regardait
avec ses grands yeux, se demandant comment j'allais
prendre ça, hausser les épaules ou quoi. Elle dit :
« Ça te fait de la peine ? » Elle n'aimait pas que j'aie
de la peine. Elle aurait aimé que je hausse les épaules,
tu sais, ma mère ! Et puis elle n'aurait pas aimé ça
non plus. Ce soir-là, elle m'a parlé de son enfance.
Moi, j'écoutais. Cela remplaçait la mienne. Et parfois,
maintenant, sans elle, je pense longuement à
ce qu'elle m'a raconté ce soir-là, tous les détails,
les appartements de sa famille, celui qui était
juste derrière une église... les souliers qui lui faisaient
mal... je finis par ne plus trop savoir si je n'ai pas vu
tout ça, si je n'ai pas joué avec elle, sur le boulevard,
au pied de ce monument, un général il me semble,
j'ai oublié son nom, un nom compliqué... Se souvenir
de cela, c'est encore façon d'oublier mieux ce dont
plus personne ne me parlera. Ainsi quand d'autres
gens viennent habiter une maison, qu'ils y mettent
d'autres rideaux, des lustres, font ouvrir une fenêtre,
murer une porte... et les locataires d'avant ne reconnaîtraient plus rien. Une fois, plus tard, nous avons
été ensemble dans sa ville : et il y avait eu de grands
changements, avec la guerre, la reconstruction,

puis le temps, n'est-ce pas, le temps! elle voulait, ma chérie, revoir l'appartement derrière l'église. On sonnera, on dira à qui viendra ouvrir, vous comprenez, nous avons été ici, enfants... nous voudrions jeter un coup d'œil... très vite... sans vous déranger! La maison avait été surélevée. On est monté dans l'escalier, et moi, il me semblait tout reconnaître mais pas elle : tout avait été refait, repeint. Il y avait une seconde porte sur le palier, l'appartement avait dû être divisé en deux... Elle me serra le bras dans sa petite main. Partons. Je n'ai plus envie. Mais voyons! Je te dis que je n'ai plus envie. Nous sommes partis. Les yeux vides. Qui de nous deux était le plus désappointé? De toute façon, il n'y aurait plus eu le grand canapé... C'était ici, l'histoire de la tortue? Mais non, tu sais bien, c'était dans la maison d'avant. Dire que nous avons tous été des enfants! Quand j'étais un enfant, on disait une voiture, ma voiture, et il s'agissait d'une voiture à cheval. Puis on a dit une voiture automobile, ou par économie une automobile, une auto. Mais aujourd'hui, une voiture, ma voiture, c'est toujours une auto. On a oublié le cheval. Cela ne se passe pas ainsi que dans le langage : la vie est comme ça, les choses changent, les mots demeurent, on dit encore une voiture, et puis on a oublié le cheval.

« On voit bien, — dit Marie-Noire, — que vous tournez autour de quelque chose sans le dire... tout ce développement sur la guerre... Voilà que vous escamotez tout, vous aviez passé la Loire, le gosse qui disait *Raconte-moi Paris*... je vois bien que vous avez sauté ces quatre ans, les Allemands, la Résistance, enfin, ne me dites pas que vous avez oublié! Le cheval peut-être, mais. Remarquez, si ça vous fait plaisir. Moi, je n'y tiens pas tant que tout ça... ces histoires-là, on en a tiré tant de moutures! Les romans, les films, les souvenirs, ah lala. Hier, Philippe... il avait été voir un film sans moi. Au bout de vingt jours, il a été voir un film sans moi. Oh, il m'a dit, tu te serais ennuyée : un film soviétique, Michel C... (c'est un de ses amis qui est critique de cinéma) m'avait demandé de l'accompagner et je ne sais pas ce qu'ils ont, là-bas, avec eux c'est toujours la guerre et puis la guerre, ça a l'air de les avoir frappés... puis je voulais voir ce que ça me ferait d'aller sans toi. Je me demande si plus tard, ça n'est pas Philippe, c'est moi, une idée à moi, si plus tard, les gens, ils s'ennuieront de nous voir faire l'amour, organiser des hold-up, le rock, Sartre, tout ça, comme nous avec leur guerre, leurs camps de déportés, leurs histoires de collabos, etc. Peut-être bien. On ne sait jamais. Philippe, Michel C..., c'est peut-être une invention. En fait de Michel C... moi je me dis, c'est déjà bien beau vingt jours. Je n'ai pas encore assez de lui. Ce n'est pas comme la guerre. La guerre, elle a duré plus de vingt jours. Je serais contente si ça pouvait durer bien cinq ou six mois, Philippe. C'est comme ce temps qu'il fait : le 30 octobre, nous sommes, et encore le plein été. On n'a jamais vu ça. Vous croyez que ça peut durer jusqu'à la Toussaint, et après ? Voilà comment je suis avec lui, je le regarde et je me dis si ça pouvait, Philippe. Vous ne l'avez pas vu. Il n'est pas mal. Puis, comme il m'a dit ça... je t'aime. Je ne vous l'ai pas raconté ? Il m'a dit je t'aime. Vous, vous ne vous rendez pas compte. Dans votre génération. Ça m'a fait un drôle d'effet. Je ne pourrais pas vous raconter comment c'est venu. J'ai déjà oublié. Tout. Sauf qu'il m'a dit. Oh, c'est venu de fil en aiguille, probable. Peut-être qu'il le dit à toutes les filles. Peut-être. Me le dira-t-il encore à la Toussaint ? Mais tout de même qu'est-ce que vous nous cachez ? Vous vouliez dire et puis vous ne vouliez plus. Qu'est-ce que vous nous cachez ? Philippe, vous vous en moquez. Moi, il me plaît bien. Il me plaît bien.

— Vous l'aimez, vous, Marie-Noire ?
— Oh, l'aimer, l'aimer... peut-être. Je ne sais pas.

Je me demande. Il me plaît, quoi. Je ne lui ai pas dit je t'aime, moi. Maintenant qu'il a commencé. Si n'est pas la première à le dire, on a l'air d'être polie. Alors. Pourtant, à le regarder, l'autre jour, comme ça, tout nu, assis sur ses jambes pliées sous lui, j'ai pensé une chose. Ça ne m'était jamais arrivé. Jamais. Avec personne.

— Quelle chose, Marie-Noire ? »

Elle a détourné les yeux. Je ne sais pas si Philippe. Quant à moi, oui, peut-être, je n'ai pas envie de raconter ça devant elle. Je tourne autour. Et puisque je tourne autour, je me répète, comme si ça me tenait à cœur ce qu'elle me cache, elle : « Quelle chose, Marie-Noire ? »

Elle me regarde avec des yeux innocents. Elle a pris le temps de s'imaginer des yeux innocents : « Une chose », dit-elle. Si elle savait ce que ça m'est égal, ses cachotteries! Elle m'a ramené dans cette ville, enfin ce patelin, au-delà de la Loire. Les Allemands allaient arriver, il fallait faire vite. Tout d'un coup, la dame chez qui j'étais logé. Elle avait fait les paquets, un oncle à elle, ses deux filles. Je voyais bien qu'elle était préoccupée. Naturellement, mais ce n'est pas ce que je veux dire. Il ne s'agissait pas de la France, des Allemands qui allaient arriver. Je voyais bien qu'elle me cachait quelque chose. Il y avait le sergent-fourrier et puis mon ordonnance. Tout d'un coup, elle s'est mise à parler fort, avec des larmes dans la voix, tant pis, Messieurs, tant pis, vous penserez ce que vous voudrez... je ne peux tout de même pas laisser ça aux Allemands! Ce serait encore plus moche.

Le mot moche dans sa bouche. Jusqu'à aujourd'hui j'entends sonner le mot moche. Comme une cuiller à soupe tombant sur le dallage. Le gosse qui demandait et ma locomotive, on l'emporte ma locomotive ?

« Vous penserez ce que vous voudrez, Messieurs, c'est affreux, mais vous penserez ce que vous voudrez...

avec ce qui se passe... le temps qu'on a... tant pis, tant pis! Vous allez dire, ah ah! Moquez-vous, moquez-vous pendant que vous y êtes! Vous avez raison. Non seulement je l'ai fait, mais je ne peux plus vous le cacher... vous direz, ah ah, Mme de..., la vieille France, son mari, Mme de... qui est la femme du Colonel de..., une patriote, les grands mots, ah ah! Eh bien, vous avez raison, vous avez raison, je l'ai fait, je ne peux même pas vous le cacher, parce que laisser ça aux Boches, ce serait pire, tout de même! Tenez, servez-vous, servez-vous... vous n'avez qu'à prendre, tout si vous pouvez, prenez! »

Elle avait ouvert une belle armoire paysanne dans un bois roux. Nous étions devant le secret, moi, le sergent, l'ordonnance. Nous ne comprenions pas.

« Du sucre, Messieurs, du sucre! De haut en bas. Près de cent kilos de sucre, quand les gens en manquent! Oui, moi, la femme du Colonel de..., j'ai fait ça, des provisions, je ne peux pas vous le cacher, nous ne pouvons pas les emporter... c'est horrible, qu'est-ce que vous pensez de moi? Mais prenez, prenez, emportez ce que vous pouvez! »

On a pris un kilo chacun, en silence. Pour la popote, n'est-ce pas. Et puis on ne pouvait pas lui faire ça, à cette femme, de ne pas en prendre. L'armoire est restée ouverte, sombre, sur la honte. Il fallait faire vite. Les Allemands auront trouvé le sucre. Qu'est-ce qu'ils auront pensé? Et Marie-Noire qu'est-ce qu'elle pense de mon histoire? Le gosse qui demandait *Et ma locomotive...*

Je ne racontais pas ça pour éviter la chose vers laquelle je marche depuis le commencement. Mais pour y arriver. Y arriver? Où? Cette course à l'inconnu avait duré cinq jours, c'est-à-dire depuis que nous avions quitté nos positions sur l'Eure. Poussés par ici, poussés par là. Les routes encombrées, l'exode et les colonnes. Nous avions passé la Loire à La Charité, peu après l'énorme bombardement qui avait semé les bords du fleuve d'enfants enfuis, de femmes écrasées

sur leurs visages, de chevaux fous traînant des voitures
éclatées, une jonchée de bagages et d'hommes en
miettes. On nous avait lancés vers Bourges. Là, des
colonnes militaires s'amenaient du nord, le chaos
s'accroissait au fur et à mesure que nous avancions
sur les routes où des troupes jetées au hasard échan-
geaient des informations de hasard. Je cherche vainement sur la carte où nous avions dormi, à côté de
l'armoire à sucre... Mais je revois la route de ce jour-là.
Une route de soleil où tout un peuple affolé regardait
devant et derrière lui, dans un pays sans forêts,
sans vallées, une plaine nue, où les avions pouvaient
voir de partout. Il se formait des bouchons, on s'arrêtait, on marchandait avec les civils. Passer, passer.
Priorité à la troupe. A la troupe ? Ah, dis, tu me fais
mourir. Priorité à la troupe!

Ça doit être quelque part entre Issoudun et Châteauroux. Des filles courent le long de nos voitures,
demandant à grimper. Ici ou là, avec des plaisanteries
amères, des grossièretés, des gars se penchent et te
vous les juchent sur un affût de canon, dans un
camion, une sanitaire. Des hommes derrière elles font
des bras désespérés, on démarre brutalement, les
filles riant, déjà à dévisager leurs compagnons de
fortune, agitant une main ironique vers un mari,
un frère, un amant abandonné. Brusquement, il doit
être entre midi et une heure, notre convoi se trouve
coupé par une sorte de colonne, des femmes, hagardes,
lasses, et quelques hommes hébétés, avec des infirmières, le voile, la blouse qui a cessé d'être blanche...
« Qu'est-ce que c'est ? — crie derrière moi le Capitaine
S... — allez donc voir, Lieutenant! » C'est tout vu.
Il y a un troupeau de bœufs crevés dans les champs
et les bas-côtés de la route. Les Messerschmidt ont
passé par là. Il règne une puanteur royale.

Qu'est-ce que c'est, ces gens-là, un collège de
vieillards ? Pas tous. Il y en a des jeunes. Tout cela
soudain se met à courir, puis s'arrête, ou tente de se
disperser, alors les infirmières et quelques gardiens,

du type dont le col marque la nuque, se précipitent à droite, à gauche, ramassent leur troupeau. Des avions passent, en haut, qui ne s'occupent pas de nous, ayant probablement mission ailleurs, mais ce bétail humain hurle de terreur, se serre. On a tout le mal du monde à les pousser en avant, comme vers l'abattoir.

J'essaye de parler à une des femmes. Elle me fixe d'un œil égaré, et se met à crier, à danser, à ramasser des pierres, à les jeter dans ma direction. Que puis-je bien être dans son système ? Nos soldats jurent, lui courent après, ils lui feraient facilement un mauvais parti. Une infirmière et un gardien s'interposent. Je m'approche d'eux : « Qu'est-ce que c'est que ces gens ? Ils n'ont pas perdu la tête ? » Eh bien, oui, ils l'ont perdue. C'est une maison de fous, au sud d'Orléans, qui a été évacuée comme ça, sur les routes. Quelle stupidité ! Jeter des fous et des folles dans l'encombrement de l'exode ! Qu'est-ce qu'ils leur auraient fait, les Allemands ? Il n'y a pas à discuter, maintenant ils sont là, et il faut continuer la route, jusqu'où, personne n'en sait rien, enfin là où un front se reconstituera. On rirait si on en avait le cœur. Eux n'ont rien à manger. Dans les villages, les gens s'effrayent des fous et les chassent avec des bâtons. Je laisse à l'infirmière mon kilo de sucre. Mon ordonnance hésite un peu, puis lui donne une livre.

Juste à ce moment, il y a encore des cris, une course. Une folle qui a voulu s'échapper, on l'a rattrapée dans le fossé, elle se roule à terre. J'aide à la remettre sur pied : elle est dans un état affreux, toute grise de poussière sur une robe probablement noire, un chapeau de paille comme pour aller à la pêche, avec de grands trous, et des haillons de quelque chose qui a pu être des voiles blancs autour des épaules. Elle se démène comme un diable, et elle hoquète. Elle a des yeux sombres, ses cheveux défaits montrent quelques filets d'argent. Serait-elle vraiment si vieille ? Sa bouche tordue dévie à gauche. « Une malheureuse... — dit

l'infirmière, avec un accent alsacien ou je ne sais trop.
— Son mari, il avait télégraphié, puis il n'est pas
venu la chercher... peut-être impossible! » La folle
demande à boire. On n'a que de l'alcool, mais tant
pis! Mon drôle lui passe sa gourde.

C'est pendant qu'elle buvait que je vis de quoi
elle avait l'air. Et ses dents d'en haut quand elle me
sourit, à cause de la gnole. Cela ne faisait pas le
moindre doute. C'était Rosanette, et non pas
Mme Arnoux. Il n'y avait pas de fleur à son chapeau
de paille. Elle n'avait pas de voiture. Elle allait à
pied. Elle avait oublié les voitures. Les chevaux.
Le métro Ternes. Et tout le reste, après. La vie. La
défaite. Elle tournait vers moi ses yeux vides, ses
yeux, sans voir, ses yeux sans langage, comment
s'appelle cette couleur qu'ils ont ? *Tu y mettras le
nom de la violette...* des yeux couleur d'oubli.

« Vous fumez trop, M. Gaiffier, — dit Marie-Noire,
— ça ne vous ferait rien de vous interrompre un
petit moment ? »

(Le récit... comment se déroule le récit... on voudrait
que j'explique la structure du récit en dehors de son
contexte non-écrit, il n'y a pourtant déroulement
qu'autant que le récit se situe dans l'histoire, je veux
dire l'histoire des événements, lesquels n'arrivent ni
à Maryse ni à moi, c'est-à-dire le récitant ou le personnage ou le diable sait qui. Ceci dans le récit de Geoffroy
Gaiffier, l'aventure convergente de Maryse et de
Geoffroy. Mais il faut tenir compte d'un autre facteur,
qu'on peut prendre pour une donnée : *L'Éducation
sentimentale* comme reflet de la vie de Gustave Flaubert. *L'Éducation sentimentale* joue ici un rôle de
lumière, d'éclairage. Sans elle, Maryse n'est qu'une
folle happée par la machine inconsciente de l'exode.
Mais si l'aventure d'Élisa Schlésinger a été initiale-

ment choisie pour être au moment venu le jour jeté sur la fin de Maryse ou de quelque nom que je l'appelle, comme on ne peut pas nier la préexistence du roman de Flaubert, il faut supposer que le *roman* de Maryse y trouve son origine. Ce qui est contraire aux simples faits. Maryse n'imite pas Élisa. D'ailleurs, le parallèle qui s'est établi entre les destinées d'Élisa et de Maryse est un contresens, puisque la ressemblance initiale apparaissait entre Maryse et Rosanette. De quelque façon que nous retournions *la fable*, pour cette confusion même, il est absolument impossible d'en tirer une moralité. Toute analyse *textuelle* ici n'aboutit qu'à la confusion. A la rigueur, on pourrait trouver la justification du récit dans le *contexte*, l'histoire contemporaine de Maryse et l'histoire contemporaine d'Élisa. Il faudrait alors introduire des éléments que le texte ne fournit pas à l'analyse : par exemple, le mariage de la fille de Mme Schlésinger avec un Allemand, sa violence germanophile, etc. Par exemple. On voit par là que c'est à un autre niveau que se fait l'écho des deux *romans*. Qu'il est absurde, comme j'aurais pu un instant en avoir la tentation, d'assimiler Jacob Boehme à Flaubert, ou moi-même à Maxime Du Camp. Mais que demeurent des reflets de la Révolution de 1848, dans le Front Populaire, et en général une sorte de résonance, d'un siècle sur l'autre, dans les souffrances des êtres humains en tant que pièces de cette machinerie qui ne se laisse pas réduire à des schémas superposables sous le Second Empire et la Cinquième République. Vous voyez ce que je veux dire. La science a encore fort à faire, avant de pouvoir intégrer dans ses classifications l'aventure humaine. Ce qui, dans ce domaine, lui échappe encore, porte le nom de *roman*. Je ne sais pas si je me fais comprendre. Et les confrères de Geoffroy Gaiffier me le pardonnent, mais leurs efforts pour s'annexer le roman comme une prairie à leur labour, demeurent pour moi tout aussi problématiques que la théorie de *notre héros*, qui prétend ramener ledit roman à une unité linguistique. A la rigueur pourrais-je leur concéder que le transfert brusque au présent de l'indicatif, puis son abandon quand l'on passe de la simple *mémoire* de Gaiffier à *l'oubli* de Maryse relève sans doute de leurs interprétations éventuelles, *peut* relever de leurs systèmes de décomposition de l'écriture... à la rigueur. Mais, au bout de toute analyse, demeure un résidu non-analytique, qu'il faut bien appeler l'homme, et tant pis pour l'homme de simple langage!)

Un peu plus au sud, après Ruffec, il me semble, on se demande pourquoi les avions avaient tenu à bombarder cette grande maison blanche. La veille au soir. Dans les ruines, un mur effrangé, mais debout. Quelqu'un, avant que nous y passions, avait dans cette mort laissé signe de vie. Une main avait écrit à la craie :
Comme le sisymbre sagesse, je suis un crucifère qui pousse dans les décombres.
Cela n'a de rapport avec rien. Et je vous ferais remarquer que l'adjectif *crucifère* pris substantivement est toujours du féminin.
« Comment pouvez-vous vous souvenir de cette phrase, un quart de siècle après ? » dit Marie-Noire. Et Gaiffier : « Je ne m'en souviens pas, je l'invente. »

VII

CHANGER DE DIEU

« Je voudrais savoir, — dit Philippe —, où tu as pris que la rue Paradis s'appelait Paradis-Poissonnière... » Et puis il parle d'autre chose, peut-être parce qu'il vient de comprendre que c'est dans Flaubert, ou plus vraisemblablement parce qu'il s'en fout de comment s'appelait, etc. Ils sont encore nus, chez lui, ces enfants. On dirait que c'est comme ça qu'ils se plaisent. Le lit, faut voir. Ça, on peut tout imaginer, mais pas le lit. Après qu'un garçon et une fille s'y sont roulés, y ont un peu dormi, puis remué doucement, repris la conversation, vous appelez ça la conversation? le lit... Tout froissé, tout fripé, tout mâché, mâchonné, mâchuré, les draps, l'oreiller, ça pend de tous les côtés, tout écrit, ridé, plissé, de ce qu'on vient d'y penser, de cette démence d'âme, ces hiéroglyphes laissés par les corps, un livre comme il n'y en a pas, les pages déchirées dans la hâte de couper avec le doigt, un livre dans une langue sauvage, une langue des îles, et personne pour le lire, eux ne remarquent rien, puis c'est déjà de l'histoire ancienne, et la femme de ménage, le bout du monde si elle dit, c'est-il dieu possible! Un lit où s'écrit ce qui ne s'écrit pas, ce qui passe l'expression, et ne prenez pas cet air égrillard, c'est abominablement sérieux ce que je dis là, un vrai lit, pas pour la parade, le linge bien tiré, propre, enfin montrable, non.

un lit gémissant encore, un lit blessé, battu, flétri, ouvert, brutalisé, déchirant, une bête qui est là sans bien saisir ce qu'on lui fait, pantelante, des yeux ouverts sur l'injustice, un jardin dévasté qui n'a pas même eu le temps de comprendre la grêle, une histoire comme une table renversée avec les couverts et la nourriture, l'irracontable à l'aube, et personne, personne, pas même eux, n'y porte attention.

La terre, c'est quelque chose comme le lit. Ou l'inverse. La terre, ça se retourne, c'est le dessous des cartes, la poubelle et le chaos de nous-mêmes, le lieu de tout reprendre de a à z, l'alchimie de vivre et de mourir, où se perd la couleur, s'altère d'abord la couleur, et la forme se mange, et on est stupéfait d'y retrouver un bouton bleu, intact, un reste de paquet de tabac, une capsule d'eau minérale, la dent d'après quoi, si tu peux, reconstitue l'ichtyosaure moderne! On n'a pas dressé les tables de l'oubli, je veux dire on n'a pas établi le temps comparatif qu'il faut aux choses sorties des mains humaines pour redevenir terre tout à fait, terre sans forme et sans couleur. Et même parfois il y a des objets qu'ont caressés des femmes, devant quoi se sont écarquillés des yeux d'enfant, et qu'on retrouve par hasard, la pioche, ou l'excavateur, à peine rongés, des objets venus à nous d'une vie d'avant nos connaissances, et ce sont pour notre inquiétude comme les miettes de pain, les croûtes demeurées dans le lit de la veille, parce qu'on ne l'a pas fait. Éluard appelait ça des *ennemis*. Le lit, c'est quelque chose comme la terre. Ou l'inverse. Et il a, tout au fond de lui, mal à un ressort, parce que ce peuple là-haut a sauvagement fait l'amour. A quelles traditions répond le choix de ses étoffes, ces toiles dont s'enveloppent les matelas, le sommier? ce beige et blanc, ces feuillages pâles, comme si nous couchions toujours sur des végétaux séchés, cette paille où poussent les rêves, ces entrailles du sommeil, cette archéologie de la fatigue, ce champ de bataille encore semé de mines et d'armures brisées. Le lit, la terre... Et on fait parfois son lit, mais jamais la terre.

« Je voudrais savoir, — dit Philippe, — je voudrais bien savoir où tu as pêché...

— On sait, — coupa Marie-Noire, et elle regardait cet ongle qu'elle s'est un peu cassé, fendu, pas tout à fait mais enfin — (tu te répètes, mon petit) que la rue Machin s'appelait Machin-Chose...

— La rue Machin ? — il a déjà oublié, ce n'était pas ça qu'il voulait dire, et il la regarde se regarder l'ongle, d'un regard vide, c'est-à-dire plein d'autre chose —, je parlais pas de la rue Chose, je disais, je me demande, non, je ne disais pas je me demande, je disais je voudrais, c'est ça, je voudrais savoir, je voudrais *bien* savoir d'où tu l'as sorti, ce vieux...

— Quel vieux ? — dit Marie-Noire, et puis elle fait les demandes et les réponses —, ah, le vieux ! » Ça pourrait durer longtemps comme ça. Et on peut tout imaginer, mais pas le lit.

« Qu'est-ce que tu crois, — dit Marie-Noire, — ça n'a pas deux sous de vraisemblance. Dans son système à lui, je n'existe pas, tu n'existes pas, il nous imagine. C'est son système à lui. Mais, alors, là où ça pèche, c'est qu'il ne peut pas s'empêcher... — Tiens, elle a remarqué, ça la fait rire, et puis elle secoue sa tête. — ... il ne peut pas s'empêcher d'oublier que si nous nous rencontrons, qu'on parle ensemble, je veux dire lui et moi, ça n'a plus deux sous de vraisemblance. Dans son système. Une fois, passe. On oublie. Mais il remet ça. Et est-ce que tu crois qu'on peut m'imaginer ? Même un vieux qui en a vu. Il ne s'est jamais imaginé, en tout cas, que c'était moi qui l'imagine. Alors tout change. D'abord c'est pas mon métier. Et puis je n'ai jamais promis de ne pas parler avec lui. Il se prenait pour l'auteur. Et il dit qu'il, et il est incapable d'imaginer tout bêtement un lit, là, ce lit... » Afin de mieux s'expliquer, elle l'enfonce à côté d'elle avec le poing fermé. Pour Philippe, d'abord ça n'a pas de sens, puis il se répète. Comme ça, mentalement. Il se répète ce qu'elle vient de dire, et il voit, d'une façon plus ou moins vague...

« Pas fichu, — reprend Marie-Noire —, d'imaginer un lit, et il voudrait m'imaginer, moi, et toi, et le reste, le volleyeur...

— Le volleyeur! »

Bon, le voilà jaloux. Il ne s'agit pas de ça. C'est pourtant lumineux. Si je n'est pas moi, enfin, celui qui raconte. Oh, et puis. Je croyais imaginer Marie-Noire, et voilà, c'est elle qui m'imagine. Qui imagine tout. Tout est imaginé par Marie-Noire. Les gens, moi. Le monde. Toute la vie. Toute la vie est imaginée par Marie-Noire. C'est son lit. Son lit ridé par ce qui se passe. Et elle, là-dedans, toute fraîche, propre, parfaite. Montrable. Imaginant. Imaginant l'imaginaire. Un vieil homme. Tiens, les jeunes, ce n'est pas les imaginer qu'elle fait. Moi, j'essayais bien d'imaginer la jeunesse, naturel que Marie-Noire, de son côté, se laisse aller à imaginer un vieux bonhomme, qui aurait vers 1922... et le reste. Il va y avoir entre elle et 1922 la distance qui séparait 1914 et 1870. J'ai déjà utilisé ce système de références. Dans sept, huit mois. Elle pourrait jouer à autre chose. S'imaginer Carthage. Ou n'importe, Landru. Elle m'imagine, moi. Pourquoi pas. Je suis un roman comme un autre. J'aurais pu m'appeler Frédéric Moreau, c'était du temps des chevaux, voilà. Et puis après? On dit toujours une voiture, pas? Ça marche autrement, mais le mot demeure...

C'est comme une religion qui change de dieu. Il faudrait tout relire depuis le début de ce point de vue-là, que c'est imaginé par Marie-Noire. D'abord, c'est Marie-Noire qui n'est plus la même. Plus celle que *je* voyais (ou voyait). Comment sait-elle que la rue Paradis, et ainsi de suite. Remarquez, elle peut avoir lu Flaubert. Le Livre de poche. Imaginez-vous que je n'ai pas vérifié, enfin pas tout à fait vérifié : le dernier Livre de poche que j'avais sous la main est d'il y a deux ans. A cette époque, *L'Éducation senti-*

mentale n'avait pas paru, ou du moins ne figurait pas...
Il faudrait vérifier. Si, en 1965, *L'Éducation* n'est pas encore Livre de poche, peut-être qu'elle est *Marabout* ou je ne sais pas moi. De toute façon, pendant qu'il pleuvait, en vacances... ou bien chez une tante, en province, la bibliothèque... D'ailleurs, quelle importance ? Marie-Noire m'imagine. Elle m'imagine par bouts. Ici et là. Maintenant, alors. Dans un désordre affreux. Comme un lit. Ça tombe de tous les côtés. L'oreiller. Les rides. Les grands plis au réveil sur le corps. Les grands plis que le linge pour ma vieille chair imagine. Dessine. Écrit. Cisèle. Imprime. On n'y comprend rien. Ce n'est pas du figuratif. Est-ce que ça va passer ? De toute façon, elle me préfère plus ou moins habillé. Philippe peut piquer sa crise à propos du volleyeur. Mais de moi, il serait drôle qu'il soit jaloux. Drôle. Ça dépend comment on voit l'affaire.

Marie-Noire m'imagine comme un moyen commode pour se représenter tout ce qu'elle ignore. Une autre sorte de mémoire. Je suis une machine à reconstituer le passé. Dans ses mains. Après tout, ce n'est pas mal. Que je sois encore utile à ça, du moins. Le diable est que j'ai presque tout oublié. Se plaindre à l'I. B. M. Et je regarde l'oreiller, et je n'y retrouve pas l'oreille. Le signe survit à la chose signifiée. Qui sera le Champollion des lits dévastés ?

« Mon premier amant, — me dit Marie-Noire —, il n'était pas aussi vieux que vous, bien sûr, mais il y a déjà combien, six, sept ans ? Je ne sais plus compter. Il devait avoir près de quarante ans. On se met des choses dans la tête. Je ne voulais pas coucher avec un type de mon âge. Du moins pour commencer. Si je tombais sur un maladroit... Celui que j'avais choisi. Choisi, enfin. Je ne peux pas toujours dire *imaginé*. C'était un homme très bien. Encore assez beau. Mais surtout... très gentil, très. Je l'imaginais mon amant. Pas lui. Il était à cent lieues. Il a fallu lui faire faire le chemin. Je manquais d'expérience.

D'abord il ne me prenait pas au sérieux. Puis il a eu peur de me prendre au sérieux. Il avait toute sorte d'idées de son temps. Plutôt stupides. Peut-être qu'il craignait d'être entraîné au mariage. Oui, vous me direz, et d'accord, mais ça fait combien de siècles que les hommes craignent d'être entraînés, hein ? Puis il s'est mis à m'en parler. C'est le jour où il m'avait dit : « Écoute, Marie-Noire, tu es tout de même déjà trop grande pour t'asseoir comme ça sur les genoux des messieurs... » J'avais choisi la difficulté, un garçon de vingt ans, il aurait cru impoli de ne pas commencer par la fin. L'autre donc s'est mis à me parler mariage. Quoi ? Ah oui, vous en étiez resté quand il avait peur de... Mais il faut croire que l'envie lui était venue. Alors le mariage. Moi je me suis mise à rire, mais à rire. Il était vexé, cet homme, il m'a un peu tordu le poignet, je me disais ça vient, et puis il m'a lâchée, a écrasé son nez sur la fenêtre, sifflotant, s'est retourné, a dit : « Il n'y a pas de cendrier ? » et sorti sa pipe.

— Mais puisque vous dites *mon premier amant*, alors, Marie-Noire...

— Pour sûr. Le lendemain. Je lui avais dit que je ne coucherais jamais avec lui, s'il continuait à me parler mariage. Un homme est un homme, qu'est-ce que vous voulez ? »

Je ne m'intéresse pas du tout au premier amant de Marie-Noire. Je le subis, c'est tout. Il doit avoir quarante ans maintenant. Comme moi, au début de la guerre. Quarante-deux, moi. Je n'aimais pas les petites filles à quarante-deux ans. J'avais le cœur pris, comme on dit. Dans les chambres de cet hiver-là, les cantonnements, je brûlais des lettres avec de l'alcool, pour me réchauffer. Vous voyez bien, il n'y a rien à faire, Marie-Noire m'imagine. En parlant avec Philippe. Eux, ils sont vrais, vivants. On peut les toucher. Ils ont des mouvements subits. Ils se lèvent, ou se couchent. A leur âge, on n'a pas besoin de leur prêter des réactions. Moi, déjà, on m'imagine. Déjà.

« Le vieux, — dit Marie-Noire à Philippe —, aurait été pas mal du tout dans la Résistance... peut-être pas F. T. P., bien sûr, mais...

— Oh! — il fait, Philippe —, tu la ramènes, avec la Résistance. Cette année, c'est bien simple, la télé n'était pas visible! »

Il aurait été, il n'aurait pas été. Marie-Noire essaye la marionnette dans sa main. Ainsi font font font. Elle me tirera de l'armoire quand elle s'ennuiera par trop. Je suis passé dans le monde du conditionnel. Cette espèce de purgatoire. L'indicatif présent est à Marie-Noire et Philippe.

Je l'avais bien dit : il faut choisir, ou Marie-Noire, ou moi, est dépourvu d'existence réelle. C'est donc fait maintenant. Non que j'aie choisi. Le récit a choisi pour moi. Je suis le personnage irréel, l'inventé, l'imaginaire. Il faut m'y résoudre. Ne plus jamais me laisser aller, laisser aller le récit à la confusion, admettre comme un jeu rhétorique le dialogue entre Marie-Noire et moi. Parce qu'on peut faire dialoguer les vivants ou les morts, mais sans mêler. Entre un être réel et un être imaginaire, même Shakespeare ne se l'est pas permis, le dialogue. Même le malais n'a pas inventé les *je* et les *vous* de ces interlocuteurs-là. Mais si *je* perds réalité, ne faut-il pas que Marie-Noire me donne un nom à la troisième personne? Un nom comme on en affuble d'un les comètes : Ikeya-Seki... pourquoi pas! une sorte de vocable susceptible de me rappeler des limbes, quand on a besoin de moi. Un commutateur. On tourne, ça branche le fantoche. Marie-Noire va *me* mentir. *Le* mentir. Un nommé Geoffroy Gaiffier. Sa chose.

Geoffroy Gaiffier avait retrouvé sa femme à une étape de la division. De là, on l'avait dès juillet 40 envoyé au centre démobilisateur où Geoffroy avait produit un certificat de travail agricole, qu'il devait

à la complaisance de Bernard de Jumièges, chez qui
pour la forme ils devaient faire une apparition de
quelques jours. Le château d'Artémidore où Bernard
hébergeait une bonne douzaine de Parisiens en fuite,
gens de théâtre et de cinéma, un peintre, servait
depuis avant la guerre de refuge à des Espagnols,
une cinquantaine, répandus dans la propriété sous des
prétextes divers. Les premières descentes de gendar-
merie étaient demeurées sans suites, parce que
Bernard bénéficiait du souvenir de son père, ancien
ministre de la Troisième République. Il fallait le
temps que le nouveau pouvoir adoptât une liturgie,
des ornements, sa syntaxe. Il y avait quelques règlements de compte à quoi le pas était donné sur les
mesures de simple police. Changer de Dieu, c'est
facile à dire. Mais l'État Français, comme on se mit
à appeler la chose, cela supposait des manœuvres
fondamentales. Avant qu'il eût été repéré dans le
voisinage, Gaiffier avait pris ses cliques et ses claques
et le couple s'en fut à T..., où il s'établit au-dessus
d'une boutique, dans un petit logement conforme à
leurs moyens. La ville était plutôt sinistre, pleine de
soldats traînant, de gens de l'exode, avec pour seule
distraction le cinéma, plein de gitans, où l'on attrapait
des poux. Il y avait là cinq ou six personnes dont on
connaissait le nom, comme ce M. Benda, un homme
de talent certes, mais qui jouissait ici d'une réputation dont il était le premier surpris, plus que du
fait de ses livres pour les papiers réguliers qu'il envoyait depuis des années tous les mois à *La Dépêche
de Toulouse*. Plusieurs maisons s'étaient ouvertes
à lui, il avait trouvé deux disciples sur place et,
comme il avait fui Paris en taille, à la va-vite, quelqu'un lui avait donné un manteau doublé de fourrure,
trop long pour lui et trop chaud pour la saison, traînant à terre, ce qui lui procurait un aspect de rabbin,
dont on ne pressentait pas encore les dangers. A part
cela, le divertissement de la ville, pour les étrangers,
c'était la chambre de Jim Labadie, grand mutilé de

l'autre guerre, qui n'avait pas quitté le lit depuis 1918. Un homme charmant, parfaitement excédé de la société locale, lequel collectionnait des tableaux surréalistes et recevait, couché, tous les visiteurs de passage, qu'il les connût ou non, tous les jours à partir de cinq heures.

« Tout ceci n'a rien à faire avec mon histoire, — dit Marie-Noire, — mais il faut bien planter la toile de fond. Et puis changer de dieu, changer de dieu, c'est vite dit : il faut se faire une idée de ce que ça exige, entre la liturgie révisée et les besoins nouveaux de l'État. » Je m'excuse, mais, maintenant, si Marie-Noire parle ainsi, c'est que vous avez choisi. Et elle va se rappeler une de ses inventions : le goût de Geoffroy Gaiffier pour le malais, l'attrait du vocabulaire de politesse ou de subordination dans ce parler des mers australes, ses variations. Changer de dieu, dans la syntaxe, et pas seulement en anglais, et pas seulement en malais, cela suppose d'autres changements. C'est pis que dans les rapports sociaux. Il n'y a pas de domaine où l'oubli soit plus difficile que dans le domaine divin, dans le vocabulaire divin.

Chez Jim Labadie, il se pratiquait un oubli d'un genre singulier : dans la pièce sombre, autour du lit de l'infirme, c'était le refus de la hiérarchie nouvelle. Tout ce qui venait de se passer, cette guerre, l'invasion, la trahison, le nouveau pouvoir, la voix chevrotante dans la nuit de la radio, tout cela, rayé, rayé. On avait jeté les jeux et on redonnait les cartes. Les cartes du langage. On apprenait superbement à tricher. La chance de Geoffroy fut que Labadie eût de l'influence sur un fonctionnaire de la Préfecture, qui était poète. Celui-ci fit une apparition furtive au logement des Gaiffier ; il avait été chargé d'établir un dossier confidentiel sur leur présence à T... et, désireux d'éviter des ennuis à ces hôtes de passage, il venait demander à Geoffroy le texte de ses citations au cours de la guerre de mai. Ce brave homme avait vu juste : le gouvernement de Vichy, à cette heure, jouant sur le patriotisme, avait donné des consignes touchant les combattants et, bien que Geoffroy et sa femme, pour avoir signé jadis une déclaration sur la guerre d'Espagne, eussent réputation d'avoir trempé dans le Front Populaire, le rapport coupa court aux opérations que des doriotistes locaux avaient conseillées à la sûreté départementale. Il y avait plus, peut-être, dans cette initiative, que le désir de plaire à Jim Labadie : dans la conversation, le fonctionnaire avait appris que le père de son interlocuteur était l'acteur Thierry Gaiffier qui avait plusieurs fois tenu des rôles dans des pièces d'Henry Bataille, pour lequel il était un des rares hommes, en 1940, à conserver un culte, venant de sa jeunesse. C'était bien la seule fois, dans la vie de Geoffroy, que son père lui servait à quelque chose. Et même, dans l'ennui terrible qui pesait sur les provinces du sud, la consternation de ces journées, ce leur fut, à Blanche et lui...

Vous voyez bien que changer de dieu n'est pas si simple : Marie-Noire ne prend aucune précaution oratoire pour penser *Blanche*, alors que vous ne savez rien de Mme Geoffroy Gaiffier, comme on l'appelle dans le monde fermé de T... où elle ne pénètre pas plus que son mari. Le speaker précédent avait ses raisons passionnelles pour ne se meurtrir de ce nom-là que dans son silence, pour vous la cacher jalousement, Blanche, pour ne parler ni de ses yeux ni de ses mains. Ni de son âme. Mais Marie-Noire ? De quelle mystérieuse syntaxe était-elle jusqu'ici prisonnière, de quel cérémonial qui veut que l'objet de l'amour ne soit jamais nommé ? Seulement ce pays où ils vivaient tous vient de s'effondrer, des armées étrangères feignent de lui préserver la survie des marches méridionales, on change de mensonges, on repeint sans peinture les illusions anciennes, et voici se lever l'amertume et la peur. Cela constitue pour la langue française un plus grand bouleversement que l'introduction du vote des femmes dans l'Insulinde ne ferait pour les pronoms personnels à Bali. Et Marie-Noire, obscurément, sans rien savoir de tout cela, ne peut poursuivre son récit sans que lui échappe ce nom qui me crève le cœur. Blanche! Blanche! Il faudra donc par la suite qu'elle soit présente, devant tous, au cœur du récit qui m'échappe. Il faudra donc que son nom roule vers moi comme un sanglot...

... Et même dans l'ennui terrible qui pesait sur les provinces du sud, la consternation de ces journées, ce leur fut, à Blanche et Geoffroy, une diversion bien venue que l'attention discrète dont les entoura le secrétaire de la Préfecture de T..., en un temps où, déjà, il n'y avait plus d'automobiles, la vente de l'essence interdite et on n'avait pas encore eu le temps d'imaginer les gazogènes.

« Gazogènes? — dit Philippe —, attends que je regarde dans le Larousse de poche... FUT-GAL... GAL-GAR... GAR-GAU... GAU-GEN, ah voilà, p. 169: *gazeux, gazier... gazogène* n. m. *Appareil produisant un gaz combustible...* Ils se chauffaient au gaz, ces gens-là? »

Il faut lui expliquer que comme on dit le tout pour la partie, ou plutôt la partie pour le tout, l'appareil à produire le gaz combustible est mis sur l'auto dont il alimente le moteur, à défaut d'essence, et on appelle l'automobile, le camion d'après cet accessoire, un gazogène, comme par abus, par oubli, on désigne les voitures munies de taximètres sous le vocable abrégé de taxi... la partie de la partie donnant au tout son nom... l'adjectif se fait substantif, la voiture « à gazogène » devient... « Ah? — dit Philippe, qui croit comprendre, — alors, on roulait en gazo! »

Mais Marie-Noire avec impatience : « Tu mets les bouchées doubles, non : on ne disait pas *rouler en gazo*... on n'avait pas le cœur aux abréviation... » Elle esssaye de s'imaginer les sentiments des gens, à T... ou ailleurs, devant ces objets de décadence. Et par exemple en zone occupée, où l'armée allemande laissait sur le bitume ses traces de pétrole. Elle imagine les gazogènes. L'humiliation des gazogènes. Surtout que, les premiers temps, août, septembre... on n'usait pas encore de gazogènes, quelques malins mis à part... on n'y croyait pas, aux gazogènes. Si bien qu'après cette course folle des Français du haut en bas de la carte, les voilà tous confinés à l'espace où les portent leurs pas. Et encore va-t-on leur demander leurs papiers à chaque frontière administrative.

Marie-Noire a beaucoup de peine à se représenter un pays sans automobiles. Elle l'a déjà dit. Et ce n'est pas plus facile pour 1940 que pour le temps de Rosanette. « Si je n'avais plus de voiture, — lui dit Philippe —, comment est-ce que nous ferions ? — Si tu n'avais plus de voiture, — répond-elle —, c'est bien simple, je te quitterais... » Et ne vous imaginez pas. C'est naturel. Mais dans l'été quarante... Marie-Noire imagine l'été quarante. Ce silence, cette chaleur morne. On est en train d'inventer le rationnement. Les règles du jeu manquent à presque toute chose. Presque toute chose n'avait plus que son nom : le bernard-l'hermite n'est pas encore venu occuper la coquille creuse. On ne sait plus qui tutoyer. Et le chemin de T... à Moux, où se trouve le tombeau de Bataille n'est pas seulement trop long pour que Blanche s'y rende à pied, mais encore il suppose qu'on passe d'un département dans l'autre, des tracasseries aux carrefours. Tandis qu'avec la voiture de la Préfecture, aimablement mise à leur disposition. La Préfecture seule, et les médecins, ont encore une petite allocation d'essence. Mon Dieu ! ces routes vides. Que vont-ils chercher là-bas, quelle ombre, quelle mémoire éteinte ? Geoffroy murmure, il n'est pas encore à l'âge de l'oubli : *Les psychés ont gardé ton ombre, Aloïda...* On ne pourra plus se représenter la vie d'avant, la vie de quand on n'aurait jamais imaginé les gazogènes, l'armée allemande à Bordeaux, la

croix gammée sur le Crillon, le vainqueur de Verdun...
le bernard-l'hermite...

Il y a des grands soirs où les villages meurent.
Après que les pigeons sont rentrés se coucher,
Ils meurent, lentement, avec le bruit de l'heure
Et le cri bleu des hirondelles au clocher...

Quand c'était, ça ? 1887-1894... *Ah! reviendras-tu tous les ans, — Oiseau bleu, couleur du temps ?* Léon-Paul Fargue avait dix-huit ans quand finit de s'écrire *La Chambre blanche* : c'est l'année où son ami Alfred Jarry publie *Haldernablou* dans *Les Minutes de Sable Mémorial*. 1895 sera pour lui l'année de *Tancrède*... Histoire de fixer les idées. Penser à cela en 1940... Geoffroy n'était jamais allé à Moux, pour lui simple syllabe de *La Dernière Berceuse*, poème de 1899 (l'année où Jarry publie *L'Amour absolu*) :

C'est non loin de ma métairie,
D'où s'en vient l'odeur des doux colombiers,
Que se calmera cet enfant qui crie.
Sais-tu ce qu'il faut ? Il faut l'emporter
La la hu lala!
Du côté de Moux et de Pexiora...

Il dormait ici, maintenant, l'enfant d'alors. Dans la maison

Il y a quelque part une blanche maison
Où sont tous mes parents réunis. C'est là-bas.
Ils ne se savent pas si voisins sur leurs terres;
L'appartement des morts ne communique pas...

Penser à cela en août 1940, et à Moux, et le squelette de Ligier-Richier *comme à Bar...* qu'est-ce que ça me rappelle ? tendant son cœur d'or, tandis que la chair le quitte, qu'il sort de sa chair comme d'un lit, comme du désordre d'un lit... le squelette debout sur la tombe de Bataille. Penser à cela dans les débris du temps... Comme le sisymbre sagesse. Le sisymbre ?

« Vous m'agacez avec votre Henry Bataille... — dit Marie-Noire, et elle a en effet tout à fait l'air d'être agacée — Il n'y a plus que vous pour parler d'Henry Bataille. Cela ne plaît plus à personne. Et quand vous dites *Bataille*, tout court, tout le monde croit que c'est Georges...

— Plus que moi ? Tant pis. Plus à personne ? Où ça ? A *Tel Quel*. Pas sûr. Mais dites-moi, Fargue, c'est mieux vu ?

— Qu'est-ce que c'est ce langage, M. Gaiffier ? *Mieux vu!* Avec quelles lunettes ? Et puis, oui, là : c'est mieux vu.

— Je crains, Marie-Noire, que vous n'ayez jamais très bien lu ni Fargue ni Bataille. Cela se ressemble plus que vous imaginez. Par exemple : *Celle qui sut broder ton cœur à la fenêtre — Longtemps, contre son cœur, tu ne la verras plus.*

— Ça pourrait... non, c'est Fargue.

— Juste. Mais *Sur quel Sable d'Olonne ou dans quel Dieulouard. — Trouverai-je l'oubli de son visage pâle...*

— Ah ça, Bataille!

— Non, Fargue toujours, ma petite, et dans le même poème de *Pour la musique*. Je pourrais jouer ce jeu-là plus longtemps. Mais laissez donc reprendre ce récit *démodé* où nous en étions... »

C'est à leur retour à T... que Blanche et Geoffroy avaient trouvé la lettre de Jeanne. Elle avait quitté Paris quand il n'était pas encore question d'exode, en mai, pour aller voir à Agen sa mère qui ne se portait pas bien. C'est là qu'elle avait appris que son mari était à Gurs, au camp de Gurs dans les Basses-Pyrénées. Moussinac avait été évacué avec les prisonniers de la Santé. Sa femme s'était alors rendue au château d'Artémidore, Bernard de Jumièges y

ayant une chambre pour elle, afin de se rapproche.
de Périgueux où l'on conservait un petit espoir que
le prisonnier soit envoyé pour être jugé et, dans ce
cas, à en croire l'avocat, il serait mis en liberté proe
visoire, sous surveillance : un petit espoir, bien petit-
Jeanne allait essayer de voir Léon au camp, mais
d'abord il avait fallu... Elle aurait voulu que les
Gaiffier viennent d'abord au château. Ce n'était guère
possible : ils devaient attendre à T... une visite d'un
autre genre. Il commençait à s'établir à travers le
pays tout un réseau de complicités. Cela, on ne pouvait pas le dire par lettre. Blanche écrivit simplement
qu'ils viendraient plutôt après son voyage à Gurs,
afin d'avoir des nouvelles plus directes. Mais si, par
hasard, Léon était envoyé à Périgueux...

Le temps continuait d'être comme une poigne à la
gorge. Tous les jours, elle se relâchait un peu quand
ils pénétraient dans la chambre de Jim. Les Max Ernst
aux murs... Tout le monde avait ici cette soif de
nouvelles. Ici, des voyageurs apportaient les échos
de Vichy. On en entendait de drôles, mais ça ne faisait pas rire. Il y avait des visiteurs hétéroclites : il
fallait s'habituer devant eux à ne rien appeler par
son nom. D'où un langage inventé qui s'improvise.
Rien à voir ici avec le parler Ubu ou l'argot potasson.
On s'habituait à des sortes d'homophonies de l'esprit :
le jeu consistait à proférer des sons qui ne faisaient
écho que dans un cristal accordé. Tout le monde avait
l'air de comprendre, parce qu' : mais le sens des
phrases n'était pas plus important qu'un exemple
de grammaire à qui n'en avait pas le cœur saignant.
Il se créait ainsi un autre français. On avait l'impression d'être à l'étranglement du sablier. Août, septembre... Jeanne avait pu voir Moussinac à la fin d'août.
Ce n'était pas tout de suite le départ pour Périgueux.
Rien de plus incertain. On promettait de temps en
temps un convoi. Puis. La torture par l'espérance.
Quelques vieux libérés. A nouveau le départ promis.
Un contrordre... Jeanne est retournée à Artémi-

dore. Octobre... Le 14, cent cinq détenus sont envoyés en convoi à Périgueux. Moussinac n'en est pas. Mais, le 26, avec quatre-vingt-cinq autres prévenus... Le long voyage. Halte à Nontron, le 28 au soir. C'est drôle à penser. Nontron. C'est là qu'on m'avait envoyé de Javerlhac, pour y être démobilisé, en juillet. Je revoyais Nontron, le château sur la colline, cette grande terrasse d'ombrage au-dessus du Bandiat, où il reçoit un vallon oblique. Le bâtiment sombre, ancien, où s'était installée la paperasserie pour nous rendre à la vie...

Je revoyais ? *Qui* revoyait ? Il *me* faut, à moi, Marie-Noire, ce personnage qui peut se revêtir du smoking du moi, pour imaginer ce que, moi, Marie-Noire, je ne puis à mes propres yeux passer pour avoir vu. Je revoyais, donc. Geoffroy Gaiffier revoyait. Ou n'importe. Nontron n'a que faire de mes yeux passés. Nontron, pourquoi ne pas imaginer que Geoffroy Gaiffier... histoire de dire qu'il a été démobilisé. Quelque part, alors, pourquoi pas Nontron ? Nontron, pendant qu'on y est.

Une lettre de Jeanne le 2 novembre. Une autre le 8, lui annonçant son probable transfert à Périgueux. Départ de Nontron le 10 ; halte à Saint-Pardoux. Le train, le 11, à l'aube. A dix heures du matin, Périgueux... C'est du « Cheval Blanc » à midi où les gardiens l'ont emmené déjeuner que, par la fenêtre, il aperçoit une silhouette connue : traversant la rue, le dos voûté, mais toujours sa cravate à pois, Jacob Boehme... Il n'y a rien d'étrange pour un prisonnier comme de voir un homme libre. Traversant la rue. A Périgueux. Pourquoi pas Jacob Boehme ? Pendant qu'on y est.

Le 10, le 11 novembre 1940, il fait un beau temps d'automne, mais un peu froid. Le feu n'est pas de refus, même à Périgueux. En 1965, jusqu'à cette date, ce sera l'été, ça se gâtera le 11. C'est-à-dire que, le temps s'étant couvert, il aura plu, la température brusquement tombée à 13º. Tâcher de se souvenir du temps qu'il fait, du temps qu'il a fait, c'est peut-être aussi important, pense Marie-Noire, que de se souvenir des hommes qu'il a fait... de s'imaginer l'interrogatoire dans le cabinet du juge. Y a-t-il déjà le portrait du Maréchal dans le cabinet du juge, entre quinze heures quinze et dix-neuf heures, le 11 novembre 1940, à Périgueux ? La liberté provisoire. Se présenter tous les dix jours chez le juge, c'est tout. Il fait nuit, en sortant. Bizarrement nuit dans la liberté provisoire. *L'hôtel Domino*, disait la lettre de Jeanne... Que pense-t-il, Léon, dans la nuit de novembre, cherchant l'hôtel Domino ? La lune est-elle déjà levée ? Et lui ne peut s'empêcher de jouer aux dominos, double six ou plutôt non : c'est le négatif, les étoiles noires, blanc et as, Vénus la première... A quoi pense donc un homme qu'on vient de mettre en liberté provisoire et qui cherche l'hôtel Domino ? Ah, c'est difficile, le roman. Même quand ce n'est pas un roman d'espionnage. A propos, ça fera huit jours demain. Est-ce qu'on va le retrouver, ce Ben Barka ? Enlevé le 29 octobre devant le Drugstore de Saint-Germain-des-Prés. Je dis ça pour ne pas l'oublier. On est le jeudi 11 novembre. Ça fera demain combien de jours de captivité provisoire ? Si... Et combien de temps est-ce que je vais mettre, ensuite, pour oublier Ben Barka, la scène du Drugstore ? Très vite, les gens ne sauront plus. Comme les gazogènes.

« A propos — dit Marie-Noire hors de propos —, la preuve... »

Mais Philippe faisait trop de boucan avec sa guitare électrique. Il dit : « La preuve de quoi ? », n'ayant pas entendu la fin... mais continuant de jouer, les cheveux en désordre. Ses longs cheveux blonds, cendrés, épais sur la nuque.

« Cesse de balancer ton fil — dit Marie-Noire —, je te parle... »

Il cessa de balancer son fil. Elle le regarda, et rit. Elle ne pouvait pas s'habituer à le voir, sans rire, comme ça, tout nu, jouer de la guitare électrique. Elle remarqua : « Jamais on ne te laisserait passer comme ça à la télévision...

— Pas sûr, — dit-il, on fait des progrès, ça viendra...

— Peut-être, mais trop tard, tu ne seras plus si joli à voir, mon petit, à trente ans... Ne prends pas cet air de vouloir pleurer. Moi non plus...

— Toi — dit-il —, de toute façon je ne permettrais pas... c'est fait pour voir de près, et pas pour le public. Mais la preuve de quoi, tu disais ?

— Je disais la preuve ? Moi ? Peut-être. La preuve alors de quoi ? Je ne sais plus... Ah, oui, la preuve que le vieux ferait mieux de ne pas intervenir et de se laisser imaginer tranquille. Tu te rappelles ou tu ne te rappelles pas. Mais c'est dans cette histoire du Livre de poche. Parce que, peut-être bien que, toi et moi, nous ne savons plus de quoi ça avait la gueule, un gazogène, mais, pour les choses contemporaines, eh bien, il vaudrait mieux se fier à notre génération. Il se demandait donc, avant que je lui donne sa fausse identité, Geoffroy Gaiffier, si *L'Éducation sentimentale* avait ou non paru en Livre de poche, parce que j'aurais pu lire ça dans les classiques Garnier ou, qui sait, dans l'originale, chez un de mes amis qui l'a en cartonnage d'éditeur, vert de mer. Cela, ces jours derniers. S'il m'avait demandé. Ce n'est pas très important, et il est vrai que ce roman n'a été inclus dans le Livre de poche qu'au mois de juin 1965. Pas cinq mois. Ça suffit pour qu'en octobre...

— Bon — dit Philippe —, mais tout de même. Ça prouve quoi ? Ce bouquin-là, ce n'est pas du James Bond ! »

Marie-Noire hausse les épaules et se touche un peu les seins. Pas une réponse. Oh, et puis qu'il la balade, sa guitare! Ce qui l'occupait à cette minute, elle, c'était ce passage du roman où les insurgés de juin 1851 sont enfermés dans le sous-sol de la terrasse du bord de l'eau, aux Tuileries. Parce que la lettre de Jeanne Moussinac donnait quelques renseignements sur les conditions de vie des prisonniers de 1940 à la Santé, puis à Gurs. Un quart de siècle a suffi à éloigner autant ceci que cela, dans la représentation qu'on peut s'en faire. Et encore, la terrasse des Tuileries, Marie-Noire pouvait y aller voir, le soupirail, les barreaux. Bien que la scène laisse perplexes les commentateurs, par exemple à ce moment où, le père Roque montant la garde, fusil en main, *un adolescent à longs cheveux blonds met sa face aux barreaux en demandant du pain...* en réponse à quoi le fonctionnaire lâche son coup de fusil. Le jeune homme, vient-on juste d'apprendre, était *porté jusqu'à la voûte par le flot qui l'étouffait...* qu'est-ce que ça veut dire? La Seine avait donc monté? en juin? on n'en savait rien. Mais un mot là-dessus provoque les commentaires. Flaubert écrit, le coup de feu parti : *Il y eut un énorme hurlement, puis, rien. Au bord du baquet, quelque chose de blanc était resté.* Le mot *baquet*, quel baquet? Quelqu'un propose de lire *barreau* mais c'est *baquet* : *Il paraît plus simple*, dit une note en fin du Poche, *de supposer qu'il s'agit du baquet mis à la disposition des prisonniers.* Simple, en effet. Pendant un instant, Marie-Noire désespère de l'imagination. C'est passager. « Qu'est-ce que tu joues, Philippe ? Je ne connais pas cet air. » Lui retrousse son fil et balance la tête : « Tu ne connais, pas ? Thelonious Monk... *Rythm-a-ning...* — Ah! » dit Marie-Noire. Elle avait oublié Thelonious Monk. A Périgueux.

Parce que, si c'est moi qui parle, Périgueux est un

souvenir. Si c'est Marie-Noire, qui est une créature de l'oubli, alors, je disais bien, dans ce cas, Périgueux devient un roman. C'est-à-dire une méditation entre la vie et moi. Quelque chose qui se forme au niveau de la conscience que je prends du monde, au niveau du langage. Une énorme unité sémantique. Quelque chose qui me rend la vie possible. Je ne me passe pas des romans. Le roman, c'est le langage organisé pour moi. Une construction où je peux vivre, l'architecte sait que j'ai besoin de manger, de dormir, de rêver éveillé, il a ménagé des fenêtres pour l'air, des vitres pour la lumière, des cheminements d'eau dans les murs, enfin vous voyez ça. L'homme primitif avait besoin de peaux de bêtes, d'une caverne. L'homme d'aujourd'hui a besoin du roman. Malgré ce qu'en disent ses contempteurs, ces espèces de nudistes. Marie-Noire, donc, *est* à Périgueux. Et moi... *qui ne me passe pas des romans...* qui, moi ? Le moi dont a besoin Marie-Noire pour se passer de moi. Le moi qui crée, aussi bien à le lire qu'à l'écrire, le roman, tour à tour auteur et lecteur, le moi dont le pluriel est ce nous variable qui s'éteint si le roman cesse d'exister, ce nous extension du moi vers la mer ou la source, entre l'imagination et l'oubli, qui unit par exemple en un siècle bientôt tous les amoureux de Mme Arnoux, tous ceux qui au coin de la rue Tronchet et de la rue Vignon... le nous qui ne disparaît pas, contrairement à toutes les règles quand le roi Flaubert meurt, car Flaubert (qui *est* Mme Arnoux) s'efface devant le roman, le roman est devenu le *je* organisateur du nous. « Et — dit Marie-Noire —, alors si Périgueux est un roman... » Périgueux où Marie-Noire n'a jamais mis les pieds. Périgueux dont elle inventera tout. La couleur de novembre à Périgueux. L'hôtel Domino. Les Allées de Tourny. La cathédrale Saint-Front.

Passez-moi les cartes postales.

VIII

LE S. S.

D'où Marie-Noire a-t-elle pris cette histoire ? Qui lui donne le droit... jusqu'où veut-elle aller ? Cela passe les limites de l'imagination : il faut qu'elle ait chipé ces détails dans une mémoire ou dans une autre. Qui pouvait la renseigner ? Pourquoi m'entraîne-t-elle à Périgueux ? Elle abuse de ce que je ne puis plus la rencontrer, lui poser directement ces questions. Tout cela ne saurait avoir de but que détourner mon regard de sa vie, d'où elle vient, d'où elle va. Qu'allais-je donc deviner d'elle qu'elle en ait peur, et veuille à tout prix me le faire oublier ? Ou qu'elle veuille en trouver, elle-même, l'oubli...

Je voudrais décrire l'oubli hors du langage, comme une place vers le soir, quand il ne fait déjà plus jour et pas tout à fait nuit, et que les clignotants, verts et rouges, ont l'air de chats qui s'éveillent à l'ombre. Dans le plus grand désordre. Si bien qu'on ne sait comment en sortir, déjà se sont effacés les panneaux du sens unique, s'il y avait foule on en suivrait les voitures, mais si tu demeures seul au milieu de ces clins d'yeux ronds... Où mène cette pensée, où débouche cette avenue ? Tu es seul. Les mots te manquent. Des mots pourtant de toi connus, ressassés, archi-familiers, des mots dont toute l'existence tu as fait sans réfléchir usage, qui venaient naturellement sans qu'on les cherche, ou qu'on hésite, machinaux, tout engrenés à ce qui précède, à ce qui suit. L'oubli comme un gant tombé, tu marches dessus sans le voir. L'oubli comme une lèvre bleue. Un froid soudain dans la conscience d'être. Un égarement de l'œil intérieur. Une paralysie de la pensée, que sais-je? Je voudrais décrire l'oubli, n'importe comment, mais l'oubli. Il n'y a rien dans ce monde autant dont j'aie la peur, que de l'oubli. Ne plus savoir son chemin. Ne plus savoir où l'on allait. Ne plus savoir qui l'on voulait voir. Ne plus savoir son nom, son propre nom, qui l'on était, qui l'on est. Une machine à vide tournant. Des pas pour rien. Le sentiment éveillé du rêve. Et maintenant lire l'heure à l'horloge. Ou elle marche, ou elle est arrêtée. Où suis-je et quand suis-je. L'oubli. D'où me vient-il, l'oubli, d'autrui ou de moi-même, d'où me vient-il, ou ne suis-je pas la source de l'oubli? Rien ne m'est plus ce qu'il fut pour moi. Je regarde ma rue et je ne sais plus dans quelle ville je suis, je regarde ma main comme une étrangère, dans une chambre d'où personne ne songe à me chasser je dévêts un corps inconnu, un corps d'homme vieilli, marqué, de toutes parts alourdi, qui obéit à ma pensée, et je me tais pour voir s'il va parler à ma place. Ô langue dans la bouche soudain comme un poisson qui s'étonne des parois. Je voudrais décrire l'oubli par tous les mots oubliés. Par les alvéoles qu'ont laissées les mots disparus dans ma bouche. Par l'ombre absente des objets absents. Cette porte qu'on ne peut ni fermer ni ouvrir. Cette fenêtre feinte à la vie ou à la mort suivant ma disposition d'esprit. L'irréparable blessure du temps, la discontinuité de l'âme, ce trou dans la poche, l'oubli.

Il me semble que l'oubli gagne du terrain. Peut-être que c'est là ce que j'appelais l'âge. Mais pas sur moi seulement. Pas seulement sur ceux dont les fronts ridés semblent du mien miroirs. C'est une eau montante et, jeunes et vieux, déjà qui nous prend aux genoux. L'oubli. Peut-être l'effet d'une longue fatigue. Ou le sentiment d'inutilement faire effort à se souvenir. Cette tension naguère encore à retenir des choses insignifiantes mais. Il a fallu sans doute pour y renoncer que je fasse délégation de ces images à mes yeux au profit de je ne sais quelle mémoire extérieure. Comme un porte-manteau qui s'offre après une longue marche, au bras lassé de porter un pardessus raide et lourd. Il me semble que de plus en plus tous ces voyageurs, mes semblables, ont hâte de se débarrasser du pardessus : ainsi dans un théâtre à l'heure où sonne la pièce commencée, les spectateurs qui ont passé le vestiaire sans le voir. Et piétinent à chercher dans leur poche l'argent du pourboire.

On s'exerçait hier encore à des suites infinies de phrases, on apprenait des propos pesants comme des chasubles, on pliait sous une sorte de par-cœur. Puis je ne sais ce qui a bien pu se passer. Les hommes et les femmes que je vois dans les lieux publics marchent comme des paniers vides. Ils semblent des noix creuses, ou des courants d'air. Pourtant s'il manque à celui-ci une manche, ou le dos de sa chemise à l'autre, ils ont apparence de ne pas s'en apercevoir. On ne leur voit pas inquiétude d'avoir le crâne ouvert ou l'orbite sans œil. Tout se passe comme si l'on avait mis ses idées à la banque, retiré des bijoux aussitôt enfermés dans des coffres à serrures compliquées. Cette humanité ne se défend plus contre l'oubli puisque, ce qu'elle aurait pu oublier, elle en a simplement fait dépôt. Nous ne sommes plus ces trouvères qui portaient en eux tous les chants passés, à quoi bon, depuis que l'on inventa les bibliothèques ? Et cela n'est rien : l'écriture, l'imprimerie n'étaient encore qu'inventions enfantines auprès des mémoires modernes, des machines qui mettent la pensée sur un fil ou le chant, ou les calculs. On n'a plus besoin de se souvenir du moment que les machines le font pour nous : comme dans ces ascenseurs où dix voyageurs appuient au hasard des boutons, pour commander désordonnément l'arrêt d'étages divers, et l'intelligence construite rétablit l'ordre des mouvements à exécuter, ne se trompe jamais. Ici l'erreur est impensable et donc repos nous est donné de cette complication du souvenir. Ici le *progrès* réside moins dans l'habileté du robot, que dans la démission de celui qui s'en sert. J'ai enfin acquis le droit à l'oubli.

Mais ce progrès qui me prive d'une fonction peu à peu m'amène à en perdre l'organe. Plus l'ingéniosité de l'homme sera grande, plus l'homme sera démuni des outils physiologiques de l'ingéniosité. Ses esclaves de fer et de fil atteindront une perfection que l'homme de chair n'a jamais connue, tandis que celui-ci progressivement retournera vers l'amibe. Il va s'oublier.

Assez, assez! Je me complais dans cette perspective de la dégénérescence. N'est-ce pas là l'un des mécanismes mêmes de l'oubli? Par exemple, de l'oubli des questions que je pourrais poser à Marie-Noire si... L'oubli. L'oubli. On oublie comme il pleut. On oublie comme il neige. On oublie comme on dort.

« Allô... allô... » Quelqu'un a décroché, mais le téléphone ne répond pas. Autre sorte d'oubli. Peut-être ai-je mal fait le numéro. Parfois je lève trop vite le doigt, le disque ne va pas jusqu'au bout. *Tic-Tetic-Titetic... Trc-Trc — Trc-Trac...* Pas libre. Quand ça sonne pas libre, n'importe qui, ça me fait toujours comme si la vie tout entière me trompait avec un autre. Après tout, Philippe a le droit de parler à qui bon lui semble. Marie-Noire n'est peut-être pas chez lui. A cette heure-ci? *Tic-Tetic...* Rien. Ça n'accroche pas. Ça n'accroche plus. L'oubli. Ce creux du téléphone, à vous faire mal à l'oreille de silence. Ce n'est pas un silence à proprement parler. Un puits profond, la pierre n'y atteint pas l'eau. Douleur d'attendre le floc qui ne se produit pas. Peut-être ai-je mal fait le numéro. Blanche disait : « Tu n'es pas impatient, tu es l'impatience... » Quand on ne sait plus l'heure, il y a un numéro au téléphone, et quelqu'un vous dit l'heure. Si on se sent tout à fait seul, il n'y a qu'à composer le 10, attendre la tonalité musicale, *pi-i-ou-i... pi-i-ou-i* et une voix vous tient compagnie : *Ici l'Interrurbain — composez l'indicatif du département — Ici l'Interrurbain — composez l'indicatif du département — Ici...* Bon. Je recommence le numéro de Philippe. Cette nervosité : je me suis trompé. Comme dit le livre : *L'à peu-près entraîne souvent une erreur de numéro...* « Non, Monsieur, ici le Service social des cartonnages Marcel Proust... » *Un abonné est dérangé inutilement et la communication inefficace est enregistrée au compteur du demandeur.* Le numéro de Philippe. Là, là... lentement... ne pas lâcher le doigt. *Il n'y a plus d'abonné au numéro que vous avez demandé — veuillez consulter le nouvel annuaire — Il n'y a plus...* Comment, comment... *Take it easy, my boy :* c'est une vieille histoire et même cela se chante. Isabelle Aubret, dirait Philippe. Le numéro de Philippe. Ah, ça sonne. Longuement, longuement. Quelqu'un décroche. Je ne suis pas tout à fait oublié. Une voix de femme, bougonne : « Marie-Noire ? — Ici, la concierge... » Comment ? Ah oui, elle fait le ménage. « Pourrais-je parler à M. Philippe M... ? — Il n'y a personne. C'est la concierge. Ils sont sortis... » Elle a raccroché. Elle ne prend pas les commissions. D'ailleurs, je ne lui aurais pas donné de commission. Je n'existe pas. Je ne suis qu'une simple imagination de Marie-Noire. La concierge n'intervient pas dans l'imagination de Marie-Noire. Un personnage imaginaire a-t-il faculté de téléphoner à l'imagination qui est allée dans les grands magasins profiter de l'arrivage de tapis espagnols ? Un personnage imaginaire donne-t-il un pourboire à la voix de la concierge ?

La voix qui passe les murs. Je n'ai pas fini de m'émerveiller de ce téléphone et de subir sa terreur. Rien ne me protège d'une colère ou d'une provocation, d'un propos soudain par quoi je ne sais qui s'enflamme, je suis là sans défense et tout le monde peut avoir accès par cette machinerie au plus blessé de mon cœur. Au-delà de cette conque sonore où je parle et qui me parle de je ne sais quel grand large, il s'étend un pays obscur où se perd la pensée ainsi qu'Orphée aux approches de l'enfer. Les paroles roulent sur ces grèves nocturnes longuement leurs épaves et le sable d'écailles d'un langage où le murmure soudain cède au cri. Ô monde intermédiaire, franges sans fin de nous-mêmes, les voix s'y cherchent comme des mains pour croiser leurs doigts ! Nulle part il ne me semble autant qu'à cette bouche d'ébonite approcher ma lèvre d'un univers secret. Je me crois toujours ici au seuil de la confidence. Il m'est difficile, et pourtant, d'imaginer qu'en chemin, au travers de ces contrées pareilles aux landes de Macbeth, il y a des créatures de broussaille qui surprennent dans leurs ongles de fer jusqu'au soupir qui me trahit.

Il paraît que nous sommes des milliers et des milliers dont les moindres inflexions sont ainsi surprises, épiées, inscrites. Quelque part, on ne sait où, dans ces placards, ces couloirs sans yeux, ces coudes d'ombre entre nous et les autres. Partout dans le monde. D'étranges voyeurs aveugles, avec toute la finesse d'ouïe de la cécité. Tout ce que je dis se grave, s'aggrave, s'agrafe, se greffe... Des rubans, des fils, des cheveux, des buissons de mots saignants, de mots ébouriffés, de mots qui pantèlent. Tout cela se brouille, s'embrouille, s'embranche, s'imbrique, s'ébrèche et se brise, s'ébroue et se frise dans le magnétophone aphone, où les phrases s'effritent. Que ce soit pour la science ou la police, à chaque minute du jour ou de la nuit, s'accumule une telle quantité de confidences, d'aveux, d'imprudences, de vœux, qu'il ne suffirait pas de la vie de tous ceux qui respirent à cette minute pour la déchiffrer seulement, cette minute, ce que les appareils abandonnés à eux-mêmes par l'univers enregistrent d'elle. L'univers humain accumule ainsi dans ses valises sans nombre les témoignages illimités, inconscients, d'une époque, et rien ne permet de croire qu'un temps vienne où l'on arrivera par je ne sais quelles inventions à lire plus vite qu'on ne parle.

Nous n'avons pas encore, si nombreux que nous nous y mettions, pu épeler tous les papiers, les pierres gravées, les messages, les livres que les siècles nous ont laissés. Mais voici que de plus en plus, sur des grimoires nouveaux, s'accumulent les signes d'une vie incompréhensible peut-être à jamais. Nous allons étouffer, l'humanité tout entière, dans cette immense poubelle des secrets... dans le croisement de ces lumières noires, de ces témoignages pathétiques, irrécusables, confondants. On va tellement en savoir de tout et de tous qu'il sera tout à fait impossible de s'y reconnaître. Et les appareils atteindront à des rapidités par quoi toute lumière apparaisse balbutiée, bégayée, obscure. La science va s'emparer de ce qui n'a jamais été jusqu'ici sa matière. Et l'impensable mettra son pied dominateur sur la pensée. *Stay, you imperfect speakers, tell me more...*

J'ai fait sans le savoir, d'un doigt distrait, au cadran, de gauche à droite, un numéro de sept chiffres, n'importe quoi, me semble-t-il. J'entends, dans l'écouteur posé, la sonnerie, et le relève. Une voix au loin... Allô ?... une voix que je ramasse et porte à mon oreille :

« Allô, allô... ne quittez pas... c'est vous, Marie-Noire ?

— Allô, qui parle ? Vous voulez parler à qui ?

— Je suis bien chez Philippe M... ? C'est vous, Marie-Noire ?

— Philippe M... est dans son bain. Est-ce que je puis lui faire la commission ?

— C'est vous, Marie-Noire... je reconnais votre voix... je ne voulais pas parler à Philippe, mais à vous, Marie-Noire... à vous, Marie-Noire... ici Gaiffier, vous savez, Geoffroy... »

Elle a raccroché. Marie-Noire a raccroché. Était-ce Marie-Noire... Lequel a donc oublié l'autre... Le silence ou la parole...

Marie-Noire a raccroché. Sa main reste longuement sur le téléphone. A quoi rêve-t-elle ? Peut-être à Philippe. Il est sorti chercher de quoi improviser un dîner. Le jour est tombé, Marie-Noire n'a pas allumé les lampes. Elle est lasse, elle a pourtant envie de tenir ce garçon dans ses bras. Elle se moque un peu de lui, doucement, avec comme il porte les cheveux, qui lui font le dessus de la tête plate, et une mèche blonde le prolonge en avant, en visière de casquette. Il l'aime. Au moins, il le dit. Il l'aime.

Non. Marie-Noire ne pense pas à Philippe à cet instant, dans l'ombre, les yeux mi-fermés, la main sur le téléphone. Elle pense à Périgueux. Elle n'a jamais été à Périgueux. Elle n'a pas la plus petite idée du genre de ville que ça peut être. Une préfecture. La Dordogne, préfecture Périgueux. Tiens, je n'ai pas oublié. De toutes les choses au monde, il y en a une dont j'ai mémoire, mes départements. Pas de chance. On s'est mis à les changer. Il y en a des tas dont on ne parlait pas, il y a sept, huit ans, quand j'ai passé mon bachot. De quoi ça a l'air, Périgueux ?

Jeanne Moussinac était descendue à l'hôtel Domino. Ce mot-là domine tout. Marie-Noire voit Périgueux comme une construction faite de dominos. Le noir et blanc. Où est-ce, l'hôtel Domino ? Probablement sur une place. Toutes les fenêtres du double-six éteintes, seulement un peu de feu en bas, à l'heure où le prisonnier arrive sur la place. Il ne connaît pas plus que moi l'hôtel Domino. La lettre de Jeanne donnait l'adresse de l'hôtel Domino. Périgueux, chef-lieu de la Dordogne, évêché, sur la rive droite de l'Isle... L'interrogatoire s'est fait dans une chambre d'un hôtel réquisitionné, une petite rue, Léon n'a regardé le nom ni de la rue ni de l'hôtel. De là, comment s'orienter ? Il a marché devant lui, il faisait noir, heureusement, avec la touche qu'il avait, il est tombé droit sur la place Francheville. Madame, vous ne pourriez pas m'indiquer... L'hôtel Domino ?

Vous y êtes, mon brave homme, c'est là devant vous. Le double-six. Bon, on n'y voyait pas grand'chose, mais demain matin ? demain matin 12 novembre 1940. Geoffroy ne se souvient plus de rien. Il faut tout inventer. Le ciel, la terre, et les gens.

Comment s'imaginer Périgueux au grand jour ? et pas seulement la chambre, l'escalier, le vestibule, la salle à manger de l'hôtel Domino. Ça à la rigueur. L'ascenseur. La chambre de Jeanne. Il faut pas mal rôder dans les couloirs pour arriver à la salle de bains. Mais la ville ! Ici, à deux pas, la Tour Mataguerre d'où ça descend vers le Pont-Neuf... Est-ce qu'il faudrait décrire la Tour, et là, au-dessus, ce grand immeuble qu'on tourne pour arriver sur la place Bugeaud, le triangle de la place Bugeaud... Où est-ce qu'on peut acheter à Paris des cartes postales de Périgueux ? Bon, mais même alors. Ça ne me donnera pas la couleur de Périgueux, même des cartes postales en couleur. De Périgueux en novembre 1940... Ou tout au moins à la fin novembre, commencement décembre, quand les Gaiffier seront là... Il a fallu quinze jours pour qu'ils aient la lettre, répondent, s'arrangent... Jeanne leur avait dit qu'à la gare de... Bernard de Jumièges pourrait venir, s'ils lui télégraphiaient l'heure et le jour de leur passage en train : il leur donnerait le paquet de ses affaires qu'elle y avait abandonné, ne songeant plus qu'à se précipiter à Périgueux, pour être là quand Léon arriverait.

Périgueux comme roman.

C'est naturellement tout à fait stupide de suivre l'année 40 sur l'année 65, de tâcher que les jours du mois coïncident, le 23, le 24, le 25... Le 25, de ce côté-ci du chapelet, Philippe est hors de lui, voilà trois, quatre jours qu'il dit à Marie-Noire, c'est dans quatre jours, dans trois jours, après-demain, demain... et le jeudi 25 novembre 1965, elle avait pourtant oublié, plus on lui répète les choses, et mieux elle oublie. Justement ce soir-là, elle était prise, mais je t'avais dit, tu m'avais dit mais j'ai oublié, voilà quinze jours que j'ai les places, bon tu me disais dans dix jours, dans quatre jours ou jeudi, je ne savais pas que c'était le 25 moi, et si je savais que c'était le 25, en tout cas, je ne savais pas que demain, après-demain, c'était le 25, et l'autre semaine Agnès m'avait dit tu es libre jeudi de l'autre semaine, tu comprends ? Philippe avait la tête à l'envers, et d'ailleurs Marie-Noire le préfère décoiffé. Le drame était que, ce soir-là, Johnny Hallyday faisait sa rentrée à l'Olympia. On n'allait tout de même pas manquer ça! Tu ne peux pas lui dire, à cette Agnès ? Écoute, mon petit Philou, je ne peux pas faire ça à Agnès. D'abord, qui c'est, Agnès, tu en parles comme si, d'où elle sort... Ma meilleure amie, voyons, je t'ai dit cent fois! Jamais de la vie, jamais de la vie. Agnès, voyons. Eh bien, Agnès, quoi, qui, Agnès ? Même que je t'ai demandé... Tu ne m'as rien demandé, première nouvelle. Toi, tu me coupes tout le temps, tu prétends que tu m'aimes, et puis tu ne m'écoutes pas. Je t'écoute, Marina, je t'écoute, mais j'oublie... Tu m'oublies ? Mais non, je ne t'oublie pas : j'oublie, voilà tout, j'oublie. Bien, tu iras seul. Oh, tu ne vas pas me faire ça ? Et pourquoi je ne te le ferais pas ? Mais après ça, Marina, avec qui, Marina, je pourrais en parler ? J'ai deux places et, tu sais, c'est difficile... Eh bien, tâche d'en avoir une troisième pour Agnès. Justement elle est seule. Une troisième, le jeudi matin, comme c'est commode! Tu rêves. Bon, bien, va-z-y sans moi, emmène un copain... Écoute, je vais essayer, je ne crois pas pouvoir, mais je vais essayer.

Contre toute attente, il a eu la troisième place par la fille de Bruno Coquatrix. Évidemment, ils seraient pas très bien placés, mais au fond mieux vaut le mezzanine, c'est là que sont les fans. Le mezzanine ? Marie-Noire ne s'étonne pas du mezzanine, il faudrait être vieux comme Gaiffier pour s'obstiner à appeler balcon cette espèce de fuite d'ombre, quelque part comme dans les cheveux de la tête. *Mezzanino*, en italien, c'est l'entresol et, à l'Olympia, on appelle mezzanine le grenier. Mais ça n'a rien à voir. Tout ça ne m'explique pas ton Agnès, tu prétends. Je ne prétends pas, mais maintenant il faut encore qu'Agnès accepte. Agnès, c'est ma meilleure amie. Je t'en ai parlé cent fois. Même, tiens, que je t'ai demandé si on ne t'avait pas tiré en double, pour elle, et que tu m'as dit que ton petit frère avait onze ans. Ah, celle-là ? Ah, ça, c'est un peu drôle. Ça m'amusera de la voir. Dis donc, pas de plaisanterie : un double, que j'avais demandé pour elle, l'original m'appartient.

Le 25 novembre 1940, dans sa chambre obscure, Jim Labadie lisait aux Gaiffier des sortes de chansons qu'il avait écrites. Blanche dit : « On devrait les mettre en musique, pour que quelqu'un chante, ailleurs, dehors, dans des théâtres, ou bien pour lui-même, en se promenant...
— Vous n'y pensez pas Blanche ! — Cela paraissait incroyable à Jim. — Depuis Verlaine, on ne met plus les poètes en musique, alors nous appelons nos vers *chansons*, et ce n'est que par nostalgie... Tenez, Auric m'a raconté, Léon-Paul Fargue, il avait appelé un recueil de vers *Pour la musique*, histoire d'ainsi tenter les compositeurs, et puis personne n'a mis ces vers-là en musique, rien... » La nuit commençait tôt dans cette chambre. Et dans la ville aussi, au-dehors, avec ce peu de lumière. Une seule rue où la jeunesse attendait les journaux, vers le soir, ce grouillement, les filles, la camaraderie, à quoi pensaient-ils, les enfants de Quarante ? J'ai oublié, j'ai oublié... Quelle ville était-ce ? Pas encore Périgueux.

Donc, le jeudi 25 novembre 1965, ils s'étaient installés tant bien que mal au balcon, pardon : mezzanine, de l'Olympia, Marie-Noire, Agnès et Philippe. Il y avait eu un coup d'état militaire au Congo dans les journaux du soir. Agnès avait écouté, à la télévision, M. Marcilhacy, candidat je ne sais quoi à la présidence de la République. La première partie du spectacle, il campait à leurs côtés des étrangers qui demandaient tout le temps, à l'entrée d'un numéro, c'est celui-là, Johnny Hallyday ? Philippe regarde Agnès avec étonnement. Elle est jolie, la meilleure amie de Marie-Noire. Un tout autre genre mais. « Qu'est-ce que c'est que ces cuisinières noires ? » demande Agnès. Des dames patronnesses plutôt, dans un chahut fantastique, cinq en fourreau de velours nuit, une en rouge, ça doit pour celle-ci être dimanche, d'ailleurs elle se croit à l'église, sauf les petits pas de danse en se retroussant. *Lord, dont move this mountain*... Pour l'instant, les *Clara Ward singers* se trémoussent, l'une passe le tambourin à l'autre, parce que c'est le tour de son numéro. On n'y aurait pas cru il y a vingt-cinq ans. Philippe meurt d'impatience. C'est le dernier truc avant l'entracte, il dit, se penchant vers les filles, le dernier. Bon Dieu, ces dames n'en finissent pas... tu imagines leurs dessous... « Non, — dit Marie-Noire —, je n'imagine pas leurs dessous. » Agnès est un peu rousse, des façons de chatte, avec un manteau de chèvre teint rose, comment elle est fichue quand elle le retire, il ne doit plus en rester... des yeux couleur piano, on s'y verrait. Les deux filles sont dans des fauteuils, devant. Philippe n'a pu avoir qu'un strapontin, au rang d'après. Les voisins le regardent de travers. Il faut qu'il se tienne tranquille. Ça ferait des histoires pour un rien.

Et quand enfin ce fut Johnny... Il avait rappliqué des garçons avec les cheveux en pluie sur le front, des filles sur leur trente-et-un, tout ça par terre dans les travées, le poing sous le menton, les coudes sur les genoux, l'œil tendu. Sous la chape d'ombre et de sueur, dans la grande bagarre des guitares et des cuivres, le tapement des talons, l'oscillation des corps, une ville entière respire ou perd la respiration, scande des pieds, scande des mains frappées, comme si on avait entassé là-haut des virgules pour ponctuer chemin faisant le chant qui se déhanche, le saut à la corde de ce grand diable blond. Philippe voudrait

parler avec Marie-Noire, et Agnès bien sûr, tout de
suite partager avec elles cet enthousiasme qui lui
tient le ventre, le fait se balancer. Mais les voisins.
Et elles sont trop loin. A côté de lui, il y a une dame
très fardée et très décharnée, un anachronisme qui
sourit béatement. Un projecteur balaye tout à coup
les hauteurs de l'Olympia, révélant les visages, les
épaules penchées, les bonds frénétiques sur les étage-
ments de l'ombre. Pourquoi Marie-Noire et son amie
semblent-elles, à contrejour, immobiles ? Les cris
Johnny, Johnny, Johnny... Tout l'espace tourbillonne
d'une clameur, c'est ce qu'on appelle aujourd'hui la
musique, et c'est tout le temps comme si une bagarre
allait éclater. L'anachronisme sourit toujours. Le
petit gars par terre applaudit plus haut que sa tête.
Cela crie dans les cheveux de la salle. Personne ne
semble remarquer qu'on nous a coupé au programme
*les Mascottes, deux filles merveilleuses, un des plus
beaux numéros du monde*, personne. *Johnny* chante
Le diable me pardonne. Le projecteur saute dans la
salle en bas, saute d'en bas en haut, balaye l'Olympe
et, quand il vous passe dessus, c'est une main qui
vous touche le visage, on se retourne d'instinct pour
le suivre vers les hauts-fonds, à cinq rangs derrière
une brochette de gosses l'arrête, sept, huit gosses,
filles, garçons, bondissant sur leurs sièges ensemble,
criant, battant des pieds, les bras levés tenant deux
grands calicots où on lit, on lit mal, qu'est-ce qu'on
lit, ça saute, les visages ronds, les yeux, des enfants
extasiés, qu'est-ce qu'on lit, *Johnny...* Johnny quoi ?
Johnny le Roi, Johnny le Roi... mais voyons, le spectacle est sur la scène, le chant rugit, dans une coquille
de musique comme si les portes claquaient, un tinta-
marre de mouvements, le fil des guitares pour sauter
à la corde, le micro comme un aviron du tumulte
dans les mains de l'athlète bondissant, le va-et-vient
des jeunes mouches avec leurs instruments. Mais
qu'est-ce que ça veut dire... Agnès, Marie-Noire...
les filles qui ne battent pas des mains, leurs cheveux

dans le jour de la scène, est-ce que. *Johnny le Roi, Johnny le Roi!*

Marie-Noire, une chanson. Pour elle, les mots d'une chanson peuvent mieux que le projecteur balayer la salle et son cœur. Les mots répétés. Pas besoin qu'on en change. Ces mots-là. *Tu oublieras mon nom...* que lui fait le spectacle ? *Tu oublieras mon nom.* Elle n'entend plus rien. Le reste est silence. Le chahut. Le tonnerre. Les cris. *Tu oublieras mon nom.* Cela suffit, cela mord, cela murmure, cela me mange la mémoire. *Tu oublieras mon nom, tu oublieras...* Il oubliera. Il oubliera. Elle a oublié où nous sommes, Agnès, Philippe, le boucan, Johnny, la couleur de vivre. Et se demande, Périgueux, quelle couleur a Périgueux, fin novembre ? Marie-Noire cherche à s'imaginer Périgueux en couleur. Elle n'y a jamais été. Ce n'est pas qu'elle ait oublié sa couleur. Elle n'y a jamais été. Comment sont les pierres, les maisons ? Cela devait être le vingt-six. Ou le vingt-sept. Le soleil de la fin novembre. Tu oublieras mon nom.

Dans la voiture, en ramenant Marie-Noire chez elle, on avait déposé Agnès, Philippe a l'air de rêver à je ne sais pas moi. Ils se sont disputés à cause de Johnny. C'est venu comme des cheveux sur le tapage. Marie-Noire avait dit, la tête ailleurs, que Johnny... pendant la Résistance, Geoffroy, on l'appelait Sourabaya Johnny, un nom qu'il avait dû se choisir, parce que Sourabaya, c'est un port sur la côte nord-est de Java, et alors... et brusquement Philippe, devant Agnès, s'était montré grossier : « Java, Java... tu veux savoir où je l'ai, Java ? » On avait déposé Agnès, et maintenant il rêvait en conduisant, muet. Puis il dit : « En 1940, tout de même, si tu m'avais quitté parce que je n'aurais plus eu de bagnole, pour qui ça aurait été ? » Elle le regarde avec pitié : « Dis, pour qui, Marina ? » Et elle : « Un S. S., probable... » Ça tue bien la conversation.

Qu'est-ce que cela veut dire pour Marie-Noire, un S. S. ? Il ne faut pas *oublier* que, tout ce qu'on a pu lui dire de cette catégorie d'hommes, elle le rejette comme les autres lieux communs de la génération précédente. Pour elle, c'est avant tout une catégorie physique. Ce que ces gens-là pouvaient bien penser lui est à peu près aussi égal que ce que pense Philippe. Quant à ce qu'ils ont pu faire, donc être, à quoi le comparerait-elle ? Tout ce qui se passe pendant les guerres, elle en tient le récit pour faux. Nécessairement unilatéral. Les héros des uns sont les monstres des autres. D'ailleurs pas seulement dans les guerres. Il n'y a qu'à lire les journaux, tout ce qui s'écrit de la jeunesse. La morale de sa mère. Comment sa mère jugeait-elle les choses, et sur quoi, tenez, avant sa naissance, à elle, Marie, qui ne lui en posera jamais la question, parce que, elle, Marie, elle a cette retenue, elle ne se permettrait pas de juger la jeunesse de sa mère. Pensant qu'un être humain a du moins ce droit, à défaut d'autres, d'être le maître de sa jeunesse, de sa fraîcheur, de ce qui demeurera son innocence, malgré la vie, plus tard, l'âge, les maladies, le flétrissement... Que si l'on survit, on a du moins ce droit au secret de ce que fut notre jeunesse. Pas une raison pour se mêler de celle des autres, plus tard, sans doute. Car Marie-Noire justement se paye le luxe d'avoir avec la jeunesse de sa mère la discrétion que celle-ci ne sait pas avoir quand c'est de sa fille qu'il s'agit.

Il ne s'agit pas de la mère de Marie-Noire non plus. Mais d'un S. S., je crois. Du S. S., en général. Et non de savoir si en 1943 ou 44, une jeune Marina aurait ou non couché avec un S. S. pour avoir une voiture, parce qu'elle ne pouvait pas s'imaginer le monde sans voitures. Et si Marie-Noire, aujourd'hui, allait se permettre de juger ça suivant la morale courante, de juger quelqu'un de son âge, alors, qui aurait couché

avec un S. S., pour la voiture ou pas pour la voiture ?
Qu'est-ce qu'on sait! Est-ce que ce serait mieux
d'avoir, en ce temps-là, fait l'amour avec un *bon*
Allemand ? Vous savez, du type qui lisait Rimbaud,
et le cas échéant protégeait quelqu'un d'un peu juif,
de vaguement mal vu des autorités d'occupation...

Tant qu'à faire, se dit Marie-Noire, je préfère le
S. S., lui, sans équivoque. Sa mère, elle, s'est toujours
très bien trouvée de l'ambiguïté... Ah, puis après
tout, c'est son affaire, S. S. ou pas. Si je lui avais
jamais demandé, elle aurait le droit de fouiller dans
ma vie, de me parler de Philippe... Oh, et puis, si
elle m'en parlait! Je suis de taille à l'envoyer promener, tout de même.

Oui, tout ça qu'elle se raconte, Marie-Noire. Et pas
mal d'autres histoires. Ou qu'on peut imaginer qu'elle
se raconte. Mais le S. S. ? Comment lui est-il venu aux
lèvres ? Dans la voiture, justement. La voiture de
Philippe. Si ceci était un roman bien fait, ce père
dont on ne parle jamais, serait justement un S. S., ou un
bon Allemand, selon. Alors, qu'elle ait dit un S. S.,
Marie-Noire, cela se comprendrait. Si cela devait
absolument se comprendre. Seulement, ceci n'est pas
un roman bien fait. Et peut-être que Marie-Noire
ne s'est pas encore décidée à imaginer le genre de père
qu'elle a eu. Ça pourrait être le type du *Silence de la
mer*, à supposer que Vercors ait un peu gazé ? Pourquoi
pas!

Et pourquoi pas un S. S. ? Si on envisage d'avoir
eu un S. S. pour amant, il n'y a rien que de très naturel
à croire que sa mère... Au fond, cette indignation à
l'idée, hein, c'est tout à fait la même chose que les
préjugés racistes, ou ce n'est pas tout à fait la même
chose ? Pourquoi sa mère n'aurait-elle pas donné un
père javanais à Marie-Noire ? Dans le petit monde
du seizième arrondissement, le scandale en serait certainement plus patent que pour un S. S., vous ne
croyez pas ? De toute façon, la mère n'a pas dû beaucoup penser à ce qui serait le plus commode pour la

fille. Et puis elle aimait peut-être les blonds. Sans compter qu'en 1941, il y avait plus de choix de ce côté-là. Marie-Noire regarde ses cheveux dans la glace. Le hasard qu'on porte en soi tout de même. Cela, bien entendu. D'ailleurs, on est tous les enfants du hasard. Mais pourquoi, pourquoi répondre ainsi à Philippe ? avoir ainsi répondu à Philippe. Parce qu'ils s'étaient disputés à propos de Johnny Hallyday ? Et que Geoffreoy, on l'appelait Sourabaya Johnny ? Pas de rapport physique entre eux, même pas il y a plus de trente ans, quand M. Gaiffier était à Java. *Was wir sind ist nichts, was wir suchen ist alles...* A propos !

IX

« PARDONNEZ-MOI, M. BOHÈME... »

Nous ne sommes rien ; ce que nous cherchons, est tout... Cette phrase me hante depuis combien d'années ? Étrangement, c'est à Java que j'ai lu *Hypérion*, et d'abord pas le *Fragment*, cette première ébauche que Schiller avait publiée dans la *Neue Thalia* en 1794, d'où cette phrase est sortie, cette ébauche qui n'était pas dans le livre allemand de Blanche à Java, 1931 ou 1932, tout au plus. Le *Wir sind nichts ; was wir suchen, ist alles...* comment l'avais-je entendu, prononcé de ces lèvres auxquelles était suspendue ma vie ? Les circonstances, je les ai oubliées, mais non pas ce murmure d'*elle*, non pas comment elle avait dit cela, parmi les gestes insignifiants d'un soir ou d'un matin. Qu'importe s'il faisait jour ! Je lui fis répéter, l'allemand n'est pas mon fort, surtout si je n'attends pas ce langage de qui par hasard l'emploie. Elle crut qu'il fallait traduire. « C'est dans le fragment de la *Thalia* », dit-elle.

Ces mots ne sont donc pas dans *Hypérion*, mais dans ce fragment que Friedrich Hölderlin abandonnera quand il aura rencontré Suzette Gontard, sa Diotima. Ici, la femme s'appelle Mélitée. Un être de pure imagination. Le roman ne sera roman que le jour où le poète n'aura plus à inventer son amour. Le jour où il rayera le nom de Mélitée. Où la femme réelle aura supplanté l'imaginaire. Diotima, c'est *was wir suchen*, ce que nous cherchons, ce qu'il cherchait...

Dans le *Fragment*, Hypérion n'a « trouvé » que Bellarmin, qui dans le roman ne sera plus que celui à qui sont adressées ces lettres. Tout le monde n'a pas cette chance terrible de Flaubert, d'avoir rencontré à quatorze ans sa Diotima. Mais, de l'un comme de l'autre, de Friedrich ou de Gustave, la leçon pourrait être la même : ce que nous cherchons est tout. Et peut-être que ce qu'il cherchait, Gustave, c'était cette mèche de cheveux gris, après quoi le livre se précipite, et de ce que *wir sind*, de ce que nous sommes il ne reste qu'un signe, *ce que nous avons eu de meilleur*... ce souvenir du bordel de Sens. Qui n'est rien.

Comment pourrais-je faire entendre tout cela à Marie-Noire ? Et si elle ne l'entend point, à quoi va-t-elle donc me servir, comment imaginerait-elle *l'inimaginable*... la visite de Mme Arnoux chez Frédéric, Diotima préférée à Mélitée... Allons bon. Pour l'instant, Marie-Noire n'est odeur que de Périgueux. Il n'est pas temps encore pour elle d'en revenir aux jours de Java, à cette phrase sur *tes* lèvres. Elle t'approche autrement, dans une autre histoire, un moment de nous, qui n'est pas notre roman. Je l'ai orientée vers ces jours de l'an quarante. Cette fin novembre. Est-ce pour retarder ce qui est l'histoire de nous, ou pour l'éclairer quand cela viendra ? *Nous* ne sommes rien. Mais ce que nous cherchons... Qu'allions-nous chercher à Périgueux ?

Le 26, le 27 novembre 1940. Ni Marie-Noire ni Philippe ni Johny ne sont nés. C'est l'oubli à l'envers. Dans un monde où tout a cessé d'être ce qu'il était. Un monde qui a oublié son nom. Tout n'est plus qu'une histoire qu'on se raconte. Le château d'Artémidore, parlez-moi un peu du château d'Artémidore, d'où, le 26, ou le 27 novembre, Bernard de Jumièges doit venir à la gare de..., à la gare de... où s'arrête le train des Gaiffier, un train bourré, cahotant, qui sent l'aigre et la poussière, un train de gens qu'on a battus, et qui se taisent, un train à l'étroit dans la mémoire. Ah parlez-moi d'Artémidore...

« *Pardonnez-moi, M. Bohème...* »   153

C'est un château qui n'est pas très loin de la ville.
Trop loin pourtant pour y marcher. Dans la boucle
de la rivière. Quelle rivière ? Elle fait une boucle ?
D'abord la plaine, entre la ville et la rivière. Et puis
on passe la rivière, et ça commence, les ombrages,
et ça commence à bien monter, à monter qu'on
regrette la plaine, et le soleil, et le bruit des carrioles.
L'Artémidore de Marie-Noire ressemble au château
comme son nom. Vous me direz, Philippe... est-ce
qu'il ressemble à son nom ? J'ai connu, moi, un
Philippe, il n'était pas du tout comme ça. J'ai connu
un Artémidore... d'ailleurs il s'appelait autrement.
Artémidore donc. Artémidore en 1940. Artémidore
avec des tours, un Artémidore qui ne se ressemble
plus. Depuis la guerre. Quelle guerre ? Depuis la
guerre de Cent ans, cela va de soi. Comment était-il
avant, Artémidore, et d'ailleurs comment était-il
après ? C'était un siècle où l'on rêvait avec des pierres.
On bâtissait dès qu'on pouvait bâtir. Des châteaux,
jamais que des châteaux. Un siècle où c'est fini,
les cathédrales. Des châteaux pour oublier la guerre,
des châteaux pour oublier la misère affreuse et le
vent. Avec des tours, des escaliers tournants, de
hautes salles, et des chambres où se perdre, des châteaux pour enfermer des femmes et sonner du cor.
Des châteaux entourés de chasses, avec des histoires
de dragons, des demoiselles délivrées, des armures
qu'on retire et l'homme en sort nu couvert de rouille,
que les filles nobles vont baigner, frotter de leurs
mains dans les baquets fumants. Qu'est-ce que vous
dites ? Artémidore, aujourd'hui... mais qui vous
parle d'aujourd'hui, ni d'aucun novembre. Nous
sommes en 1370, en juillet, quand le duc d'Ango est
revenu en Langue d'Ok pour forcer l'entrée de la
Guyenne, au compte du roi de France, afin d'en chasser les Anglais. Et ledit roi avait par écrit demandé au
roi de Navarre de lui renvoyer monseigneur Bertrand
de Claiekin, que vous avez pris l'habitude de nommer
Bertrand Duguesclin, je ne sais pourquoi. Comme Ar-

témidore ce château. Lequel (j'entends monseigneur
de Claiekin) tant exploita ses journées, dit mon ami
Jean Froissart, qu'il vint à Toulouse où le duc d'Ango
avait assemblé grand'foison de gens d'armes, chevaliers et écuyers, si bien que tous d'un coup se départ-
tirent, prenant le chemin de l'Aginois. Et que le duc
d'Ango nous soit d'Anjou n'y change rien, les faits
sont les faits, puisque ce duc, en très grand arroi, et
bien ordonné, emmenait avec lui le sire de Labrath,
le comte d'Ermignach, le comte de Comminges, le
vicomte de Quarmaing, le comte de Lisle, le vicomte
de Narbonne, le vicomte de Brunekiel, les sires de
Labarde et de Pincornet, messire Bertrand de Taride,
les sénéchaux de Biaukaire, Carcassonne et plusieurs
autres, avec deux mille lances, chevaliers et écuyers,
et six mille brigands à pied, à lances et à pavais. Étant
de tous ces gens connétable et gouverneur messire
Bertrand de Claiequin. Je vous passe comment il prit
Montsach, et rendit Agen au roi, et se trouvèrent
françaises dans l'effroi de tant de gens d'armes et
Tonnins-sur-Garonne, et Port Sainte-Marie, d'autres
places dont le château d'Aghillon et j'en passe, tandis
qu'Anglais tenaient encore Bergerac, ou Brégérach...
Mais de grâce, venons-en devant Artémidore.

Bertrand de Claiequin, ayant pris congé du duc
d'Anjou, se rendit à Perregourt, que vous dites Périgueux, qui était alors, comme il apprit du comte de
cette ville et de son frère, messire Talerant de Perregourt, soumis à redevance d'une abbaye dont avaient
été les religieux chassés, et où faisaient Anglais bom-
bance. *Et*, dit l'anonyme de la chronique de Sire Bertrand, *le jour que par-devers le comte arriva messire
Bertrand, après disner, en manière d'esbattement, vint
devant l'abbaye qui moult forte fut : mais d'assault la
print messire Bertrand, et les religieux y remit, puis
s'en retourne au soir à Perregourt*. Mais oublie dire qu'en
chemin malmena quelque peu un château où les Anglais
résistèrent, qui avait nom Artémidore, je ne sais
pourquoi, qu'on ne rebâtit que plus tard, quand paix

fut assurée et vint s'y installer l'un des compagnons de messire de Claiequin. D'où sans doute que ledit château ne ressemble plus à ces bâtisses de guerre, mais de sa hauteur s'ouvre avec deux grandes ailes sur un jardin descendant de ses bras, vers un parc qui plus que parc est forêt, ayant visage du temps de François le premier, et retouches de celui d'Henri le quatrième, par qui fut anobli le premier Jumièges, lequel y vint de Paris je ne sais comment s'établir. Si bien que la mère de Bernard de Jumièges, le Jumièges de 1940, n'avait jamais voulu en épouser le père, à qui elle avait fait cet enfant, le considérant comme mésalliance, noblesse de robe et fraîche date, elle qui descendait droit de l'un des douze pairs de Charlemagne. Si bien qu'aimait Bernard se faire appeler le bâtard de Jumièges, mais reçut de son père ce château en héritage, sans le moindre compte tenu des fils et filles de quatre ou cinq mariages, légitimes qu'ils fussent devers Dieu et la République. Artémidore, d'ailleurs, avait été muni de salles de bains, autant qu'il y avait de chambres dans les murs, et j'en ai compté une vingtaine, puis me suis fatigué, n'ayant assez de doigts pour ne point oublier les nombres.

Pour l'instant de novembre 1940, les voyageurs de l'exode qu'avaient au château d'Artémidore Blanche et Geoffroy en juillet rencontrés, s'en étaient presque tous allés leur chemin vers la mer de Provence. Il faut dire que Gaiffier connaissait Bernard de Jumièges pour l'amitié qui s'était faite entre celui-ci et Léon Moussinac, malgré près de vingt ans entre eux, et le travail commun qui les avait liés récemment, pour l'accueil aux réfugiés d'Espagne, dans la dernière année de la paix française. D'où le séjour de Blanche et Geoffroy au château, le dernier juillet. Et comment Jeanne était venue faire escale sur le chemin de Perregourt. En novembre, Bernard avait donné asile à un homme qui était aussi l'ami des Moussinac, et leur camarade comme on dit, à politiquement parler. Didier Blanc était un morceau de l'histoire contemporaine.

Il avait eu ce courage des idées, se trouvant à l'ambassade de France en Russie, en 1917, de prendre parti non seulement pour les hommes de Février, mais aussi pour ceux d'Octobre. Le scandale en avait été fort grand, si bien qu'il n'avait pu pour de longues années rentrer dans sa patrie, jusqu'à ce que la politique française ait changé à l'égard des Soviets, par le travail il faut dire, en grande part, d'un ami de M. de Jumièges, le père, qui était le parrain de Bernard. Et donc rien n'était plus naturel que Didier Blanc fût venu se réfugier à Artémidore, à l'automne de l'invasion.

Il se trouva que Bernard de Jumièges avait quitté le château deux ou trois jours avant que les Gaiffier ne passassent à la gare voisine : sa vie a toujours été bousculée par ses rapports avec les femmes, et celle-ci qu'avaient vue en juillet Blanche et Geoffroy s'ennuyait à mourir dans cet Artémidore, difficile à ne chauffer qu'au bois. On lui avait offert, plus ou moins, de jouer dans une compagnie théâtrale qui croyait pouvoir se former sur la Côte et elle était bien trop ravissante pour se cacher longtemps à ses contemporains. Tout ceci explique la surprise qu'eurent, de la fenêtre de leur train, Blanche et Geoffroy qui cherchaient Bernard parmi les voyageurs du quai, au lieu de sa silhouette de Capitaine Fracasse, d'apercevoir l'air d'officier normand, roux comme le cidre, que Didier Blanc n'avait pas perdu avec les années.

Il leur apportait, en l'absence du châtelain, le paquet préparé pour Jeanne, un gros paquet enveloppé dans une serviette de toile bleu foncé, les affaires de Mme Moussinac, disait-il, mais un instant monté dans le compartiment d'où venait de s'extraire toute une famille de paysans périgourdins, il cligna de l'œil et prit le ton de la confidence. Voilà : dans le paquet, il s'était permis, sous les vêtements, les objets de toilette, et cætera, de glisser plusieurs copies d'un dossier, mais ne vous effarouchez pas, cher ami ! rien de compromettant, tout cela est connu, a passé par la censure, parce que ce sont, pour l'essentiel des lettres à quelqu'un qui se trouve actuellement en Malaisie, tiens, j'y pense, c'est votre spécialité ? un rapport tout à fait officiel, sur la situation internationale, que j'ai fait à Pierre Laval. Oui. Je le connais d'avant l'autre guerre, nous avons été ensemble au parti socialiste. Vous me direz que depuis. Bien sûr, depuis. Mais la politique ne se fait pas avec des cardinaux. Ou des anges, enfin. Il n'y a pas tant d'hommes accessibles, à Paris ou à Vichy, vous ne voudriez pas que je m'adresse à Doriot ? Ces gens-là sont très mal informés. Vous savez bien que pour eux les Soviets. Laval, lui, au moins, il a été à Moscou en 35, hein ? Il a signé le pacte. Bon. Ces gens-là sont des réalistes, ou enfin, c'est ce qu'ils disent. Nous aussi. Je voulais lui expliquer, après le pacte, l'autre bien sûr, le germano... des choses dont on ne se fait pas idée, pas plus Daladier que le Maréchal, sur la signification véritable, les perspectives, les possibilités. Parce que vous ne croyez pas qu'il faudrait réviser les positions prises par la France l'année dernière vis-à-vis de Moscou, hein ? Et comme moi, ces gens-là, là-bas, je les ai tous connus, je voulais expliquer à Laval, comment ça se goupille dans leurs têtes, tout ce personnel gouvernemental russe, dont ici on ne sait rien, on juge sur des caricatures, des couplets de fin d'année... Alors, tout ça, il y a aussi une lettre à Marcel Cachin... le seul qui ait encore légalité, de nos camarades... le Sénat... parce que je crains que pas seulement Laval, les gens de Vichy, mais aussi nos camarades, ne comprennent pas, se fassent des idées, ils sont braqués contre les gouvernants actuels, et bien sûr, mais il faut voir les choses en face, avec qui voulez-vous parler ? Et puis, quand se sera dissipé le choc de la défaite, un gouvernement français quel qu'il soit ne sera-t-il pas forcé de s'appuyer sur Moscou contre Berlin ?

Enfin il y avait quatre paquets du dossier, un pour Geoffroy, naturellement, un pour Léon que ça intéresserait, un pour faire parvenir au parti avec lequel Didier avait perdu tout contact, et le quatrième, eh

bien, le quatrième à planquer quelque part, des archives
pour après, hein ? Oh, je vous affirme, rien de compromettant, rien, sans quoi je ne me serais pas permis.

Décidément, c'était le 27 novembre 1940. Quelle
couleur a Périgueux quand les Gaiffier y débarquent
le 27 novembre ? Comme l'autre jour, Philippe est allé
aux provisions, ayant décidé, contrairement à ses pro-
jets, Marie-Noire à rester chez lui, ce soir encore,
parce qu'elle avait promis à Agnès, et puis bon, Agnès,
on n'avait qu'à lui dire de venir ici faire la dînette
avec nous, pourquoi pas ? Et comme l'autre jour,
Philippe sorti, le jour était tombé, Marie-Noire n'avait
pas allumé, elle était restée dans l'ombre peu à peu
souveraine, rêvant à Périgueux, à la couleur à Périgueux, ce Périgueux où elle n'avait jamais été. Ou
Perregourt, comme écrit Froissart. Mais d'où Marie-
Noire connaît-elle si bien Froissart ? Je ne vous ai pas
dit qu'elle a fait des études ? C'est sa mère qui voulait.
D'ailleurs, ça l'intéressait, la Sorbonne. En ce temps-
là, il y avait un type qu'elle rencontrait aux cours.
Comment s'appelle-t-il ? Il lui disait, tu oublieras
mon nom. Et puis, ça y est, elle a oublié son nom.
Pas son visage, cet air de souffrir quand il faisait
l'amour. Mais, bon Dieu, comment s'appelait-il ? Elle
a cherché des livres pour Périgueux. On croirait. Tout
est épuisé. Tout, c'est déjà beaucoup dire. On lui a
signalé deux bouquins, les libraires, mais avant qu'ils
passent quelque part, il faudra des mois, si on a de la
chance. Elle ne voulait pas y croire, pas de livres sur
Périgueux, le Périgord au moins, la Dordogne. Dans
une boutique du Quartier, où elle avait souvenir
d'avoir vu en étalage la collection de chez Arthaud...
l'employée faisait des additions, ça la dérangeait, et
quand elle eut répondu que, non, on n'avait plus ce
livre-là, Marie-Noire ne s'en allait pas, elle eut l'air
excédé, et lui conseilla d'aller voir à la Librairie régio-
naliste qui est, vous savez... Je sais, dit Marie-Noire.
Et là, la dame faisait des additions, mais elle est aimable. Je vais vous donner nos fiches. Leurs fiches,

Périgueux y compte dans la Guyenne. Ça n'a pas changé depuis messire de Claiequin... Il n'y avait qu'un livre sur Périgueux : c'est-à-dire, sur les collections archéologiques du Musée de cette ville. Vraiment rien d'autre ? Bien, allez voir un peu plus haut dans la rue, c'est leur spécialité, des livres sur les départements. Là, derrière un haut comptoir, la dame faisait des additions. La Dordogne, non, nous n'avons pas la Dordogne. Nous avons le Lot, l'Aveyron. Mais pas la Dordogne. Nous ne sommes pas arrivés à la Dordogne. Nous la ferons peut-être un jour. Je ne peux pas vous dire quand. Mais, Madame, vous avez une autre collection, je vois là-bas... Oui, nous avons une autre collection, mais ce sont les châteaux, nous ne nous intéressons qu'aux châteaux. Artémidore... Où c'est ça ? La dame a brusquement un besoin pressant de téléphoner. Marie-Noire n'a qu'à partir, mais elle est rêveuse, cette enfant, et ce qu'elle dit. On ne dérange pas les gens comme ça. Voyez donc plus haut dans la rue, ils ont des tas de livres d'occasion. Là, la préposée avait d'abord l'air plus humaine. Elle a proposé à Marie-Noire un livre sur l'Algérie, à cause de Perregaux, probable. Puis elle a écouté son histoire des libraires précédents. Elle a posé discrètement son crayon, parce qu'elle était en train de faire des additions. Périgueux, attendez donc, Périgueux, ça me dit quelque chose. Elle a un peu ri. Marie-Noire, sans doute, insistait trop : alors la dame a pris un journal, et l'a ouvert, étendant ses grandes pages entre elle et la cliente. Il y avait un gros titre : *L'Affaire Ben Barka piétine*... Pas la peine d'insister.

Marie-Noire, dans la chambre obscure, pense aux libraires. Elle pourrait aller à la Bibliothèque Nationale, mais c'est la barbe. De quelle couleur est Périgueux ? Au fait, elle connaît quelqu'un qui a été à Périgueux. Qui pourrait lui dire. S'il est chez lui. Il est chez lui. Elle imagine qu'il est chez lui. Elle décroche le téléphone. Elle fait le numéro... Allô, Geoffroy ? C'est Marie-Noire... non, ce n'était pas moi qui ai (qui a ?) appelé tout à l'heure, je ne sais pas ce que vous voulez dire... l'autre jour... ce n'était pas moi non plus. Mais ça n'a pas d'importance : je voulais vous demander, Périgueux, puisque vous avez été à Périgueux...

Qu'est-ce qui permet à Marie-Noire de parler à Gaiffier ? D'abord, est-ce qu'elle parle à Gaiffier, est-ce à Gaiffier qu'elle parle ? Nous ne le voyons pas plus qu'elle. Elle parle au téléphone. On voit le téléphone. Et encore, c'est déjà nuit. Puis, si, classiquement on n'a guère fait dialoguer que les vivants et les morts entre eux, mais jamais des gens en chair et en os avec des personnages imaginaires, peut-être était-ce qu'il n'y avait pas encore le téléphone. Parce que téléphoner, c'est toujours imaginer quelqu'un, sur un minimum de données, une voix qu'on peut prendre pour une autre, un numéro qu'on a peut-être fait de travers.

Puisque vous avez été à Périgueux, Geoffroy, vous avez bien été à Périgueux ? Alors, Périgueux, vous devez savoir. De quelle couleur, à fin novembre, de quelle couleur... Moi, je n'ai jamais été, mais vous si. Alors de quelle couleur c'est, Périgueux, à la fin nov... c'est de la mauvaise vol... voyons, Geoffroy, de quelle couleur, le soleil sur les Allées de Tourny, par exemple, ou la cathédrale Saint-Front ? Ah ça, j'ai vu une photo de la cathédrale Saint-Front sur le Larousse en six volumes. Mais en noir... Pourquoi je demande ça ? C'est que je voudrais m'imaginer... Comment ?... Ah oui, dans les romans, bien sûr, dans les romans. Dans les romans, on dit Périgueux, si on dit Périgueux, et puis ça suffit. Mais il ne s'agit pas d'un roman, je voudrais m'imaginer... Oui, en couleur. Bien sûr, en couleur! Sans doute, les romans, c'est toujours en blanc et noir, on dit le chapeau de Mme Machin était gris souris, ou sa robe... le chandail de Philippe, bleu avec une raie blanche en travers qui passe de sous les seins sur les manches, sa guitare est vert électrique, avec une table d'ivoire... mais ça ne fait pas que ce soit en couleur, ça. La couleur, c'est plus compliqué.

Comment ?... Vous dites, Flaubert... ah, vous n'allez pas recommencer, *une masse de couleurs qui se balançait aux sons d'un orchestre caché par des verdures entre des murailles tendues de soie jaune...* ah non, vous appelez ça écrire en couleur ? La couleur, c'est plus compliqué, pas simplement une tache sur deux ou trois objets, le visage d'un type, le tapis dans la chambre avec les godillots tombés comme ci et comme ça... Voyons, Geoffroy, faites un petit effort, tâchez de vous souvenir ! Périgueux... le 27 novembre 1940... il faisait froid, oui ? Mais il y avait du soleil, non ? Aux Allées de Tourny, sur le banc ? Un soleil d'hiver déjà. Pâle. Tout chose. Du vent peut-être. Le vent n'a pas de couleur. Si ? le vent a de la couleur ? Il en donne ? Qu'est-ce que vous dites... il en donne ? Le ciel, ah oui, le ciel... Mais non, le ciel, même fin novembre, n'est pas couleur de couteau, ça ne signifie rien, qu'est-ce que c'est, la couleur de couteau, blanc, gris bleu, quoi ? Ça coupe. Oui. Mais ce n'est pas ça qui me donne la couleur. La place Montaigne ? Qu'est-ce que vous dites de la place Montaigne, Geoffroy ? Allons, bon, on nous a coupés.

Marie-Noire a posé l'écouteur. Elle a ouvert le poste. Ça chante n'importe quoi. C'est la seule lumière dans la chambre. Le guide Michelin est tombé par terre, et il faut savoir qu'il est rouge. Tous les romans sont en blanc et noir. Mais la mémoire. Il y a des couleurs dans la mémoire. Seulement je ne me souviens pas de Périgueux. Geoffroy pourrait, lui, dire les couleurs, les trouver dans sa mémoire. Avec un peu de bonne vol... mais l'imagination. Les couleurs imaginaires. Il n'y a pas de téléphone pour les couleurs imaginaires. Le Guide Bleu est bleu. Eh bien, non, justement il est noir. A qui se fier ? Le bleu...

Les ombres étaient gris-mauve, et là-dessus les gens se dessinaient avec un trait bleu, d'un bleu clair, presque vert, entre eux et les maisons, les arbres beiges, les toits bruns, la terre pâle, pâle. Tous les vêtements étaient à peu près sans couleur, c'est-à-dire noirs ou

chinés gris, gris-blanc, gris-vert, gris-mauve. Sauf
le veston de Gaiffier, moutarde. Affreux. Moutarde.
Mais tout le reste hésitait entre le jaune et le blanc,
le soleil et le froid. Coupant. Couleur couteau.

La sonnerie. Ah la barbe. Il ne se souvient de rien,
à quoi bon. Et puis qu'est-ce qu'il a répondu quand
je lui ai dit, c'est tout ce que vous vous rappelez de
Périgueux...Il a dit, j'ai été à Périgueux, bien sûr,
mais j'ai aussi été à Chelsea... Chelsea? Qu'est-ce que
Chelsea vient faire là-dedans quand je lui demande
Périgueux. Bon. je me passerai de lui. La sonnerie.
Je coupe, je repose. Qu'il me fiche la paix! Je vais
essayer d'imaginer toute seule. J'imagine. J'imagine
Périgueux le vingt-sept novembre 1940. Le soleil s'est
caché. Le vent souffle noir. Les toits sont moutarde.
Les visages mauves, le sol blanc. La sonnerie. Il ne
se fatigue pas. Si c'était Agnès? Je décroche. C'est
l'affreux Jogeoff. On entend la misérable petite voix
dans l'appareil posé sur la table de nuit. Une grimace
de voix. Interrogative. Et le silence. Et encore la
voix. J'attends. Cela grince un peu, puis se tait. Allons.
Je raccroche.

Périgueux le vingt-sept novembre... Les ombres sont
brun pâle, un trait pourpre dessine les gens sur le
fond brun, comme au bord d'une blessure, un trait
de pourpre pâle, les mains sont blêmes, les gestes lents,
il fait froid, le ciel a de grandes taches roses dans le
nuage gris bleu. Le jour est mal rasé. Périgueux, le
vingt-sept novembre. Une ville de silence, sous une
couverture d'écarlate blanc. Périgueux, l'alpha et
l'oméga de Périgueux, avec la cathédrale Saint-Front,
les quais de l'Isle, les vieilles maisons... l'eau de l'Isle
où verdoie le reflet sombre des maisons le long du
quai, avec sa pente d'herbe jaune mêlée de pierres,
la barge qui s'aplatit cul en l'air comme une lavandière
sur son linge et, derrière elle, les demeures pauvres,
leurs toits rapiécés rose-orange, les unes toutes basses,
deux étages ici ou là, sous le chapeau de tuiles taupées,
un cordon de bâtisses où saille l'ancien moulin, torchis

et poutres croisées faisant balcon, sur l'oblique appui de grandes perches, sept je les ai comptées, pour l'empêcher de tomber avec son toit brun mousse, deux volets claquemurés. Et, par-dessus le tout, les coupoles et tourelles romanes, le clocher de la cathédrale. Tout cela sur le ciel et dans l'eau l'image tremblée, le gris en l'air, le beige en bas, un pléonasme tête-bêche. Un énorme gâteau d'asymétrie avec la crème des nuages. Un firmament d'étain, un vent jaune et déteint. Rien n'est plus objet de mémoire.

Deux femmes et deux hommes sur un banc, dans les Allées de Tourny.

« Il y a partout le portrait du Maréchal! dit Léon.

. . . .

« Qu'est-ce que tu fais dans le noir à écouter Brel? Agnès n'est pas encore là ? » dit Philippe, qui allume, et jette ses provisions sur la table, toute la couleur de ses provisions, le papier roux des biscottes, les sachets de soupe à chromos, le carton bleu mou du sucre, le sac de pommes. Tiens, c'est vrai, c'était Brel. Marie-Noire ouvre difficilement les yeux et l'électricité l'éblouit. Elle baisse les paupières et voit danser la couleur subjective, une forme déchirée d'un jaune pâle et brillant avec un cerne orange sur la nuit. Un halo qui joue avec l'autre, et s'efface. Le mauve est revenu à sa place, il s'y forme et s'y déforme, flotte, fond, flambe, fait comme une nacelle sur des flots foncés. Puis c'est à nouveau les ténèbres où cherche son chemin une vieille feuille verte, mouillée, roulée, recroquevillée...

Marie-Noire vient de comprendre quelque chose : la couleur qu'elle cherche, ce n'est pas Périgueux, c'est elle-même, la couleur que son œil invente (nous ne sommes rien, ce que nous cherchons est tout) tout se passe comme s'il y avait entre elle et la lampe une rivalité de lumière. Et brusquement elle s'écrie : « Mais qu'est-ce que c'est que ces pommes rouges, Philippe ? » Et lui : « D'abord elles ne sont pas rouges, tu ne les trouves pas belles... » Et elle : « Comment,

elles ne sont pas rouges ? Je t'avais dit de prendre des
Golden... » C'est-à-dire qu'elles ont cessé d'être rouges,
la pellicule de couleur s'est recroquevillée, détachée.
Quant à Philippe, pour faire la tambouille, qui a enlevé
sa chemise, voilà qu'à contre-jour il est de bronze
à reflets roses, les bras, l'épaule, et les lèvres mauves,
des lueurs blanches çà et là près du nez, l'oreille. « Tu
crois, — dit Marie-Noire —, qu'il faut absolument
dîner, maintenant ? » Elle pense que la couleur n'appartient pas plus à Philippe qu'au fauteuil, à la table,
mais se pose sur lui, sur eux, une pellicule de couleur.
Et, si elle en avait la lumière, Périgueux prendrait
peut-être la teinte de la fin novembre, quarante, la
pâleur de ce temps incertain, sa mine de moisi. Pour
l'instant, le vague paysage flotte à part dans les paroles
de Philippe, — où ai-je mis le sel ? — les pensées infor-
mulées de Marie-Noire, le fantôme encore mal formé
d'un désir. Il a éclaté de rire, Philippe, de son rire
léger, jeune, jeune : « Eh bien, quoi ? Tu as oublié
que nous attendons Agnès ? » Non, elle n'a pas *oublié*,
à proprement parler, mais Agnès ne vient pas. Elle
a téléphoné. Elle ne vient pas.

« Ah ? — dit Philippe, qui regarde les Golden, ce
sont bien des Golden, — Agnès, alors, ne vient pas ? »

Le téléphone, ça sert aussi pour se décommander.

. . . .

Depuis quand faut-il absolument s'imaginer les
choses en couleur ? Le parler au cinéma n'a pas été
un progrès, simplement l'oubli du silence, ni la couleur
ensuite, qui vous barbouille le teint au dessin. Pourtant, on se représente l'affaire comme ça, on croit ins-
tinctivement que la couleur, c'est quelque chose de
plus, un progrès. Se souvenir *en plus* de la couleur.
Et, n'est-ce pas, j'ai toujours cru que le progrès,
c'était de se souvenir, quand le progrès c'est d'oublier.
Les écrits sont muets, eux, et, la couleur dans les
écrits, c'est venu très tard, pas sûr non plus qu'il y
ait progrès. *L'Iliade*, c'est en noir et blanc, et Hölderlin... malgré ces *gelben Birnen*, ces poires jaunes

que m'avait montrées l'autre à Strasbourg... en tout cas, *Hypérion*, j'y ai à peine trouvé un ciel *bleu*, une fois des arbres *toujours verts*, un soir qui rend la mer *rouge*, deux ou trois fois des roses, et six ou sept choses d'or ou *dorées... Hypérion* est en blanc et noir. Je pourrais me contenter d'un Périgueux incolore comme Lacédémone! Pas besoin du téléphone pour décommander la couleur. Il reste de Périgueux ce négatif. Parce que ça peut *aussi* être en noir et blanc.

Et quand même on s'imaginerait Périgueux en couleur... Une femme, son fard n'en fait qu'un fantôme, il y a comment elle est roulée, ses vallées, ses collines : une ville aussi, pour la voir, il faut savoir en lire le plan, caresser ses seins. Voir le relief. Comment ça se dispose, la vieille ville de Puy-Saint-Front étagée autour de la cathédrale au-dessus de l'Isle, ses rues en pente, étroites, aux maisons de traviole, pas une de même mesure, son sol de galets ronds ou aigus pour vous tordre les pieds, rayé de vieilles briques, faisant deux ruisseaux latéraux, et la ligne centrale où rouler la brouette ; le cœur moderne, où est l'hôtel Domino, et de l'autre côté, la Cité, l'ancienne Vésone avec ses arènes, sa tour comme une monstrueuse dent creuse effondrée de côté, le haut bord ravagé, ses murs de petit damier pavé. Bon. Mais le modelé au-delà de cela, quand on grimpe par le cours Montaigne vers les Allées de Tourny, *magnifique esplanade*, dit le Guide Bleu, *plantée de grands arbres, longue de 300 m et large de 80 m... très belle vue sur la vallée...* Où en étions-nous ?

. . . .
« Il y a partout le portrait du Maréchal ! » dit Léon. Allées de Tourny. Périgueux, le 27 novembre 1940, vers trois heures de l'après-midi. Ni Blanche ni Jeanne, pas plus Gaiffier, ne croient bon d'ajouter quelque chose à cette remarque. Ils sont habitués. Léon, lui, il n'y a pas quinze jours qu'il se promène dans l'État français. Tous les quatre assez fatigués. Les femmes de ce qu'elles ont dans leur sac, les hommes

sous le veston, dans l'aisselle. Oui. Les papiers de Didier Blanc. Depuis le matin qu'ils ont ouvert le paquet d'Artémidore. Quatre dossiers, un par personne. Parce que, non, mais imaginez un peu. En liberté surveillée qu'il est, Léon. Même si tout ça a passé la censure, quelle censure ? la poste ! La conversation avec Laval pour le persuader de reprendre les relations avec l'Union soviétique, une lettre à Cachin, et puis d'ailleurs tout le reste, cette espèce de journal politique au jour le jour de la débâcle. Et en quatre exemplaires. Il n'en faut pas plus. Si on trouve ça, Léon, il est bon pour Gurs. Ou pis, cette fois. S'il y a pis. Alors ils se promènent tous les quatre, entrant dans un café, l'un après l'autre avec une précipitation d'aller aux W. C. Par petits bouts, il faut faire filer ça. Vous voyez qu'on bloque les conduits. Puis ailleurs. A l'hôtel, vaut mieux pas. L'ingéniosité qu'il faut. La journée n'y suffira pas. C'est un homme d'un autre temps, Didier. Un homme très bien. Mais, dit Léon, il n'a pas les yeux en face des trous. Allées de Tourny. Sur le banc. Les trois autres adossés, Léon penché en avant... Il n'a pas autrement l'envie de retourner à Gurs, et puis à qui se fier quand il y a le portrait du Maréchal ? Évidemment, Didier, évidemment... pour lui, c'est toujours comme quand il était à Moscou, parler avec n'importe qui, avant, après Kérenski, au temps de Lénine, les gens qu'on rencontre à l'ambassade, le Général Niessel ou comment donc s'appelait-il, cet espion anglais ? (Je devrais savoir, j'ai lu le livre qu'il a écrit plus tard sur l'Indonésie, il a été en Indonésie plus tard...) Mais, en France, en 1940, la situation n'était plus tout à fait la même. Brusquement Léon s'est mis à rire. De ce rire dans les moustaches, en serrant les lèvres tout de suite après dans une moue dubitative, la tête secouée, le rire qui s'en va loin dans le corps courbé. Personne ne hochait la tête comme Léon. Ça traduisait chez lui une conception du monde. Le mieux vaut d'en rire, et puis. Non mais cette idée, Laval ! Faire un dessin à Laval ! La Santé, Gurs... ça ne l'a pas changé. Enfin, pas changé : pour être maigre, il est maigre. Il a les joues qui tremblent. Après tout, il n'a que cinquante ans. Que cinquante ans. Allons, il faut tâcher de se débarrasser encore de quelques feuilles. Léon répète que c'est un type très bien, Didier Blanc. A son procès... Jeanne a levé la tête. Elle pense à un autre procès qui les menace. Elle a l'air si jeune à côté de lui. Est-ce que les gens les remarquent, à Périgueux, ces deux couples allant de-ci de-là, l'un raconte sa guerre, l'autre ses prisons... Blanche a ses histoires à elle, son Paris, son exode, le Bordeaux des premiers jours, Arcachon, Pilat-Plage... un itinéraire de bizarreries, les gens rencontrés... Ils l'écoutent, ces deux-là, l'un qui a encore les reins cassés des planches de Gurs, l'autre assourdi par le silence de ce monde après un mois et demi, quoi ? de piqués, de chars, la toux des paysages, l'insomnie... mais c'est aux détails de ce que Blanche raconte qu'ils ont le sentiment de ce qui s'est passé. Cette fumée noire, le dernier jour sur Paris. Là-derrière, beige, gris, est-ce que je sais, Périgueux, la couleur de Périgueux... Périgueux : spécialités, truffes, pâtés de foie gras, pâtés de gibier, confits d'oie, cèpes, vins blancs de Montbazillac, vins rouges de Pécharmant, eaux-de-vie de prunes... Léon hoche la tête, boudine ses lèvres, ce sont les confits d'oie, je ne sais pas, qui le font rire. De ce rire du doute, oui, ce n'est pas tout à fait comme ça. Le café est presque confortable, la molesquine qui met du temps à oublier vos fesses, les brise-bise, la boule d'acier sur son pied noir, le pas traînant du garçon. Léon revient des cabinets. La chasse d'eau ne marchait pas, alors... Le rire de Jeanne. Gaiffier serre son bras gauche, le paquet sous l'aisselle, ce qu'il en reste encore. Vins rouges de Pécharmant... « Garçon ! un vermouth ! » dit Léon, et il regarde Geoffroy. Rien n'est drôle comme de penser à Lautréamont, place Francheville, à Périgueux, le 27 novembre 1940, à six heures moins cinq. Vins rouges de Pécharmant... Il y a encore du vermouth. Pas pour longtemps.

« Vous permettez ? — dit Blanche, un sucre à la main,
— j'y trempe un canard ? »
 Quelqu'un s'est approché de la table et rigole. D'une
rigolade à en perdre le boire. Quelqu'un qui a l'air
d'avoir envie de rire que ça fait peur. Un grand homme
avec sa barbe et sa cravate à pois. « Tu ne reconnais
pas Jacob Boehme ? » dit Léon à Geoffroy. S'il le
reconnaît ? Bien sûr, qu'il le reconnaît. Bien que l'autre
ait un peu perdu de l'embonpoint, pour ne pas dire
autre chose. La conversation à croire qu'on les collec-
tionne pour les rompre, les bâtons de chaises. C'est
Jacob qui en fait les frais. Mondain comme toujours.
Sa voix dans le haut du nez. Empressé auprès des dames.
Un petit armagnac, ça ferait du bien. Ils ont de l'armagnac dans ce ... ? ou ils n'en ont pas ? Garçon, vous me
conseillez l'armagnac ? Si vous avez encore de l'armagnac à Périgueux. Pas pour longtemps. Mais vous me
le conseillez ? Le garçon conseille l'armagnac. Et
traîne ses pieds vers les vignobles où les cailles se
saoulent d'armagnac. Geoffroy ne peut détacher ses
yeux de Jacob Boehme. Est-ce qu'il sait ? Et il n'ose
pas plus lui dire, que demander des nouvelles. Pour
l'instant, Jacob Boehme, il récite du P.-J. Toulet.
Ce n'est pas l'endroit pourtant. Et où c'est l'endroit
pour réciter du P.-J. Toulet ? En 1940, fin novembre,
à Périgueux. Mais ne pas parler de Maryse, ça pourrait
bien sembler suspect. Ça ne lui sort pas de la gorge
à Geoffroy. Et par-dessus le marbre...
 J'aime le marbre des cafés. Il se tient sur ses pattes
minces, peintes en noir, que personne ne regarde, ce
n'est pas comme pour les demoiselles. J'aime le marbre
des cafés, qui voit ses veines voit ses peines, blanc
comme le double-blanc d'une carte géographique
effacée. Celle-ci, c'était peut-être la France, la France
avant, quand elle avait sa frontière sur le Rhin. Ou
les Iles de là-bas, les Iles et la péninsule... Bornéo
comme un gros chat... en malais le marbre se dit
marmar, presque comme en anglais. Presque. C'est le
presque qui est le principal. Ainsi Jacob, il est presque

gai, Il n'a presque pas de veines à la tempe. Et le *marmar* de la table, une goutte d'armagnac y est tombée. De la cendre. A quoi pense cette grosse main gonflée qui joue avec le verre? Si je ne demande rien, c'est que. Et puis. Geoffroy dit tout d'un coup comme on se jette à la mer, pour ne pas la sentir vous monter au ventre : « Et Maryse est avec vous, à Périgueux ? » Alors il me regarde. Je n'avais jamais vu qu'il avait les yeux bleus. D'un bleu foncé, c'est pourquoi, Jacob. Je n'aurais pas dû. Il détourne ses yeux bleus de moi. Il regarde le marbre. Il met son doigt dans l'armagnac répandu, il semble en dessiner des lettres. Je voudrais les lire. Il semble seulement. Il sent qu'il faut parler. Il parle. De cette voix d'indifférence.

« Vous savez les derniers temps... ma petite mignonne... les derniers temps... » Cette expression l'étonne, il la laisse un peu s'éteindre : « Oh, vous l'aviez vue, il y a un an ou deux, ça allait encore, enfin, en ne la quittant pas... ma pauvre mignonne... et puis il a fallu la mettre dans cette maison... »

Il ne faudrait pas que je comprenne trop facilement, et quand je dis quelle maison, avec ce naturel affreux, le mot m'étrangle. Une maison près d'Orléans. Soudain, sur ce ton patelin, cette affectation de la voix, une vieille habitude, je vois le visage de l'homme, comme peut-être seul son oreiller l'a connu, un homme tragique de tout ce qu'il n'a jamais dit, de ce qui l'a habité, et je comprends que cette femme, il l'aimait, il l'a aimée, il l'aime. Il aime Rosanette, sa pauvre mignonne. Je revois la route et la scène, ce malheureux être égaré, dément, que nous sommes trois à maîtriser. Est-ce que je devrais, est-ce que je pourrais lui dire, à Jacob? Ce qui s'empare de moi, c'est une sorte de honte. Voilà près de vingt ans. Toute la vie. Toute leur vie en tout cas, moi, j'ai pensé, Rosanette... et tout ce qui s'ensuit. On juge. On se croit un esprit indépendant. Et puis on n'est que le jouet d'absurdes préjugés moraux. Le métro Ternes. Eh bien, et puis après ? le métro Péreire, et l'avenue Victor-Hugo,

Monsieur Alexandre, la belle histoire ! Des êtres humains rien d'autre. Que tout menace. Cerne. Bloque, saisit un jour. Écrase. Je regarde cet homme de chair et de poil. Cet homme usé de tristesse. Il l'avait mise dans cette maison, Rosanette. Il allait la voir tous les dimanches. Elle ne le reconnaissait pas, l'injuriait. Mais le dimanche suivant, il était là, qui lui apportait des chatteries. Matériellement, les choses n'allaient pas non plus très bien pour lui. Les gens. On ne vous aide pas. On vous juge, c'est tout ce qu'on fait. Parfois il se soûlait, Alors il parlait de la guerre, sa guerre, l'autre. Et ça cassait les pieds à tout le monde. Tout le monde le regardait comme un fantoche. Moi le premier. Voilà que, sur ce visage détruit, insensiblement détruit, incapable de porter plus longtemps ce masque sceptique et rigolard, je me voyais comme dans un miroir. Nous ne sommes que des égoïstes. Ce qui nous touche dans la douleur d'autrui, c'est notre douleur... Moussinac me racontera plus tard comment, dans le convoi qui l'emmenait avec les détenus de la Santé, le sixième jour de leur chemin de croix, ça devait donc être le 16 juin, un type barbu, hirsute, soixante ans peut-être, s'était jeté dans leur voiture, il voulait aller rejoindre son arrière-grand'mère qui vivait sa vie avec le diable depuis cinquante ans dans la grotte de Lourdes. C'était quelque part près de Montmorillon, on parlait beaucoup des hospices ouverts, des déments qui couraient les routes. C'est quand je lui ai dit, à lui, ma rencontre avec Rosanette. Quelque part vers Châteauroux, et après ça nous avions continué sur Montmorillon, mais deux ou trois jours plus tôt. Qu'est-ce que c'est la rivière, là-bas ? la Gartempe... je me rappelle vaguement, le Capitaine S..., qui disait, c'est emmerdant, c'est emmerdant, j'aurais voulu qu'on s'arrête vous montrer l'Octogone, Gaiffier, l'Octogone de Montmorillon... ça, c'est une chose à voir, Gaiffier, l'Octogone. Je n'entendais plus trop ce que gémissait Jacob... ma pauvre mignonne... je me disais, j'aurais pu croiser Léon, le convoi de Léon, quand j'entends l'autre, enfin je l'entends comme quand on monte le poste, avant je l'entendais, mais les mots étaient indistincts, tout à coup on entend les mots...

« Moi, je n'avais pas pu y aller, comme j'avais promis avec le télégramme... on ne pouvait pas prendre le train... on s'écrasait sur les routes... Les Fauchon m'ont dit... vous ne connaissez pas les Fauchon ? Ils ont un petit restron à Montmartre, un peu cher, c'est le seul défaut... ils m'ont dit, on vous exporte. Ah, tu parles d'un voyage, et moi je voulais à toute force passer par Orléans, on se disputait, ils y sont à Orléans, qui ? Les Boches, bien sûr, pas le Général Canrobert... pourquoi il disait ça, Fauchon, le Général Canrobert, fallait pas chercher à comprendre. Enfin, je ne vous raconte pas, ça n'intéresse personne, voilà vingt-deux ans que je rase tout le monde avec mes campagnes de 14-18... tout le monde... je sais ce que je dis... enfin on a débarqué à Périgueux, ça pouvait être le 15 ou le 16... je dis, moi, je ne vais pas plus loin, essayer ici de savoir, où elle est sur les routes, ma pauv' mi... les Fauchon se fâchaient, nous on continue, c'était pas la peine de ne pas emporter l'horloge pour que vous ayez la place dans la voiture, si c'était pour vous poser là, en route. Leur idée, c'était Monte-Carle. Les Boches, ils ne respectent rien, mais Monte-Carle ! Quand il disait Monte-Carle, comme ça, le papa Fauchon, il en avait plein la bouche. Peut-être que, pour lui, la défaite, c'était une occasion unique d'aller essayer son système... quinze ans qu'il me rase avec son système... Ils sont partis. Je suis resté à Périgueux. Il y avait un office des réfugiés. Mais tu parles qu'ils étaient un peu débordés. Des gens y venaient demander leur tante, leur petit garçon. Vous n'auriez pas vu une vieille dame en noir avec un châle blanc ? les rues coulaient, croulaient d'êtres minables... enfin, vous savez ce que c'est. Là-dedans, ça pouvait être le lendemain, le surlendemain, je tombe nez à nez avec une infirmière de la maison d'Orléans. L'aiguille dans la botte de foin. Elle se met à crier :

« M. Boehme! M. Boehme! » Elle disait *Bohème*...
enfin! Et puis elle me prend par la main et me la met
sur son sein. Elle n'était pas si vieille, c'était un peu
gênant. Vous sentez mon cœur, elle dit, vous sentez
comme il bondit de travers? Il bondissait de travers.
J'ai perdu le convoi, elle dit. Je vois bien qu'elle
tourne autour : ma petite Maryse? Et la voilà qui se
met à chialer, justement, justement, M. Bohème,
justement. Moi j'avais un mouchoir, un peu sale,
mais dans ces conditions historiques! Je lui essuie le
visage avec. Elle renifle, eh, mon pauvre M. Bohème,
votre dame, votre dame... Vous avez remarqué, les
gens, comme ils sont abominables quand ils vous préparent, comme ils sont cons, alors, mais cons! Ah, pas
besoin de vous faire repasser par ses si vous aviez vu,
ou ses ça dépasse l'imagination... Bref, les Boches, et
je ne sais pas comment ces maladroits s'y étaient pris,
mais au lieu de pousser dare-dare leurs piqués vers le
sud, ils avaient obliqué sud-ouest, je ne sais pas, deux
jours, et quand ils avaient quelque part, un médecin
ou l'infirmière-chef, vu sur un poteau indiqué Roche-
fort, alors ça leur avait germé, l'Océan, foutre le camp
vers l'Atlantique, pour y attendre les Américains,
comme je vous dis, vous comprenez à force d'avoir à
faire à des cinglés. Alors les Boches, bien sûr. Ils étaient
tombés sur les Boches, et ça se serait passé gentiment,
probable, si ça avait été vous ou moi, mais leurs particuliers imitaient la chouette ou dansaient sur les
talus en agitant le poing, on avait toutes les peines du
diable à les canaliser, les Boches s'étaient arrêtés devant sur la route, et alors Maryse a couru vers eux en
criant... on ne sait pas ce qu'elle pouvait crier, personne
n'osait la suivre, mais les Boches, eux, on ne sait pas
ce qu'ils ont cru comprendre, enfin ils ont tiré. Ma pauvre est tombée sur le visage, elle m'a dit, l'infirmière.
Et elle pleurait, et elle me mettait la main sur son sein.
Moi, j'étais hébété. Ma pauv' mi'... On n'est pas à la
hauteur des circonstances... Un sein, ça vous fait
penser... »

Il s'était tu. C'est Léon, à qui l'autre avait déjà raconté l'affaire, c'est Léon qui m'a expliqué. L'infirmière était restée pour enterrer Maryse, là quelque part, tandis que les fous et leurs gardiens s'en allaient vers l'Océan. Les Boches, s'ils s'en tamponnaient, d'elle. Une avant-garde qui avait tourné on ne sait comme. L'infirmière, une fois seule, la raison lui est revenue. Elle a eu la chance, des gens, une charrette, et puis plus loin... enfin, elle a débarqué à Périgueux... Mais pour tirer d'elle où, le nom, l'endroit, enfin le patelin près de quoi se trouve la tombe de Rosanette, pas mèche, elle te vous regardait dans le vide, elle disait : « Peut-être si j'y retournais... mais comme ça, j'ai oublié... pardonnez-moi M. Bohème, mais j'ai oublié... » Nous ne sommes tous que de pauvres gens.

Geoffroy Gaiffier n'a jamais pu dire à Jacob Boehme comment il avait rencontré Maryse. Il l'avait raconté à Blanche, et Blanche le regardait, se demandant, il va lui dire, oui ou non. Il ne le lui a pas dit. Le soir tombait dans Périgueux, pareil à un grand oiseau blessé, et peut-être que c'est un rapace, mais quand un oiseau tombe, ce n'est plus qu'un oiseau. Et qu'importe si les arbres là-haut sont *toujours verts*! Le mot *fin* s'écrit à la dernière page du roman de Jacob Boehme, tout fin, tout fin, dans l'écriture inquiète de la folle, ce désordre d'araignée des pensées... Mais lui ne finit pas, le roman de Blanche, il ne finira jamais.

Ce que nous cherchons est tout.

DEUXIÈME PARTIE

On ne saura jamais combien il a fallu être triste pour entreprendre de ressusciter Carthage.

Gustave Flaubert.

I

LA LETTRE

Sur ces entrefaites, il se mit à souffler par la France un vent singulier. Tout ce qui était la routine de pensée pour chacun, ses obsessions, ses passions, s'infléchit d'une pente inattendue, et des gens qui ne se voyaient jamais se prirent à avoir curiosité l'un de l'autre, se demandant : et celui-là, comment va-t-il ?... Le plus singulier était que ceux mêmes qui haussaient la veille encore les épaules, ou tournaient les pages du journal, ou le bouton du poste devant un certain ordre de propos, tout d'un coup en avaient la bouche sèche, lisaient dix feuilles, s'arrachaient les hebdomadaires, attendaient l'heure de la télévision, se mettaient à jouer avec la radio, passant d'un poste à l'autre quand s'y déclenchait la musique, ou la chanson. Quelqu'un qui aurait vu cela du dehors se serait demandé... mais personne ne le voyait du dehors. Faisait-il chaud, faisait-il froid ? Décembre 1965 commençait dans un grand désordre des rêves. Cela, pour Marie-Noire, avait débuté par sa mère.

Leurs rapports, d'habitude, étaient simples. Mme Noire... ah, au fait je ne vous ai jamais dit que Marie-Noire s'appelait en réalité Marie, mais avait pris coutume de mettre un trait d'union entre son petit nom et son nom de famille : si je voulais passer d'où je suis au plan théorique, ma phrase s'achèverait d'une affirmation, *et voilà ce que c'est que la poésie.*

Mais il s'agit bien de la poésie à cette heure! Mme Noire
mère, donc, Mme Noire dont était le prénom Nora, ce
qui ne faisait pas vilain il y a vingt-cinq ans, Nora
Noire je veux dire, Mme Noire ressemblait à sa fille
comme une lampe éteinte à une lampe allumée. Ce
qui n'était guère à l'honneur de ce compositeur aux
yeux de velours avec lequel elle faisait de temps en
temps de petits voyages, une des étoiles de la musique
sérielle. Elle avait son monde, ses occupations et ne
parlait jamais politique à sa fille, parce que c'eût été
contraire à ses idées sur l'éducation des enfants, pas
plus qu'elle ne lui avait jamais dit si elle croyait ou ne
croyait pas en Dieu, de peur d'influencer Marie, ayant
sa conception du libre arbitre. Après tout, s'est comme
moi, avec le lecteur. Bref, mère et fille n'ayant pas le
même horaire se faisaient juste ce genre de bonjour
de deux locomotives qui se croisent en pleine campagne, agitant leur panache de fumée. Madame était
généralement sortie quand Mademoiselle se levait,
et celle-ci préférait rentrer tard les soirs qu'il y avait
du monde à la maison, ce qui était fréquent. Qui
voyait sa mère? Marie-Noire n'en connaissait que les
petits fours clairsemés sur les plateaux, çà et là, dans
le salon, et les soucoupes où fumeronnait encore parfois un mégot mal écrasé parmi les cendres, à l'heure
où elle rentrait dans le silence de l'appartement,
avenue Mozart. Ne pas se heurter à sa fille, pour
Mme Noire, et la traiter en égale, ne relevait pas seulement de ses principes, mais sans doute aussi d'un désir
de se croire jeune encore. Ce qu'elle était à quarante-
cinq ans. Indécemment jeune, comme Marie n'espérait
pas le paraître encore à trente. Qui n'avait guère pour
habitude de montrer ses amants à Nora, les sachant de
durée restreinte, et n'a transgressé cette pratique que
ces jours-ci pour Philippe, peut-être à cause de choses
qu'elle pense sans les dire. Oh, cela s'est fait par hasard, pas du tout parce que... non. Marie-Noire
était un peu bouleversée, ce soir-là, et voulait se donner
le genre désinvolte. Ils avaient parlé d'un disque,

et elle avait proposé à Philippe : « Grimpe chez moi...
je vais te le donner! » A une pareille heure, Mme Noire
n'était jamais là et puis elle était là. Prête à sortir,
dans l'antichambre. Tout le monde plutôt gêné. Marie-
Noire a poussé Philippe en avant, comme une fille-
mère qui amène son enfant chez les grands-parents.
« C'est mon ami Philippe M..., — a-t-elle dit, et on ne
pouvait s'y tromper —, il est venu chercher un disque,
tu m'excuses, Nora ? » Que Marie-Noire a toujours
appelé sa mère Nora, Philippe n'en savait rien et il a
dit bêtement : « C'est ta sœur, Marina ? » Elles ont ri
toutes les deux. Lui très gêné. Alors Mme Noire d'appeler : « Stan', je vous attends, voyons... » Et cela met
le comble à la confusion de Philippe quand, pour l'avoir
vu à l'O. R. T. F., il reconnaît Stanislas Ford, le grand
musicien, qui sort si familièrement d'une chambre où,
par la porte, on aperçoit le lit défait... Mais ce n'est
pas du tout de cela qu'il s'agissait. Quand ils sont restés
seuls, les parents si je puis dire allés s'amuser ailleurs,
d'abord Philippe marchait sur des œufs, mal à l'aise
de se trouver pour la première fois dans cet appartement
qui lui faisait église, s'il heurtait une chaise il avait
l'envie de lui demander pardon, il s'asseyait de travers
sur le bras d'un fauteuil, pour se relever subitement,
gêné d'une photo dans un cadre Louis XVI à nœud
de rubans, l'impression de fouiller dans le sac d'une
dame, ou d'ouvrir un tiroir où il y a des bigoudis.
Avec ça, y voir Marina parfaitement à son aise, pour
qui tout ici est naturel, qui cherche les cigarettes de
sa mère, lui en offre, et je ne sais pas quoi de plus imaginer, tout est comme une lettre qui traîne, on apprend
à un journal par terre que Nora lit *Le Figaro*, même
ça vous a l'air d'une indiscrétion. Il a eu l'imprudence
de dire, et pour qui elle vote Nora ? Marie-Noire a
éclaté. Alors quoi, toi aussi ? Déjà Agnès. Quoi, Agnès ?
Ne fais pas l'imbécile. Il a rougi, le veston lui roule sur
les épaules. Puis il comprend que Marie-Noire est à
cent lieues : elle a voulu dire... C'est vrai, Agnès, ça
la travaille les élections ? Philippe, s'il a, passant,

dit et pour qui elle... c'était comme ça, peupler l'air, quoi. Ça finit par être contagieux. Tous les gens qu'on rencontre. C'est justement. Tous les gens : qu'est-ce qui leur a pris ? Et puis, voilà, toi aussi. Mais non, Marina, mais non. Je m'en fous comme de mon premier slip aéré.

Elle, ne l'écoute plus. Elle a eu la veille une scène avec sa mère. Cette dame voulait persuader sa fille de voter pour de Gaulle. Et alors ? Tu as donc des idées là-dessus ? Laisse-moi la paix. De Gaulle ou pas, en tout cas ce n'est pas Nora qui va me dire ce que j'ai à faire : aujourd'hui de Gaulle, demain elle va m'expliquer comment ne pas... Cette phrase si elle ne la finit pas, ce n'est pas comme une autre : elle s'est détournée brusquement, pour que Philippe ne surprenne pas ses pensées. Non mais, tu comprends ça ? Elle ne se préoccupe pas le moins du monde d'avec qui je baise, mais prétend me dicter pour qui je vote! Ça n'a pas de rapport, Marina. Alors, tu la défends ? D'abord je déteste la musique sérielle. Pourquoi tu dis ça, ah, Stanislas Ford! Tu es un peu lent, mon petit, mais. Oh, au fond, la musique sérielle. Puis qu'elle se fasse faire ce qu'elle veut par qui lui chante faux, hein ? Quand j'avais quinze ans, les messieurs qu'elle ramenait, j'en pleurais dans les coins. Ça m'a passé depuis que... « Mais c'est vrai, — dit Philippe, — pour qui tu vas voter ? » Lui aussi. Il ne manquerait plus que Geoffroy. A propos... Oh, lui, c'est clair. Ils se regardent tous les deux, et hochent la tête en même temps, éclatent de rire, quel Guignol! Viens par là, c'est ma chambre. Il n'a pas réfléchi. Il est entré. Et puis tout à coup le voilà tout intimidé. Il en dit une, alors, mais là, c'est d'un bête : « Ta chambre de jeune fille... » Fantastique les garçons. Ce qu'ils traînent sous leur tignasse! Ça la dégoûte, l'arrière-plan de tout ça, les idées que ça suppose. Elle a l'envie de se conduire comme la dernière des putains, elle le regarde... il ne voit rien, cet imbécile. Ou bien il ne veut pas voir. Il regarde. La pièce. Les choses. C'est

là qu'elle revient donc, Marina, quand il rouvre ses
bras, qu'elle s'en échappe. Une chambre mauve avec
des oiseaux bleus. Des étoffes et des ciseaux à ongles.
Sur la glace, au-dessus de la cheminée, une grande
photo de Burt Lancaster dans *Il Gattopardo*. Des skis
dans un coin. Le transistor qu'elle tourne, noir et
nickel, sur Charles Trenet. Ton bec. Les réclames de
Luxembourg... des mules, de toutes petites mules
tendres près du lit, sur la fourrure de nylon, à vous en
donner des remords... Philippe, sur la table peinte,
guigne un gros bouquin. Il met son menton de travers
pour lire : le *Gustave Flaubert* de René Dumesnil.
Un poche à côté. Ah oui, bien sûr. Marie-Noire l'observe, avec ses airs de commissaire-priseur. Pas loquace
aujourd'hui. Bizarre. Il lui cache quelque chose. Ou
quelqu'un. « Alors, — dit-elle, — Agnès... c'est pour
Lecanuet ? » Il y a un sentiment qui est un peu court
chez lui, Philippe. Sérieux comme un pape, ce gamin.
Il dit : « Non mais, qu'est-ce que vous avez toutes à le
trouver bel homme, ce pantin-là ? » S'il ne vote pas
Lecanuet, lui, ce sera pour des raisons qui n'étaient
pas prévues au programme. Et puis le voilà, son disque.
Qu'il foute le camp avec.

Oublier, oublier Philippe. Et Nora. Le reste. Cette
maison où il y a des épingles à cheveux par terre. Oublier. Elle est seule, c'est déjà ça. Seule avec le bruit
des voitures dans l'avenue Mozart, le soir tombé. Il
n'y a rien à manger, tant pis. Elle a oublié d'avoir
faim. En revenir aux histoires qu'on se raconte,
petite fille, dans le lit laqué à boules de cuivre, et il y a
une poupée sur la chaise, contre les rideaux. Surtout
ne plus mêler Agnès à tout ça. Ce sont des domaines
différents, la vie est un sacré désordre, une corbeille
à ouvrage où on flanque tout pêle-mêle. Revenir en
arrière, à ce temps des choses inexplicables. Périgueux
ou quoi, plus tard. Enjamber tout ça. S'il fallait passer
par le détail des mois, des années. Marie-Noire sait
parfaitement que l'image qu'elle se fait de ces temps-là,
c'est la France vue d'Hollywood, qu'est-ce qu'il pou-

vait y avoir comme billards dans les cafés! Et quand on ne jouera plus du tout au billard, qu'est-ce qu'on va en faire des billards, chez les antiquaires ? Merde. Marie-Noire décide de passer des pages de l'histoire, d'arriver au plus vite à un autre siècle, elle avait quel âge en quarante-cinq, quarante-six ? Elle s'est couchée sur son lit sans se défaire complètement, ses petits souliers qu'elle envoie en l'air, ses seins qu'elle dégage. Elle va se forcer la main. Quarante-six, elle a dit quarante-six, qu'est-ce qui se passait en quarante-six ?

à Monsieur
Monsieur le Ministre de l'Intérieur

M. le Ministre,

J'ai l'honneur de répondre à la demande de renseignements que vous avez bien voulu me faire adresser le... courant, touchant les états de service de Blanche et Geoffroy Gaiffier dans la Résistance.

J'ai été mis indirectement en relation avec Mme et M. Gaiffier au cours du mois de décembre 1940 par l'intermédiaire de mon ami P. S. que vous connaissez certainement, lors d'une visite que je lui faisais aux Angles (Gard), pour mettre au point avec lui un plan d'action parmi les intellectuels, dont nous avions jeté les grandes lignes ensemble dès le mois d'août de cette même année. Il se trouvait que j'avais déjà entendu parler d'eux par un ami très cher.

Vous savez, puisque c'est sur votre proposition que m'a été décernée la médaille de la Résistance, que j'ai dirigé pendant toute l'occupation une organisation réunissant les comités nationaux des diverses catégories d'intellectuels (instituteurs, professeurs, médecins, légistes, avocats et magistrats, écrivains, journalistes, artistes peintres et sculpteurs, musiciens, acteurs, etc.)

dont l'action fut complétée par un autre type d'organisation « en nappe », comme on disait, de caractère interprofessionnel, constituée par des étoiles à cinq branches, c'est-à-dire de petits groupes de cinq dont les cinq membres, idéalement au moins, devaient appartenir à des catégories différentes d'intellectuels, et « s'accrocher » chacun à une autre étoile de cinq, et ainsi de suite, pour former une sorte de ciel étoilé couvrant les quarante-deux départements français de zone sud, où s'exerçaient les comités nationaux déjà nommés, lesquels avaient leurs équivalents dans la zone nord.

Excusez-moi, M. le Ministre, de vous rappeler tout ceci, mais cela m'est indispensable pour expliquer le rôle des époux Gaiffier dans mon organisation. Le travail de constitution de cet appareil complexe n'a été rendu possible que grâce au dévouement et au courage de quelques hommes et quelques femmes, qui ont été mes aides dans cette entreprise à partir de l'été et de l'automne de 1940. Je vous ai déjà écrit à ce sujet pour attirer votre attention sur le cas de Georges Sadoul, qui est non seulement un critique et historien de cinéma connu et écouté dans le monde entier, mais l'homme qui fut pendant quatre ans mon bras droit et assura les plus difficiles et les plus dangereuses missions de notre travail.

Je dois tout d'abord vous dire brièvement qui sont mes amis Gaiffier.

Geoffroy Gaiffier est né le 3 octobre 1897, c'est-à-dire le même jour que moi, et ce n'est pas la seule coïncidence de nos biographies. Fils de l'acteur Thierry Gaiffier, — vous avez peut-être encore vu celui-ci sur les scènes du boulevard, — que sa femme avait abandonné vers 1908, Geoffroy, assez délaissé de son père courant le monde en tournées, est parvenu à se faire une grande culture, et à se qualifier comme linguiste tant auprès des spécialistes par des travaux qui tendent à dépasser le champ sémantique généralement considéré, que dans des milieux moins avertis où l'on confond la science du langage avec la connaissance des langues, et où l'on apprécie surtout quelqu'un de son genre comme un *homme-orchestre, pour son habileté non seulement dans les diverses familles de langues européennes, mais pour le maniement d'idiomes moins courants dans nos contrées, comme l'hindî, l'hindoustani, le tamil, le siamois, le cambodgien, et presque tous les parlers malayo-polynésiens. Vous pourriez sans aucun doute obtenir du Quai d'Orsay des renseignements plus précis sur mon ami et son activité avant-guerre, puisqu'il fut plusieurs années envoyé par les Affaires Étrangères, dans les Instituts français qui ont charge de faire aimer notre langue, notre culture et notre pays dans les régions du sud-est asiatique et les Iles d'Indonésie. Les travaux qu'à son retour en France Geoffroy Gaiffier consacra à l'étude comparative des grammaires de l'archipel malais ont, plus que ses autres travaux, établi sa réputation dans un monde sans doute restreint, mais qui compte internationalement pour le respect qu'on porte à la science française. Mobilisé au Continental, dans les services de l'Information en 1939, il avait de bonne heure préféré à un poste de tout repos le service dans l'armée combattante et y était devenu sous-lieutenant dans une division légère mécanique où j'ai moi-même pour la première fois entendu parler de lui par le Général L..., en raison de sa conduite dans les batailles de chars de Belgique et du Nord.*

Aussi avais-je accueilli favorablement la proposition que m'avait fait P. S. de me mettre en rapport avec lui. Bien que nous ne fussions pas d'opinions politiques semblables, j'éprouvais à sa conversation et, dirai-je, surtout à cette époque, à celle de Mme Gaiffier, le sentiment d'un accord profond, possible entre Français, audelà des divergences de partis, sentiment qui m'encouragea grandement dans l'entreprise dont mon ami P. S. et moi nous étions en train de jeter les bases. Je convins facilement d'y associer le couple Gaiffier et je n'ai jamais eu à m'en repentir.

Si Blanche Gaiffier a été l'émissaire que j'ai pu envoyer à travers le pays, de ville en ville, comme dans les centres ruraux, pour établir des liaisons indispensables à notre travail, sans qu'on pût soupçonner ce que faisait véritablement cette jeune femme (elle a douze ou treize ans de moins que son mari), dont l'élégance et le charme expliquaient partout la présence, Geoffroy dont l'esprit militaire, au meilleur sens du mot, a fait un organisateur de premier ordre, se chargeait de fixer ce qu'avait ébauché sa femme, et au-delà de l'assentiment que celle-ci en avait pu obtenir, de donner efficacité aux groupes formés après son passage, pour le renseignement et la propagande comme, bientôt, pour en assurer les rapports avec les premiers éléments armés de la Résistance, qu'il s'agissait de pourvoir d'un service de santé, de vêtements et de souliers, et pour lesquels argent et vivres étaient collectés. Mme Gaiffier a plus d'une fois échappé de peu à la surveillance allemande et à celle de la police de Vichy : arrêtée en 1941, elle est parvenue à échapper à la Feldgendarmerie et a été une voyageuse intrépide, portant dans son sac à main les messages et les informations que nous faisions grâce à elle parvenir non seulement à Paris, mais à Alger et même à Londres et sur le Tchad.

Je me bornerai, pour justifier la demande que je vous adresse, au récit de deux ou trois anecdotes, par quoi l'on peut juger l'activité, à la fois de celui que nous appelions alors conspirativement Sourabaya Johnny (parce que j'avais un adjoint qui aimait Brecht et était un fervent de Marianne Oswald), et de sa femme, laquelle avait voulu garder son prénom, mais à qui nous avions fait des papiers au nom de Blanche Hauteville, aviatrice...

. . . .

Sur l'état d'esprit de Blanche et Geoffroy Gaiffier dès les premières heures de l'occupation et leurs réflexes patriotiques, avant même que je les aie rencontrés, peut-être pourriez-vous demander confirmation de ce que j'avance à un homme qui est aujourd'hui à la tête d'une grande école à Paris, poste où il a été nommé par votre collègue actuel. M. le Ministre de l'Éducation Nationale, je veux parler de Léon Moussinac, directeur de l'École *des Arts décoratifs, qui est justement cet ami très cher sus-mentionné, par qui j'avais pour la première fois entendu parler de M*^{me} *et M. Gaiffier. Ou à M. Guy de Rothschild, dont les renseignements ne sauraient en ce cas être considérés comme ceux d'un partisan...*

Je vous passe, non seulement les anecdotes, mais aussi les formules de politesse de cette lettre signée *Aragon*, retrouvée dix-neuf ans après la date qu'elle porte dans des paperasses à classer, un brouillon. Plus personne ne se souvenait d'avoir fait cela, écrit cela à ce ministre. Non plus que du silence prolongé qui seul y avait répondu. Il y a dix-neuf ans, tout juste. Marie-Noire en avait cinq, et Philippe quatre. En ce temps-là, je croyais encore à la mémoire fraîche, et ne me faisais pas représentation du mécanisme, en moi comme dans les autres, de l'oubli.

D'abord, qu'est-ce que cela veut dire, cette lettre ? D'où sort-elle ? Si le signataire l'avait gardée... est-ce vraisemblable ? Pourquoi, comment Marie-Noire l'aurait-elle imaginée ? La coupure m'incite à penser que ce n'est pas ici simple désir d'abréger : je crois que nous sommes devant l'impuissance de se représenter *un temps sans automobiles*, pour s'exprimer au plus court. Franchir aussi abruptement, abstraitement six années, et ces années-là, de Périgueux aux dossiers du Ministère de l'Intérieur... Mais comment comment... Marie-Noire n'a pas accès à ces dossiers-là. Il n'y a, au fond, dans cette lettre inventée peut-être, que ce qu'elle aura pu entendre raconter par l'un ou l'autre ; mais, quand il faudrait voir de façon concrète, un bureau de rationnement, un camp de compagnons, une ville d'alors ou la campagne, un chemin de fer ou le maquis, est-ce que je sais, Marie-Noire a reculé, une ligne de points remplace les choses à décrire, ou les suppose connues, cela permet de cacher l'oubli, de cacher la misère de la mémoire. Elle a une furieuse envie d'interroger Geoffroy, de tirer de Geoffroy ce qu'elle

ignore : mais ce serait consentir à lui donner existence.
Tout au moins, c'est comme cela qu'elle se formule
la chose. En réalité, c'est qu'elle hésite à lui parler de
Blanche, et il faudrait lui parler de Blanche, l'interroger
sur Blanche, elle hésite. Parce que dans ces six années
sautées, de Périgueux à la lettre, le difficile à se représenter, ce ne sont pas les gazogènes. Mais Blanche. La
vie de Blanche, d'une Blanche dans ces temps sans
autos. Parler de Blanche à Geoffroy, c'est comme arracher brusquement le pansement d'une plaie, on la
ravive. Donner vie à la douleur de Geoffroy, c'est
faire de lui un être réel. Et faire un être réel de Geoffroy, pour Marie-Noire, cela signifie s'effacer, elle-même, retourner aux limbes d'avant, d'où elle s'est
tirée voilà peu, depuis exactement, ou à peu près,
que Philippe l'aime, qu'elle a cessé d'être l'imagination de Geoffroy, pour devenir celle de Philippe... Il
lui faut prendre ses distances pour n'avoir pas le vertige. Ses distances. Qu'est-ce qu'on chantait alors,
quand ce n'était pas le temps de Johnny Hallyday :
La fille de joie est triste... oui, et pas seulement. Il porte
bien de l'intérêt à Agnès, Philippe. Celle-là, mieux
vaudrait qu'elle ne prenne pas trop consistance. Il
ne va pas me faire ça. Ma meilleure amie. S'il m'aime,
d'abord. Il dit qu'il m'aime. Est-ce que Blanche disait
qu'elle aimait Geoffroy ? Même si elle ne le disait pas.
C'était comme si elle le disait. Il le lui disait, lui, à elle.
Les hommes. Essayer de se figurer Blanche, pendant
l'occupation. Elle avait tout juste trente ans en l'an
quarante. Alors quand elle l'a quitté... D'un effort
de tout son être, Marie-Noire se rejette en arrière pour
ne pas en arriver là, revenir même en arrière de ce
2 décembre 46 où l'autre écrivait au Ministre de l'Intérieur. Dans ces temps sans autos. Pourquoi ces choses.
Pourquoi. Marie-Noire ne peut pas *inventer* autrement
l'histoire de Geoffroy et de Blanche. Pas autrement.
Et elle éprouve comme un frisson le sentiment qu'elle
ne pourra jamais inventer la vie, la sienne, autrement.
Que c'est sa vie, la vie qu'elle a devant elle qu'elle

imagine, à rebours, quand elle voit Blanche et Geoffroy.
Et à qui des deux est-ce la faute ? Qu'importe d'ailleurs. Le malheur est le malheur, rien d'autre. Un
instant, elle pense, s'ils avaient eu un enfant. Un instant seulement. Et Philippe. Mon Dieu, que je suis
sotte. Elle a fait le numéro de Geoffroy. Il n'est pas là.
Il ne va pas répondre. Elle n'a rien à lui dire. Elle a
fait ce numéro, comme toujours, machinalement, par
nervosité. Elle ne repose pourtant pas l'écouteur. Et
voilà, sa voix, Geoffroy dans l'appareil : « C'est vous,
Marie-Noire ? A cette heure-ci ? » Cette heure-ci ?
Quelle heure est-il ? Elle a oublié où elle était, même.
Chez sa mère. Trois heures du matin. « Pardonnez-moi, Geoffroy, je voulais... — Mais ne vous excusez
pas, Marie-Noire, je ne dormais pas vraiment ! — Je
voulais... » Elle ne sait plus qu'inventer, comment
dire. « Je voulais vous demander... c'est bête, mais
ça me travaillait... vous demander comment, enfin
en malais. Comment on dit. Vous allez bien rire. Comment on dit un enfant... »

Il ne s'est pas étonné, là-bas, dans le fond de la
nuit, dans les broussailles. Il a dit : « En malais ? mais
qu'entendez-vous par enfant ? un garçon, une fille... »
Et elle : « Non, un enfant, garçon ou fille, ça m'est
égal ! » Alors lui brusquement. Ça l'a traversé. Pas
possible ! « Mais, Marie-Noire, qu'est-ce que c'est ?
Vous êtes enceinte ? » Le rire triste et nerveux dans
les broussailles de l'autre côté : « Non, mon ami, non,
pas encore ! Je voulais dire enfant, simplement enfant,
sans sexe défini... — Ah ? *Anak.* — Comment ? —
Anak, enfant se dit *anak*, en malais. » Un long silence.
La voix de l'homme : « En langue t'haï on dit *dehk*,
en khmer *kmeng*, en tamil, *pillaï*, en tahitien *tamaïti*,
en samoan *tamaïtiiti*... qu'est-ce que vous préférez ? »
Et le rire de Marie-Noire : « Montrez-moi d'abord le
père, c'est plutôt lui que je choisirai... — Les hommes
de Bali sont très beaux, Marie-Noire, très, mais pour
la conversation vous auriez des difficultés, parce que
le parler y varie suivant qui parle, à qui l'on parle

ou de qui l'on parle, mais après tout, les enfants, ça peut se faire à la muette, et pas besoin de savoir comment ça se dit dans une langue ou dans l'autre... et si c'est l'enfant d'un Chinois ou d'un Maori, d'un banquier ou d'un paysan, ni si la mère est de sang royal...
— Ne plaisantez pas, Geoffroy, moi le garçon dont je voudrais... enfin que j'imagine... dont j'aimerais... ce n'est pas un type de Bali ou de par là, non : il a la bouche mauve comme ma chambre, l'oreille aussi, un peu, au jour c'est un blond, mais dans la chambre, à mi-lueur, les ombres se font sur lui d'amarante, vous savez ? il a brusquement des reflets verts, comme s'il était de cuivre, j'aime le cuir de ses épaules, un cuir fin, où affleurent les veines, et puis c'est drôle il a des yeux de brun, si facilement qui frissonne, et cela lui court alors, du rouge, sous la peau... — Pourquoi me dites-vous cela à cette heure-ci, Marie-Noire ? Vous n'y pensez pas... — A cette heure-ci ? Mais bien sûr, c'est à cette heure-ci que je peux vous en parler, quand il est parti, ou moi enfin. Vous savez, il y a des objets, ce n'est pas tant la couleur, mais le grain de la matière, Lui... Il a malheureusement les mains un peu petites... — Marie-Noire, vous voudriez avoir un enfant de Philippe ? — De Philippe ? Qui vous dit que c'est de Philippe... — Le portrait. — D'abord Philippe n'a pas de poils sur la poitrine. — Ah ? et... celui-ci, lui ? — Je ne sais pas, je ne sais pas, je n'ai pas encore décidé, mais il a quelque chose d'un peu brutal, qui fait défaut à Philippe, et mon fils... si c'était un fils, j'aimerais... — Et si c'était une fille, Marie-Noire ? — Oh, une fille... il n'y a pas besoin d'un garçon pour l'imaginer ! »

Le grand silence blanc peuple cette anthracite entre eux. Marie-Noire rêve, et le vieil homme là-bas ne songe pas à l'interrompre. En prêtant bien l'oreille, on entendrait au loin sa respiration, qui halète comme le temps. Il s'en moque, lui, du garçon aux lèvres mauves. Il pense à une femme, qui n'est pas une Marie-Noire. Est-il bien sûr de l'image qu'il a d'elle ? Il ne la retrouve que par fragments, comme une statue brisée, dans la terre d'un culte ancien. Mon Dieu, ses jambes, ses jambes. Il ne pourrait rien dire, même au téléphone, de ces souvenirs qui lui arrachent l'âme. Cette femme. Celle-là toujours. Aucune autre. Dont il sent comme une brûlure, l'absence au creux de ses mains. Mon amour qui de moi toujours détourne ainsi ta bouche. Sa couleur lui fuit. Les femmes, on n'a guère pour elles d'yeux qu'avant. Quand elles sont, quand elle est devenue le palpitement même de l'ombre, une femme... celle-ci... à peine est-elle objet de regard, toute sa couleur est du toucher qu'on a d'elle, on peut tout oublier, mais pas cela, cette approche, la présence du corps, cette perpétuelle surprise, où tu commences, *toi*. Ah toutes les langues humaines, langues de chasseurs, de trafiquants, de chercheurs de camphre, de hauts fonctionnaires dont est le syllabaire à l'épreuve du feu, langues du bagne ou des barques, langues des longs cheminements au désert ou du temps perdu dans les forêts, langues de tromperie ou langues de troc, langues de sommeil et langues de langueur, langue du prince et langue de mépris, langues de cour ou langues de cérémonie, langues de circoncision, langues de cruauté, échos, appels, cris de haleurs, geindre des porteurs d'eau, ahan des sculpteurs de pierre, ô chose gutturale dans la nuit des hommes! toutes les langues dans toutes les bouches, leur impuissance à dire la femme. .. ce vent du torse en moi qui monte et vire et ne trouve point issue... et toi douceur qui n'as autre loi qu'un vertige, syntaxe que balbutiement, vers qui les mots prennent chant de liturgies, confondant le plaisir et le sanglot, ô disparue, et ma vie à tâtons n'est que ce vain espoir de toi... cet évanouissement de toi... ce monument d'absence où tout n'est plus que symbole, abstraction tombale, croix, colombes, fleurs de perles, inscriptions d'au-delà, langage infernal...

« Allô, allô... — crie Marie-Noire, — que dites-vous, là-bas, je n'entends pas, y a toute sorte de bruits dans l'appareil, comme si quelqu'un pleurait... parlez plus fort ! C'est vous, Geoffroy, c'est toujours vous, ou je me trompe... j'ai brusquement si peur dans ces ténèbres de l'oreille... c'est bien vous, Geoffroy, c'est bien vous ? » Elle ne sait pas que, si elle ne peut plus se le représenter, l'inventer, le reconnaître, c'est qu'il l'oublie. C'est que Geoffroy Gaiffier n'est, ne peut être à jamais que cette statue imaginaire à laquelle n'est donné, de tous les sens, que le seul odorat, et d'un seul être, si bien que pour lui l'univers est uniquement parfum de Blanche.

II

QUEL EST DONC LE PARFUM
DE LA TRISTESSE ?

Geoffroy Gaiffier ne parlera plus à Marie-Noire. Il n'y a plus pour lui de Marie-Noire. Son insomnie ne tient pas à une sonnerie de téléphone, un appel à défaut de mieux d'une fille dont la tête marche, avec son souffle et son sang, son corps.

Il y a des années qu'il ne dort plus ce qui s'appelle vraiment dormir. Même quand il dort il ne dort pas. Même quand il rêve. Il est comme quelqu'un qui attend. Toujours. L'oreille aux aguets. Un bruit de voiture. Des freins tout à coup. Prêt à se lever, courir à la porte. Ou à se défendre. Ou encore... Qui attend-il ? Blanche ou la mort ? De l'une ou de l'autre il ne se défendrait guère. Il est encore un être vivant, il touche le monde avec sa peau d'homme. Les choses qui lui échappent des mains se brisent à terre, les verres se renversent et il faut éponger le sol de ce qui s'y répand. Geoffroy Gaiffier connaît la distance qui le sépare des murs où se cogner la tête, il sait que s'il soulève l'espagnolette le vent va pousser la fenêtre vers l'intérieur, et, criant *ouh!* lui jeter les rideaux de voile au visage. Il est un être de chair et de malheur, il se heurte à l'hostilité de la pierre et du bois, à la violence des lumières. Il palpe son visage et en éprouve amèrement la destruction progressive. Geoffroy Gaiffier ressent comme une longue douleur sa propre existence. On ne peut rien lui apprendre sur lui-même, et per-

sonne personne n'a mesure de lui, de ce lui intérieur
qui ressemble plus à un hurlement qu'au locataire
du troisième. Personne ne peut imaginer Geoffroy
Gaiffier que lui-même.

Il pourrait faire n'importe quoi de Marie-Noire,
la jeter au feu ou l'humilier devant un homme, n'importe qui, le premier goujat venu. Il n'a qu'un signe à
faire, et elle lavera le plancher, ses bras rougiront
jusqu'au coude avec l'eau de Javel, elle perdra sa
beauté, l'horreur la glacera passant les miroirs. N'importe. N'importe. Elle piétinera tout un long soir dans
une salle de jeux, de cigarette en cigarette, à tenter
deviner qui va gagner aux petits chevaux le prix de
sa nuit, quelle gueule de fraise écrasée, quel furet
jaune, quel asthme, quel orang-outang des bains de
vapeur. N'importe. Et gémir de l'abandon d'une brute,
d'un petit mec de soie et de pommade, à des coins de
rue, à une table d'aube et d'ivrognes endormis, dans
l'odeur rance d'une obscure chambre d'hôtel où s'entendent par-derrière la porte, qu'éclaire aux rainures
le bref entracte d'une minuterie, des pas, lourds,
s'éloigner, et la toux, et le poids d'un client repu. Geoffroy pourrait plier cette fille comme un châle usé,
sur un dos de chaise, la mettre au désespoir, lui enlever
le goût de vivre. N'importe comme et n'importe où,
n'importe quand, n'importe quoi, n'importe qui...

Il n'a pas même besoin d'oublier Marie-Noire. Pas
plus que l'enveloppe d'un imprimé, un mouchoir de
papier après usage, un nom de dentifrice dans une pharmacie éteinte. Il n'y a pas de Marie-Noire. Il n'y a
jamais eu de Marie-Noire. Il ne se rappellerait même
plus ce nom de Geoffroy Gaiffier qui lui vient d'elle,
à quoi sont faits ses papiers d'état-civil, au moins qui
avait l'air de lui venir d'elle, *tu oublieras mon nom...*
bon Dieu! qu'est-ce que cela me dit, cette chanson, il
oublierait son propre nom sans cette voix qui parle
toujours comme la mer à son oreille, ce murmure qui
est toute sa mémoire, un ton d'enfance, et d'abandon,
dans le silence merveilleux : *c'est toi, mon Geoff' ?* Ou

le doux velours des mots doubles, quand la petite main
lui glisse de l'épaule à la nuque saisie, et cela vient du
profond d'aimer, de croire être aimé, ce *mon* Geoff',
avec le possessif appuyé qui rend la nuit différente
d'elle-même, mieux que le jeune vin des vendanges.
Il n'a pas même besoin d'oublier qui donc. Il n'a pas
eu même besoin d'oublier. Tout se passe comme si
jamais. Et d'ailleurs, oui, jamais. Et d'ailleurs, si quelque chose, c'est ailleurs, autre chose, la seule après
tout, comme avant, comme toujours. Avant tout.

Il n'y a pas. Même. À. Pas même. Oubl... Geoff'.
Si Geoff' il y a. Qui n'est que parf... qui n'est parf'
que de Bl... unique... tais-toi, bouche des mots brûlés!
tais-toi, tout ce que tu blasphèmes, et mâches, et mords,
tais-le, en toi tue-le, va, tremble bien, écrase bien ce
mégot sous ton pied malgré toi... ton pied... qui écrase ce
m', écrase bien, ton pied, écrase-moi ce még' ah tape éta-
le tape éteins-le, sous ton tal... ce mégot sans fin dans
ta mémoire... *C'est toi, mon Geoff'?* Éteins, éteins ce
que cela levait en toi, cette mégalomanie de l'homme!

Geoffroy Gaiffier uniquement, Geoffroy n'est que
parfum de Blanche à en mourir. Inutile de fuir la douleur, elle habite le vent, elle habite la nuit. Inutile
d'inventer pour la fuir encore des histoires, des pays,
des saisons, des personnages mis ensemble. Des
phrases. Des conjonctions de clameurs. La brusque
digression d'une image comme au music-hall un numéro
d'acrobates barbus. Finis de jouer à cache-cache avec
toi-même! De te détourner en dérision. Finis. Finis toucher ou voir, où cette voix va-t-elle encore battre, à quel
mât de voilier? Finis de faire le fantôme. Accepte enfin
d'être, de n'être uniquement que le parfum de Blanche
enfuie. Geoffroy, mon Geoff'... Ah, cette fille avait raison, comment vous dites, j'ai oublié son nom, j'ai oublié
presque tous les mots de vivre, et pourquoi dites-vous,
en quoi raison, de quoi raison, de qui. Cette fille ne
voulait plus me voir sachant bien, même à parler de
Dieu sait... même... qu'à la fin, comme les genoux se
ploient, il faudrait en venir, inventer d'en venir à ce

désert en moi, ces sables où tomber à la fin sur les genoux de l'âme, d'en venir à parler uniquement, parfum ! à parler à parler sans commencement et sans fin de ce qui follement me fait narine d'*Elle*... et que rien plus ne serve éviter ce qui s'est à ce point emparé de moi-même, éviter d'en parler, d'en crier, d'en souffrir. Prends ta ceinture et chasse-la, cette Marie-Nue, cette Marie-Nargue ! Je n'ai pas besoin d'une infirmière pour souffrir. Ah, toute la place de penser n'est qu'une grande plaie où je m'ouvre. Il n'est parole ni parfum que de blessure. Je suis le blé où souffle son vent, Blanche. Qu'est-ce que c'est que ce petit moment blême où je m'égare ? Blanche, ainsi s'appelle ce pays sans limite d'être meurtri. Blanche, seule vers qui toujours vivre en vain me ramène. Et ce sont les abords de l'enfer où ne me sont donnés les pouvoirs intermittents d'Orphée.

Je ne dors pas. Je n'ai pas bu. Je n'ai pas Blanche. Et cette fille avait raison qui ne voulait plus me voir parce qu'on aurait beau faire il faudrait bien au bout du compte en venir à d'une façon plus ou moins vite ou de l'autre et dût s'en tordre ma bouche ou de l'autre à parler...

Comme après avoir erré, s'être assis dans les derniers lieux vaguement éclairés, avoir repris les longs pavés montants, les rues noires, les boulevards soudain où les pas interrogent toujours des inconnus égarés, arrêtés à des rideaux de fer ou des bornes-fontaines, fuyant l'un l'autre sans s'en ouvrir le sujet entre eux d'une agonie, deux individus pâles du sommeil refusé, compliquant à plaisir leurs pistes, se donnent cours dans toute leur vie et les gens rencontrés et les aveux d'anciennes aventures tues pour

enfin plus tard très tard quand tout a si clairement pâli qu'on ne peut plus qu'accompagner l'un ou l'autre chez l'un chez l'autre et déjà plus haut que tout des camions tempêtent

entrer même l'un ou l'autre chez l'autre enfin pas chez l'autre mais dans le vestibule où l'on s'arrête à

cause des mots qui ne sont pas dits puis je ne sais quel
thème se met à couronner l'insomnie au point qu'on
s'accompagne encore un peu dans l'escalier quelqu'un
descend qui va très vite à son travail et l'autre ou
l'un s'attarde encore à cet étage à ce palier

quand on ne sait quelle parole a pris la lèvre à son
vertige et c'est le jour devant la porte et je m'appuie
à toute cette nuit derrière nous perdue à des billevesées. Je parle. Je m'entends. J'avoue. Dans le petit
froid du matin, le premier bruit là-bas que font brutalement les voitures. Et tout se passe comme si nous
n'avions attendu l'un et l'autre que ce moment de
l'extrême lassitude pour...

La concierge est sortie épinglant ses cheveux dans
les restants de nuit et traîne du trottoir le fer-blanc
des poubelles.

... enfin parler parler parler de Blanche. Et j'ose
enfin l'appeler de son nom, c'en est fini de Mélitée...
ou quel que soit le voile qui cache Diotima. *Was wir
suchen ist alles.*

J'ai beau faire je ne retrouve jamais Blanche dans
la vie de tous les jours. Je me souviens, mal, partiellement, des lieux où nous fûmes, de ceux où je suis
demeuré sans elle, mais enfin je m'en souviens, je
n'arrive pas à y revoir, à y placer Blanche. Quand
elle surgit dans mes yeux fermés, ou que j'ai le sentiment qu'elle va entrer, qu'elle est dans la pièce à
côté, et que je vais crier : *Blanche !* et elle répondra :
*Qu'est-ce qu'il y a, mon Geoff'?, je travaille, ne me
dérange pas... tout à l'heure...* c'est toujours qu'avec
elle, autour d'elle il s'est reformé l'atmosphère d'exception d'un certain jour, d'une chose qui s'est passée entre nous et dont j'étouffe, ou des circonstances
extérieures, la guerre, comme à cette minute où on
m'a dit, à Javerlhac, il y a une dame qui vous demande,
et moi, une dame ? à Javerlhac, et nous tombions des

Flandres cul par-dessus tête, dans ce petit bosquet
devant la maison abandonnée où nous faisions
popote, c'est là, dans la maison, qu'avec le poste dont
j'avais la garde j'ai pris une station, je ne sais pas trop,
en français, ça devait être Paris ou quoi ? il faisait une
putain de chaleur et j'ai entendu le Général de Gaulle,
très mal, je n'y comprenais rien, qu'est-ce qu'il chante ?
il veut que nous nous battions pour les Allemands ?
tout le monde était contre ce ministre de la Guerre, à
la popote, c'était de ça qu'on parlait, qui de Paris
nous disait *nos Alliés*, ça ne pouvait être que les Boches,
non ? c'était de ça qu'on pestait quand le caporal est
venu dire qu'il y avait une dame qui demandait le
Lieutenant Gaiffier... et je me suis levé, n'y comprenant
rien, et puis quand je l'aie vue, j'ai dit : Ah, merde
alors! c'était Blanche, elle ne voulait pas que je la
prenne dans mes bras, à cause des autres, moi je, ah,
Blanche... Juste après que j'avais entendu ce général
et qu'on disait. Fraîche, fraîche, malgré la route et la
poussière, dans la grande Pontiac découverte avec un
CD sur les routes vides, sauf d'Allemands, qui saluaient
la voiture diplomatique. Comment était-elle habillée,
Blanche, impossible impossible... je me souviens d'elle,
et comme ça m'a coupé la respiration de la voir si petite,
je le savais bien qu'elle était petite, par rapport à moi,
Blanche, je le savais bien, mais je ne le savais plus,
enfin que ce serait la première chose qui me ferait si
étrange et si doux à la retrouver, et je l'ai tout de même
prise dans mes bras, où elle s'est remuée, pas maintenant, mal à l'aise des gens qui regardent, et j'ai dit,
ma petite, et elle, tout bas : « Tu me fais mal, tu n'es
pas rasé... », comme toujours, mon Dieu, comme toujours, comme si de rien n'était, et ce pourrait être Paris,
la rue de Savoie, je rentre de n'importe où, j'ai hâte,
mais elle me repousse, la femme de ménage ou quelqu'un
d'autre, tout à l'heure, et tu me fais mal, tu n'es pas
rasé... et puis tu sens vraiment trop le tabac! Comment
était-elle habillée à Javerlhac ? Est-ce qu'elle avait un
chapeau ? Ou un voile sur la tête ? J'ai l'impression

Quel est donc le parfum de la tristesse ?

d'un imperméable tout léger, beige, qu'elle n'a pas fermé, il fait si chaud, et qui vole autour d'elle, rien ne lui tient au corps, quelle robe a-t-elle, une robe claire, une robe d'été, comme lorsque je l'ai connue, il y a de cela, alors, douze ans, une robe chemisier dans une petite soie, mais de quelle couleur ? Tout cela d'ailleurs est décoloré par l'été, le grand soleil brûlant tout, sauf sous ce bosquet, à cause des arbustes qui font des dentelles sur nous, le vert en est blanc d'un côté, noir de l'autre... Elle portait les cheveux tout tirés, en ce temps-là, ses beaux cheveux presque bleus, sa bouche qui fait en haut un M étroit qu'un trait en dessous sépare d'un double-vé arrondi, plus large. Oui, Blanche a un teint de blonde sous ces cheveux-là, on lui dit parfois, pourquoi est-ce que vous vous teignez ? Il faut bien qu'elle justifie son petit nom. Il y a des roses qui sont comme ça : il faut en écarter les pétales pâlis pour apercevoir au fond le safran du sang. Rien de tout ça n'est particulier à ce jour de Javerlhac, rien. Mais maintenant, il me faut Javerlhac, le capitaine, le petit médecin, ces tasses à décor orange qu'on avait trouvées dans la maison, le pliant vert oxygéné dont je m'étais levé, les conversations de lassitude, le peu d'envie qu'on avait de parler politique, parce qu'il n'y avait pas d'espoir, des petites histoires sur les hommes, ceux qui n'avaient pas rejoint, ce garçon qui voulait à tout prix, qu'on lui flanque la croix de guerre parce qu'il était juif... enfin ! Et qu'est-ce qu'il nous veut, ce Général de Chose, se battre contre les Anglais maintenant ? On sort d'en prendre ! Cultiver mes bégonias, je vous dis ! Tu te rappelles, toi, comment c'est, les pantoufles ? Il me faut tout cela, et les moustiques, le zon des moustiques, pour que Blanche s'asseye à côté de moi, sur le fauteuil en écorce de châtaignier, et elle allonge ses pieds sous la table pliante, et je me penche. Tu as perdu quelque chose ? Je regardais ses jambes, ses belles jambes, j'ai dit... Heureusement que personne ne m'a entendu dire en javanais ces choses qui ne s'adressaient qu'à Blanche.

Ou bien... je ne choisis pas. Cela vient en désordre du fond de ma vie, de notre vie, sans le moindre souci de la chronologie. Cette nuit de décembre 1965, comme Javerlhac et juin 40, Blanche me revient de tous les côtés du temps, je me la tire au hasard des cartes battues, avant, après, sans raison. Moi qui suis taillé par le temps, un crayon dont il ne reste plus grand-chose. Moi, pas moi seulement, tous les gens, les choses leur viennent dans l'ordre du temps. Pas Blanche, pas Blanche pour moi, le temps pour Blanche est sans puissance, elle me revient de partout, comme à Javerlhac, fraîche, fraîche, tant pis pour ce qu'il y avait tantôt, l'ordre des images, les années, la couleur de son sarong.

Quand j'ai connu Blanche, elle portait un petit chapeau de feutre, cloche, très enfoncé, d'un feutre extraordinairement tendre, léger, mou, comme si ça lui avait fait quelque chose de coiffer Blanche. Elle aimait s'habiller en noir, elle s'asseyait d'une façon que n'avait personne, se penchait pour m'écouter, la joue sur sa main, le coude sur le genou. Je lui avais dit : « Vous fumez ? », et elle avait éteint sa cigarette, non, c'était pure nervosité. C'est très drôle, cette petite fille, dès la première fois, dans un lieu avec de hautes lumières, un café tout en longueur, j'avais une idée tracassante, je ne pensais qu'à une chose, et Dieu sait ce que je pouvais dire ! Les mains m'en tremblaient, j'avais envie d'enlever son manteau, d'ouvrir sa robe... Pourquoi ? C'était une rencontre de hasard, je croyais être épris d'une danseuse, imaginez-vous, d'une danseuse. Ce qu'il y a, avec Blanche, avec le souvenir de Blanche, tous les souvenirs que j'ai de Blanche, comme celui-là douze ans avant Javerlhac, tout y est en blanc et noir, sauf elle : toute la couleur est, toutes les couleurs sont pour elle. J'ai souvent pensé qu'on n'a inventé les fleurs que par une sorte de prévision qu'on avait, qu'un jour il y aurait Blanche. Les couleurs qui se posent sur ses mains, ou quand elle tourne la tête, là, le long du cou, de sa petite oreille en descendant, ce ne sont pas à proprement parler des couleurs, mais une palpitation de la lumière. Sa petite oreille, à propos : si je connaissais la couturière qui a ourlé ça, toute ma vie a été changée par la perfection de cette petite oreille-là. Elle a des avant-bras minces, enfantins. Ça n'a pas changé avec l'âge. Je n'ai jamais cessé de m'étonner, les remontant avec mes mains, quand je passais le coude, de ce que les bras, là-haut, devenaient, vers la rondeur de l'épaule, des bras sans rapport avec ce qu'on vient de caresser, des bras fantastiquement féminins, doux, tellement faits pour m'entourer, me tenir, me retenir, tout près, tout près d'elle. Mon Dieu, dès les premiers jours, comme cela me rendait malade de ce qu'un homme lui parlait, un inconnu pour moi, n'importe où, on l'avait rencontré au cinéma, dans la rue un autre, enfin des gens qu'elle connaissait, et je les regardais, elle et lui, elle et les autres, avec une anxiété affreuse, à essayer de deviner s'il n'y avait jamais eu rien entre eux. Je ne sais pas, je suis peut-être comme ça, mais avec les autres femmes, ça m'était égal. Blanche. J'avais l'envie de battre un homme si elle lui donnait la main. Est-ce qu'elle s'en rendait compte ? Je sais si bien dissimuler. Mais elle se tournait vers moi, et souriait. Et quand elle se penchait comme pour cacher sa pensée, ses beaux cheveux bleus glissaient entre nous, sur sa tempe.

A Javerlhac, tout de suite après ce cri qu'elle m'avait arraché, et les autres en rigolaient : sa femme, il nous a assez cassé les oreilles avec sa femme ! la première chose que je lui ai dite tout bas, avec l'angoisse de savoir qu'elle ne ment jamais, c'était : « Ma petite... pendant tout ce temps sans toi... tu n'as pas pris un amant, dis ? » Elle a ri, elle a secoué sa tête, elle a touché ma bouche avec ses doigts furtivement, et elle n'a pas vraiment répondu : « Mon Geoff', quel idiot tu fais ! » ou si c'était pourtant là répondre.

Je suppose que si je voulais vraiment montrer Blanche, peindre Blanche, pas forcément d'après nature, j'écrirais un roman où Blanche aurait beaucoup d'amants, des tas, et où elle serait blonde. Alors, les gens, ceux qui lisent et cherchent à savoir, ne reconnaîtraient pas ma Blanche à moi, je pourrais tout dire, je pourrais devant tout le monde la prendre dans mes bras, la tenir prisonnière dans mes jambes, toute la vie jusqu'au matin... Il y a un livre comme ça, où un metteur en scène, entre deux films, s'est payé une maison à la campagne, quelque part en Vexin, la maison d'une femme inconnue qui s'appelle Blanche, et qui est partie au diable ; un jour, il trouve dans un secrétaire, des lettres, des paquets de lettres. Des lettres d'amour. D'hommes différents. Tous amoureux de cette femme. Il ne voulait pas d'abord les lire, puis l'entraînement. Comment un homme seul, sur le plateau du Vexin, avec le vent qui souffle, des jours de pluie, ne rêverait-il pas de cette femme dont il ne sait rien. Rien. Vraiment rien ? Un des correspondants de cette Blanche a tout de même écrit : *Je t'imagine dans ton fauteuil rouge, toute ta blondeur, renversée sur ce rouge, les yeux fermés...* C'est peut-être tout ce qu'il en saura, Justin, le cinéaste. De cette femme qu'il ne voit que dans d'autres hommes, par d'autres hommes les yeux, les bras d'autres hommes. Mais la phrase est équivoque : *Je t'imagine...* il disait. Il l'imaginait blonde, elle pouvait avoir les cheveux bleus. Un autre avait dit d'elle : *Toi, or et argent...* et encore : *Ma blanche, ma blonde, mon éclatante...* est-ce qu'ils s'étaient donné le mot ? Ou bien faut-il ici trouver la preuve d'une certaine objectivité ? Moi j'ai mes raisons, mais eux ? Ou peut-être est-ce l'auteur du roman qui ne voulait pas qu'on reconnût *ma* Blanche ? Il faut reprendre cette description sommaire par son Justin : *Blanche, la femme aux opalines vertes et roses, qui lisait* Trilby *et des contes fantastiques, assise là-bas, dans le fauteuil de velours rouge, toute sa blondeur, tout ce blond-argent renversé sur le rouge...* vous voyez bien, au caractère sommaire de cette description, qu'elle est un masque. Plus qu'une femme un rapport de couleur. *L'or blanc des cheveux*, il le répétera encore et encore, *la blondeur sur fond rouge*... Ma Blanche n'a jamais collectionné les opalines, ni vertes ni roses, ni autrement. Il y a pourtant quelque chose qui lui ressemble, ce petit sécateur, à la cuisine : *Dans le tiroir, il vit, brillant, nickelé, tout neuf, un petit sécateur de dame. Cela lui fit presque peur.* Et à moi, donc ! Bien que le sécateur ne soit plus neuf, terni, taché, dans le tiroir de la cuisine. Justin rencontre dans un bar cette espèce de Baron de Crac, qui dans la conversation nomme Mme Hauteville... et Justin dit, parce qu'il faut enfin en avoir le cœur net : *Et comment était-elle, cette Blanche ?* Et le baron : *Vous connaissez Blanche Hauteville ? — Non, pas du tout... Vous avez dit Blanche... j'ai répété : Blanche. C'est votre récit qui m'intéresse. — J'ai dit Blanche ?*

Il n'avait pas dit Blanche. La jalousie est inventive... et moi, si j'avais écrit un roman, je l'aurais appelée d'un nom russe ou allemand, Sonia peut-être, Isolde... Le baron dit encore : *Raconter mes aventures amoureuses était presque aussi passionnant que de les vivre. J'étais discret, naturellement, je suis un gentleman, je camouflais les noms, je brouillais les pistes, mais j'aimais confier mes aventures amoureuses avec leurs bizarreries. Blanche Hauteville... Le bizarre, ici, c'est qu'il n'y a pas eu d'aventures. A proprement parler. Rien. Nous avons souvent chassé ensemble... Je l'ai connue à une chasse à courre...*

Tout ce que vous voudrez, mais Blanche dans une chasse à courre ! Elle montait à cheval, bien sûr. A Java. Quand nous allions dans l'intérieur où les volcans ont l'air, à grimper d'un coup à trois mille mètres, de sortir d'un tableau de Tanguy. Elle n'est pas aviatrice, sauf sur les papiers qu'on lui avait faits en 1943. Des faux papiers. Bien faits. Mais faux. *Je brouillais les pistes*... propos de romancier. Tous les romans ne sont que des pistes brouillées. Et ce ne sont pas les lettres suivantes, celles de ce Raymond, qui me feront voir Mme Hauteville. Mais lui ! Ça, celui-là, je ne peux pas le supporter. Un écrivain de Saint-Germain-des-Prés, il paraît. Je ne vais pas en être jaloux, tout de même. Parce qu'il y en a une, de lettre, où il écrit : *Pourquoi ne m'avez-vous jamais parlé de votre mari ? Pourquoi ? Qu'est-il pour vous ? Rien du tout ?* Ah, Blanche a un mari. Et ce Raymond, tout de suite après, qui pour achever sa lettre ajoute : *Je t'embrasse de toutes mes forces.* Formule de politesse. Je n'en saurai jamais plus. Justin, lui, s'est mis à tirer un scénario d'un roman de Du Maurier, *Trilby*. Mais il lui faut que Trilby ressemble à Blanche : *Ce qui dérangeait Justin, c'étaient ces cheveux châtains et longs... Blanche était blonde, elle était or et argent, et elle avait les cheveux courts...* Blanche, ma Blanche, n'a pas les cheveux courts, elle les défaisait pour moi sur mon visage, des cheveux bleus, je vous dis, des cheveux bleus. Il y a le garçon du bas, qui a vu Blanche, et qui l'a vue blonde, mais... *Voilà quelqu'un qui a rencontré Blanche, et qui ne l'a pas regardée !*... Et qui c'est, ce Tom qui vient après ? Il l'a regardée, lui, Blanche : *... vos yeux, ces yeux dont je connais maintenant la couleur, à ne plus l'oublier.* Il faut croire que c'est un secret, cette couleur. Un peu plus tard, il dira : *Ah, Blanche, est-ce au gris du ciel que vous avez pris la couleur de vos yeux ?* Gris, les yeux de Blanche ? L'imbécile. Et puis il y a la lettre du mari. Je ne peux pas lire ça. Je l'ai lue autrefois. Le mari à qui elle a dit un jour : *Non, en voilà assez, c'est fini, ne me fatigue pas, plus jamais...* Oh, la femme n'est pas ressemblante, mais ces mots-là. Qu'est-ce qu'ils me font, ces mots-là, cette lettre, moi, je n'ai d'yeux que pour la femme, que personne ne peut voir, excepté moi.

Excepté moi. *Blanche... puisque tu es Blanche... que la seule intimité entre nous, c'est donc de t'appeler Blanche* [1]...

---

1. Elsa Triolet, *Luna-Park*.

On a beaucoup joué ces temps-ci avec cette expression, *Le jour le plus long, la nuit la plus longue...* c'est comme ça, brusquement des mots ont fait toc, et voilà un nouveau lieu commun. La naissance des lieux communs... non, tout n'a pas été dit par Flaubert. A vrai dire, rien, rien de ce qui vaut à l'homme, rien n'a été dit depuis le nombre de siècles, de millénaires que vous voudrez qu'il y a des hommes, et qui ne pensent que très relativement. Le jour ou la nuit, l'équinoxe, il faut pour que ça nous frappe qu'il s'y passe des choses qui changent le sort du monde. En 1965, en tout cas, la nuit du 5 au 6 décembre aura été pour les Français plus longue que cette nuit de Geoffroy Gaiffier, de moi, Geoffroy Gaiffier, celle où Marie-Noire m'avait réveillé, enfin *sort of* réveillé, vers les trois heures. Cette nuit du 5 au 6, tous les Philippe, toutes les Agnès sont devenus d'autres Agnès, d'autres Philippe. Le pouvoir insensé de la télépathie, visuelle ou sonore. C'est plus fort que Johnny Halliday. Un peuple tout entier s'est mis à ne plus penser à ce qui était lui, le même soir, avant neuf heures, à se passionner pour ce qu'il croyait mépriser, ce qui l'ennuyait mortellement avant neuf heures du soir. Cette longue nuit-là, Geoffroy Gaiffier, mort de fatigue, dormait *comme un mort*. Drôles de mots : justement les morts ne dorment pas, ils n'ont plus à dormir, ni à rêver. Geoffroy ne rêvait pas. Après tout, c'était tout de même, c'était aussi pour lui la plus longue nuit de l'année, au moins sans attendre le solstice d'hiver. D'un autre genre de longueur voilà tout. D'une longueur qui ne se mesure point. Et pour quoi, d'instinct, je brouille les mots, équinoxe, solstice, pris l'un pour l'autre. Est-ce que vous connaissez ce sentiment de n'en plus finir que prend le sommeil ? Geoffroy dormait sans savoir à quoi jouaient passionnément les Philippe, les Agnès, les Marie-Noire. Oui, Marie-Noire aussi. J'ai hésité, mais Marie-Noire aussi. Et Blanche ? Que faisait Blanche cette nuit-là ? Où était-elle ? Avec qui ? Comment était-

elle habillée ? Est-ce qu'elle posait sa joue sur sa main
pour suivre la télé ? ou les chiffres d'Europe n° 1, ce
Barnum and Bailey des chiffres, la course aux pour-
centages, les pinces qui se resserrent sur les prévisions…
la fourchette… Blanche est-elle en France, ou bien.
Seule. Ah, l'égoïste que je suis, qui voudrais tant, ce
soir, cette nuit qu'elle soit seule, qu'elle ait dit à un
homme, laisse-moi, ne me fatigue pas… C'est une
nuit où on ne lit pas, on ne relit plus ses lettres d'amour.
Une nuit longue, longue comme l'absence de Blanche.
Je sais de quoi je parle. Je ne rêve pas. Je ne rêve que
de Blanche, et Blanche n'est pas là. Un rêve, c'est
toujours une chose de vitesse. C'est l'absence de rêves
qui est la lenteur, la longueur, l'incommensurable
longueur des nuits et des jours. Pour les autres, ce
n'en était qu'une très longue, de nuit, parce qu'ils
rêvaient les yeux ouverts. Pour moi. Les yeux fermés
sur l'absence de rêves. J'aurais pu rêver comme les
autres, passer d'un poste à l'autre, attendre, m'énerver
des répétitions, écouter les nouvelles contradictoires…
Blanche aux Iles Wallis… Blanche dans l'Ariège…
Jouer l'avenir sur les chiffres donnés, attrapés du
milieu, et l'autre combien de voix ? combien de voix
pour Blanche ? Et ce correspondant bavard qui redonne
des résultats qu'on a déjà entendus, l'ennui du détail,
avec sa voix enrouée par la distance, où est Blanche,
est-elle si loin, est-elle à côté… qui dort… Les contes-
tations qui commencent… Blanche ne peut pas… ce
que vous me racontez ne ressemble pas à Blanche…
Je dors. Je n'entends rien. Je dors. Geoffroy dort.
Il n'entendrait que si, en duplex, à sa plainte, une
autre voix, une voix qui ne se ressemble pas d'ailleurs,
toujours plus basse que dans la vie, répondait comme
si elle était à côté, à l'oreille, dans la complicité du
lit, un simple souffle : *Tu dors, mon Geoff* ? Ah c'est
insupportable. Tourne-toi pour changer d'obsession.
A rien ne sert. Je me tourne. Geoffroy Gaiffier se
tourne sur l'oreiller, sa bouche sur l'oreiller, sa bouche
ouverte en pleine nuit, sur le sommeil. L'âme y hurle

comme un grand vent, dans une grange. Quelle chouette a-t-on clouée sur la porte ? « Geoff', voyons Geoff', tu ne descends pas ?... Je t'ai appelé pour dîner... j'ai déjà mangé la soupe... » Est-elle blonde, dans un fauteuil rouge, or et argent, ou, comme on dit pour l'encre Waterman, *night-blue*... bleu nuit, bleu de nuit... les lieux communs reprennent force... ma vie aura passé parmi les lieux communs... reprennent, par force, le dessus, on dit reprendre le dessus, et le bizarre, je ne sais qui a commencé, le dessus ça se dit du vent, le dessus du vent, le lieu commun du vent qui reprend le dessus... dans ma vie... comme pour Hypérion, Diotima morte, le printemps... l'équinoxe de printemps, l'amour qui rime avec le jour et la nuit, l'égalité de la vie et de la mort, le lieu commun de la mort et de la vie... Il me faudrait pour comprendre la vie étudier les variations des lieux communs, qui ressemblent aux lianes dans les forêts tropicales, on peut les lier entre elles, les tresser, s'en faire balançoire ou refuge. Ou bien ce sont elles qui vous étreignent vous étouffent. A Bali, j'ai vu une grande statue ainsi prise dans les lianes d'un *waringhin*, que je ne puis appeler figuier, parce que le caractère gigantesque de cet arbre ne s'implique pas avec le nom français. Le sculpteur avait-il ainsi inséré sa pierre, qu'on appelle *paras* et qui est de cendres volcaniques, toute sableuse et dégrossie au moyen d'une sorte de doloire comme en ont chez nous les tonneliers pour tailler le bois ? ou ces pieds minces de figuier qui sortent de terre tout autour pour s'enlacer et constituer le tronc central avaient-ils poussé après coup, entourant l'image infernale ou humaine, on ne voit plus guère entre les branchages que le visage prisonnier, ses yeux vides aux sourcils relevés de douleur, la bouche large... et vaguement plus bas, la nudité surprise, comme d'une robe déchirée... Ainsi. Ainsi. La forêt humaine m'enserre ainsi de ses pensées, des lieux communs de son langage. *M*'enserre ? Il faudrait avoir d'autres mots que ces pauvres pronoms personnels. Ce n'est pas moi que les paroles du *waringhin* étranglent, et c'est moi pourtant. La langue que je parle a perdu ces modes qui, n'étant ni singulier ni pluriel, donnent au cri de l'homme autre sens que de sa douleur égoïste, sans le noyer dans l'océan des autres. Nous n'avons plus en français le *duel* qui parlerait au moins pour Blanche et moi... qui parlerait encore pour Blanche et moi... pour cette lutte où l'homme et la femme, ensemble, sont à la fois deux et un seul, dans l'envahissement, le bourgeonnement des notions, des rapports inventés entre les hommes, et le langage comme le vent qui effrite la pierre oublieuse du volcan... Et l'on ne dirait plus ni je ni toi, nous deux, ni même nous, mais quelque *l'on* qui serait l'un et l'autre indivisibles, une syntaxe du lit, de la nuit de nous deux, le grand argot d'aimer où je s'efface, et Blanche...

Blanche... est-ce que je puis me comprendre sans Blanche ? est-ce qu'aucune pensée en moi m'est propre, et me traverse sans que j'y reconnaisse Blanche ? Blanche comme la statue étreinte par les branches du *waringhin* en moi, comme la dénégation de ce monde des lieux communs où je vis. Un jour peut-être on comprendra la tragédie de notre temps où la multiplication des instruments de l'homme, l'ouverture perpétuelle de nouveaux empires à son esprit comportèrent l'invasion de toute la vie par les lieux communs. J'ai lu dans un livre cette phrase qui m'a poursuivi, longtemps après l'avoir lue, je ne sais pourquoi je l'avais retenue et elle n'a pris pourtant pour moi son véritable sens que plus tard, quand les faits sont venus l'illustrer, l'histoire lui a donné signification singulière : *Dans certaines sociétés, à la mort d'un roi, une partie du vocabulaire devient tabou, est frappée d'interdiction et doit être remplacée par d'autres termes* [1]...

Cela est amèrement ressemblant. Amèrement. Oh, je ne veux pas parler de cela, que j'oublie, que j'essaye d'oublier, pour quoi je m'efforce à croire que l'homme

---

1. Marcel Cohen, *Le langage* (p. 65).

a inventé le merveilleux mécanisme de l'oubli. Et ce ne sont pas les entrelacs autour d'elle des lianes, qui donnent sens à ce monde, mais Blanche aperçue dans la forêt cruelle, son visage de douceur et d'effroi. Les mots nouveaux chassent les anciens vocables, et c'est comme les grands magasins à la veille de Noël, on n'y retrouve plus rien de ce que l'année précédente on avait hésité d'acheter, comptant ses sous, mais on vous offre de nouvelles pacotilles. Est-ce qu'entre-temps un roi est mort ? Je ne veux pas penser aux rois, vivants ou morts. Je ne veux pas de vos rails, ni ceux d'hier déjà rouillés ni de nouveaux, brillants et creux. Je ne m'engagerai pas sur les chemins imposés ; rien, à cette minute de mon être, ne peut me détourner de la statue de cendres, et je n'ai miroir à ce qui m'habite que toi. L'autre. Blanche, pour lui donner un nom, son nom. Blanche dont il faudrait, dont j'espérais qu'elle pût être incluse dans ce mot pilote de mes phrases, le pauvre *je*, le pauvre *moi*, amputé d'elle, et dont j'ai vainement cherché dans ma langue le substitut qui nous eût comportés ensemble, à jamais. *Nous*, peut-être... nous, ce pronom de pacotille, qui sert à tout le monde, une famille, un pays... il m'aurait fallu le lieu commun de nous deux seuls... le pronom qui n'implique rapport que de Blanche à Geoffroy, ou l'inverse. Faute de quoi, que ce soit la nuit ou le jour, mes yeux fermés ou les lumières des grands boulevards, Paris ou Java, il me faut comme on proteste le sort injuste et le monde inhumain, imaginer, imaginer, toujours imaginer Blanche. Et comme le peintre pour donner vie à la figure qu'il vient de placer sur la toile écrit en marge d'elle un paysage de vallées et de tours, de collines et de cheminements d'armées, de vie humble aux chantiers, de tortionnaires à l'œuvre des croix et des geôles, pour imaginer vraiment Blanche, il me faut la revoir dans une perspective exigeante, avec ses détails, ses forêts, ses clous, ses gémissements, ses fourmis, ses orages, et les fougères ici comme vous n'en avez jamais vu, qui sont des arbres gigantesques, dont la dentelle obscure à contre-jour sur les volcans s'élève à plus de vingt-cinq mètres de haut.

J'imagine Blanche, à Java, vers 1930. Et, autour d'elle, se sont assises des femmes qui ont la couleur de l'or et, s'appuyant au mur de la *omah*, des hommes qui ont celle de l'olive. Il fait une grande chaleur, c'est pourquoi l'on se tient sur l'*emper*, la terrasse étroite avec ses piliers de bambous soutenant l'avancée du chaume de feuilles, et les bouches aux dents noircies rient vers Blanche, fleurant bon le *sirih* mâché avec la noix d'arek, le tabac et la chaux, le *sirih* qui rend la lèvre vermeille, sous les *aren*, entourant la maison de leurs hauts bouquets de palmes, tandis qu'un colporteur chinois, agitant son *kloen' toen'g*, crie fruits et gâteaux dans la rue et que, sur l'eau du canal, circulent lentement les *pra'hou* non pontés. Regarde-moi, tourne vers moi tes yeux accaparés par les hôtes, Blanche... Je me suis assis à l'écart, faisant mine de lire les *Nieuws van den Dag*, et j'écoute le roucoulement de *tekoekoer* des femmes où tu sembles régner. Les hommes, coiffés d'un mouchoir noir ou de la toque de velours noir des musulmans, les uns ayant retiré leur *kolambi*, nus jusqu'à la ceinture, tout ce bronze musclé, les autres dans leurs petits complets de toile fine ou de surah, droit sur la peau, rient des propos échangés, se parlant deux à deux, et vont tout à l'heure me proposer d'installer le *maïn-tjonkak*, qu'on appelle mah-jong en Chine. Les moustiques chantent autour de la maison. Le thé des Préanger dans les tasses est plus clair que les bras nus. Je n'écoute pas ce que vous dites, tous, mêlant les langages, le ngoko javanais, le soenda, des mots de Hollande, et je ne sais quel argot du port de Tan' diong Priok', où les parlers européens se mêlent au malais et au chinois, je ne fais que guetter les yeux de Blanche qui m'évitent, qui m'éviteront jusqu'à la nuit tombée, quand viendront une fraîcheur relative et les longues rêveries. Nous sommes un peu en dehors du faubourg de Buiten Nieuw-portstraat, mais non point dans le quartier hollandais de Weltevreden, où se situent les demeures des Européens, avec leurs larges avenues plantées d'arbres, et leurs jardins, les banques, les édifices des Départements gouvernementaux, les bureaux des entreprises commerciales à deux ou trois étages, qui sont de pierre étrangère, avec de hauts pavillons de fierté coloniale. Ici, dans le lacis des *sawahs*, les canaux des rizières, il fait déjà moins étouffant que dans le faubourg, les maisons sont de bambou tressé, c'est un quartier où se mêlent de petits fonctionnaires étrangers et tout un peuple bariolé, gens de métier, pêcheurs, cultivateurs. Ici, je suis à mon poste d'écoute, dans une Babel des langages, j'apprends ce que les livres savants ignorent, le parler bâtard de la vie pour lequel il n'y a ni grammaire écrite ni alphabet. On peut bien dire que ces parages sont encore malsains, c'est ici qu'affleure des marais une âme qu'ignorent les règlements, l'ordre administratif et la science. Ici, rien ne se fait comme il se doit, mais comme il résulte. Et ces enfants qui courent les rues, avant l'âge d'être vêtus, ont les traits et la couleur de tous les métissages, à la façon de ces étoffes qu'on tisse du coton de l'île et de matériaux importés. De temps en temps les buffles doux et lents passent traînant les instruments d'un labour primitif vers les sawahs où ils vont peiner dans l'embourbement des cultures irriguées et l'on entend au loin le bruit du *k'reta-api* que nous appelons chemin-de-fer et eux charrette-de-feu. Il passe devant la maison un fiacre à cheval d'ici, un *sado*, un petit char-à-bancs à quatre places, avec toute la poussière de l'île sur la toile du toit, dont le nom vient du français *dos-à-dos*, pour la façon dont on y est assis, et le *koesir* juché devant prend aussi de notre langue son nom de cocher. Ainsi s'en vont, cahin-caha, les mots à travers le temps, depuis les jours où nous avions fait de la Hollande une République batave, et les

Français tenaient à Batavia garnison. De ce temps aussi le mot malicieux dont on nous désigne, nous les Français : les *didong*... de ce familier *Ah! dis donc!* qu'ils répètent à tout bout de champ, parlant entre eux, devant les choses les plus familières pour des Javanais, mais qui revêtent à leurs yeux les surprises de l'exotisme. Ah, les siècles aussi sont métissés à Java! Qu'y vînmes-nous chercher, je veux dire nous deux Blanche, pas nous les *didongs*, ça va de soi... qu'y vînmes-nous chercher? Je me le demande parfois avec une inquiétude sourde, au fond de ce pays où le soleil pèse sur les têtes, et qui n'a d'air qu'à remonter là-haut, sur les plateaux au pied des volcans nonchalants. Tout d'un coup les yeux de Blanche se sont tournés vers le ciel et je les suis où la nue se déchire. « *Tjeléret!* » dit une profonde voix d'homme et nous respirons tous comme si, d'avoir nommé l'éclair, la pluie était proche, bien que l'orage ne soit jamais pour ici, et que nous sachions de reste que c'est au sud, dans la région de Buitenzorg, tous les jours vers les cinq heures du soir, « quand les buffles vont à l'eau » disent les Malais, que la colère éclate et déverse la bénédiction sauvage de la pluie équatoriale, sur le grand parc botanique, là-bas où naît cette rivière Tjilivong qui passe près de chez nous, à Batavia, déjà tout empêtrée dans les canaux et les jardins, les marais, les immondices de la ville. Et, revenant du ciel, les yeux de Blanche semblent porter blessure de l'éclair...

Oh, pour entreprendre ainsi de ressusciter Java, l'île au nom d'orge, ou n'importe quelle Carthage ou quel O'Taïti, saura-t-on jamais combien il fallait être triste! D'où donc me vient et où ai-je lu cette phrase :

Il n'y a que les premiers soirs ici que ça sent la vanille...

et pourquoi me hante-t-elle à chercher les yeux de Blanche comme un fleuve détourné? Java sent le gingembre sauvage, le figuier mâle ou le camphre, mais point la vanille. Et quelle était l'odeur de Carthage ? L'aloès, le cèdre et le laurier qui brûlent entre les jambes de Baal... ou la crasse des Mercenaires, les vins de jujubier, le cinnamome et le lotus dans les fumées des viandes grillées aux cuisines d'Hamilcar... point la vanille qui ne vint qu'après Colomb des Indes occidentales. Mais, dans tous les pays du monde, dites-moi, quel est donc le parfum de la tristesse, quelle est la senteur de l'oubli ?

Peut-être n'est-elle point partout semblable sur la terre... et Flaubert devra rebâtir Carthage imaginée à Croisset, quand il aura parcouru les rivages puniques. Et pourtant nous vivons sur l'étrange préjugé que l'homme est partout le même, cherchant pour lui des lois partout valables. Un jour quelqu'un, comme cet Hipparque le premier qui découvrit la précession des points équinoxiaux et n'en conclut pourtant pas à la fausseté du système ptoloméen, même si la pensée peut-être lui passa par la tête que l'erreur de la fixité des équinoxes provenait du principe d'une Terre fixe autour de quoi tourne l'Univers... un jour quelqu'un calculera l'erreur équinoxiale de l'esprit humain, et de cette erreur découverte tirera ou ne tirera pas encore conséquence, touchant la conception de l'homme sur quoi nous vivons. Mais, à partir de lui, viendra le temps où les variations de la nature humaine seront objets de mesure, et nous saurons de combien de secondes par siècles-lumière s'est modifié le désespoir dans l'homme, et comment corriger en lui les déplacements écliptiques de la nuit et de la douleur.

III

CE CŒUR POUR LES CHIENS

> Décidément, l'élection présidentielle aura fortement marqué les esprits et même les maquilleurs comme celui qui a présenté, hier, des yeux « op'art », les uns baptisés « Élections », avec de petits drapeaux, les autres « Ballotages », avec un œil au symbole du général de Gaulle et un autre au symbole de M. Mitterrand.

Il y avait l'image au-dessus. Un œil maquillé avec un V et la Croix de Lorraine... « Ça, je comprends, — dit Philippe, laissant tomber le journal, — mais l'autre ? en quoi c'est le symbole à Mitterrand ? » Paraît que c'est un soleil. Nous sommes entre les deux chaises. Tout le petit monde de Marie-Noire est complètement ivre de politique, et se partage en votants pour le candidat des gauches et bulletins blancs. Agnès ne fréquente plus que des Pieds-Noirs. « Qu'est-ce qui te prend ? — dit Philippe —, tu as passé du côté de Macias ? » C'est un jeune chanteur, de Constantine, je crois, qui a fait fureur ces jours-là. Il y a un ton de jalousie dans sa voix, Marie-Noire ne s'y trompe pas. Elle est décidée à souffrir. Ma meilleure amie, c'est un peu fort. Vulgaire avec ça. Mais qu'y faire ? Ils sont ridicules à se cacher d'elle : ils ne se rendent pas compte que ça se voit au bout de deux minutes qu'ils

couchent ensemble. Au fait, pourquoi ? Agnès n'est
pas mal, non, mais. Si Marie-Noire paraît quelque part,
les gens la regardent, elle. Les miroirs aussi. Qu'est-ce
qu'il lui manque ? Oh, simplement c'est ce gamin, il
ne peut pas laisser passer une fille. Tout nouveau tout
beau. Est-ce toujours comme ça, les hommes ? Elle
l'aurait bien demandé à Gaiffier. Celui-là. Une fois
sorti de Blanche. Marie-Noire essaye de se représenter
Blanche autrement que par les yeux de Gaiffier.

En fait, elle ne l'a jamais vue, cette Blanche. Marie-
Noire pouvait avoir neuf ans, pas même ou quoi ?
quand cette femme l'a quitté, son Geoff'. Et pour
s'imaginer Blanche, il faudrait faire à l'inverse du
peintre de portraits, commencer par le paysage et
que la figure en surgisse. Tous les paysages par qui
l'on pourrait deviner un peu de Blanche, au fond,
Marie-Noire aurait encore plus de peine à les inventer
qu'à inventer cette femme. Leur vie avant-guerre,
avec Geoffroy, la rue de Savoie, l'exode, Javerlhac...
les années de conspiration... tout cela est si parfaitement étranger à une fille qui a eu vingt-quatre ans
en 1965. Un moment elle a pensé que si elle pouvait
se représenter Java... *Java, Jabadiv, Jabadiu ou Jaba-
dice, île de l'Océanie (Malaisie), dans l'archipel de la
Sonde...*, dit le *Grand dictionnaire universel du XIX*ᵉ
siècle, de Pierre Larousse, mais tout ce qu'on y raconte
a dû bien changer depuis 1873. Le décor de Java, bien
entendu, mettrait en valeur cette femme dont je ne
sais rien, ou si peu. Bien entendu, Geoffroy Gaiffier,
lui, peut se faire idée de la maison de Batavia ou de la
vie sur les terres d'alluvions, à une lieue de la mer, ou
des combats de grillons, il pourrait décrire la longue
route presque plate le long de, est-ce une rivière, un
canal ? où se baignaient les filles ayant gardé le sarong,
mais les seins menus à l'air, et les enfants barboteurs,
à deux pas des hommes qui sans même se détourner
pissent dans l'eau, la longue route de poussière où
les rares autos, un car, ont parfois peine à avancer
en raison du cheminement des piétons, les femmes un

gosse à la main, marchant un autre à la mamelle, les porteurs de légumes aux extrémités d'un bambou qui fléchit, les gamins qui vous courent jusque dans les roues, il pourrait aussi bien, Geoffroy, décrire un village n'importe où, même n'ayant jamais mis les pieds dans ce *kampong*-là : mais ce ne sont pas les détails ou les chiffres que Marie-Noire trouvera dans les livres touchant la culture de l'indigo ou l'acquisition des terres, le système électoral refusant le droit de vote à qui ne sait lire ni écrire, ce n'est pas l'exotisme des mots qui va lui procurer une vue des forêts et des volcans, ou seulement une idée de ce qui se passe dans les silences de Blanche Gaiffier à Batavia. D'ailleurs, cette fille, qui avait eu le tort de croire un peu vite à l'amour de Philippe, elle est plutôt tentée d'imaginer les hommes de Java, et ce qu'un livre qu'elle a trouvé sur les quais appelle leur *immoralité*. Son Java risque fort d'être la Rive Gauche. Elle s'applique à se détourner le cœur. A oublier Philippe, même dans ses bras. Parce qu'elle est un peu lâche, et quand il lui dit : ce soir, si tu veux... elle veut presque toujours. Elle joue à le faire mentir et se donne les gants de paraître le croire. Elle trompe Agnès avec lui. Puis elle s'est mise à lire *Salammbô* (texte intégral Garnier-Flammarion), qui porte au cul cette phrase de Théophile Gautier : *La lecture de* Salammbô *est une des plus violentes sensations intellectuelles qu'on peut éprouver*. Laquelle, en 1965, prend un drôle de tour, pour une jeune personne éprouvant d'autant plus de plaisir avec un garçon qu'elle sait d'où il vient et que, si elle veut encore qu'il lui fasse un enfant, mieux vaudrait se dépêcher. Il n'y a pas qu'à Java que *la question du bien et du mal paraît obscurcie et l'opinion indifférente*, ainsi que l'écrit J. Chailley-Bert, dans *Java et ses habitants* (Armand Colin, éditeur, Paris, 1900).

Il paraît qu'à l'O. R. T. F. (on appelait ainsi en ce temps-là l'office de la radio et télévision françaises) tout est sens dessus dessous, après l'élection du président de la République, on s'attend à des changements partout [1]. Peut-être, mais Philippe joue toujours de la guitare électrique, nu comme un ver, au pied du lit, et il en raconte sans fin sur un petit gars qui vient de débuter chez Barclay, ou le *show* de fin d'année de Sacha Distel... Marie-Noire écoute attentivement tout cela, avec les oreilles de l'avenir. Tous ces noms ne lui disent plus rien. Cette agitation déjà lui paraît incompréhensible, comme l'amour de Philippe. Elle joue amèrement à deviner, du monde où elle vit, ce qui va s'oublier. La plupart des mots, quand elle y pense, perdent leur signification passagère. Tout cela, qu'elle résume d'un seul, tout cela, c'est du James Bond. Pour combien y a-t-il de temps à ce qu'on comprenne encore cette expression ? Il n'y a que trois mois, des vitrines entières dans les magasins, tous les chapeaux, souliers, sous-vêtements se *réclamaient* du style James Bond. Déjà les soutiens-gorge s'appellent *Viva-Maria*... Il se fait une usure incroyable de mythes fugitifs, les religions ne durent plus qu'un trimestre. Les amours, quand ils ont tenu deux mois... Les mythes d'aujourd'hui, ou d'hier déjà, c'est comme nos mouchoirs, pas besoin de déranger la blanchisseuse, du *kleenex*, on s'en sert et on les jette.

Que vaut-il mieux se représenter, l'avenir ou le passé ? Ces deux genres de science-fiction laissent au présent si peu de place, juste celle de souffrir. Le passé ? Écrivant *Salammbô*, Flaubert s'écrie : *Je me moque de*

---

1. « Tiens, au fait, qui a été élu président en 1965 ? » se demande Oscar, le fils de Marie-Noire, en 1982, il a seize ans, et ressemble à son père, tiens, au fait, qui c'est son père ? Dans l'histoire qu'on apprend au lycée, tout est très simplifié, les ministères, les présidents, pour cette période fort peu intéressante qui va de l'occupation allemande en France aux récents événements. Quant à sa mère, pour parler avec elle, Oscar, il lui faudrait un dictionnaire. Et la série des dicos historiques, consacrés aux langages qu'on parlait en France depuis le Moyen Age, par périodes de dix années, n'est pas encore assez avancée pour ça.

l'archéologie! Il y a deux mille deux cents ans environ entre Flaubert et son livre, et il me paraît plus simple de « faire croire » à Carthage qu'au monde de 1982. Plus facile de « mentir » Carthage que de « mentir » Paris dans dix-sept ans. Je ne suis pas fait pour la prophétie. C'est peut-être pourquoi, malgré tout ce que je pense, je n'ai pas pu me décider à entrer au parti communiste. Je ne suis qu'un linguiste, et encore! pas un romancier. Il n'y a pas de Jules Verne du langage. Nous autres, dans mon métier, nous ne disons pas dans vingt ans on appellera ceci comme cela et plus comme aujourd'hui. A part ceux qui se jettent dans la réforme de l'orthographe, le seul genre d'anticipation qu'on se permette. En 1982, Marie-Noire aura quarante et un ans, à supposer qu'elle n'ait entre-temps eu ni le cancer ni un accident de week-end, on la trouvera déjà trop vieille pour les *public relations*, son amant sera un type dans le genre de Stanislas Ford, mais la musique sérielle, alors, ça fera Debussy. Peut-être un grand chef d'orchestre ou un peintre qui aura besoin d'oublier une autre femme auprès d'elle. Comment Oscar et lui s'entendront-ils? Après une scène entre eux, une scène de plus! elle proposera à son ami un petit week-end à Java pour se changer les idées... Où y aura-t-il la guerre alors? Pour l'instant, c'est fou, ce que le temps passe vite, déjà Noël! Marie-Noire va se contenter de Carthage. Sa mère est aux sports d'hiver avec Stan. Pourvu qu'elle n'ait pas l'idée de revenir trop vite, ou que le printemps ne se trompe pas de saison. A Java, au moins, il n'y a pas de saison, du moins pas au sens que nous donnons à ce mot-là. En tout cas, il n'y en a pas dans le vocabulaire, alors... Pour l'instant Philippe fait un reportage en Savoie. Ou, du moins, c'est ce qu'il dit. Si on n'en voit rien à la télé, il tempêtera, grognera qu'on l'envoie au diable pour rien... Il l'avait raconté d'avance, son reportage, le genre messe de minuit, et le reste. Pas dur à inventer. Qu'est-ce qu'on joue à la radio, pour lire *Salammbô* en musique? Où sont les journaux? C'est fou, ce que

c'est mal donné, la radio. Tout pour la Télévision. Ça
se comprend. Parce que, les pages des journ... Marie
compulse *Le Figaro* maternel pour la quatrième fois.
Ailleurs, ce n'est pas mieux. Ses yeux sont tombés
sur une nouvelle dans un coin :

> Tokyo, *23 décembre*. — Dans une dépêche de
> Djakarta reprise par l'agence américaine *Asso-
> ciated Press*, l'agence japonaise *Kyodo* déclare
> que les premier et second vice-présidents du
> Parti Communiste Indonésien (PKI) ont été
> exécutés par l'armée au début de décembre.
> Sur les neuf membres du Bureau politique, un
> seul serait encore en vie.
>
> Selon l'agence japonaise, près de 80 dirigeants
> du PKI, dont 70 membres du Comité central,
> devraient comparaître prochainement devant
> un tribunal militaire. Depuis la fin de novembre,
> déclare encore l'agence, plus de 100 000 per-
> sonnes suspectées d'être communistes auraient
> été arrêtées dans la seule région du nord de
> Sumatra.

Djakarta ? où c'est exactement, Djakarta ? Ah,
cette manie de changer le nom des villes ! On se demande pourquoi s'esquinter en classe à apprendre la
géographie... Par exemple, le Val d'Oise... l'Afrique,
j'y ai renoncé. D'ailleurs pour la correspondance, le
Val d'Oise, ça ne s'écrit déjà plus comme ça, un
nombre de deux chiffres, mais lequel ? Sumatra, au
moins, à la bonne heure : c'est à côté de Java, quoi.
Peu à peu, tout se dira comme à l'automatique, au
téléphone je veux dire. Non. Pas un chef d'orchestre.
Ce sont de grands monstres antédiluviens qui continuent à faire l'amour très tard, comme si toute la vie
avait été une longue soirée après quoi l'on rentre se
mettre au lit à l'aube. Mon Stanislas à moi, ce sera
un mathématicien. Plus commode pour les choses
de la vie courante. Comment s'appellera donc celle
qu'il oubliera dans mes bras ? Blanche ou Agnès...
on aura peut-être des numéros, nous aussi. Les femmes.
Ce serait plus franc. Où l'ai-je mise, cette *Salammbô* ?

Il y a une heure entre le silence et la parole, une heure entre la mémoire et l'oubli, entre crier et craindre, une heure comme la main broyée à la charnière, la chouette en moi bat de l'aile, et la foule à pas muets me foule de son poids, une heure entre perdre et prendre conscience, une heure au balcon de se jeter... pardonnez, pardonnez-moi les mots meurtris, ces bleus de l'âme, qui l'a frappée ? ou s'est-elle de porte en porte, dans le battement des volets, que sais-je ? elle-même offerte aux coups lancés au hasard, par une force sans but, dans le vide affreusement qui ressemble à l'avenir... une heure, il y a une heure où tout se fait blessure, écho d'abîme, insomnie... et rien ne me reste plus qu'un livre, où me regarder, si possible encore, aux reflets d'un temps disparu, et c'est comme ce geste d'effacer au coin de mes yeux les rides, avec des doigts lents et désespérés de l'âge, retrouver, retrouver au fond de l'horreur la jeunesse... au fond de mes yeux l'innocente aventure d'être, et de brûler, ma vie, à ton flambeau...

C'était à Mégara, faubourg de Carthage, dans les jardins d'Hamilcar... Et de tout ce bouquin, plein de boucan, de soldats, de désordre et de viandes, de pourritures et de boissons, de sang répandu, de pierres précieuses, d'armes et de cruautés, d'arbres et d'oiseaux, de poix et de soufre, et dans les cèdres les cris effrayés des singes consacrés à la lune, il n'y aura pas une seconde où nous serait donné de voir Mégara, ni aucun lieu d'hommes, où l'on dorme et rêve, fasse cuire à petit feu le repas du soir, raccommode les vêtements, lave le linge, torche les enfants, se caressent des couples las pensant à autre chose, enfin se mène vie humaine. Il n'y aura pas un coin de rue, avec un colporteur fatigué qui s'arrête pour s'asseoir sur une borne, comme une chair de cordages marqués, et découvre la perspective au loin du port, où les rayons de soleil

croisent leurs pattes de cigogne. Il n'y aura pas une
page inutile où l'on oublierait tout pour sa fatigue,
l'ombre ou la douceur du vent. Pourtant, parfois, j'y
entends passer quelque chose qui n'a pas de nom, cet
instant par exemple d'Hamilcar visitant les jardins, et
les artisans domestiques qui vivent par-delà dans les
cabanes. Peu m'importent sa colère et ses raisons, et
son pouvoir, son injuste justice, je n'entends que son
souffle, un moment proche, homme ou bête, en un
lieu d'ombre, à ma semblance, où monte l'odeur char-
nelle de ma vie :

*Il se ralentit, car de grands arbres calcinés d'un bout
à l'autre, comme on en trouve dans les bois où les pas-
teurs ont campé, barraient les chemins ; et les palissades
étaient rompues, l'eau des rigoles se perdait, des éclats
de verre, des ossements de singes apparaissaient au milieu
des flaques bourbeuses. Quelque bribe d'étoffe çà et là
pendait aux buissons ; sous les citronniers les fleurs
pourries faisaient un fumier jaune. En effet les serviteurs avaient tout abandonné, croyant que le maître ne
reviendrait plus... Voilà maintenant qu'il souillait
ses brodequins de pourpre en écrasant des immondices...*

Ma vie, comme cela ressemble à ma vie plus qu'à
Carthage ! Ma vie, c'est où sous les citronniers font
les fleurs pourries ce fumier couleur de souci. Il ne me
connaissait pas, pourtant, Flaubert. Ni Carthage.
Pour Carthage...

D'abord il n'y songeait pas, il avait écrit le premier
chapitre, ce festin dans les jardins d'Hamilcar, de
septembre à décembre 1857. Il se moquait de l'archéologie, de la botanique, puis il a été pris par la vie
parisienne, trois mois. Là-dessus, voilà qu'il est mordu
de doutes : peut-être cela ne ressemble-t-il pas à Mégara, peut-être que Carthage existe... et l'idée d'aller
y marcher parmi les ossements de singes, d'y écraser
les immondices sous ses souliers de 1858. Cela est
devenu un besoin, une soif, une faim. Lui qui ne voulait qu'imaginer, qui se moquait... brusquement il a
cette angoisse des choses réelles. Il ne reprendra pas

ce manuscrit abandonné pour les salons des dames à
la mode, où Dieu sait ce qu'il cherchait ou tenta d'oublier! Il ne lui suffira plus désormais de lire Virgile.
Carthage exige de lui qu'il vienne. Trois mois, il
tourne sur lui-même, dans ce monde moderne pour
lequel il n'a pas assez de dégoûts. Puis il se décide un
beau jour : nous savons très peu de ce voyage, l'Algérie,
la Tunisie, les ruines, sauf qu'il écrit à un ami : *Je
t'apprendrai que Carthage est complètement à refaire ou
plutôt à faire. Je démolis tout...* Rentré en juin, il
prendra plus d'une année pour les chapitres deux,
trois, quatre, cinq, six, sept... un long entracte pendant
la seconde moitié de 1859... tout 60, presque tout 61,
pour arriver au chapitre quatorze, et le dernier aux
premiers jours de 62... Le temps vienne où quelqu'un
racontera cette histoire, pour autre chose que prouver
ceci ou cela. Il y aura une fois quelqu'un. Le tête-à-tête de cet homme et cette ville. L'obstination et la
peur de Flaubert devant Carthage. Carthage après la
démolition de 1858. Les ruines de Flaubert.

... Enfin ils reconnurent les maisons de Mégara.
*Le phare, bâti, par-derrière, au sommet de la falaise,
illuminait le ciel d'une grande clarté rouge, et l'ombre
du palais, avec ses terrasses superposées, se projetait
sur les jardins comme une immense pyramide. Ils
entrèrent par la baie des jujubiers, en abattant les
branches à coups de poignard...*

Je ne sais ce qui me fait si mal à lire ce livre : il me
semble être un aveugle qui promène ses yeux crevés
sur un univers dont il connaît tout au plus quelques
mots. Flaubert n'a rien rapporté de Tunisie, pas même
une bribe d'étoffe aux buissons prise pour me faire
croire à Mégara. On s'en tire toujours avec une haie
de jujubiers. Il n'y a de vivant ici que le grouillement
des Mercenaires, une sorte de gigantesque bain turc
mâle. Et une femme seule au milieu de ces milliers et
milliers de soudards nus, bâfreurs et obscènes. Une
femme inventée, et à laquelle pas un instant je ne
crois : *Sa chevelure poudrée d'un sable violet...* Ah, vous

me faites vomir. Il n'y a grandeur dans ce film à grand spectacle qu'où l'horreur anéantit le détail, les scènes d'anthropophagie, le massacre des prisonniers carthaginois, la fin des Mercenaires au défilé de la Hache. On ne veut voir ici que la provocation flaubertienne, à ces entrailles sorties des ventres, à ces craquements de poitrine sous les pieds d'éléphants, aux chiens à poil jaune mangeant les blessés à l'agonie, que sais-je... et, moi, je crois que c'est où Flaubert est lui-même, c'est là ce qu'il est venu chercher dans la nuit des temps, c'est là cette pourriture sous les citronniers, cette sauvagerie dans sa solitude, en Normandie, ce bouillonnement en lui des choses immondes... mais oui, il est de ce peuple qu'il a inventé, vous souvenez-vous :

Il y avait en dehors des fortifications des gens d'une autre race et d'une origine inconnue, — tous chasseurs de porc-épic, mangeurs de mollusques et de serpents. Ils allaient dans les cavernes prendre des hyènes vivantes, qu'ils s'amusaient à faire courir le soir sur le sable de Mégara entre les stèles des tombeaux. Leurs cabanes, de fange et de varech, s'accrochaient contre les falaises comme des nids d'hirondelles. Ils vivaient là, sans gouvernement et sans dieux, pêle-mêle, complètement nus, à la fois débiles et farouches, et depuis des siècles exécrés par le peuple à cause de leurs nourritures immondes...

Où donc croyez-vous qu'il les a trouvés, Flaubert, les Mangeurs-de-choses-immondes ? cette tribu, cette race qui ne connaîtra pas d'autre nom. Croyez-vous que c'est à Carthage ? ou bien à Croisset, dans sa maison de famille ? Ils ne font que passer, mais ce sont les hommes d'un sombre miroir en qui nous reconnaissons, lui et moi, nos semblables. Dans nos cabanes de varech et de fange, inventant les jeux abominables de la liberté, romanciers sans gouvernement et sans dieux, jamais repus des immondes nourritures imaginées. Et vous êtes là, gens des lieux sous contrôle, qui vous nourrissez de chairs permises, et portez des numéros

au front de vos demeures, à nous haïr pour ces hyènes
lâchées entre vos tombeaux, nos personnages d'origine inconnue, monstres à notre semblance, qui reviennent la nuit hurler jusque dans vos rêves. Dire que
vous avez pris *Salammbô* pour un exercice à la mode
du Second Empire, une imagerie de l'art pour l'art,
entre Théophile Gautier et Leconte de l'Isle, et que
vous cherchiez à faire tout rentrer dans l'ordre, à
expliquer la couleur de ce livre entre *Madame Bovary*
et *L'Éducation* qui l'encadrent, par je ne sais quel
calcul, quel désir de contraste, appuyant vos thèses
de phrases prises aux lettres privées de l'auteur,
comme si l'on mentait moins dans sa correspondance
que dans ses romans! Vous qui ne connaissez pas la
loi d'alternance des mensonges, ces marées de l'homme
qui fait l'amour avec le monde, leurs reflux abandonnant aux grilles des égouts les mots brisés, les déchets
du songe, les pantins disloqués de notre âme, les cris
perdus, les crimes parfaits de la pensée! C'est ce qu'il
avait essayé de dire, Gustave, un jour de sincérité
peureuse, avec cette phrase qui est devenue le pont-
aux-ânes des cons, l'explication de l'inexplicable, la
référence du siècle, le soporifique des professeurs,
Madame Bovary, c'est moi... Ah, vous y avez été pris
comme des rats, à ce petit piège d'air innocent, vous
qui ne savez rien de la tendresse des meurtriers, de la
pudeur des impudiques, de la sensibilité de jeune
fille des Mangeurs-de-choses-immondes, vous que je
défie de donner pour thème aux superbes moutards
dont la lèvre déjà se couvre d'un duvet prometteur
de canailleries, comme thème d'un bachot à l'orée
de vivre, la terrible complaisance que nous avons mise,
Flaubert à les écrire, à les lire et relire moi, ces pages
de la mort de Mâtho, l'assassinat de Mâtho par le
peuple de Carthage : *un enfant lui déchira l'oreille;
une jeune fille dissimulant sous sa manche la pointe
d'un fuseau, lui fendit la joue; on lui enlevait des poi-
gnées de cheveux, des lambeaux de chair; d'autres, avec
des bâtons où tenaient des éponges imbibées d'immon-*

dices, lui tamponnaient le visage. *Du côté droit de sa gorge, un flot de sang jaillit; aussitôt le délire commença...* Du côté *droit*, remarquez, Flaubert a choisi le côté droit de sa gorge, en quoi cela constitue-t-il, direz-vous, une aggravation que ce ne soit pas le gauche ? Pauvres sots, qui êtes de l'espèce des lyncheurs, pour qui droite et gauche sont égales, pourvu que le sang jaillisse... ah, vous, comment pourriez-vous comprendre, que ces cinq années d'inquiétude et d'écriture, ces trous abominables soudain, l'abandon de ses terribles paperasses, les alternatives de Croisset et de Paris, du martyre de l'imagination et de celui du temps perdu, le voyage à Tunis, la dépression nerveuse de l'été 59, tout cela ne menait qu'à ce moment, trois pages, trois maigres pages d'imprimé, la mort atroce de Mâtho, à côté de quoi le calvaire du Christ n'est qu'une pauvre invention de gens pieux, pour qui la souffrance est divine, trois pages à gaver de sang et d'entrailles les Mangeurs : *toutes les ouvertures dans les murailles étaient bouchées par des têtes ; et le mal qu'ils ne pouvaient lui faire, ils le hurlaient*... Comprenez-vous qu'il avait fallu plus de trois cents pages, et cinq ans, et rebâtir Carthage, et s'exaspérer de ne pas voir ses rues, la vie quotidienne, les jardins, les toits, les troupeaux, les galères, les catapultes qui *s'appelaient également des onagres, comme les ânes sauvages qui lancent des cailloux avec leurs pieds*, et la cohue énorme des Barbares, et créer, et montrer cet homme de muscles, cette tentation pour la fille d'Hamilcar, Mâtho le Libyen, ce géant voué au supplice, sorti du néant pour être dépecé sous nos regards... *il n'avait plus sauf les yeux d'apparence humaine*... tout ce livre pour en arriver là : *Un homme s'élança sur le cadavre. Bien qu'il fût sans barbe, il avait à l'épaule le manteau des prêtres de Moloch, et à la ceinture l'espèce de couteau leur servant à dépecer les viandes sacrées et que terminait, au bout du manche, une spatule d'or. D'un seul coup, il fendit la poitrine de Mâtho, puis en arracha le cœur, le posa sur la cuiller, et Schahabarim, levant son bras, l'offrit au soleil...* Et si vous voulez me forcer à vous expliquer pourquoi cet homme était sans barbe et *avait à l'épaule...* regardez aussi comment est fait le nom Schahabarim, et remontez au début, à ce chapitre où le grand-prêtre eunuque prononce imprudemment devant Salammbô des mots pour lui sans signification : *Les amours des hommes...* si vous voulez me forcer à vous dire pourquoi tout aboutit à cette profanation de l'homme, au déchirement de son corps, à la joie épouvantable des tueurs, ah, jetez, jetez donc ce livre que vous n'avez pas su lire, regardez le monde d'aujourd'hui, à cette heure de la trêve de Noël, au Viet-Nam, du grand mensonge de bonté qui n'est que souffle repris pour l'horreur, pour introduire parmi les êtres une disjonction de brutalité comme aucun d'entre nous, hommes de langage, ne s'en permettrait entre les mots, pour mieux déchirer avec les mains mêmes, mieux écraser dans son âme, anéantir dans son âme et son cri, mieux écorcher, tailler, écharper ses membres et sa vie, arracher aux os les tendons de sa force, à cet homme appelé Mâtho parce qu'il faut bien qu'il ait un nom sur sa fausse carte d'identité, Mâtho tout aussi bien, si vous voulez, que nous appellerons l'Homme, et j'ai mis cinq ans, cinq ans de ma vie à le tuer, cinq ans à le faire pour le tuer, comme une chose immonde enfin jetée aux Mangeurs.

Qui parle, mais ! Qui parle ! Marie-Noire ou Geoffroy ? L'un, l'autre. Ni l'un ni l'autre. *Je* disait tout à l'heure n'être qu'un linguiste, pas un romancier. Puis *je* s'est confondu avec Flaubert, ou du moins... Sans la moindre pudeur à se contredire. Parlant de Flaubert et de lui sous la même étiquette : romanciers, au pluriel, parfaitement, une sorte de pancarte au faîte de ma croix, à se demander qui est un homme et qui est un dieu... Plaisanterie. Je ne sais plus qui je suis, qui parle. Ni où. Ni quand. Carthage ou Croisset, Flaubert. Pourquoi Flaubert ? Qu'est-ce que je lisais tout à l'heure dans un journal d'avant-hier, des pages imprimées, dans la corbeille à papiers, une dépêche de Tokyo, jeudi dernier, 23 décembre, ou Singapour, une dépêche de Djakarta... Qu'est-ce que c'est que Djakarta, où est-ce... ah, quand on l'appelait encore Batavia, je n'aurais en tout cas jamais imaginé cet avenir aux lourdes larmes de verre, jamais imaginé ce futur où Batavia se mue en Djakarta, je n'aurais jamais imaginé l'extermination le long des sawahs, dans l'arrière-pays de forêts, les têtes coupées le long des chemins... ou bien est-ce que je n'avais donc tenté d'imaginer Java que pour qu'on y tue le Libyen Mâtho, comment, où précisément, Djarkata qu'on appelait autrement naguère, vous savez, René Ghil, pas plus que moi qui n'a jamais mis les pieds à Java, et cela ne l'empêchait pas de dire, d'un souffle d'eau pâle sur les îles, la parole tendre et pareille à la pluie.

C'était fête hier à Batavia

La pluie, j'ai oublié ce que c'est que la pluie... il fait beau ce dimanche d'après Noël, un ciel mauve et rose, et c'est ce Paris vide du week-end après Noël, tous ceux dont on n'a pas encore déchiré les jeunes jambes sont partis aux sports d'hiver. J'ai oublié la pluie et j'ai oublié Carthage. J'ai oublié celui qui me ressemble, et son nom, qui me fut un instant donné pour être mis en pièces. Et le principal. Que c'était vers elle qu'il marchait, et il tomba, trois, quatre fois, *toujours un supplice nouveau le relevait... on sema sous ses pieds des tessons de verre, il continuait à marcher...* vers elle, et j'ai oublié son nom, il ne m'est nom que Blanche, et c'est en vain quand il se fut arrêté contre l'auvent d'une boutique, qu'on le frappa de fouets en cuir d'hippopotame, il avait peut-être aussi oublié qu'il marchait vers elle, et puis cela lui revint *et il se mit à courir au hasard, en faisant avec ses lèvres le bruit des gens qui grelottent par un grand froid...* qu'importe les noms des rues puniques traversées, il marchait, il marchait toujours, il marchait vers elle, et ses yeux la rencontrèrent... *il arriva jusqu'au pied de la terrasse.* Oh, comment t'appelles-tu, toi vers qui marche ainsi l'homme sans nom, qui dit de lui-même je ou moi, simple signe de dépendance ou vocable détaché jusqu'à ce que le premier Schahabarim venu lui arrache le cœur, et le voici devant toi, ce cœur, comme une chose immonde, rouge on ne sait du sang ou du crépuscule, ce cœur pour les chiens, qu'au moins, une fois dans ta vie tu auras donc pu voir sans mensonge, au safran de l'ordure jeté, dans le grand jour tombant, ce cœur, mon cœur, Blanche.

Ce cœur pour les chiens... Après vingt ans que cela durait, en arriver là. Un jour, tu m'as dit... D'abord, tu m'avais permis de te rencontrer. Parfois. Après vingt ans, de te rencontrer parfois. Pas trop souvent. Enfin nous sortions ensemble. Les gens qui n'étaient pas au courant nous regardaient comme avant. Puis tu as mis entre nous la distance. Les gens me demandaient encore *comment va Blanche* ? Je disais : elle est en voyage... et parfois cela tombait juste. J'ai reçu de toi des cartes postales. Je t'écrivais. Je ne sais pourquoi, mais je t'écrivais. Essayant de parler d'autre chose. De t'intéresser à autre chose que moi, puisque. Je me souviens très bien d'une lettre, après avoir lu le livre de Norbert Wiener, précipitamment, comme si j'avais craint que quelqu'un avant moi te parle de la cybernétique... Qu'il y avait quelqu'un d'autre dans ta vie, un *nous* dans un petit mot d'où ça ? Quelque part en Amérique du Sud. Tu disais : *nous ne restons ici qu'une semaine ou deux*... Voilà. Comme cela, c'était bien compris. Et si, plus tard, tu disais une autre fois *nous*, je n'étais pas forcé de penser que cela concernait le même personnage, ou un autre : une amie peut-être, qui sait ? Chercher à avoir le moins mal possible.

Un an ou deux après que tu m'eus quitté, j'ai fait cette folie. Retourner à Java. Naturellement en me racontant des histoires : comme si je n'avais pas plus que tout ce but de retrouver ta trace, essayer de m'expliquer. Le prétexte était une vague offre que j'avais reçue du Quai d'Orsay. Je pouvais très bien ne pas l'accepter. On me demandait, et puis on n'y tenait pas tant que tout ça, je devais avoir un mauvais dossier politique. Mais, des gens qui connaissaient bien Java, les îles, ça ne se trouvait pas tous les jours sous le pas d'un cheval de labour. Même l'idée que je devais avoir là-bas des liaisons *à gauche* n'était pas pour déplaire. Ah, si cela avait été pour faire de moi un représentant, autre paire de souliers! Il ne s'agissait guère que de tâter le terrain. L'indépendance, reconnue en 1949, avait abouti en 1950 à la formation de la République unitaire d'Indonésie, et il était clair quand on m'envoya que le cabinet Natsir n'en avait plus pour longtemps. Le gouvernement français désirait obtenir quelques éclaircissements, et puis on n'ignorait pas que lors de notre séjour à Java de 1930 à 1933, j'avais eu des rapports avec des membres du P. N. I. alors illégaux... En fait, j'étais aussi suspect pour les Indonésiens que pour le Quai d'Orsay. Je m'aperçus très vite qu'on n'était guère que poli avec moi. D'une certaine façon, le pays ne se ressemblait plus. La vie du moins. Mais on évitait de me répondre sur un tas de sujets. Les personnages que j'avais connus en d'autres temps s'arrangeaient, il me semble, pour être en voyage quand je demandais à les voir. Aux questions que je posais sur de vieilles relations, tiens, par exemple, Alit, le petit prince, on me répondit qu'on ne savait pas ce qu'il était devenu. Peut-être avait-il quitté le pays. On me donna bien une voiture qui me permit d'aller dans la région de Buitenzorg, qui ne s'appelait plus comme ça. J'ai revu notre maison, les sawahs, les volcans... Nulle part rien n'avait plus pour moi la moindre résonance : comme si d'être sans toi, dans ce pays qui nous avait oubliés... Je n'ai pas attendu la chute de Natsir. Java sans toi, c'était comme une grande gare encombrée avec des millions de voyageurs assis sur leurs bagages, et pas de train qui parte. Je n'arrivais pas à me passionner pour la question de l'Ouest-Irian, comme ils appellent la partie occidentale de la Nouvelle-Guinée, les désaccords avec les Hollandais, la suspension des conseils locaux... L'unification du langage rendait difficile, sans paraître chercher à entretenir la division, pour un étranger, de poursuivre les études dialectales que j'avais entreprises à mon premier séjour. J'avais pourtant pour ces gens une espèce de vieille tendresse. Ils prenaient cela pour autre chose. Et me laissaient ce cœur pour les chiens. Je suis reparti, sans repasser par l'Indochine comme j'en avais eu l'intention. C'est à mon retour en France que j'ai appris la formation là-bas du cabinet Sukiman...

Ah oui, parce que, à propos : le progrès s'était marqué dans l'orthographe on avait cessé d'écrire *Soekarno* pour adopter *Sukarno*. Et Sukiman, partant, et non pas *Sœkiman*, sauce hollandaise. Buitenzorg, le Sans-souci d'autrefois, devenu Bogor. Et le cocher du même coup était maintenant un *kusir*. Désormais l'histoire du pays se partage, à la date de 1947, où le son *ou* de l'*oe* néerlandais est passé à l'*u* de l'orthographe phonétique internationale.

IV

... THE ISLE IS FULL OF NOISES...

« *Nobody? Seorang poen?* » Alit est sur le pas de la porte. L'ombre est dedans. Au-dehors, la nature, ce qui bouge avec la lumière.

Le gênant, pour Blanche, chez ce jeune prince, c'est qu'au lieu d'employer familièrement comme tout le monde le pronom *akou*, pour *je*, bien qu'il ait été élevé à Oxford, et ils parlent habituellement l'anglais entre eux, il ne peut s'empêcher de dire *manira*, qui, dans la vulgaire de Java, est le *je* réservé aux gens de son rang. Bien sûr qu'il ne parle pas le *krama*, la langue cérémoniale, mais mais... Il est d'une grande beauté, avec ça, ce qui trouble un peu plus les rapports que le rang social, de cette beauté lisse et régulière des garçons de son pays, un peu plus développé sans doute qu'il n'est coutume, probablement par la pratique de l'aviron. Qu'il soit amoureux d'elle ne fait pas un pli. La langue qu'il parle n'est pas celle dont Blanche a plus ou moins pris coutume à Batavia dans la vie courante, et devant lui la jeune femme rougit du pidgin malais avec lequel elle se débrouille habituellement, et par quoi elle se sent un peu comme les Hollandais qui ont toujours l'air de parler à leurs domestiques. Alit, ainsi qu'il l'a priée de l'appeler simplement, la tête serrée d'un batik comme l'exige le soleil (et l'on peut se demander si, dessous, il a les cheveux longs ou courts à l'européenne), Alit porte, non pas le sarong qui est plus qu'une jupe une étoffe drapée formant sac, mais un *kaïn* noir et brun à la façon de chez lui, mot qui ne signifie guère que tissu et désigne à Java une façon de fourreau serré retenu par des agrafes que portent aussi bien les hommes et les femmes, et d'où sortent ses pieds étonnamment petits, avec, au lieu de la blouse bleue ou *badjæ* habituelle, une veste faite à Londres, dans une soie claire un peu grosse, et une chemise blanche par quoi il se distingue de la plupart de ses compatriotes : sur ce plateau où les Gaiffier sont venus pour la saison chaude, intolérable à Batavia, tandis qu'ici, où l'on n'atteint qu'un maximum de trente degrés dans le jour, les jeunes gens ont, surtout en pleine mousson nord-est, par ce temps sec, une blouse légère ou une veste boutonnée, mais souvent laissée ouverte sur le corps brun ou doré, parfois sur un gilet de corps.

La maison de Blanche et Geoffroy, louée à des Hollandais rentrés pour quelques mois dans leur patrie, est, comme le disait, en ce jargon mêlé de chinois et d'anglais, l'agent de Batavia, une bâtisse *europeanized*, c'est-à-dire qu'elle est en torchis et briques, un rez-de-chaussée tout en largeur avec de hautes fenêtres, une terrasse bâtie et un toit de petites tuiles, un premier étage pour les chambres dans sa partie centrale, et le jardin, un simple bout de la forêt avec des arbustes à fleurs, entouré de piquets et de fils de fer. Le mobilier ressemble à s'y méprendre à tout ce qu'on voit par les fenêtres indiscrètes des maisons en Hollande, laid comme la nostalgie des colons pour les tulipes quand on vit sous les palmiers géants. Là-dedans, les Gaiffier campent. Ils n'ont laissé ouvert, du rez-de-chaussée, que le grand *living-room* médian, destiné à d'hypothétiques festivités. Les volets sont fermés sur les pièces latérales plongées dans l'ombre avec toutes les photographies de famille, et ce qu'on y a entassé du bazar étouffant retiré de la salle de réception où le piano demeuré a l'air d'attendre qu'on joue du Wagner, comme si le *Fliegende Holländer* allait venir s'y asseoir, pipe au bec.

Geoffroy Gaiffier est presque tout le temps en route, terriblement excité par la région, moins que de la diversité des paysages, des profondes vallées et des forêts dont l'extraordinaire végétation tient aux pluies d'orage qui ne cessent pas de l'année dans ces alentours, que du bariolé des hommes et des langages ; car, pas loin d'eux, il y a de la main-d'œuvre importée de Madoera, des Dayaks de Bornéo et des Boegis des Célèbes, ce qui lui procure occasion de combler certains manques à son information pour l'ouvrage de grammaire comparée entrepris avant même d'arriver à Java, dans leur court stage à Sumatra.

C'est un temps de transports d'hommes d'une île à l'autre, parce que des cultures entières, des entreprises industrielles ont dû être abandonnées, on reclasse les chômeurs comme on peut. Surtout que l'on s'inquiète de l'accroissement du négoce japonais, bien que la camelote nippone soit après tout un moyen de calmer le mécontentement des gens, devant l'accroissement des prix internationaux. Geoffroy ne songe guère aux côtés économiques de l'affaire, et pas plus au danger que constitue le jeune prince qu'à l'invasion commerciale japonaise. Du moins, semble-t-il. Il faut dire que, par nature plus que porté à la jalousie, s'il a bien parfois quelques pensées troublantes touchant ce Javanais d'Oxford, entraîné qu'il est par sa passion linguistique, notre homme, à tout prendre, préfère se persuader que c'est là, de sa part, coutumière folie. D'autant qu'Alit lui a apporté des éléments fort curieux pour nourrir un court essai entrepris sur les métaphores botaniques en soenda... Ce qui n'empêche pas pourtant, de brusques ombrages à son front. Blanche en sourit. Je ne sais, chez les femmes de cette sorte, ce qui prévaut d'un certain plaisir à voir un homme prévenir l'événement, craindre à faux... ou de l'irritation que cela leur donne. Préférerait-elle vraiment qu'il tienne sa fidélité pour chose acquise, et qu'elle porte son nom comme l'écriteau *Chasse gardée*, lequel n'a d'ailleurs jamais garanti du braconnage ? En tout cas, à des propos de

Geoffroy comme des cris absurdes, devant ces accès qui tombent de même qu'ils viennent, Blanche a ce sourire silencieux : cela peut s'interpréter à volonté. D'autant qu'elle sait bien qu'il ne dépend que d'elle de justifier les soupçons de son mari. Alit lui apporte des fleurs de Buitenzorg, et la divertit de certaines idées dont se peuple sa solitude, car elle est très seule, avec les absences de Geoffroy, voilà, semble-t-il, tout. C'est pourtant de ces idées-là, plus que du petit prince, qu'il devrait se méfier, ce mari. Mais un homme de trente-trois, trente-quatre ans, ne s'avise pas encore de cela. Alit a quitté le palais de son père, le *kraton* comme on dit, qui est dans le centre de Java, sous le prétexte d'études botaniques à l'Institut de Buitenzorg, où il habite bourgeoisement un charmant pavillon couvert de palmes de nipah. Il en vient aisément à cheval jusque chez les Gaiffier. Sur un petit animal blanc, trapu, à la longue queue grise, aux paturons tachés, acheté dans un élevage des Preanger.

« *Just fancy, Bianca dear*... imaginez seulement, ma chère Blanche... » Alit appelle Blanche *Bianca* quand il lui parle en anglais. Ils sont allés se promener dans cette partie de la forêt où la haute futaie de teck est menacée par les racines géantes des *waringhin* qui en étouffent les piliers. Il n'y a pas de chemin entre les troncs serrés, qu'encombrent encore des arbres de moins haut taillis, et la végétation au ras du sol, nécessite parfois la hachette pour passer. Il y a, à deux heures de marche, en comptant les arrêts, une échappée sur la plaine d'où l'on voit un paysage de *sawahs* comme une grande laque d'argent à dessins ondulés que le jeune prince veut montrer à son amie. Ils se sont arrêtés dans une coupe, Blanche s'est assise sur la souche rougie d'un teck.

Elle a une robe de shantung bis, qui laisse les bras nus, et les épaules, avec seulement deux étroites bretelles de ruban et ne descend pas jusqu'à terre ainsi que chez les femmes d'ici portant le sarong. Elle a retiré son large chapeau de paille molle, de la paille tressée, dont elle s'évente : et dessous on découvre un voile beige pâle qui dissimule ses cheveux noirs, si bien qu'on la croirait blonde. Et ceci la distingue encore des Javanaises que seule leur chevelure sombre protège du soleil, à la différence d'Alit, des hommes qui portent serre-tête de batik.

Alit parle avec cette voix un peu sourde, à quoi Oxford n'a pas tout à fait enlevé le chant javanais : « *Bianca dear*... je vous regarde et j'ai du mal à imaginer ce qu'est pour vous cette île, j'essaye bien de retrouver ce dépaysement que j'ai ressenti, arrivant en Angleterre, mais, à l'inverse, est-ce bien comparable ? D'abord j'étais encore un enfant, à qui l'on donnait d'autres jouets, d'étranges jouets en blanc et noir, quand il avait l'habitude des choses de couleurs, mais vous... Je vous vois regarder ce paysage, ces objets pour moi familiers, et vos yeux se faire si profondément silencieux... » Blanche ne répond pas... comme si tout ce qu'elle pourrait dire allait heurter... *could hurt*... ce jeune homme singulier, qui montre à la fois passion de son pays, et pourtant y paraît étranger. Là ne se bornent pas ses contradictions. Ce prince tient des propos qu'on s'étonne de trouver chez lui. Il a des inclinations inattendues. Le snobisme anglais, cela se sait, est très répandu dans l'île : peut-être, par opposition aux Hollandais. Pour ce qui est des premiers occupants, les Portugais, on les a oubliés depuis longtemps. Mais, chez Alit, l'anglomanie, l'*Oxfordshirting* de sa chemise, des cravates que Blanche reconnaît, *Burlington Arcade!* s'allie à une culture qui semble l'éloigner des traditions javanaises.

« Excusez-moi, — dit-elle, — mais je ne me sens pas chez vous si... comment formuler cela ?... si exotique. Il me semble que peu à peu... »

Il l'a coupée : « Les gens de Hollande disent aussi cela quand ils arrivent ici, puis à la longue... Regardez leurs journaux : il n'est question que de rapatriés, on leur offre des logements quelque part, près du Zuyderzée ou dans le Nassau... Il n'est question que de cela, *voor repatrienden!* vous voyez cela à toutes les pages. Java laisse entrer les Barbares, elle ne les chasse pas, mais elle leur devient amère comme le laurier. On dirait qu'une sorte de magie s'empare des intrus, les entoure d'un de ces chants d'insupportable douceur... et puis notre éternel été! »

Il veut, d'évidence, poursuivre ce thème, mais n'ennuie-t-il pas Mme Gaiffier ? Il lui a pris la main, il la tient comme un oiseau fragile... « Vous savez, même à vous, même à qui l'on aime, enfants de ce monde à part, nous avons tous envie de dire comme l'autre :

> *This island is mine, by Sycorax my mother,*
> *Which thou tak'st from me...*

— il s'interrompt comme s'il entendait autour de lui des voix, puis dit : — *The Tempest... you know...* tout le monde entend Shakespeare à sa manière... quelle est, où est l'île de Prospero ? On a voulu la situer, comme il eût été naturel, entre l'Afrique et l'Italie, mais cela ne semble guère possible. On a sans doute raison de l'identifier avec une des Bermudes, à cause d'un naufrage qui a eu lieu par là en 1609... à vrai dire, ni la Méditerranée ni les Caraïbes ne se lèvent en moi quand j'y écoute se prolonger les vers de *La Tempête :* je ne puis les entendre autrement que si le drame se passait dans cette île qui est mienne par ma mère Sycorax, de qui le nom se prononce un peu différemment dans nos parages, cette île que vous nous avez prise en nous caressant, nous gâtant, et moi je vous montrais les sources d'eau douce et les salines, les lieux stériles et fertiles... — il a soudain serré dans sa douce patte d'homme les doigts fins, prêts à fuir, de l'étrangère. — Ne vous fâchez pas, Blanche, ne me fuyez pas... je ne suis pas et je *suis* Caliban...

— Je ne me fâche pas, Alit, — dit-elle, se dégageant, — mais Shakespeare nous empêchera d'arriver à ce point de vue où vous me menez... »

Il faut jouer de la hachette à travers les broussailles, si ce n'est de poignards pour ouvrir une haie de jujubiers...

Geoffroy s'est lancé dans un nouveau langage : il est entré en relation avec ce groupe de Boegis qu'on lui avait signalé, des travailleurs venus de la partie méridionale des Célèbes. Un ingénieur hollandais qui a été les recruter dans leur pays, et pratique leur parler, a facilité les rapports de Gaiffier et de ses gens. C'est un homme cultivé, qui s'est intéressé au langage boegis comme au soenda, et a ramené des Célèbes des textes de la langue ancienne. D'un poème qu'il lui a montré, Geoff' a retenu pour Blanche un vers ou sont-ce deux ? Cela est très différent du javanais ou du malais, Blanche ne s'y reconnaît pas : vous l'étonneriez bien à lui dire que c'est parce qu'il n'y a pas de racines sanscrites dans le parler boegis. Elle s'amuse de ce que Geoffroy s'en gargarise : « Et ça veut dire ? — demande-t-elle.

— *Que je dorme ou je veille, il n'y a que ton image pour se peindre sur l'œil de mes idées...* »

Il est clair que Gaiffier prend ces mots à son compte, pour les donner à Blanche, les tourner à Blanche. Elle sourit, de ce sourire pâle. Poli. Muet. Elle pense qu'elle a pour époux un chasseur de papillons. Et qu'il peut toujours prétendre... Mais ces phrases-là sont mortes, déjà piquées sur leur bouchon.

« Tu t'es promenée avec Alit ? » dit-il, de cette voix indifférente qui ne tromperait personne. Oui, elle s'est promenée avec Alit.

« Imagine-toi, quand on sort brusquement de la forêt, on se trouve surplomber un pays tout autre, qui descend en terrasses sur une sorte de vallée dont on ne voit pas l'autre bord, seulement au loin les silhouettes de deux volcans, dont un seul semble encore fumer par habitude, et c'est à la fois inondé de soleil

et d'eau, les rizières à perte de vue, du verre coulé, et
leurs grandes rides parallèles et ondulantes, pour les
morceler, les peigner, je ne sais pas, brunes, beiges,
des digues de boue, par-ci, par-là, des bouquets de
soldats de plomb, dispersés, avec parfois une cabane
sur ces lignes de l'échiquier... à quoi travaillent-ils,
les pieds dans l'eau, entre les pousses vertes, courbés,
ou pataugeant dans la gadoue, ou comme piqués
sur les digues séchées... à quoi travaillent-ils, ça
t'a l'air dérisoire sur cette étendue, cet éclat à l'infini,
cette laque, comme dit Alit... une laque verte en cette
saison, où le riz affleure... »

Gaiffier n'a entendu que les derniers mots. Il ne voit
rien de ce paysage. Il ne sait pas pourquoi c'est beau.
Ni que ça vous brûle les yeux, ces carreaux de lumière
et le ciel blanc! Il a la tête pleine d'histoires qu'on lui
a racontées, sur la grève des chemins de fer en 1923,
la crise des cultures de canne à sucre en 1929, les sucre-
ries presque toutes fermées, la progression des idées
communistes, et l'étrange sympathie d'une partie
des nobles pour ce mouvement, sans doute parce qu'il
est décidément anti-hollandais. Il voudrait parler
de tout cela à Blanche, mais ne sait trop par quel bout
prendre la chose. Il a l'envie de lui caresser les épaules.
Et il s'entend dire, toujours avec ce ton d'indifférence :
« Et qu'est-ce qu'il raconte, le petit Alit ? »

Elle doit penser à autre chose. Peut-être suit-elle
des yeux cet écureuil volant dans les arbres. Geoffroy
ressent son silence comme un danger. Il est pourtant
habitué à ces mutismes prolongés. L'extraordinaire
douceur de son visage, cette fraîcheur, la tête un peu
penchée, mon Dieu, il ne peut pas se faire à l'idée que
c'est sa femme. Il a toujours le sentiment d'un voleur
à regarder son sein légèrement se soulever, le cœur
battre à fleur de l'étoffe. Elle dit, comme si elle avait
répondu tout de suite, sans se donner le temps de
réfléchir : « Alit ? Il m'a fait tout un discours sur Shakespeare. »

Il faut le croire bien fou, mon Gaiffier, qu'il se

suffise d'une réponse pareille, mais sans doute est-il
habité de tout ce qu'il vient d'apprendre, et comment
la crise de Wall Street dans ces deux dernières années
fait aussi tomber le prix du caoutchouc et celui du
café, le thé même est menacé, et si l'on amène ici
une main-d'œuvre des autres îles, c'est que l'on craint
les travailleurs qu'on a dû renvoyer dans leurs kampongs, et qui se sont mis à se liguer, écouter toute
sorte d'agitateurs parcourant l'île pour exploiter le
chômage et le mécontentement des paysans. L'étrange
est que cet ingénieur de Hollande, qui a des airs de
garde-chiourme avec ses Boegis, ne semble guère
du parti qu'il sert : sans doute parce qu'il a sentiment
que peu à peu tout échappe aux Néerlandais, et puis
le jeu du commerce et de l'équipement qui a nécessité
des investissements progressifs fait passer les diverses
industries aux mains américaines. Aussi ne voit-il
plus les révoltes des Indonésiens du même œil qu'il
y a trois ou quatre ans. C'est un socialiste, ou qui se
tient pour tel, et il dit qu'il faudrait bien que le gouvernement de Sa Majesté comprenne la nécessité de
faire des concessions à ces gens-là, si l'on ne veut pas
qu'ils s'entendent tout droit avec les Yankees, ou de
désespoir se mettent à ne croire qu'à la violence.
Geoffroy soudain retourne sur la terre et regarde devant
lui, dans la grand'pièce, assise à une table et rêvant,
Blanche devant du papier blanc. Il a si fort étonnement de sa beauté, si profonde l'envie sans attendre
de la saisir dans ses bras... mais ell pose son grand
chapeau de paille sur une chaise auprès d'elle, conservant ce voile blond sur sa tête, et quelque chose
retient de la déranger, cette peur peut-être de la façon
qu'elle a parfois, de plier l'épaule, et se dégager...
personne pourtant n'est dans la maison pour les voir...
la servante ne couche pas là, elle a préparé le dîner
froid sur une autre table, elle est partie à cette heure
pour son village. Il vient par les fenêtres une lueur
de crépuscule et des parfums de fleurs. « Tu fais ton
courrier ? » demande Geoffroy. Apparemment Blanche

ne tient pas à répondre, et d'ailleurs ce n'est pas du papier à lettres qu'elle a devant elle, mais un cahier ouvert. Depuis quelque temps, elle semble prendre des notes comme cela, sur un cahier. Geoffroy n'ose guère l'interroger. Peut-être fait-elle les comptes du ménage. Elle n'a pas de raison d'écrire à ce petit prince, qu'elle vient de quitter, d'ailleurs. Il y a quelque chose de sournois chez cet Alit. Son père est l'un des derniers souverains à qui les Hollandais font mine de laisser le pouvoir, et qui sont tout au plus des administrateurs à leur compte, en attendant qu'ils les relèguent à un vague commandement dans l'armée néerlandaise. « C'est drôle, — dit-elle — il y croit... » Il y croit ? Qui ça ? Alit ? Ah. A quoi croit-il donc ? celui-là ? « A cette histoire de canon... » Geoffroy n'y est plus. Quelle histoire de canon ? Il s'agit du Si Djagoer, à Batavia, où, juste après avoir passé la voûte de la porte de Penang, il y a, enfoncé dans une plate-bande de gazon, au milieu d'un enclos de paillassons, un canon on ne sait trop de quand, qui porte à son moutoir en forme de poing une inscription latine, et l'on dit que le canon a son semblable à Bantam, et que le jour où ils seront réunis la domination hollandaise prendra fin. « Il y croit, tu sais ? Ce n'est pas drôle ? » Si, c'est drôle. Mais tous les gens qu'on rencontre, je veux dire les Javanais, passent leur temps à calculer quand les Hollandais s'en iront. Les princes, c'est pour se demander qui les remplacera, les Japonais, les Américains, les Anglais. Mais les garçons de restaurant, les chauffeurs, ou les *koesir* des *sado*, les servantes, tous, ils croient qu'un beau jour... et ils seront les maîtres. Surtout depuis que les gens d'Europe se sont battus entre eux.

Quand on y songe, qu'un jeune homme du genre d'Alit, au cœur de Java, aille se promener seul avec une jeune femme dont il a le vertige, et que ce soit pour lui citer Shakespeare, cela n'a rien de plus singulier que de lire *Phèdre* à minuit, passage Vérot-Dodat... à défaut de citer Virgile au lit, n'est-ce pas ?

Mais *qui* donc y songe... toujours pas Geoffroy Gaiffier!
Ah que ne suis-je assise à l'ombre des forêts... Et, précisément, elle y est assise, Blanche. Prononcer *waringhin* avec l'accent picard de La Ferté-Milon...

Le soir tombe. La chaleur ne cède pas vraiment. Il y a parfois ici des nuits plus chaudes que les jours. On entend le bruit au-dehors d'un groupe d'indigènes, les femmes portant des paniers sur leur tête, de vieux *kebaja* déchirés et passés de couleur au-dessus du *sarong*, les hommes sur l'épaule tenant selon l'usage en équilibre une longue perche de bambou avec des paquets à ses deux fins. Des nomades, assez maigres et hâves, les vêtements en loques, des miséreux qui vont à travers l'île cherchant du travail : il paraît que c'est là un phénomène tout nouveau, on ne voyait pas naguère encore de ces cheminements-là. Geoffroy est sorti un instant sur la terrasse pour les suivre des yeux. Et, quand il s'en retourne, il voit que Blanche écrit, et mordille le haut de son porte-plume, puis s'y remet... Que lui a-t-elle donc dit de Shakespeare ? Ah oui, c'est cet étudiant d'Oxford ! Il rit en douce, de ce qu'il y a de comique à penser qu'un fils de... Shakespeare... *Sjekspir* comme ils l'écrivent...

« Et qu'est-ce qu'il t'en disait donc de Shakespeare, cet Alit ? »

Blanche ne répond pas, elle a un peu froncé le nez, comme pour une mouche, laquelle ne vaut pas de se déranger. « Je te parle », dit Geoffroy. Et elle : « Et moi j'écris... ça n'avait pas l'air de t'intéresser...

— Quoi ? ce que tu écris ?

— Mais non, Alit. Shakespeare. Il disait... »

A vrai dire, Blanche s'en tient là. Toute beige, et on la sent si proche, sous le shantung, si nue... Geoffroy s'en retourne sur la terrasse et s'assied. Il est un peu las de sa journée. Il pense aux problèmes de l'unification de la langue, évidemment capitaux ici. Tout le monde n'est pas d'accord, faut-il faire prédominer la vulgaire javanaise... la langue de Madœra, ou le Sœndanais... ou adopter le malais comme parler

d'union ? Les nationalistes tiennent pour ce système,
qui va demander bien des aménagements pour devenir
ce qu'ils appellent le *bahasa Indonesia*... Geoffroy a
fait tout à l'heure une drôle de remarque, en parlant
avec un paysan qui se plaignait du poids de l'impôt :
ils ont le même mot, *orang dagang*, aussi bien pour un
étranger que pour un marchand. Ça en dit long sur
l'expérience des îles. Arabes, Portugais, Chinois, Hin-
dous, Hollandais, Américains... les gens d'ici n'auraient
jamais tout seuls inventé le commerce. C'est peut-être
de ça qu'il parlait, l'autre, avec Shakespeare : ou
n'aurait pas imaginé tout seul Shylock à Java... Mais
les Anglais ont apporté ici des plaids écossais, de la
confiture d'oranges et ce portrait où les gens de l'île,
j'entends ceux qui ont quelque malice et de la lecture, ont pu naturellement reconnaître sous le costume
vénitien et avec les boucles du Juif l'usurier chinois
qui leur est familier, commerçant et étranger, *orang
dagang*... A vrai dire, *orang dagang*, ça signifie aussi
vagabond. Drôle à penser comment tout ça se goupille
dans leur tête, après tout, les étrangers, ce sont bien
des espèces de vagabonds, des malandrins qui viennent
chez vous faire leur commerce, oui ? Et le verbe
berdagang, partir pour l'étranger, il a un peu l'air
d'insinuer que, quand on quitte sa patrie, on devient
une sorte de vagabond ou de trafiquant. Puis Geoffroy
revoit les types qui viennent juste de passer, ceux qui
portaient leurs affaires attachées aux deux bouts d'une
perche balancée sur l'épaule, et ça se dit aussi avec un
composé du même goût, porter sur l'épaule au bout
d'une perche, *mendagang*... drôle, drôle. Des vagabonds
et des nomades, c'est blanc bonnet et bonnet blanc.
Des étrangers, cela doit toujours, pour, sédentaires
ou nomades, les gens de cette île, se dire en mauvaise
part : on n'est jamais venu d'ailleurs que pour les
voler. Et c'est par ce chemin que voilà notre homme
de retour à Shakespeare, qui devine... l'île et les étrangers... naturellement, naturellement ! Alit. Bien sûr.
Il n'y a pas d'autre île dans Shakespeare. Et il lui

fallait une île, à cet Anglais, comme à Sir Thomas Morus, une île pour l'expérience *in vitro*, l'éprouvette, la terre d'utopie, *Insula Utopia*, une île pour miroir à sa propre vie, une île :

Be not afeard — the isle is full of noises,
Sounds, and sweet airs, that give delight and hurt not :
Sometimes a thousand twangling instruments
Will hum about mine ears ; and sometimes voices...

Et après, comment est-ce après ? *voices... voices...* la rime à *noises* arrête ma mémoire. Les rimes au bout des vers lèchent la terre des mots comme l'écume autour de l'île. Il y a toujours une idée de la mort dans la perfection de l'écho. L'île étrangement ourlée par la mer. Après... après... je ne m'en souviens plus. Mais ces vers bruissent comme les *gamelan* qu'on entend le soir à Batavia, ces orchestres qui ne sont pas de mille instruments, mais où le *gambang* ressemble à nos xylophones et traduit assez bien le bruit de l'anglais *twangling*. Un peu plus retenu. C'est peut-être leur secret, à ces gens, que ces sons à peine éclatés qui se voilent. Comme une idée qu'on cache.

L'île est pleine de bruits, de sons et de doux airs, qui donnent plaisir et ne blessent point... parfois mille instruments miauleurs vont me tinter aux oreilles... et parfois ce sont des voix telles que j'en suis éveillé d'un long sommeil, elles vont me rendormir, — et alors, en un rêve, les nuages me semblent s'écarter et montrer des richesses prêtes à me tomber dans le bec, si bien que m'éveillant j'implore de rêver encore...

C'est bien mal traduit, cela oscille entre le mot à mot et l'interprétation, parce que l'idée Java s'y glisse et chasse l'idée Bermudes. Après tout, Shakespeare n'avait pas été aux Caraïbes plus que moi aux îles de la Sonde. J'ai tout de suite buté sur ces mille instruments, et ce *twangling*, il paraît d'abord plus exact de dire « vibrant », mais ce n'est pas *twanging*, il est écrit *twangling*, *twangle* c'est tirer de la corde un bruit aigu (peut-être comme du fer, la baguette frappant le triangle...), avec cela tous les mots qui s'offrent se terminent en français sur une nasale, d'un nez sourd, quand il me faudrait une note haute, le français est une langue sans oreille, une langue qui n'est pas L'ANGlais, c'est une misère pour tout ce qui touche le bruit, le son, le chant, mélodie ou discordance. Dans ce domaine-là à côté du russe ou de l'anglais, il fait parent pauvre, pauvre petit harmonica d'un sou, le même mot, le même trou lui sert à tout, c'est comme s'il n'avait que des machins, des trucs ou des choses pour la musique. *Twangling*... je cherche un adjectif qui fasse écho, rien ne colle, *rien n'échole...* il faudrait un mot de bruitage indépendant du sens, tant pis pour le sens, j'ai dit « miauleurs » et les *gambang* ne miaulent pas, ce ne sont pas instruments de corde ou de métal, j'ai sans doute pensé, plus qu'à un bruit pincé, à une espèce de sanglot, un bruit onglé, épinglé, cinglé, cinglé ne serait pas un mauvais mot, pour l'aspect, ou mieux : aveugle, un bruit aveugle, mais ça n'entre pas dans la phrase, et d'ailleurs comment rendre ce caractère de son à peine émis par le *gambang*, qu'il semble le regretter, le reprendre, l'arrêter ? Dans *Tempest*, le bruit, le *twangling* est un qualificatif de l'instrument, non pas le son lui-même, c'est l'instrument qui fait *twangle*, vous entendez ? *twangle !* les adjectifs français tout de suite quand vous évitez leur chute en plomb ou en plan, ils ne se présentent plus que voilés, un bruit de clefs, que diriez-vous d'étoilé, des instruments étoilés ? Pour ce qu'il y a du *twilight* dans *twangle*, probable un crépuscule où s'éveille le vague étoilement du xylophone prolongé. Et n'ai-je pas triché, évitant le début du premier vers *Be not afeard*, que je lisais tout naturellement *Be not afraid*, comme on dirait, et ce serait la même chose et ce n'est pas du tout la même chose, l'archaïque *afeard* fait sur le mot *fear*, l'effroi, et non sur l'effaré, *afraid*, qui n'est pourtant qu'une simple variation parce que le son reste voisin si varie le sens, *afeard* aujourd'hui désuet, allez vous faire pendre! et encore l'effrayé, l'effaré français pourraient faire l'affaire... dans les siècles d'où sort encore la langue shakespearienne nos chants étaient cousins à la mode de Bretagne. Mais va chercher les sonorités des gamelan djakartais dans Shakespeare. Les *gamelan* ne sont ni les bag-pipes du Cawdor Macbeth ni les binious de Tristan de Léonnois. Il faudrait avoir dans son sang, dans sa gorge, toutes les étoiles du sud, le gong des nuits, le glapir du tigre, et nous avons bonne mine avec nos violons, les sanglots longs, d'ailleurs il n'y a pas à Java d'automne, jamais d'automne. Et ces mille parfois instruments qui clignent de l'œil dans le mi-jour du songe, comment dire qu'ils *will*, bon, va pour « vont », *hum about mine ears*... j'ai dit « tinter à mes oreilles », parce que Java l'emportait, mais dirait-on « *hum* » pour une abeille qui me tourne au pavillon, si je traduisais « bourdonner » comme le dictionnaire m'y incite ? ou « fredonner », qui serait plus frelon ? quel mot français fait le souffle de *hum*, ce bruit sans bruit, ce bruit de bouche ouverte, sans parler de l'*about* qui n'est pas « à » mes oreilles, mais autour, un va-et-vient de rien, d'absente sonorité tue, et si je disais « aux oreilles miennes », sous prétexte de traduire *mine ears*, je ferais dans le genre « hostellerie », pour le parler, poutre apparente, vous saisissez ? alors que le style pastoral donne à Caliban l'accent d'un paysan, plus, d'un paysan de Molière, un Sicilien, d'après le naufrage de Don Juan, que d'un cultivateur d'hévéas de nos jours ou d'un esclave des rizières aux temps shakespeariens quand la *Vereenigde Hollandsche Compagnie* venait de s'établir à Java.

J'étais là, j'essayais d'être Geoffroy Gaiffier, je parlais à la première personne de Geoffroy Gaiffier : je m'efforçais de voir par les yeux un peu myopes de Geoffroy, retirant ses lunettes, parce qu'il a maintenant des lunettes comme le cousin Louis. Il rase ses mains depuis qu'il est à Java, des mains de violoniste, on se demande pourquoi. Physiquement une contradiction vivante. Vous n'avez pas vu ses pattes, quand il se promène ici en petit caleçon ? Des cuisses de footballeur sur des mollets de coq. Et pour le moral... est-ce lui ou moi qui a inventé qu'Alit, parlant avec Blanche, citait *La Tempête* ? Blanche n'avait pas dit *La Tempête*, simplement *il m'a fait tout un discours de Shakespeare*, et rien d'autre. Moi, j'aurais pu introduire *La Tempête*, j'assistais à la conversation dans la forêt de teck. Il fallait, pour deviner, que Geoffroy fût obsédé de ses conversations à lui, ses conversations du jour. Et naturellement, si c'était lui qui avait inventé la conversation d'Alit avec Blanche, ce n'eût pas été pour citer *the isle is full of noises — Sound, and sweet airs...* non, mais le célèbre morceau de Gonzalo.

Had I plantation of this isle, my lord —
(« Il sèmerait graines d'ortie », dit Antonio. Et Sébastien qui en remet : « Ou de l'oseille ou de la mauve... »)

« Si j'avais colonie de cette île, — dit au vrai Gonzalo, — dans la communauté c'est à rebours que j'accomplirais toutes choses : car je n'admettrais aucune espèce de commerce, aucune désignation de magistrat, les patentes seraient inconnues ; de richesse, de pauvreté et de prestations, point ; de contrat, succession, frontière, bornage, labours, clos de vignes, point ; pas besoin de métal, blé ou vin, ou huile ; pas de métier, tous les hommes oisifs, tous ; et les femmes aussi, mais innocentes et pures ; pas de souveraineté... Toutes choses mises en commun la nature produirait sans sueur ni effort ; trahison, félonie, épée, pique, couteau, canon, ou mille sortes de machines, je n'en aurais que faire ; mais la nature donnerait naissance d'elle-même de tout à foison, d'abondance, pour nourrir mon peuple innocent... »

Et ce ne peut être que ce morceau de bravoure qui tournait l'esprit d'Alit à Shakespeare ou de Geoffroy.

...The isle is full of noises...

De tout cela, le roi de Naples ou ses compagnons en fassent gorges chaudes, il semble bien que Shakespeare, le mettant dans la bouche de Gonzalo, veuille nous montrer d'emblée le caractère de ce seigneur, en qui la pièce voit l'exemple de la bonté. Et qu'on ne me fasse point dire qu'ici l'auteur à mes yeux donne leçon moderne, il ne peut enseigner plus loin que Thomas More, mais Alit dépasse-t-il en pensée l'Utopie, ou Geoffroy, quand on lui parle de ce parti qui avait gagné plus d'un million de paysans, et s'est cru si fort qu'il a voulu mettre les bouchées doubles, et le voilà dans l'illégalité... Gonzalo prêchait dans le désert sur l'Ile de Prospero, mais Java, cette année, lorsqu'Alit et Blanche se promènent dans la forêt, vient pour la première fois de jeter sur le marché des étoffes qu'y fabriquant on commence à se dégager, au moins on l'espère, du commerce étranger... Il s'agit bien de Shakespeare! Geoffroy, le jeune prince et moi, nous avons des raisons diverses de rêver aux paroles de Gonzalo. Mais les miennes, ces jours-ci, sont des raisons sanglantes. Il me vient de l'île une musique de mille douceurs aux oreilles de Caliban. Les *gamelan* d'aujourd'hui résonnent pour moi d'un chant tragique. Cent mille morts avoués au long des chemins et des canaux, qu'on n'enterre point, et l'air en est empuanti, la tempête a changé de nature, les oiseaux de proie tournent sur les sawah, on entend au lointain le bruit du meurtre, et ce n'est plus le tigre, et ce n'est plus le volcan. Le sang, l'odeur de la décomposition. Entre la mémoire et l'oubli, dans mon domaine imaginaire, il souffle un vent de toute cruauté. Et les journaux de ce lundi matin m'apportent le récit, peut-être fictif, ou fidèle, de la mort d'un homme : *Jo s'avance, lui lance un coup de poing et le rate. Aussitôt Dubail, Dédé et Le Ny se précipitent. Ils le bourrent de coups de poing, mais le phénergan a certainement provoqué chez Ben Barka un effet contraire à celui désiré. Il ne sent plus les coups; il se bat sans dire un mot. Lui qui est si petit paraît d'un seul coup doté d'une force extraordinaire. Le Ny, qui pèse 110 kilos et mesure un mètre quatre-vingt-dix, Dubail, ancien garde du corps de Jo Attia, taillé en athlète, cognent de toutes leurs forces. Dubail, lui, est pris d'une rage terrible et hurle: « Mais il ne va donc jamais descendre, celui-là! » Il tend la main pour saisir un bibelot et lui donner un coup sur la tête, mais les autres l'arrêtent. Ben Barka est en sang, la figure méconnaissable. Il a la tête comme une citrouille. D'en bas on entend un bruit extraordinaire : des meubles brisés, de la vaisselle qui se casse. Petit à petit, les quatre arrivent à coincer Ben Barka sur une chaise, mais il continue à se débattre, une vraie boucherie!...* Il y avait dans mon courrier une invitation à la célébration du 1 000ᵉ volume de la *Série Noire*. Je ne recopie pas la fin de la boucherie : l'avenir se souviendra-t-il de ce récit, ou va-t-on l'oublier ? Vrai ou faux. On va l'oublier, on va sûrement l'oublier. Et ce Figon qui a enregistré... dans un mois, tiens, on ne saura plus qui c'est, Figon. Un mois, un an... de toutes façons...

« Tu y crois, toi, — demande Philippe à Marie-Noire, — à cette histoire ? ... *Et il commence à lui tailler la gorge et la poitrine avec la pointe du poignard...* c'est du cinéma! » Du cinéma! Et la mort de Mâtho, c'était du cinéma ? Comment s'appelait-il, celui qui tailla la gorge de Mâtho, et sa poitrine ? Un drôle de nom maghrébin, ma parole, Schahabarim... J'imagine Gustave Flaubert, faisant venir les journalistes dans un petit bar, pour leur raconter la mort de Mâtho et, deux jours, trois jours après, il y a partout des affichettes :

> FLAUBERT
> nous déclare :
> J'AI VU TUER
> MÂTHO
> par Schahabarim...

Du cinéma? Marie-Noire hausse les épaules. Marie-Noire ne répond pas. Tout est possible. Puisque un garçon peut vous dire *je t'aime*, comme ça, et puis après. Et sans doute que cela s'oublie, comme le reste. Comme les morts là-bas, cent mille... est-ce qu'on est à cent mille hommes près! L'oubli de tout, un jour, commence. A nous tailler la gorge et la poitrine avec la pointe d'un poignard.

Djanganlah meréta! Stop bubbling foolish, Tuan Sjekspir!

V

« NE DÉRANGEZ PAS M. ZITRONE! »

Les choses de l'au jour le jour n'ont pas de place dans un roman, elles sont comme ces minuscules billes d'acier qu'on agite dans de petites boîtes vitrées plates : à courir sans savoir où faire une fin, et dans le meilleur des cas se fixeront dans les yeux ou les dents du chat. Pourtant, combien chaque journal qui n'a vie éphémère que du paillasson à la boîte à papiers contient-il d'histoires, ou du moins leur scène finale, quand l'horreur d'une vie tombe dans le domaine public? Les choses de l'au jour le jour sont le roman, qu'on leur y fasse ou non place, et quelqu'un tue quelqu'un d'autre, et une femme qui voit arriver son mari crie à l'amant : Prends ton fusil, c'est le moment! un homme sort de chez une femme qui l'y avait ramené hier soir, et jamais on ne retrouvera de son passage que la morte. Banal, tout cela, banal et si vite oublié, le monde roule comme un tramway, tant pis qui en choit ou, comme celui-ci qui vient d'étrangler sa fille de dix-huit mois, déclare aux policiers : « En ce moment je suis très nerveux... » Une guerre, après tout, ce n'est qu'un bouquet de faits divers. Par exemple... Un roman... Le roman commence où la règle est bafouée, la loi hors de jeu.

Philippe soupçonne Marie-Noire d'écrire un roman. Elle a mis une insistance curieuse à tenter de lui faire dire ce qu'il a pu voir à Bali, quand son père les y mena, maman et lui, inspecter le marché du velours lyonnais dans ces parages. Il y a des silences de Marina qui ne sont pas naturels. Et puis elle griffonne il ne sait quoi dans un carnet. Tout ce dont il se souvenait, Philippe, en fait de Bali, c'était la statue étouffée dans les racines des waringhins. A partir de là... Peut-être est-ce l'idée des *public relations* chez... comment donc c'est, cet éditeur ? qui la pousse, Marie, à rêver par écrit ? Ceux qui se livrent à ce sport ont les yeux des gens pris en traître, les pieds, les jambes, le ventre, par un marais. Ils sont encore en ce monde, et déjà voient les profondeurs mortelles. Philippe n'ose pas interroger Marie-Noire, il a peur que sa réponse entre eux mette l'infranchissable. Il y a des personnes qui croient échapper à ce qui est par le silence. Ce qui n'est pas nommé, pour elles, n'existe pas.

Ainsi Blanche... Geoffroy n'a jamais demandé à Blanche ce qu'elle inscrivait dans ces cahiers précipitamment fermés quand il entrait dans la grande pièce, il y a trente-trois ans de ça, trente-quatre, à côté d'une plantation de quinquinas. Peut-être que s'il n'avait pas eu cette pudeur, si elle... qui sait ? Pour les uns, les choses tues permettent de survivre, d'autres ce sont les choses dites qui sont la seule réalité. On vit ensemble, et le principal est ce qui ne passe pas les lèvres. Si l'on se tait assez fort, les choses de l'au jour le jour passent comme si elles n'avaient jamais été, on frôle le fait divers, on en a parfois tout juste le frisson... l'art de vivre... Dis à quoi tu pensais, tout de suite, sans réfléchir ? Elle a détourné la tête. Il s'était bien promis que cette fois si elle détournait la tête... et puis et puis. Cette fureur soudaine qui n'a pas éclaté. Une fois de plus qui n'a pas éclaté. Le voilà soudain que la tendresse emporte. Il y a les bateaux qui font naufrage et ceux qui vont à la dérive, interminablement à la dérive. Tant de fois cela aurait pu donner un meurtre, et cela n'a fait que mendier un baiser. Nous sommes tous des assassins. Seulement la tête dévie. Allez faire un roman des meurtres qu'on n'a pas commis! Des paris qu'on n'a pas tenus. Des cris qu'on n'a pas poussés. Pendant vingt ans, Geoffroy Gaiffier s'est arrangé pour ne pas entendre en lui-même le grelot d'une, de cent questions. Pour passer à côté des choses mortelles sans y toucher. Il aura toute la vie attendu un orage qui s'en allait tonner ailleurs, chez d'autres. On cligne de l'œil à l'éclair. *Tjeléret!* Mais le tonnerre n'est pas pour nous. Pas besoin de nommer l'éclair, puisque l'éclair n'est pas pour nous. Laisser passer l'orage. Avoir l'air de ne pas savoir qu'il y a un orage, même quand on se sent en étouffer. Et les éclairs pourtant que l'œil... où déchirent-ils la vue ? l'ont-ils déchirée ? Geoffroy avait depuis l'enfance habitude de compter les secondes jusqu'au tonnerre, et de dire, l'orage, il est encore loin. Le fait divers s'éloigne, et s'en va rouler là-bas, sans nous, au-delà de nous, dans les journaux. On les lit d'un voir machinal. Et puis, tu devrais bien essuyer tes souliers, mon chéri. Oui. L'agacement. On les essuie avec ce journal plein de crimes. C'est gentil, tu es plus présentable comme ça. L'étrange, en vieillissant, aura sans doute été d'avoir pu si longtemps se maintenir présentable. Blanche, à Java, en 1931, essayait-elle de se représenter le début de l'an de grâce 1966 ? Encore la science-fiction! Ou toute autre année. Qu'aurait-elle inventé, alors, de Paris en 1966 ? Assurément pas Marie-Noire. Et pourtant. Qu'écrivait donc Marie-Noire, dans ce carnet, sur du papier quadrillé ? Peut-être des numéros de téléphone. Il faut bien essayer d'apprendre à se passer des noms de secteurs, à retenir ces adresses à sept chiffres. C'est une conséquence de l'existence des machines électroniques. Je me demande, la linguistique, avec les machines électroniques, qu'est-ce que ça va devenir ? En réalité, j'ai bafouillé bien des langues, mais je n'en ai su aucune. A part le malais. Un de mes collègues, enfin, je me vante, un *vrai* linguiste, me disait l'autre jour, il habite dans une drôle de maison, où c'est comme pour les problèmes du langage, il y a deux issues, on ne sait laquelle prendre... il me disait donc : « Les gens confondent tout... nous autres linguistes, nous ne parlons pas les langues... c'est que l'on confond tout : il y a les jardiniers qui connaissent les fleurs, savent les planter, quel jour, comment on greffe, ou marcotte et le reste... Mais nous, ce n'est pas notre métier, nous sommes des botanistes... nous n'avons pas besoin d'avoir vu les plantes, ce qui nous intéresse, c'est comment elles se reproduisent, le nombre de leurs cotylédons, pas tant leurs couleurs... » Je sais, je sais. Une façon aimable de me dire : vous, en fait de linguiste, permettez! Mais lui aimablement : « Tenez, la preuve que connaître les langues n'est pas nécessaire... vous avez lu *Le Fou d'Elsa?* Eh bien, votre ami Aragon ne sait pas un traître mot d'arabe... il dit, il est vrai, avoir un peu appris le malais... » Et moi, vivement : « Il prétend... je l'ai rencontré pendant l'occupation : il sait tout juste dire les mots malais qu'il faut pour se débrouiller à l'hôtel ou avec un taxi... et encore! Mais vous le considérez comme un linguiste ? — Non, pour sûr : ignorer l'arabe n'est pas une condition suffisante pour appartenir à *notre* profession... » Le mot *notre*, avec une petite inclinaison de la tête...

L'arabe, le malais, mais moi j'ai vécu combien ? à côté de Blanche, sans savoir. Sans savoir rien. Qu'avoir peur. D'une porte qui bat. D'une parole imprudente. De ce qu'un autre va dire. Du mal qu'on va lui faire. D'un mot qui me chasserait. J'ai vécu dans l'insaisissable effroi de l'au jour le jour. Un roman. Tous les romans me font sourire. Ils ne sont écrits qu'avec des trous. Je dirais même que tout leur art tient dans la façon de disposer les trous dans la grille ou la dentelle. Il faudrait, pour bien faire, pour que ça soit du moins ressemblant à la vie, tisser menu menu, nouer les points, une étoffe d'intentions, pas même, d'intentions d'intentions. D'amorces.

Est-ce que Marie-Noire à vingt-quatre ans peut déjà comprendre ça, ou l'obscurément sentir ? Philippe

flaire bien quelque chose, mais ce n'est pas Geoffroy.
D'ailleurs, un rien le distrait de lui-même, cet écureuil.
C'est jeune. Si bien qu'il a beau s'être dit, parce qu'il
a lu un roman ou un autre, que, entre un garçon et
une fille, c'est toujours à qui joue le premier, il a beau
ne pas laisser passer une noisette sans la croquer,
prendre avantage... il va se laisser doubler avant
même... Et justement, le mardi 11 janvier, il s'était
couché tard, il n'a ouvert les persiennes que vers dix
heures du matin, il y avait la neige, la première neige
de Paris, les toits, les arbres, un gros bourrelet au
rebord de la fenêtre, tout qui paraît noir sous ce banc,
les branches... les gouttières... un silence. Il se faisait
griller du pain, venait de mettre le café dans le moulin électrique, on sonne. Il a touché ses cheveux ébouriffés, regardé ses pieds nus dans les pantoufles, tant
pis. Il a ouvert. Marie-Noire avec deux valises et une
paire de skis.
« Qu'est-ce que c'est ? Tu vas aux sports d'hiver ? Où
ça ? »
Où ça? c'est pour avoir l'avantage de la désinvolture, mais qu'y faire si la gorge fait faux bond sur
l'où ça... Marie-Noire a posé les skis contre le piano.
Sages! dit le doigt, et la bouche : « Tu me prends pour
Johnny Hallyday ? » Il hausse les épaules, agite la
tête, fait des sourcils comme des mouettes, montre
les skis avec le nez. Elle a tiré ses mains des gants,
jetés sur la table, des gants rouges comme ses bas, elle
fait semblant de s'intéresser à Guernica, on dirait
qu'elle ne l'a jamais vu. Puis rit un peu. D'un air qui
veut dire : *les skis?* Elle a enlevé son petit chapeau
stupide. Courrèges. Puis elle a retiré son anorak polyester. Les jolis seins qu'elle a. Elle s'est installée dans
le grand fauteuil : « J'allais sortir, — a soupiré Philippe, — je ne t'attendais pas... Marina... » Il est décontenancé parce que, bon, il ne l'attendait pas, mais elle
arrive, alors, lui... qui allait sortir. Elle le regarde,
en pyjama, la nuit encore dans la tignasse, il allait
sortir ? Sortir pour quoi faire, pour où donc aller ?

« Les skis ? — dit Marie-Noire, — c'est pour Nora. Tu sais cette mère que j'ai. Elle commence à me courir. Sans les skis, elle se serait doutée. Ils sont rentrés, naturellement, juste quand ça neige. Mais comme Stanislas va conduire un concert au Liban. Oui, le Liban, c'est très bien porté, ces temps-ci, pour la musique. Quand son Stan n'est pas là, tu comprends, je l'ai sur le dos. Alors, les skis. Ma petite, — ce qu'elle m'agace quand elle dit ma petite, — tu ne n'avais pas prévenue. Pourquoi je l'aurais prévenue, avec ce que ça lui chante où je suis d'habitude. Mais justement, comme Nora est seule à Paris, si j'avais pu. Ça tombe mal, j'ai retenu une chambre. Et puis c'est difficile, dans cette saison. L'œil vers la fenêtre, tu saisis ? Vaudrait peut-être mieux, mais c'est la neige, on ne choisit pas. Enfin, tu piges.

— Non, — dit Philippe, — je ne pige pas.

— J'avais bien pensé dire les îles Canaries, ou Java, tiens, par exemple... mais ça tombait mal, les nouvelles, pas très vraisemblable, et puis j'ai vu mes skis, là, près de la cheminée... tu comprends, à force, je les avais oubliés. Quand on vit avec les choses, on les oublie, on ne les voit plus... Les gens, c'est pareil. Forcément. Alors, j'ai pris mes skis, ça rendait tout vraisemblable...

— Quoi ça rendait vraisemblable ?

— Bien... plus besoin de me demander tous les jours : « Tu sors, Marie ? et où tu vas ? » parce que, quand Stan est en tournée, elle me demande et où tu vas... oh, comme je ne réponds pas, c'est plutôt un tic... mais parfois ça vous, tu sais. Les sports d'hiver... je n'ai plus vingt ans. Elle en revient, ça pourrait bien être mon tour ! »

Philippe, tout ça l'énerve, lui. Il était sur le point de sortir. Et même pas tout à fait sur le point... Il tourne autour de la question à poser. Il a l'air d'un moustique qui hésite où piquer. Elle a pitié de lui. Autant le mettre au courant.

« Voilà... je viens passer quinze jours chez toi...

comme ça, pas besoin de se relever, s'habiller, se dire elle va me faire une scène... »

Comment ? C'est une blague, ou quoi ? Philippe comprend très bien qu'un mot trop vite dit pourrait avoir des conséquences qu'il n'a pas encore regardées en face. Il n'a pas de mère, lui. Enfin la famille est en province. Mais il y a l'O. R. T. F., les... Les quoi... Il ne dit pas les quoi. Tu ne m'en avais pas parlé... Parlé de quoi ? Elle ne dit pas de quoi, parlé. Non, mais des fois, combien de temps il faudrait, pour le préavis ? Le préa...? Ne fais pas la bête : tu me l'as dit, que tu m'aimais, ou tu ne me l'as pas... Moi, je ne te l'ai pas dit.

Ça, c'est vrai, elle ne lui a pas dit. Elle. Il a un peu pâli. Il fait l'intéressant. Je ne te l'ai pas dit, mais je te croyais, j'avais tort ? Enfin, je te dérange, je vois. Marie-Noire a posé sur les skis sa petite main nue. Philippe ne voit plus rien d'autre, il y porte subitement ses lèvres. Elle a un mouvement. Mais lâche les skis. Enfin je te dérange.

« Tu ne me déranges pas, Marina, seulement j'allais... » Ça recommence. Elle se met à l'aise dans le fauteuil jaune. Avec les garçons, c'est toujours *seulement*. Elle avait plus ou moins cru cette fois que. Pour une fois. Le *seulement*, c'est un peu comme leurs organes. Il lui plaît tout de même. Autant celui-là qu'un autre, un autre ce serait pareil. « Tu veux du café ? » il dit. Oui, elle veut du café. Tiens, voilà les journaux, je n'ai pas eu le temps de les ouvrir. L'eau qui bout. Qu'est-ce qu'il y a de neuf ? Elle crie : « Shastri est mort ! » Et lui : « Ah merde..., — puis à la réflexion : — qui ça, Shastri ? j'ai oublié... » Ce qu'il est étourdi tout de même, pour un gars de la télé ! A Tachkent, voyons... « Et qu'est-ce qu'il allait y fiche, à Tachkent ? Et d'ailleurs, où c'est ça, Tachkent ? En Perse ? » Ça serait trop long à raconter, on va te foutre à la porte, un jour ou l'autre. Pourquoi ? je ne travaille pas aux informations. Tu me dirais Claude François, ça je connais. « Mais il n'est pas mort... » dit Marie-Noire.

Ça, c'est vrai. Il n'est pas mort. Ce n'est pas de son âge. Quel âge il avait ce Shas... L'âge de mourir, faut croire. Tiens, on dément. Quoi ? il crie. Il n'est pas m...? L'histoire d'hier, elle répond. Quelle histoire ? il fait. Que tu disais, c'est du cinéma. Ah, je disais ? j'ai oublié. Pour oublier, elle remarque, tu n'es pas le dernier.

Il rentre : « Tu m'excuses. Je n'ai pas de beurre... Avec de la marmelade... »

Marie-Noire le regarde qui s'est peigné avec les doigts, ça le change. Et elle pense comme elle avait toujours, enfant, qui flottait dans l'eau du bain, un baigneur en celluloïd, tout nu, tout innocent. Philippe ressemble à son baigneur. Un peu, enfin. Elle le regarde manger ses beurrées sans beurre. La gelée d'orange qu'il rattrape avec la lèvre. Il y aurait facilement de quoi rire. Mais alors il demanderait de quoi tu ris, faudrait inventer. Fatiguée d'avance. Alors, elle ne rit pas. Tout d'un coup, il s'est rappelé Shastri ! Et s'empare du journal. C'est drôle, ces trucs-là : ce qu'on a su et ce qu'on n'a pas su, ce qu'on a oublié et pas oublié... C'était le président de l'Inde, et à Tachkent, qui est en U. R. S. S., il se rencontrait avec le président du Pakistan, comment déjà son nom... un Soviétique pour essayer de les rabibocher. Il lit et il bouffe, et ça lui vient comme je vous dis : « Ah, merde, ils vont raconter maintenant qu'on l'a assassiné ! qu'on lui a taillé la gorge avec la pointe...

— Tiens, — elle fait, Marie-Noire, — tu as l'esprit rapide. Mais non, ils ne le diront pas. Ils l'auraient dit, il y a encore six mois. C'est déjà des manières d'avant... »

D'avant quoi, elle ne le dit pas, lui, préfère avoir l'air d'être à la page, puis quelque chose d'autre le travaille. Une idée, pour quoi il regarde Marina par en dessous. Elle ne lui a jamais dit je t'aime, elle. Rien à lui reprocher. Tu permets, je vais prendre ma douche. Il a laissé la porte ouverte. Le crrr, crrr des petits anneaux sur la tringle, la lumière dans le rideau de plastique gris, le fch-fch-fch de l'eau chaude et sa buée... Légèrement exhibitionniste, ce garçon. Il patauge là-dessous dans le savon. Elle a bafouillé quelque chose, il crie : « Parle plus fort! J'ai de la mousse dans les oreilles! » Elle répète : « Si on t'attend à déjeuner, ne te gêne pas pour moi, je vais me faire ma tambouille ici... »

Le jeune animal ronchonne on ne sait trop quoi sous sa cascade. Il a l'air de se flanquer des coups à plat sur les épaules, le poitrail, les flancs. La sonorité de l'eau varie, il devait se brûler, il a fait *ouch!* c'est la froide qui glapit comme ça. Il s'ébroue, le rideau bombe, ses fesses, probable, on lui voit le blond des pattes. Sa gueule dans l'entre-deux, des façons d'aveugle, une main, la bouche ouverte. « Marina... passe-moi le peignoir... sur le tabouret je l'ai laissé... » Le bras sorti s'impatiente dans l'hiatus. Attends que je l'attrape. Fais vite, ça me pique les yeux. Un peignoir sable à raies blanches. Drôle de goût, ou c'est peut-être un cadeau. L'idée ne me serait pas venue de donner un peignoir à un homme. Moi, c'est plutôt le genre objets de cuir. Agnès doit donner des peignoirs. Ceux de sa mère, par exemple, c'est dans ses prix. Juger les gens sur le peignoir. Cette dame, ça doit plutôt être le genre rose à bouquets. Il s'éponge là-dessous, avec une diversité de bruits dont on ne l'aurait jamais cru capable. Il a sous les jupes de la pluie un petit banc de bois à barres espacées, jaunes, où il s'est assis, et ça fait cuyp, cuyp... il doit se couper les ongles des orteils. On ne connaît bien un petit mâle de ce genre-là que quand on sait comment il s'y prend pour se tailler les ongles des pieds. Des manières d'avant quoi? il crie. Comment?... ah, je n'y étais plus : de quand on se servait encore des cure-dents James Bond. Lui, très intéressé, on ne s'en sert donc plus? L'espionnage, elle dit ça baisse. On croirait pas, à première vue, il remarque, en tout cas James Bond... Oh, tu dates, mon garçon, avec ton James Bond... Je date? Tu ne l'as pas vu en homme-grenouille, des fois? on dirait, le

monde qu'il y a pour... Elle a dit quelque chose.
Agnès... Agnès ? Qu'est-ce qu'Agnès vient faire avec
l'homme-grenouille ? il a peut-être mal entendu.

Philippe sort de sa cage comme un léopard à son
premier péché. Qu'est-ce que tu disais, Marina ? Moi,
rien. Je croyais. Tu avais tort. Il a mis des chaussettes
bleues pour se raser. Qu'est-ce que c'est ton rasoir ?
En tout cas pas un silencieux. Mais pour faire vite.
Il se passe le dos de la main sur une joue, la bouche
en o, sur l'autre, content de lui faut voir. Ne te dépêche pas, mon petit, je ne suis pas pressée. Comment ?
Il doit toujours avoir de la mousse dans le conduit.

« Je te dis qu'Agnès attendra... »

En tout cas, c'est ce qu'il a entendu. Il s'est arrêté,
muet jusqu'au bout des doigts. Peut-être qu'il s'est
trompé... Elle ne répète pas. Il pourrait avoir mal
entendu. Il vérifie entre trois doigts l'absence de moustache. Pas content. Encore un ronron du rasoir. C'est
mieux, un coup à la commissure gauche où ça fait
émeri. L'air de dire, là, c'est doux maintenant comme
la lèvre. Il réfléchit. Agnès ? Elle a bien dit Agnès ?
S'il disait, Agnès ? pourquoi Agnès ? ça serait un fait
entre eux. Mieux vaut ignorer. Il pourrait ne pas avoir
entendu. Le rasoir près de l'oreille. Mais s'il ne dit pas
Agnès ? pourquoi... bien sûr, c'est accepter qu'elle ait,
elle, dit, et lui, accepté, qu'elle ait... Il se balance d'un
pied sur l'autre, le fil du rasoir, on dirait qu'il joue de
la guitare électrique. Elle lui jette un slip : « Allons,
habille-toi un peu plus vite, tu vas la faire attendre... »
Là, l'occasion est bonne, suffit d'un mot, pour ne pas
avoir entendu Agnès. Philippe renifle, un reste de savon :
« La ? qui, la ? je vais quai Kennedy. » Le petit rire
de Marie-Noire : « Quai Kennedy ou ailleurs... ne fais
pas l'innocent. Tu as très bien entendu. La. Parfaitement. Pas la Joconde toujours. »

Tout le jeu est de lui faire dire Agnès, à lui. Il le
sent obscurément. Il ne le dira pas. Tant qu'il n'a pas
dit Agnès, il n'y a pas d'Agnès, Agnès c'est une imagination de Marina, une simple imagination. Mais s'il

disait. Agnès aurait alors l'existence de sa bouche.
C'est lui qui aurait dit Agnès. D'un autre côté, ne pas
vouloir prononcer ce nom, c'est un aveu. Pire que de
dire Agnès. Alors, il dit : « Agnès... » comme si du premier moment il avait reconnu qu'elle disait Agnès,
mais ne voulait pas en croire ses oreilles. Il ne l'a pas
plutôt dit, Agnès, qu'il le regrette. On n'y peut plus
rien : Agnès a roulé comme une boule de laine des
genoux, et le fil s'en débobine, les conséquences. Il
se rend compte. Il les voit devant ses yeux, les conséquences, la laine qui se débaroule... Il a oublié qu'il
est tout nu. Sauf les chaussettes. Le rasoir électrique
à la main. Avec des petites gouttes de sueur sur le
nez. Trois plis dans le front, l'œil qui cherche de l'aide
dans les coins de la pièce. Puis l'instinct de se défendre.

« Est-ce que je te demande quand tu as vu Geoffroy,
moi ? »

Ça n'a pas de rapport. C'est bien ce qu'elle dit,
Marina : « Ça n'a pas de rapport. Je ne couche pas
avec M. Gaiffier, que je sache. Et même si. Ce n'est
pas ton meilleur ami... » Voilà. Ça lui fait les yeux
pleins de larmes, à Philippe. Il savait que ça allait
venir. C'est venu. Il y a cela maintenant entre eux
deux. Mais oui, ou non, a-t-il couché avec Agnès ? Il
peut jurer ce qu'il veut. Il ne dira jamais. Qu'est-ce
qu'il se raconte ? Ce n'est pas mentir, et même mentir,
c'est tout à son honneur, hein! Il ne va pas *donner*
Agnès. Laissons Agnès en dehors. Agnès est la meilleure
amie de Marie-Noire. Il dirait, eh bien, oui, là, j'ai
couché avec Agnès. Après. Une scène, une explication
et puis. Entre eux deux, ça pourrait s'oublier. Seulement, par rapport à Agnès. Alors il peut tant qu'il
veut jurer ses grands dieux, avoir des larmes, faire
des yeux honnêtes. Bon, peut-être. Tu n'as pas...
couché, ce qui s'appelle couché... avec Agnès. Mais enfin, je te dérangeais, en arrivant comme ça. Pourtant
tu m'as dit je t'aime. Comment veux-tu que je te
croie ? Avec qui tu avais rendez-vous... je sais, quai
Kennedy, bon... mais avec qui ? Léon Zitrone, tu

exagères, tu le dis toi-même, tu n'as rien à faire avec les informations.

« Et quand même j'aurais rendez-vous avec Agnès... qu'est-ce que ça prouverait ? »

Oh, rien. Bien sûr. Sauf que. Depuis q... Tu dis ? Depuis quand tu la connais, Agnès ? Tu sais bien, Marina, ce soir-là, avant les élections... pour Johnny Hallyday... Et depuis q... Tu dis ? Depuis quand je dis, tu as des rendez-vous avec elle ? Tu ferais mieux de t'habiller, tu es ridicule tout nu. Avec tes chaussettes. Qu'est-ce qu'elles ont mes chaussettes ? Elles n'ont rien, elles, c'est toi.

Il s'est mis à s'habiller avec rage, il fout des coups de poing dans les meubles, il n'arrive pas à nouer sa cravate, il a le col tout plié. Viens que je t'arrange. Allons, ne pleure pas comme ça. Un grand garçon. *Stop bubbling*. C'est entendu, tu as rendez-vous avec Léon Zitrone. Bon, moi, je reste ici, j'ai mon travail. Tu vois, je n'en fais pas un monde. Si j'étais sortie quand tu rentres, parce que, quoi, on peut changer d'idée, ne te mets pas la tête à l'envers. Et puis, de toute façon, ça ne serait pas pour longtemps. Les skis, je pourrais les fourrer dans le placard du couloir où sont les balais ? Bon. Tu verras, ce soir, comme ça sera gentil, avec la neige dehors. Je te raconterai ce que tu as oublié. Bali. Agnès. Bali, avec tous ces bouquins. Et puis peut-être que tu n'y as jamais été, tu es si menteur. Alors, pas étonnant que tu ne te souviennes de rien. Agnès... Oh, va, tu l'oublieras aussi, et puis qu'est-ce que tu en sais! Moi, je peux t'en apprendre : Agnès, c'est ma meilleure amie. Non ? Tu ne veux pas que je te parle d'Agnès ? Ne chiale pas, je ne t'en parlerai pas, d'Agnès. Moi! On jouera tous les deux, à ce qu'on s'aime, tous les deux... tu verras, c'est très, très agréable d'être deux à s'aimer. L'un l'autre. C'est rare, tu sais. Par exemple, M. Gaiffier... en vingt, vingt-deux ans, il n'est pas arrivé à savoir si elle l'aimait, Blanche. Lui, il l'aimait, elle. Il l'aime encore. Même quand il ne parle pas d'autre chose, c'est d'elle qu'il s'agit. Toujours. Mais elle. Oh, bien sûr, on peut dire qu'elle l'aimait, à sa manière. Chacun à sa manière. Toi, par exemple, avec moi... c'est ce que je me dis, tu ne mens pas vraiment, tu m'aimes à ta manière. Blanche l'aimait à sa manière, du moins il me semble. Sans mentir, d'ailleurs. Elle ne lui disait même pas ce que c'était, sa manière. Elle ne lisait pas James Bond, elle, mais Du Maurier, quoi ? *Peter Ibbetson* ou *Trilby*... ou bien Hölderlin, *Hypérion*... Pourquoi, elle ne le lui disait pas, à Geoffroy, ce qu'elle y voyait, ce qui la faisait absente... Peut-être que ça les aurait rapprochés, si elle lui avait dit ce qu'elle pensait en lisant *Hypérion*, hein ? Mais non. Elle se taisait. Alors il a commencé à rôder autour d'elle. Jamais, jamais il n'aurait jeté le nom d'un autre dans la conversation. Ni d'un livre. Malgré la jalousie. Celle du corps, celle de l'âme. Parce que d'un livre aussi on peut être jaloux. Peut-être plus gravement que d'un homme. Non. Du moment qu'un autre homme n'était pas nommé, il n'y avait pas d'autre homme, tu comprends ? C'est toi qui as dit Agnès. Alors Agnès a pris corps entre nous. Toi, ce ne serait pas un livre. Tu ne lis guère, hein ? Non, ce n'est pas pour y revenir, mais j'essaye de t'expliquer Geoffroy, Blanche. Il ne pleurait pas non plus, Geoffroy. Il acceptait. Tout de même, quand elle s'est mise, là, à écrire, il s'est demandé. Mais il ne lui aurait jamais rien dit, quand elle fermait son cahier. Il n'a jamais eu l'air de le remarquer, ce cahier. Il ne le lui a pas demandé. Qu'est-ce qu'il y avait dedans ? C'est pire qu'un homme et pire qu'un livre, un cahier, tu sais. Il dit, Gaiffier, qu'il n'a jamais, jamais essayé d'imaginer ce qu'elle pouvait écrire. *Le 13 août 1932 — promenade avec Alit dans les plantations de thé...* Les femmes qui s'en reviennent avec de gros ballots de feuilles sur la tête, dans une toile nouée, que la main gauche maintient, le sac vide en écharpe qui a servi pour la cueillette, penchant sur le flanc gauche, attaché autour du corps, les manches longues, le bâton pour

s'aider dans la main droite, on se fait son chemin,
l'une derrière l'autre, à travers les buissons de théiers,
les premières, devant, où ça descend, ont l'air d'enfoncer jusqu'à l'aisselle, il y a des arbres, par-ci par-là, avec du bois mort, des troncs cassés, enfin rien qui
empêche le soleil... Les dernières, en arrière, on leur
voit les pieds nus, les talons, sous le sarong... tous les
jours comme ça, on en rapporte, des feuilles, à la petite
usine locale, où se fait le premier tri, où on les...
Qu'est-ce que ça lui aurait appris de lire ça, d'abord ?
Et puis elle avait peut-être écrit autre chose, et ça
aurait été comme d'ouvrir une lettre adressée à quelqu'un d'autre... D'ailleurs, plus tard, il n'y avait pas
d'Alit, et c'était du pareil au même. Le même silence.
Pas que Blanche lui dissimulât quelque chose. Il ne
lui avait jamais demandé de lui montrer, n'est-ce pas,
ou de lui dire... alors. Elle n'avait jamais eu à refuser.
Elle refermait son cahier devant lui. Posait sa plume.
Ou le livre qu'elle lisait : *Trilby*, par exemple... Blanche
faisait semblant d'oublier *Trilby*. Écoutait ce que
Geoffroy avait à lui raconter. Quand il est revenu,
par exemple, de Bornéo, où il avait fait un voyage pour
perfectionner son dayak, après ses expériences avec
les ouvriers de cette origine, rencontrés près de Buitenzorg : parce que les dialectes dayaks sont nombreux
et qu'en particulier Gaiffier s'intéressait au *basa
sanyan* (ou plus exactement, comme on dit ici, *bahasa
sangjang*, le parler-Dieu), sur lequel les manœuvres
de Java n'avaient guère pu lui donner de lumières.
Comment les dayaks au commencement de la mousson
sèche abattent les arbres dans les grandes forêts,
le long des fleuves, qui sont les seules routes vers le
centre de l'île, entassent les branches sur la terre, et
y mettent le feu pour constituer sur les lieux incendiés
ce qu'on appelle des *ladangs* où l'on sèmera le riz,
le maïs ou le tabac, dès que les pluies reviendront.
Pas du tout comme à Java, c'est sur les pentes au-dessus des vallées, où on ne peut constituer des *sawahs*
par inondation... C'est drôle, d'avoir un mot pour dire

d'un champ qu'il n'est pas inondé, *ladang*, un champ sec...
Oui. Blanche écoutait. Et ce qu'il disait des installations pétrolières à l'est de l'île. Et de la fabrique de paraffine à Balik-Papan. Des sagoutiers dont on presse la moelle pour faire une sorte de gâteau, des cultures de poivre, du camphre qu'on tire d'un laurier à bois rouge. Puis comme il avait rendez-vous avec des Hollandais, lesquels pourraient le mettre en rapport avec un très curieux personnage, dont on savait bien qu'il se cachait quelque part dans l'île, un homme du P. N. I., le parti nationaliste indonésien, Blanche rouvrait son cahier quadrillé et elle commençait à écrire, quoi, personne n'en savait rien ! Pourquoi c'est-il bizarre d'écrire et de ne le montrer à personne ? On pense bien pour soi seul. Écrire, après tout, ça peut être une façon de penser. Sauf qu'on oublie, pensant. Écrire, on y revient. C'est commode. Pas forcément pour le mettre sous les yeux du monde, mais comme ça, reprendre où on en était, repartir, rêver à partir de. A partir de soi, surtout, sans y mêler personne ; après, on peut toujours déchirer, froisser, jeter... et même si on garde ça quelque part, la poussière...

Philippe est sorti. Il y a déjà quelque temps. Où, dans tout ça, je n'ai pas remarqué. Je m'adresse toujours à lui, qu'il y soit, qu'il n'y soit pas... Philippe est sorti. Il était plutôt pressé. Agnès ou pas. Il était impatient. Ne voulait pas le montrer. On l'attendait, pour sûr. Alors lui. Il restait pourtant. Puis il s'est décidé. Son manteau, sa casquette à pompon, c'est leur nouveau genre. Cardin, ou qui ? Il était sorti. Puis il n'était pas sorti. Pour écouter ou quoi ? Je voyais bien. Moi, j'y allais. Comme si de r... Et puis, il est rentré dans la pièce qu'il avait fait mine de quitter. Comme si, enfin. Il aurait oublié ses cigarettes, ou le chewing-gum. Il regardait à droite et à gauche.

Puis il a demandé sans en avoir l'air : « Tu disais, au fait... Tu as ton travail ? Qu'est-ce que c'est, ton travail ? » Et moi, tu vois bien, je suis là que je t'explique... et j'ai enchaîné, même qu'il a dit, tu enchaînes, on dirait, et ce ne serait pas un scénario, par hasard ? j'ai fait celle qui n'entend pas. J'ai continué. Il est sorti, je n'ai pas bien remarqué...

Philippe est sorti. Agnès ou pas. Marie-Noire est chez Philippe. Elle pourrait téléphoner à Léon Zitrone. Non, ne le dérangez pas, Madame, c'est seulement. Il m'a demandé de téléphoner. Pas M. Zitrone. Philippe N... qui ne sait plus si c'est aujourd'hui qu'il avait rendez-vous avec lui... D'abord c'est moche et puis Philippe en prendrait avantage, tu as téléphoné à Léon Zitrone, d'ailleurs quelle importance ? même s'il ne mentait pas cette fois-ci, ce ne serait que cette fois-ci. D'ailleurs. Quant à Agnès. Agnès ou une autre. Au fond, j'aime peut-être mieux Agnès, c'est ma meilleure amie. Je ne serais pas jalouse, par hasard ? Il ne me manquerait plus que ça. Marie-Noire se regarde penser. De biais, de face. C'est comme écrire. L'idée ne lui en viendrait pas. Le roman, c'est elle. Dans son roman, c'est Blanche qui écrit. Enfin, qui pense par écrit, en tout cas. Jusqu'à présent Blanche garde ses cahiers pour elle. Un homme, ça entre dans votre lit, mais pas dans ce qu'on pense. Pas forcément. Elle, l'idée d'un homme qui lirait sa pensée la fait rougir, Marie-Noire. Seule, chez Philippe sorti, le radiateur électrique allumé, parce que le chauffage de la maison avec le temps qu'il fait... les skis, là. Allons, je vais les ranger dans le placard.

Et si c'était Blanche, qui l'imagine, Marie-Noire ? Trop beau. Elle, alors, qui penserait à moi. Par ricochet, je veux bien, mais déjà joli, par ricochet. Puis je ne veux pas que Blanche se complaise à voir Philippe tout nu. Ce petit homard dans l'eau chaude. Les femmes sont folles. Qu'est-ce qu'elles lui trouvent, à ce bout d'homme ? Je suis objectif. Il y a des hommes, je comprends. Mais ce gamin. C'est comme Alit, alors.

Un joli objet, peut-être. Mais. D'ailleurs Blanche n'a jamais... Ça, j'en suis sûr, jamais. Alors pourquoi je le ramène, Alit, du fond de l'oubli, en décembre 1966, ça doit être les journaux, ces histoires de là-bas. Parce que, même si, alors, en tout cas maintenant! moi? jaloux d'Alit, vous rêvez. Autant être jaloux d'Hölderlin. Un livre ou un homme, c'est pour le temps perdu. Puis j'arrive. Elle le pose. Le livre, s'entend. L'homme, elle l'oublie. Le livre. C'était peut-être *Trilby*. Et quand ça serait *Sjekspir!*

VI

J'ÉCOUTE SEUL MA LANGUE INTÉRIEURE

Maintenant qu'elle a de longues heures avec la blessante lueur de la neige, et le silence de Paris, rien à faire qu'attendre Philippe, ou tout au moins semblant de l'attendre, et même Agnès ne peut venir ici, lire peut-être, quoi ? en tout cas, c'est juré, pas même téléphoner à ce vieil homme qu'elle tient pour une pure et simple vue de l'esprit, et le chauffage central insuffisant on a fait apporter des boulets pour la grille dans la cheminée, les tisonner, en remettre, et on se salit les doigts... Marie-Noire invente, invente sans fin sa propre histoire, et ce que cela sera quand il faudra gagner sa vie avec les *public relations* et comment s'en tirer, l'enfant, Philippe qui ne supporte pas les cris, d'ailleurs il n'y a plus de Philippe, elle l'a laissé, si ce n'est pas à Agnès, parce qu'Agnès vraiment, c'est à une autre, peut-être l'a-t-elle mis en nourrice, l'enfant, en Bretagne ou dans le Morvan, elle s'est acheté une petite voiture, on ne dépend plus d'un garçon comme ça, d'ailleurs elle a pris le goût des hommes faits, ceux à qui on donne un rendez-vous dans un lieu, à trois cents kilomètres de Paris, qu'on ne connaît ni l'un ni l'autre... tous les deux trompant quelqu'un... avec ce sentiment que c'est cela, c'était cela notre vie, ici, où l'on n'aura été avec personne d'autre, on s'est juré de n'y jamais revenir avec personne, et l'on ne se reverra plus, inutile, mieux vaut

se faire de beaux souvenirs amers, il n'y a rien de
merveilleux comme les regrets. Elle a oublié Philippe,
était-ce bien Philippe, son nom ? L'enfant. Quand il
sera plus grand, elle dira, c'est tout le portrait de son
père. Elle aura oublié qui (elle a bien oublié le sien, de
père). Elle n'aura d'autre mémoire de lui que cet enfant, qui se souviendra de comment donc, pour elle,
s'en souviendra dans son nez court, sa couleur, une
certaine beauté du corps, le goût des chansons. Et
comme le petit n'en aura rien su, elle non plus ne saura
pas qu'au temps où il n'était pas même encore question d'Oscar, elle appelait Philou, doucement mon
Philou, ce type, qu'est-ce qu'il est devenu ? qui d'a-
bord ne voulait pas du gosse, puis s'est mis à pleurer
qu'elle le prenne pour elle seule, s'est brusquement mis
à parler de sa chair, de son sang... Ce que ça peut être
con, un homme... Et ce soir, il va revenir, Marie-Noire
ne lui demandera pas d'où il vient, elle le laissera
mentir, raconter sa journée, l'embrasser, tellement
se plaire à son double jeu qu'il l'aimera vraiment, elle,
sa Marina, comme il peut aimer... Ah, qu'est-ce que
je fais à imaginer ainsi Marie-Noire ?

Qu'est-ce que cela me fait, d'abord ? Si j'étais un
songe de Marie-Noire, un jeu de sa solitude, je pren-
drais corps maintenant comme jamais. Elle a besoin
d'un comparse de mon genre, un interlocuteur à qui
parler de Philippe, du peu d'intérêt qu'elle a de
Philippe. Mais regardez-la-moi, cette enfant... quelle
vraisemblance a-t-elle ? D'abord, elle était pareille
à toutes ces petites jolies qui traînent les plages, les
cafés, les cinémas. C'est-à-dire qu'à m'en croire,
comme je la voyais, il était parfaitement impensable
qu'elle connût tout ce qu'il faut bien qu'elle connaisse
pour devenir ce qu'elle est, pour être ce qu'elle est
devenue, son langage. Java, par exemple. Vous me
direz, Java, et bien entendu peut-être que je lui prête
Java, puisque j'ai vécu à Java. Mais Blanche. Est-ce
que je lui prête Blanche ? Est-ce que je sais, moi, ce
qu'est au vrai Blanche... J'évitais d'en parler. D'y

penser. Enfin d'y penser devant quelqu'un d'autre. J'essayais de l'oublier. J'y parvenais peut-être... Mais d'imaginer Marie-Noire, tout me ramène à Blanche. J'ai peu à peu donné à cette fille des vues sur les choses, des préoccupations, des connaissances, qui ne répondent plus du tout à sa première image. Elle s'est insensiblement modifiée, pour comprendre Blanche. Je l'ai peu à peu faite semblable à Bl... ah non, pas ça! Je me servais de Marie-Noire, oui, mais c'est tout. Parce qu'en réalité j'avais besoin de son intermédiaire pour regarder mon malheur en face. Je la chargeais de voir, seulement de voir Blanche. Autrement que dans ce halo d'or de mes yeux. Je faisais d'elle, à la fois, l'alliée de Blanche, par cela qu'ont en commun les femmes... enfin qu'il est coutume de penser qu'aient en commun les femmes. A la fois l'alliée de Blanche, et ma complice, pour épier Blanche dans notre passé, pour regarder dans Blanche, dans l'âme de Blanche, le silence de Blanche, par les yeux détournés de Blanche... En même temps, je jouais. J'ai toujours joué. De tout, avec tous, avec moi-même. Toute ma vie n'aura été qu'un jeu prolongé. Ce goût que j'ai des parlers humains... et même j'ai eu la tentation d'aller au-delà, de proche en proche. Il ne me suffisait pas d'abord de comprendre les hommes que je pouvais rencontrer par leur langage, comme un joueur de ping-pong que ronge l'ambition de se faire champion de tennis, je prolongeais les routes de la connaissance, de mon parler natal, aux autres parlers, par les veines des mots, leurs modifications, leurs parentés, puis je m'étais mis à provoquer mon ignorance, à me consterner de mes frontières, à secouer les bornes de mon pauvre savoir, à interroger d'autres groupes humains, leurs yeux devant moi vides, l'incompréhensible du bruit qu'ils font avec leurs lèvres, qu'aucun lexique ne permet de comprendre, si d'abord on ne connaît pas leurs mœurs, leurs religions, leurs rêves, le sol de leur pays, leurs volcans, les catastrophes des eaux, les bêtes inimaginables de leurs forêts, les oi-

seaux de leur ciel... et puis, même, à distinguer les
dialectes d'une île, les vocabulaires mêlés, les reflets
de sociétés dont la coexistence est comme le kaléidoscope des siècles, les centaines, les milliers de langages
dont le vertige me prenait non pour l'étendue de leur
domaine, mais des écarts comme crevasses entre eux,
et j'étais devenu cette passion, cette soif sans limites,
j'étais la victime consentante d'une drogue sans nom,
d'un besoin vital, lequel ne me permettait jamais de
m'arrêter, de me reposer l'esprit à faire halte entre
deux tribus quelque part, dans une oasis sans paroles,
où j'aurais pu regarder un instant le monde comme
une bande dessinée. Je ne pouvais plus passer la main.
Je criais banco à tous les mystères de l'homme, et je
n'acceptais pas de perdre. J'avais dans mon propre
pays des retours d'épouvante : une absence de trois
ou quatre ans, et déjà mon propre langage, celui de
mon enfance, était de partout lézardé, les mots avaient
changé de sens, il en était poussé de nouveaux devant
qui je m'interrogeais, jamais sûr de les comprendre
pleinement, comme des chemins ouverts pour lesquels
il n'y a pas encore de cartes géographiques. Tous les
phénomènes du langage, ceux de la syntaxe, les variations orthographiques, me jetaient à la terreur. En
vain, j'essayais de me tromper, à établir des règles à
mon jeu, à feindre qu'elles avaient toujours existé,
une sorte de hiérarchie des problèmes, distinguant
entre les langues à proprement parler, à la rigueur
les dialectes, mais rejetant dans une zone sans noblesse les milliers et les milliers d'argots, décidant de
négliger ces langues de Sioux des voleurs, des artistes, des étudiants ou des métiers. Et puis je me
rendais compte de la tromperie que cela constituait
de ma part à mes propres yeux. Tout le reste, tout ce
que j'avais acquis, tout ce que j'avais pénétré, était
miné par ce manque à savoir, perdait toute valeur
réelle, j'étais envahi par les sables d'un désert, je me
sentais le sauvage qui croit connaître les mathématiques parce qu'il s'est donné un nom numérique pour

chacun de ses doigts. Il m'arrivait de penser que ce n'était pas seulement dans le groupe humain qu'il décrit qu'un langage a sa raison d'être, mais plus sûrement dans sa valeur de communication. Est-ce que, ce disant, je me comprends même ? Je veux dire, probablement, je veux dire que je me sentais comme l'enfant, constamment comme l'enfant qui apprend à parler sa première langue, encore chargée de rien de ce qu'elle sera pour lui, adulte ou avant de l'être, puisqu'il est en réalité réduit à quelques fonctions naturelles, qu'il n'a accès à aucun des concepts sociaux ou sexuels qui sont la syntaxe mentale de l'homme partout. Devant chaque langage, et devant chaque convention d'échange, imposée par des conditions de vie différentes, les révolutions ou les machines... je n'en finirais pas. D'autant qu'une nouvelle épouvante m'était née, au-delà de l'humanité, depuis que la zoologie avait commencé à se persuader que les espèces animales ont sinon leur langage, du moins leur signalisation, et que les faits s'amoncelaient des moyens de communication entre les singes ou les oiseaux, qu'on se mettait à se persuader que les poissons ont la parole. Naturellement, pas la parole, mais quelque chose comme un royaume de cris. J'avais beau me dire halte, maintenant tout langage humain me faisait métaphore pour des faits extérieurs à l'humanité, je me méprisais de prétendre n'avoir intérêt des échanges de la pensée entre les individus d'une espèce vivante que dans d'absurdes, d'étroites limites morphologiques de l'être. J'aurais voulu m'en tenir à ce que l'on tient pour scientifique. J'aurais voulu m'en tenir aux limites reconnues du savoir. Croire avec ce professeur à la Sorbonne, qui a écrit, il y a quoi, cinq, six ans, et fait réimprimer cette année même, que le « langage des animaux » est une invention des fabulistes... Un homme très intelligent, un de ceux parmi mes collègues que j'estime le plus. Et puis... il s'agit bien de savoir si le renard et le corbeau peuvent ensemble converser ! La tentation est plus terrible. Pourrais-je, par exemple, négliger les mots de parfum qu'entre eux échangent les arbres ? Et, sans aller si loin, il y a de troublantes ressemblances entre l'école Berlitz et ce qui se passe chez les corneilles migratrices qui, mises en contact tant dans leurs déplacements d'automne que de printemps, avec des vols congénères venant d'autres pays apprennent le dialecte d'une autre partie de l'Europe, ou le crailler américain. N'y a-t-il pas même des corneilles qui apprennent le parler des mouettes ou celui des choucas ? Tous les ans nous apportent des faits nouveaux, mais nous nous refusons à leur donner valeur sémantique. Moi, le premier. Sans doute n'y a-t-il pas langage à notre sens, entre les animaux, mais signalisation. Mais n'existe-t-il pas une pensée signalisée... l'âme se forme alors à un autre niveau, c'est tout. Et j'étais pris de ce vertige de *croire* des choses contraires aux principes de la science. Là est le trouble : on dépasse les limites, on veut se corriger, et puis. On en fait devant soi une sorte d'affaire psychologique : c'est ainsi que, quand je disais tantôt que je n'étais qu'un joueur, quand je cherchais à expliquer ma démence par le jeu prolongé, transformé, accru, ce n'était sans doute que pour me trouver des excuses. Je commençais à comprendre ce que les religions ont voulu dire avec leurs défenses de connaître, cette histoire de l'arbre de la science, et tout ce qui s'ensuit. Et il n'y a pas que les religions, imaginez-vous. Les limites de la raison, on me les impose aussi bien au nom de l'athéisme, du matérialisme même. On est plus prêt à croire pouvoir converser avec des êtres habitant sur Mars qu'avec une fourmi ou une fleur terrestres. Comme si outrepasser le domaine humain était plus extraordinaire que déchiffrer après des siècles et des siècles l'écriture cunéiforme ! Ou même, dans le temps de notre vie, pénétrer dans l'âme d'un autre, s'expliquer un autre être humain par la psychologie ou la comparaison... s'expliquer un être humain par un autre être humain. Le langage, j'ai beau me jurer qu'il ne relève pas de la sorcellerie...

Or, j'étais sur le bord de penser qu'essayer, de ma part, de réduire ma folie à une variété du jeu, c'était fuir devant la conscience de ce que cela touchait au vice, et peut-être au crime. Je voulais et je ne voulais pas le comprendre. Blanche...

J'ai inventé Marie-Noire pour, par ses yeux, regarder Blanche sans souffrir. Parce que tout ce vertige d'apprendre, de savoir, cet appétit de communiquer avec autrui, des peuples, des espèces, comment n'en aurais-je pas vu qu'ils échouaient devant Blanche? Devant l'être le plus proche, la créature ouverte à mon âme, ou je le croyais, ma tentation du jour et de la nuit, mon but, ma femme, j'étais soudain comme la main devant le miroir qui croit toucher une main et ne touche que le mur de verre. Même ce langage de nous, celui qu'a formé le vivre à deux, au bout du compte était un mur de verre, un trompe-l'œil (ou l'oreille) par quoi l'échange est feint, les mots ne vont qu'à mi-chemin et me reviennent, humiliés, comme d'avoir heurté la cloison qui nous sépare. J'ai mis longtemps à le comprendre. Et que parler même était silence. Comment se pouvait-il que nous fussions l'un à l'autre étranger? Je refusais de le croire, à en courir, à en crier, à en frapper les pierres de mes poings. Enfin, les marins qui débarquent sur un continent inconnu, finalement ils trouvent avec les indigènes une convention de gestes et de bruits, un langage animal, pour employer cet adjectif au sens ancien, et il s'agit bien d'échanger un peu de leurs âmes. Et nous parlions pourtant même langage, Blanche. Ou les mots pareils signifiaient-ils autre chose pour toi et moi? Avoir ainsi cru tenir, savoir démonter, remonter le mécanisme des paroles, découvrir le Sésame variable d'autrui, des millions d'autrui, les modes à l'infini variés de l'expression des choses *d'où qu'on les voie*, pour éprouver l'impénétrabilité du seul être qui semblait partager mon être. On me dira que c'est chose très banale. Et que m'importe sa banalité! Je ne pouvais pas apprendre comme un alphabet, une grammaire,

ce qui pourrait accorder ma pensée à la pensée de
Blanche, ce qui ferait qu'elle lui soit musique. Il y avait
entre nous, parlant l'un à l'autre, ce grand drame d'un
silence au-delà des paroles. Parfois je doutais que
Blanche l'éprouvât, tant elle était avec moi naturelle,
et alors je me disais que de ma part tout cela n'était
qu'illusion, fantasme, hantise... il m'arrivait même
de me persuader que nous *parlions*. Et alors je m'abandonnais, je croyais avoir échappé à mon obsession, je
me disais que l'apparence était réalité, que nous
vivions ensemble, qu'elle m'aimait comme tout, absolument tout dans son comportement semblait le dire.
Pendant un moment, ou des heures, parfois des jours,
je riais de ma folie, déjà je l'oubliais, j'étais à l'aise
avec moi-même, je la regardais, Blanche, comme si
j'étais nu, que rien de moi ne lui fût caché, et Dieu
sait que je ne lui cachais rien, puis soudain, ... ah,
cela, ce sentiment brusque, ce rappel à l'ordre... Il y
a eu des fois, comment dire autrement, des fois...
où tout se brisait entre nous, non par je ne sais quel
éclat, quelle scène, non, par une soudaine conscience
réciproque, d'être l'un à l'autre étranger, une sorte
de répulsion qu'elle avait de moi, qu'elle ne pouvait
pas, ou plus, me cacher. Vous me diriez de m'expliquer,
de raconter une de ces *fois*... comment voulez-vous ?
Je n'ai de chacune gardé que la terreur, le sentiment
de quelque chose entre nous d'abominable. Comment
c'était venu, à propos de quoi, en liaison de quels faits,
de quel heurt, comment comment vous le dirais-je ?
J'ai voulu souvent en mourir, et puis elle me disait :
tu ne descends pas, la soupe est froide... ou non... une
accentuation de la voix comme d'une souffrance ou
d'une tendresse. J'étais toujours si prêt à croire m'être
trompé, ou que simplement il n'y avait qu'à plier
l'épaule et ça serait fini... Aucune phrase ne jouait
ici le rôle médiateur, simplement en moi comme un
renoncement, le tort que je me reconnaissais même
si je ne savais plus de quoi, et quel nom peut-on donner
à cet apaisement, à ce contraire de la colère ? à ce

contre-mécanisme qui semble non point contredire la colère, mais la nier, nier qu'elle ait jamais pu être. Et puis, tout d'un coup, regardant Blanche, naturelle, naturelle! j'éprouvais devant moi son absence, un sentiment pire que tout, à en crever, qu'il n'y avait même pas à protester, à vouloir provoquer un réflexe, elle n'était plus là, je n'avais devant les yeux que son apparence machinale... Peut-être m'a-t-elle toujours détesté ? C'est intolérable à penser, c'est faux, bien entendu, c'est faux. Et sa voix naturelle : « Geoff', tu viens te coucher, Geoff' ? » Une femme ne saura jamais quelle force il a fallu toutes les nuits du monde, à un homme qui l'aime, pour qu'elle n'entende pas ses sanglots. Et, parfois, sa voix endormie : « Tu ne dors pas, Geoff' ? Qu'est-ce que tu disais, Geoff' ? » Je ne disais rien. Cela ne s'appelle pas dire.

J'avais orienté Marie-Noire vers ce temps où Blanche avait, sans l'avouer, commencé d'écrire. D'écrire sur des cahiers. Des choses. Sans le dire. Et d'abord je n'y prêtais pas attention. Puis j'avais peur si je lui demandais... il n'y avait peut-être rien à demander. Écrire, le mot même, s'il m'effleurait, c'était pour désigner simplement un fait matériel. Sans l'emphase de l'*écrire* pris au sens absolu. J'avais remarqué à leurs couvertures que des cahiers, de couleur différente, n'étaient pas toujours les mêmes dans ses mains. Comme si elle avait marqué sur l'un ou l'autre qui revenait des choses différentes, de nature différente. D'abord, je n'y attachais pas grande importance. Peut-être notait-elle des conversations qu'elle avait eues, dont elle m'avait parlé, à quoi je n'avais peut-être pas donné assez d'attention. Avec un *kœsir* de *sado* à Batavia comme avec Alit. Est-ce que je savais ? D'ailleurs, quoi que ce fût qu'elle écrivît, si elle ne m'en parlait pas, je lui devais de sembler n'en rien savoir. C'est là une grande différence entre elle et moi : d'habitude, au moins. Quand elle a quelque chose sur le cœur, elle ne peut longtemps le garder, elle en parle, elle n'hésite jamais devant une conversation dont, moi, en semblable situation, je redoute les effets, le caractère de fait acquis donné à des pensées fugitives, peut-être sans importance, en tout cas qui se dissiperont si l'on n'en parle pas.

Tenez, ce trait-là de mon caractère, c'est probablement lui qui m'a fait imaginer tout un coté des rapports de Marie-Noire et de Philippe. Comment Marie-Noire prononce le nom d'Agnès et Agnès devient un fait... tout ce passage. Vous le voyez, que c'est moi qui les imagine, et pas Marie-Noire qui m'invente, bien que l'exemple imprudent que je viens de donner puisse aussi se retourner... Moi, donc, j'espère qu'une chose pensée, qui m'est comme une épine dans un doigt, pas question de se le charcuter, elle sortira toute seule, elle s'évanouira, — va peu à peu se dissiper, on n'en parlera plus, pourquoi en avoir parlé? Blanche est pour la chirurgie. Elle.

Et si je suis ainsi pour ce qui me blesse intérieurement, pourquoi ferais-je autrement pour ce qui est sans importance? Comme d'écrire de temps en temps sur un cahier bleu ou vert ou jaune. J'ai mis longtemps à penser, manque d'expérience, que, pourtant, ces secrets entre nous, l'existence entre nous d'écrits secrets, pouvait prendre un tour différent, une signification d'autant plus grave qu'aucun signe, aucun mot, n'était capable de l'exprimer. J'ai mis longtemps à craindre le *fait acquis*. Comment eussè-je imaginé *a priori* que des pages d'écriture pouvaient être, pour nos rapports, pire menace que la présence trop fréquente d'Alit, d'un homme quelconque? C'est d'un homme qu'à Othello, dans l'abord si loin de toute idée de jalousie, parle Iago, et le More s'exclame:

> *Exchange me for a goat,*
> *When I shall turn the business of my soul*
> *To such exsufflicate and blown surmises...*

Etc. Bien sûr que tourner la besogne de mon âme à des allégations si vaines et soufflées que de voir dans des pages écrites un objet de jalousie, m'eût alors paru le fait du bouc et non de l'homme, et comme le More de Venise, j'aurais nié ce que j'allais devenir. Laissons cela. Cette mise à feu de moi-même.

Mais tout de même qu'avait-elle à me dire, Blanche, qu'elle ne me disait pas ou ne pouvait me dire, qu'elle préférât l'écrire et j'entendais apparemment *me* l'écrire, encore que, au moins où elle en était, elle eût sans doute voulu me le cacher, peut-être pour arriver avant de le, de me le montrer, à un certain degré de l'expression ? Tout se passait comme si un langage s'inventait, comme si Blanche mettait au point, que sais-je ? une sorte de grammaire nouvelle, d'ordre entre les mots qui leur donnât valeur irréfutable, et parvînt ainsi à faire passer en moi ce qu'apparemment la pauvreté des moyens de communication entre nous jusqu'alors n'avait jamais réussi à transmettre. Quelqu'un qui aurait pénétré ma pensée aurait sans doute ri de moi, de me voir impuissant à m'inventer, m'expliquer le mystère de Blanche n'écrivant qu'ainsi, par rapport à moi, tout naturellement par rapport à moi. Et m'aurait dit que j'étais en cela, en cette façon de croire la vie intérieure de celle que j'appelais avec tant de légèreté *ma* femme, possessif de niais ! seulement tournée vers moi, nécessairement tournée vers moi, rien d'autre que ce bouc dont parle Othello.

Remarquez, il ne s'agissait que d'une explication fugace, qui ne prend ici d'importance précisément que d'être écrite. L'homme effleuré d'idées court de l'une à l'autre, et croyant se rappeler ce qu'il s'était mis à penser, passe de thème en thème, ne donne pas suite au développement aperçu, perd son chemin dans ses pensées, bifurque, et court comme phalène à la lampe voisine. Après tout, écrire, quoi que ce fût, n'était-ce pas de sa part, à Blanche, avant tout, me, fuir ? Tout autant que lire, plus... Encore l'égocentrisme du bouc. Elle n'a pas besoin de *me* fuir, c'est fuir, sans penser à moi, qu'elle fait. Peu à peu, je comprenais avec horreur qu'elle ne m'écrivait pas. Avait-elle alors besoin contre moi d'un refuge? Je pensais encore *contre moi*, comme pour me donner ce contrepoids déchirant d'un déchirement. Ce *contre-moi*-là, où je trouvais, je voulais trouver compensation, pour que la fuite, le silence l'oubli demeurassent encore les phases d'un dialogue entre nous. Un refuge... Comme les romans, les poèmes. Mais, dans ses cahiers, où donc voyageait Blanche?

Je les regardais de loin, ces cahiers multicolores, avec la peur un jour de me déshonorer à les ouvrir, sans permission. Je savais bien en être incapable, mais. A la longue, vous savez. Ainsi me disais-je, dans la crainte que j'avais de moi-même, à quoi cela me servirait-il? Si ce n'est pas écrit pour moi, cela ne m'apprendra rien d'elle. Puis j'imaginais le délit accompli, son caractère irréparable. Même si Blanche n'en savait rien. Pour moi. Pour le bouc, pour le malheureux petit bouc. Ce qui, peut-être, avait pour but de m'ouvrir les yeux, le cœur, sur quoi je ne sais? de l'avoir surpris, déchiffré comme un texte laissé par des hommes d'un autre temps, aurait créé entre nous un secret, une barrière. L'irréversibilité des siècles. Et ainsi de suite.

J'épiais Blanche. Je faisais semblant de sortir, sous des prétextes divers. Je la laissais dans la grande pièce, je feignais de prendre le chemin du *kampong*, et puis je revenais par-derrière, et par la fenêtre, à revers, je la regardais sans qu'elle en sût rien sur le divan, enfoncée entre les coussins, qui écrivait, sur un cahier ou l'autre, ses épaules nues, l'éclair d'un de ses bras en l'air soudain... Puis je me rejetais, car elle se levait, allant sans doute se faire du thé, je l'observais comme un voleur, ma beauté. En passant qui s'arrêtait devant le miroir, épinglait ses cheveux glissants d'un petit peigne sur la tempe... A qui pensait-elle?

Je mesure aujourd'hui le chemin que d'obscures pensées avaient fait dans mes profondeurs au changement de nature qui s'était opéré dans mes rapports avec Alit. D'abord, je le fuyais, lui, moi, j'avais comme un point d'honneur à le laisser avec Blanche. Ayant très rapidement compris l'intérêt qu'il lui portait. Non que je fusse à ce point sûr d'elle, et de moi, mais dans la crainte qu'à rester là quand il venait la voir j'eusse eu l'air du dindon qui s'impose ou du mari qui surveille. Je m'éloignais donc, m'inventant des occupations problématiques. C'est ainsi que je fus pris d'une curiosité sans borne pour la mécanique mentale des Dayaks venus travailler dans la région et que, même, je pris prétexte d'approfondir les problèmes de leur langue, auprès de sujets mentalement plus développés qu'eux, pour un voyage à Bornéo, qui avait à mes yeux en réalité valeur d'expérience, d'une expérience assez dangereuse, assez affreuse vraiment : laisser champ libre à ce qui devait se produire, si cela devait se produire. Le récit qui a été fait de ce moment de ma vie s'entend du point de vue de Marie-Noire, c'est un regard de femme sur ce que j'étais, ou ce que je suis. Je n'aurais pas permis à cette fille de voir en moi. Au fond, je ne suis pas différent de la plupart des hommes qui distinguent carrément ce dont ils parlent avec leur femme de ce qui fait le fond des conversations *entre hommes*. Seulement, moi, cela ne se passe pas au café, c'est entre moi et moi. J'écoute seul ma langue intérieure. Je me prenais de plus en plus à parler au-dedans. Cela ne ressemble pas à la pensée courante, cela tient autrement du discours logique, j'avais le sentiment de choisir mes mots, je mettais l'accent sur certains d'entre eux, je me permettais même, les prononçant sans les prononcer, de les charger d'un sens un peu différent de leur acception coutumière. Il se formait en moi, peu à peu, ainsi, un argot qui n'avait emploi que pour exprimer les nuances, non, un peu plus grossièrement, le caractère propre des relations entre ma femme et ce garçon, considérées dans leur évolution même. Blanche m'ayant fait un jour la remarque, nous étions déjà revenus à Batavia, où très peu de temps après nous Alit était apparu, ses études botaniques exigeant des recherches d'un autre type que celles qui peuvent se faire à Buitenzorg, Blanche donc, m'ayant fait observer ce qu'il y avait d'assez étrange, et peut-être de mal élevé, à cette brusquerie que je mettais à m'en aller dès que le petit prince arrivait chez nous, je m'étais cru forcé à sembler me plaire à la compagnie de cet homme, à le prendre même à part, pour des conversations qui auraient sans doute ennuyé Blanche, et d'ailleurs ne l'avait-on pas interrompue, elle faisait, m'avait-il semblé, sa correspondance... Enfin, j'en vins même à me promener en tête à tête avec Alit dans les faubourgs et la campagne suburbaine. De la linguistique, le petit Alit, c'était son violon d'Ingres, les liens sémantiques entre le français et l'anglais dans le haut moyen âge, nous passions à d'autres sujets, nous parlions politique.

Il essayait de m'expliquer la nature des erreurs successives accumulées par les Hollandais dans la psychologie indonésienne. Il tentait de m'expliquer cette curieuse contradiction qu'avait introduite dans le pays précisément l'accueil fait en Hollande aux intellectuels, aux aristocrates des Indes néerlandaises et, particulièrement, à des demi-sang, des lip-laps comme on les appelait, que leurs pères naturels avaient cru pouvoir transformer en Hollandais à part entière. L'occidentalisation, qui paraissait une nécessité pour le développement de leur pays à des fils de rajahs, avait eu pour effet de créer une sorte d'abîme entre eux et leurs paysans, qui n'y pouvaient accéder. Et bien qu'on ait inventé cette « politique morale » au milieu de l'autre siècle, laquelle avait sans doute pour origine, plus que des considérations éthiques, la nécessité de trouver dans la population même des éléments suffisamment instruits pour permettre d'appliquer la politique des cultures forcées...

Moi, je l'écoutais avec intérêt, mais ses discours étaient pourtant troublés à mes oreilles par la voix qui parlait en moi de tout autre chose. Que me racontait-il de cette fille d'un régent des Preanger dont les lettres publiées avaient, à son avis, joué un rôle déterminant pour cristalliser les tendances nationalistes de l'aristocratie javanaise ? Que l'éducation est une arme à deux tranchants pour des colonisateurs qui entendent garder leur pouvoir, tout en partageant leur science, ce n'est pas une nouveauté. Sans doute, Alit voulait-il m'expliquer que son cas n'était ni isolé ni surprenant, et que, peut-être s'il avait pris une certaine conscience de ce qu'il y avait d'hypocrite dans les bons sentiments des Hollandais, c'était qu'il avait été élevé, lui, dans une école anglaise, mais pas seulement. En 1908, c'est-à-dire quand il avait au plus deux ans, s'était fondé le mouvement politique du *Bœdi Œtoma, how do you say it in french ?* « *High endeavour* », *in english*... surtout un mouvement javanais, j'avais un frère aîné, pas de la même mère, qui en faisait partie, ils étaient des intellectuels, des nobles, des fonctionnaires là-dedans... puis les mahométans, sur une base confessionnelle, formèrent le *Mœhammadiyah* d'où sortit un peu plus tard le *Sarékat Islam*...

Je ne l'écoutais plus. Ni comment le *Sarékat Islam* était alimenté par les riches, les commerçants, et comment le marxisme... La question que je me posais était la suivante : pourquoi Blanche, qui parle librement avec ce jeune homme, dans une langue qu'elle connaît parfaitement, devrait-elle écrire pour lui ce qu'elle veut lui dire, et qu'elle me cache ? Parce que enfin les études de chimie qu'elle faisait quand nous nous sommes rencontrés ne peuvent pas être à l'origine de ces longues rêveries, la plume à la main, et si c'étaient des préoccupations anciennes qui l'avaient reprise, elle aurait ses livres à côté d'elle, elle tenterait de s'équiper du point de vue laboratoire... est-ce que je savais ! Elle n'écrivait pas plus pour Alit que pour moi. La sympathie que montrait ce jeune homme pour le PKI... c'est-à-dire le *Partai Komunis Indonesia*, qui s'était formé par scission de la section de Semarang du *Sarékat Islam*... cette sympathie avait quelque chose de paradoxal, plus encore que pour sa naissance, pour ce raffinement du costume et du discours, et cet accent oxfordien en anglais. Je pensais à cette pièce de Bernard Shaw, vous savez? *Pygmalion*, où un linguiste fait d'une fille des rues parlant cockney une femme du monde par l'éducation du langage, cela ne diffère guère de Trilby transformée par le regard de Svengali en une cantatrice qu'applaudissent New York et Milan... cela n'est pas moins curieux que de voir ce jeune prince javanais doublement façonné par le pédantisme d'Oxford et la lecture de Lénine. J'avais très mal suivi ce qu'il m'avait dit du *Perhimpœnan Indonesia*, une association d'étudiants indonésiens dans les Facultés de Hollande qui existait depuis une dizaine d'années quand certains de ses membres de retour dans leur patrie avaient ouvert des cercles d'études dans les principales villes d'Indonésie... Mais, tout de même, on n'écrit pas pour soi seul. Pour soi seule. De quelle nature pouvaient donc être les pensées de Blanche qu'elle avait ainsi le besoin de les fixer? Tout de même, quand on écrit, on doit avoir une certaine représentation de l'interlocuteur muet pour qui... Interlocuteur n'est pas le mot, puisque précisément il ne vous coupe pas la parole, il ne vous donne pas la réplique, il ne peut infléchir votre discours. Auditeur, spectateur... Quelqu'un qui écrirait *pour* ne pas être lu, j'imagine mal comment il aurait la tête faite.

« Eh bien, j'espère que vous avez fait une longue promenade! — dit Blanche —. Un scotch, Alit? »

Elle lisait quand nous étions revenus. Quoi? Elle ne me parlait jamais de ses lectures. Le livre était posé sur un fauteuil, ouvert, vous savez, le dos en l'air, les pages où l'on en est le nez dans l'étoffe. Je n'aurais pas demandé qu'est-ce que tu lis, ni ouvertement regardé ce que c'était, ce livre. Cela me paraissait indiscrétion. Mais, à la dérobée... un livre allemand... j'y revins à deux fois pour déchiffrer le titre : *Hyperion oder der Eremit in Griechenland*... cette langue n'est pas mon fort : en ce temps-là, je ne connaissais que quelques vers de Hölderlin, un peu plus que les poires jaunes, tout de même ! mais enfin le nom de Hölderlin ça me ramenait en arrière à Strasbourg, ce café où on jouait au poker... Blanche. L'allemand, elle y était chez elle presque autant qu'avec l'anglais. Sa mère le lui parlait, enfant, parce qu'elle croyait, elle, à la vertu des langues étrangères pour développer l'esprit. Et puis qu'elle était de cette génération pour qui parler allemand était marque d'indépendance, cette dame : la mienne, somme toute, à quatre ou cinq ans près. Quand j'ai demandé à Blanche, comme si j'avais vu un bouquin dans ses mains et que je n'en savais rien : « Qu'est-ce que c'est, ce livre allemand que tu lisais l'autre jour ? », elle a un peu détourné la tête, hésité, puis, semble-t-il, pour écarter le sujet de conversation : « Un livre allemand ? Moi ? Tu rêves ? » J'ai donc parlé d'autre chose. D'ailleurs, ce n'est que beaucoup plus tard que jai lu *Hypérion*, moi. Alors je ne me demandais pas, je ne pouvais pas me demander, pourquoi Hölderlin avait donné à Diotima cet étrange amant, qui la laisse pour guerroyer en Grèce, pour l'indépendance de la Grèce, si la Grèce n'était pas une métaphore pour masquer le véritable sujet de son éloignement, la Révolution française. En 1792, Hölderlin, encore étudiant à Tubingue, décide d'écrire ce qui sera *Hypérion*. Or, c'est cette même année qu'à Souli, à une douzaine de lieues au sud de Janina, les Grecs réfugiés d'Épire se constituent en république, ayant sous le commandement de Kitzos Botzaris et Lampos Tavellas vaincu les Albanais d'Ali-Pacha. A vrai dire, dans *Hypérion*, ce sont les combats des Souliotes en 1770 qui forment le fond de la toile. La guerre de Grèce d'Hölderlin, malgré les emprunts faits au *Voyage pittoresque de la Grèce*, du comte de Choiseul-Gouffier, demeure tout imaginaire. Mais, au temps même où la première idée du roman vient à l'étudiant de Tubingue, les Rois coalisés marchent contre la République française. Et j'ignorais, moi, quand j'ai lu *Hypérion*, ce que nous avons appris plus tard, l'an dernier, dans un article des *Études germaniques* [1], et qui est qu'avec Hegel et Schiller Hölderlin dès 1790, donc à vingt ans, avait fondé un club politique secret sous l'effet de la Révolution française, qui n'a point été un simple enthousiasme de jeunesse : *Hölderlin*, écrit M. Bertaux, *n'a jamais renié cette conviction jacobine*. Et sans doute que le jeune homme n'a eu recours à la *fable* grecque, au décor restreint des événements d'Albanie, que parce que, en ce temps-là, en Souabe, la pure et simple apologie des armées républicaines de la France n'eût pas été possible. D'ailleurs même ainsi, *Hypérion* met longtemps à paraître, bien qu'il soit question d'un important fragment envoyé par la poste à un ami en mai 1793, d'un plus important encore en juillet de cette année. A l'enthousiasme de son premier correspondant, Hölderlin répond : *Ce fragment a plus l'air d'un pot-pourri de caprices fortuits, que du développement mené à bien d'un caractère solidement conçu, parce que je laisse encore dans l'ombre les motivations des idées et des sentiments... et je veux bien que ce soit pour les besoins de l'esthétique,* mais il est permis de penser que le décor souliote relève d'un art que nous appelons la contrebande. Et le deuxième livre d'*Hypérion*, la fin du roman, ne paraîtra qu'en 1799 : c'est alors, aux dernières pages, le héros quittant sa patrie pour se rendre en Allemagne, que l'auteur, abondonnant sa Grèce métaphorique, et sortant de son rêve pour se retrouver parmi ses compatriotes, écrit à Bellarmin, le destinataire des lettres de quoi est formé le roman, un ami imaginé comme destinataire des lettres, le *vous* explétif (le *tu* explétif), et de qui nous ne savons rien

---

1. Pierre Bertaux, *Du nouveau sur Hölderlin* (Études Germaniques, n° 2, avril-juin 1965).

de rien, sinon précisément et depuis les premiers jours, la première lettre, qu'il est un Allemand : *C'est ainsi que j'arrivai en Allemagne... J'arrivai humblement tel Œdipe aveugle, sans patrie, aux portes d'Athènes... C'est une dure parole que je vais dire, et je la dirai pourtant parce qu'elle est véridique. On ne peut concevoir de peuple plus déchiré que les Allemands. Tu trouveras parmi eux des ouvriers, des penseurs, des prêtres, des maîtres et des serviteurs, des jeunes gens et des adultes. Certes : mais pas un homme. On croirait voir un champ de bataille couvert de bras, de mains, de membres pêle-mêle, où le sang de la vie se perd lentement dans les sables...* et à quelques pages de là, comme pour s'excuser auprès de l'Allemand Bellarmin : *... tu ne prendras pas cette diatribe en mauvaise part. J'ai parlé en ton nom ainsi qu'au nom de tous ceux qui habitent ce pays et y souffrent comme j'ai souffert*[1]... « J'ai souffert » ne désigne pas Hypérion dans les combats de l'indépendance grecque, mais l'Allemand Friedrich Hölderlin dans son propre pays, cela est d'évidence. Comme Hölderlin, dans ces années où c'est la République française, telle qu'il en jugeait dans sa *conviction jacobine*, qui a été vaincue, et non point la République souliote qui ne fut abattue qu'après une troisième guerre, quatre ans après cet automne de 1797 qui avait vu paraître la seconde partie de *Hypérion*.

Tout d'un coup, la chose me saisit : à Java, quand je surpris Blanche à lire *Hypérion*... mais bien sûr ! Rien de ce que je viens de dire ne pouvait m'occuper l'esprit, je n'en savais rien, je ne m'y intéressais même pas, Hölderlin ne m'était qu'un poète d'anthologie, et encore peu, ou mal représenté dans les anthologies... sa vie, ses idées, moi... Je n'ai pas la plus légère idée de ce qui a pu me venir alors à l'esprit, je l'ai remplacé

---

1. Les traductions de *Hypérion* sont ici, par anticipation, empruntées à Philippe Jaccottet, dans la version française du roman, la première publiée, en 1965, au *Mercure de France*.

par des pensées postérieures, étrangères à l'homme que j'étais à Batavia. Voilà bien comme je suis!

J'étais donc à dire que, rentrant avec Alit chez nous, à Batavia, j'avais retrouvé Blanche lisant *L'Ermite de Grèce*, et j'ai aussitôt *oublié* les questions que cela me posait, notamment la dissimulation de Blanche, ce petit mensonge en apparence inutile... parce qu'un mensonge utile, cela s'explique, mais un mensonge inutile, cela veut dire autre chose, et quoi ? j'ai oublié la curiosité, la nature de la curiosité que je pouvais alors avoir touchant la vie spirituelle de Blanche, pour verser le roman de Hölderlin au dossier de cette sémantique du roman, à quoi tout me ramène, plus préoccupé du *sens* de l'œuvre lue que des sentiments, des rêves de la lectrice, encore que ce fût Blanche, mon mystère et mon amour. Et que rien de tout ce que la mention de *Hypérion* me fait aujourd'hui évoquer ne pouvait alors occuper Blanche. Rien de tout cela ne m'explique Blanche, que Blanche ait éprouvé le besoin de me cacher qu'elle lisait *Hypérion*. Si elle a vraiment éprouvé ce besoin. Si elle me l'a vraiment caché. Parce que. Et quel besoin ? Je me demande. Aujourd'hui encore. Et plus qu'une porte sur ses profondeurs, les lectures de Blanche, les romans que lisait Blanche m'apparaissaient un refuge. Que ne pouvais-je l'y suivre ! Quittant Montmartre avec Trilby, ou suivant Hypérion dans sa Grèce ! « Vous ne prenez rien, Alit... essayez ces bonbons qu'on m'a apportés hier, un officier de marine... » J'ai remarqué comme Alit, qui est un homme bien élevé, se servait de sa seule main droite pour prendre les bonbons dans le plat, des loukoums, et encore, délicatement, entre le pouce et l'index selon la tradition, et il s'excusait, un peu de sucre en poudre tombé sur son sarong, comme s'il avait commis quelque grossièreté...

VII

L'ESCARGOT TOURNANT

La France n'avait jamais connu d'hiver si rigoureux depuis qu'on prenait note des températures, c'est-à-dire depuis 1873. Il y avait six jours que Marie-Noire logeait chez Philippe. Cela paraissait des siècles. Le froid, la neige au-dehors, l'eau qu'on arrête le soir à dix heures, le temps avait des allongées de stalactites. J'ai bien fait de venir chez toi : c'est mieux chauffé que chez Nora. Elle, c'est le chauffage individuel, quand tu oublies de remettre un sac de charbon... Voilà l'avantage, moi, je ne suis pas propriétaire, ça coûte plus, mais. En attendant, dit Marie-Noire, faut dire que tu allumes un truc électrique par-dessus le marché, parce que ton chauffage central, bébé. Qu'est-ce qu'il a, mon chauffage central ? Nature, il n'est pas calculé pour le Spitzberg. Passe-moi les journaux, Philippe, qu'est-ce que tu as à te gratter le nez ?

« C'est l'affaire », il dit. Quelle affaire ? Ça doit bien être la quatrième fois qu'il relit la même page dans un sens, dans l'autre. « Ben Barka, — il dit. — On s'y perd, toutes ces polices. Puis les noms des types. Tous les jours des nouveaux. Il y en a un maintenant, il s'appelle Caille. Paye-tes-dettes, paye-tes-dettes! » Marie-Noire lui arrache le journal, c'est drôle, tu crois, *paye-*

tes-dettes ? Elle passe l'affaire, tourne les pages. Elle, c'est plutôt les nouvelles de l'étranger. Tiens, qu'est-ce que je te disais ? Elle lui a mis l'article sous le nez :

> **Indonésie : 87.000 tués depuis octobre, précise Soekarno**
>
> 87 000 morts ont été dénombrés pendant et à la suite du coup d'État manqué du 1er octobre dernier, a annoncé hier le président Soekarno dans un discours prononcé en son palais de Bogor devant des étudiants et retransmis en direct par radio.
> En donnant pour la première fois une estimation officielle des victimes des événements d'octobre, le président a précisé que ce bilan lui avait été communiqué par une mission gouvernementale qui vient d'enquêter à ce sujet dans le centre et l'est de Java, ainsi qu'à Bali et dans le nord de Sumatra.
> Le président Soekarno, qui a déjà demandé à plusieurs reprises qu'il soit mis fin aux massacres, a lancé une nouvelle fois un appel à l'unité nationale. « Une nation divisée ne peut se maintenir... Pourquoi devons-nous être divisés ? » a-t-il dit.
> Le président Soekarno recevait en son palais une délégation d'étudiants venus lui demander, notamment, une baisse des prix.
> Le président a mis au défi quiconque de faire baisser les prix en trois mois. « Qui est prêt à accepter mon marché, a-t-il ajouté : Faites baisser les prix d'ici trois mois et je vous nomme ministre, mais, si vous n'y parvenez pas, je vous fais fusiller. »

Il se gratte le nez, c'est vrai, Philippe : « L'autre jour, c'était cent mille : ça a diminué... » Il est peut-être beau, mais il est bête. Parce que cent ou quatre-vingt-sept, on n'est pas à treize mille morts près : histoire de dire qu'on a compté. Ça me fait penser à Geoffroy. Peut-être qu'il est gelé. Il ne téléphone plus. « Ça te manque ? »

Marie-Noire ne répond pas. Elle s'est renversée sur les oreillers, les genoux pliés à l'air. Soekarno... d'abord on écrit Sukarno maintenant, c'est des ignorants les journaux. Soekarno, c'est pour nous reporter en ce temps-là. En ce temps-là, je veux dire quand Gaiffier à Batavia se baladait avec Alit à Meester Cornelis... Djatinegara qu'on dit maintenant. Ça faisait alors deux ans qu'il était en prison, Soekarno. Le *Partai Nasional Indonesia* qu'il avait fondé en 1926 avait recueilli pas mal des membres du PKI, quand les communistes avaient fait cette bêtise, se croyant assez forts, avec la grève des cheminots, pour prendre les armes et qu'on les avait mis hors-la-loi. C'était commencé avec le cercle d'études de Bandoeng et Soekarno avait réussi à fédérer son nouveau parti et le Sarékat Islam, et tous les groupes qui acceptaient le principe de la non-coopération avec les Hollandais. Quand la dépression avait commencé en 1929, à Wall-Street, et que le contrecoup dans les Indes Néerlandaises avait été si fort, il avait fallu serrer la vis, avec le chômage, les industries qui fermaient, les prix qui tombaient. Les Hollandais, craignant le nationalisme indonésien, avaient fondé le *Vaderlandsche Club* pour maintenir leur pouvoir dans les Indes. Leur agitation finit par leur donner assez vite l'appui du gouverneur qu'ils avaient persuadé que pour mettre debout les entreprises de tissage et de caoutchouc, susceptibles de se développer malgré la concurrence japonaise, il fallait en finir avec Soekarno et toute la bande. Trois ans de prison pour Soekarno arrêté. Plus possible de réclamer la non-coopération. Les intellectuels maintenant se contentaient de proposer une sorte de commonwealth avec les Pays-Bas... A la fin de 1931, *Boeng Karno*, comme les paysans appelaient Soekarno, le frère Karno, a été remis en liberté, et cette fois ça a duré deux ans...

« Mais, dis donc, Marina... d'où tu sors tout ça ? »

Elle rit. De quoi tu crois que je parle avec Geoffroy ? « Il ne te fait pas la cour, non ? » Tu ne l'as pas regardé. D'ailleurs, il ne pense qu'à Blanche. Au fait, Agnès

non plus, elle ne téléphone pas tous les jours...
Il n'a rien répondu. C'est peut-être fini eux deux ?
Fais-moi du thé. Elle le regarde. Philippe. Ne lave
pas toute la vaisselle, je vais y aller, mais fais-moi
du thé. Son fils, il sera comme ça, sauf évidemment
qu'il se peignera on ne sait trop... Si je l'ai vraiment,
Oscar, alors ce sera l'enfant qui vient du froid.

« De quoi tu ris ? » il dit, apportant les tasses.
D'Oscar, elle dit. Qui c'est, celui-là ? Oscar maintenant... Elle se sent bien, elle rit, elle dit qu'Oscar,
il est aussi beau que Philippe, seulement mieux coiffé.
Lui, a posé les tasses un peu brusquement. « Depuis
quand tu le connais, celui-là ? » Et elle : « Oh, je ne
peux pas dire le jour... tu te souviens, quand on a été
dîner chez les... » Non, il ne se souvient pas, chez les
qui, d'ailleurs ? Et puis il n'y avait pas d'Oscar chez
les... « Je t'adore, — elle dit, — quand tu es jaloux. »
Il n'est pas jaloux, il n'est pas jaloux du tout. Jaloux
d'Oscar ? Faudrait le connaître. Quel Oscar ?

Elle ne lui dira pas quel Oscar. Elle lape le thé bien
chaud, elle y rajoute un sucre. Ce n'est jamais assez
sucré pour elle. Est-ce qu'il voit Agnès, tout de même,
quand il sort ? Marie-Noire, depuis qu'elle est chez
Philippe, sous le prétexte que Nora pourrait la rencontrer dans la rue ou les magasins, elle ne sort jamais.
Alors, tout ce qui est dehors, ça ne compte pas.
Philippe sort, et puis il rentre. C'est le principal. Elle,
tout le temps qu'elle a, pour l'imagination. Au fond,
l'imagination, c'est mieux que Philippe. Même. Et
puis ça durera plus longtemps que lui.

Il est là, en train de se passer le collant de skis de
Marie-Noire. Elle le lui a prêté. Comme ça il aura
bien chaud. Et puis il a des souliers fourrés, alors.
Un sweater à col roulé. Ne te presse pas, mon petit,
j'ai tout mon temps. Pourvu que tu rentres.

Quand il est parti, elle reprend le journal. Philippe
n'a pas lu jusqu'au bout. Il y avait encore :

> Environ 45 personnes, membres de la branche exécutive du parti communiste indonésien, qui en comptait 50, ont perdu la vie à la suite des derniers événements. Il est, maintenant, pratiquement établi que le dirigeant du parti, M. Aidit, figure parmi les morts, affirment les dépêches de source diplomatique reçues à Londres.

C'est extraordinaire, qu'est-ce que ça peut bien lui faire, à cette fille ? Et ça lui fait énormément. Elle n'a jamais été à Java ou à Sumatra. Elle ne connaît personne de ces gens. Elle n'est pas communiste. Mais ça lui fait, mais ça lui fait énormément. Elle regarde au mur *Guernica*. C'est un peu comme si elle voyait ce qui s'est passé là-bas, dans les sawahs, les canaux, le long des routes, la poursuite dans les montagnes. Ceux qui tuent ressemblent à ceux qui sont tués, des hommes de bronze contre des hommes de bronze. On ne leur a pas fermé les yeux, ils regardent encore les étoiles, celui-là la bouche ouverte comme s'il attendait que le cri qui en est parti y retourne... des paysans comme d'autres paysans... des employés du chemin de fer... avec un bout de batik sur le crâne, la tête en bas d'un talus, les jambes qui sortent là-haut du sarong. Qu'est-ce que ça peut bien lui faire, à Marie-Noire, là, sur le lit que vient de quitter son amant, une Marie-Noire qui a dit à sa mère qu'elle allait aux sports d'hiver, et puis... elle est là, sur le lit défait, presque nue, elle tremble...

On dit : imaginer. Et voilà, j'imagine. Pas n'importe quoi. Latitude ne m'est pas laissée d'imaginer n'importe quoi. On parlait d'autre chose, je me disais, quand il sera parti, Philippe, je vais m'imaginer l'affaire Ben Barka, toute seule. Dans d'autres lieux, avec d'autres gens. Avec des chiens de berger, comme ceux qui couraient après les évadés dans les camps d'Allemagne. Boucheseiche, Pierrot le Fou... ce n'est plus le même, mais qu'est-ce que ça fait ? On arrivera quelque part au bord de la mer, et je marcherai les pieds dans l'eau jusqu'à une maison abandonnée...

Avec Philippe. Qu'est-ce que nous faisons là-dedans ? Simplement on avait voulu aller au Maroc, il y a les soukhs et les palaces, et puis des maisons de danse ou quoi ? Comment voulez-vous que j'imagine le Maroc, et pourquoi ils l'ont tué ici, ce Ben Barka, et pourquoi il y a là-dedans et le Drugstore de Saint-Germain, et Orly, et un tas de gens qu'on connaît, ou qu'on ne connaît pas, c'est tout comme, des écrivains, le cinéma... j'allais m'imaginer. Et puis quatre-vingt-sept mille tués depuis octobre... rien que quatre-vingt-sept mille... et c'est cela que je suis forcée, forcée de voir, d'inventer. C'est comme une main sur ma nuque, elle me courbe, elle me met le nez dans ce sang, ces cadavres. Qu'est-ce que j'ai ? Je tremble. Mais, mon Dieu que c'est bête, je tremble, je ne peux pas m'arrêter de trembler. Des inconnus. Au diable vauvert. Et moi comme une idiote, à trembler. Ce ne sont pas des gens, voyons, ce sont des mots. Des mots d'une langue que je ne connais pas. Impossible d'en faire des phrases, ou c'est peut-être comme si tout à coup on avait élevé de quelques décibels la différence entre deux sons, l'un de ce monde-ci, l'autre de cette île lointaine, et ce monde-ci disparaît derrière le son masquant... En 1932, à peu près je pense à ce moment de l'année où nous sommes, voilà donc trente-quatre ans de cela, cet homme là-bas qui parle aux étudiants de nos jours dans son palais de, le nom est beau, comment, Bogor... et je vois bien qu'il n'est pas d'accord, qu'il se bat avec les mots contre les faits, il ne m'en parvient que ce que porte un article de journal, rien que cela qui demeure dans les limites pour moi d'une fréquence audible... Bogor... cet homme qui jette aux intrus son nom, comme une chose incontestable, Sukarno, le *Bung Karno* des paysans... à Bogor, où est-ce donc Bogor ? quelque part près de Buitenzorg, dans l'un des parcs qui en dépendent, au milieu d'un éden végétal, le palais qui éclipse aujourd'hui celui des anciens Résidents-Gouverneurs généraux... qu'est-ce que je disais ?

j'étais simplement étourdie par ce nom de Bogor... encore un son masquant! abaissez, abaissez de quelques décibels le son de Bogor, je veux entendre ce que dit cet homme, à cette heure de déchirement, *Pourquoi devons-nous être divisés?* et il tente de défendre ceux que l'on n'a pas encore tués, pourquoi seraient-ils divisés des tueurs? et parfois la voix s'élève et crie : *Si vous ne voulez pas de moi, chassez-moi!* ou jette son propre nom *Sukarno!* comme le mot irréfutable, et refuse de se séparer de son ministre des Affaires étrangères, le communiste Subandrio... Cet homme, c'est le même qui en 1932 sortant de prison rencontrait deux jeunes gens juste arrivés de Hollande, le socialiste Soetan Sjahrir et le docteur Mohammad Hatta, des hommes du *Perhimpœnan Indonesia*, et tout d'abord avec eux, non que l'un fût socialiste et l'autre quoi donc, mais il était difficile au Soekarno de 1932 de s'entendre avec eux. Cela peut paraître singulier, mais les gens de Java ont tant et si bien de l'animosité contre ceux de Sumatra, *pulan Perja*, l'île du caoutchouc, que le nom d'un des principaux peuples de cette île-ci, les Bataks, signifie simplement voleur à Java. Soekarno était de Java, les deux autres de Sumatra, et puis ils débarquaient d'Europe, tout frais. Pourtant on assure qu'il s'est fait entre eux une entente secrète, malgré leurs méthodes divergentes, afin que, Sjahrir et Hatta, quand à nouveau Soekarno est arrêté, exilé, se poursuivît par d'autres voies la préparation de l'avenir... est-ce que je sais? mais toutes ces années, la vie, les variations de l'histoire, et le voilà à Bogor, à Bogor au milieu des étudiants, cet homme pathétique dont le nom a changé d'orthographe, et l'air de l'île empuanti des cadavres non-enterrés.

« Je ne dérange pas Mademoiselle?... on peut entrer? »

C'est Mme Paupière, la concierge. Elle vient à ses moments perdus, en général vers le soir, faire le ménage. Elle l'a expliqué à Marie-Noire : quand on fait le ménage chez un garçon, faut avoir du tact. Elle a des idées sur le tact et sur les garçons, leur emploi du temps. Quand le jour tombe, on dérange moins. Marie-Noire lui plaît. D'abord ça dure avec M. Philippe, plus de trois mois. Pas qu'elle soit contre le changement, Mme Paupière, ou qu'elle s'embarrasse de considérations... non. Mais quand c'est un défilé chez un jeune homme, on ne sait pas trop sur quel pied danser. Vous me comprenez ? Et, chez Philippe, Mme Paupière, c'était parfois un défilé ? Oh bien, vous me comprenez, à son âge ! Puis on a ses sympathies, ça ne se commande pas, Mademoiselle Marina, sans compter qu'à chaque fois devoir faire connaissance, hein, ça fatigue. Vous me comprenez ? Ça fatigue. Le bruit de l'aspirateur, ça ne vous fait rien ? Parce que, hier, j'ai juste donné un coup, vous vous êtes aperçue ? On a des jours comme ça, qu'est-ce que vous voulez ; hier je n'avais pas la tête à nettoyer. Vous me comprenez ? Comme il me dit, M. Philippe, parce que je suis journalière, ça, terriblement journalière ! tout d'un coup je ne peux pas, non, je ne peux pas balayer... rien à faire ! Il me dit, M. Philippe, Madame Paupière, au fond, vous, vous êtes une artiste. Oh, c'est très exagéré, ce qu'il dit là, très, mais je vois bien ce qu'il veut dire. Au fond, M. Philippe, c'est plutôt par bon cœur qu'il me parle comme ça. Il est très gentil, M. Philippe, et si j'avais votre âge ! Mais j'ai pas besoin de vous donner de conseils, pas ? vous l'avez vu sans moi, alors ! Bzzvrah, bzzvrah, bzzvrah... rrerrrora... rrerrrora... Il y a des jeunes gens, Mademoiselle Marina, je ne ferais pas leur ménage, pas pour tout l'or du monde... parce qu'ils n'ont pas de tact... qu'ils ne tiennent pas compte de ce qu'on a là, dans le cœur... mais M. Philippe ! Il a toujours l'air de s'excuser que tout est sale, quand c'est pas vrai, bzzvrah, bzzvrah, bzzvrah... Ah, mais je ne vous ai pas donné votre *Monde* ! Je l'ai oublié sur la tablette... vous savez, la tablette, à gauche dans la loge... Je vous le remonte tout à l'heure... bzzvrah, bzzvrah, bzzvrah... Vous n'avez pas vu au machin-là, en Afrique, où il y a eu une révolution... un général aussi qu'ils ont maintenant... bzzvrah, rrrrr... le Niger, je veux dire... un général comme nous, paraît que c'est un père de cinq enfants... à quarante ans, dites donc! Ah, il s'en passe dans le monde, il s'en passe! Deux ministres qu'ils ont tués. Au Niger, pas chez nous, bzzvrah, bzzvrah... Moi, ça me met le cœur, à l'envers... rrrerrrora, bzz... Tiens, M. Philippe fume la pipe, maintenant?

« Laissez, — dit Marie-Noire, posant brusquement la blague et la pipe sur la tablette du radiateur. — Ça suffira comme ça, Madame Paupière. La vaisselle, je la ferai... »

Dans l'obscurité revenue, le grand transistor noir et acier avec sa longue dent chante du Scarlatti. A quoi rêvent les jeunes filles? En tout cas, Marie-Noire ne se lèvera pas quand un froufrou de papier lui annonce le journal du soir glissé sous la porte. Par les fenêtres, dont elle n'a pas eu le courage de fermer les volets, on voit commencer à s'allumer les néons de la rue. Ce lundi 17 février s'achève avec une lenteur à désespérer les horloges. Cela peut-être aura été le jour le plus froid. Ou si pas le plus froid, un jour plus exténuant que tous ceux d'avant, et pas la moindre perspective que l'hiver renonce. Un de ces jours de neige bleue, un ciel vieux rose, d'un rose obscur, un ciel d'engelures, où les ombres tournent blêmes comme des bouches gercées. Paris, avec ses voitures prises dans la glace au bord des trottoirs, des voitures aveuglées, les toits sous des pattes d'ours blanc. Et une espèce de silence. Qu'a-t-il bourlingué, Philippe, tout le tantôt? Il n'est pas de service ce soir. Je ne comprends rien à son horaire. Ni à son travail. Il a beau m'expliquer. J'imagine Philippe au montage. Et la pellicule autour de lui. A quoi pense-t-il, à ce qu'il fait, à des chansons, à l'amour, à lui-même? Ô mon Philippe imaginaire qui a rendez-vous avec une fille que je ne connaîtrai jamais. Pas Agnès, pas une Agnès, il en a soupé. N'importe quelle fille pour un jour ou deux, tandis que Marie-Noire l'attend dans la chambre éteinte, avec les lueurs du dehors. Et la nuit qui se fait en elle sur Bogor...

Philippe s'en est retourné de bonne heure relativement. Il est rentré dans le noir de Marie-Noire, la chambre obscure, le transistor qui balbutie, la blancheur de la femme au bord du lit comme pour un sommeil sans sommeil. « Marina ! tu dors ? Marina ! » Elle a mis du temps à répondre, à revenir de Bogor... « Marina, c'est l'heure... la télé... » Il allume. Les choses flambent. Marie-Noire se recompose comme les images du poste quand on l'allume, d'abord le son, puis le dessin, la transparence, enfin l'éclairage qu'il faut mettre au point. Il ne s'est rien passé, seulement une sorte de rêve, un temps imaginaire... mon Dieu, comme elle est belle, de tout ce qu'elle ne dit pas !

Par exemple, la blague et la pipe au-dessus du radiateur... quelque chose qui cloche... A moins que... Elle, Marie-Noire, les voit, lui pas. Autrement, il aurait dit : « Qu'est-ce que c'est ? Tu reçois des hommes chez moi maintenant ? » Ou autre chose. D'ailleurs, non, Gaiffier n'est pas venu ici. Il y a dans tout ça quelque chose qui cloche... A moins que... Elle, Marie-Noire, les voit, la pipe et la blague. Probablement qu'elle est en train d'inventer un incident entre eux, pour un peu plus tard.

Pendant que tout cela la traverse, la télé. Qui s'allume. Comme je disais tout juste. La voix d'abord, puis ce miroir gris. Un point au centre. Une image peu à peu qui s'éclaire du dedans, vidée, cernée, à peine apparue qu'elle s'efface pour laisser place à l'escargot tournant du temps...

Vingt heures...

Ils ont regardé les nouvelles. Comment on dit là-bas ? *Kabar... perkabaran jang disiarkan télépisi...*

Rien n'agace Marie-Noire comme les exclamations, les commentaires de Philippe. Mais elle les supporte. Parce que, Philippe, c'est passager, et qu'il lui plaît pour autre chose que la télévision. Les nouvelles, ce soir, ne sont que des redites. L'affaire, par exemple... si bien que la guerre du Viet-Nam y prend un certain relief, c'est tout dire. Un lundi, c'est soir des sports. Avec les morts de la route. Le tout venant, quoi. Les speakers s'ennuient. « Ce qui manque au journal parlé, — dit machinalement Philippe, — c'est l'imagination... » Comment ? Marie-Noire n'en croit pas son oreille, sur l'autre elle appuie sa main, ça ne ressemble pas à Philippe, cette phrase-là... « Qu'est-ce que tu as dit ? ou j'invente... » Et la voix de Philippe en surimpression sur les faits divers : « J'ai rien dit... tu inventes... » Voilà. Peut-être que, Philippe même, elle invente. La télé, c'est un extraordinaire porte-manteau à deux têtes, l'imaginaire et le donné. Parfois il y a du brouillamini, dans le cadrage ou les gens qui deviennent transparents, qui tremblent par tranches... mais ce n'est pas ça, pas seulement la machine qui invente, moi de l'œil ou de l'oreille, ou du divorce des deux, de mes pensées et du spectacle... Philippe n'a rien dit. Tant pis pour Philippe.

SI PERRAULT M'ÉTAIT CONTÉ (3) : *Le Chat botté* de Jean Marsan, avec Perrette Pradier, Jacques Charon, Jean Moussy...

Tu ne vas pas regarder ça, Marina ? Pourquoi pas, c'est peut-être drôle... Je ne peux pas le blairer, ce Charon... Pourquoi, mon Philou ? moi, je le trouve drôle... Tu le trouves drôle ? Je le trouve drôle. Ah, ça alors ! Quoi, ça alors ? Ils ont regardé *Le Chat botté*. Puis Philippe faisait un tel foin. Qu'est-ce que tu as ? Ça m'agace. Ça t'agace ? Alors si ça t'agace... Ce n'est pas tant qu'elle y tienne, Marie-Noire, mais ça ne lui est pas désagréable d'agacer un peu Philippe... Finalement, ils ont fermé la télé et se sont mis au lit.

« J'avais des places pour *Les Fourmis*, mais tu n'as pas voulu, — dit Philippe, — ça valait bien *Le Chat botté*, des fois ! »

Marie-Noire s'étire et l'entoure de ses bras. L'Opéra-Comique, non, mais tu t'imagines, s'habiller pour aller à l'Opéra-Comique ! On n'est pas mieux ici ? Bien sûr, on est mieux. Mais enfin on ne peut pas tout le temps faire l'amour ! Pourquoi on ne pourrait pas ? Ah, écoute Marina... Tu vois bien que tu peux.

Après, ils ont un peu dormi, puis ils ne dormaient pas, ils bavardaient, le temps faisait doucement sa pelote, la télé noire au fond de la pièce, et Marina qui a étendu la main, le grand transistor a recommencé son murmure. Luxembourg, Europe, France-Inter... Retourne sur Europe, j'aime qu'on paye pour que j'entende... Là... « *Une page de publicité...* » Mon Philou, viens avec moi dans le monde imaginaire où tu achètes ta musique chez Paul Beuscher. Et lui : « Tu ne m'as tout de même pas dit qui c'est, cet Oscar ? » Sois jaloux, sois jaloux, mon Philou, c'est jaloux que je t'aime. Quelle heure il est ? Allume voir. Oh non, on va bien entendre. Les montres Lip. Et comme ça de fil en aiguille, jusqu'à ce que ça recommence, les morts de la route, le temps qu'il fait, le juge Zollinger, pas de putsch à Saigon... Tu as entendu l'heure, Marina ? Je pensais à autre chose. Onze heures, je crois. De quoi ils parlent ? Je ne sais pas, les salaires. Brusquement.

La voix. Qui coupe tout. Le journal. L'espèce de ron-ron.

« *Une nouvelle à l'instant vient de nous parvenir... Vers 21 h 30 environ, dans un studio de la rue Desrenaudes, Georges Figon a été trouvé mort par la police qui venait l'arrêter...* »

Merde, il dit, le Philou.

VIII

HISTOIRE D'ANGUS ET DE JESSICA

Toutes les histoires d'amour sont des contes de fées. Elles commencent au berceau par les dons qu'une vieille femme apporte à l'enfant. Ou des malédictions. Ne pas croire aux fées, c'est ne pas croire à soi-même. Ces créatures imaginaires, comment accepter amputation d'elles? Elles sont nos mains, nos yeux sur le monde inventé. Et comment sans elles toucher et voir la plus grande invention de l'homme qui est l'amour? De ce domaine, seules les fées peuvent nous ouvrir les portes supposées.

Les amants sont imagination de l'un par l'autre et, dès qu'a lieu la rencontre de ces êtres imaginaires, tout ce qui les entoure prend figure féerique, comme sous la baguette magique. Les mots à leur utilité substituent un chant. Aussi la première fois que Miss Peradventure, en sortant de chez elle, lut sur le mur d'en face l'inscription suivante, tracée avec une craie de feu:

> JESSICA, VOUS M'AVEZ
> COMBLÉ D'AMOUR

— *elle ne douta pas un instant que cela s'adressât à elle, encore que son prénom fut Primrose. Mais est-il possible*

qu'on soit à jamais fixée par le petit nom que des parents
vous choisissent, quand il suffit d'un homme pour vous
changer le grand? D'autant, qu'imprudents ou inatten-
tifs, ils vous ont légué un nom de famille qui prête à
l'incertitude; car, bien que dans la réalité les Peradventure soient des marchands de vaisselle, ils sont voués
à répondre à ce nom qui signifie la possibilité pour
une chose d'être ainsi ou autrement. Et qu'on ne peut
traduire ni par doute ni par chance ni par probabilité
(bien qu'il y soit de tout cela) ni par hypothèse: rien
en français ne correspond à ce concept élizabéthain
dont se rapproche seule l'idée moderne de disponibilité.
A vrai dire, ce nom-là, mieux que les choses, définit le
potentiel de l'être humain, sa liberté. Primrose n'en
avait pas conscience, non plus qu'elle aurait dû recon-
naissance à ses parents de lui avoir ainsi légué la nature
qui distingue la femme de l'objet ou de l'animal, par
quoi la femme est toujours un peu fée, prête aux méta-
morphoses. Si bien qu'au premier coup d'œil sur le
vermillon de sa destinée, la jeune fille devint Jessica
rien qu'à regarder le mur d'en face, où de vieilles affiches
déchirées rêvaient encore à des savons de transparence
ou des thés couleur de lune. Et se mit à imaginer Angus
Gillravager.

Personne ne peut dire si elle commença par son nom
ou par son physique. Il y a chance pour l'un et pour
l'autre. Un beau nom d'Écosse qui lui va comme un
kilt, mais remarquez que la nouvelle Jessica eût pu
partir des genoux du jeune homme. Et puis n'était-ce
pas ainsi, à la débaptiser, qu'il avait lui-même procédé.
De toute façon, je ne vous le décrirai pas, ce garçon,
crainte qu'il soit moins beau que le vôtre, dans l'extra-
vagance de son âge et le vacarme de son nom. Mais de
Jessica je vous dirai qu'elle avait des yeux de lilas, des
airs de Dalila, et des bras à vous perdre l'âme. Et si
cela ne peut vous suffire, il me faudra procéder d'approches: car la plus belle fille du monde et le garçon le
plus fou n'ont aise apparente d'aimer que si l'univers
de leurs pas s'explique comme un livre, et le décor nous

est connu des contre-temps, des rendez-vous. Or je ne puis me contenter de dire que la maison des Peradventure était à Chelsea, ce qui est fort probable, mais ne parlera point à ceux qui n'y furent jamais. Comme c'est le cas de moi-même. Pour l'instant, tout ce que je sais de la maison de Primrose ou Jessica, comme vous voudrez, c'est qu'il y est écrit au fronton
PERADVENTURE & PERADVENTURE
China-dealers
en lettres blanches et or comme un service de table, sur la brique d'un rouge amer tant de fois repeinte depuis George III. Nous qui vivons dans des maisons de bambous sous des toitures de palmes séchées, et qui nous éventons le soir sur nos terrasses en regardant passer un petit garçon nu sur la nuque d'un buffle gris, avec...

« Mais pardon, mais pardon ! — s'écrie Gaiffier, — qui parle ainsi ?

— Vous remettrez les remarques à plus tard, — dit Marie-Noire, — vous les ferez *après*... Donc... où en étais-je ? »

... *un petit garçon nu sur la nuque d'un buffle gris, avec* quels mots d'Insulinde faut-il nous décrire Chelsea ? Que nous dira de savoir que c'est un quartier d'artistes, qui confine à la Tamise, en amont du pont par quoi les trains du sud gagnent Victoria Station, avec une caserne d'invalides et une fabrique de porcelaine ? En comprendrons-nous les murs et les jardins, les photographes sous les voiles noirs, les personnages bigarrés, le rose et le vert d'une pièce au rez-de-chaussée, les robes à fleurs, le mélange du préraphaélite et du beatnik, les grands vitrages de poussière, la brume et le soleil ? Et si nous y arrivons, passé le cap du 29 mai, qui est l'heureux jour où naquit Charles the Second, les pensionnaires de l'Hospice portent tunique rouge et tricorne noir... Apa Tjelsi kampong Inggris ? Ja, Tjelsi kampong Inggris... comme dirait la méthode Berlitz.

Jessica, vous m'avez comblé d'amour... *Douce Jessica, dans ses pantalons de laine beige avec des bottillons de feutre, et des cheveux longs épars sur les épaules. La phrase dit vous, mais en anglais cela n'implique rien pour l'intimité de ceux qui communiquent ainsi par des mots d'écrit sur les murs...*

Marie-Noire s'interrompt : « Qu'est-ce que vous avez à la fin, Monsieur Gaiffier, avec ces mines et ces gestes ? » Il soupire, il étouffe : « Enfin, enfin... de qui prétendez-vous qu'est ce texte écrit à Java, je ne sais quand...

— Mais de Blanche, je suppose, avec qui m'avez-vous chargé de faire le *mata-mata ?*

— Je vous en prie, Marie-Noire, ceci ne ressemble pas du tout à Blanche, à ce que pourrait écrire Blanche en 1932 ou 1933. Il me semblait que dans la mesure où vous réinventiez Blanche, peut-être, à la voir rêver, écrivant, il vous serait possible, à vous qui pouvez regarder objectivement un tel spectacle, d'attraper son regard sans qu'elle en ait gêne, et de lire dans ses yeux ce qu'elle écrivait... J'avoue que ces professions de foi touchant les fées et la féerie m'ont paru bien peu convenir à ce que je sais de Blanche, de ses conceptions, je vous laissais pourtant aller. Mais quand vous avez dit *le mélange du préraphaélite et du beatnik...* alors là, je voulais vous arrêter, vous dire, voyons, les *beatniks*, ça n'existait pas, il y a trente-trois, trente-quatre ans ! Puis, j'ai pensé, c'est un lapsus, j'ai laissé passer : mais le costume de Jessica, vous n'y pensez pas ! Sa coiffure ! Ses bottillons... Jessica doit porter une robe très longue, très, toute froncée à la taille, une taille comme l'O d'entre les pouces et les index joints, et que dirais-je des jeunes seins à vous ôter le souffle ? les bras nus et les cheveux serrés dans un ruban de velours noir, mais coupés... Des pantalons ! Où avez-vous la tête ! Si ça continue comme ça, vous allez amener toute votre génération à Batavia, sous la domination hollandaise. Non, mais, des bottillons ! Si le genre artiste s'est emparé d'elle, au plus à cette époque Jessica portera des sandales, avec la courroie prise dans le pouce, et les pieds nus...

— Monsieur Gaiffier, — dit Marie-Noire, vexée,

— nous sommes dans un conte de fées, je me demande
ce qui est le plus anachronique, en 1932, d'un beatnik
ou d'une fée ? Et pour les préraphaélites, qui sait
aujourd'hui ce qu'ils furent ? Aussi difficiles à jouer
que les Grecs et les Romains sous Louis XIV... Les
comprendre ne se peut que par ce qui les a remplacés :
car les beatniks *sont* les préraphaélites d'aujourd'hui,
et, le lecteur, je lui rends possible le passage de ce qui
fut à ce qui est, ou plutôt le contraire, par cet accole-
ment des deux mots, la substitution de l'ancien sens
au nouveau... dans le décor de Chelsea qui convient à
la fois à la folie vestimentaire des adeptes de John
Ruskin et à celle des fans de John Lennon ou Ringo.

— Marie-Noire, ce n'est pas de cela qu'il s'agit.
Blanche...

— Moi, ce n'est pas à votre Blanche que je m'intéresse, il faut vous dire, mais à Angus Gillravager, qui
avait écrit sur le mur d'en face *Jessica, vous m'avez
comblé d'amour...* et remarquez que, lui, il ne savait
pas que Miss Peradventure s'appelait Primrose, il
lui avait donné le nom de Jessica comme je lui ai mis
un pantalon beige et des bottillons ! Je poursuis... »

*Angus avait beau surveiller la maison des marchands
de porcelaine, il n'était jamais là quand sa Jessica
sortait. Parce qu'elle allait le matin à un cours de violon
tout à fait à l'autre bout de Londres, à Pimlico...*

« Marie-Noire, vous devriez vous renseigner sur
la situation respective des faubourgs, parce que, pour
autant que je me le rappelle, Pimlico, c'est à trois
pas de Chelsea, juste après le carrefour de Chelsea
Bridge Road et de Lower Sloane...

— Monsieur Gaiffier, ne m'interrompez pas tout
le temps, et c'est déjà pas mal que Blanche connaisse
le nom de Pimlico !

— Voyons, voyons, Marie-Noire ! Blanche est à
demi Anglaise, et elle connaît Londres sur le pouce...
et je voulais justement vous dire que, Chelsea, elle
a été à Chelsea, sa mère habitait...

— A demi Anglaise ? Tiens. Première nouvelle.

Vous me l'avez caché. Mais, Angus, lui, avec ce nom qu'il porte, il est Écossais, ça se voit...

— Écossais ou pas, c'est d'une fille de vingt ans qu'il est amoureux en 1932, et pas de sa propre fille... qui en aura bien trente en 1966. Et vous aurez beau dire, tout peut être imaginaire, Marie-Noire, mais pas le temps, parce que c'est le temps qui nous imagine, et non pas le contraire.

— Voilà une de ces affirmations qui font merveille, mais que je vous défie bien de développer! Je disais donc qu'Angus... »

Angus n'attendait point que Jessica se reconnût dans le nom qu'il lui avait donné d'une craie pourpre, mais il eût voulu du moins la voir lire avec étonnement cette inscription faite sous le couvert de la nuit. Malheureusement il s'était levé trop tard pour la surprendre au matin quand elle s'était rendue à sa leçon de musique. Et peut-être demandera-t-on ce que signifie ce nom que, lui, porte avec désinvolture: Gillravager *est un mot d'Écosse qui a vieilli, on l'employait du temps de Keats, nous dirions* chahuteur, *— aux jours de Gavarni, ça se nommait un* flambant. *Angus ne pouvait deviner que Miss Peradventure resterait toute la journée à Londres, d'abord chez une amie, puis à flâner les magasins, dans cette fin de janvier... Et d'ailleurs, elle eût pu aussi bien faire autre chose que cela, avec ce nom indéterminé qui était le sien. Mais, pour romanesque qu'il fût, ce jeune homme était de forte constitution, et il éprouvait le besoin de se nourrir. Cela lui donnait des fringales de voir passer l'autobus avec, écrit sur l'impériale, le slogan* Take the sandwich habit! *Il avait tenu jusqu'à quatre ou cinq heures, mais quand le jour déclina le mal d'estomac le prit et il ne résista pas aux lettres lumineuses qui s'éclairèrent au premier étage d'un* public-house, *d'où s'échappaient les flots d'harmonie d'un piano mécanique. Il eut l'imprudence, en même temps qu'il commandait un* Perigord pie with Worcester sauce, *de se faire, histoire d'attendre, verser un vieux* whisky *de derrière les Highlands, qui lui donna soif*

*d'un second. Et là-dessus étaient entrés dans le pub
divers personnages magnifiques de misère et d'impudeur,
caressant des filles portant de grands chapeaux à plumes
et des dentelles noires, avec lesquels il ne put se retenir
de trinquer. Si bien qu'il ne vit point s'éclairer les fenêtres
de Peradventure and Peradventure, et qu'il oublia même,
il faut l'avouer, jusqu'à l'existence de Jessica et la passion
qu'il lui avait vouée, parce que tout ce public s'était mis
à danser, à chanter et à rire, et que cela était contagieux
en diable pour un garçon qui n'était pas encore majeur
de deux mois, et qui avait le goût du chahut et de la
canaille. Il offrit à boire à tout un chacun, et tout ce
qu'il avait d'argent y passa, ou tout au moins le peu
qu'il lui en restait disparut par merveille, si bien qu'il
fallait qu'on eût quitté le monde où la monnaie reste
sagement dans les poches des gens, pour passer au
domaine des fées, qui sont personnes sans grand scru-
pule, et se plaisent surtout à faire des tours de passe-
passe pour prouver à tous leur féerie.*

*... Il était peut-être dix heures du soir, quand il se
leva pour regarder par les carreaux multicolores du* pub
*les fenêtres de la maison de Jessica : et voilà que, par
une malice des fées, juste à ce moment toutes les fenêtres
s'en éteignirent et les Peradventure à tous les étages
tombèrent dans un profond sommeil. Il y avait là quelque
chose d'insensé à Chelsea, mais qu'y faire! ces marchands
de porcelaine sont des couche-tôt. Angus, les voyant à
tout ce à quoi l'on peut vouer une belle-famille putative,
demanda un scotch et s'assit au milieu des fées.*

*Or, ce n'étaient plus les mêmes, mais le jeune homme
ne s'en aperçut point. Comme c'étaient des fées tout de
même, elles savaient tout ce qui s'était dit dans les
conversations de leurs collègues, avant que celles-ci se
fussent envolées sur des manches à balai pour aller
retrouver leurs petits amis dans la campagne où se
donnait cette nuit-là une* party *dont malheureusement
Angus n'avait point eu vent, car il s'y fût amusé comme
un vrai Gillravager. Les nouvelles venues étaient des
Gypsies...*

Ici Marie-Noire s'est interrompue : « Il faudra, Monsieur, que Blanche explique à ses lecteurs, puisqu'il semble bien qu'elle n'écrive toute cette histoire que pour les gens de l'ouest javanais, ce que ce sont que des *Gypsies*...

— Bien, — dit Geoffroy, — cela n'est pas si difficile : il n'y aura qu'à les assimiler à ces errants des îles ou à tels peuples qui viennent jusqu'en Indonésie de n'importe quelle part de l'Océan Indien, les Tamouls par exemple...

— Je n'en ferai rien, — dit Marie-Noire, — après tout, même à Java, il y a tentation de l'exotisme. Des Gypsies, donc...

Et quand la nuit s'avança et que, pour se conformer aux réglements de police, on chassa les consommateurs du pub *dont j'ai oublié de vous dire qu'il ne s'appelait pas* The Horse's Shoe, *mais quelque chose du même genre, Gillravager s'en fut comme un coq avec toutes les Gypsies qui, le sachant dépouillé, se sentaient parfaitement libres avec lui de n'avoir point à le faire, et l'emmenèrent Dieu sait où, par les rues, mais où il y avait à boire, et elles dansaient autour de lui, avec leurs grandes robes et leurs nattes noires, et le visage enflammé, frappant dans les mains, et lui baisant la bouche au passage, comme si elles eussent été des flammes et lui le beau charbon. Elles touchaient à peine terre, et elles avaient le pied minuscule, et les seins provocants. L'une surtout, qu'on appelait Rantipole-Molly et qui plut à Angus comme s'il avait été dans ses montagnes. Il la saisissait au passage, mais ne la reconnaissait pas toujours, ce qui faisait rire les autres, qui se mirent à jouer de ses confusions, bondissant sur l'orteil et caressant ses épaules, certaines poussant l'audace plus loin mais la musique ne permettait pas que l'affaire s'en tînt à l'une, si bien qu'il était la proie d'un enchantement où changeaient les visages et qu'il ne se reconnaissait pas, des bras de l'une aux genoux de l'autre, dans ce lieu dont il ne garda nul souvenir tant il était obscur et étouffant.*

Et tout roulait dans sa tête comme si des pies y venaient

porter des billes de couleur... jusqu'à ce que, soudain, l'une des fées ayant voulu dépasser les limites de sa magie prit à ses yeux l'air d'une fille qu'il reconnut avec un grand cri : Jessica! par l'effet de quoi brusquement se dissipa tout le mirage, et les fées s'enfuirent dans toutes les directions des ténèbres, une porte battit. Angus se jeta sur les pas de celle qu'il prenait pour sa bienaimée et il se trouva en plein vent par une pluie battante dont il fut transpercé jusqu'à l'âme, continuant sa poursuite de rue en rue, derrière ce feu follet qui le mena par diablerie jusqu'à sa chambre à lui où il tomba sur sa paillasse, ayant perdu le sens de tout ce qui n'était pas ce grand sanglot en lui de Jessica, jusque dans le sommeil appelée.

« Je vous jure, — s'exclama Geoffroy Gaiffier, — qu'il n'y a pas la moindre vraisemblance à cette histoire... je veux dire, non pour l'histoire, qui lui demanderait d'être vraisemblable ? mais à ce que cette histoire ait été écrite par Blanche, hier, aujourd'hui ou demain. Moi, j'ai vu ses yeux à Batavia : et je puis vous affirmer qu'ils rêvaient à tout autre chose qu'à votre Chelsea de convention. D'où sortez-vous tout ça, ma petite ? »

Marie-Noire en éprouve-t-elle du dépit ? Ou est-ce d'autre chose, toujours faut-il croire qu'elle ne pense pas qu'à Blanche. Son Chelsea, son Chelsea! D'abord tout lieu décrit est frappé par là même de l'irréalité des Chelseas... Ne venez pas me dire que Blanche, si elle écrit, on croirait y être. D'ailleurs vous croyez être à Chelsea. Mais pourquoi Marie-Noire imagine-t-elle, bien ou mal, n'importe, un Chelsea, ou un autre en ce jour du 20 janvier 1966 où l'hiver a craqué de toute part, et on ouvre les fenêtres, et on ne ferme plus les manteaux, on saute les ruisseaux qui coulent, c'est le dégel, tout est éclaboussé de couleurs, on patauge, on rit... Chelsea ne se ressemble plus, c'est un tour des fées, les maisons sont de porcelaine, et les chiens roux, les sujets de chasse, les Écossais sur fond de verdure, nous sommes en pleine irréalité. L'autre jour, la blague et la pipe de Gaiffier oubliées chez Philippe, déjà c'était parfaitement invraisemblable. D'ailleurs personne n'a essayé de l'expliquer... Aujourd'hui c'est Marie-Noire, comme on ne l'attendait pas, qui a surgi chez Geoffroy Gaiffier dont j'aurais parié qu'elle ne connaissait que le numéro de téléphone. Et c'est elle qui porte des pantalons de laine beige, avec des pièces de cuir aux endroits de frottement, pour préciser, et ses beaux cheveux blonds-blancs, longs-lents, tombant sur ses épaules, avec toute la liberté de l'heure, bottillons de feutre et petit sarrau-cloche vert pomme. Elle s'est expliquée, je n'en pouvais plus, si vous croyez que c'est drôle huit jours enfermée avec un garçon qui vous prouve tous les trois pas qu'il vous aime, et là-dessus la mort de Figon...

« Marie-Noire ! mais quel rapport ? »

Si vous écoutiez, vous sauriez, Geoffroy, ce n'est pas tant Figon, bien sûr, mais tous les copains de Philippe, et Agnès, et des tas dont le nom ne vous dirait rien, les voilà fous, une fois de plus, c'est pis que pour les élections ! Ils vous téléphonent, tu as entendu la radio à six heures ? tu as vu la télé ? tu as lu *Minute ?* tu sais ce qu'on dit... ? Et puis Philippe qui rentre avec un paquet de journaux. On ne parle plus de rien d'autre. On ne va plus au cinéma pour ne pas rater une émission. On est comme à une séance de catch. Ça fait oh ! et han ! pour un coup défendu, et pas question d'en rater un poil. Et le dernier Mauriac... et la bande magnétique... et vous le savez, vous, ce que vous avez dit le 2 novembre ? Finie la solitude ! On sonne : c'est les Petites Sœurs des Pauvres... ah bon, vous m'avez fait peur. J'en connais qui ne démarrent pas du Palais de Justice, à guetter la porte au juge Zollinger. C'est fini, Bardot : il n'y en a plus que pour la police. Parallèle ou pas. Vous allez voir qu'on va en faire des panoplies : « Le Parfait Voyou des Familles »... Si ça continue je rentre des Sports d'hiver, et je me réfugie chez Nora... Ah, Chelsea, Chelsea, nom de Dieu, Chelsea !

Histoire d'Angus et de Jessica

... Angus Gillravager se réveilla sur les quinze heures quinze, le nez dans l'oreiller, les pieds pendants, le ventre plié, un vrai six-pence qu'on a mis à côté de la fente. Fourbu comme une rose et frais comme un charretier, une envie de café noir à mordre les rideaux...

Tirés, les rideaux, sur le jour déjà pâle on dirait qu'il a mangé trop de moules. Et la piaule d'Angus n'avait rien du taudis de quoi il se donnait l'air la nuit d'avant à cause du mot paillasse, qui m'était tombé du stylomine. Se son métier, comme tout le monde à Chelsea, ce jeune homme de bonne famille, — tout ce qu'il y a de bien vu à Dunsinane, les Gillravager, — était naturellement photographe. La pièce était montée pour répondre à la légende, tout le détail imité du célèbre tableau abstrait intitulé L'atelier du photographe, c'est-à-dire qu'on ne pouvait absolument pas savoir à quoi pouvaient bien servir les objets travestis qui y étaient disposés de façon purement démoniaque. Il y avait des fleurs dans la cheminée, et sur celle-ci le seul appareil qui fît allusion au métier du locataire, en plomb sur trépied de bois, mesurant exactement la hauteur de mon annuaire de l'articulation distale de la première phalange à l'ongle, trop petit pour la nature-morte et trop grand pour les soldats de plomb. Gillravager junior s'étant jeté tout habillé sous la douche par plaisanterie, sortit de ses habits trempés comme on tire la langue, et fit quelques remarques désagréables à mi-voix touchant son anatomie. Puis il s'essuya avec la nappe d'un grand dîner d'adieux donné six semaines auparavant à des amis d'enfance qu'il n'avait plus l'intention de revoir en ce bas-monde, parsemant le sol de croûtes de pain à l'intention des souris. Puis, s'étant soudain rappelé Jessica, la tête en feu, il s'habilla dans son costume de vitrier afin d'être méconnaissable et courut d'une traite, au risque de casser ses vitres dans l'escalier, jusqu'à la place de Peradventure and Peradventure où il ne remarqua même pas l'attroupement des fées devant le pub qui ne s'appelle pas le Horse's Shoe, en ayant encore pour deux bonnes heures avant de pouvoir se rincer le gosier... et la...

« Marie-Noire, — dit Geoffroy, — votre Angus, comme on dit dans la langue de Vautrin et de Figon, je m'en tamponne le coquillart.

— Attendez! — s'écria-t-elle, — le plus joli vient maintenant... »

... Or, ouvrant la porte au-dessus de laquelle on pouvait lire, dans la pierre taillée, un splendide 1818 d'époque, Miss Peradventure s'avança sur la place, regarda le vitrier courbé sous sa charge de monocles géants, et s'écria avant d'y avoir pensé : Angus! à moins que ce n'eût été Gillravager qui le premier se vit déchiré, du ventre à la bouche, d'un Jessica! si formidable, que sur la Tamise au loin, les remorqueurs y répondirent par le barrissement des éléphants à la fontaine (vous voyez ce que je veux dire). Et, comme il lui ouvrait tout grand les bras de sa jeunesse, elle y précipita tout le jaune pâle de ses fleurs. Alors, sur ce baiser qui ne s'explique point sans l'intervention des fées, il se fit un énorme fracas bleu de vitres brisées dont les éclats parcoururent en tous sens la place, s'enfonçant dans les murs, les gens, les pigeons, sans que personne songeât à s'en plaindre, tant vivre même et souffrir sont changés quand se lève le double soleil des amoureux..., et s'envolèrent les oiseaux blessés emportant leur poignard de verre et secouant des gouttelettes de sang sur le paysage.

Rien de tout cela ne se pouvait sans les fées : ce ne sont point les Peradventure de la génération précédente qui fleurissent d'épouvante aux fenêtres de la maison des négociants en porcelaine, à la vue d'une rencontre si parfaitement explicite d'emblée dans ses conséquences contradictoires à leur conception de l'univers, ce ne sont point les Peradventure père et mère qui sont capables de remarquer la présence des Gypsies ni d'en saisir la signification, quand elles se mettent à danser en frappant dans leurs mains tout autour du couple incarnant ici le coup de foudre légendaire. Ils ne verront dans cette agitation dont le sens profond leur échappe qu'une manifestation de la populace, du mob qui est pour eux l'expression même de l'horreur. Comment accepteraient-ils ce qui leur paraît au mieux, je veux dire en leur prêtant une sorte d'intelligence, un retour aux rites primitifs, à la sauvagerie, que soit au contraire considérée leur civilisation commerciale, — dans laquelle une Peradventure doit marier la fabrication des porcelaines avec une entreprise océane des transports, — comme un ensemble de cérémonies cruelles et dogmatiques dont le rejet est nécessaire pour que soit changée la vie et fait de Chelsea ce paradis sur la terre qui n'est encore qu'une nostalgie des chansons ?

Mais ici se pose une question : qui donc, de Primrose Peradventure ou de Gamy-John, le photographe de Chelsea, lequel ne s'appelait pas plus Angus qu'elle Jessica, qui donc, qui donc inventa l'autre ? Tout se passe comme si le premier pas de cette par-aventure avait été le fait d'écrire Jessica vous m'avez etc. devant la porte de Primrose. Mais rien cependant ne nous permet d'affirmer que cela pouvait être de façon préméditée destiné par Gamy-John à la fille des porcelainiers. Rien ne lui permettait de croire que cette demoiselle prendrait pour soi le nom de Jessica. Cela n'avait aucune vraisemblance. Et pour y croire, il nous faut en laisser donc l'initiative imaginaire à Primrose qui fait sienne une inscription peut-être adressée à la fille du crémier voisin, laquelle pourrait s'appeler Jessica, ou bien s'emparer de ce prénom écrit par un mécanisme mental semblable à celui que nous avons décrit chez Miss Peradventure. Même alors, même alors ! demeure parfaitement inexplicable le caractère de réciprocité qui précipitera dans les bras l'un de l'autre Jessica-Primrose et John-Angus. D'autant que rien ne nous prouve que l'inscription Jessica vous m'avez... émane en réalité de ce dernier personnage. Elle a pu être tracée par un soldat en permission qui avait connu aux Bermudes une Jessica ou une autre et qui dans sa tristesse à s'en trouver séparé, s'empara de je ne sais quel minium pour peindre son état d'âme sur un mur sans la moindre intention qu'une autre

Jessica s'y reconnût à Chelsea. A moins encore que
l'inscription ne fût le fait d'une fille fort laide du quartier,
connue, à tort ou à raison, sous le nom de Jessica, qui
ne ait par là voulu laisser croire à ses petites amies, ou
même aux jeunes gens du voisinage, qu'elle était l'objet
d'une passion s'exprimant sur les murs... Ainsi le rôle
de Jessica vous m'avez ne peut être considéré en dehors de
toute ambiguïté. D'autant que son existence d'inscription
pourrait être mise en doute : car nous ne l'avons pas lue
de nos yeux, et ce pourrait tout aussi bien être imagination
pure et simple de Miss Primrose, bien que le cri de Jessica! dans la bouche de Gamy-John semble établir cette
existence, et la paternité de l'inscription attribuée au
photographe. Mais je dis bien « semble »... car, après
tout, rien ne nous prouve que ce cri, et que tout ce qui
préalablement à lui a été écrit ne soit pas une justification
a posteriori d'un fait assez troublant, à savoir qu'une
jeune fille prénommée Primrose tombe dans les bras
d'un jeune homme, lequel crie Jessica! en les ouvrant.
Il n'y a peut-être jamais eu d'inscription, à la craie ni
au minium. Tout ce qui précède n'a, qui sait, raison
d'être que d'excuser cette jeune fille, au premier coup
d'œil de tomber dans les bras du premier vitrier venu,
si beau soit-il, mais parfaitement inconnu d'elle, ce
qui est conforme à la contestable théorie du coup de foudre,
avec ce grand bruit de vitres cassées, mais incompatible
avec la bonne éducation d'une demoiselle de Chelsea et
en tout cas avec le minimum apparent de vertu chez l'héritière d'un fabricant de porcelaine. Maintenant pendant
que nous sommes à douter des facteurs de ce récit, nous
aurions le droit d'exercer aussi notre esprit critique sur la
donnée initiale selon quoi cette jeune fille inconnue que
nous avons vue ouvrir la porte de Peradventure and Peradventure fût bien miss P... et se prénommât Primrose.
Car c'est un curieux phénomène de la lecture qu'on trouve
tout naturel de l'auteur qu'il établisse au début d'un récit
certaines données que nul ne songe à lui contester, mais
que toute variation de sa part, par la suite, soit considérée
comme une erreur ou une étourderie. D'autant plus

qu'ayant pris grand soin de munir son personnage d'un patronyme lequel implique pour qui le porte la possibilité de devenir indifféremment ceci ou cela, Blanche paraît bien s'être réservé le droit de faire ce qu'elle veut de son héroïne, sans parler de ce qui concerne Gamy-John ou Angus Gillravager comme il vous plaira l'appeler...

« Marie-Noire, par le Dieu du ciel! cessez d'attribuer à Blanche cette histoire à vous empêcher de dormir assis ou debout, quand je vous dis qu'elle ne *peut* pas l'avoir écrite en 1932 ou par la suite, et je sais bien de quoi je parle, tonnerre!

— Ah, Geoffroy, qu'est-ce que c'est que ces manières de charretier? Si vous prenez ainsi la chose, ce n'est que déplacer le point d'application de l'ambiguïté : et en ce cas, la question n'est plus de l'initiative d'Angus-John ou de celle de Jessica-Primrose, mais de la personnalité même de l'imagination qui engendre cette histoire. Car, que cela vous plaise ou non, au départ, cette histoire était attribuée à Blanche, tout à fait comme, à l'intérieur de l'histoire même, l'inscription *Jessica-vous m'av...* l'était à Angus Gillravager. Si, et je le veux bien, nous portons sur ce point le doute, il faudra aussi en jeter l'ombre sur Chelsea, qui pourrait être une petite ville d'Italie ou Venise même, j'y songe, pour ce que de toute évidence Jessica provient de Shakespeare, où c'est le nom de la fille de Shylock, et voilà la question juive qui nous tombe sur le dos à Batavia, en plein *twingle-twangle* des *gamelan*, et, par un jeu de mots assez suspect, Shylock risque bien d'y être un marchand chinois et non point un porcelainier britannique. Mais si ce n'est pas plus Shakespeare que Blanche qui est à l'origine de *Jessica vous m'*... et n'en sont ni Miss Peradventure ni Gamy-John l'imagination ordonnatrice, il faut en attribuer l'enfantement ou à moi-même, ou à vous, Geoffroy, si je ne suis qu'un fantôme de votre propre fantaisie. Il vous appartient de comprendre que tout ce *Jessica v...* ne vous a été proposé que par sommation d'en finir avec une ambiguïté tout autre, dont à la fin je suis épouvantablement lasse, et les lecteurs aussi, s'il existe une catégorie pareille d'oiseaux scient-fleurs ! »

Il est de toute évidence que Geoffroy Gaiffier n'a pas répondu, et ne répondra pas à ce discours qui tient de la provocation. Et, le dernier mot de Marie-Noire ressemblant plus qu'à cette jeune personne d'aujourd'hui à notre vieux linguiste, qui a peut-être trouvé ce genre d'expression composite dans une traduction de Khlebnikov tout récemment lue en public à la Mutualité, au mois de décembre 1965, c'est-à-dire fort peu de temps avant que Marie-Noire ne lui portât l'histoire de Jessica... on aura sans doute tendance de prendre appui sur ce fait d'apparence pour penser que c'est lui, Gaiffier, qui parle par la bouche de Marie, on voudra voir ici confirmation d'une hypothèse tout le temps qui renaît pour qu'aussitôt on la renie... Et de deux choses l'une : ou Marie-Noire n'a de réalité que dans l'esprit de Geoffroy Gaiffier, elle est une image de sa rêverie, et il n'y a pas à lui adresser la parole pour la faire rentrer dans la voie que Gaiffier lui imagine, ou c'est Gaiffier lui-même qui sort de la tête pensante d'une Marie-Noire réelle, et alors il n'a tout de même qu'à se taire. Ce qui sera, dans un cas comme dans l'autre, à mon avis, fort dommage, car il demeure dans tout ceci quelques points assez obscurs que j'eusse aimé voir éclairés, par Geoffroy ou Marie-Noire, peu importe... par exemple, la signification du nom de Gamy-John, sans doute un surnom gagné dans les tripots de Chelsea, et qui peut aussi bien signifier « ayant un relent de jeu », que « douteux », « louche » ou « stropiat », « puant », « objet de scandale », « faisandé », « polisson », « croustillant », « dépravé », « taré », que sais-je, et — s'il s'agit d'un cerf — qualifiant d'abondance le boisage de son front. Ceci, pour, à la première occasion, souligner le caractère aléatoire des mots à ceux qui s'étonneraient dans un conte voir douter comme il est fait *passim* des personnages et de leur origine : car si le langage est pareillement douteux dans les mots qui le constituent, que penser des créatures échafaudées avec les mots eux-mêmes ? Et pour ne rien dire des fées, dont le rôle ici pour capital qu'il soit apparemment n'en pose que plus, sinon mieux, l'énigme de leur nature. Sans parler de Rantipole-Molly dont on connaît l'origine, pour peu qu'on ait de la lecture.

Et peut-être que nous échapperions à l'équivoque de Marie-Noire, créature ou créatrice, remarquant qu'il n'a point été expliqué comment ce 20 janvier 1966, après déjeuner, elle a pu se présenter chez Geoffroy Gaiffier sans en connaître l'adresse, en décidant qu'après tout elle est fée, puisque liberté nous est laissée de considérer les fées comme surnaturelles ou imaginaires, je veux dire comme extérieures au récit, ou comme à plaisir inventées par ce Geoffroy, lequel me dissemble et ne sait plus à quel saint se vouer pour se distraire de Blanche disparue, à qui toujours l'imagination le ramène. Et à cet instant d'elle-même où elle eût comme un gant porté ce nom de *Peradventure*... car elle pouvait ainsi ou autrement tourner, prête à tous les destins, ouverte à tous les vents du ciel imaginaire, et bruissante d'un monde à naître à la façon mystérieuse des forêts. D'ailleurs, n'était-ce pas moi, devant sa porte, qui écrivis alors par une pudeur insensée, au lieu des paroles pour la dire, cette phrase plus obscure que toutes les Chaldées :

... *Jessica, vous m'avez comblé d'amour.*

Moi ? qui c'est, moi ? Encore un faux pas dans la bouche. Il n'y a pas plus de moi que de vous. Tout cela, peut-être, ne sert qu'à masquer quelqu'un d'autre. Le seul être vivant, de toute la force de l'absence, de toute la cruauté de l'oubli. Toi.

IX

PARENTHÈSE — HYPOTHÈSE

Marie-Noire est une hypothèse. L'hypothèse est le point de départ de l'imagination. L'hypothèse Marie-Noire avait pour but de m'expliquer Blanche. C'est-à-dire d'imaginer Blanche. A supposer que quelqu'un lise jamais ceci, je lui dois de dire les choses en clair. Il s'agissait de connaître Blanche. C'est-à-dire de résoudre la question Blanche. L'hypothèse est une proposition qui a cet avantage sur les propositions antérieures de rendre compte d'un certain nombre de faits jusque-là inexpliqués. Dans la mesure où le monde imaginé à partir de l'hypothèse se développe conformément à cette hypothèse, nous disons que l'hypothèse demeure valable. Elle est valable parce qu'elle rend compte des faits principaux auxquels nous nous étions heurtés et qui n'étaient pas explicables sans elle, en dehors d'elle. Toute science est une hypothèse développée. Toute science s'organise dans une hypothèse. Jusqu'au jour où l'extension de la science nous met en face de difficultés nouvelles, et où nous constatons l'impuissance de l'hypothèse à les réduire. Ce sont là des truismes. Une nouvelle hypothèse est alors nécessaire, la vieille hypothèse est abandonnée, la science a changé de vêtement. Marie-Noire est une hypothèse suffisante pour imaginer Java en 1930-33, ou faire sentir le caractère spécifique quotidien de la période de septembre

1965 à février 1966. Bien entendu, il m'avait fallu modifier Marie-Noire telle qu'elle se présentait à moi en septembre 1965, au temps du volleyeur, et même un peu après, aux Bains Deligny. Si l'on avait l'idée un peu trop simple de regarder ces variations de ma pensée comme un roman, au sens traditionnel du mot, on serait justifié à me faire le reproche de quoi j'ai pris en chemin, une ou deux fois les devants : c'est-à-dire que mon personnage (Marie-Noire) ne se comporte pas suivant ses données initiales, qu'il a des connaissances incroyables pour la jeune fille d'abord décrite, un langage qui n'est pas celui qu'on parle à Saint-Tropez ou dans les surboums, etc.

Je l'ai déjà dit : insensiblement Marie-Noire s'est mise à parler comme moi, et pas seulement parce que son vocabulaire suppose des connaissances que je puis avoir et qu'on ne lui supposerait pas, mais aussi dans le détail, la coupure, l'abréviation, le sous-entendu, l'éclipse, l'ellipse, les tics mêmes, *vous n'avez pas remarqué* ? Bon, cela, encore, passe. Je suis une explication plausible, admettons que cette fille m'ait pris tout ça comme la grippe. Mais il y a plus, il y a tout un tas d'influences qu'elle subit, qui ne viennent pas de moi. Ainsi, *remarquez*, qu'entre cette minute où Marie-Noire, *peradventure*, devient hypothèse, et la suite de ce récit — je veux dire le moment où je vais l'interrompre dans quelques pages —, et celui, quatre mois et demi plus tard (à deux jours près), où je le reprendrai, la suite, la jupe de cette enfant aura tout naturellement raccourci de vingt bons centimètres... Parce que, dans sa forme au moins, l'hypothèse Marie-Noire est soumise à des influences extra-textuelles, à l'évolution par exemple de l'histoire du vêtement, et de l'histoire tout court, la mini-histoire. Cela choquera les esprits scientifiques pour qui le roman, comme la phrase, se développe de sa propre matière. Sans doute.

Mais si on accepte l'idée que Marie-Noire est une hypothèse encore toute abstraite quand je la rencontre, que je me la formule au départ, on comprendra peut-être que l'hypothèse change de nature avec les faits dont elle se nourrit... qu'elle prend consistance, devient un personnage différent... non ? Tant pis. En tout cas, c'est là ce qui se produit dans ce long récit orienté non sur Marie-Noire, mais sur Blanche. Je ne suis pas un romancier, moi. Je ne sais pas donner un langage différent aux différents personnages. Marie-Noire parle comme moi sans doute, parce que je parle comme je peux, comme je suis, et que Marie-Noire, la Marie-Noire inventée par moi, me ressemble comme une fille à son père, et son langage à mon langage. Et, si pour me suivre, il vous fallait au départ l'hypothèse-roman, bon, mais si vous remarquez soudain que je ne me conforme pas aux lois du roman, il ne vous reste qu'à changer d'hypothèse. Acceptez donc ma vue des choses, suivez avec moi l'hypothèse Marie-Noire. Mais quand l'hypothèse Marie-Noire se heurte à ce que pouvait bien penser Blanche, ou écrire Blanche, elle est incapable de l'imaginer. Ce qu'elle propose pour réduire cette difficulté est apparemment une explication dérisoire, une imagination qui ne cadre pas avec l'image Blanche. Il faut donc abandonner Marie-Noire, la connaissance de Blanche est à ce prix. Mais il faut pourtant d'abord établir ce qu'il y avait de valable dans le développement imaginaire de Marie-Noire pour la connaissance de Blanche, localiser le point où l'imagination s'égare, et Blanche se perd de vue. Abandonnant l'hypothèse Marie-Noire, trouver à la science de Blanche le tremplin d'une autre explication des choses.

Ce qui est caractéristique de Marie-Noire devant le problème Blanche, ce n'est pas ce par quoi elle participe avec sa génération de l'émotion subite des jeunes gens devant les élections présidentielles ou l'affaire Ben Barka. Du moins pour moi, pour qui Marie-Noire n'a, ne peut avoir de valeur qu'en tant que tentative d'explication de Blanche, d'approche pour connaître Blanche. Il est certain que je ne lui ai donné vie que comme tentative d'organisation

des notions que j'ai ou que j'ai pu avoir de Blanche.
Les faits, elle les tient de moi. Elle est devant ces faits
un regard qui a sur moi l'avantage de m'être extérieur.
Elle organise en dehors de moi ces faits qu'elle tient
de moi. C'est là ce que j'appelle les imaginer. Marie-
Noire, nous l'avons déjà dit, comme imagination
organisante. Tant que l'hypothèse Marie-Noire parvient à organiser les faits de façon à éclairer Blanche,
elle demeure pour moi science de Blanche. Mais au
fur et à mesure que les faits éclairent Blanche, la
lumière même fait apparaître de nouveaux faits
inexpliqués. Ou simplement oubliés, ce qui revient
au même. L'image simplifiée qui est ma mémoire de
Blanche retrouve ces détails (ces faits) oubliés, ces
détails peut-être autrefois perçus, mais négligés par
ma *science*, relégués hors de ma conscience, parce
qu'alors j'avais à résoudre d'autres difficultés — disons les mystères du parler-Dieu chez les Dayaks —,
et que tout naturellement j'étais porté à minimiser
l'importance de ces difficultés d'autre sorte, touchant
Blanche, à considérer comme ayant primauté de
connaissance d'autres faits, que mes hypothèses d'alors
permettaient d'expliquer. Puis, avec la distance, ou
le temps, ce sont ces difficultés alors secondaires qui
ont pris la première place, qui ont posé devant moi
le problème Blanche comme irréductible dans le
cadre hypothétique de ma pensée. Alors j'ai tenté
l'hypothèse Marie-Noire, j'ai pensé Marie-Noire.

Elle m'a conduit, par une sorte de raisonnement
analogique, jusqu'à un obstacle que je ne pouvais
franchir antérieurement. Par elle, j'ai compris une
chose : que tout ce que je pouvais penser de Blanche
était faussé, radicalement faussé, pour des raisons
qui m'échappaient, parce que je me refusais obscurément à abandonner une hypothèse ancienne, la Blanche
primitive, l'hypothèse-Blanche, faite à partir de
Blanche telle que je l'avais imaginée la rencontrant,
la Blanche des premiers jours, des premières années,
considérée par moi comme un être d'un type immuable,

subordonné à ma conception du monde. Et puis voilà qu'étaient produits des faits qui contredisaient cela, qui me forçaient à progresser dans la connaissance de Blanche, en même temps que j'étais empêché de le faire parce que j'imaginais le monde à partir d'une hypothèse, d'un système d'hypothèse, qui supposait une Blanche entraînée dans mon système, prisonnière de ma pensée. Pour comprendre Blanche, j'avais donc inventé de la voir par d'autres yeux. L'hypothèse Marie-Noire avait pour but de me faire progresser dans la connaissance de Blanche en me forçant à la regarder par l'intermédiaire d'une fille qui avait en 1965 sensiblement l'âge de Blanche à Java. Sans doute pour mettre en marche « l'appareil » Marie-Noire, fallait-il lui communiquer les informations, comme on dit aujourd'hui, que j'avais gardées de l'époque où apparemment s'était produite la première fissure entre Blanche et moi. Fissure dont je n'avais pas eu notion alors, et qui n'avait aujourd'hui pour moi que réalité spéculative. Mais ces informations, c'est-à-dire bonnement les faits de ma mémoire, ne trouvaient plus chez Marie-Noire les mécanismes inhibitifs qui m'empêchaient d'en tirer conclusions. En ce sens, l'hypothèse Marie-Noire demeurait fructueuse, rendait compte d'une quantité de faits qui, dans ma conception égocentrique de Blanche, demeuraient obscurs, contradictoires, inexpliqués. Ainsi, le temps de Java réimaginé par Marie-Noire en fonction des données de ma mémoire, l'amena à poser devant moi comme une nécessité quelque chose que je n'avais pu, ou voulu, alors comprendre, une notion que je m'étais refusé à regarder en face : le comportement de Blanche n'était explicable, que pour autant qu'on admettait qu'en secret de moi elle avait une activité mentale que je ne m'étais jamais représentée, acceptant de penser qu'elle écrivît, au sens inférieur de ce mot, des lettres à une amie en France, les comptes de son ménage, un journal comme une jeune fille, que sais-je ? mais non pas qu'elle se fût mise à *écrire*, ce qui s'appelle écrire, c'est-à-dire à se servir de l'écriture comme d'une machine à inventer, à imaginer. Ou, pour tout éclairer d'un mot, que selon toute probabilité, sans que je l'eusse compris, elle avait entrepris de m'échapper par le roman. Dans l'hypothèse Marie-Noire, cela était tout naturel à imaginer, il n'y avait pas, pour en retenir qui acceptait de suivre l'imagination de Marie-Noire, l'obstacle de cette stupide fierté masculine, laquelle n'est peut-être qu'une peur panique devant la fuite spirituelle de la femme, et moi qui ne l'avais pas compris trente ans plus tôt (ou un peu plus) j'étais maintenant contraint à accepter cette donnée pour moi nouvelle (*Blanche écrivant un roman*) comme un fait.

C'est là-dessus, quand j'en étais arrivé à ce point, ce changement d'hypothèse touchant Blanche, que Marie-Noire avait cru pouvoir imaginer, elle, non plus une explication de Blanche et de son comportement, mais le texte qu'écrivait Blanche, qu'elle s'était mise à l'imaginer. A ce moment, l'hypothèse Marie-Noire est devenue incapable de rendre compte des faits. Parce que l'invention de ce texte n'était et ne pouvait être que celle d'un conte ou d'un roman écrit par Marie-Noire, et non par Blanche, que *le fait* devenait ici pure imagination de Marie-Noire, puisqu'elle ne pouvait trouver dans ma mémoire à moi aucun élément, même approximatif, de sa construction. Dans le premier temps, l'hypothèse Marie-Noire, appliquée aux faits de mémoire que je pouvais lui communiquer, permettait dans une certaine mesure de faire pièce à *l'oubli* en moi des faits que j'avais laissé s'effacer parce qu'ils me gênaient, qu'ils ne collaient pas avec le système hypothétique dans lequel je vivais, mais une fois arrivée à la nécessité d'imaginer, non pas seulement ce dont je n'avais pas pris conscience, mais même ce que je n'avais pas eu à oublier, Marie-Noire, comme hypothèse organisante, avait dû se substituer à moi, à Blanche, pour imaginer ce qu'écrivait Blanche, non plus d'après Blanche, mais d'après elle-même, Marie-

Noire. Puisque je ne pouvais plus reconnaître Blanche dans cette image écrite de Marie-Noire, l'hypothèse Marie-Noire avait pour moi perdu toute valeur, il me fallait l'abandonner pour saisir, pour connaître cette Blanche nouvelle, devant moi surgie. Et dont je comprenais soudain, d'une façon pour moi tragique, que si alors elle s'était mise à écrire, à inventer la vie, à imaginer d'autres êtres, des inconnus dont elle supposait les actes, les sentiments, les désirs, tout cela s'était fait contre moi, tout cela avait pour point de départ une révolte dont je n'avais aucunement compris le sens. Une insurrection contre l'hypothèse Geoffroy (et en ce sens-là, l'hypothèse Marie-Noire avait été fructueuse, mais ne pouvait le demeurer audelà).

D'ailleurs, Marie-Noire, si elle ne se prêtait plus à l'exploration que j'attendais d'elle, si sa rêverie avait cessé d'être orientée par mon angoisse de Blanche, si son imagination semblait soudain dominée par un autre ordre de préoccupations, si elle avait commencé d'être *une autre hypothèse*, comme je l'avais ressenti à entendre l'histoire d'Angus et de Jessica, il y avait sans doute à cela une raison qui commençait à transparaître et qui se fit jour au début de février quand il fut démontré qu'il n'y avait pas de poussière sur la lune, et de ce fait que toutes les théories pour l'explication des mondes étaient mises en échec. Car Marie-Noire alors apprit qu'elle était enceinte et, désormais, comment aurait-elle pu tourner son imagination vers le passé ? Elle était maintenant le siège d'une hypothèse capable d'expliquer, d'inventer l'avenir, l'hypothèse Oscar. Elle m'abandonnait, elle abandonnait Blanche à l'oubli.

A quel signe, me dira-t-on, avez-vous compris que l'hypothèse Marie-Noire était, pour vous, devenue inutilisable ? Je pourrais prétendre que c'est à l'apparition de l'hypothèse Oscar, comme d'un perce-neige. Je serai plus honnête : j'avouerai que c'est à cette histoire de la pipe et de la blague sur le radiateur.

Comment ? Tiens ! Je savais, moi, si j'étais ou je n'étais pas venu chez Philippe en son absence. Et j'étais ou je n'étais pas ? Ça, c'est mon affaire. Mais ma pipe et ma blague, je ne les avais pas oubliées, en tout cas. Leur présence chez moi, en *hors texte*, m'apprenait de la part de Marie-Noire une fâcheuse tendance à utiliser le texte, c'est-à-dire le développement pur de l'hypothèse, à des fins qui ne tendent pas à l'explication de Blanche, mais par exemple à l'élaboration d'une dramaturgie différente, celle du couple Philippe et Marie. Qu'elle fît servir les accessoires de Gaiffier, ou du moins songeât à les faire servir à la protection de ses rapports avec Philippe, était en tout cas un premier pas sur la route de l'oubli.

Il n'appartenait donc plus qu'à moi seul, après tant d'années, d'en remonter le fleuve, de faire face à cette tempête, de comprendre Blanche, de demander pardon à Blanche de mon abominable cécité. Le temps était venu, l'hypothèse Marie-Noire abandonnée, d'aborder la connaissance de Blanche par une hypothèse qui tirât de Blanche même son origine : chercher dans Blanche seule l'explication de Blanche. Et l'on me dira que l'hypothèse Blanche est la moins apte à éclairer le devenir de Blanche, parce qu'elle porte en elle son ombre propre, et semble par là même impropre à me montrer de Blanche ce que je n'arrivais pas à apercevoir. Mais mon éminent collègue Karl R. Popper n'a-t-il pas écrit quelque part que les meilleures hypothèses sont les moins probables ? Ce qui est le type même des propos dont on peut s'enivrer. Et je ne serai pas loin d'y surenchérir, disant que la réalisation d'une hypothèse tient avant tout à ce caractère d'improbabilité qu'on lui reconnaît.

Il y avait quarante ans qu'il n'avait pas fait si beau à Paris en pareille saison. Dans cet improbable printemps d'avant le printemps, la vie était sans boue et sans poussière comme sur la Lune. En 1926, il y a quarante ans, je ne connaissais pas encore Blanche, j'avais été à Madrid faire une conférence sur l'usage du pronom relatif en malais. Ou tout au moins était-ce le prétexte invoqué d'un exposé secrètement plus ambitieux où, dépassant de beaucoup ce prétexte, je jetais les bases d'un système du monde tel que je pouvais le concevoir sans avoir rencontré, connu, aimé Blanche. J'étais si pauvre alors que le pantalon que je portais s'était déchiré, à force d'usure, dans le train qui m'amenait de Paris. Si bien que j'avais dû mettre un pantalon d'habit pour débarquer à la gare, ce qui peut paraître plus étrange encore aujourd'hui à entendre qu'à voir à ceux qui étaient venus m'attendre, et qui probablement se faisaient de moi une idée à quoi ne correspondait guère ce voyageur. Car, si je n'avais pas de costume de rechange, mon père dans un de ses moments de générosité m'avait fait faire un habit, par un petit tailleur, pour que je pusse aller à l'Opéra, aux Ballets russes. Si bien que, conscient de l'hétérogénéité de mon accoutrement, je décidai de faire ma conférence en habit. Mais les conférences à Madrid se donnaient l'après-midi, on ne parvint pas à me dissuader d'y venir comme je le prétendais. De plus, le public qui était là ne comprit rien à mon langage, parce que je me servais d'un vocabulaire d'avant-garde, lequel n'était pas celui de l'avant-garde madrilène. Et par exemple que nous n'entendions pas de la même façon le mot *hypothèse*, ce qui compliquait beaucoup le passage complexe du malais à l'espagnol par l'intermédiaire du français. Mais ceci était au temps d'avant Blanche et ne sert de rien contre l'oubli de ce qui fut entre nous sans le dire. Ni comme explication ni comme excuse. Autant ici fermer cette hypo-parenthèse. Du reste, vous pouvez tenir ce chapitre pour nul et non avenu. Et le sauter à pieds joints. D'ailleurs, l'avez-vous lu, ce qui s'appelle lire ? En avez-vous entendu l'hypotexte ?

X

HISTOIRE D'ANGUS ET DE JESSICA

(*suite et fin*)

On ne se débarrasse pas si simplement de Marie-Noire. Elle n'est pas si simple qu'elle n'ait compris, senti, vu que j'avais tiqué à cette histoire de la pipe et de la blague. Mais le reconnaître eût été lui donner corps. Elle me chercha donc une autre querelle : « Je réfléchis, — me dit-elle, — à ce que vous me reprochiez tout à l'heure... à propos des beatniks... Ça ne tient pas debout. D'abord, et puis. D'abord parce que Blanche. Vous n'avez pas remarqué ? Non ? Eh bien, ce n'est pas moi qui vivrais vingt ans avec un homme qui n'a pas remarqué. Elle en a eu, Blanche. De la santé, je veux dire. Qu'est-ce que je racontais ? Ah oui, ça ne tient pas debout : puisque tout ce qu'elle a écrit, toujours, depuis, et à partir d'un certain moment elle ne vous l'a plus caché, ça se trouvait chez les libraires, tout ce qu'elle a écrit, Blanche, même quand ça n'en avait pas l'air, c'était toujours des romans d'anticipation... Ne faites pas cette figure, M. Gaiffier, je sais ce que je dis : des romans d'anticipation, ça ne signifie pas que ça se passe en 3684, qu'on prend une pilule pour aller instantanément à New York ou dans Saturne, mais qu'il n'y a pas besoin qu'il y ait encore des beatniks pour qu'il y ait des beatniks, vous saisissez ?

— Pas précisément… D'abord *encore*, cela signifie-t-il *déjà* dans votre langage, ou bien qu'il y ait encore, qu'il subsiste des *beatniks*?

— Je vous aurais cru plus fin. Les exemples ne manquent pas dans la littérature. Pour ce qui est du *déjà*. Par exemple, tous les romans historiques où on s'intéresse à un enfant, parce que l'auteur sait *déjà* qu'il sera le Chevalier Bayard ou le général Foch, hein ?

— Mais c'est le contraire de l'anticipation, Marie-Noire! Napoléon, Foch ou Bayard, justement, parce qu'on sait *déjà*, on revient en arrière de la donnée, vers l'enfant…

— Pour moi, c'est anticiper, un enfant, Oscar par exemple, lui fixer un avenir même connu de nous, mais pas de lui… Bien entendu, même si les gens gardent leur petit costume quinze, seizième, le style Cranach-Dürer, et que l'auteur vit dans l'Allemagne du dix-neuvième, *Faust*, le second, avec le socialisme autoritaire de la fin, c'est de l'anticipation pour Gœthe. Bien que le canal Volga-Don, nous l'ayons vu de nos yeux vu, nous. Mais la chose ne se discutera pas du tout si l'écrivain imagine en 1947 un dépôt d'armes quelque part dans le Vaucluse, dans un garage, indiquant la route sur laquelle est le garage, la distance approximative d'Avignon, et puis qu'en 1949, le livre paru depuis plus d'un an, on y découvre des armes. Dans le garage et tout. Vous savez de quoi je veux parler, puisque cet écrivain-là, faut-il y revenir ? vous lui avez emprunté le nom de votre femme pour la clandestinité, et puis pas dans ce livre que je disais qui s'appelle *Les Fantômes armés*, mais dans un autre récit écrit de la même main, dix ans plus tard, à peu près, c'est-à-dire dix-sept ou dix-huit ans après que Blanche a eu besoin de faux papiers, et pas seulement son nom, *Blanche Hauteville*, mais aussi sa profession supposée, *aviatrice*, ce qui écarte toute idée de hasard, de coïncidence, d'inconscience, pas vrai ?

— Mais, Marie-Noire, c'est vous qui avez imaginé

cela, dans cette lettre signée... vous savez bien, au Ministre de l'Intérieur en 1946...

— Allons, allons, vous-même, quand vous l'avez lue, vous avez dit, cette lettre, pourquoi et comment Marie-Noire l'aurait-elle imaginée ? Il faut bien que vous me l'ayez soufflée, non ? D'ailleurs, le roman d'où c'est tiré, ce nom, je vous ferais remarquer que, dans ce jeu entre vous et moi, à un moment où vous aviez une fois de plus décidé de ne plus me voir, de ne plus me parler, de parler tout seul de Blanche, comme un grand garçon, un moment où vous poussiez à l'extrême l'objectivité, que ce n'en était même plus vous qui parliez, vous, Geoffroy Gaiffier, mais un personnage sans nom ni visage, lequel vous regardait faire, un personnage abstrait dont je ne connais ni le père ni les sentiments, un personnage dit *l'auteur*, qui n'a droit d'être rien d'autre et de là son caractère d'abstraction, voici qu'avec une précipitation extraordinaire — que ce fût lui qui vous le mît dans la bouche, ou vous, n'y tenant pas, qui le lui aviez repris, parlant de Blanche, le *je*, — la première personne s'était retrouvée être Geoffroy Gaiffier, vous, parlant de Blanche...

— Marie-Noire...

— Il n'y a pas de Marie-Noire. Je disais qu'alors, parlant de Blanche, vous, Geoffroy Gaiffier, vous vous étiez laissé aller à raconter, je ne sais à l'usage de qui, ce roman, *Luna-Park*, publié en 1959, où l'héroïne invisible s'appelle Blanche Hauteville, aviatrice, parfaitement. Une Blanche Hauteville plus jeune que la vôtre, elle ne doit pas avoir quarante ans à l'époque de la guerre d'Algérie. Il est clair que c'est là que vous avez pris le nom d'une femme qui vit à Java en 1932, 1933... alors vous êtes bien venu à me reprocher le mot *beatnik* dans un récit de la même époque. Simple anticipation dans les deux cas.

— Marie-Noire, vous confondez tout...

— Il n'y a pas de Marie-Noire. Et qui c'est, vous ou moi, qui disait que *Manon*, toujours à titre d'exem-

ple, ça devait être compris de l'intérieur par les beatniks. Vous me direz encore qu'il n'y a pas anachronisme, parce que, si le livre est écrit il y a deux cents ans, il est lu aujourd'hui, donc, l'Abbé Prévost, il aurait dû l'écrire, et au fait il l'a écrit pour les beatniks même si le mot n'existait pas. A supposer, bien entendu, que les beatniks lisent *Manon* de préférence à *Mandrake*!...
— Marie...
— Il n'y a pas de Marie, je vous répète, et les romans de Stendhal sont des romans d'anticip, pour ce qui est des lecteurs.
— Vous pourriez dire, tant que vous y êtes, les mots de bout en bout...
— Bon, des rom' d'anticipassion, si vous y tenez...
— Ils sont écrits, vous allez dire, pour les b...
— Ou d'autres, plus tard, dont je n'ai pas encore inventé le nom. Comme le savon imaginé par les Phéniciens a permis les débuts de la chirurgie, avant qu'on ait conçu l'antisepsie. Vous me feriez dire des bêtises, M. Gaiffier, avec votre manière de ne pas comprendre. Si vous me poussez encore, je vais jurer que l'anticipation n'est pas seulement un caractère du roman, de l'art, mais de la vie même...
— Ma petite Marie, voyons! qu'on anticipe comme Jules Verne, une invention supposée faite, ses effets, le canon qui envoie l'homme dans la Lune, bon! Mais donner à une femme, par anticipation, le nom qui ne sera inventé que plus tard pour une héroïne de roman, voulez-vous me dire ce que ça signifie ? C'est sans précédent!
— Ce n'est pas mon affaire à moi, de vous le dire! Vous êtes linguiste ou pas, mon ami ? Et puis, s'il vous faut à toute force un précédent... avez-vous lu Wedekind ?
— Qu'est-ce qu'il vient faire ici, ce Baruch-là ?
— Wedekind... Franz Wedekind, le poète et dramaturge allemand du début de ce siècle... Si vous lisez

aujourd'hui un poème allemand intitulé *Brigitte B.*, à qui pensez-vous ?
— Cette idée !
— Eh bien, Wedekind, c'est avant la première guerre mondiale qu'il l'avait écrit, ce poème :

> *Ein junges Mädchen kam nach Baden,*
> *Brigitte B. war sie genannt,*
> *Fand Stellung dort in einem Laden*
> *Wo sie gut angeschrieben stand...*

— Excusez-moi, mon enfant, je ne comprends pas les vers au vol dans la langue de Gœthe... Vous savez que l'allemand n'est pas mon fort !
— Une jeune fille s'en vint à Bade, — Brigitte B. qu'on l'appelait — S'y trouva place dans une boutique — Où elle était fort bien notée... Je vous en passe et comme on l'envoya porter une tournure à une baronne :

> *Auf diesem Wege traf Brigitte*
> *Jedoch ein Individium...*

Sur cette route rencontra Brigitte — Cependant un individu...
— Mais quel rapport a tout ceci avec l'histoire d'Angus et de Jessica, s'il vous plaît ?
— Aucun sans doute, sinon que, jouant à anticiper, il m'arrive ici de voir l'Écosse des Gillravager dans un film où jouera Brigitte D. dans sept mois d'ici, et remarquez que je n'en puis rien savoir encore : les journaux n'en parleront qu'en septembre...
— Ah, laissez, vous m'irritez avec cette histoire ! Je ne vous suis plus, Marie...
— Vous ne m'avez jamais suivie que je sache. Vivre, c'est toujours anticiper, chez l'être pensant. De si peu que ce soit, la rapidité du commandement de la tête à la main. Même quand j'imagine le passé, je l'imagine en avant. J'oublie perpétuellement ce qui est pour ce qu'il devient...

— Ma petite, d'où prenez-vous ce langage ?
— Vous le demandez ? Mais de vous, cette idée ! — elle s'est mise à rire, — et puis ces jours-ci, un peu de Philippe...
— Ah ça, vous exagérez, mon enfant ! Philippe, c'est une autre chanson. Je le crois bien incapable...
— Je vous prie de ne pas me dire de mal de Philippe. Bien que, oui : pour son âge, il est un peu demeuré. Vous savez, on va droit devant soi, sans se poser de questions, puis une voiture vous renverse, qu'est-ce qu'elle a pensé, la voiture, rien du tout, c'est bête, les machines, mais l'accident, ça vous force à vous représenter un tas de choses qu'une bagnole n'aurait jamais pensé toute seule... qu'on peut mourir, et ce que c'est, la douleur, et encore bien des trucs, l'avenir, la vie, enfin...
— Qu'est-ce que vous chantez, Marina, votre Philippe, ce n'est pas un accident d'auto !
— Un peu, si. Il n'en sait rien, bien sûr. Inconscient comme une machine. Un homme, quoi ! Oh, ne prenez pas cet air vexé. Ce sont les femmes qui conçoivent. L'homme, c'est un prétexte, il n'a lui, qu'une imagination de raccroc... Cessez cette gymnastique des sourcils : essayez donc d'imaginer quelque chose en dehors des femmes, là, vous voyez... Et même, pour ne pas oublier Blanche, il vous a fallu cette petite sotte pour laquelle vous m'aviez prise et dont, pourtant, le vocabulaire, parfois, vous dérange, hein ?
— Marie-Noire, vous dépassez la mesure. Je me souviens de Blanche. C'est de moi que vous tenez tout ce que vous savez d'elle. Je ne vous ai demandé que cette intuition de la femme pour comprendre une autre femme...
— Vous croyez ? Mais dès que je vous entraîne plus loin que vous ne vouliez, vous criez à l'invraisemblance. Au fond, Blanche, il faut, pour vous, qu'elle reste un mystère... l'inexplicable... L'inexplicable, c'est ça pour vous, la femme. Si la femme, cela s'expli-

quait alors que deviendriez-vous, les hommes. Vous pourriez avoir tort, pas ? Si commode l'éternel féminin. Tous pareils. Une vulgarité. C'est un homme qui a eu la brillante idée de munir le sphinx de seins de femme. Il y a moins de différence entre vous et mon petit Philippe, qu'entre Blanche et moi, par exemple. Quand vous avez voulu vous démarquer, par exemple, de l'auteur (ou l'auteur a voulu se démar... ça revient du pareil au même), par quoi avez-vous, je veux dire lui ou vous, cherché à vous rendre inassimilable l'un à l'autre ? Bien sûr avec la profession de Monsieur votre père, le grand Gaiffier, lui, et quelques données de votre biographie, mais la bio, ça ne suffit pas, c'est le passé. Il vous fallait une caractéristique constante, un trait qui soit toujours *au présent*. Alors il a été entendu que Geoffroy Gaiffier était fumeur avec un luxe de détails, les cigarettes qu'il fumait, à quoi, pauvre petit, il a dû renoncer question dépense, puis la pipe qu'on retrouve à tous les tournants. Commode ? Tout cela parce que si le lecteur aujourd'hui, ou plus tard, quelqu'un dans les ouvrages scientifiques, fait enquête sur les habitudes de l'auteur supposé de ce livre, il découvrira que ce personnage abstrait ne fumait pas ou plus depuis 1921.

— Marie-Noire, je voulais justement vous dire...
— Vous vouliez, je vous vois venir... mais dites donc : était-il bien nécessaire pour qu'on ne crût pas que c'était le bonhomme abstrait qui était venu me visiter, comme un très vieil Ange Gabriel, de déposer sous le nez de Mme Paupière la blague et la pipe qui vous appartiennent, cher Monsieur, j'imagine afin de les faire passer aux yeux de ce pauvre petit Philou, pour une représentation freudienne de vos organes distinctifs ? Je veux dire, qui sont après tout sensiblement toute la distinction qu'on peut établir entre Philippe, l'auteur et vous... Parce que c'était de cela que nous parlions. Vous tenez pour irrévérencieuses les généralisations touchant *les hommes* : mais ça vous arrange de penser : les femmes... pour expliquer

tous vos mécomptes. Tenez, *les hommes*, c'est tout juste bon pour un petit moment... »

Je ne sais pas ce qui m'a pris, j'avais envie de la gifler, de la battre. A mon âge ! Justement : plus jeune, probable, je l'aurais simplement saisie dans mes bras. Si je devais répéter ce que je lui ai dit. Un cyclone. Les mots, quand ça sort ainsi, ça meurt comme ça vient, poussé par la pluie suivante, effacé dans tous les sens par le vent. Les paroles de la colère ont leur syntaxe à elles, qui est celle de l'oubli, l'oubli, l'oubli instantané. C'est une langue qu'on ne peut pas apprendre, elle se crée à chaque fois. Alors, la reproduire ! Bien sûr qu'il est absurde de se fâcher contre Marie-Noire, ça ne tient pas debout. Mais était-ce bien contre Marie-Noire que tous les hommes injuriés se dressaient en moi ? Est-ce que je pensais même à Marie-Noire ? Devant elle, ce déluge des paroles, il me vint tout à coup à l'esprit, c'est-à-dire à ce mutisme en moi au cœur des paroles, que rien de tout cela ne s'adressait à Marie-Noire : c'était ce que je n'avais jamais dit à Blanche, c'était ma révolte contre Blanche, c'était à Blanche que cela s'adressait. Et, tout d'un coup, ce fut comme lorsqu'un grand vent tombe d'un coup. Le silence. Le monde comme silence et comme représentation. Les derniers vagues frissons des feuilles, dans un arbre au milieu de la plaine du silence. Ce qu'il reste de bruit au fond de la tête. Des pas qui s'éloignent dans la tête. Une sorte de honte aux lèvres. Et par tout moi ce tremblement du sang, comme mille clignotements de lumières dans ma nuit, le sentiment étrange de n'être pas maître de soi. D'être à la merci de soi. De cet autre en moi que j'appelle *soi*. La chute déconcertée de la fureur. Ce malaise derrière elle, que je connais bien. Le comment en sortir. Encore s'il s'agissait de trouver des mots, la porte battante des mots... J'ai essayé de regarder Marie-Noire. Mais c'était vrai : il n'y avait plus de Marie-Noire. A peine une ombre. L'ombre de Blanche. Qu'est-ce que cela signifie de se fâcher

contre un être imaginaire ? Je ne m'étais pas fâché
contre un être imaginaire. D'ailleurs j'avais tout
oublié de ce qui venait de se produire : incapable de
repasser par ce chemin, on croit en reconnaître les
tournants, et puis c'est un autre paysage, jamais je
ne suis venu par ici, et comment, à froid, recommencer
cet itinéraire ? Blanche. Ce n'est que Marie-Noire
devant moi, que Marie-Noire, et pourtant il n'y a
pas de Marie-Noire. Je retrouve vaguement des
phrases, des bouts de phrases qu'elle a dites. Si je
pouvais apaiser l'air entre nous, m'apaiser, moi-
même. Est-ce l'image de Blanche, non pas la photo
morte, immobile de Blanche, mais le mouvement de
la pensée, le mécanisme imprévisible de Blanche ?
Je vais dire n'importe quoi, pour tenter de renouer
la conversation, de faire que Marie-Noire oublie et
que tout soit comme par le passé... expression qui fait
qu'on frémit, *comme par le passé...* renouer... à quoi,
par quel nœud : on était là, parlant, puis brusquement, du mur, un tableau, qui pendait de toujours à
ce mur, s'est détaché, tombant avec vacarme, le
cadre en morceaux, le sourire du portrait, sur n'importe quoi, une bouteille, un bibelot stupide, s'est
déchiré dans la toile par une seconde bouche, noire,
amère, une bouche de mort. Allez reprendre la conversation. On dit : qu'est-ce qu'on disait... Ni l'un ni
l'autre ne sait plus, dans ce qu'on disait est entré
l'irréparable. Marie-Noire avait raison : il n'y a pas
de Marie-Noire. Même pas vers Blanche, cette ombre,
cette approche de Blanche. Peut-être pourtant, si
l'on reprenait la conversation. Qu'est-ce qu'on disait ?
Je cherche à me raccrocher à des branches cassées,
qui cèdent, les mots prononcés, oubliés, qu'est-ce
qu'on disait, ah oui, l'histoire de, comment s'appel-
lent-ils ? si peu vraisemblable, c'est mieux que rien
pourtant, pour remonter le temps, reprendre : « Qu'est-
ce qu'on disait, Marie-Noire, l'histoire de... vous savez...

— L'histoire ? Il n'y a pas d'histoire. Ou s'il y
avait une histoire, elle finit là, M. Gaiffier... »

Moi, je la supplie, j'ai perdu tout sens de la dignité, tout amour-propre, l'histoire n'était pas finie, elle commence quand cette fille, j'ai oublié son nom, tombe dans les bras du jeune homme, elle commence seulement. Et j'ai eu tort, oui, j'ai eu tort de prétendre que Blanche n'avait pas, ne pouvait pas avoir écrit cette histoire, c'est bien là-dessus que l'histoire s'est interrompue ? il y a une fin à cette histoire.

« Quelle histoire ? quel jeune homme — dit Marie-Noire. — Je ne me souviens pas... ah! l'histoire d'Angus et de Jessica ? Naturellement, il y a une fin à l'histoire de Jessica. Et c'est où nous en étions arrivés, à la fin. Trois ou quatre phrases n'y auraient pas ajouté grand-chose...

— Je vous en supplie, Marie-Noire, même trois ou quatre phrases, tâchez de vous rappeler... tâchez. »

Elle secoue la tête. D'abord elle ne se rappelle pas, et puis si elle se rappelait, ce ne sont pas trois ou quatre phrases : « Vous savez bien, M. Gaiffier, comment finissent les histoires, celle de Jessica comme les autres : *ils se marièrent et eurent beaucoup d'enfants*... je sais, de nos jours, tout l'effort des raconteurs d'histoires porte là-dessus, inventer une fin ou une autre, ils ne se marièrent pas et elle eut un enfant naturel. Ou bien une fausse-couche...

— Marie-Noire, ne vous moquez pas! Je vous en supplie... comment peut-on vivre sans histoires! Vous savez, en malais, on appelle les conteurs d'histoires d'un nom qui signifie *ceux qui calment les peines*, c'était aussi pourquoi, même chez nous, elles... *ils se marièrent, vécurent heureux, et eurent*... pourquoi Angus et Jessica n'auraient-ils pas beaucoup d'enfants ? Calmez-le donc, ce vieux cœur qui vous a appelée, inventée, imaginée... imaginez pour lui le passé ou le futur, l'un comme l'autre de toutes pièces, Marie-Noire... »

Elle secoue la tête : « Vous me l'aviez dit vous-même, M. Gaiffier... là où j'en suis arrivée, je ne vous sers plus à rien, je suis incapable de me représenter, d'imaginer, de réinventer Blanche, Blanche écrivant, ce qu'elle écrit. Alors l'histoire d'Angus et de Jessica est terminée. Et celle de Marie-Noire et de Philippe, mon stupide petit Philou. Marie-Noire est enceinte, et Philippe n'en sait rien, n'en saura rien, parce que je vais le quitter comme vous, pour avoir cet enfant à moi toute seule, un enfant qui n'aura pas à se conformer à ce père d'occasion. Le père qui l'a fait sans savoir, sans le vouloir, sans y songer, l'enfant que j'ai désiré seule, mon petit Oscar. Et maintenant je ne puis plus rien imaginer d'autre qu'Oscar, je ne vous suis plus d'aucun secours pour retrouver Blanche Hauteville, à lui donner son nom de plume... c'est joli, hein ? un nom de plume, léger, frémissant, non ? son nom de la clandestinité, son nom d'oiseau, *aviatrice*! et puis écrire, pas ? encore une clandestinité, par rapport à vous cette fois... je ne suis plus d'aucun secours pour imaginer Blanche Gaiffier, je vais sans vous, seule, sans Philippe, imaginer Oscar, longuement, doucement, et personne ne me dérangera, imaginer Oscar, sentir bouger Oscar dans mon imagination, sentir en moi se former, s'imaginer Oscar, et quand il naîtra, au bout du compte, j'aurai oublié Blanche, et son Geoff', et le petit Philou qui aura bien un peu sangloté, sans doute, un peu gémi, et puis, d'une Agnès à l'autre, pris goût à son métier d'homme, à son machinal métier d'homme, dans lequel, les unes et les autres, nous l'aurons aimé tout de même, un petit moment, juste un petit moment... » Et c'est ainsi que finit l'histoire d'Angus et de Jessica, et que Marie-Noire oublie tout ce qui n'est pas développement de l'hypothèse Oscar, pour laquelle nous ne sommes, Blanche et moi, pas de la plus légère plume d'utilité.

Juste comme, chez lui, le Philou découvre la pipe et la blague, en remplissant d'eau à évaporer les petits trucs qu'on suspend aux radiateurs. Et il fait une scène à tout casser. Mot pour mot comme prévu : « Tu reçois des hommes chez moi, maintenant, pendant que je travaille ? Ce vieux birbe ou qui ?

Ah, pas besoin de te retourner les méninges... ça se
comprend comme de la bande dessinée! »

Ça se comprend? Il a de la chance. Parce que,
maintenant, Marie-Noire regarde la planchette et n'y
voit rien. Probable que la scène de jalousie qu'elle
s'était imaginée lui est devenue d'une inutilité parfaite,
comme nous. Et qu'il faudrait à Philippe vraiment
de l'impudence, dans l'hypothèse Agnès, pour venir
comme ça la détourner de l'hypothèse Oscar.

Il n'y a pas de Marie-Noire. Déjà pour moi. Bientôt
pour Philippe lui-même, quand il aura pleuré son
soûl. Elle sera pour lui aussi du domaine de l'oubli.
Dormant quelque part dans un de ces châteaux des
contes où personne bientôt ne pénétrera plus, parce
qu'il y a de moins en moins de fils de roi. Il n'y a
plus de Marie-Noire à réveiller quand on rentre le
soir chez soi, avec les provisions pour le dîner, qu'on
marche sur la pointe des pieds, et puis c'est ce diable
de téléphone qui la fait sursauter : « C'est toi, Philou ? »
Comme Blanche. Comme toutes les femmes.

TROISIÈME PARTIE

En sa saison d'Espagne elle était Dolorès
Et lui va l'appeler Blanche dans ses amours
     Le Fou d'Elsa.

I

UN PERPÉTUEL MOURIR

  Un homme *seul*. Changez-lui les oreilles, le voilà veuf ou bœuf. Fouillez son ventre pour y trouver la peur. Ou ce n'est pas tant qu'il soit seul, on dit d'un homme soûl qu'il a de la compagnie. Et pour les pleurs, il y a le saule. L'homme-saule, ou l'homme-sel, un homme sale, un homme en solde, un homme-saur, comme un hareng, un homme-stupre, comme il y en a des stocks, un simple souffle sur sa couche, la couleur soufre et le cri source, la douleur gouffre où l'âme gueule, un homme s'il, ou non, somnole, s'anémone, et s'anémie, s'amenuise, anamorphose, un homme nu comme minuit... comme les trèfles de minuit.
  Un homme seul. Tant qu'il va le vent vire le navire, et ne sait l'eau prendre. Tant l'oiseau tient l'air qu'il ne croit mourir. Et tant court le chien que langue lui tombe. Proverbes se font comme faux bouquets de foins et de fanes. Les bruits sont nombreux où le cœur bat l'ombre. Ils n'ont sang ni sens, à qui n'est qu'absence. Et cherche l'échelle avec ses deux mains... Il n'y a même pas d'ange avec qui lutter.
  Un homme seul avec ses chimères. Un Docteur Faust au tréfond du silence qui joue une incompréhensible partie de cartes sans partenaire. Atout trèfle.
  Ceux qui voyaient aller et venir le professeur Geof-

froy Gaiffier, par le hasard de la rue aussi bien rangeant sa voiture grise entre deux autos un peu distantes, ou dans un self-service à gagner le temps sur manger, à ses cours devant une jeunesse mêlée de personnes d'âge, parfois à des concerts ou dans des expositions de peinture, avec ce visage de curiosité, et un costume trop clair pour la saison et ses fonctions universitaires, mal repassé, la cravate lâche, un bouton facilement sauté à la chemise, se demandaient-ils comment au vrai vivait cet homme, dans quelle sorte de taudis, ou de pavillon de banlieue, qui prenait soin de lui, s'il avait des enfants, ce qu'il devenait l'été, comment cela se passait dans quelque Oslo ou à Rome lorsqu'il rencontrait à des assises scientifiques ces collègues dont les articles ironiques touchant ses travaux se passaient à l'École sous les tables...

Un homme seul. Et secret. On ne connaît de lui que ses livres, au fond. Une sorte étrange de travaux. Des amorces. Des hybrides, relevant de plusieurs systèmes, sans qu'on pût les classer dans la suite de telle école ou groupe. Si bien que tout le monde s'en défendait, comme d'une chose impure. Ces plaquettes, ces discours, portaient le reflet d'un éclectisme de bien mauvais aloi. Les gens sérieux se sentaient gênés que Gaiffier s'appuyât ici ou là sur leur œuvre, pour en tirer ce genre de conclusions qu'ils avaient de toujours combattues. Au fond, c'était un dilettante. Une certaine poésie de la linguistique lui tenait lieu de science. Il avait, semblait-il, des trous dans son érudition. Il retenait d'un auteur une expression plus facilement qu'une méthode. Il mariait les incompatibles. C'était par nature un faiseur de compromis, et il n'y a rien qui soit aussi généralement méprisé. Il y avait si longtemps qu'on le voyait dans les congrès, que personne ne se rappelait plus de quoi il avait jadis l'air. On ne remarquait pas qu'il vieillissait, il semblait plutôt avoir toujours eu ces rides, ce visage, cette respiration.

Et quand il manqua son cours, en février, ses élèves, après l'avoir un peu attendu, allèrent bonnement se promener.

Un homme seul avec ses chimères.

Ce jour-là, si je m'en souviens bien, il s'était pourtant levé de bonne heure, il avait passé sur son pyjama cette sorte de houppelande d'intérieur, brune comme le Docteur Faust, et s'était à peine frotté d'eau le visage, fourrageant de ses doigts ses cheveux embroussaillés. Il avait mal ou peu dormi, tardant pourtant à se lever, comme si dans ce lit trop large, il avait craint d'écarter les draps, d'éveiller d'un geste imprudent le souvenir de Blanche. « Qu'est-ce qu'il y a, mon Geoff', où vas-tu ? » Le cœur lui battait dans la tête, il avait froid sans raison. Il lui paraissait impossible de se faire du café. Bien qu'à rien ne servît d'attendre Mme Hortense, allée en province voir cet enfant naturel qui avait le croup, comme dans un mauvais roman. Fantastiquement mal à la tête, il lui battait à la tempe une sorte de conscience inhabituelle, du côté gauche. Et quelle lourdeur des jambes. Un sentiment d'être couvert de toiles d'araignées. Supposez que Blanche soudain soit là dans l'ombre, à gémir, doucement, les journaux, que sais-je, et tu m'avais promis de me laisser dormir... Dieu, ce que c'est qu'une chair d'homme, et ce frisson profond à retrouver prochaine... ah, j'en crierais bien à secouer l'univers !

Geoffroy Gaiffier marche à travers l'ombre des chambres, très peu sûr de ne point tomber, il tremble en lui quelque chose d'innomé, d'innommable. L'indescriptible ! Le voilà sur lui. Ceci qui ne se localise point, une sorte de lueur diffuse, une obsession qui s'égare, un après-songe, une phrase perdue et pourtant qui semble prête à se balbutier : *cette étendue inhumaine où l'homme...* et je ne sais plus trop... Le monde comme une tapisserie déchirée, et les trous de la forêt montrent le moisi des plâtres, les personnages ont encore couleur furtive de lézards... Je ne comprends pas ce qui se passe, et s'épaissit en moi, se prend, une gelée. L'angoisse va du ventre au bras, s'élargit, ce vertige à l'envers, du sol montant, je vacille... *cette étendue inhumaine...*

C'est la table, les mains la reconnaissent. Son fouillis de livres, de journaux, de lettres, des objets indéfinis aux doigts seuls, qui glissent... Pourquoi suis-je soudain dans cette nuit d'enfance, précisément cette nuit dont je n'ai plus jamais eu mémoire depuis, d'une peur à quoi maintenant tout ressemble, une peur sans forme, où j'étais cerné de vols tremblants... Il faudrait atteindre les rideaux, tirer les rideaux, faire un peu de lumière, et le café le café... comme un jeu de cartes précipitamment battre... du trèfle et du carreau... le café... la chicorée des chimères... ce sont peut-être les chimères qui tournent autour de moi, de cette immobilité du corps gisant qu'effleurent ces grandes libellules bleues... j'ai toujours tenu la chimère pour un croisement de libellule et de chauve-souris... la chimie... l'alchimie des chimères... la seule force des chimères... non, ce n'est pas cela!

Vieil homme, quel tourbillon t'abat, quelle violence du temps sur toi soudain, qui te prend au cou des idées comme un étrangleur, un jeune étrangleur de passage, entre deux trains? L'heure de la violence carillonne où meurent et naissent les mots. A ce lieu de l'être où le signe et la chose dansent l'un devant l'autre comme sauterelles parlant avec leurs pattes, et déjà se modèlent entre l'âme et la lèvre le sens et le son... vieil homme au bout de toi-même traînant l'épave de ta vie après toi... *où l'homme est abandonné...* je ne sais plus comment, quels mots muets s'enchaînent, quel cri donc, le dernier peut-être, encore à ta bouche monte, que dis-tu, qu'appelles-tu par son nom de fumée, quelle fuite, quel fantôme femme, quelle faim fauve, par son nom d'effroi, quelle phrase de feu se forme au fond de ta folie... *la seule force de...* quelle phrase autrefois entendue et qui te revient comme une traîne de robe par l'automne des feuilles...

une phrase d'effroi comme une main portée à ton front, une phrase aux confins de vivre, dans un livre ouvert par hasard, à la frontière d'un pays défunt : *Si elle est tombée dans le désert, si elle a dû marcher interminablement dans le paysage lunaire du désert... d'or et d'argent... avec ces ombres que donne à la pleine lune une face humaine, lorsqu'on la regarde de terre...* Oh, parole qui tourne en moi, parole de qui d'autre, et voilà, quelques mots passés, démembrés d'eux-mêmes, sans liens que ce paysage épars, l'image d'où je vais, le lieu final... *cette étendue inhumaine où l'homme est abandonné à la seule force de son âme...* est-ce ici, cette chambre où je n'entends plus que le battre assourdi de l'aile des chimères ? Trèfle et carreau, trèfle et carreau... dans un champ de trèfles, sous le ciel des étoiles à trois branches, abandonné comme un trèfle au cœur du champ des chimères, abandonné, comment disiez-vous tantôt ? il faut reprendre de plus haut, *cette étendue inhumaine où l'homme est aband...* ah, voilà, *abandonné à la seule force de son âme...*

Il y avait un joint usé au tuyau derrière la baignoire, et l'eau gouttant passa chez le locataire du troisième. Comme ni la sonnerie ni les coups sur la porte n'amenaient réponse, il fallut enfoncer la porte et, le bureau traversé, l'on trouva le professeur près de la fenêtre, dont il n'avait pu tirer le rideau. Allez après cela douter de la providence ! A supposer pourtant qu'il vaille mieux s'y prendre à plusieurs fois pour mourir au milieu des chimères.

. . . .
. . . .
. . . .

Il s'est consumé dans moi, depuis que je n'ai plus écrit un mot de cette histoire un temps que je mesure mal, comme à rentrer chez soi quand l'horloge électrique, pendant qu'on était dehors, a subi des pannes, dérangements ou grèves, un temps inégal, un temps à extra-systoles, un temps de sommeil hors du temps, d'insomnies qui dilatent les heures, un temps sans repères, inutile, un temps bafouillé, un temps d'oubli en oubli, un temps (à croire les journaux à leur date) qui peut bien être cinq mois ? cinq mois d'amnésie, dont rien ne reste, pas même la cendre, avec ce vent que cela fait d'ouvrir les yeux, un temps comme une longue respiration retenue.

Sans doute ai-je été malade. Jusqu'à la fin mai, semble-t-il, ou qu'est-ce que cela chante en moi :

C'était à la fin mai quand rougit l'ancolie

Ce vers que j'ai dans la tête... De quel mai, de quelle fin de mai s'agit-il, c'était à la fin d'une guerre autant que d'un mois de mai. Quelle guerre ? J'ai oublié quelle guerre. Il y en a tant pendant la vie de Geoffroy Gaiffier, des guerres... et peut-être n'est-il pas besoin d'un mai finissant pour rougir l'ancolie qui vient d'Aquilée et qu'on nomme aussi bien gant de Notre-Dame ou fleur du parfait amour. *L'angorie*, disait Eustache Deschamps, comme d'une gorge soudain où je porte la main d'angoisse...

Toujours est-il que pendant quelques semaines encore, en juin, je sentais autour de moi une surveillance médicale, dont je prenais chaque jour un peu plus ombrage. Des médecins ? Le patient prenait de l'impatience. Des médecins ? Avais-je bien été malade ? Ou absent, qui sait ! Le monde a continué de gémir sur ses roues. Je ne compte plus mes morts. Je ne réponds plus aux lettres. Le téléphone s'impatiente. A-t-il ainsi piaffé quand je n'étais pas là ? Il me semble vivre dans une maison qu'au printemps on a sans doute oublié de préserver des fourmis avec cette poudre qui fait merveille : les événements rampent partout sur les paliers, les parquets, ils grimpent le long de mes jambes, à mon fauteuil. Cheminements noirs ou roux... j'en ai perdu le détail, mais j'en éprouve la couleur. Il y a, sur la grande table, un empilement monstrueux de journaux et de lettres, où j'ai tout de suite renoncé à m'orienter. Ceux qui ont pris soin de moi ont jeté pêle-mêle imprimés, cartons et missives, ils ont dû dans leur hâte, plusieurs fois faire tomber ces piles d'abord ménagées selon la chronologie, tout est sens dessus dessous, les mois, les jours, le dérisoire des télégrammes jamais lus. Il fait déjà beau, semble-t-il, au-dehors. Le soleil entre et s'assied sur les choses, la tête dans une main, comme un homme pensif. J'ouvre une armoire, d'où sort à la fois l'odeur du paradichlorobenzène et un essaim de mites. « Bien la peine... »

Quoi ? Vous dites... Personne ne dit rien, n'a rien dit. Qui, d'ailleurs, encore une fois, vous ? Il n'y a autour de moi que la foule des autres. Celle qu'on voit le dimanche. Cette immense fatigue humaine. Pourquoi Dieu, m'adresserait-elle la parole ? Ce *vous*-là, c'est bien ce que mon ami Pichon, lui aussi est mort, sans que je l'aie revu des années et des années, appelait, mon ami Pichon, *la personne ténue*. Quelle expression admirable! mais que voulait-il dire, j'ai oublié...

Cinq mois, bon poids, que j'ai brutalement, un jour, renoncé, comme à des bagues jetées à l'eau, aux êtres de mon imagination. J'avais de ces invités qui ne s'en vont plus une lassitude infinie. J'avais assez de leurs voix de tête, de leurs fous rires, de leurs disputes, de leurs confidences, de leur hystérie, de leurs exigences, tout, tout, le désordre, les assiettes sales, les mégots par terre, les arrière-pensées, les questions à brûle-pourpoint, les insinuations, j'avais assez de ce carnaval, ses confettis, ses masques. Un jour, un beau jour. On dit comme ça, un *beau* jour, ça n'a pas de rapport avec la douceur de l'air, cette beauté-là. On meurt un beau jour, un beau jour la femme qu'on aime vous quitte. Beauté d'ironie ou de rien penser. *Un beau jour*, j'ai dit, cela vous échappe, et donc *un beau jour* s'il faut qu'il le fût.

D'abord je ne me rendais pas compte du désert

auquel je venais de me condamner. La vie, après ce
beau jour-là, m'était, semble-t-il, un seul long jour
férié : les gens partis dans leurs maisons de campagne,
Paris merveilleusement vide, et personne sur l'éphé-
méride ni dîners ni *dates* avec quelqu'un, comme disent
les Anglais, ce peuple d'exactitude, qui écrit sur un
carnet son avenir. Il était trop tard dans l'année que
je reprisse le harnais des cours. On s'inquiétait de
ma santé par téléphone, avec cette hâte de ne pas
me fatiguer. Oh, la merveille, de survivre dans la
certitude en soi de n'avoir plus qu'à mourir une fois
ou l'autre, ce calme étrange...

J'avais en février congédié Marie-Noire comme une
femme de ménage. J'avais congédié ma mémoire,
et je me disais je laverai les assiettes un autre jour.
Ainsi s'empilent les souvenirs qu'on ne se souvient
plus de rien. L'encre pâlit sur les vieilles enveloppes.
Les signes qu'on vous fit n'ont plus de sens. On
retrouve un pneumatique où se décommande un
rendez-vous, d'on ne sait qui, comment, l'adresse ?
Avec ce passé désormais sans contexte, à quoi bon
l'ouvrir, ce présent ne se comprend plus. Tant mieux.
J'ai cessé de souffrir des autres. Et je me passe
d'inventer une jeunesse, de peupler ma nuit de
personnes pour qui je ne puis qu'être au bout du
compte... je suis, moi, le fantôme. J'avais voulu rester
sans *vous*, seul, en face de Blanche, en face de l'oubli
de Blanche. De Blanche qui s'efface en moi doulou-
reusement depuis des années. Seul devant cette
mémoire creuse. Devant l'impuissance d'arracher
Blanche à l'oubli, et le sentiment atroce de n'être
moi-même que ce que Blanche a définitivement
oublié. L'impuissance à me figurer Blanche. A comprendre en elle ce mécanisme de la pensée par quoi,
peut-être, j'aurais survécu pour elle, au moins pour
elle, et tout jadis en serait devenu clair comme un
matin. Parce que, justement, Blanche, eh bien,

Blanche n'a jamais été un être de mon imagination. Et quand je songe à notre vie, je veux dire à ce temps, pour les autres, où nous vivions apparemment ensemble, je comprends au contraire qu'elle aura toujours été la preuve palpable de mon peu d'imagination. C'est à Blanche que je me rends compte à quel point je ne suis pas, je n'aurais jamais pu être un romancier. Même si, par dépit sans doute, je me sens parfois capable d'imaginer une Marie-Noire ou l'autre, de me laisser imaginer par elle... à défaut. Mais Blanche. A ce longtemps sans rien, comme si j'avais traîné en pyjama sans me raser, dans une maison dont on ne fait jamais le ménage, et une fois de plus, une fois de plus je remarque avec désespoir sur tous les meubles, après un vague tri, prises et laissées, des lettres toujours sans réponse, éparses, la poussière d'autrui ironiquement appelée *correspondance*, — j'éprouve combien c'est par Blanche dont je ne pourrais retracer l'apparence, même étant peintre, parce que, s'il s'agit de Blanche, je ne peux mentir... et d'ailleurs, subitement dans la rue, un café, est-ce que je la reconnaîtrais, ma Blanche? j'éprouve combien c'est par Blanche que je touche à mes limites. A la brûlure de mes murs chauffés à blanc. Ô doigts de ma douleur! Parce que Blanche, elle, n'est pas, n'est pas un personnage de roman, une Marie-Noire. Je ne l'imagine pas, je vous dis, je ne l'invente pas. Je la cherche à tâtons dans mes ténèbres. Je rentrais si tard chez moi que tout était éteint, et je n'osais rallumer, elle dort, je marche à travers les pièces, oscillant de nuit, sans me souvenir d'où sont les meubles, les portes, les boutons des portes. Et si je ne retrouvais jamais le lieu de son sommeil, le lit disparu, personne... mes mains à tâtons sur l'absence, sur l'air épais, le long silence plein de craquements, comme d'os les articulations de la solitude... souffler, à peine souffler l'interrogation qui palpite, le nom : Blanche? Elle n'est pas, je vous dis, je vous redis, un roman, mais une donnée, une immodifiable donnée, je le répète, quand il s'agit d'elle, s'il, puisqu'il s'agit d'elle, je ne puis rien me raconter, parce qu'alors, c'est-à-dire quand, si, puisqu'... alors je ne puis, c'est fini, je ne peux plus tricher, il n'y a plus moyen, il n'y a plus mèche? encore des mots on ne sait d'où venus, quelle mèche? des cheveux, ou la lampe, dans le verre, comme enfant, aux premiers soirs du siècle, une chambre avec un poêle de faïence blanc, les doigts faisaient monter et descendre... plus mèche, quand il s'agit de Blanche. Et tout ce qui est, tout ce qui a bien pu être, me paraît faussé, comme l'avenir, le rêve mensonger que vous appelez l'avenir.

L'incompréhensible n'est pas que j'aie renoncé, cinq mois, ces derniers cinq mois et le pouce, à me ressusciter Blanche, non : mais comment m'y voilà remis, à me torturer, pour essayer de m'expliquer Blanche, ce qui m'a échappé d'elle. Cela m'a repris, on dirait sur un déclic. La machine s'est remise en marche, comme si on pouvait en revenir où elle s'est coincée, avant, quelque part dans un Chelsea ou l'autre de ce récit...

Tout ce qui précède, depuis le commencement du chapitre, je viens de l'écrire, rétrospectivement d'un coup, à la différence de l'au jour le jour qui m'était habituel. Je l'ai achevé ce matin, 10 juillet 1966, et j'éprouve le besoin de le dater. Parce que, cette fois, cela suppose de moi, Geoffroy Gaiffier, dit *mon Geoff'*, une tout autre attitude mentale que celle de mes écrits de hasard. Ici j'ai essayé de combler ce trou de cinq mois, après coup, consciemment. Cela pratique une sacrée brèche dans ma haie de jujubiers, vous voyez ce que je veux dire ? Tant pis ou tant mieux. Ce n'est pas la seule *anomalie* de ce long manuscrit injustifiable. Pour les anomalies, en général, j'y reviendrai plus tard... Donc, au 10 juillet, j'en suis encore à raconter ce qui précède, et non pas ce qui se passe au présent d'écrire, ni dans le monde, ni en moi. L'impatience est assise à côté de moi, de temps en temps elle se lève et va tambouriner aux vitres. Revient. Lit par-dessus mon épaule et soupire, relève une mèche de ses cheveux... une mèche de ses cheveux... Donc, au 10 juillet, je n'ai pas achevé mon mois de juin...

Une nuit de juin... c'était après déjà que j'avais découragé les médecins de me faire veiller par une infirmière, Mme Hortense suffisait bien. Je ne sais pas ce qu'ils craignaient. Là-dessus, cette pauvre Hortense avait encore reçu un télégramme : le petit n'avait pas le croup, cette fois, d'ailleurs l'autre non plus, à la campagne on appelle tout le croup. Enfin, on ne dirait rien aux docteurs, c'est entendu ? Allez, allez, voir un peu ce qu'il a, ce garnement! Cette nuit-là donc, la maison était bien tranquille, si j'avais eu l'idée de me lever, personne ne serait venu me dire Monsieur n'est pas raisonnable. D'ailleurs, je ne songeais pas à me lever. Mais je m'étais réveillé en sursaut d'un rêve assez odieux. Un silence... Un rêve assez odieux. Gardant de ce qui venait de *se passer* le sentiment, mais non le souvenir. Je cherchais d'abord, dans l'obscurité profonde, à retrouver l'anecdote de l'aventure, incompréhensiblement effacée. Ne fût-ce que pour m'expliquer le malaise subsistant. Impossible et j'éprouvais cela comme une injustice. Dans l'espèce de lueur qui m'habitait pourtant encore, il me semblait voir la fuite d'une robe claire. Blanche... qu'était-il arrivé à Blanche ? Pourquoi donc était-elle mêlée à cela ? Il me paraissait que la scène en était située à la campagne, n'importe où, pendant des vacances. Les enfants rêvent toujours vacances. Le combien sommes-nous ? Par simple confusion, j'étendis la main vers le téléphone, et aussitôt me moquai de moi-même : pourtant je fis le numéro, l'heure aussi m'importait, je n'ai pas de réveille-matin, à quoi bon, de toute façon pour moi la question est de dormir, et non de ne plus dormir... L'Odé-84.00 disait

une heure et quart, comment était-ce possible ?
Avais-je si peu dormi, si vite rêvé, m'étant couché
passé minuit ? Cela se produit parfois. Comme si on
avait couru à travers songe. Et d'ailleurs j'en avais
mal aux mollets, à leurs fleuves bleus. Je me renfonçai
dans les draps.

Mais j'avais beau tenter d'oublier Blanche, je ne
pouvais retrouver le sommeil. Il me sembla s'écouler
une vie. J'avais beau me dire que c'était encore une
illusion des ténèbres, l'insomnie avait pris ce caractère intolérable du temps qui ne passe pas. Les varices
du temps. Alors, au lieu de fuir ce qui m'empêchait
de perdre conscience, je tentai d'un moyen qui me
réussit parfois, lequel réside à me faire la proie de
l'obsession qui me prive du sommeil, de telle façon
qu'à la longue elle change de caractère, occupe tout le
champ de mon âme, et se transforme en rêve insensiblement. Je me mis donc à regarder Blanche, et Blanche
à ce moment de l'énigme où Marie-Noire avait tenté
de me l'expliquer, l'imaginant à ce moment de l'énigme,
arbitrairement situé en 1932 ou 1933, c'est-à-dire
quand nous étions à Java, en tout cas, avant l'insurrection du bateau *Les Sept Provinces*... qui dut interrompre le travail secret de Blanche, et nous força d'abandonner l'île, mais cela n'était pas le sujet de l'idée
fixe dont j'étais la proie dans cette nuit-là, trente-trois ans plus tard. L'énigme était ce que pouvait
écrire Blanche, et qu'elle ne me montrait pas. Je ne
dis pas *qu'elle me cachait*. Il en est de ce qu'on écrit
comme des pensées qu'on a : les garder pour soi, la
plupart d'entre elles, n'a pas le caractère d'une dissimulation. Remarquez, j'aurais pu demander à Blanche, qu'est-ce que tu écris ? je ne le faisais pas, simplement, en raison d'une conception que j'ai des rapports
entre deux êtres qui vivent ensemble, du respect que
je porte au silence de *l'autre*. Mais ce silence s'était
mis à bourdonner en moi, trente-trois ans plus tard,
ce frelon venait en moi de se réveiller, je l'entendais
dans l'obscurité de la chambre, à se heurter aux murs,

zigzaguant dans la profondeur, la hauteur de la chambre, titubant d'ombre, et je me disais, comme alors, trente-trois ans plus tôt, qu'est-ce qu'elle écrit, Blanche, je me le disais comme si j'avais été trente-trois ans plus tôt, que je n'avais pas su, entre-temps, ce qu'elle écrivait, jamais... j'étais revenu de trente-trois ans sur les pas de ma tête, j'avais oublié ce que depuis cette nuit de Java si semblable à cette nuit-ci j'avais probablement appris... ce que tout le monde savait, et qu'au fond, sans doute, Marie-Noire avait voulu me rappeler, avec une certaine délicatesse, au moyen de cette histoire romanesque d'Angus et de Jessica... Quel tact, chez cette fille, au fond! Parce que si elle avait simplement dit, mais voyons, Geoffroy, vous savez bien, tout le monde sait, ce que, sans vous en parler, en 1932, 33... Blanche écrivait... cela eût été comme mettre le doigt *dans* ma blessure, me toucher à l'oubli... Je n'ai pas été juste envers Marie-Noire, mais il ne s'agit ni de Marie-Noire ni de la ressemblance qu'il ne peut y avoir entre ce qu'écrivait Blanche et cette histoire, par Marie-Noire inventée, d'Angus et de Jessica. Marie-Noire n'essayait même pas de *copier* ces pensées de Blanche, dont je me tourmentais. Il ne s'agissait que de la nature de ces pensées, de ce qu'elles constituaient peu à peu, en secret, c'est-à-dire en dehors de moi, et que je ne pouvais pas, absolument pas me représenter autrement que sous forme d'une longue lettre, sans doute qui ne m'était pas destinée, et où, d'une façon ou d'une autre, adressée à l'un ou à l'autre, les choses me concernaient, soit qu'il y fût question de cette vie de nous deux, ou qu'il n'y fût pas question de cette vie, mais d'autre chose. Est-ce que j'étais jaloux? Non, oui, je ne sais pas. De quoi? je ne voulais pas penser de qui. Je me persuadais que si je l'étais, jaloux, c'était de la chose écrite, et non de son destinataire. Parce qu'enfin si l'on ne se contente pas de penser, mais que l'on prend la longue peine, chaque jour ou presque, de consigner ce qu'on pense dans un cahier, puis dans

un autre cahier, ce que je voyais bien, ce que je ne
pouvais pas faire autrement que voir, il faut donc
que cette conversation s'adresse à quelqu'un, que ce
silence prolongé s'adresse à quelqu'un! A moi? Mais
s'il en était ainsi, pourquoi ne pas me montrer ces
feuillets, me les lire, m'en parler? A quelqu'un sans
doute, comme un confident sans importance, une amie
d'enfance. A refaire ce chemin de mes réflexions
anciennes, je retrouvais la persuasion lente qui s'insi-
nuait en moi dans ces nuits de Java d'il y a trente-
trois ans, ces nuits qui me tenaient en éveil, et je ne
voulais pas même craquer une allumette pour voir
l'heure, Blanche aurait pu s'en éveiller, et il n'y avait
pas de téléphone à côté du lit, on ne pouvait faire
Odéon-84-00, c'était avant qu'on eût inventé le temps
perpétuel, le temps parlé... Et si ces trente-trois ans
n'avaient été que le rêve odieux dont je m'éveille, si
j'étais toujours cet homme jeune, au poil noir, au
visage lisse, si j'allais prendre là, dans mes bras de
violence, Blanche endormie et dont la tête avec un
murmure de protestation roule sur mon épaule, lui
faisant ce que fait l'homme à la femme, implacable-
ment, sous le drap léger, dans la bataille inégale des
jambes? si, cette douceur oppressante de la nuit, ce
n'était pas l'odeur de juin, mais Java, le parfum
fauve de Java, notre vie à nous deux, cette complicité de l'ombre, cette proximité des panthères, cette
bataille d'aimer, où le refus, la peur du plaisir en est le
commencement, ma fille, mon enfant, ma merveille...
Blanche, où es-tu? tu t'es levée? qu'est-ce qu'il y
a... tu ne réponds pas? Elle doit être sur le balcon ou
bien...

Pour me rassurer, peut-être, j'ai allongé le bras,
j'ai fait le numéro... *il sera exactement*... comment,
comment, une heure et quart? mais déjà tout à l'heure,
il y a une éternité... J'avais dû me tromper l'autre
fois. Une heure et quart seulement. Quelle horreur.
Comme le temps ne passe pas!

J'étais arrivé à cette certitude que ce que Blanche

écrivait, il n'y avait pas d'autre explication possible à ce qu'elle ne m'en dît rien, était précisément ce qu'elle ne voulait, ou ne pouvait pas me dire, bref qu'elle écrivait *contre moi.* S'il n'en était pas ainsi, pourquoi aurait-elle, d'un jour sur l'autre, poursuivi, consigné ce qu'elle pensait sans m'en rien dire ? Cela, depuis longtemps, avait dépassé les dimensions d'une lettre qu'elle aurait pu vouloir achever avant de me la donner, d'une explication concernant les choses de notre vie dont nous aurions dû parler, et puis que la vie était ainsi faite que nous n'en parlions pas. Non. Blanche écrivait contre moi. J'en étais certain. Autrement pourquoi écrire. Ne pouvait-elle pas me parler ? Je pensais cela comme si c'était pour la première fois. Bien que. Déjà. Auparavant. Quand. Où. J'ai oubl. Du moins fais-je comme si.

Lorsque j'y songe, j'étais assez sot de trouver ce raisonnement d'évidence. Je devais l'avoir étoffé de certains entendus (ou sous-entendus sous-tendus) qui maintenant m'échappent. Ce raisonnement devait autrement se dérouler. Mais pour arriver où j'en suis. A cette conviction que c'est contre moi... tiens, je n'ai pas pensé *c'était* contre moi! Toute la vie a pu d'alors à maintenant couler, j'ai pensé *c'est* contre moi. Il peut y avoir des années que je n'ai pas vu Blanche, tout ce qui est d'elle à moi me demeure au présent. Comme c'est étrange! Tout ressemble à cette nuit où il est toujours une heure et quart. Entre Blanche et moi, le temps ne passe pas, voilà. D'où cette angoisse. La même il y a trente-trois ans ou cette nuit. Blanche qui dort près de moi, même absente. Sans se réveiller qui refuse le plaisir. Blanche dans le sommeil qui bouge. Mais il ne s'agit pas de cela. Une fois de plus, il ne s'agit pas de cela. De cette syntaxe des songes. Leur présent passé.

Quelqu'un d'autre à ma place aurait certainement demandé à Blanche qu'est-ce que tu écris. A ne pas le lui demander, il y avait peut-être de ma part comme un manque de naturel. Mais je ne le lui demandais pas. Était-ce bien par délicatesse ? Il me paraît maintenant que c'était par délicatesse. Quelle est la valeur du nom qu'on donne après coup à un sentiment ? Tant d'éléments m'en échappent après toutes ces années. Je suis là, ayant oublié presque tous les objets autour de nous, avec des souvenirs comme des cartes-postales, pas plus, comme pour Périgueux, et je prétends m'expliquer ce que je ne m'expliquais pas sur le coup, il y a trente-trois ans. Si on écrit c'est pour quelqu'un. Même dans une bouteille à la mer. Ah !

J'ai pensé *Ah !* parce que j'avais oublié la bouteille à la mer, et que je viens de la retrouver, de la réinventer dans cette nuit de juin 1966. Quand j'étais jeune, je me plaisais à dire que toute pensée est une bouteille à la mer. Elle prend le temps comme une voile le vent. Les aléas de la vague. La traversée sans port que d'échouer. Toute ma jeunesse, je l'ai jouée sur le geste de la bouteille lancée. Même avec Blanche. Même avec Blanche ce qui me tenait à cœur n'allait qu'ainsi vers elle, dans ce verre cacheté, cette enveloppe sombre... La fois à quoi je repense, comme à rebours la bouteille... l'image revenue à moi de la bouteille. Ça devait être Batavia. Une nuit aussi comme une arête dans la gorge. La nuit, il vous vient des idées qu'on n'aurait pas le jour. Blanche écrivait une bouteille à la mer. Pas plus tôt pensé, comme ça, sous cette forme incorrecte, cela avait pris corps, évidence. Il faut dire que la bouteille à la mer, chez moi, pas seulement comme je viens de dire : *dans ma jeunesse*, mais depuis l'enfance, Boussenard ou Jules Verne peut-être c'est un concept un peu particulier, ça tient à des songeries de toujours, quand, me retrouvant seul, dans la solitude d'avant ou d'après le sommeil, toute l'existence m'apparaît un grand naufrage perpétué. Aussi m'était-il naturel d'imaginer Blanche dans cette situation où je me trouvais si souvent, à ce moment où le langage prend un caractère problématique, pour cette raison qu'il ne s'adresse raisonnablement plus à personne, au plus à un interlocuteur hypothétique, pour qui les mots écrits ne sont peut-être même pas grimoire, ignorant ce mode étranger de la communication entre les hommes, et je ne dis rien du langage même, dont l'emploi mesure assez le caractère dérisoire d'une tentative, laquelle s'adresse, par exemple, au très petit nombre de gens qui déchiffrent le français, par rapport à qui peut être ce pêcheur dans les filets mentaux duquel cette bouteille va se prendre... et, celui-ci ou celui-là, tout langage à cette heure n'est plus qu'un signe d'espoir désespéré. Est-ce que vraiment entre Blanche et moi le langage avait pris ce caractère ? En étions-nous là ? Elle écrivait des mots, en tout cas, depuis des semaines, des mois, qui ne servaient apparemment pas à quoi d'ordinaire les mots servent. Même si un jour elle devait me les montrer, pendant tout ce temps, je pensais : *pendant toute cette nuit* jusque-là, ces mots seraient demeurés dans leur bouteille à la mer, dans l'improbable verre du temps. Ce devait être une nuit après que la hantise m'avait été donnée, par Blanche, de *La Tempête*. Les vers shakespeariens peuplaient de grillons le silence.

Peut-être que quelqu'un d'autre n'aurait pas éprouvé comme moi l'étrangeté de ce silence. Plus silencieux, profondément, de ce que les mots écrits ont une réalité particulière : les mots pensés, eux, quand on les prononce vraiment souvent, ne sont plus tout à fait les mots pensés, passant au bruit des lèvres. Mais les mots écrits, ce sont ceux-là, et pas d'autres. Irrémédiables. Sans pardon. Et voilà, moi, mon métier... et ce n'est pas seulement un métier, linguiste, c'est une manière d'être, je voulais dire, et puis tout me fait dévier, les mots... je voulais dire que les mots, c'est ma matière. A en parler en peintre. Je suis habitué à les prendre comme des objets, à les étudier seuls ou par groupes, ou décomposés en phonèmes, pour ce qu'ils expriment aussi bien que pour d'où ils viennent, des différences qu'ils creusent entre les hommes comme des relations qu'ils semblent établir entre eux. J'essaye par les mots d'entrer dans l'âme d'un Dayak ou d'un paysan de la Beauce. Je pratique par les mots, dans les mots, une sorte de vivisection de l'homme. Au niveau de la conscience. Ma « science », je veux dire ce jeu de toute ma vie, est encore relativement une science jeune. Autrefois les linguistes n'étaient guère que des grammairiens, puis ils ont imaginé les grammaires comparées : de la forme des mots, ils ont glissé à leur sens, à la sémantique. Alors on est insensiblement passé du mot à la phrase. La sémantique s'étendait. Ce n'était pas encore un grand progrès. Mais pour l'époque voyez-vous... Nous avons voyagé dans les langues, et nous n'en avons pas appris beaucoup plus qu'en apprennent des pays les vulgaires voyageurs. Il y a des secrets de l'âme humaine que le simple mécanisme d'association des mots ne nous livrera pas. Ou pas encore. Nous en sommes venus à une époque où le linguiste, éprouvant l'insatisfaction d'être limité par les mots, la syntaxe, doit dépasser ce champ d'exploration, considérer les mots dans d'autres combinaisons, plus complexes, de jeu moins immédiat. Étendre sa science à d'autres usages des mots et des phrases pour en savoir sur l'homme davantage. A d'autres procédés d'exploration verbale de l'inconnu.

C'est une chose assez étrange qu'au temps même où les psychologues, eux, renonçaient aux explorations classiques de l'âme pour, dans le langage même, tenter de la surprendre à ses faux pas, nous autres, par une tout autre voie... Il y a un demi-siècle, un peu plus, à peine, le fils d'un des plus remarquables psychologues d'alors, lequel avait eu l'imprudence d'étendre ses travaux au domaine de la linguistique naissante avec sa *Double fonction du langage*, je veux dire Frédéric Paulhan... peut-être par cet esprit de la jeunesse qui pousse les garnements à battre leur père sur son terrain même (tout au moins *nous* étions tout disposés à le prendre ainsi)... le fils de Frédéric Paulhan imagina de passer de la sémantique du mot à celle du proverbe, de la variation de sens des mots à la variation de sens de la phrase, du lieu commun verbal au lieu commun de structure — j'entends structure ici dans l'acception banale qui seule pouvait être encore la nôtre —, de l'instantané à la pause ou pose dans la photographie du langage... et sans doute. Mais mais. Tout au moins cela pouvait avoir l'air d'être ainsi, à distance, vu du dehors. Ce n'était encore que. Puis ma génération... On a oublié que le fils Paulhan collaborait alors aux revues dadaïstes. Il est bien possible que dans ce milieu on eût pris l'expression, plus prophétique que réelle, de *sémantique du proverbe* pour ce qu'elle n'était pas dans l'esprit de Jean Paulhan, venu à la linguistique par ses séjours en Chine et à Madagascar, plus ethnographe que linguiste à proprement parler. Mais pourtant, et cela pouvait suffire à faire prendre les choses comme nous le pensions, ne disait-il pas, par exemple : *C'est la phrase proverbiale entière que je devais me rappeler, comme si elle n'eût été qu'un seul mot...* La cohérence de tout ceci aujourd'hui échappe. Et que nous étions quelques-uns à préconiser, d'une façon qui n'avait rien de flaubertien, non plus l'exégèse des lieux communs, mais leur résurrection... qui avions fait de l'emploi conscient du lieu commun (l'expression toute faite) une méthode de ravivement des mots, de réveil des mots, de leur sens, à les prendre par groupes... enfin ça m'entraînerait trop loin, il faudrait entrer par exemple dans les considérations qui amenèrent un Reverdy à donner les mots NORD-SUD comme titre à sa revue, ou le jeune auteur de *Mont-de-Piété* à intituler ainsi son premier livre, raconter comment, au-delà de cette poétique passagère, je me trouvai engagé sur un chemin... c'est mal dire, enfin il s'agissait (au moins pour moi) maintenant de dépasser le folklore, l'usage folk-lorique des mots, l'héritage de l'expérience collective, pour s'ouvrir le domaine individuel (*les veines*, j'ai l'envie de dire : *s'ouvrir les veines*... je ne sais pas si c'est justifiable), l'exploration personnelle de la réalité, les chemins du génie. Je m'en souviens. J'étais un étudiant à l'époque de *Dada*, assez intéressé par le côté hégélien de l'affaire, du moins dans le groupe de Zurich, pas très sûr de ses correspondants parisiens. J'avais rencontré en Suisse, du côté de Zermatt, un M. Eugène Grindel, qui devait être plus connu sous le nom de Paul Éluard, mon aîné de peu. Allé là-bas pour étudier les parlers des Grisons, j'avais de proche en proche à partir de l'Engadine glissé jusqu'au Valais, oubliant le romanche et le grischun pour les chemins de crêtes, au-dessus des perspectives piémontaises, et tenté par le Cervin et le Mont Rose. Zermatt était le centre d'où je rayonnais, et pour l'instant j'y étais retenu, entre mes entreprises alpestres, en raison de coups de soleil généralisés, parce que j'avais la manie de retirer ma chemise sur les glaciers. Des choses que je lui disais donnèrent idée à ma nouvelle connaissance, lui qui se trouvait par ici pour ses poumons, de me demander quelques phrases à insérer dans sa petite revue d'alors, une simple feuille qui portait le titre significatif de *Proverbe*. Mais probablement qu'il m'avait mal compris, parce que. Car. Comment, sur un si petit espace une ligne ou trois au plus, expliquer... quand j'en étais à débrouiller, pour moi-même, indiquer de façon vague même pour moi, la direction que je croyais apercevoir, que je me proposais, proposais! de prendre. Éluard ne comprenait, ou faisait comme s'il ne comprenait pas, que je ne pouvais me borner à être l'agent voyer qui, frayant une route en pays connu, déjà décrit sur les cartes, place un poteau indicateur, avec un mot et une flèche, à ce tournant vers un village ou un lac. C'était cette pancarte qu'il me demandait pour sa revue. Quand, pour lui faire évaluer son mécompte, je lui dis, et ce n'était alors pour moi qu'une image, que, à simple titre d'exemple, puisque de l'unité d'expression qu'est le mot on avait pu passer au lieu-commun, à la phrase, au proverbe, je voulais *mesurer* le pays inconnu, avec un instrument plus complexe, mieux adapté à l'alpinisme, mais qui constituait un piolet difficilement maniable encore pour moi sans doute, comme un romanche, c'est-à-dire l'hypothèse individuelle, ou roman, le mensonge tenté pour comprendre la vie dans sa particularité... Paul sourit, de ce sourire pâle de sa jeunesse, et se mit à me parler de Dostoïevski qu'il était seul à aimer, je crois bien, parmi ses amis d'alors, et plus particulièrement de *L'Éternel Mari* : « Eh bien — lui dis-je —, croyez-vous qu'il soit possible de parler de *L'Éternel Mari* en une phrase ou deux ? » Il réfléchit, dessina quelque chose avec son pied dans la poussière, et dit que oui. Le signe tracé vous avait l'air de ces choses qu'écrivent sur les murs les vagabonds, les voleurs, pour se donner entre eux des renseignements sur les gens du voisinage ou les coups à faire, qu'ils sont seuls à décoder. Or, en ce temps-là, on n'en était qu'aux premiers balbutiements du langage audio-visuel, et il m'aurait, je pense, paru tout aussi insensé de prétendre exprimer à l'usage d'un Chinois, d'un Samoan ou d'un Bourguignon, sur l'espace limité d'une pancarte, avec un minimum de traits, les tournants, les défectuosités de la route qui mène à un passage à niveau. Parce que si j'envisage l'éventualité d'un interlocuteur pris au hasard dans l'humanité, le concept de route (et *a fortiori* celui de cassis) ne sera que comparativement plus répandu que la compréhension du français. Mais de plus, je n'aimais guère Dostoïevski, et j'avais alors sur les rapports conjugaux des aperçus, extrêmement sommaires. Et puis je ne partageais pas l'hostilité qu'avait, au fond, Éluard comme ses camarades, dadaïstes ou surréalistes, ce dernier mot ne m'était encore pas fort clair, envers le roman qui passait à leurs yeux surtout pour une des formes de l'ambition littéraire, d'un certain arrivisme. Je revois encore ce soir-là, comme l'air y fraîchissait, et Paul qui, portant un plaid écossais sombre sur son bras, le développait pour en entourer ses épaules. Même cette nuit, même dans cette

nuit chaude d'aujourd'hui, je sens sur moi tomber
la fraîcheur des montagnes. Est-ce rêver ou se souvenir ? Ai-je jamais été dans ce monde d'edelweiss et de
sanatoria, y suis-je encore, à ce moment, à ce petit
frisson qui me passe à la pointe de l'omoplate gauche, là où j'ai la cicatrice d'un kyste ? J'étends le
bras pour savoir, me situer dans ce monde, toucher
ce monde qui ne ressemble plus à rien d'alors...
l'alors d'avant Blanche. *Ah ça! l'horloge de la vie s'est
arrêtée tout à l'heure. Je ne suis plus au monde.* Dit
Arthur.

La main qui machinalement a cherché à localiser
la cicatrice, se porte vers la machine à penser le temps.
Elle en suit le cérémonial. *Au quatrième top...* Mais
qu'est-ce qu'il y a ? Est-ce que c'est la fin du monde ?
Une heure et quart. Le temps s'est arrêté à une heure
et quart. Quelqu'un, quelque part, a lancé cette
bouteille à la mer du temps, une heure et quart, il
ne sera jamais plus qu'une heure et quart... Blanche,
mon cœur s'est arrêté à une heure et quart, le roman
n'est pas une explication, il paraît que tu écris des
romans maintenant. Moi, je n'ai voulu qu'expliquer
ou utiliser les romans. Tu écris des romans ? Pourquoi dire ? Contre moi ? Qu'est-ce que tu veux m'expliquer ou expliquer aux autres ? Voilà trente-trois
ans que j'essaye de comprendre, trente-trois ans!
Et, il y a trente-trois ans, ce que tu écrivais, était-ce
une bouteille à la mer vers moi, ou une vraie bouteille
à la mer, loin de moi, vers l'inconnu, pour prendre à
témoin au-delà de nous l'inconnu de ce que tu désespérais de me faire entendre ? Qui sait! Une heure et
quart. Comme il fait clair pour une heure et quart!
Le temps s'est-il arrêté pour me permettre de comprendre ce qui s'est passé il y a trente-trois ans ?
pour ne pas me gêner par son déroulement... qu'est-ce
que j'essayais de démêler de cette nuit, si c'était un
témoin contre moi que tu cherchais alors, un témoin

hors de ce temps qui était le nôtre… Mais comme il fait clair, sinon dans ma tête, au moins dans le monde ! Tu vois bien que les mots n'expliquent pas tout, les phrases… Ce qui s'est passé là, cet arrêt du temps, comment va-t-on l'expliquer, avec quel proverbe ? Ne faudra-t-il pas tout un roman ? Imagine le roman du temps qui s'arrête à une heure et quart, c'est un sujet pour toi. Quel jour, je veux dire quelle nuit était-ce donc ? Une heure et quart, il n'y a pas de date à une heure et quart… Pourtant, c'était dans la nuit du 16 au 17 juin 1966, cela du moins, maintenant, je le sais, je m'en souviens. Parce que, le 17, on en a parlé à la radio et, moi, je n'ai pas compris d'abord, j'avais la tête lourde de cette insomnie, puis j'étais tombé en plein milieu de l'émission, ou n'était-ce qu'un flash ? Ce n'est que le jour d'après que j'ai lu les journaux. J'ai déchiré dans un journal du soir, pas ce jour-là, le lendemain, ce qu'on appelle *une coupure* quand on est un homme de patience. Et je l'ai gardée, je puis par conséquent en être sûr : le fait remonte aux 16 et 17 juin. C'est un fait assez bizarre, on n'y croira pas quand on lira ceci dans quelque temps et si ma bouteille prend même la mer, cela pourrait passer pour *du roman*. La coupure m'évitera de m'être donné l'air de m'en souvenir ou d'imaginer ce fait-là :

> ET L'HORLOGE PARLANTE
> CONTINUE À DÉRAILLER…
>
> Les techniciens de l'Observatoire ont peu dormi cette nuit : ils ont veillé une grande malade, l'horloge parlante.
> Réparée hier matin après un premier déréglement, l'horloge décidément capricieuse, comptait un nouveau retard d'un quart d'heure cette nuit vers 23 heures, puis d'une demi-heure vers 1 heure du matin.
> De 4 h 45 à 7 heures, enfin, l'horloge se remit à ne plus tourner rond. Le mauvais fonctionne-

> ment du système de lecture des films où sont
> enregistrés, sur un tambour, les heures, les mi-
> nutes et les secondes est encore la cause de la
> panne.
>
> Comble de malchance, l'horloge de secours
> qui est celle qui fonctionnait avant l'horloge
> atomique mise en service l'année dernière, a
> également refusé de fonctionner au moment où
> on a eu besoin d'elle.
>
> Il était, ce matin, impossible de savoir si tout
> était réparé : les nombreux appels des personnes
> demandant des nouvelles de la malade avaient
> bloqué les lignes de l'Observatoire.
>
> A midi, une bonne nouvelle enfin : l'heure
> exacte était au rendez-vous d'Odéon 84-00. Pour
> combien de temps ?
>
> (*Paris-Presse*, 18 juin.)

J'ai fini de noter tout ce qui précède, il ne faut pas l'oublier, le 10 juillet, c'est-à-dire vingt-trois jours après cette nuit-là. Peut-être que cela ne s'est pas passé tout à fait ainsi. Les événements de ces vingt-trois jours m'ont peut-être un peu brouillé la mémoire. Pourtant, cette nuit où le temps s'est détraqué me demeure présente. Que s'est-il passé dans le monde ? Le voyage à Moscou du Général, Hanoï bombardé. Tous les faits n'ont pas le même poids. C'est très curieux. Je peux lire dans le journal les crimes les plus horribles et puis. Mais Hanoï. Je ne peux pas oublier Hanoï. Pour l'instant. Dans combien de temps est-ce que j'aurai oublié Hanoï ? On ne peut pas dire : cette horloge-là aussi, elle est détraquée. Il est toujours une heure et quart. L'heure et quart où la bombe tombe sur le temps d'Hanoï. A n'importe quel moment du jour, une heure et quart. Le temps brisé comme un bracelet-montre et, sous le verre, une heure et quart, le crime à sa brisure daté. Cela m'empêche de dormir. Regarder l'obsession en face. Histoire de changer le crime en rêve, en cauchemar. Une image où se résume tout le reste : à la télé, cet enfant qui fait le geste terrible de se boucher les oreilles pour ne pas entendre éclater la bombe, et il a beau appuyer ses mains, il l'entend, cela se voit dans tout le visage, il l'entend. Je voudrais ne pas imaginer Hanoï. Mettre, moi, mes mains sur mes yeux. Est-ce que Hanoï ressemble à Dunkerque ? Je ne connais pas les couleurs de Hanoï en juin, juillet. Moins encore que celles de Périgueux ou de Carthage.

Peut-être bien que les souvenirs de Java... Batavia, Djakarta devenue... La couleur de Batavia, qui sait ? a-t-elle changé avec l'indépendance ? Ce n'est plus le jardin *belanda* des hommes pâles avec leurs dames à ombrelles, mais une ruche de *kampongs* qui a débordé de sa foule dans la ville coloniale, aux rues gorgées de piétons aux pieds nus, comme des pigeons, avec ses bazars, ses marchands de pacotille, les vendeurs en plein vent venus de la campagne. Des gens m'ont raconté cette bousculade : j'ai peine à l'imaginer. A imaginer tout ce qu'il n'y avait pas ici quand... tout ce qui a disparu aussi... par exemple, les *sado* d'autrefois, que remplacent ces gros insectes de couleur qui se croisent, pullulent dans les rues de Djakarta, les *betjak*, des tricycles dont l'esclave peine à l'arrière, pédalant, avec devant lui le siège couvert où sont assis les clients, Chinois ou Yankees, sous un plafond de toile, le tout orné de paysages peints... et partout, dans tous les sens, les vélos importés du Japon, la ruche ouverte où les vélos pullulent... les *parkir* d'autos... les foules serrées, les étudiants avec des drapeaux, les orateurs de carrefour... Mais Hanoï, dans tout ça. Je vous le demande. Hanoï... Je revois l'enfant qui se bouche les oreilles, et l'expression de la douleur muette à l'intérieur, dans les os du crâne, comme si ce délicat petit jouet d'Eskimo, dans l'oreille interne, venait de se casser, le minuscule marteau, l'enclume minuscule... Hanoï!

J'avais été à Hanoï, à Hué, à Saigon, dans ce voyage d'avant Java. Avec Blanche. Il ne m'en est resté qu'une lumière uniforme, une lumière d'éclipse, l'instantané, quoi! et puis l'image en a viré à cette sorte de rouge, ce passage vers le halo du cliché qui se voile... Tiens, je repense au cousin Louis. Quand il était enfant, lui, c'est-à-dire avant qu'il vienne étudier à Paris, il habitait Haïphong, son père était dans les douanes. On recevait des cartes postales : *Bons baisers de Haïphong*... ou des vues de la baie d'Along pendant les vacances, moi, ce qui m'intéressait surtout, c'étaient les timbres-poste. Cela me paraissait absolument naturel que l'Oncle fût dans les douanes à Haïphong, comme il avait été à Bellegarde, à la frontière suisse. L'Indo-Chine, nous disions l'Indo-Chine alors, cela devait ressembler à la Savoie... à part qu'on y cultivait surtout le riz, paraît-il. A l'époque où tous les deux, Éluard et moi, nous prenions froid au crépuscule en Suisse, déjà les choses avaient pour moi changé d'aspect. Il y avait, disait-on, dans une île qui s'appelait Poulo-Condor, un bagne français, dont l'existence nous révoltait l'un et l'autre, dont nous nous sentions horriblement responsables tous les deux. Comme un peu plus tard de cette guerre du Rif. Je me souviens, un soir, à Saigon! Dans les environs, enfin. Nous avions été invités à dîner chez un assez haut fonctionnaire, sa maison de campagne. Un drôle d'homme, épuisé par le climat, mais qui ne voulait plus rentrer en France : devenu un peu jaune, des rides au coin des yeux, amaigri. Il n'était pas marié, parlait beaucoup des congaïs, avec un air de vantardise, mais suivait un peu trop des yeux les boys qui nous servaient. Il y avait un couple d'Américains à table. Elle, presque belle, en tout cas formidablement soignée, sortant du pressing, parlant peinture, l'Italie... Lui, assez provocant. Originaire de Cleveland (Ohio). Ni un commerçant, ni un diplomate. Je ne sais pas trop bien ce qu'ils faisaient là. En tout cas, c'était lui qui avait jeté le nom de Poulo-Condor dans la conversation. Ce qui ne se faisait pas, apparemment, quand on était bien élevé, et pas rien qu'entre Français. Tu te souviens comme cela t'a fâchée, Blanche? Je ne t'avais jamais vue comme ça, ayant les lèvres pincées,

blêmes. Tu as dit : « Je croyais... est-ce que le bagne
n'a pas été fermé... ou sert-il encore à autre chose
qu'aux criminels ? » Notre hôte s'était tourné vers
toi, comme s'il lui était plus facile de répondre à
quelqu'un de chez nous. Tant qu'il y avait des tenta-
tives de subversion. Notre rôle à nous, Français,
n'était-il pas ici, dans la colonie, d'empêcher l'infil-
tration des idées dangereuses... le communisme...
Il prononçait *le communizme* de façon appuyée, ce
qui tout d'un coup rapprochait son langage du parler
de l'Américain. Mais celui-ci protestait que le communizme n'était qu'un prétexte pour maintenir le pouvoir étranger dans ces régions, le système colonial :
« C'est l'honneur de mon pays, — répondait-il aux
protestations de l'hôte, — que les États n'aient
point de colonies... — Oh, — disait l'autre , — et
Hawaï, et... — Bon, quelques petites îles, pour les
escales de nos bateaux... où il y a si peu de monde!
Nous n'avons pas, et ne voulons pas d'empire,
nous! »

Je revois la scène avec une grande précision, et
les verres où pâlissait l'absinthe. On entendait sur la
rivière, entre les joncs, glisser les sampangs. On s'était
mis sur le sujet de l'exploitation des hévéas. On parlait
chiffres, rendement, exportation, concurrence. Cela
écartait les sujets litigieux. Mais quand tu as dit que
nous allions quitter l'Indo-Chine, parce que j'étais
nommé aux Indes Néerlandaises, l'homme de Cleveland eut l'occasion d'adoucir pour nous ses propos
antérieurs : ah, c'est là que vous en verrez d'autres!
parce que le colonializme hollandais, alors... A comparer avec la conduite des Français ici! Il se mit
même à louer certaines conceptions françaises, le
programme de M. Albert Sarraut... tandis que les
Hollandais! Rien ne peut vous donner idée. Ce petit
pays de rien du tout qui, depuis deux siècles et demi,
trois siècles, tient sous sa coupe toute cette région
des îles parce que les gens ne sont pas capables de
s'y entendre entre eux ni de construire des navires

modernes... Tu te souviens, Blanche ? Tu te souviens ?
Beaucoup plus tard... nous n'étions déjà plus ensemble
depuis des années... quand les Français se sont fait
battre, encercler dans la Plaine des Joncs, Dien-
Bien-Phu, et que Paris a supplié les Américains d'envoyer à l'aide de nos troupes les avions qui auraient
permis... c'était encore Eisenhower, hein ? J'ai repensé,
à lire les journaux, à cette conversation, tandis
que le soir tombait, et que les boys chassaient les
moustiques avec des éventails. Et plus tard encore,
quand les Américains ont commencé cette guerre,
toujours pour épargner le *communizme* à l'Asie méridionale, et leurs avions alors sont venus, je revoyais
tes yeux, Blanche, ce soir-là d'avant, et ta façon de
te détourner, de faire conversation à part avec la
dame de l'Ohio, parlant couture, parfums... et j'en
avais la gorge sèche, parce que je savais bien ce que
ça voulait dire chez toi, cette frivolité... La couleur
de ce monde choisi pour frontière par d'autres doua-
niers que l'Oncle... Nous ne sommes plus dans le jeu,
mais nous l'avons préparé pour d'autres, les marrons
du feu... On aurait cru pourtant, ah comme en juin,
c'était bien juin 1954 ? ou juillet... quand brusquement à Genève... J'ai vu ta signature ces jours-ci
au bas d'un appel pour le respect des accords de
Genève... voilà comment je sais que tu existes, que tu
es la même, quelque part, loin, sans moi. Au moins
demeure-t-il pour moi ce lien avec toi, tous les jours,
quand je lis les journaux, quand je les lis avec tes
yeux... Je ferme les miens, je t'écoute, j'entends ce
que tu penses et, si je me laisse entraîner à te lire les
nouvelles du Viet-Nam, j'entends ta voix qui me dit :
« Laisse-moi tranquille... je lirai les journaux moi-
même... » Je n'ai jamais pu m'empêcher, autrefois,
naguère... et maintenant encore. Maintenant cela
se passe du côté de Hanoï. A cette heure-ci sans doute.
A ce moment même. Une heure et quart. Malgré le
petit jour blême, comme un enfant qui se bouche les
oreilles. Quand le temps s'arrête, je crois encore

être un enfant. L'enfant, ce livre de papier blanc, rien d'écrit encore, rien de ce qui fait l'homme, l'homme écrit de souvenirs, l'homme qui se forme comme une ride, les comptes du passé. Parfois, je me bénis d'oublier, je prends l'oubli pour un retour à ce visage lisse, à ces jeunes mains... L'oubli, qui est pourtant de l'homme *fait* (horrible participe passé!), l'enfant n'oublie pas. L'oubli, qui est la vieillesse. Toute la vie en question remise. L'âge. La nuit et le jour. Mes doigts ne retrouvent plus les rides de mon front. J'ai oublié... quelque chose en moi s'est arrêté... le temps. Voilà, le voilà, l'oubli! C'est le temps qui s'arrête. Blanche! Le temps, jadis, était de nous deux. Et puis, comment, je ne sais plus, dire *quand ?* n'aurait pas de sens, le temps s'est déchiré de toi. Il n'est plus jamais qu'une heure et quart. Un temps qui ne se dépasse plus. Un temps comme l'image d'un cri : on a photographié la bouche et on n'entend rien. Pour toujours ouverte. L'instant est à jamais devenu une pose, une pause. Le silence épouvantable du cri. Le nom du cri. Blanche! Personne ne peut m'entendre au fond du temps troué. Il y eut un temps où je n'imaginais pas Blanche, je la voyais, je la touchais, je respirais Blanche. Elle était le temps de ma vie. Et puis le temps s'est arrêté... alors, maintenant, je l'imagine, je passe ma semblance de vie à l'imaginer. On croit avoir un passé, un avenir. C'est cela, le temps. Le passé, je le crois mémoire, l'avenir est dans une certaine mesure ce que je le fais. Tout cela s'exprime dans le langage, le langage est à l'image de cette image que j'ai de moi comme d'un être en marche, ces nuances du temps, ma grammaire, et la complexité d'être et de se souvenir, d'être et de devenir. Je suis toujours repris par cette illusion, qui fait la réalité pareille au langage. J'ai beau savoir. J'ai la tête ainsi, je dis *hier*, je dis *demain* comme des choses certaines. Et j'ai beau le savoir, j'oublie sans arrêt qu'en réalité, le passé comme l'avenir, je les imagine et il n'y a rien d'autre au monde qu'un présent, un perpétuel mourir que j'appelle faute de mieux le présent...

Le présent de chaque matin, quand je lis les journaux, tous les journaux, c'est mon habitude, comme des bouteilles ramassées sur le sable de mon île déserte, ce qui s'est produit quelques heures plus tôt, me semble se former dans les verres de mes yeux, s'articuler *alors* sur mes lèvres : et comme je ne peux pas plus maintenant qu'autrefois lire les nouvelles pour moi seul, comme maintenant encore c'est pour toi que je les lis, je sais que, si l'on filmait ma bouche muette, agitée, suivant les lignes du journal, on pourrait déchiffrer sur mes lèvres la douleur de cette ville qui a un nom de cri, Hanoï...

Est-ce moi qui parle, ou toi ? Dans un roman de toi, il y avait ce passage que j'ai recopié, mis comme un signet au moins dans un roman de toi : *Je dis quelque part dans ce livre qu'un roman doit être pour le lecteur un éternel présent. Oui, que l'histoire se passe deux siècles avant Jésus-Christ ou de nos jours, le lecteur vit avec, c'est son présent. Malgré les mœurs de notre langage aux temps composés et approximatifs, on pourrait aussi bien considérer que le présent de l'homme est toute sa vie, tout le laps de temps pendant lequel il était là*, présent, déjà né, *pas encore mort... Cela vaut tous les autres présents dont les limites sont évidemment impossibles à fixer : d'où à où vont-ils ? L'instant, le jour, l'époque ? Eh bien, que toute la biographie, tout le destin de l'homme soit donc son présent, ces limites-là en valent d'autres. Toute sa biographie, l'homme la porte en lui comme des présents consécutifs si rapprochés qu'ils forment un présent continu...* Je regarde dans le livre, ça n'y est pas. Peut-être me suis-je trompé de page : je tourne les feuilles, je reviens sur mes pas, non... rien. Ce livre de toi ne dit rien de cela, Blanche. Pourquoi y ai-je mis ce signet, et de qui alors... de quel roman, et n'est-il pas dit plus loin :

le roman est un continuel présent? Alors, ce que je viens de dire (*un perpétuel mourir que j'appelle faute de mieux le présent*), ce n'était qu'un reflet, un écho de quelqu'un d'autre, qui ? J'avais *oublié* que cela me venait de quelqu'un d'autre, et d'en reconnaître l'oubli me revient la mémoire : cela se trouve dans *Le Grand Jamais* d'Elsa Triolet, pp. 281 et 282, de cette Elsa à qui tu dois déjà ton nom, et moi...

Est-ce que tu comprends bien que tout ce qui précède, depuis des pages et des pages, ce délire, cet égarement des souvenirs, ce balbutiement de moi-même, ce n'est qu'une image à tâtons, une quête de toi et moi, *quand nous étions quand nous étions ensemble*, un écho de ce qui était le langage entre nous, cette tentative en vain répétée de passer le mur de verre des mots... est-ce que tu comprends bien que tout ceci vers toi n'était, n'est qu'une bouteille à la mer, et il n'y a pas la plus petite chance que le flot l'emporte à tes pieds, elle va se perdre ou tomber aux mains d'un enfant aveugle ou, ce qui revient au même, quand plus personne ne pourra lire cette écriture d'aujourd'hui, aux lunettes d'un savant fou... les phrases défaites comme des chevelures, les syntaxes brisées, la chanson morte, kaléidoscope des cris, douleurs comme un pain partagées, apocalypse dans une goutte d'eau... tout n'est qu'une bout' à la m', casse-la que s'en échappent des paroles connues, toujours après des siècles aussi incompréhensibles que sur la lèvre à voix basse qui les prononçait sans bruit devant le papier tremblant au crayon pâle de les écrire :

Maintenant pareil aux étoiles, hier comme désormais, demain sans précédent. Je dis la même chose que ma tu et nous pierre dans le vide aux mains d'il fleurit...

Et ça continuait, ça continuait jusqu'à dire :

... Ma vie est dans le sillage de quelqu'un.

C'est drôle, ça me rappelle quelque chose que je connais. Quelque chose du domaine baroque de l'oubli. Comme les objets que le temps fait bizarres parce qu'on ne sait plus à quoi vraiment ils ont bien pu servir. Des objets qui ont perdu la tête, le sens, pour devenir des bout' à la mare, *peintures idiotes, dessus de portes, toiles de saltimbanques, enseignes, enluminures populaires, la littérature démodée, latin d'église, livres érotiques sans orthographe, romans de nos aïeules, contes de fées, petits livres de l'enfance, opéras vieux, refrains niais, rythmes naïfs*... oh, cher vieux Rimb', ton bazar! Qu'est-ce que tu te payes comme biberons à l'amer!

L'obsession chez moi de ce concept, dans mes pensées, est si grande que cela vient de m'échapper sous la forme secrète que je lui donne pour moi seul. J'ai dit *bout' à la m'*... et parfois l'écriture en varie à ce lieu de passage où la conscience se forme en prenant air de langage. Orthographe même, variable d'ailleurs, *boute-à-l'âme* comme d'un vieux mot français pour la solitude des marins, peut-être un parler de boucanier ; ou bien c'est encore d'un seul mot *boutalame*, où la mer peut-être le cède à la lame qui apporte cette boot-à-lame bilingue, une chaussure à éperon, si ce jour-là ma tête incline à je ne sais quel beach-la-mer, ou bêche-de-mer, biche-de-mer, biche-la-mare, ainsi que l'on appelle ce parler du Pacifique où se mêlent les mots anglais, français, espagnols aux dires des îles. Il m'est arrivé même d'introduire dans ce mot intérieur le *th* venu du grec, pour en faire je ne sais quel caillou des Cyclades... *bouthalame*, comme épithalame peut-être, mais plutôt pour rouler mon bouteillon par la mer hellène, *thalassa*... Dans mon bichelamar à moi, se heurtent plus de langues que des îles Aléoutiennes à la Tasmanie, et si l'on faisait dictionnaires d'elles, il faudrait à chacun des mots des pages pour en expliquer l'étymologie, la texture, le métissage. Ainsi...

Je prends cet exemple-là que j'appelle pour moi *le trèfle*, pour la valeur d'expression qu'il a de cette complexité du langage intérieur dont je suis habité.

Il m'est arrivé de vivre à la campagne dans une maison qui avait une cour pavée, qu'envahissaient herbes, mousses et plantes diverses. Les désherbants ne permettaient pas de s'en débarrasser, en raison des chevelus de racines qui couraient sous les pavés, qu'il aurait fallu desceller un à un pour atteindre les réserves en particulier du trèfle. J'entrepris donc au moins de détruire les complexes de trèfle qui poussaient entre les pierres leurs surgeons. Ce genre de travail permet difficilement qu'on pense à autre chose que lui, le faisant. Et je parlais à la muette à cet ennemi que j'avais décidé d'exterminer, l'arrachant, le tirant, dessinant des vides, revenant sur mes pas, isolant un pavé sur trois côtés pour ensuite victorieusement plonger au point, sur le quatrième, où les racines s'enfonçaient, et je brandissais enfin la chevelure qui venait d'un coup, avec toute sorte de grognements de triomphe. Je ne sais pourquoi ma chanson de bataille se faisait d'un murmure par quoi, pour moi seul, je désignais la chose à exterminer, c'est-à-dire cette plantation isolée des pavés voisins sur trois côtés, d'un mot russe qui n'a aucun rapport avec le sens du mot trèfle, et sonorement une parenté vraiment à la mode de Bretagne, par son premier phonème qui n'est pas *trèf*, mais *traf*, le mot *trafaret* qui signifie pochoir, modèle ou poncif à votre choix et forme l'adjectif *trafarétnyi* banal ou stéréotypé (Et ça m'amène à voir sans doute, à propos de pochoir, le russe *pochloste* qui signifie banalité, vulgarité, platitude). J'arrache la banalité, le poncif, tout en me demandant ce que signifiaient ces verbes *trafliate*, *trafite*, qui en proviennent, mais expriment l'idée de deviner pile, de tomber dans le mille... le trèfle, à vrai dire, en russe, j'entends la plante, c'est *tréfole*, qui ne s'emploie guère et se dit plutôt *trilistnik* ou mieux *klever*, tandis que la couleur aux cartes est *tréf* dont est l'adjectif *tréfovyi*, alors que son homonyme *tréf* qui forme *trefnoï* pour épithète désigne, dit Dahl, une nourriture interdite par l'Ancien Testament, comme non-kocher, et donne naissance au verbe *tréfite* qui *signifie* avoir du dégoût pour, ne pas manger quelque chose par lubie.

Mais ce jeu avait son volet français : le trèfle, aux cartes, dans l'architecture (les ouvertures à trois feuilles des murs gothiques), ou comme plante, m'apparaissait avant tout le doublet du mot triple qui, s'il s'agit de l'âme, est pis que le mot double, et qualifie bien la ruse du trèfle dans les pavés. Le trèfle qui a parfois quatre feuilles, et sans doute est-ce une des choses dont j'ai été le plus humilié dans ma vie, dès l'enfance, que tout le monde ma mère, des filles des camarades se baissaient parfois ramenant un trèfle à quatre, *tombés pile dessus*, et jamais moi. Au seizième siècle, on appelait *trefeul*, celui qui a le don de trouver le trèfle à quatre feuilles, ce qui est signe et présage de bonheur et de richesse. Or, il y avait au lycée un garçon de mon âge pour qui j'avais de l'amitié, il savait tout faire, il était habile de ses mains, avait une tête d'inventeur, d'ailleurs il est devenu un grand chimiste : il s'appelait Tréfouël, et je pouvais passer dans une prairie sans rien voir, il se baissait derrière moi et ramenait un trèfle à quatre. Pourtant son nom, disait-il, venait plutôt de Normandie où on appelle ainsi la bûche de Noël.. je n'en finirais plus à dire ce qui me passait par la tête, arrachant le trèfle des pavés, j'en avais les ongles cassés ras, la peau des doigts écorchée aux arêtes du granit, tout *tripolis*, disais-je en les lavant de ma salive, du verbe *tripolir* qui s'emploie pour les objets passés à l'argile mêlée de grès laquelle vient de Venise ou de Corfou de nos jours, et non d'un Tripoli ou l'autre. Mes doigts, à force, entaillés à trifoire sans que rien n'y fût enchâssé de précieux, tréfilés *a trifle*, mais laissons là le domaine anglais, je dirai un brin, ça me sort de ce trifouillis... et d'ailleurs pourquoi s'émerveille-t-on de ceux qui trouvent un trèfle à quatre, quand on considère comme affaire de porc de déterrer les truffes dont le nom déformé donne en Morvan le vocable *trèfe* qui est le nom de la pomme de terre… du moins à ce qu'on raconte. Parce que. Vous ne le saviez pas ? Mais le nom de la pomme de terre, à l'origine, quand pour la première fois des tubercules sans nom encore, qui seront nos pommes de terre, sont ramenés d'Amérique, à la découverte, par des Génois, ils les appellent des truffes, *tartufoli* dans leur patois. De là, cela passe en Autriche, et ces truffes d'Amérique deviennent des *Tartuffeln*, puis *Kartoffeln*… les Russes ne le connaîtront jamais que sous ce nom, ou à peu près. Alors, vous croyez qu'en Morvan c'est la truffe qui a nommé la pomme de terre, ou la pomme de terre qui a nommé la truffe ? Savoir. Mais, au fait, la truffe, ce manger de cochon, c'est kocher ?

Il n'est pas tout à fait possible à cette marelle de pousser la truffe en sautant la case Allemagne. Où *Treff* est le trèfle aux cartes (la couleur de la chance, l'argent), comme en russe, sans doute, mais le mystère de la truffe (ou *Trüffel*) s'accroît ou s'explique du verbe *Treffen* (*er trifft, traf, getroffen*, merveilleux tric-trac !) qui est à la fois toucher, tomber juste en musique, toucher au sens d'atteindre le but, buter dans, tomber sur, rencontrer, tous les verbes du trouver. Et à la loterie le *Treffer* est le numéro gagnant, la chance. Comme le trèfle à quatre ou la *Trüffel* qui est le hasard du porc, la trouvaille.

On « trouvera » sans doute la minutie des associations d'idées ici rapportées tout à fait oiseuse. Et peut-être bien qu'elle l'est. Mais le cheminement des mots, leur façon de s'accrocher les uns aux autres, en dehors du vocabulaire d'un langage reconnu, défini, colmaté, pour constituer un individuel parler de Sioux hétérogène, la mythologie rabâchée d'un solitaire qui ne la partage avec personne, c'est après tout une image de comment se constitue un idiome, un *menschlicher Sprachbau*, comme je parodierais l'expression de Humboldt… comment se façonne l'âme d'un individu, si, comme je fais, on appelle *âme* la conscience, ce lieu où naît le langage ; et peut-être que c'est là ce qui rend les personnages de roman si souvent inconsistants, ou tout au moins les réduit à être des personnages et non des êtres humains, que nous ne connaissons pas leur folk-lore personnel, ces buissons de mots qui s'accrochent entre eux tout aussi bien que le trèfle entre les pavés, ce que, quant à moi, j'ai pris l'habitude de nommer « le patois de ma tribu sauvage », une tribu qui se résume en moi seul et dont je n'ai jamais tenté d'enseigner le potasson secret à personne. Même pas à Blanche.

Qui me cachait bien, elle, par exemple, et ce qu'elle écrivait, et ce qu'elle lisait. Elle aussi, gardant pour elle seule ce lieu d'elle-même entre penser et parler, cette chambre interdite où se marient et divorcent sans fin les mots et les rêves. Et moi, pour me venger, je mangeais mon trèfle à quatre à la dérobée, ma truffe, mes kartoffeln clandestins volés aux bagages d'on ne sait quel Christruffe Colomb, et je ne lui laissais pas, à Blanche, deviner l'usage fait du mot *trafarét* pour ma pure et simple jubilation.

... Tout d'un coup. Comme les pages décoiffées d'un manuscrit. A le tasser ainsi entre les mains, sur le bois de la table... les pages en hauteur puis la largeur... vous savez, ce sentiment des mains autour d'un amoncellement des paroles... les mains du maçon de l'âme, autour de ce *menschlichen Sprachbaues*, il y a une page qui ressort, on n'arrive pas à la faire entrer dans l'ordre, une phrase qui déborde de travers, « comment se façonne l'âme d'un individu, si, comme je fais, on appelle *âme* la conscience, ce lieu où naît le langage », cela me saute aux yeux. A cause des trèfles, peut-être, de ce domaine où je reviens, mes obsessions, mes chimères. Ici, *où l'homme est abandonné à la seule force de son âme*, le désert intérieur, ce lieu de conscience où se fait le passage à la parole, ce champ où germent les signes, les trèfles entre les pavés... Toute la vie n'aura été qu'arracher de ce lieu la chevelure des trèfles, pour voir ce qu'il y a derrière les mots, dans leurs racines, quelle terre, quel pays, ce pays où l'homme est ab... oui, à la seule force, au seul vent, au cyclone de son âme, cette terre du retour à l'univers d'avant les mots, cette terre noire de l'âme.

Je suis là, sur mes pavés mentaux, à parler cette langue pour moi seul, arracher *mes* trèfles, un homme seul... *Changez-lui les oreilles!* Trouez-lui autrement les yeux! Me fuir. Je suis rejeté au sable d'avant l'oubli, à la grève où perdre conscience, au lieu d'abandon, à la seule force de mon âme... Par quel brusque sursaut vouloir échapper... arrêter la chute... le retour au délire, à l'ombre, au désert? J'avais refusé d'abord. Puis voilà qu'ils m'écrivent, elle et lui, alternativement pour que j'aille les retrouver dans leur maison du midi, la haute Provence. De vagues amis. Ils insistent. Cette maison qu'ils ont sur la route de Saint-Cézaire à Grasse, un lieu, il faut le dire fantastique, avec d'un côté tout le découvert de l'Estérel dominé et les paillettes du soleil au-delà sur une manche de mer au loin, de l'autre un plateau de rochers, une sorte de désert à dolmens où les chênes-verts sont nains. J'y étais passé, il y a quoi, deux ans? Comme ça, au débotté. Ils m'avaient dit, il y a une chambre pour vous. Ce sont des choses qu'on dit, il est imprudent de se le rappeler. Mais voilà qu'ils m'écrivent, et me récrivent. Et moi, le midi me réussit toujours, par un atavisme sans doute hérité de ma mère. Comment se décider... Ça s'est fait drôlement. Comme j'ai la tête faite. La lettre pour dire non, là, déjà tout écrite sur la table, et puis les journaux qui arrivent. Toutes les mêmes choses dedans. Le Viet-Nam. L'Indonésie. L'affaire Ben Barka... c'est comme si on remangeait le repas de la veille. Puis au bas d'une page, une nouvelle de rien : un jeune soldat, près de Toulon... C'est de là que ma mère était, justement, alors le paysage, moi... Dans le journal du 17 juillet, un jeune soldat près de Toulon qu'on vient d'arrêter. Cent hectares de bois qui avaient brûlé, mais brûlé, tout ce qu'il y a de brûlé. Ce sont des images de mon enfance. Ces étendues de charbon, où longtemps dorment des étincelles, il suffirait d'un coup de vent. L'odeur m'en revient à travers le temps. Les souches noires. Les gens avec des bâtons et des seaux d'eau, dérisoires. Alors ce jeune soldat ? Oui, c'était lui, cette fois. Un garçon de vingt ans. Son service militaire. Puis il avait appris que sa petite amie se mariait. Brûler cent hectares pour cela ? Pas exactement. Imaginez-vous qu'ils s'écrivaient, ces tourtereaux, et lui, à la caserne, avec ses lettres à elle. Maintenant la dérision. Tous les mots hier merveilleux. Les pages mille fois relues. Ce paquet énorme de lettres d'amour, comme on dit. Des lettres d'amour, d'abord ça formait des phrases et des phrases, devant les yeux dansant. Puis l'alphabet qui se déglingue, des lettres brouillées, le puzzle qu'on vous a fait sauter des genoux d'un coup de poing, les morceaux, les images mutilées, la dérision d'un ciel bleu...

Qu'est-ce que je raconte ? Oui. Le jeune soldat ne pouvait pas brûler ça à la caserne, tout de même. Il s'était enfoncé dans la campagne. Cent hectares de bois et de fourrés, les pins, les mimosas. Vous n'avez jamais vu des mimosas grillés ? On l'avait trouvé sur le bord de la route, la tête dans les mains, qui pleurait. Le feu autour, le feu qui l'avait épargné, des bouts de papier avaient volé pas tout à fait consumés, à ses pieds. Il ne songeait pas à s'enfuir. On l'a trouvé comme ça, les gens. Il n'y avait pas à nier. Flagrant délit. Cent hectares. On l'a battu, griffé, tabassé, déchiré. Comme une lettre d'amour. Eh bien, c'est ça qui m'a décidé. J'ai déchiré, moi, ce petit mot de refus. J'ai envoyé un télégramme, *J'arrive.*

II

TOUT L'ORGE DE L'AVENIR

Paul et Perdita de Morfontaine s'étaient montrés enchantés de me voir. Deux ans qu'on vous attend! Elle, naturellement. Impossible de contester que, de septembre 1964 à maintenant, il ne s'était rien passé d'autre que m'attendre. On avait dû patienter, se demander, *rien au courrier?* s'impatienter, voilà la saison passée, la patience reprise, et ainsi de suite, deux ans, rien de rien ne s'était passé dans le monde, la chambre vide, nous nous disions, c'est la chambre de Geoffroy, on ne l'appelle plus que comme ça, même Pulchérie qui dit *la chambre de M. Gaiffier*... Et Paul : « On ne vous fait pas de reproches, cher ami, sauf... » Ils m'en font. Mais qu'est-ce qui vous a décidé? Parce qu'on n'y croyait plus. On a beau se dire. Après deux ans. Qu'est-ce qui vous a décidé? Je viens chez vous brûler mes lettres d'amour. Comment? qu'est-ce qu'il dit? Toujours le mot pour rire, ce vieux Geoff'. A part Blanche, il n'y a que Paul et Perdita qui m'appellent Geoff'. De vagues amis.

Ma chambre. La chambre de Geoff'. Il y a une moustiquaire, on peut laisser la fenêtre ouverte. Ici, je suis seul, avec le soleil qui s'éteint. Du haut de mon perchoir, la terre m'apparaît creusée d'entonnoirs. A certaines heures, cela pourrait être aussi bien la lune, un luna-park, quoi... Je ne reconnais pas nécessairement le doigt de l'homme qui a fait là-bas ce lac, autour de quoi vont pousser des demeures modernes, ce tracé qui déchire presque droit l'Estérel d'une auto-route. Je me dis pourtant que ce sont peut-être les transformations de ce monde qui masquent pour moi le temps révolu de nous deux ensemble. Comme traduire en langue d'aujourd'hui les sentiments de ma vie morte? Pour qui les dire sans cela, dans un parler qui s'éteint tous les jours, pour qui, puisque les yeux aînés déjà se brouillent... Nous voilà, comme les omnibus à chevaux, objets de reconstitution historique pour un cinéma rétrospectif. Côté vocabulaire, alors, ça se pose un peu. Quand ces bambins superbes qu'on rencontre auront l'âge militaire, et c'est dans cinq minutes, de quoi sera donc fait le lyrisme, du pas où nous y allons?

C'est ce que je me disais en route. Le chemin de Paris à ce perchoir. Quand on ne roule pas pendant quelque temps on ne remarque plus les changements. On est comme le gosse qui gardait ses lettres d'amour dans son paquetage. On ne sait pas que le temps n'est plus le même. Toute sorte de mots sont morts sans qu'on l'ait remarqué. Déjà je t'aime se dit à un autre. Comment est-il fait? Un rougeaud quelconque qui bouffe de l'ail sans inconvénient. Peut-être un cosmonaute qui se promène la tête en bas. Il n'y a qu'à voir de quoi le pays a l'air... Tenez dès qu'on sort de Paris.

Ô paysages électroniques! Le paysage, cela commence avant les poètes. Au sud de Paris, à partir de Châtillon, les mathématiques modernes et la physique atomique règnent au-dessus des pavillons d'hier. C'est un peu au-delà que, dans *Luna-Park*, est situé le camping du *Cheval mort*... j'avais mis ce livre en partant dans la voiture, la poche de la portière, je ne sais quelle idée de le relire. J'avais pris cette route, faisant un détour, pour passer chez mon ami Z. qui enseigne à la Fac' d'Ors', comme il dit : ce chemin m'est familier pour d'autres raisons et, là, entre le Petit Clamart qui a déjà perdu son aspect des jours de l'attentat, et Bièvre où le jeune Hugo se vit interdire la porte de son Adèle, à l'amorce d'un embranchement, une plaque indicatrice, comme elle nous dirait la direction de Jouy-en-Josas ou de Buc, indique avec une flèche, en toute simplicité, un lieu désigné par les mots *Mécanique des fluides*. Bon, à cause du détour, pour rattraper la Nationale 7, et venir ici, je m'étais mis, chez Z., à feuilleter le Guide Michelin, histoire de choisir un hôtel à deux cents kilomètres de Paris, sur cette traverse qui passe par Montargis et le Morvan vers Avallon et, tout d'un coup, cela m'a sauté aux yeux. La baignoire. Les hôtels, dans les guides, ils sont marqués d'une série d'idéogrammes, le téléphone, le couteau et la fourchette ; ou même un rocking chair à droite du signe qui jusqu'ici voulait dire plus petit que, et cela se lit *coin paisible*. Mais, surtout, la baignoire : le signe baignoire a la forme des baignoires d'il y a trente ans, et la gardera sans doute, parce que la généralisation des baignoires encastrées ne fait pas plus lisible. l'idéogramme qui la représenterait rectangulaire Dans combien de temps le signe baignoire d'aujourd'hui deviendra-t-il aussi indéchiffrable que les pierres gravées de l'Égypte ? En tout cas, le signe baignoire, d'une simple représentation directe de l'objet connu, en sera devenu le symbole : ou, pour mieux me faire entendre, aura cessé d'être le nom commun baignoire pour devenir à la baignoire une sorte de nom propre, à l'inverse de ce qui s'est passé pour la marque *Frigidair*, laquelle s'est faite nom commun, en s'adjoignant en français un e muet terminal, pour se conformer au génie de la langue : et tant pis si les censeurs voudraient qu'on dise *réfrigérateur!* Toujours l'oubli. Le signe baignoire à l'ancienne, une

espèce d'*y* ou de *th*, subsistera longtemps après que
les baignoires encastrées mêmes seront devenues marchandise d'antiquaire. Il se lira *baignoire*, désignant
de ce mot une machine à dépoussiérer l'homme sans
eau, et l'on discutera de son étymologie perdue. Les
frigidaires donneront sans doute, l'instrument initial
oublié, leur nom à d'autres systèmes à fabriquer le
froid sans rien, sans ce meuble encombrant, par radio,
par une sorte de transistor, des planètes gelées… Et
ainsi de suite… De même le mot *bistouri*… on dit déjà *un
bistouri au laser*, mais le bistouri qui était un couteau
géant pour les gens d'armes, devenu depuis Ambroise
Paré l'instrument plus réduit de la chirurgie sanglante,
qu'adviendra-t-il de lui quand on ne charcutera plus
l'homme à l'acier ? désignera-t-il seulement le rayon-découpeur ou s'effacera-t-il devant le mot *laser ?* De
toute façon, le progrès ici encore se fait d'oublier le
couteau pour le rayon, ou le rayon pour le couteau.

Je me disais ça sur les routes, biaisant vers Montargis. Et il leur avait surgi, aux bas-côtés, des panneaux-réclames dont le langage va modeler les âmes en formation. On y lisait, sur des jeunes filles aux jambes
écartées, le buste déhanché, des yeux aux cils perfectionnés, dans des poses de mannequins devant Chambord ou la colonne Vendôme, des formules comme *Je
pense qualité, j'achète efficace*, et je ne sais trop pourquoi, cela me ramenait invinciblement à cette blanchisserie dans mon quartier qui s'appelle LAV'IMPEC
dont le mystère n'est pas épuisé, expliqué par le
raccourci, l'économie des phonèmes, si caractéristique
de cette année où nous sommes. Ce n'est pourtant pas
plus intriguant, au bout du compte, que ces architectures des lignes de haute tension enjambant le
décor champêtre avec les petits ballons-balises qui
les ponctuent, leur rouge, leur bleu, leur vert métalliques. Ou l'inscription : *Attention à votre vitesse! Circulation sous contrôle de radar*. Par ici, il y avait de
grands espaces vides, où je pouvais croire encore
parler comme tout le monde, puis au tournant on me

conseillait soudain : *Achetez inusable!* ce qui, me rappelant mon âge, me faisait murmurer : *Pour quoi faire ?* Traversant des villages coudés, des raffineries à betteraves dans des déserts à sens unique, des agglomérations de hangars, des expositions de machines agricoles en plein vent à trois lieues d'une ferme quelconque, si bien que tout d'un coup les patelins prenaient visage d'oasis, et les indications *centre-ville, toutes directions*, me rendaient soudain le sentiment de ne pas tomber de Saturne.

C'était un jour de soleil implac, ça se gagne, — cette année est aussi pour les mots celle de la minijupe, — et les maisons jetaient sur moi leur ombre comme un foulard au passage. Dans la grande chaleur ainsi, les lieux habités me donnaient une fausse fraîcheur. Je m'en sentais rayé, flagellé, à partir d'une certaine vitesse. Le zèbre, quoi. Il fallait pourtant ralentir quand ces banlieues tournaient à la ville. Alors je voyais les bâtisses dans leur diversité. Matériaux, style, ambitions, vues sur l'avenir. Les rêves humains qu'elles résument semblaient ainsi morceler l'espace, le couper en tranches arpentables, sur le papier d'emballage des chantiers. Il y avait d'abord ces appuis d'ombre qu'elles prenaient sur la route qui, avec le jour, tournaient de plus en plus sur ma droite, pour s'en jeter sur moi, comme un mioche à la sortie de l'école qui retrouve sa moman. Et les êtres vivants, debout dans leurs songeries, sur le bord. La vitesse vous avait ce geste des vendeurs écartant les bras pour mesurer une pièce d'étoffe. J'arrivais vers Montargis. C'est fou, par là, ce qu'il se bâtit : et pour combien de temps ? Non pas que je pense à une guerre, ici, bien que. Mais ce que ces gens ont imaginé, ce pour quoi ils se saignent, est à l'échelle de quel devenir ? Une usine ou n'importe va brusquement s'étirer, pousser de l'épaule ces pavillons flambant neufs, si un chemin de fer n'y passe pas, ou qu'on ne trouve pas de pétrole dans la cour.

J'ai gardé dans ma tête, dans la chambre noire de

ma tête, plusieurs images d'existences surprises, ainsi, à rêver. Tenez, sur la droite, d'où me venait l'ombre, une maison longue et basse. Pas encore tout à fait construite, le toit sous ses premières tuiles seulement, et le lattis à jour, avec le terrain, un peu derrière, un peu devant, qui s'étire autour d'elle, un boyau de rêves. Les arbres n'y sont pas encore. Y aura-t-il des arbres ? En attendant, des fûts de fer pour le plâtre entamé, des toiles à sac dégonflées, les madriers je ne sais trop de quel chevalement, une scie posée contre une bicyclette, la fosse marquant seule un garage à venir, des tuyaux en vrac avant l'aurore de la lampe à souder, une fin de journée éclatante, dimanche, j'aime à rouler le dimanche, là-dedans la famille jugeant de l'état des travaux, le père en bras de chemise, un peu en arrière et, au premier plan, appuyé à une barrière provisoire, l'héritier, un jeune homme dans les dix-huit vingt ans, à contre-jour, ce qui fait que sa pensée m'était réduite à l'essentiel, en proie à la passion de bâtir. Ce qui fait aussi que, si peu de temps que je mette à passer, il est pour moi le centre autour de quoi le tableau s'ordonne et se détraque. La maison même, et tous les siens, le matériel, ne sont plus qu'un trompe-l'œil de l'avenir, ou comment appelez-vous une frise qui se tiendrait à l'envers, sous les pieds, avec les ombres ? C'est lui, ce garçon, sur ses paturons sport, qui sera le propriétaire bientôt. Il aura le téléphone à son nom et chiffre ce que ça lui fera d'impôts. La génération précédente déjà s'efface, les vêtements pâles, et ne fait plus que mine d'avoir affaire à la demeure, projetée, où ce gamin engendrera. C'est son rêve à lui qui me cravache de ténèbres, que je traverse comme une grille. La maison même, je ne l'ai pour ainsi dire pas vue, à peine ébauchée, un rez-de-chaussée qui fait l'important, un tel progrès sur où l'on habitait jusque-là! On n'en est pas encore à choisir l'essuie-pieds du seuil, mais on se chamaille déjà où planter la clématite.

Brusquement j'en ai l'envie de sangloter. Nous

sommes tous comme ça : à nous disputer pour la clématite. Ce que les premières tuiles sont rouges, ou si c'est le couchant... A l'entrée gauche de la ville, enfin un faubourg de Montargis, les maisons sont déjà bâties. Il y a même une épicerie. Les rêves ici ont pris forme et, les hommes, ce n'est pas comme les arbres, ils ne poussent pas leurs branches dans le domaine du voisin, on n'appelle pas l'élagueur pour préserver le téléphone. C'était une maison qui avait un étage, et une pièce au-dessus, sous le toit. Bien construite, crépie blanc. Sur le côté, au premier, une terrasse, je suppose au-dessus de la salle à manger. Rien d'écrit, ni devant ni de côté. On n'était pas chez un charron ou un plombier qui ne peut pas se permettre de laisser passer un mur pour dire comment il s'appelle, un commerce quelconque. Toute la famille, ici, sortie sur la terrasse, sept ou huit personnes, des femmes, d'âge divers, les cousines du dimanche, la belle-mère, deux enfants. Un seul homme. Accoudé à la balustrade de côté, négligeant les autres, qui tournent vers lui la tête. Laquelle est sa légitime, des figurantes ? Je n'ai pas le temps de m'en faire une idée. Mais lui, bien râblé, son veston de toile écrue et un pantalon noir, on voit aux épaules le genre d'animal bien nourri que c'est, appuyé à la balustrade il regarde dans le jardin d'à côté, où il y a des rires, on saute à la corde. Je ne vois pas la femme de ses regards, mais on ne peut pas douter qu'il y en ait une. La sienne, les cousines, la belle-mère, acceptent humblement qu'il y en ait une. Tout cela n'a pas d'importance. L'importance, elle est dans l'architecture de la maison, le petit dessin à fleurs sur le second étage comme un collier serré en haut du cou parfait d'une jolie fille. La girouette et le paratonnerre. L'antenne de télévision. Je vois d'ici le mobilier, le papier mural. Tout est au goût du mâle. Un rêveur qui a des bronzes. Je pense sensuel. J'achète confortable... Avec ça, Montargis quand on y entre de l'ouest, on ne s'y reconnaît plus.

Même à y repenser entre Grasse et Saint-Cézaire. Et j'avais tout le temps maintenant d'y penser et repenser à mon aise. J'étais là depuis deux jours, en effet, quand mes hôtes décidèrent de partir pour la Grèce. Brusquement. Pour des gens qui n'avaient fait pendant deux années qu'attendre ma venue ! Bien leur genre. Ils me laissaient leur cambuse, une domesticité, Pulchérie et son époux, une bibliothèque. Et quelle bibliothèque ! Dans cette pièce haute, arrondie, où l'on entre aussi bien du premier, sur une galerie autour des livres, que d'en bas, la seule de ce type dans la maison où les plafonds, au rez-de-chaussée comme à l'étage, sont assez bas, tout ce que j'aurais pu emporter de chez moi, et puis dont j'avais considéré comme peu décent d'encombrer des amis. Le côté féminin en plus, les magazines en pagaye, des livres d'art, des bouquins anglais, toute sorte d'albums, des souvenirs de voyages, les jardins, les hôtels particuliers, les meubles Regency, que sais-je ? Et avec ça, en évidence, des choses à mon intention. Les Morfontaine sont, il est vrai, des gens fort attentifs, quand ils y pensent. Comment prendrais-je autrement le fait qu'à l'endroit le plus en vue et le plus aisément atteignable se soient trouvées, pour mon arrivée, mes œuvres complètes ? Je ne crois pas que Paul ni Perdita soient de mes lecteurs assidus. Ils doivent avoir un bon libraire pour avoir trouvé, par exemple, l'*Essai sur les Mythes*, épuisé depuis belle lurette chez d'Artray, ou l'*Essai sur le parler-Dieu chez les Dayaks* que Geuthner n'a pas la moindre velléité de réimprimer. Mais si *L'homme est-il une chose à l'homme ?*, qui est chez Gallimard, se retrouve assez constamment retiré, je me demande où ils avaient pu dénicher *Les struments de l'absolu dans le langage*, une plaquette parue en Suisse et dont moi-même je n'ai qu'un exemplaire à demi déchiré, grâce encore à la générosité d'un collègue, qui peut-être bien s'en est allégé sans grand regret. Enfin, mise en scène ou pas, rien ne pouvait mieux me convenir. Non que... Ah, encore, ces tics de langage! Je voulais dire que, la solitude, je n'ai pas besoin de la Haute-Provence pour. Ça me connaît. D'ailleurs, même, surtout, dans les lieux peuplés. La foule. *La foule oubli qu'on nomme humanité...* où ai-je lu ça? Enfin, la foule. Depuis que le lien s'est brisé. Que je suis un miroir devant quoi nul ne passe. Et les autres n'arrangent rien : *ils* me sont des choses. Des choses animées, sans doute, bavardes, mais des choses, des cailloux jetés par mégarde, des eaux fuyantes, le murmure des vents, une aggravation de l'absence. La seule absence. Toi. Depuis quoi, combien, seize ans ? Non, dix-huit.

J'ai tenté de te remplacer par... Remplacer n'est pas le mot. Pas plus la chose. Parfois il me vient à la bouche de ces expressions dont la vulgarité me fait honte. Il s'agissait de masquer ton absence. J'ai essayé de ne plus être celui qui parle, comme on dit, à la première personne, de ne plus être la première personne. Parce que cela me faisait mal où j'étais amputé de toi. Atrocement mal. La première personne, d'être la première, en suppose une seconde, la seconde. Je saignais de dire encore *je*... d'être ce *je* qui ne s'adresse plus à personne. Personne ne *lui* était plus toi. Donner la parole première à un autre n'allait-il pas arrêter cette souffrance ? C'est ainsi que j'ai inventé Marie-Noire, la narratrice, que je lui ai donné la première personne. Ce que j'attendais d'elle, c'était que nous, j'entends toi et moi, nous devenions à notre tour pour elle *des choses*, c'est-à-dire des objets de description, qu'imaginant elle puisse à nouveau coupler, j'attendais d'elle que nous nous retrouvions par elle, dans son monde subjectif, à défaut du mien, j'attendais qu'elle vainquît pour moi l'oubli, qu'elle me restituât ta présence, ce dialogue de nous deux. Je renonçais à la prérogative d'être celui qui dit, pour être par elle dit avec toi, comme toi. J'abdiquais

entre ses mains mon domaine, ce monde intérieur
qui ne m'est plus rien, puisque t'en voilà sortie, qui
n'aura été mien qu'autant que je le pouvais partager
avec toi, qu'autant qu'il pouvait être un bien réciproque : tout comme le *je*, devenant toi dans ta bouche, qui me faisait la seconde personne de ton parler.

Mais Marie-Noire, bien sûr, elle, une fois la première personne, s'était choisi l'interlocuteur Philippe,
nous n'avions plus même la seconde place... Alors
j'essayai de recouvrer au moins l'autorité du discours :
je voulais me ressaisir de ce royaume abandonné, la
parole, je m'abusai d'un écho, plaçant ici et là, dans
mes phrases, un de ces mots qui font croire à une ou
des présences imaginaires comme lorsqu'on écrit :
ça vous fait chaud au cœur... ou *je te vous lui donnerai
une de ces corrections*... histoire de peupler l'air et de
se trouver de pseudo-compagnons. Jusqu'à ce que
l'angoisse me prenne, de ces marionnettes qui ne
répondent pas. Alors je faisais au téléphone le variable
numéro de Marie-Noire. Mais, depuis quelque temps,
elle non plus ne répondait plus. Au fond, si j'avais
accepté l'hospitalité de mes amis, était-ce peut-être
avec le secret espoir de retrouver dans ces parages,
quelque part entre Nice et Saint-Raphaël, à cuire au
soleil, même trompeuse et jouant de nous, cette fille,
comme le bout d'une piste perdue. Quittant mon haut
perchoir amer, je descendais vers les plages, et je
parcourais avec ma petite Opel grise ces grands cime-
tières de l'été, où la beauté du diable semble frappée
d'immobilité, nue et crucifiée par le soleil le long de
la mer. Garçons et filles ainsi dévêtus donnaient sur
le podium de sable ininterrompu de Menton à Marseille, l'impression d'une folie vestimentaire plus
grande qu'à les voir en ville dans le désordre des couleurs et des étoffes fripées. Je les regardais, m'imaginant au soir d'une bataille, tous à terre : et rien ne
pouvait éveiller en moi plus fort le sentiment du
temps incendié, d'un univers où je n'avais place ni
pour mon corps ni pour mon âme, d'un jour sur

l'autre réinventés. Un univers d'après moi, le célèbre déluge. A qui tout entier je ne suis qu'une chose, une manière de varech. Un objet dégradé. La troisième personne au sens d'Émile Benveniste, professeur au Collège de France, qui voit en elle non point une personne apte à se dépersonnaliser, *mais exactement la non-personne, possédant comme une marque l'absence de ce qui qualifie spécifiquement le « je » et le « tu »*...

A chacun son potasson. Celui-ci ne manque pas d'humour quand il sert au vieillard à dire ses pensées sinistres. Détourné de sa raison d'être sans doute. Mais n'ai-je pas droit, habitué que je suis à ce que, sur les traces de Hjelmslev, mes collègues ont appelé métalangage, c'est-à-dire à la pratique d'un langage qui explique la langue-objet, n'ai-je pas droit à me servir métaphoriquement de ce métalangage pour exprimer l'inexprimable, ce qui n'a pas de mots, par exemple les sentiments, la subjectivité... n'ai-je pas droit à une sémantique de la douleur, par exemple? J'entends d'ici les hommes de science... Mais que m'importe? Ne m'ont-ils pas toujours méprisé, tenant mes travaux pour une sorte d'artisanat au mieux. L'un d'eux me disait de ma thèse sur le parler-Dieu des Dayaks, à quoi j'ai la faiblesse de tenir, et que je n'ai pas été peu flatté de retrouver ici : « Intéressant intéressant... seulement *out of date*, voyez-vous? Comment dirais-je, prélinguistique, prélinguistique! » Et cet autre, l'un des plus brillants avant-centres du structuralisme, nouvelle génération, il est poli dans la conversation, mais au congrès qui s'est tenu à Moscou il ne me l'a pas envoyé dire : on voyait bien que j'employais les mots hors de leur sens scientifique, scie-en-typhique! rien qu'à ma prétention de considérer le roman comme une structure linguistique... le roman, ah ah! Quand nous disons *structure*, mon cher col-lè-gue, nouz avonz en vue... Bon, sans doute. Je veux bien que toute science soit un effort d'unification du vocabulaire, et que je fasse, avec mes façons de vieil enfant-perdu, mine de brouillon. Moi, je plie

les épaules. Et pas dans le pli. Entendu, je ne suis
qu'un artisan, embarrassé des anciens tours-de-main,
qui a du mal à se mettre au pas de l'électronique.
Mais, dites-moi, qu'est-ce que vous faites jamais,
tous, qu'employer les mots hors de leur sens ? Est-ce
très différent d'employer les sens hors de vos mots ?
Oui, cela m'arrive, j'emploie les mots hors du sens
que vous leur donnez, je m'en tiens, tant bien que mal,
au sens qu'ils avaient, qu'ils ont perdu, que vous avez
oublié pour un sens inventé, dont je vous concède
facilement qu'il est *un progrès*, un sens nouveau,
autre en tout cas : le contresens scientifique ou les
substitutions internes du parler vulgaire, entre nous,
ça se ressemble... Catachrèse, c'est-à-dire abus. De
toute façon, il y a belle lurette, vous et moi, tous que
nous n'avons plus que des parlers non-euclidiens, non ?

Marie-Noire n'était nulle part. Et si je me heurtais
à Cannes ou à Villefranche à des personnages dont
j'avais plus ou moins oublié le nom, l'existence, la
Côte étouffante, pour un moutonnement d'hommes
et de femmes qu'elle fût, me semblait une coquille
vidée de sa signification. Qu'attendaient donc de la
vie ces foules de héros de cinéma sans scénario ? Que
signifiaient ces corps prosternés dans la prostitution
du grand jour, l'incendie du temps ? Qu'étais-je venu
faire ici ? Sinon peut-être constater la transformation
d'un monde, mesurer les changements survenus en
si peu d'années, une de ces chambres louées où tout
se dégradait, avec les magasins vides, les grands espaces de silence, les hôtels fermés... Je ne puis plus
repenser par exemple, à la destruction du casino de
la Jetée-Promenade sans frémir : parce que cette
presqu'île de ferraille m'apparaît comme mon propre
passé, une simple expression désormais incompréhensible à ces yeux neufs, qui ne l'auront pas plus vu que
la Bibliothèque d'Alexandrie ou la ville d'Ys. Ou le
Ballon des Ternes, ce monument à la gloire des colom-
bophiles du Siège de Paris... en 71, mes enfants...
non, ce n'est pas Picasso.

Bon, toujours revenir en arrière ! Je remontais dans mon nid d'aigle, là-haut, où la solitude m'était une seconde paupière devant le soleil. La maison faisait grande : il y avait assez de place pour croire que Blanche venait de sortir d'une pièce quand j'y entrais. La lumière des jalousies jouant me donnait l'illusion d'une ombre fuyante. Une ou deux fois, la radio, à l'intérieur, laissée ouverte à mi-voix, moi sur la terrasse, m'avait pris à la gorge pour un murmure de femme. Et mes fantômes me poursuivaient, qui avais cru leur échapper, parmi les pierres du plateau, où je m'égarais hors des sentes, les plantes cruellement grillées, les cigales cigalant. Il me revenait de très loin, près d'un demi-siècle, une phrase restée en moi comme une écharde, et dont j'avais perdu le contexte :

L'août est sans brèche comme une meule...

Nous n'étions qu'au début d'août. Tiens : j'ai dit *nous*... est-ce un pluriel de majesté ? Mais comment aurais-je pu penser *je n'étais qu'au début d'août...* cela peut évidemment se dire, mais se penser ? On l'admet en linguistique aujourd'hui, *je* n'existe que dans le langage : l'homme qui ne parle pas donc ne saurait passer pour une première personne, on ne peut le représenter que par la troisième, comme une chose. Écrire, c'est un autre parler, la bataille que je livre pour être un homme et non point, précisément, non point une chose. Je fixe cette idée sur le papier, pas pour moi. Mais parce que j'y viens tout d'un coup d'apercevoir l'explication de Blanche, du comportement de Blanche autrefois. Peut-être s'est-elle mise à écrire par refus d'être une chose, un objet... l'objet. Le *gadget*, comme on dit au sous-sol des grands magasins.

Quand nous vivions ensemble et que le langage nous était un sablier qu'on renverse afin que le sable des mots passât de l'un à l'autre, et puis de l'autre à l'un... ainsi la boule d'en haut, toi ou moi, disait *je*

à tu et à toi avec celle qui recevait le temps, le sperme
du temps, fin fin comme la parole... *quand nous étions
quand nous étions ensemble...* et se jouait pour nous
le doux jeu d'être deux... il m'arrivait parfois, à
l'épaule de dormir, que tu m'avais battu à la course,
avant moi dans la nuit enfoncée, et la peur me prenait de ce soudain silence, l'angoisse à me trouver
seul comme un essai de la mort. Et non que j'eusse
crainte de mourir, moi : c'est à quoi j'ai de toujours
été résigné. Mais de cette étendue devant moi, dans
tous les sens, comme un chemin perdu. Perdu de
vivre sans raison, sans écho, sans être à toi ce que tu
m'es, sans ce monde qui n'est monde que partagé,
avec l'effroi de me trouver devant un miroir sans
image, de me sentir l'ombre d'un être absent, détaché
de moi, engagé dans un domaine de songes où je n'ai
pas de place, où je ne puis le suivre, et même si, demain, j'apprends l'avoir (pour lui) suivi, je ne pourrai
rien en croire, et de toute façon je n'aurai été qu'un
instant attaché à ses pas, séparé de lui, de toi, comme
n'importe qui d'une foule, dans la rue, le métro,
nullement lié à ton destin, n'importe quand séparé
de toi comme une feuille de l'arbre, emporté, détaché,
disparu... J'ai passé ainsi la moitié de notre vie, dans
ce désespoir qui, si elle sombrait, au bout du compte,
dans *mon* sommeil, dans *mes* rêves, n'était finalement
comparable qu'à la prison, la vie punitive, une sorte
de démence où je pouvais en arriver à oublier même
ce que j'avais perdu, mais non point sa trace, ce trou,
ce manque en moi, cette famine, cherchant au hasard
des lieux réinventés, comme un jeu de cartes fébri-
lement battu, et qu'en est-il tombé ? quelle douleur
m'habite, incapable d'imaginer le remède qui m'en
guérirait, dénué même, et c'est le pis, du désir de toi...
n'étant plus habité que de mon égarement... Je ne
me suis, de ma vie, jamais réveillé sans gémir. D'un
gémir profond, muet. De toute l'injustice de la nuit.

Parfois le sentiment s'en faisait en moi si fort qu'il
persistait les yeux ouverts, longtemps, et tu me de-

mandais qu'est-ce que tu as, et je ne pouvais le dire, croyant que c'était la brume des mauvais rêves qui obscurcissait encore mes regards, et me débattant dans les souvenirs enchevêtrés de l'ombre, cherchant à reconstruire pour un récit cohérent l'incohérence d'une aventure nocturne. Ou bien dans la conscience que le récit n'en expliquerait rien, je détournais de propos délibéré la conversation reprise vers des faits de la veille ou les occupations du jour à venir. Et gardais ainsi pour moi seul ce presque-présent. Ce déchirement des profondeurs, à la façon d'une douleur qu'on cache, parce que d'en parler ouvrirait un peu plus la plaie intérieure. Dans ma jeunesse, il m'arrivait de raconter mes rêves. Il y a bien longtemps que je ne le fais plus.

Cette part obscure de l'existence parfois, de plus en plus, gagnait sur la vie éveillée. De mon silence même. Elle jetait en moi un doute affreux de toute chose. Et d'abord de nous. De ce qui nous faisait être, dire *nous*. Un *nous* signifiant toi et moi, un *nous* différent de ce faux pluriel qui n'existe que de ma présence, et demeure quand ses composantes diminuent, augmentent, varient, l'un de ces *nous* qui ne sont guère qu'extension de moi, et meurent de ma décision si je m'en retire. Oui, la persistance de la nuit dans le jour nous remettait en cause, remettait en cause *nous deux*. Cette réalité que tu pouvais comme moi détruire, mieux que moi.

Peu à peu, j'étais envahi d'une autre sorte de rêves, plus redoutables encore que ceux du sommeil : une manie d'interprétation s'emparait de moi pour toute chose, j'avais cessé de juger des événements, des incidents, des gestes, d'un soupir, d'un silence, dans le cadre de la logique courante, de les ordonner selon mes habitudes machinales. Je dis cela maintenant, après coup. Je n'en savais rien alors. Je ne savais pas qu'en moi montait cette mer de la désespérance. Et voilà qu'il me fallait tout prendre au pire. J'avais peur de ce que tu allais dire, et peur que tu ne le dises pas. Tout ce qui semblait encore être à sa place naturelle, aller de soi, comme toujours, sans poser de question, me devenait une ruse des apparences. Or, pas plus que je ne me permettais d'ordonner mes rêves, de les construire en récit, je n'osais résumer ma vie, notre vie, d'une façon qui lui eût donné sens, redoutant surtout qu'elle prît sens, mais j'étais habité d'images sans lien, que je voulais croire sans lien, qui procuraient à mes jours l'incertitude des songes. Et si je cherchais à me ressaisir, à donner forme à tout cela, mes souvenirs désaccordés augmentaient en moi la part de l'oubli, la part du parjure.

Je dis tout cela sans exemple, en vrac, sous une forme abstraite parce que, ce long discours que je suis, j'ai beau le tourner vers toi, mon amour, je sais bien que c'est artifice de naufragé. Je dis *toi*, je partage les choses entre toi et moi, comme si de rien n'était, simplement pour arrêter cette envie de crier qui me possède, sachant que si je m'y abandonnais rien ne distinguerait plus ma douleur de la folie qu'on enferme. Et, bien que j'en doute parfois, c'est par là que je me convaincs d'avoir encore ma raison.

Les rêves éveillés, redoutables qu'ils soient peut-être plus que ceux de l'autre espèce, ont cet avantage qu'ils peuvent être contredits par ce que nous voyons. Je suis pris entre ce cauchemar que je porte à la lumière, du fond de mes ténèbres, et ce paysage d'indifférence, qui est clarté de la vie. Je m'avance parmi les choses avec ma vision noire, et leur désintérêt, leur désaffection me saisit. Est-ce que tu comprends ce que je dis là ? Non, sans doute. Moi-même, oiseau de nuit aveuglé par le jour, incapable de parler soleil, je me perds, je m'oublie, je ne me reconnais plus dans ce qui m'était pourtant à l'instant l'évidence. Combien de fois suis-je arrivé devant toi comme une forêt grosse de plaintes, comme un reproche qui va devenir orage, un gémissement qui accuse. Et puis je demeurais interdit de te voir ainsi qu'une figure sur une toile peinte, et la pièce ou la nature, d'une huile sur le tableau, comme si le mouvement, tout mouvement au monde ne pouvait être que de toi. Le jour tombait également sur toi, sur nous, la table ou le jardin. Tout s'était fait d'un calme exemplaire. Comment aurais-je osé troubler l'ordonnance du spectacle, la fenêtre blanche et les grands espaces de la couleur? Il y a des moments où on se sent interdit, sur le seuil d'un lieu où règne cette paix incompréhensible à la fureur de l'âme. Tout a sa place excepté moi. Et c'est de cet ordre accepté, d'être part de cet ordre, que tu m'es subitement, mais comme de toute éternité, si prodigieusement étrangère : tes yeux sur moi, d'un autre pays... et je ne suis au mieux, pour eux, qu'un mot dans un dictionnaire, un végétal exotique dans l'herbier abandonné des années trente...

La jalousie, par exemple, est un rêve éveillé. Sans rapport avec ce que je vois. Avec le calme de ce que je vois. Ah, c'est encore ce gémir d'abandonner le sommeil! Tu me dis, du ton de voix égal que je connais : « Qu'y a-t-il? Tu ne te sens pas bien? » L'effroyable pudeur dont je souffre! Je réponds : rien... quoi? ou : pourquoi? des mots brefs pour me masquer l'âme. Je ne peux pas t'avouer mon enfer. J'ai peur même que tu en devines les flammes. Le décor est ce qu'il est : je ne veux y être pour toi qu'une figure que le peintre a placée pour la perspective, pour donner la mesure humaine de ces quais ou de ces maisons muettes, de ces montagnes du lointain, et Dieu-garde que tu n'aperçoives en moi cette disposition sauvage... Rien, quoi? Mais non. Ces airs étonnés que je sens luire d'innocence dans mes regards. Je n'ai rien à dire, je ne fais qu'entrer dans la chambre, je reviens du balcon, je n'ai mal nulle part, je ne pensais à rien, qu'elle ne voie pas ce renard sous ma chemise, à me manger tranquillement le cœur! Finalement, il va n'en rester rien dans ma poitrine et je ne serai devant toi qu'une maison vide, dont les souris mêmes ont peur.

Tout à coup, je m'aperçois que je suis seul. Depuis dix-huit ans. Et je te parle, insensé que je suis! Je n'ai jamais cessé de te parler. Mais pas comme au *vous* dont on se peuple le vent, pas, comme à l'instant ce *Dieu-garde que*..., à ce Dieu sans poids dans la bascule des phrases, je te parle, pour de vrai je te parle, et partout m'est encore toi. Je te parle depuis dix-huit ans que tu n'es jamais là. Dix-huit ans que je ne te. Dix-huit ans que. Je. Seul. Et tu n'. Ha! Pour qui Seigneur finir les phrases. Pour qui Seigneur les commencer.

Les phrases... j'écoute dans des lieux de hasard, un bar où nul ne me remarque plus qu'une orange, une station d'autobus où parler a goût de poussière, une kermesse de juke-box où le sens de toute chose clignote sa douleur, j'écoute la conjonction des vocables, leur billard, le choc interlocutif des paroles, les calembours instinctifs, les coq-à-l'âne électroniques des passants... en un mot d'acteur, le *phrasé* du paysage... comme une corneille qui étudie le langage des mouettes. Je ne sais trop si c'est mon fait, ou celui de l'époque où nous sommes parvenus, de cette gare du temps où je me sens toujours un peu quelqu'un dont le train est en retard, et les porteurs s'impatientent, déjà ne tiennent plus compte des voyageurs, se lançant, par-dessus les bagages, des paroles séparément que je saisis comme des mouches, mais, ne s'accrochant pas de l'aile l'une l'autre, qui forment au plus des amas inutiles. C'est-à-dire que me voilà parmi les gens frappé d'aphasie sémantique : j'ai une peine *insensée* à retenir les sons entendus pour les accoupler, les enchaîner les uns aux autres, de façon à ce que leur relation se développe, leur aventure, j'oublie le sujet du verbe dit, je me perds dans les circonstancielles, tournant sur le qui ou le que vers la veille ou le lendemain, je suis incapable de reconstituer le chant altéré par la multiplicité des échos, par exemple, ces jeunes gens jetés au petit bonheur la chance des bras et des jambes dans le sable et la férocité de l'été, qu'est-ce qu'ils racontent ?

« Oh, celui qui pas, pour sûr!
— Tu me fais mal, petite tête... d'abord...
— Moi c'est le contraire. L'autre s'il... alors tu te sens, je ne sais pas.
— On te l'a faut croire appris au catéchisme... le genre bon, quoi. Tu me fais vomir!
— Laisse la bonté où elle pisse. Simplement, c'est pas sport.
— Vous, vos morales! Ta maman t'a dit... »

Et ainsi de suite jusqu'à ce qu'une fille s'en mêle : « Qui c'est, ces garçons, qui se posent des questions ? On n'en a pas besoin! » Ça fait bagarre de pattes, que le soleil s'en lèche. Moi, je n'ai entendu que l'espèce d'hercule à l'écart, avec un journal illustré sur la gueule : « S'il est assez connard pour pas répondre, qu'il encaisse... » Le problème est de savoir, pas ce qu'on préfère, ce qui est plus facile : se mettre à taper sur un bonhomme qui se défend ou sur un qui pas. Les avis sont partagés comme de la madeleine. Dans l'ensemble côté filles, on est pour le casse-pipe, mais c'est toujours qu'elles simplifient. Les spécialistes discutent. Pour un que ça paralyse après trois, quatre coups sans réponse, la plupart trouvent ça marrant le genre punching-ball, et puis même, moins ça réagit, plus ça les énerve, pas ? alors... Le type disproportionné sous *Astérix* grogne qu'à chacun son genre, lui les faibles, ça ne lui fait pas pitié. Il y a une majorité qui se constitue dans ce sens-là, les petites commencent à ouvrir les yeux, elles espèrent des exemples de grammaire... Ça craille salement. Puis ça se déglingue, chacun suit son escalier, les chaînes de bécane lâchent, le parler perd ses boulons, pour un rien ça cracherait le meurtre, on s'entend comme le poing et les dents, il y a de la fureur à revendre, et du gamin désarticulé, rien ne signifie plus que sa violence, plus personne ne sait ce qu'il disait... les mots s'estompent, les lettres se mêlent, il se fait des trous dans les cris, des bégaiements d'oreille, de la fricassée d'injure et du discours sous les talons, impossible d'y retrouver sa grand-mère, une épingle, le transistor ou le *passez piétons*... Il faut distinguer du simple puzzle syllabaire le jeu labyrintho-syntactique où la langue se donne aux chats, le nez se casse dans la perfidie des miroirs.

Tout cela doit s'expliquer comme n'importe quel fait historique, ou alors l'histoire aurait une angine de poitrine, quoi ? c'est une science, oui ou merde ? Il faut naturellement pour cela savoir à qui appartient ce genou, à qui cette crise de nerfs, à qui ce futur antérieur! Et la tête de vache qui ne colle pas dans la découpure, maman. Comprendre le détail ne sert à rien. Nous sommes entrés dans l'ère de la philosophie des ensembles! des grands ensembles, et je ne parle pas hachélem, cosmonautique ou calcul des probabilités. L'homme d'aujourd'hui se trompe à peine dans le tir interastral, à cette échelle-là c'est devenu presque inutile de compter avec une marge d'erreur, il est plus difficile à l'homme de tuer son prochain. Ce que je dis m'échappe, alors vous pensez, comprendre autrui. Le problème a cessé d'être se bâtir de façon correcte la formule à demander son chemin, ce n'est plus comme lever poliment son chapeau. Le problème, c'est le poème ou le roman, ça, c'est un grand ensemble! et pour arriver de bout en bout, faudrait pas souffrir d'amnésie sémantique, sans quoi, *A la recherche du temps perdu*... vous voyez ce que ça donne ? Le temps perdu, cette expression a changé de caractère depuis Proust. Ici encore, nous sommes en plein abus, rien de ce qui se disait il y a quarante ans n'a plus le même sens, le changement s'est fait dans le crâne humain, le temps se perd-il ? il faudrait d'abord savoir ce que le temps est devenu, et pour cela l'attraper par la queue de son habit. Et j'ai beau courir après le temps...

Car je cours après le temps.

Je cours après le temps. Non comme celui-là qui croit retrouver dans son sillage la jeunesse. Le temps l'a laissée au vestiaire, et il est parti, lui, courir devant. Je cours après le temps couleur d'oubli. Je cours après l'oubli, je me désespère du poids des souvenirs et, ceux qu'on perd ainsi courant, d'autres aussitôt les remplacent, qui vous font les pieds lourds, on s'arrête à s'en dépêtrer, et déjà le temps est loin devant vous, qui s'amuse à je ne sais quoi que je ne comprends plus, le temps en sait tellement que j'ai honte à ne pouvoir le suivre, il parle déjà le langage d'après moi, j'existe pourtant, j'existe encore, attends-moi, ne fais pas l'imbécile, cesse de te prostituer à ces enfants, tu vois bien que je suis tombé sur les genoux, mais que je vais me relever, reprendre mon élan, t'atteindre, attends-moi, j'ai cueilli des fleurs pour toi, elles feront bien dans tes cheveux blancs, mais si tu m'abandonnes dans l'ornière, avec moi c'est ton domaine d'hier qui se meurt, la rupture avec jadis, tu as le fond du crâne troué, le visage que tu tournes vers le soleil est trompeur, il cache la plaie par où s'enfuient tes trésors, tu les trompes, ces gens de demain, qui ne savent pas encore que tu es l'oubli, leur rire là-bas me déchire, ô temps cruel!

Ne te fâche pas, ma chérie, la lune est un homme en Allemagne, je puis bien parler au temps comme à une femme. Une femme qui te ressemble étrangement, mon amour, et me pardonneras-tu jamais de n'avoir pas compris *alors*, quand tu n'avais pas fui, que tu mesurais mes heures, qui tu étais, mon amour... et moi je te traitais ainsi que font les hommes, ces niais, de ces compagnes muettes de leur choix, je ne savais pas que tu étais le temps, que le temps est femme, et que c'est toi, que c'est au temps que je disais tu et toi, pauvre, pauvre imbécile moi-même, persuadé d'en savoir plus, et qui suis resté par-derrière, clopinant, à gémir d'être seul, à ne pas me décider entre l'avenir et le passé, entre le souvenir et l'oubli, à courir après toi, naïvement, comme un grotesque !

Je cours après le temps, comment le rattraper ? d'autant que, soudain, mes yeux se brouillent, il y a des larmes dans ma tête, et j'éprouve un besoin de les combler qui me force à revenir en arrière, un peu colin-maillard, de mes mains d'aveugle cherchant à renouer les événements, leur logique. Les années me fuient dans tous les sens. Celle que j'attrape est-elle d'avant ou d'après toi ? A quel parfum la reconnaître, à quel refrain ? Quand Paul est-il mort ? Quand ont brûlé les pins des Landes ? Ah, les Landes, c'était l'août quarante-neuf, l'incendie n'a pris que l'année suivante en Corée... Paul a fermé les yeux sur un matin de novembre, à l'automne d'après Ridgway... Bandeau d'oubli sur ma mémoire : et ce sont des rires autour de moi, un bruit de robes, j'ai failli toucher l'épaule de Blanche, ou de qui donc ? Une respiration soudain voisine, et qui s'échappe. L'histoire de Blanche, sa cohérence n'est pas seulement Blanche retrouvée, mais ce monde où passe le vent, tout ce décor de Blanche, un jour dans la montagne, quand nous avions fui de chez nous, de ce village où l'on fabriquait des chaussures, et qui était devenu notre chez nous, ce jour incompréhensible sans les Mongols, comme on disait, conduits par des S. S. en pleine Drôme, le verre en équilibre abandonné sur le pilier de pierres rousses, à l'entrée de la ferme, et l'avion à hauteur d'arbres qui fait des cartons sur la poussière... ou, plus tard, Tübingen, Roméo et Juliette à Tübingen, un soir d'été froid et beau, les officiers avec des écharpes de laine beige douce, les projecteurs tournés sur le moyen âge allemand où courent les capulets et les montaigus de province, les tabors au fond de la nuit, dans les prisons les condamnés à mort avec leurs songes d'apocalypse, et l'obsession de ces vers retenus de ma jeunesse :

De Tubingue à ma rencontre

> *Se portent les jeunes Képler Hegel
> Et le Bon Camarade...*

Tout se passe comme si, Blanche, nous n'avions été à Tübingen que pour ces vers, et leur ancien grelot [1]... Quelles bizarreries, ce siècle... tout ce que ça demande d'explications! Et pas moins d'une guerre ou de nous deux, mon amour... pas moins l'oubli que les souvenirs. Et pas moins, depuis l'automne dernier, ce qui s'est passé là-bas, dans les îles, où rien ne se déroule comme il semblait, comme il nous eût semblé suffisant d'imaginer d'après Java, Alit, Buitenzorg, Bogor devenu, ou bien Djogdjakarta où le Malbrouk de la chanson a donné son nom, Malioboro, à la rue qui mène au *Kraton*... le langage des Dayaks et le pétrole de Bornéo, les *Seven Provinzien* il y a eu trente-trois ans en février... je suis au cœur de juillet 1966 comme d'une île déserte, après un naufrage, et ma tête roulée d'algues vainement tente de reconstituer le navire perdu... juillet 1966, au village de Vallet, en Charente-Maritime, un pépiniériste-viticulteur, défrichant un talus en bordure de route, trouve une boîte de plomb en forme de cœur... une inscription d'or fin, la signature *Carter*:

> *Ici est le cœur de très grand
> et très puissant prince
> Charles-Ferdinand d'Artois,
> duc de Berry, fils de France,
> mort à Paris, le 14 février
> 1820, âgé de 42 ans et vingt
> jours, victime d'un attentat
> commis la veille sur sa personne...*

... quel désordre, et j'ai dit à quelqu'un : « Les *Seven Provinzien*... vous vous rappelez ? » Non, il ne se rappe-

---

1. André Breton, *Forêt Noire*, 1918, *in* « Mont de Piété » (1919).

lait pas, après trente-trois ans, pensez donc! mais alors, en tout cas, ces jours de 1952, quand Soekarno, quand Soekarno... En 1952, je vous ferais observer qu'en 1952... Quoi, en 1952? En 1952, depuis cinq ans déjà... Depuis cinq ans déjà, ça ne s'... Hein? Ça ne s'écr... Ah bon, bon! oui, bien sûr, Sukarno! quand Sukarno... quand Sukarno... quand Suk... Qu'est-ce qu'il a, votre microsillon? Remettez l'aiguille sur le dernier octobre... rien aujourd'hui ne se comprend plus, si, soudain, dans le déroulement des faits depuis le dernier octobre un maillon me manque : est-il possible, l'homme que j'avais laissé tenant tête aux étudiants à Bogor, je crois bien... le Bung Karno de la légende, et j'ai chez moi ces énormes livres qu'on a faits de ses collections de tableaux, quel mélange, quel mélange de tout! Au mois d'avril encore, que racontait-on de lui? que pouvait-on en croire? Tout le monde s'y est-il trompé? La vertu a-t-elle changé de camp pour devenir l'apanage des militaires associés à Hamengku Buwona IX, le sultan de Djogdja, qui fut ministre de Sukarno jusqu'aux premiers mois de 1953? la vertu appartient-elle à ceux qui, brisant l'alliance du *Nasakom*, rétablissent à Washington, à Londres, à Bonn, à Tokyo, les liaisons bancaires dans le sang répandu? Au mois dernier, le chiffre des tués, qui furent le prix de la dernière subversion, avait fantastiquement augmenté sur les données officielles de décembre. Un million. Dont, rien qu'à Surabaya... on lisait alors dans *Le Monde* : *A Surabaya, où selon les témoins les plus dignes de foi, une cinquantaine de milliers d'exécutions ont eu lieu, des centaines d'ouvriers communistes sont restés pendant quelques jours à l'intérieur des usines. Puis, fatigués et démoralisés, ils sont sortis paisiblement pour s'offrir au couteau des égorgeurs. Partout aussi, les communistes se sont dénoncés les uns les autres. Il semble même qu'Aïdit ait été pris parce que son plus fidèle lieutenant alla spontanément indiquer aux militaires où se cachait le*

chef du P. K. I. Et même si cela s'est passé autrement,
si le chiffre d'un million est exagéré, si... Que croire ?
On dit que les Chinois leur ont conseillé... peut-être...
On dit aussi qu'ils ont cru que Sukarno allait mourir...
que c'est le médecin chinois de Sukarno qui les a
prévenus que Sukarno... Sukarno... Sukarno... Peut-
être ce ne sont que des ragots. Que croire ? Qui croire ?
Bien sûr, il semble que, au début de tout cela, la
révolte du Colonel Untung dans l'armée, quelques
généraux exécutés, soutenue par Aïdit, chef du
P. K. I., ait été une faute, une erreur d'appréciation
des forces... et ce n'est pas la première fois que les
communistes d'Indonésie se sont à faux crus les
maîtres de la situation. Rappelez-vous les insurrec-
tions de 26-27, Bantam, Batavia, Sumatra... celle de
48 à Madium et Surakarta. On me dira qu'il faut des
combats perdus pour faire la victoire, on n'arrive pas
d'un coup, on me dira pensez aux canuts de Lyon,
aux Communards... Sans doute. Mais. Je ne crois pas
à la vertu des massacres. Chaque mort, s'il avait vécu.
Et partout, en Allemagne, en France, en Espagne,
en Corée, que sais-je ? en Indonésie.. ils avaient
peut-être raison, les insurgés de Madium... pourtant
la République réprime leur impatience dans le sang,
les paysans ne répondent pas à leur appel. Et qui
avait raison, plus tard, dans le P. K. I. devenu
parti gouvernemental, de Praworodirjo ou d'Aïdit,
quand le premier disait de la politique du second
qu'elle était prématurée comme les révoltes de 48 ?
Pourtant Aïdit déclarait en 1956, l'année vous savez...
mais ça se passait ailleurs, que la tâche du pays
n'était pas le passage au socialisme, mais une démo-
cratisation du pouvoir pour appliquer le programme
d'août 1945, c'est-à-dire de la République de Djakarta,
le programme de Sukarno, de Soekarno alors, mais
même si les insurgés de leur 48 avaient raison, s'ils
avaient raison pour l'avenir imaginaire, s'ils voulaient
sauver leur rêve et si le communisme est apparemment l'avenir de ce peuple, par exemple, avaient-ils

raison ? Ceux qui croient pouvoir donner à l'histoire l'inflexion décisive se trompent bien parfois, le pouvoir gagné, comment ne se tromperaient-ils pas, jetant les dés, quand ils spéculent seulement sur ce que le peuple pense ? On me dira qu'il ne faut pas généraliser. Et c'est vrai, il ne faut pas généraliser. Mais, cela aussi, cela peut s'entendre autrement. Il ne suffit pas d'avoir raison pour avoir raison. En 1944, mes compagnons de combat me disaient : « Pourquoi tu n'entres pas au parti ? », et moi je hochais la tête, je répondais une fois, c'est qu'il y en a trop maintenant qui entrent chez vous, qui se précipitent... je ne voudrais pas être confondu. Et rappelez-vous... on a peut-être oublié... chez nous, il y avait parmi ceux-là qui s'étaient battus contre l'occupant, qui avaient porté les armes contre l'occupant, des gens qui ne voulaient pas abandonner les armes... qui auraient bien pu faire comme les communistes indonésiens à Madium ou Surakarta. Est-ce que je pouvais choisir entre eux et les autres, alors... qui avait raison ? Je penchais, je sais pour ceux-là qui voulaient reconstruire le pays et non pas tourner les armes contre les alliés d'hier au nom du socialisme. Mais est-ce que j'avais raison ? Il faut le croire, à comment le parti même... « Alors pourquoi ne pas y entrer ? » On me le répétait et moi je disais, la Résistance, bien sûr, on n'avait pas besoin de s'entendre pour être d'accord, et puis même si les communistes dans le détail... qu'est-ce que ça faisait ? c'était la guerre. L'ennemi portait ses couleurs. Et puis, alors, tout le monde, ça leur était égal, mes idées sur la sémantique, qui m'aurait cherché des poux dans la tête, pour savoir s'ils étaient conformes ou non au marxisme, les poux ? Ce qui les travaillait, maintenant, c'était toujours être ou ne pas être du parti, et une fois encore, et une autre... et puis, je disais, si je n'étais plus d'accord avec vous, ça peut se trouver, alors je devrais en sortir, du parti. Cette dernière chose, ça les faisait rire. On croirait que c'est impensable pour eux, que tout se résume à la question d'entrer, et une fois là... Enfin, enfin, que moi j'en sois ou je n'en sois pas, qu'est-ce que cela changeait à l'affaire ? Je me suis conduit, pour l'essentiel, comme si... non ? C'est justement, ils disaient. Ça devait leur paraître du désordre, puisque justement, ils avaient la démangeaison de me ranger sur l'étagère, quelque chose de cet ordre. Si bien qu'ils me disaient encore, et pourquoi tu n'en es pas, du parti ? Parfois, moi aussi, voyez-vous, je me le demande. Mais pas *pourquoi tu n'en es pas...* plutôt *pourquoi n'en as-tu pas été alors ?* On se promène ainsi dans la vie, avec des questions qui restent ouvertes. Le fait est. Que puis-je dire! Le fait est.

Je cours après le temps. J'essaye de renouer à ce juillet sourd d'à présent, à ce silence de l'été, abeilles ou cigales, les mailles de ma vie abandonnée en février... ça file, des mailles qu'on abandonne, et puis, voilà, la tête m'emporte, et je me pose d'autres questions que celles après lesquelles je rêvais. Blanche... Rien ne peut se comprendre s'il y a des trous dans l'histoire de Blanche et de Geoffroy, à défaut d'achever celle d'Angus et de Jessica. Moussinac me disait... Il est mort, maintenant. Quelle année était-ce ? en soixante-quatre ? Cela me fait drôle quand je passe devant l'École des Arts Déco, comme récemment, la porte qui s'ouvre, le lâcher des jeunes gens, le boucan dans la cour... Est-ce qu'il était toujours, toujours d'accord, Moussinac, je me souviens, ça devait être en 1950 ou 51, peu importe. C'est-à-dire qu'il ne pouvait même pas imaginer qu'il n'était pas d'accord, quand il disait ce qu'il pensait. Si, moi, j'avais été dans sa situation en 1950 ou 51, qu'est-ce que j'aurais fait ? Si j'avais écrit cet article sur Picasso, et puis cela aurait déplu en haut lieu... je n'ai pas trop idée comment ça se passe, ces choses-là, qui ça concerne, qui décide... et je dis si, moi, je... etc. et encore, moi, la peinture, imaginez-vous... mais Léon qui était directeur de cette École, ses étudiants, vous vous représentez, non ? Allez vous expliquer avec la jeunesse qui voit tout en blanc et noir! Le blanc cru à crever les yeux, le noir blanc... Picasso, ce n'était pas une question de tactique, on peut se tromper sur la tactique. Mais Picasso. Qu'est-ce que j'aurais fait, moi, si on m'avait pris à partie pour avoir dit que, qui choisir, moi, Ferdinand de Saussure ? et puis même, pas à chercher midi à quatorze heures, Picasso, tout simplement Picasso... si on m'avait pris à partie pour avoir dit que Picasso ceci ou cela, tout de même ? Je ne sais pas. Je ne sais pas. Ce que j'aurais fait. On ne peut pas me demander de dire qu'il fait nuit en plein midi, même à mon âge! Et peut-être pourtant qu'il faut, dans certaines occasions, dire qu'il... Je n'arrive pas à le penser, ou si je me mets à le penser, ça se contorsionne là-dedans, je ne... j'ai beau essayer de m'imaginer, je ne sais pas ce que j'aurais fait. Et encore, Léon, avec Picasso, c'est un exemple. Il y avait de plus en plus de cas où je me disais, et moi, si, alors, de plus en plus, était-ce moi qui, peut-être! Vous voyez bien, camarades, que je ne suis pas mûr, je veux dire que je n'étais, et puis, oui d'ailleurs, je ne suis pas mûr pour. Et encore moi, si peu d'importance que j'aie, on aurait pourtant dit vous voyez, Gaiffier... eh bien, Gaiffier lui-même. On m'en aurait donné, de l'importance : pour l'occasion. Non, je ne voulais pas être un argument pour d'autres, ces autres-là, même si j'avais raison. Sur ce point. Avoir raison sur un point, est-ce avoir raison ? Avec Blanche, par exemple... Qui me détourne de l'autre, de Blanche ou de l'histoire ? L'histoire par moments si je la laisse gronder si haut est-ce pour masquer... on dit *masquer* ? la voix qui me déchire encore... Blanche m'avait quitté. C'était tout juste après que Blanche m'avait quitté. Je ne me trompe pas ? c'était bien après ? Je cours après le temps dans tous les sens. J'avais déjà cette chaire depuis quelque temps. J'étais devenu, moi aussi, un enseignant. C'est curieux, d'être un enseignant quand on n'est sûr de rien. Ce qu'on enseigne, parfois, on se demande. Cela doit être, au fond, un peu le même sentiment, par rapport aux autres, parfois, quand on est du parti. Quelle année, la manifestation Ridgway ? J'étais déjà seul à la manifestation Ridgway. Il faisait déjà beau, avant, bien que ce jour-là fût un jour couvert. Naturellement plus personne ne sait. A qui je pourrais demander ? J'y repense parce que les journaux sont pleins de l'OTAN qui déménage, ces jours-ci. Alors Ridgway venait s'installer à Paris, enfin là-bas, dans le bas-côté de l'autoroute de l'Ouest, à la hauteur de Louveciennes. Les Américains chez nous. D'autant qu'on sortait d'en prendre. Le plan Marshall, puis l'Alliance Atlantique. Tout cela des mots, on ne sait plus comment alors. J'étais de ceux à qui ces mots-là donnaient de la colère.

On avait arrêté pour un article de journal, que somme toute j'aurais bien écrit, moi, si ça avait été mon métier, un certain Stil, qui s'en souvient ? Comment retrouver de cela trace, où donc ? Ça ne semble pas être entré dans l'histoire... J'avais ce bouquin pourtant, où l'ai-je mis ? et puis qu'y comprend-on maintenant, quand les enfants de ce printemps-là sont déjà d'âge à publier des vers ! ah, le voilà, ce livre... où est-ce dit, après qu'on arrête ce Stil... voilà, voilà : *Et est-ce que ça vous concerne que le lendemain ait été signée, sur l'injonction de Washington, la reconstitution de la Wehrmacht, l'alliance « européenne » qui est le pas décisif vers la guerre ? Est-ce que cela vous concerne que le surlendemain arrive à Paris le général étranger, qui va commander à l'armée française, ayant fait en Corée ses preuves de sang, en Corée où l'on met en batterie aux portes d'un camp de prisonniers de guerre les lance-flammes de la civilisation yankee* [1] *?*

Mon Dieu, comme à le relire, ce langage me paraît aujourd'hui démodé ! Nous étions déjà les gens d'un

---

1. Aragon, *Le Neveu de M. Duval.*

autre temps, il faut croire. Qui se souvient ? Par
exemple, en 44, déjà quand on voyait la fin des
choses, était-ce juillet, déjà peut-être les premiers
jours d'août ? cet officier américain parachuté, celui
que nous avions tiré de son joli parapluie de soie, il
se morfondait, il disait laissez-moi faire sauter ce
barrage, je ne suis pas venu du Minnesota pour ne
rien faire ! et nous ne voulions pas, nous ne l'avons
pas laissé plonger tout un morceau du pays dans
la nuit, déchaîner ce malheur supplémentaire, inutile...
il y a d'autres façons de se battre... Lui, qu'est-ce
que ça lui coûtait, la nuit d'un département français,
et même pas placé sur les lignes de pénétration possi-
bles d'un débarquement, là, bêtement, dans la maille
entre la route Napoléon et la route de la vallée du
Rhône... Il aurait eu au moins, ce joueur de base-ball,
quelque chose à raconter, rentrant, au Minnesota,
était-ce bien le Minnesota ? Et celui-là qui revenait
gouverner militairement l'Europe, il ne voudrait pas
non plus s'être dérangé pour rien. Nous, la colère...

Vous ne vous rappelez pas, les chauffeurs qui
poussaient leur auto dans le cul des voitures de livrai-
son de *Coca-Cola* ? Ça paraît puéril maintenant.
Mais la colère. On n'avait peut-être pas tellement
raison de soutenir ça. Et de dire, ça contient du
phosphore, on veut empoisonner le peuple français,
enfin des foutaises. Si encore cela avait été la guerre.
Pendant une guerre, tous les arguments sont bons.
Ou semblent bons. Les yeux et les oreilles se troublent.
On a honte après. A vrai dire, on était en guerre, mais
ailleurs. Déjà depuis trois, quatre, cinq ans, je ne
sais plus. Les années d'une guerre au loin, faut croire,
sont légères au souvenir. Nous étions donc en guerre
depuis pas mal de temps... nous. Pas les Américains.
Eux, la Corée sans doute, mais ça n'avait commencé
que plus tard, ils s'étaient jetés là-dedans avec l'été 50.
Nous donc, depuis cinq ans, non ? une guerre non-
déclarée. Au Viet-Nam. C'est des pays où on n'a pas
besoin de déclarer les guerres pour se donner le droit

de tuer les gens. Les choses se répètent. En 1946,
quand l'Amiral Thierry d'Argenlieu avait fait tirer
la flotte contre Haïphong... Voyez-vous, moi, j'avais
été à Haïphong avec Blanche... je me répète, je crois...
j'ai oublié ce que je vous ai raconté ou pas raconté.
Vous, de toute façon... Le détail importe peu. Tout
de même, Haïphong bombardé *par nous*, ça m'avait
fait un sale effet. J'ai souligné *par nous* comme si,
au bout du compte, je n'avais pas vraiment ma part
de responsabilité avec ce nous-là. En ce cas, les Allemands naguère chez *nous*, non plus ou quoi ? Sans
parler de la guerre du Viet-Nam numéro deux, et des
Américains. Donc, Haïphong bombardé, ça m'avait
fait un sale effet, je disais. D'autant qu'il y avait des
communistes au gouvernement, en 1946, comment
s'arrangeaient-ils avec ça ? Cela me paraissait insensé,
j'attendais qu'ils se décident à... A je ne sais pas trop
quoi, d'ailleurs. Alors, parce que ça a duré, et voyez-
vous je n'avais pas tort de dire qu'il m'aurait fallu,
étant du parti, donc. C'est pour l'anniversaire de la
victoire, en mai 1947, je crois que quelqu'un m'a dit.
Place de la Concorde. Au pied de la Tribune. De là,
on voyait sur la droite, au coin de la rue Saint-
Florentin, cet hôtel où était la vice-présidence du
Conseil, et qui allait devenir, on ne l'a su qu'après,
une résidence des Américains, des bureaux à eux,
je ne sais quoi. Ils y ont mis des stores. J'étais de
ceux à qui cela donnait de la colère, Haïphong, et
cette sale guerre. Cela se passait l'après-midi, donc,
place de la Concorde, cette année-là, la commémora-
tion : la place était noire de gens. Et quand, au pied
de la Tribune, quelqu'un m'a dit, si j'ai bondi de joie!
je l'aurais embrassé, cet homme, Les communistes
quittent le gouvernement. Ah ça, j'étais d'accord,
vraiment d'accord. J'ai même pensé, maintenant, je
n'ai plus de raison, je vais prendre ma carte... Et puis,
très vite, il est apparu que ce n'était pas comme ça.
Nous avions tort. Le parti et moi. Le parti l'a reconnu
d'ailleurs. Il n'aurait pas fallu sortir du gouvernement.

Il aurait fallu se cramponner... C'était ce qu'on
pensait ailleurs. Les communistes d'ailleurs. Donnant
leur avis. A Moscou, notamment. Staline sans doute.
Alors du moment... nous avions peut-être cédé à
un mouvement subjectif. L'objectivité de ce qu'on
pense tient à ce qu'on pense comme les autres,
n'est-ce pas. Et puis, ici aussi, on a reconnu. On l'a
dit. Nous avions eu tort. Ça s'appelle l'autocritique.
Je ne sais pas, moi, avec les communistes, ce qui
m'étonne le plus : quand ils s'entêtent à avoir raison
même quand ils ont eu tort, ou alors, au contraire,
quand ils veulent absolument avoir eu tort. Je ne
saurais pas ce que j'aurais fait, ce que j'aurais pensé
au moins, si j'avais été du parti, avec ce grand coup
de canon dans le cœur, Haïphong, mais je n'étais
pas du parti, et je me disais pour qu'ils crient si fort
qu'ils ont eu tort, même sans que ce soit dans l'espoir
de rattraper les choses, il faut bien qu'ils le pensent,
qu'ils ont eu tort, et ils ont des données que je n'ai
pas. Néanmoins, si on s'était trompés, eux et moi,
et avec ça je n'étais pas tellement sûr de m'être
trompé, ce n'était plus une raison, pour la carte.
Entrer au parti par l'autocritique, hum! Et, dans un
sens comme dans l'autre, moi, je ne suis pas si sûr
que tout ça de moi-même. Peut-être que je me trom-
pais, je ne pouvais pas savoir mieux... toujours prétendre savoir mieux. Mais, vous comprenez, d'une
façon ou d'une autre, quand, en 1952, Ridgway...
parce que c'est en 1952, à la fin mai, le 28 exactement,
qu'il arrivait et la manifestation devait avoir lieu
place de la République, ou autour de la place de la
République... qu'on ait eu tort ou qu'on ait eu raison,
c'était la colère rentrée, il me semblait. Et puis je ne
devais pas être le seul. J'ai presque tout oublié de
ce temps-là. Mais pas la manifestation Ridgway,
le 28 mai 1952. Là aussi, j'étais d'avis. Cela paraissait
si incroyable, ce proconsul, ce gouverneur militaire
de l'Europe, à Paris. On disait comment le proléta-
riat supporterait-il ? Et puis il y avait une sorte de

bouillonnement dans la jeunesse, au Quartier... C'est
je crois bien, vers ce temps-là que j'ai noté ce petit fait
linguistique chez les étudiants, entre eux disant sous
une forme abrégée *la manif* (*Alors, c'est pour quand,
la manif?*). Ça ne s'est généralisé que plus tard, pour
s'écrier sur les murs. Il faut comprendre. Nous,
peut-être, avec ce qu'on a supporté, on est peut-être
prêt à en supporter encore. Mais ceux qui commencent
la vie. Qui voient tout en blanc et noir. Tout ce qui se
passe dans le monde, pensent-ils, et nous qu'est-ce
qu'on fait? Alors, on accepte? Et pas seulement les
petits... tous ceux qui croient le jour venu, qui
comptent les jours passés, ce qu'il leur en reste...
Vous n'en avez pas entendu dire ça, *je ne voudrais tout
de même pas mourir sans avoir vu...* hein? Il y en a un
peu partout, et si on n'est pas la majorité ici, ailleurs
on se dit, ou au contraire parce qu'on se croit ici le
nombre... une usine, des faubourgs... Il y avait une
sorte de bouillonnement, je disais. Des allées et venues.
Des consignes données ou contremandées. Dans les
permanences. Cette nuit-là d'avant l'arrivée de cet
homme. Quand on pense que là même où on avait vu
les drapeaux gammés, place de la Concorde, voilà
que sur l'hôtel au coin de la rue Saint-Florentin,
celui qui oui, un autre drapeau étranger... et puis ils
pavoisaient! Les lumières étaient restées allumées
tard, on travaillait fiévreusement, les pancartes,
les coups de marteaux : la police ne pouvait pas
avoir ignoré. Cela s'entendait au-dehors dans les rues
étroites de la Rive gauche. Il y avait un grand frémissement, comme s'il allait sortir de tout ça... Oui,
mais comment faire autrement? Nous étions tous
persuadés. Ça devait être l'après-midi, je ne sais plus
à quoi j'avais passé ce matin-là. Moi, j'étais en dehors,
mais. Et puis mes étudiants, je voyais bien.
Enfin, ce matin-là... C'est un sentiment singulier
qu'on a dans l'aube d'un jour où plus rien ne dépend
de soi, parce que le rideau de l'avenir déjà tremble
comme au théâtre, et il y a dans la fosse les instru-

ments qui s'essayent et cela ne fait pas encore de la musique. A cinquante-quatre ans et demi, j'avais encore cette capacité de fièvre, cette innocence. Où était Blanche ce jour-là ? Que pensait-elle ? Je ne sais pourquoi, son absence de Paris... Si Blanche s'était trouvée là, nous aurions parlé, peut-être aurais-je vu plus clair.

Autrefois, je veux dire en 1934 et après, nous étions toujours ensemble dans les rues, les boulevards où se manifestaient aussi bien la joie que la colère du peuple. Blanche ne m'aurait pas laissé aller seul, où il était toujours possible que. Et puis ces quatre années de l'occupation. Maintenant nous étions séparés. Il m'arrivait de penser que s'il m'arrivait malheur, après tout... Un jeune homme, on se dit, cette vie devant lui. Mais maintenant, moi, c'était si peu à perdre. Je ne cherchais pas à le perdre, je me disais simplement : *Bah!* Drôle de sentiment, à la fois, que de sentir bouger la porte de l'avenir et de se dire, l'avenir, moi... Quand est-ce que j'ai commencé à penser l'avenir, c'est pour les autres ? Je ne sais pas. Et si j'y réfléchis bien, peut-être que je l'ai toujours pensé, même quand j'étais encore presque un gamin, et que je me mêlais à des trucs qui n'en valaient pas la peine. Même quand j'étais tout enfant, lorsque. Ah, non, ça je n'ai pas envie de le raconter, d'y repenser.

Je parle de ce jour-là comme si. En réalité, est-ce que cela me concernait ? Je n'étais rien. Je n'avais pas reçu de convocation. Je pouvais aller au cinéma, rester chez moi. Il n'y aurait même personne pour me le reprocher. Est-ce que Blanche savait seulement ? Elle était à l'étranger, quels journaux lisait-elle ? Je me rappelais le temps d'avant Blanche, quand il y avait eu les journées Sacco-Vanzetti. J'étais, moi, quelque part en province. Cette femme d'alors, ça ne l'intéressait pas. C'est-à-dire qu'elle avait la tête ailleurs... je ne crois pas que je raconterai jamais à quelqu'un ce qui s'est *véritablement* passé pour moi ce jour-là, dans ce port de pêche, et la plage, et la nuit suivante. Même pour expliquer comment a pu naître pour Marie-Noire l'histoire d'Angus et de Jessica, pour arbitraire qu'elle paraisse. Il faut bien avoir deux ou trois secrets afin de survivre. Alors non plus, personne ne m'attendait, personne ne m'aurait convoqué, ne se serait attendu à ce que ce garçon maigre et triste fasse autre chose que d'errer le long de la mer en donnant des coups de pied dans les galets... Personne ne m'aurait reproché de n'être pas venu. Et pour cause! Cela fait un bail que je regarde les autres comme un mendiant. Un mendiant qui ne tend pas la main, on ne sait pas qu'il mendie. Blanche n'a jamais su que j'étais un mendiant quand je la regardais. Elle ne pouvait pas imaginer. C'est peut-être pour ça qu'elle est partie. Elle croyait que j'exigeais. Peut-être un certain ton de voix de ma part...

Le jour de Ridgway donc. J'avais reçu une carte de Blanche : *Bons baisers de Poggibonsi* ou quelque chose dans ce genre. J'avais d'abord circulé en taxi, vu le rassemblement sur le quai, près de chez Renault : ça faisait du monde, on ne pouvait suivre le cortège, et puis, moi, je voulais voir la Rive gauche. Après s'y être heurté à des barrages, avoir rencontré ici une colonne, là une autre, et la police qui détournait les voitures au carrefour de l'Odéon, le chauffeur a fini par s'impatienter. Il m'a dit : « Qu'est-ce que vous êtes ? journaliste ?... » je l'ai payé, et j'ai continué à pied. Un groupe d'étudiants, dispersé par les flics. Il y en avait qui circulaient, jetant le mot d'ordre : *au Pont Neuf! au Pont Neuf!* On les attendait au Pont Royal, ainsi que c'était dit le matin dans les journaux. Pas mal de gens dans les rues, comme moi, à regarder. Personne n'aurait eu l'idée de se joindre à eux. On leur avait fait ici rouler leurs pancartes, aussi avaient-ils tous l'air d'avoir des bâtons à la main, avec des clous au bout. On ne se serait pas plus joint à eux que les badauds à un régiment. Et encore un régiment on l'accompagne un bout, les filles et les soldats se parlent etc. Mais ces jeunes gens, ici ils ne prenaient pas même garde, ou faisaient semblant de pas même prendre, aux gens des trottoirs, à ceux qui n'appartenaient à rien, que personne n'avait convoqués. Eux, ils étaient cette élite qui sait ce qu'elle veut, ce que veut le peuple, où il faut aller, les mots d'ordre, ce qu'il y avait sur les pancartes roulées, et pourquoi il y avait des clous au bout des bâtons. Un groupe arrivant par la rue de l'Ancienne-Comédie s'était joint à un autre, oblique, sortant de la rue de Buci. On avait dû les signaler dans la rue de Seine, la police, avec les pèlerines roulées, gardait le Pont des Arts, quelques hommes, les autres se repliant au bout de la rue du Bac, pour attendre le gros. Tout d'un coup, c'était devenu silencieux, comme s'ils s'étaient arrêtés, le piétinement s'éloignait, ou quoi ? Puis une sorte de course dans la rue Guénégaud. J'avais gagné le Pont Neuf, par les quais, à titre individuel, je l'ai traversé avec ces gamins, mêlés d'aînés. Cela me ramenait de seize ans en arrière. Il y avait aussi des gens de la banlieue sud. Comment tout cela s'était-il aggloméré ? Oui, bien plus de seize ans, dix-sept ou dix-huit, mais déjà ce quartier, de l'autre côté de la rue de Rivoli, ces longues rues qui s'enfoncent dans la chair de Paris. Les mêmes, alors, quand un flic s'y hasardait, les jours où, qu'est-ce qu'il recevait sur la tête ! Des maisons. J'en ai vu, les gens se jetaient sur eux, des portes. On les mettait en pièces. Ah, en mai 1952, ce n'aurait pas pu être comme ça. D'un côté... je ne suis pas très sûr d'avoir approuvé cette cruauté assez indistincte, alors. Mais on se disait, le peuple ! On se dit facilement, le peuple... En 1952, les mêmes rues. Quelle rue c'était donc ? Saint-Martin, peut-être. A cette heure-là, quelle heure était-ce, six heures peut-être ? le jour fonçait, il faisait chaud pour la saison, les gens étaient rentrés chez eux de leur travail. C'est des rues commerçantes, mais un peu tard comme ça, le ciel tombant, l'agitation a cessé, les gens sont rentrés chez eux. Quelle sorte de gens, des employés, des ouvriers aussi, il y en avait, l'envie de prendre l'air. Alors ils traînaient une chaise sur le trottoir, ils avaient enlevé leur veston, en bras de chemise, ou un petit gilet de laine, vous voyez? Ils allaient lire leurs journaux, un peu bavarder avec les voisins. Quand la colonne s'est avancée, avec ses bâtons, serrés, les types, pressés d'arriver je ne sais où, la place de la République en principe, ou le siège du parti... ces gens-là, ils ne devaient pas trop savoir ce que cela signifiait, tout le monde ne lit pas forcément *L'Huma*, alors on n'est pas au courant... Quelle incroyable différence avec 34, 35! Pourtant depuis il y avait eu le Front populaire, et puis l'occupation, l'héroïsme, les fusillés, enfin! je ne sais pas, moi: ah bien, ils avaient peur. A voir comme ça les communistes. Ils ne savaient pas trop, mais ça devait être les communistes. Le cri *Ridgway, go home!* ça se comprenait mal, rue Saint-Martin. Alors ils sont rentrés chez eux, traînant leur chaise, la rue s'était vidée, on regardait de derrière les volets, prudemment... J'ai eu un sentiment horrible, moi, les autres... tous ceux qui savaient de quoi il s'agissait, ils étaient à leur affaire, probable à se demander simplement si on allait leur couper la route, la police, et les autres, ces gens qui ne lisent pas *L'Huma*, à eux, ça leur était égal. Pas à moi. Je me disais, alors, les gens? Je comparais avec dix-sept, dix-huit ans plus tôt, et ça me faisait froid. On était devenus des étrangers, pour les gens, alors? Peut-être avait-on mal préparé la manifestation, trop vite, pas touché qui il aurait fallu, ces types qui revenaient de leur travail... On n'avait pas eu le temps peut-être, et puis vraiment est-ce que ça leur était égal, aux gens, Ridgway, un général américain qui s'amène de Corée pour, pour quoi d'ailleurs? Mais que nous... je pensais nous, comme si, bien que... que nous, enfin, nous soyons comme ça, sept ans après la Libération, si complètement séparés d'eux, des autres... des autres *nous* pourtant. Où commence, où finit la première per-

sonne du pluriel ? Eux, ils s'étaient mis à l'abri.
Des communistes. Cela me faisait mal, et pourtant
moi, de quel *nous* étais-je bien ? Rue Saint-Martin.
Si c'était la rue Saint-Martin. Et si ce n'était pas la
rue Saint-Martin, c'en était une autre, comme ça,
une autre qui s'enfonce dans l'épais de la ville, d'un
nous qui se retire, derrière la pierre et le bois des
maisons, les volets... Je regardais les nôtres, les miens,
ils avançaient vite, ils levaient leurs bâtons, ils
criaient des choses, ils criaient des choses, les uns aux
autres, avec une sorte de fébrilité, de fausse assu-
rance, ils regardaient les maisons, eux, ou ne les
regardaient pas, se regardaient eux-mêmes, criaient
des mots qui n'étaient pas repris, alors ils les repre-
naient... J'avais mal, Blanche, j'avais mal, de sentir
en moi, comme un froid, une sorte de doute en moi,
j'avais mal à notre âme, tu comprends ? Je n'avais
presque plus besoin d'imaginer la suite... tout était
si parfaitement clair... si clairement perdu, perdu...
Peut-être que j'avais tout de suite senti les choses
comme ça, j'essayais de me forcer, je me disais qu'est-
ce que je vais m'imaginer, est-ce que j'ai peur, et de
qui ? personne ne nous arrêtait, il n'y avait pas de
police, la voie était libre, la police devait être ailleurs,
et puis je n'y pouvais rien : j'avais froid dans l'âme.
Nous étions un tas, une foule, et Paris était vide,
vide devant nous, vide derrière, claquemuré autour.

Il paraît que plus loin, rue de Provence, ceux qui
venaient de l'ouest, il y a eu des collisions violentes
avec les C. R. S., ou la police, des cars ; je ne sais pas.
Mais c'est ce soir-là qu'à la porte de Montreuil, ils
ont arrêté Jacques Duclos, sa voiture, racontant
cette histoire de pigeons, qui se souvient de tout
ça ? Deux pigeons que des amis leur avaient envoyés
pour les manger aux petits pois, il les rapportait à
sa femme, Duclos, et dans les journaux du matin
c'étaient déjà des pigeons-voyageurs... la radio de la
voiture devenue un poste émetteur pour commander

l'émeute, est-ce que je sais... Le complot, enfin, le complot! De notre côté... remarquez, je passe sur le détail, mais c'était comme on prenait la chose. Il paraît que la manifestation était un grand succès. On était fier, hein, d'avoir montré que, tout de même, un Ridgway ne peut pas comme ça. Alors moi, avec mon froid dans l'âme, j'aurais eu bonne mine. D'ailleurs, à qui aurais-je dit l'effet que ça m'avait fait? Je n'avais personne à qui le dire. Pas même Blanche. Et à quoi ça aurait pu avancer de le dire à quelqu'un? D'ailleurs est-ce que j'avais raison? Peut-être bien qu'il fallait montrer... qu'il fallait qu'on puisse écrire qu'un Ridgway ne s'installe pas si simplement que tout ça sur l'autoroute de l'Ouest, au niveau de Louveciennes... où il y a la maison du prétendant au trône de France, vous savez, le comte de Paris. *Le Cœur volant*, cela s'appelle. Enfin, tout près de là. Peut-être est-ce très important pour l'étranger, le monde entier, de montrer qu'un Ridgway. Et qu'on l'a vraiment montré, qu'un Ridg... Sais pas. Encore aujourd'hui. Bien qu'on n'ait jamais affirmé le contraire, à ma connaissance au moins. Que jusqu'à aujourd'hui on considère...

Voilà, pour moi aussi je puis bien le dire : il ne suffit pas d'avoir raison pour avoir raison.

Mais de quoi est-ce que je parlais, de quand? Il ne s'agissait pas de la France, de Paris, de 1952, mais de l'Indonésie, de Sukarno, du P. K. I., entre octobre 1965 et juillet 1966... dans cette affaire, qui a raison? qui a vraiment raison?

Et peut-être que ce sont les morts qui ont raison même s'ils n'avaient pas raison. Pas les vivants, avec leur air passager de vivre. Peut-être que ce sont les centaines, les milliers, les centaines de milliers de morts, sur les routes, le long des canaux, dans les rues, les sawahs, les plantations, les derricks, un million de morts, ou moins, ou plus, qui ont raison de tout leur sang, de la sauvagerie des égorgeurs, les têtes coupées qui ont raison, les corps dans les canivaux, sans tête, avec le cou devenu bouche, un œil crevé. Même s'ils avaient tort.

Comme j'écrivais ceci, le jour tombait, je quittai la terrasse et, dans la pièce déjà obscure, j'allumai l'œil de la télé. On ne se rappelle jamais l'heure, je manque toujours le début des informations, il y avait des cris, des voix confuses, le temps que l'opale se fît blanche et noire. Je rectifiai l'éclairage, c'était trop foncé. La scène sautait comme il arrive à la pupille, ou du moins une foule de garçons et de filles, agitant des pancartes, c'était à l'intérieur d'un lieu comme un tribunal ou quoi ? Nous étions au siège de l'O. N. U. Les manifestants, entrés là, au milieu des diplomates assis, brandissaient une phrase dix fois répétée, c'était probablement aussi ce qu'ils criaient, qu'on entendait à voir plus qu'avec l'oreille :

U. S. PUPPETS

K   L   E   M L   I N   P   O   L
 I L D A   I L O N   E   P E

IN INDONESIA

U. S. PUPPETS

K   L   E   M L   I N   P   O   L
 I L D A   I L O N   E   P E

I   N   D   S A
 N   N O E I

A MILLION PEOPLE

IN INDONESIA

Cela dansait, cela se disloquait. U. S. PUPPETS KILLED A MILLION PEOPLE IN INDONESIA, à bout de bras des petits hommes et des petites femmes aux

bras levés, au milieu des grands bonshommes assis qui représentaient immobiles l'immobilité du monde entier. Puis, tout de suite, les sports, le football quelque part, une foule hors d'elle, le ballon qui manque le but, un joueur blanc attrapant par le pied celui qui vient de le passer, la dégringolade, les cris...
U. S. PUPPETS KILLED A MILLION PEOPLE... J'ai éteint le football, j'allume. La bibliothèque. Et c'est alors que je suis tombé pile sur ce livre, un numéro de *Cahiers d'Art*, *Les Greco d'Espagne*, par Christian Zervos, et que je l'ai ouvert sur le *Martyre de Saint-Maurice*, qu'on voit ici mieux qu'en nature, ce tableau que j'avais longuement contemplé à l'Escorial, il y a juste quarante ans de cela, lors de ce voyage dont j'ai parlé. Je n'en ai pas parlé ? Bon, peut-être pas à vous, mais ça revient au même, pas ? au mur de la salle capitulaire au couvent de San Lorenzo, où l'a relégué Philippe II, lui préférant la composition d'un peintre florentin placée sur l'autel des martyrs, à quoi le Roi d'Espagne avait d'abord destiné l'œuvre du Greco, on n'en voit que l'ensemble, la composition singulière, et le premier plan, ces nobles Castillans dont Barrès loue le Crétois Theotocopuli, d'avoir entrepris le portrait. Et je ne peux me retenir de citer ce passage par quoi l'auteur des *Déracinés* affirme la précellence sur tout art du réalisme, écrivant : *Après une série d'œuvres obscures, un Balzac écrit* Les Chouans, *vrai chef-d'œuvre mais encore sous l'influence de Walter Scott, il ne se trouve décidément que le jour où il se tourne à décrire la vie moderne. Ainsi Greco découvrit son génie dès qu'il imagina de peindre les nobles Castillans. Le* Martyre de Saint-Maurice *et de ses compagnons qu'il peint pour Philippe II atteste qu'il connaît maintenant sa voie : c'est d'exprimer d'une manière réaliste les spasmes de la vie de l'âme.*

Il y a longtemps que j'ai été frappé de ces phrases barrésiennes ; mais, à voir ces reproductions modernes du tableau de San Lorenzo, avec cette façon qu'on a prise de présenter les détails, perdus pour l'œil dans la Salle capitulaire, mettant brutalement l'accent sur les décollations des soldats de Maurice par le sabre, il ne m'était plus possible d'y voir autre chose que ce grand massacre indonésien des communistes à Java, Sumatra, Bali, Bornéo... Je ne savais guère de l'histoire représentée que ce qu'en dit un peu plus loin Barrès : *Le Greco avait à peindre l'histoire fameuse de ces soldats chrétiens qui, sommés par l'empereur romain de sacrifier aux dieux, ne voulurent ni céder ni se révolter et acceptèrent le martyre : il ne vit pas leur mérite dans l'acceptation de la mort — en cela des milliers de confesseurs les avaient égalés —, mais il rêva de glorifier que leur chef Maurice eût obtenu par son discours le sacrifice de toute sa légion. C'est pourquoi il peignit dans de belles proportions, bien au premier plan, le conciliabule de saint Maurice et de ses compagnons, et puis, fort en retrait, le saint suivi de son état-major et d'une escorte d'anges, musiciens et chanteurs, qui s'en va consolant, un à un, les soldats et qui reçoit leurs têtes, à mesure que l'exécuteur les tranche...*

Je ne savais guère, disais-je, de Maurice le Thébéen et du massacre de sa légion dans un défilé du Rhône, entre la Dent du Midi et la Dent de Morcles, je ne savais que cela qu'en dit Barrès, pour louer le Greco d'être devenu dans cette toile *un réaliste*. Et maintenant les Castillans du tableau prenaient pour moi la violence de la réalité parce que mon imagination cessait de s'attacher au caractère espagnol de la peinture, et y voyait ces êtres passionnés d'indépendance que j'avais il y a trente et quelques années fréquentés dans l'Insulinde, et ce destin qu'ils ont subi, qu'ils ont cherché, hommes modernes, pour qui ce n'est pas dans l'acceptation de la mort que je vois non plus leur mérite, mais dans cette conviction qu'à mourir ils préparent la vie de ceux qui vont venir. Et peut-être bien que le chef de la Légion thébéenne était une manière d'Aïdit dont le discours mena ses soldats à la mort, ce qui fait grand honneur à son éloquence, mais ce sont eux, *le détail*, qui l'emportent pour moi sur les personnages de premier plan, et dont, devant ces reproductions d'un livre d'art, je tremblais dans le juillet varois de reconnaître à une tête coupée, roulée au long du corps, vers l'aine, plus que les soldats de Maurice ou les nobles de Philippe, ceux qui portaient naguère en eux tout l'orge de l'avenir, cet orge qui est dans le nom de Java, hommes du bout du monde et du bout de l'espoir. Et il n'y avait point pour les escorter d'un sabre à l'autre d'anges, musiciens ni chanteurs, il n'y avait point de *gamelan* pour couvrir le cri de leur mort, et Caliban seul le long des routes de l'île eût répété les mots shakespeariens, une fois de plus, une fois de plus transcrits :

Be not afraid — the isle is full of noises,
Sounds, and sweet airs, that give delight and hurt not.
Sometimes a thousand twangling instruments
Will hum about mine ears; and sometime voices...

Toujours je m'arrête ici. Cette fois n'entendant plus autre chant que le sabre violemment qui fait bruire l'air et la tête vole, et l'homme à l'envers, nu comme mourir, roule à bas du talus, dans ce monde qui ne connaît de saisons qu'un août perpétuel. Et dans cette vibration de l'air, profonde et prolongée, je me retrouve dans ces régions de ma vie, je revois tout ce chemin fait. Qui sait ? S'il avait été un soldat de l'armée de Saint-Maurice, le type de la terrasse, à l'entrée de Montargis, est-ce qu'il se serait laissé trancher la tête plutôt que de renier ses idées ? Et le jeune homme de la maison basse, de quoi aurait-il l'air, décapité ? Ça n'a rien d'absurde, à se demander. Déjà, dans ma vie, plusieurs fois, j'ai vu des petits gars comme ça, qui avaient l'air de devoir passer leur bonhomme de chemin en complet veston, et puis qu'un beau jour on retrouvait bousillés en plein vent, comme si un maquereau les avait surpris avec sa pouliche, dans ce bordel de Dieu des Éparges ou de Dunkerque, non ? Et vous, Monsieur, je vous vois très bien, en saint Denis, votre gueule de chef de bureau sur les genoux.

Un avion supersonique me coupe d'un bang la pensée, et laisse après lui dans le ciel son paraphe silencieux, frisé frisé, blanc, comme s'il tentait pour moi, quelques instants encore, de vaincre l'oubli. Où suis-je d'ailleurs ? Et à qui donc dit adieu cette petite main de feu, là-bas, dans les broussailles de l'Esterel ? Encore quelqu'un, sans doute, qui aura brûlé ses lettres d'amour.

Ou sa clématite.

III

UNE MÈCHE DE CHEVEUX
N'EST PAS UNE HYPOTHÈSE

Parmi les livres qui me sautent aux yeux, sur les rayons de la bibliothèque, il y a bien entendu le bouquin de Michel Foucault, *Les mots et les choses*, sorti pendant que j'étais malade. Il paraît qu'on s'est jeté dessus. Ce succès m'avait semblé fort étrange. En tout cas, le trouver chez des gens comme Paul et Perdita, c'est drôle. Je l'ai pris, parce qu'à Paris je n'avais pas eu le temps de le lire. Quel talent, nom d'un chien! J'imagine déjà ce que certains vont crier. Et sans doute, si on veut que cela soit orthodoxe... Oh, ils m'ennuient à toujours voir, avant même de lire, qu'à la page tant il y a une expression incompatible avec... Moi, c'est le contraire. Un livre comme ça, je le lis comme d'autres la Série Noire, et je ne devine jamais qui est l'assassin. J'ai fait de petites marques au crayon pour des passages à retrouver... Perdita ne m'en voudra pas. Par exemple : ... *on a beau dire ce qu'on voit, ce qu'on voit ne loge jamais dans ce qu'on dit...* qui est de ces phrases dont je suis poursuivi. Je la vois bien tout de suite, la paille. Pas dans *le discours*, mais dans la lecture. Je veux dire, pas pour l'auteur, le locuteur, le *je* de ce grand langage : mais dans le *je* passif, celui à qui ce langage est imposé, le lecteur comme une fille violée. Car *on* le mène *où* lui ne veut pas... Je peux parier que l'horizon de cette « archéologie des sciences humaines »,

comme Foucault veut que cela en soit une, va être
dénié en même temps par Dieu et par le diable.
L'homme va-t-il vraiment disparaître ? Je ne le sais
pas des autres, mais je le sais de moi. Personne ne
discutera du fait que l'homme soit *une invention
récente*, c'est sur la durée de l'invention que va se
faire la bagarre. Ce besoin que *nous* avons d'une
éternité ! Pourtant, si nous nous retournons, ne voyons-
nous pas s'effacer à l'envers l'homme au sens d'aujourd'hui ? les pauvres millénaires de notre passé,
n'avons-nous pas le droit de les considérer à l'échelle
de notre avenir ? Je dis cela, sans doute, parce que
cette pensée, bien ou mal de ma part, me semble ici
trouver son harmonique. Demain, plus ou moins
lointain, est-ce vraiment *l'éclatement du visage de
l'homme dans le rire et le retour des masques*... Cette
phrase pour moi sonne étrangement, et même si ce
qui la fait naître pour Foucault m'est discutable ou,
peut-être, indifférent, comment ne la rapprocherais-je
pas d'une phrase de Stendhal, dans *Souvenirs d'égo-
tisme*, qui m'a toujours hanté : *Je porterais un masque
avec plaisir ; je changerais de nom avec délices*. On
n'entend cela que de l'individu Stendhal, on n'ose
pas penser que c'est l'homme en Stendhal qui parle
ainsi, l'homme conceptuel. Et pourtant. Il ne s'agit
pas du fait que Stendhal est fatigué de son physique
(ou de son moral), qu'il voudrait à n'importe quel
moment recommencer *son roman*, sa vie comme on
dit, être un autre. *Je porterais un masque avec plaisir*,
c'est le secret de celui qui écrit un roman, qui éprouve
une profonde jouissance, à se mentir, à être le masque
pour autrui, et pour soi-même ce qui est derrière le
masque. Il y a quelque cent vingt ans que Stendhal
a écrit ça, et c'est peut-être dans ces délices-là que
s'exprime le moderne d'aujourd'hui. *Changer de nom*,
c'est une opération linguistique qu'il ne faut pas considérer à la légère, ce n'est pas un simple jeu. Je pense
à Blanche, à ce que cela pour elle a pu signifier, de
devenir Blanche Hauteville, *aviatrice*. Celle qui avait

inventé, ou plutôt : qui allait par la suite inventer ce nom, je tiens d'elle-même qu'elle a été le siège d'une pareille tentation. Elle l'a même raconté dans un de ses écrits, je ne sais plus trop où. C'est quand elle écrivit *L'Inspecteur des Ruines*, qu'elle voulait signer *Antonin Blond*. Et cela semblera sans doute venir tout droit du fait que, femme, elle se mettait à écrire une histoire d'homme, à la première personne. Vouloir ne plus quitter ce masque, être Antonin Blond... Mais prenez garde que cela n'explique rien (plus tard, elle aurait pu signer *Les Manigances* du nom de Clarisse Duval, son héroïne) : il faudrait d'abord nous dire pourquoi cette décision d'écrire au masculin singulier, hein ? Il n'est pas certain que l'important soit ici le *plaisir du masque*, une fois mis, mais qui sait, bien plutôt, bien mieux la *volonté d'un masque* avant de le mettre... voilà qui demanderait éclaircissement. Elsa Triolet aurait changé de nom *avec délices*, mais non pas parce que le nom essayé semblait lui aller bien, comme une robe. Ces délices-ci ressemblent fort à ce sentiment qu'on a lorsque cesse une douleur qui fut de longue durée...

Bon, je passe d'une chose à l'autre, et quel rapport avec les perspectives de Michel Foucault ? Tout de même, *l'éclatement du visage de l'homme dans le rire, et le retour des masques*... il est probable que mes amis intellectuels n'entendent pas cela tout à fait comme moi. Pour eux, je dirais volontiers que ce qui est ici en jeu, c'est l'anthropocentrisme de la science, et que je comprends fort bien que ça les dérange. La fin prophétisée de l'homme, ils y opposeront ce qui est vrai, que l'homme ne saurait penser le monde sans lui, ce qui ne veut après tout pas dire que le monde sans lui soit impossible. Pour ma part, je les regarde, eux et ce Michel, comme si déjà je portais masque. Et derrière le masque je sens la large blessure du rire... d'une oreille à l'autre... jusqu'où rien n'est plus objet d'entendement... une sorte de rire que je connais depuis longtemps, j'aurais l'envie de dire depuis toujours. Ce qui me ramenait à ce rire sans rire, d'autrefois, dans ma jeunesse, ce rire de derrière le masque immobile, qui caractérisait ce personnage singulier dont j'ai parlé une fois dans ces paperasses, au début, quand je me débattais dans la notion d'oubli et, par un esprit singulier de démonstration *ab homini*, vous l'avez peut-être oublié, lorsque j'ai voulu nommer ce personnage qui a joué un grand rôle alors, je n'avais pas trente ans, dans mes rêveries, j'avais, moi, oublibli, oublié son nom, mais alors, là, oublié [1] ou fait semblant d'oublier, comme s'il n'était resté de lui que l'habit, que le pli de l'habit et les gants blancs, ce soir-là de 1922, au Théâtre Antoine, quand nous étions allés, plusieurs amis, lui parler le cœur battant, après avoir couvert de nos voix les hurlements d'un public imbécile, à une représentation de *Locus Solus*... Si bien que le champion d'échecs S. Tartakower devait le décrire comme « le chef de l'école surréaliste ». Oui. C'est-à-dire : ouais. Et voilà qu'à ces dernières pages de *Les mots et les choses*, je le retrouve, ce nom perdu, où Foucault dit : *chez Roussel le langage, réduit en poudre par un hasard systématiquement ménagé, raconte indéfiniment la répétition de la mort et l'énigme des origines dédoublées...* c'est vrai, il n'y a là rien de merveilleux, puisque Foucault est l'auteur d'un *Raymond Roussel*, du seul d'ailleurs qu'on ait jamais écrit, à ma connaissance. Quel âge est-ce que j'avais quand j'ai vu, avant *la* guerre, ce qui est *la* guerre à la taille de mon âge, les représentations d'*Impressions d'Afrique* (j'y étais retourné trois fois) ? Combien sommes-nous, plus tard, à avoir découvert *La vue*, ce poème-défi, pourtant naturel à qui l'écrivait ? Enfin ? je ne vais pas me lancer à vous raconter l'histoire d'une ancienne passion. Je n'en parle que parce que je pense au *masque*, et à ce qui se passe derrière, le rire à faire éclater le visage, et je me dis que cette extraordinaire envie qui me prend, avant

---

1. *oublié...* voir page 69.

même qu'on l'attaque, de défendre ce Michel Foucault que j'ai d'abord connu pour son *Histoire de la folie à l'âge classique*, tient sans doute à ce que nous sommes, lui et moi, gens de ce monde obscur de derrière le masque qui, si nous nous rencontrions sans doute, ne nous parlerions pas (parce que le masque est aussi porté par le langage), et pourtant sommes gens de ce même hinterland, sans nous parler qui peuvent se comprendre, comme à la barrière de deux jardins, des retraités, l'un qui fait des légumes, l'autre qui cultive des jacinthes, s'arrêtent un moment pour parler du soleil qui descend, de la pluie probable, et susceptible de pourrir en terre les oignons, et de toute sorte de choses incompréhensibles à qui n'a pas le pied sur une bêche, et la tête dans les nuages, avec la hantise répétée de la mort et l'inquiétude des origines... dites donc, il ne faut pas tirer comme ça sur le sens des mots! mais l'un dit à l'autre : « Cher Monsieur, dites-moi, à votre avis, est-ce que l'homme n'est pas en train de périr à mesure que brille plus fort à notre horizon l'être du langage? », et l'autre fait hum, hum, parce qu'il n'a pas très envie de se compromettre, et s'assure que le masque qu'il porte tient bas malgré les commissures déchirées de sa bouche... qu'on ne l'entend pas rire, là-dessous... parce qu'il a envie encore quelque temps de cultiver son bout de jardin... A part ça, même si envisager la disparition de l'homme relève de ces crimes définis, non sans imprudence, par les juristes américains notamment, à Nuremberg, s'il faut voir dans la prophétie de la disparition de l'homme une sorte de génocide en préparation, des livres comme ça, vous direz ce que vous voudrez, on n'en voit pas tous les jours.

De toute façon, l'homme, pas plus que le monde, ne va finir avec ce livre-là, il n'y a pas de danger : si, à cette échelle-là des préoccupations, il peut être question de danger. Vous me faites rire. *L'éclatement du visage dans le rire...* Il va y avoir cent ans, la même année, en 1868, deux écrivains qui n'ont aucunement pu, le calendrier est là, connaître le texte l'un de l'autre, ont donné de cet éclatement une métaphore *romanesque* : c'est en effet dans *Les Chants de Maldoror* et *L'Homme qui rit* que Victor Hugo et Isidore Ducasse ont introduit ce rire tragique et permanent qui résulte de *l'éclatement* du visage par le couteau. Et quand Ursus découvre le visage de l'enfant et dit : *Qu'as-tu à rire ?* Gwynplaine lui répond : *Je ne ris pas.* Maldoror, pour sa part, ce rire chirurgical, il ne le doit pas aux *comprachicos*, il se l'est fait pour *imiter* le rire, *le rire des autres. Mais après quelques instants de comparaison, je vis bien que mon rire ne ressemblait pas à celui des humains, c'est-à-dire que je ne riais pas...* Qui songerait à accuser l'un ou l'autre d'attentat contre l'homme ? Il y a comme cela des bouffonneries qui ne font pas rire. Et même si je ris... je passe alors ma main sur mes lèvres, et le dialogue s'établit cette fois entre moi et moi : cesse de rire, dit l'un, et l'autre, je ne ris pas...

Mais la bibliothèque de mes hôtes n'est pas purement philosophique. Et, tout de suite, j'y ai reconnu un cartonnage anglais : un peu haut sur les planches, le *Trilby* de Du Maurier, l'édition originale, naturellement, avec les dessins, pas tellement loin de ceux d'*Alice in Wonderland*... Je me souviens d'alors, quand Blanche lisait *Trilby*, à Java. Les yeux que ça lui faisait. Moi, je me sens un peu comme cet étrange personnage sous l'influence duquel Trilby devient, pour autant qu'il la regarde chanter, une grande cantatrice, et perd sa voix s'il meurt... Mais Marie-Noire, moi, je lui faisais imaginer Blanche : cela vaut tous les opéras du monde. Et si je meurs, ce n'est pas seulement pour Marie-Noire que s'effacera Blanche, ma Blanche à moi, dont mourir est l'oubli.

Je sais fort bien que *Trilby* ici vient comme le nom de Blanche. Du point de vue de la vraisemblance, Blanche aurait pu lire *Trilby* à Java, j'aurais pu retrouver ce livre, dans la bibliothèque de Paul et

Perdita. Mais cette suite dans les idées, comment ne pas remarquer qu'elle part d'ailleurs ? J'avais d'abord fait mention de ce livre, parce que, dans *Luna Park*, le cinéaste Justin Merlin l'a trouvé dans la bibliothèque de Blanche Hauteville... c'est-à-dire, là d'où me vient le nom de mon amour, du domaine d'invraisemblance d'où me naît ce nom, bien longtemps après Java, après Périgueux, après que nous nous sommes séparés, j'allais écrire *déchirés*... et j'ai beau tourner autour de la difficulté, beau me passer d'explication, faire celui qui ne remarque pas, l'invraisemblance demeure l'invraisemblance, elle ruine tout, tout ce que je dis, tout ce qu'on pourrait croire, tout l'entraînement de qui, lisant ceci, m'aurait suivi, oubliant la contradiction capitale : si le nom de Blanche a été inventé en 1959, pour *Luna-Park*, dans *Luna-Park*, rien jamais ne me permettra de justifier cette histoire antérieure, tout cela n'est que mensonge, folie, invention boiteuse, dérision de moi-même, cela ne tient pas debout, *je* ne tiens pas debout. De qui suis-je donc le personnage imaginaire ? Blanche n'existe pas. Pas plus que moi. Exactement pas plus que moi. Tout tombe en pièces. A toucher *Trilby*, comme ça, chez Paul et Perdita, un soir où l'on a éteint là-bas, dans le massif du Tanneron, un petit incendie sans grande conséquence. Est-ce que je l'ai rêvée, Blanche ? Et moi-même, après tout, je me suis peut-être simplement rêvé. Oh, si je pouvais en être sûr ! Recommencer ma vie, une vie différente. Tout qui se passe autrement. A partir d'où, de quand ? Réimaginer ma vie. Me donner une vie où j'aurais... Où j'aurais quoi ? Sans Blanche ? Mais puisque. Même si elle appartient au domaine du fantastique. Même si vous n'y croyez pas. Même si cela fait mal et si cela fait honte. Même, non. Non, je ne veux pas d'une autre vie que cette vie inventée, si mal inventée. Et qu'elle me déchire le cœur, c'est donc que j'avais un cœur, que cela battait, que cela saignait aux murs de moi-même... je n'existe que de ce mensonge, je ne suis que cette ombre qui a perdu son homme. Je ne suis que cette plaie, au bout du compte. Je l'entretiens. Je ne crains rien tant que la cicatrice, ne plus souffrir. L'oubli, le véritable oubli. Tous les romans du monde ne me sont que des baumes passagers. Peut-être que les gens ont raison qui ne veulent voir dans les romans qu'une sorte d'aspirine, un passe-temps, et que je suis fou de leur demander ce que je leur demande, de les considérer comme des machines à connaître le monde et moi, les hypothèses d'une science de vivre et de mourir... peut-être que je suis fou, de me croire Geoffroy Gaiffier, personnage d'un roman intitulé *Blanche ou l'oubli*, un roman qui ne tient pas debout... ce langage mal inventé, pour quoi dire ? en marge du langage des manuels : *Ceci est le chapeau que j'ai acheté chez le chapelier... il est joli, n'est-ce pas ?* ou *Est-ce M. Berlitz ? Oui, c'est M. Berlitz* (*Non, ce n'est pas M. Berlitz*)... *Est-ce Mme Berlitz ? Oui, c'est Mme Berlitz* (*Non, ce n'est pas Mme Berlitz*)... A vrai dire, je n'ai pas acheté de chapeau chez le chapelier, il ne peut pas être joli, le chapeau que je n'ai pas acheté chez le chapelier, et comment saurais-je si c'est ou non Monsieur ou Madame Berlitz, que je n'ai jamais vu ou vue ? Les hommes de science me diront que je suis stupide : *Est-ce que je suis stupide ? Oui, je suis stupide* (*Non, je ne suis pas stupide*)... les hommes de science me diront que les manuels, les grammaires parlent un langage *exemplaire* qui n'a rien à voir avec le langage particulier, vulgaire ou courant, comme on voudra, le langage de commun emploi, par quoi, comme je demande l'heure, je m'interroge pour savoir si cette femme aperçue dans un train qui s'en va était ou n'était pas Blanche, si c'était son écharpe au vent de la portière... les hommes de science me diront que l'exemple de grammaire ne dit pas ce qu'il dit, mais se borne à montrer comment on pourrait le dire, donne un modèle pour dire autre chose que ce qu'il dit, en un mot qu'il est un métalangage en marge des discours du boire et du manger... ils me diront tout ce qu'ils voudront, mais alors pourquoi refusent-ils au roman, au mensonge appelé roman, sa valeur d'exemple, pourquoi, structure ou pas, le laissent-ils à la porte de leur science, refusent-ils d'acheter ce chapeau chez le chapelier ?

Bah, est-ce que je ne sais pas que les hommes de science, ou se considérant comme tels, sont ceux, sans fin, qui marquent la mouvante frontière entre la science et la non-science ? Et la croissance du domaine qu'ils ont cru définir, limiter, nie ce qu'ils nient et ce qu'ils furent. Ils meurent perpétuellement de cette crue perpétuelle : la science suit un développement qu'ils auraient qualifié d'irrationnel, si seulement ils avaient pu le prévoir, elle asphyxie les gens du savoir d'hier. Elle devient le jouet des enfants aux mains d'avenir, naturellement enclins à oublier pour l'infraction à la loi ce que la loi fut, à devenir les hors-la-loi, les explorateurs de l'ignorance... toujours ramenés à cet instant du crime de connaître, toujours ramenés à ce seuil de la malédiction, à cette minute du paradis perdu.

Pauvre vieux Flaubert, à qui le bordel de Sens était le paradis perdu! Je pense à toi. Je te regarde comme un miroir, et je me vois. Je ne me serais pas reconnu, n'était... Ne mélangeons pas les genres, Gustave. Il y a eu des moments dans la vie où la question n'était pas de mordre ou non au fruit défendu : tu te souviens de l'année 56... Flaubert me regarde avec ce gros œil qu'il a en commun avec Fargue, l'année 56, il se gratte la tête : M*me* Bovary venait de le quitter, il avait repris son *Saint Antoine*... le bien et le mal, le péché... Je te parlais de 1956, le bien et le mal, oui... c'est cette année-là que j'ai lu *Hypérion* pour de vrai. Au fond, après Java, tant que Blanche était là, longtemps, il m'avait semblé que ce serait comme décacheter une lettre qui ne me serait pas adressée. Puis. Avec cette difficulté que j'ai à lire l'allemand. En 1956... je me souviens quand je suis tombé dans le *Volume second*, là où Hypérion, après

la prise de Navarin, trois victoires, écrivait à Diotima... *de joie, j'ai jeté mon turban turc dans l'Eurotas, et je porte le casque grec... bientôt, dans une semaine peut-être, en effet, il sera libéré, le saint Péloponèse!* à ce moment de l'espoir du rêve devenu réalité, quand ses mercenaires campent encore devant Mistra, *l'antique Lacédémone...* Et puis c'est cette terrible lettre, deux pages plus loin, à quoi j'hésitais de me référer en français, la citant hors de mon contexte-temps, vous savez? *Es ist aus, Diotima...*
Tout est fini, Diotima. Nos gens ont pillé, massacré sans distinction : nos frères mêmes, les Grecs de Mistra, ont péri, ou errent désespérés, leur pauvre et douloureux visage invoquant ciel et terre pour qu'ils les vengent des Barbares à la tête desquels j'étais. Je puis bien aller maintenant dans le monde prêcher la bonne cause : tous les cœurs voleront à moi! Il est vrai, j'ai été prévoyant! Je connaissais mes gens. L'étrange projet que de faire fonder par des brigands mon Élysée! Non, par la sainte Némésis, j'ai mérité cela, et je le supporterai, jusqu'à ce que la douleur m'ait arraché mon dernier lambeau de conscience...
Toute la lettre est de cette amertume qui était la mienne (la nôtre!) cette année-là. C'est effrayant quand tout se met à faire image. M. Flaubert, vous aussi, hein? parfois. En fait, si je sais lire, vous étiez pour la République, ou du moins pour les Républicains, en 1848, bien que par la suite vous n'ayez jamais fait que parler de cette révolution, du parti de la Révolution, avec le dégoût que vous ont inspiré ceux qui l'ont gâtée, gâchée. En 1956, la lettre à Diotima sur la prise de *l'antique Lacédémone* avait pour nous un sens de fureur et de larmes. Bien que nous ne fussions pas à une semaine de libérer le *saint Péloponèse...* mais Hölderlin parlait pour moi, je comprenais, ah comme je comprenais ce deuil et cette honte! Les faits sont autres, mais non pas les sentiments. L'actualité des sentiments. J'ai essayé de traduire à des amis ce passage. Ils ne m'en ont pas

laissé achever la lecture. Il s'agissait bien de délivrer le Péloponèse!

J'ai relu ici tout cela en français. Parce que, parmi les bouquins non rangés que Perdita a laissés dehors, dans la précipitation du départ, il y avait la traduction d'*Hypérion*, que je ne pouvais avoir à ma disposition quand je déchiffrais le texte original, me cassant la caboche pour savoir ce que Blanche y trouvait, qui fût part de ces secrètes pensées qu'elle ne voulait partager avec personne, pas même avec vous. Surtout, peut-être... C'est bizarre qu'un roman pareil ait été traduit si tard en français. L'année dernière, au *Mercure de France*, pensez donc, en 1965! Je l'ai mis de côté pour relire cette histoire, cette fois un peu comme un roman policier. Où le mystère est pour moi de Blanche. Hölderlin, lui, le *jacobin* Hölderlin qui avait salué l'entrée des armées de la République sur la terre allemande, à la dernière heure du siècle appelle la jeunesse allemande contre les égorgeurs (*die Würger*)... Ah, le bien et le mal, le bien et le mal! Mais Hypérion, lui, pouvait encore écrire à Diotima. Blanche n'était pas là pour partager ma douleur. Elle n'est toujours pas là, dix ans plus tard. Dix ans où pour survivre il a fallu sans cesse oublier ce qui ne se laisse pas oublier.

Où j'en étais, tout me forçait à reconsidérer non seulement l'histoire de vingt ans, ma vie avec Blanche, mais encore ces étrangetés de Blanche même, les contradictions que Blanche même, les contradictions que Blanche levait en moi, ces problèmes que je ne savais comment résoudre. Il est intolérable de vivre dans un monde qui n'obéit pas à ses lois. Et, par exemple, que *ma* Blanche fût pour tous ceux qui lisent des romans Blanche Hauteville... puisque c'était impossible, que ce nom même n'était apparu que plus tard, près de vingt ans plus tard... Accepter

cette infraction à… comment veux-tu, Blanche ?
La question posée, aucune réponse n'était acceptable.
J'étais devant cette question comme un enfant.
L'enfant ne se contente pas de la réponse qu'on lui
fait, elle engendre toujours pour lui une autre question.
L'adulte, c'est-à-dire l'enfant intégré dans un système
qu'il ne remet plus en cause, est une somme de réponses
dont il se contente.

Il m'arrive de penser que les romans ont pour but
de ramener l'homme à la situation de l'enfance, briser
ce cadre qui le limite, que les romans tendent à le
mettre dans la situation d'insatisfaction de l'enfant,
qui veut toujours en savoir plus. En tout cas, si
j'écrivais des romans, moi, ce serait pour cela. Je lis
des romans pour cela, pour retrouver cette avidité de
connaître, pour cesser de me satisfaire de l'arithmétique
élémentaire pu'on m'a enseignée. En savoir plus.

Chaque mot, chaque phrase, chaque page d'un
livre ne doivent-ils pas être considérés comme une
suite de réponses approchées, insuffisantes, insatis-
faisantes, et c'est la raison pourquoi le lecteur, ou
moi du moins considéré comme lecteur, nommé par
la suite *le lecteur*, continue à lire. Pour qu'il continue
à lire, il faut que ce que j'écris, c'est-à-dire un autre
moi, nommé l'auteur, soit perpétuellement l'amorce
d'un problème et non sa solution, ou tout au moins
une réponse à la question qui semble amorcer la solution sans pourtant la procurer. Je, l'auteur, peux
avoir la prétention que l'accumulation des réponses
parcellaires successives donne au bout du compte
(du livre!) une réponse additionnelle qui soit *la*
réponse, mais alors, le livre fermé, je, le lecteur,
n'attends plus rien de moi, l'auteur. Je n'ai été pour
lui, il n'a été pour moi, que l'auteur d'une sorte de
roman détective, achevé quand on sait qui est l'assassin, et dont il n'y aurait raison de seconde lecture que
si *je*, on, l'avait oublié. Mon ambition, j'entends
l'ambition de l'auteur-lecteur, se porte au-delà.
J'entends que mon livre ne me quitte pas, qu'il me

force à penser au-delà de la lecture, que je dois continuer à m'interroger et à me répondre. En ce sens, le livre aura été une machine à modifier l'homme. Tel est le caractère hantant des grands, des vrais romans. Ils habitent le lecteur et font de lui un homme qui a lu *Les souffrances du jeune Werther* ou *La Chartreuse de Parme*. Les vrais romans rendent à qui les lit cette force d'enfance, de ne pas se contenter du suicide de Werther, et qu'y a-t-il de plus insatisfaisant que la fin de *La Chartreuse*, qui ne tire son nom que de quelques mots à l'avant-dernière page, et sa dernière phrase est ce que je connais de plus dérisoire au monde : *Les prisons de Parme étaient vides, le comte immensément riche, Ernest V adoré de ses sujets qui comparaient son gouvernement à celui des grands-ducs de Toscane...*

Ah, que me fait, puisque Clélia est morte désespérée, Fabrice ne lui a guère survécu que d'un an, et la comtesse Mosca pour ainsi dire pas à Fabrice ! Le Second Empire commence à huit pages de la fausse fin dans *L'Éducation sentimentale*, la vraie, c'est là quand Dussardier crie *Vive la République* et Frédéric Moreau reconnaît Sénécal (le gauchiste Sénécal), dans l'agent à tricorne qui transperce Dussardier de son épée. Si bien que la fin du roman, au sens habituel (*Oui, peut-être bien ? c'est là ce que nous avons eu de meilleur, dit Deslauriers*) n'est pas moins dérisoire que celle de Stendhal à l'histoire de Fabrice. Et si Lautréamont me demande quelque part de conclure, me presse de moralement conclure, sans doute a-t-il raison, mais toute conclusion de ma part risque bien, *moralement* d'être quelque chose dans le goût de *Les prisons de Parme étaient vides...* etc., tandis que j'aurai pour de vrai conclu, si le roman que je viens d'écrire a servi à ouvrir une de ces *chaînes* de pensées, qui ressemblent beaucoup à ce jeu sacrilège de la prière, vous savez : quelqu'un, quelque part, au Pérou, dans une île déserte, n'importe, a pour la première fois écrit une prière et l'a envoyée par une poste ou l'autre, à quelqu'un d'autre qu'il connaissait on ne connaît pas, anonymement, lui enjoignant de la recopier et de l'envoyer à son tour à quelqu'un, qui à son tour et ainsi de suite, tout cela sous d'effroyables menaces à qui interromprait la chaîne (c'est-à-dire la conclusion morale)... La prière, ou le roman si vous voulez, fait son chemin, et qui la recopie, je veux dire qui en rêve, en fait en reconnaît le pouvoir, et la mission, laquelle est de charger toujours *quelqu'un d'autre* de conclure.

Ainsi j'entretiens d'un lecteur à l'autre cet esprit d'enfance, qui ne se contente jamais de ce qu'un esprit borné lui répond, j'inaugure une chaîne sans fin de questions, je fais entrer l'infini dans ce qui ne semblait qu'une histoire humaine avec ses fort pauvres limites. Je ne puis jurer que c'est là ce qu'a voulu Stendhal en vidant de six mots les prisons de Parme, et je ne suis pas sûr qu'une mort horrible punisse nécessairement qui abandonne à ses richesses le Comte Mosca, ou Ernest V à l'adoration de ses sujets... mais au moins aurai-je rendu ceux qui me lisent à ce principe de toute science, *le doute*, dont il ne faudrait guère que vous me poussiez bien brutalement pour que je dise qu'il est aussi le principe même de la vie.

Mais où en étais-je ?

Où j'en étais, tout me forçait à reconsidérer la donnée même de l'existence de Blanche Hauteville, tout m'entraînait à refuser les termes d'une contradiction qui faisait d'elle un être d'irréalité. J'avais beau jouer avec les livres pour donner pâture à ce roman de nous deux, pour chercher exemple dans l'imagination des autres, je revenais toujours à ce piège ouvert devant moi, devant nous. Et non plus par le souvenir de ce qui avait pu jouer jadis, à Java, le rôle décisif par rapport à Blanche, entraîner loin de moi la pensée de Blanche, que ce fût *Trilby* ou *Salammbô*... ah il n'y a pas que les romans d'espionnage qui sont difficiles, Marie-Noire! que ce soit *Le grand Meaulnes* ou bien *Lady Macbeth du canton de Mtsensk*, et pourquoi, pourquoi, à Java, avait-elle voulu me dissimuler ce livre, pourquoi ne voulait-elle pas que je sache qu'elle lisait Hölderlin? Je me perds parmi les traces de Blanche, et soudain elles me conduisent à nouveau vers cette chasse gardée, dont les écriteaux s'élèvent sur les hautes futaies interdites, où l'on entend le pic, de son bec obstiné, compter les minutes et l'on voit s'envoler les corbeaux bruyants de l'âge... Qu'est-ce que je dis, Seigneur, qu'est-ce que je dis? Mais devant moi surgit le titre de cette propriété hantée, et j'ai cru rêver quand j'ai pris sur les rayons le livre portant une dédicace à Perdita de Morfontaine, non point de la main de l'auteur, mais bien de l'écriture même qui toujours m'arrête le cœur : des mots qui font une brume à la première page de *Luna-Park*, avec la signature B. H., que je faisais jadis broder sur ses mouchoirs... *à Perdita de Morfontaine en souvenir du « Cheval mort »*... A propos, qu'est-ce que j'ai fait de mon exemplaire?

Et j'aurais pu mille et une fois me demander quelle aventure ici, se résumait dans ces mots, si je n'eusse parfaitement souvenir, moi, de ce que, dans *Luna-Park*, Justin Merlin s'en va sur une sorte de Mont Brocken, dans un lieu de confusion qui porte ce nom de cauchemar, *Camping du Cheval Mort*... et je me souviens d'une confidence d'Elsa Triolet, à un ami à moi, reconnaissant qu'en vain on chercherait ce lieu romanesque par delà le Christ de Saclay, vers Chevreuse ou la Fac'd'Ors', puisque l'original, le modèle, en était quelque part près de Biot, d'où elle l'avait transporté avec ses bungalows empruntés à Jérôme Bosch, quelque part au sud-ouest de Paris... Biot... on lit à la page 236 de *Luna-Park*, l'aveu de l'auteur : *Oui, on pourrait croire que là-bas c'était la mer, la Côte et ses réjouissances...* parce que c'est le plaisir profond des romanciers qu'ainsi jouer le lecteur et se déjouer... Je me mis à rêver, à ces coteaux qui sont entre Antibes et Biot, où j'avais été naguère, dans un camping, à la recherche de Blanche Hauteville, comme si, de me dire, même si ce n'est qu'homonymie, une femme qu'on appelait ainsi a pu passer là-bas entre les grands pins et les chênes verts, parmi les tentes de toile, et les architectures oniriques des bungalows... pouvait m'apprendre d'elle quelque chose que j'ignorais. Et je m'endormis, la tête sur ce livre ouvert et non coupé, tout habillé, vaincu, par une force irrésistible laquelle, sous ce genou de songes et de mensonges, me tint ainsi, ployé, dans les visions doubles du réel et de l'irréel mêlés, jusqu'au petit matin du premier soleil, et le bourdonnement énorme de l'avion qui s'en va de Nice vers Genève.

Celui qui part de chez lui, tournant le dos à sa tentation, il est comme un cri qui s'arrache à la bouche. Comme une épée qui blesse à l'intime son fourreau. Comme la main qui s'ouvre sur un objet d'effroi. Comme le vent qui rebrousse chemin contre la porte... Celui qui s'éloigne de son but avant même de l'avoir regardé.

Je tremblais pourtant de toute l'âme. J'étais sûr que j'allais vers ces parages étranges du passé. Je savais que rien n'arrêterait ces pas de vertige vers d'autres pas, que j'allais à la renverse, mais vers cette terre de souffle, ce souvenir d'une autre mémoire, ce pays de fable que pour un peu j'eusse appelé patrie, telle était la démence de mon cœur.

De ce nid d'aigle à un tournant de route, où la montagne est blanche comme une lèvre soudain qui prend conscience de ce qu'elle a fait... de ce lieu qui me laisse désarmé soudain quand j'en sors, sur le seuil sans pitié de la journée... je vire à rebours de moi-même, je fuis l'eau profonde qui m'attend de toute éternité, j'échange mon destin contre une monnaie d'ailleurs qui n'a point cours entre mes doigts, je prends la route d'au bord de la peur, je suis pareil à un voleur qui ne se retourne pas pour voir s'il est suivi, sachant qu'ainsi faisant il se dénoncerait lui-même.

Est-ce que je commandais seulement la voiture, ou n'interprétait-elle pas plutôt ces gestes de mon bras, ce coup donné au volant, l'accélération qui suivait non pas le désir d'arriver à ce que je fuyais... j'avais délibérément lancé l'Opel à l'opposé de Grasse, ayant assez de ce passage obligatoire par la ville, et pas plus ne voulant de Saint-Cézaire, de l'autre côté, qui est une bête de pierre sommeillant au bord de l'abîme, dans le soleil à mi-chemin de sa course. J'avais évité Saint-Cézaire comme Grasse, et courais au-delà (ayant renoncé à Mons qui n'est qu'un cul-de-sac) pour m'enfoncer vers le nord, vers la marche haute au flanc des montagnes, sans remarquer qu'elle s'élève... comme un chien qui mord aux pieds les chevaux de la diligence... j'avais passé la Lèque, atteint la route Napoléon, avec le choix entre Castellane et Grasse, à nouveau, ne voulant ni de l'une ni de l'autre. J'ai pris droit devant moi la montagne, où cela va-t-il, je n'avais ni carte ni guide, ayant tout descendu, là-bas, la veille pour chercher si le camping en question y était marqué, et puis rien... cela tournait sur soi-même, profondément, dans une contrée nue et ridée de vallons abrupts, où les noms des poteaux ne me disaient plus rien, il se levait des brumes, d'où, par-ci, par-là, les hauteurs essayaient de se débarrasser ainsi qu'un homme en sueur de sa chemise, j'avais négligé ce tournant vers un village appelé Gourdon, parce que de là forcément la route me ramènerait sur Grasse, je montais vers les Alpes qu'on dit *basses*, si je n'y étais pas ; je passais un monstrueux dos d'âne, un patelin sur ma gauche indiqué me rappelait soudain cette région où j'étais venu avec Blanche, oh, qu'il y a longtemps, et qui dans mon souvenir s'organisait encore autour de la route de Digne... j'y renonçai me jetant toujours devant moi, n'ayant pas confiance dans le chemin de droite à mi-pente au-dessus d'un torrent, à cette époque de l'année assez réduit, pour tomber à quelques kilomètres de là sur un carrefour où toutes les directions semblaient se jouer de moi. Enfin, je ne sais comment je me trouvai dans un village dont le nom était écrit *Gréolières*... C'était comme si je m'étais pris à un écheveau de lacets, cela tournait et soudain je donnai un coup de barre pour éviter le tournant qui m'annonçait encore, vers le sud apparemment, ce Gourdon que j'avais tout à l'heure voulu éviter, c'est-à-dire le retour sur Grasse. On me permettait devant moi par écrit d'aller à Coursegoules dont le nom ne me disait mille fois rien, mais quand Coursegoules fut à ma main gauche, je piquai à droite, ignorant que je me jetais au col de Vence et, une fois là, je n'avais plus qu'à descendre sur ces quartiers connus, Vence, Saint-Paul, Cagnes... et là, je compris qu'une poigne invisible m'avait, par une sorte de chemin des écoliers, ponctué de haltes, ramené vers où je me refusais d'aller, je crus encore m'en défendre à piquer sur Villeneuve-Loubet, me disant, bon, c'est la route de Grasse, mais je vais la quitter n'importe où, ce que je fis sur ma gauche, ayant lu que par là on allait à Valbonne, et cela ne me disait rien : à la bonne heure! Mais avant d'y arriver une route qui s'en retournait vers l'est me tenta : je virai donc sur ma gauche cette fois, et d'esse en esse, me trouvai à Biot.

Biot. Le village. Le temps s'était mis au sombre. Il avait fait si beau le matin. C'était comme si j'avais ramené avec moi les brumes de l'arrière-pays. Je n'avais rien mangé. Je laissai la voiture à l'entrée du village, histoire d'acheter n'importe quoi, je n'allais pas déjeuner... d'ailleurs il était trop tard. Un bout de jambon. Maintenant que je devais reconnaître être venu ici, malgré les détours, par une nécessité vainement niée, m'attarder dans le village, penser à n'importe quoi qui me détournait encore, s'était substitué à ces itinéraires négatifs où je me jetais avant de malgré tout tomber à Biot. Les villas qui le prolongent sur la crête vers l'ouest... Comme toujours, en mettant pied à terre, j'avais allumé une cigarette. Je ne fume jamais en conduisant, et la pipe ce n'est pas commode, l'allumer, l'éteindre. J'avais, comme toujours, laissé ma pipe à la maison, juste en partant. A chaque arrêt, je fumais le temps d'une cigarette, souvent précipitée. C'est curieux, ça ne remplace pas vraiment la pipe. Ça fait prendre patience, pas plus... Biot, aussi, d'une certaine manière, c'était un peu le même genre de diversion. Le temps de ma cigarette. Après quelques pas dans l'intérieur du pays, j'étais revenu à la voiture, je l'avais passée, je me promenais plus loin. Qu'est-ce que je cherchais parmi ces maisons essaimées, quel souvenir ? Peut-être à cause du temps bouché, qui me rappelait une fin d'hiver, où on grelottait. Ça devait être quand ? Mars 1941... pourquoi diable étais-je venu ici ? Laquelle de ces maisons ? Je ne sais plus. Je n'en revois que l'intérieur, avec le sentiment par les fenêtres d'un grand paysage sur le vallon, vers la mer. Ah oui : j'avais été mené par le Docteur chez ce type... comment s'appelait-il ? parce qu'évidemment. Cela, pour l'oubli, alors. Maintenant cela me revenait parce qu'évid... j'avais été mené... comment s'app... donc parce qu'... évidame, j'ess... évidemment j'essayais d'échapper à autre chose. Le Docteur. Un chirurgien. Gynécologue, enfin. Chauve et roux, ce visage rosi par le vent. Une relation de la guerre. Mais oui, on se fait des relations, à la guerre ! Nous étions ensemble, dans la même formation, je veux dire. Non, Blanche n'était pas avec nous ce jour-là. Elle avait encore ses papiers à elle : Blanche Gaiffier, née... à... le... vous savez ? Pas que ce fût d'un danger quelconque. Nous, on jouait qu'on en avait des faux, papiers j'entends. Ah ça, les commu-

nistes. Eux, c'était pas jouer. Et les règles de sécurité,
ça! Parfois ils m'agacent très fort. Un jour, ils ne
veulent que rester entre eux. Les autres, tous des
étrangers. Moi, on me fait sentir que c'est la limite.
Et puis, flop! c'est le contraire : comme une mode,
on se met à faire des connaissances, on cherche à se
lier avec n'importe qui. Tu as tes gants blancs?
Vous êtes drôles. On m'avait fait des scènes à cause
du Doc : qui c'est, ce type? qui il fréquente? Pour
qui il votait, avant? Avant, sais pas, mais maintenant. Quoi, maintenant? Bien, j'ai l'impress, moi,
qu'il travaille. Ah oui? Trav'? au compte de qu'?
Tu sais bien que c'est formel, le parti interdit d'avoir
des rapports avec... D'abord je n'en étais pas, du parti.
On me l'avait passé mon Docteur, et quand celui-ci
m'avait demandé, supplié même, comprends pas
pourquoi mais, d'aller avec lui, le jour que je voudrais, voir ce personnage à Biot... moi, c'était moi
qui ne voulais plus. Je l'avais raconté, et à ma grande
surprise voilà qu'on me saute dessus : mais comment?
pourquoi refuser? c'est intéressant, tu devrais le voir.
Bon Dieu, son nom. Un journaliste de *Comoe-
dia*. Drôle, pendant l'occupation, on dirait que je
n'ai fréquenté que des gens comme ça, des écrivains,
des journalistes. Je n'étais pas très chaud. Déjà vous
trouviez que ce Docteur... Et puis là... C'est un type
de droite, d'extrême-droite même. Et alors? ils disaient. D'A. F., je crois. Justement, ils disaient.
Comment, comment? On ne le connaît guère que
pour des conversations avec Cézanne, c'est-à-dire
pour Cézanne, pas pour lui. Je ne sais pas ce que ça
leur disait Cézanne... mais on aurait dit. Autrement
il écrit des trucs pleins de félibres, des cyprès, le genre
provençal, tout ce qu'il faut pour Vichy. Rien à faire.
Quand ils veulent quelque chose. C'est comme ça
que j'ai été chez comment donc... avec le Docteur.
Ah, je le tiens, Joachim Chose? oui, Gasquet. Déjà
un vieil homme retiré ici avec sa femme. Cette petite
maison pleine de bouquins, tout assez médiocre. Ils

devaient s'embêter à cent sous l'heure. Ils m'avaient reçu comme si j'avais été un Chinois, et que de me voir c'était un peu voyager pour eux. Au bout du compte, je n'ai jamais compris à quoi ça rimait cette visite chez Joachim Gasquet. Mon ami le Docteur voulait-il leur montrer qu'il avait des relations ? Gasquet prétendait avoir lu mon petit essai sur les Dayaks. Je le laissais dire, hein ? Peut-être l'avait-il eu entre les mains... En tout cas, cet ouvrage déjà lointain qui me paraissait terriblement oiseux en 1941, — il s'agissait bien du parler-Dieu des Dayaks, à cette heure ! — il m'avait semblé nécessaire d'en marquer la distance devant mon hôte de Biot. D'en marquer aussi la filiation avec cet *Essai sur les Mythologies comme* etc... Là, Joachim Gasquet s'était brusquement intéressé, votre essai sur les Myth... ? dites donc, parlez-moi de ça, mon cher... Je n'en avais guère l'envie, je dus résumer, et comme toujours quand on résume en ces matières on fait appel à un vocabulaire particulier. Je craignais de rebuter mon interlocuteur avec nos mots barbares, quand, je ne sais même quel terme j'avais bien pu employer, il s'écria : « Mais, dites donc, vous parlez le langage de Damourette ! » et que je l'aie connu, que j'aie connu Pichon, dont il me demanda si j'avais eu récemment des nouvelles, donna soudain à la conversation je ne sais plus trop quel jour nouveau... Il me détournait des raisons véritables qui m'avaient décidé à venir chez lui avec toute sorte de propos sur ce que Pichon entendait par expression strumentale du temps, se lança dans une digression sur, me semble-t-il, les théories de Georges Guillaume, dont il me faut ici avouer que je n'avais pas lu les travaux à cette époque... Moi, j'étais venu pour tout autre chose : mais, de toute évidence, ce qui intéressait mes copains, pas possible de l'aborder avec lui. On parlait autour. En général, il était contre les Allemands, Gasquet, mais il avait une certaine inclinaison d'esprit vers Mussolini. Je ne sais pas trop si c'était que le fascio

lui plaisait, ou si c'était purement le goût des Latins...
Probable. Mais à quoi il nous aurait servi ? Il ne
voyait personne. Il se confinait ici. Un peu de soleil
était revenu dans les vitres. Moi, en 1966, je n'étais
pas derrière les vitres. Je regardais le paysage, pas
très changé, vers la mer. En 41, il ne faisait guère
chaud chez Joachim Gasquet, une pièce à peu près
potable, le reste plutôt frileux. Je lui ai même expliqué
comment on faisait, à cet homme, pour construire
un poêle à sciure, je m'animais. Ça aura peut-être
été tout le résultat de cette visite, le Docteur m'a
dit, vous savez, Gasquet, eh bien, comme vous le lui
avez expliqué...

La vie est faite de choses inutiles. Aujourd'hui,
Joachim Gasquet, encore un masque. Un truc pour
ne pas entendre l'autre grelot. La mémoire, ça vous
réchauffe un peu comme les poêles à sciure, faut pas
trop s'en éloigner. D'où j'étais, le paysage n'avait
pas changé, vers la mer, le vallon qui s'ouvre aux
pieds de Biot, vers le poste de radio, là-bas, sur la
route du littoral. Sauf ce trafic qu'on apercevait,
qu'est-ce que c'est, un peu avant, d'un sens, de l'autre, ah, l'autoroute! Je n'étais pas revenu ici depuis
qu'il y avait l'autoroute. Tout m'était bon à me
détourner de mes raisons d'être ici. Puis, je n'y ai
plus tenu, je suis remonté dans l'Opel, j'ai mis en
marche... enfin j'ai mis l'allumage, au moins. Parce
qu'à ce moment, je me suis rappelé que, mon *Luna-
Park*, il était là où je l'avais fourré au départ de Paris,
dans la poche de côté. J'y plongeai ma main. Oui.
J'hésitai un peu à le tirer, je le tirai : c'était bien lui.
Tout se passait donc comme si j'avais combiné la
chose : venant ici, non de la maison de Perdita, mais
de là-bas, où Paris étend déjà ses longs bras avides,
avec ce Baedeker d'avance préparé vers le lieu fausse-
ment évité. Et maintenant l'impatience de la voiture
me secouait, j'ouvris le livre, je tombai pile sur le
passage où Justin Merlin arrive aux abords du *Camping
du Cheval Mort* :

... *Après un virage en épingle à cheveux, Justin remarqua, au beau milieu des pierres et des buissons piquants, quelque chose qui ressemblait à un camion bâché... Il s'arrêta pour regarder l'étrange petit édifice... On dirait un kiosque de publicité, un petit pavillon d'Exposition... Qu'est-ce que c'était ? Un objet usuel agrandi démesurément, quelque chose comme un sabot ou un fer à repasser. En quoi était-ce fait ? En papier mâché ? En matière plastique ?... Quels êtres de dessins animés pouvaient bien habiter l'étrange petite maison ?*

C'est ici que c'est écrit avec des lettres d'enseigne : *Camping du Cheval Mort*... Je me souviens très bien de mille détails, ce lieu remonte en moi des profondeurs, comme un parfum des marais. Je le vois, je le touche, je le parcours, mais sans vraiment le situer. Si je descends par là, dans la grande-rue au bas de chez Joachim Gasquet, faut-il tourner ici ou là ? Il me flotte dans la tête une idée de chemin. Je mets en marche. Le camping était au bord d'un plateau *de son côté abrupt*, cela ne peut être que par là, sur la droite. Le reste qui est dit dans le roman est pour me faire croire que je suis quelque part, dans l'Ile-de-France. Je traversai le vallon vers la mer, hésitant à tourner, vers la grande antenne de la radio. Mais là, un peu avant, passait l'autoroute, cela changeait le paysage : évidemment, le Camping devrait se trouver en deçà, je veux dire entre Biot et l'autoroute, je me souvenais d'un chemin pris à droite, en allant vers la mer, avec de grands joncs sur les bords, c'était là ? Je m'engageai sur une piste qui semblait finir en queue de poisson, il y avait deux possibilités, à droite, à gauche. A droite, cela se perdait dans des propriétés. A gauche... un tracé défoncé, une terre rougeâtre, comme si on se fourvoyait dans une carrière. Voyons, les gens qui avaient projeté de faire du camping un lieu de luxe, si je me souviens bien, avaient sans attendre bâti des routes splendides sur les deux côtés, lesquelles devaient se croiser là-bas... Un cul-de-sac. Redescendre, reprendre en bas à rebrousse-poil la route abandonnée. Ah nom de Dieu, mais c'est par là, je reconnais ! Et en tournant on arrivait le long du golf, avec ses petits groupes de joueurs, les caddies... Cette fois, c'est bien par là, je reconnais cette maison bizarre, la route grimpe à flanc de coteau, les pentes rocailleuses... voilà ce ravin, les routes de part et d'autre... tout comme dans le livre :

Personne... le camping ne devait pas encore être ouvert pour la saison, ni même se préparer pour recevoir du monde de si tôt. Le sol sous les pieds, inégal, plein de trous et de bosses, avec les touffes de vieille herbe jaune, était balayé par la toile délavée des tentes, comme par l'ourlet de longues jupes de clochardes. Les rangées de lavabos en plein air avaient la peinture écaillée et de la rouille partout où ça se pouvait. Une grande piscine sans eau, le ciment du fond largement fissuré... Le vent faisait battre les portes des W. C. jumelés, accolés par dizaines, un vrai ballet ! Tout cela était immense, entièrement abandonné...

Mais les tentes marron, surplus de l'armée américaine, avaient disparu, laissant place à des toiles de couleur, toujours plus ou moins délavées, comme partout où les gens campent de nos jours. J'eus de la peine à retrouver, dans le taillis qui avait crû, les bungalows baroques d'autrefois, trois ou quatre, il y avait des gens qui me regardèrent : un ménage avec un gosse, deux très jeunes amoureux... Cet écart de la Côte semblait avoir miraculeusement évité la cohue. Sous les grands pins devant la maison qui n'avait pas changé depuis autrefois, des tables vides, des chaises renversées... Et puis tout d'un coup la vue, immense, la mer et les plages au loin, d'ici qui ont l'air désertes, les baigneurs ne sont peut-être que des galets, ronds, roulés, bruns de soleil ou blancs encore. La vue que le temps n'a pas marquée, toujours semblable à la jeunesse, faite pour le vent et le sable qui court sous sa bouche... Je savais tout le reste, le bâtiment à droite, l'église de Far-West qu'on avait bâtie avant tout, dans l'espoir que la Vierge y serait miraculeuse, et que ces lieux pourraient devenir un but de pèlerinage... et là-bas, par-derrière, la vieille demeure délabrée, ébréchée de côté, où avaient dû vivre les anciens propriétaires, au-delà d'un rond-point d'arbres géants... tout cela me revenait comme une chanson dont on ignore les mots que pourtant l'on retrouve, un peu dans n'importe quel ordre. Je les dilapidais comme le temps. A l'inverse du songe ici, l'éternité me paraissait une minute. J'avais laissé la voiture quelque part contre un talus. Je courais par tout cet espace mal soigné, mais merveilleux à la façon des souvenirs. J'y revivais avec lenteur toute une enfance inventée, insoucieux de l'heure. Je m'y tordais les pieds, tant pis, je m'essoufflais à en parcourir les buissons d'épines, à découvrir d'un côté, de l'autre, les perspectives qui auraient dû me faire déboucher sur Antibes, mais rien du tout. Toutes mes notions géographiques se confondaient. J'avais passé un temps fou à aller et venir, à me perdre, à rêver, écouter les bruits du silence. Déjà le jour descendait, je montais, je redescendais. Il fallait regagner la voiture. Pour l'instant, je m'en tirerais. Mais là-bas, sur cette route de montagne, pour regrimper à Grasse, avec le soir, brusquement l'ombre des hauteurs, je risquais fort de m'égarer, de me laisser gagner par la nuit avant d'être ressorti de ce monde d'au-delà le miroir... C'était déjà l'heure orange.

Un homme était debout devant l'Opel. Un colosse avec un chandail aux manches retroussées. Il regardait cet objet comme si, dans ces parages, on n'avait jamais vu d'autos. Je ne suis pas particulièrement craintif, mais je me hâtai de partir. Pas si vite que je n'aie vu l'homme agiter vers moi un panier comblé de fruits noirs. Il ne voulait pas m'assassiner. Il m'offrait des figues. Probablement, par réaction à cette peur vague qui m'avait parcouru, je me mis à rire tout seul, à l'idée que la figue est automatiquement liée dans l'esprit de certains psycholinguistes de ma connaissance à la menace obscène qu'on fait en montrant le bout du

pouce pris entre le médius et l'index (entre le médius
et l'annulaire, corrige un ethnologue de mes amis,
mais par là c'est lui qu'on peut localiser), et qu'apparemment ils attribueraient mon premier réflexe à
une crainte sexuelle, assez bizarre chez un homme de
mon âge.

Je m'étais arrêté en route dans un petit bistro où des
camionneurs dînaient. Ils avaient l'air de tous se connaître, mais c'était simplement leur taille et leur
carrure qui les faisaient l'un de l'autre reflet. Cela
sentait l'ail, et il y avait la télévision. Au petit écran,
on voyait dans un paysage du soir un restaurant de
camionneurs. Des géants qui avaient l'air de tous se
connaître. Une serveuse et la télévision... J'avais fumé
toutes mes cigarettes, un voisin m'en offrit une, et
lui aussi c'était la dernière du paquet... des Gitanes.
Je déteste ça. Un anis pour faire passer l'odeur des
escargots. Moi, Monsieur, tel que vous me voyez...
Une histoire d'attaque nocturne, là-bas, près de
Manosque. A la bonne vôtre. On s'endormirait si on
n'avait pas la radio. Puis, vous savez, de la voiture
comme ça, dans les tournants, la montagne. J'en ai
connu un, il disait. Personne n'y faisait attention.
Un de ces matins. Tu l'as déjà dit. Un de ces matins,
vous verrez ça. Ah, finis, on la connaît. Eh bien, il
a fait comme il avait... un peu avant l'aube, là-bas,
du côté d'Alos, vlan, dans la descente, des tonneaux,
c'est moi qui l'ai ramassé. Si vous aviez vu. J'en rêve
toutes les nuits! Alors, non, pas un autre? Oh, un petit
pastis... ça fait pas de mal. Bien, qu'est-ce qu'il chante
à la télé, ce petit crevé? Ah, non, la gosse, un peu
mieux tassé que ça!
   L'Opel à côté des camions. Je ne pouvais pas me
décider. Les phares, la nuit, on dirait des chats. Ça
tortille, cette route, et puis je me suis trompé. Je suis

rentré dans un autre bistro. Il y avait des camionneurs et ça sentait l'ail. Il faisait très noir en sortant, et les chats ouvraient maintenant leurs mirettes dans le ciel. Des centaines, des milliers de chats. Je ne pouvais pas me décider. Je pensais au type qui avait fait des tonneaux du côté d'Alos. Après tout. Je suis entré dans un café, d'abord je croyais que c'était fermé : ils regardaient la télévision trois, quatre types, et il y avait plein de fumée. Qu'est-ce que je vous verse ? Le garçon était énorme, on ne voyait plus rien derrière lui. Ici les gens parlent un drôle de bichelamar, je vous jure, je vous jure. On ne s'entend plus. Qu'est-ce qu'elle dit, la télé ? Des types debout sur le toit d'une automobile, la foule autour, on ne comprend pas ce qui se crie, où c'est, sauf les costumes : de mon temps, ce n'était pas si *europeanized*. Ça hurle vachement, et le speaker ce qu'il dit... Non, un schweps, si vous avez. Parce que je croyais déjà être à Java, alors. Les étudiants demandaient la tête de quelqu'un. D'ailleurs, ça ne se ressemble plus. L'indépendance probable. Peut-être que ce n'était pas Java. Je ne comprenais pas le speaker : il devait parler en français. Eh bien, si vous n'avez pas de schweps, un coca-cola.

Ma souris fuit les chats dans la nuit. Je n'y comprends plus rien : ils criaient contre Sukarno. Ça devait tout de même être Djakarta. Mais ce bâtiment gigantesque, dans le fond, l'architecture de derrrière la Gare Montparnasse... Les étudiants d'aujourd'hui, là-bas, ont l'air de sortir de la Fac' d'Ors'. Sauf qu'ils se ressemblent entre eux, et puis qu'ils ont des calottes noires. C'est Djakarta, le speaker a parlé de Subandrio... Ou, si j'ai les oreilles qui rêvent ? Tous les chats de Grasse, là-haut, fouillent la nuit de leurs yeux, comme s'ils cherchaient ma pauvre Opel pour la dévorer.

J'ai fini par arriver chez moi. Enfin, chez eux. Chez Perdita. La maison était noire. Les domestiques couchent au fond du jardin, en contrebas. J'ai ma clef. Est-ce qu'il y a des cigarettes dans la salle à manger ? Une vague lueur. Les cochons. Ils auront

laissé la télé ouverte. Oui. Ça chantait, le son pas trop
monté, un air que je connais... Barbara ? J'ai ouvert
la porte. Entre l'écran et moi, quelqu'un a bougé.
Une femme.

Elle s'est levée, s'est tournée vers moi, sa main
baissait le son. Ce n'était ni Perdita ni Marie-Noire.
A la lumière du poste, elle avait les cheveux blonds,
et tout le reste d'ombre. J'allais lui demander, Madame, quand elle a dit : « C'est toi, mon Geoff' ? »,
donc c'était Blanche, et je n'avais plus ma voix,
tant me battait battait, tant me battait le cœur, j'ai
entendu ma bouche, ou quelqu'un d'autre, parler
comme un idiot, ne trouvant rien de plus pressé
que demander : « Mais comment savais-tu que j'étais
ici ? » quand peut-être elle ne le savait pas, venant
pour les Morfontaine. Ou toute autre raison. Si cela
pouvait avoir la moindre importance, le moindre
intérêt à côté du fait qu'elle était là, et tant me battait
me battait le cœur, que je ne savais plus rien d'autre,
je n'étais que ce cœur disproportionné, cela ne dura
sans doute pas même une éternité, cette fois, l'éternité
qu'il faut pour comprendre... comprendre quoi ?
qu'y avait-il à comprendre, sauf que Blanche était là
pour une raison ou une autre, en tout cas pas pour
moi! Comme si cela ou toute autre chose pouvait
avoir... Et puis j'ai... enfin, l'autre, ma bouche, a dit :
« J'étais entré pour chercher des cigarettes... ça fait...
il y a longtemps que tu es là ? » Il me battait dans les
oreilles, ce cœur, je n'entendais plus rien. Blanche
avait dû pourtant... Excuse-moi, je suis un peu
sourd, tu sais ? Je dis toujours ça quand je n'entends
pas. Et après, ne pas entendre, c'est bien être sourd.
Elle a répété : « Ce sont Paul et Perdita qui m'ont dit...
parce que je les ai rencontrés à Florence... tu veux
des miennes ? » Elle avait tiré le paquet de son sac,
comme toujours des Américaines. Et son briquet.
Blanche... mais je croyais qu'ils étaient en Grèce...
ils m'avaient dit... Ils sont en Grèce, mais ils ont
passé par Florence. Alors, il y a déjà quelque temps...

Oui, il y a déjà quelque temps. Ils avaient passé par
Florence, je ne savais pas. Moi non plus : je les ai
rencontrés dans ce petit bar anglais sur l'Arno. Ah,
c'est comme ça! Je ne savais pas que tu les connaissais. Tu aimes mes cigarettes. J'aime tes cigarettes.
C'est drôle, si longtemps, et puis tu me demandes,
tu aimes mes cigarettes. Oui, c'est vrai, si longtemps.
Ni Paul ni Perdita ne m'avaient... Oh, tu sais, ce
sont des gens discrets. Bien sûr, tu vois, ils m'ont
invité, et puis tout de suite, la Grèce. Je ne sais pas
ce qu'elle a dit, Blanche, la flamme du briquet. Mais
alors, c'est vrai, tu es sourd maintenant ? Oui, je suis
sourd. Notamment. J'entends tout d'un coup des
choses que personne n'entend, et puis ça passe.
C'est-à-dire j'entends sous un certain angle. Tu
aurais dû me prévenir. J'étais sorti. Tu es là depuis
longtemps ? Je ne sais pas, deux, trois heures...
Pulchérie m'a ouvert, elle m'a installée comme ça,
près du poste. Un moment elle est restée à regarder,
les informations. Puis elle a été se coucher. Elle m'a
dit que cela ne la gênait pas, parce qu'elle habitait
dans la petite maison d'en bas. Tu dis, Pulchérie...
tu connais Pulchérie ? Je connais bien Paul et Perdita.
C'est juste. Je n'avais pas pensé. Voilà ce que nous
nous disons, *tu connais Pulchérie...* Tu aurais dû
tout de même prévenir. Si je n'étais pas rentré. Ça
t'arrive. Ça pourrait. Je n'aurais pas cru. Pourquoi
tu n'aurais pas ? Elle esquive. Tu vois, si j'avais su,
j'ai traîné en chemin, et puis j'ai un peu bu. Bu ?
Tu bois maintenant ? Non, ce soir, un peu bu, quoi!
Je ne pouvais pas me décider à rentrer. Peut-être
que c'est que j'ai un peu bu, si tu es là, qu'en réalité.
Ne dis pas de bêtises. Je ne dis pas de bêtises. J'avais
un peu peur de te savoir, Pulchérie m'a dit, Monsieur
a pris la voiture, il n'est pas prudent, et moi avec la
nuit, les tournants, la montagne, ces routes, j'avais
un peu peur. Mon Geoff', tu vois qu'on t'ait rapporté...
et moi, là, à t'attendre... Ça n'aurait pas été mal,
j'ai dit, une fin bien trouvée. Ne dis pas de bêtises,

elle a dit, j'ai pensé en t'attendant, comme c'était quand tu m'as quittée pour aller à Bornéo. Ah ? parce que quand je t'ai quittée pour aller à Bornéo, toi... Elle a dit, mais tu sais bien. Non, je ne sais pas bien, je n'ai pas su, tu ne m'as pas dit, après... Après, ça n'avait plus d'importance, on avale ça comme un grand coup d'air, et puis je t'avais, tu étais là. Bon, mais, alors, tu avais ce garçon pour te tenir compagnie. Quel garçon... Alit ? Tu vois, tu te souviens, Alit. Ne dis pas de bêtises. Tu sais qu'il est mort. Non ? De quoi ? Ne dis pas de bêtises, à son âge ! Il n'est mort de rien. On l'a tué. L'année dernière ? Pourquoi l'année dernière ? Non, en 1948. Il y avait eu une révolte. A Madium, je sais. A Madium ou ailleurs, ils l'ont tué. Mais, écoute, après tout ce temps, tu penses, et on parle d'Alit, qu'on a tué en 1948. Raconte-moi plutôt. Qu'est-ce que je te raconterais ? On ne m'a pas tué. A mon âge ! Et toi, par exemple, est-ce que tu me racontes... C'est vrai, mon Geoff' : qu'est-ce que je te raconterais ? En venant te voir, je me disais, enfin... un tas de choses. Et puis nous voilà. Il n'y a plus rien à dire, tu as un peu bu, tu es drôle. Si tu me posais des questions.

Moi j'aurais des questions à lui poser. Et pas seulement sur Alit... maintenant qu'on l'a tué. Et pas seulement comme elle vit, si elle est seule ou bien, ce qu'elle faisait à Florence, ou ailleurs. J'aurais cent questions à lui poser. Sur nous deux. Comment c'était, nous deux. Comment ça a fini. Et puis avant que ça ait fini. Comment c'était. Nous deux. Et elle. Toute cette histoire. Notre histoire. Pourquoi elle écrivait sur des cahiers. Ce qu'elle écrivait à Java. Comme si je ne l'avais jamais su. Parce que je l'ai su, évidemment, et puis ça ne m'a rien expliqué. Mais, alors là, rien. Si c'était contre moi. De quoi, ce qu'elle écrivait, c'était le méta-langage. C'est-à-dire pas l'expression de ce qui se passait avec nous deux, mais une sorte de modèle, une grammaire de ce qui se passait, de comment dire, les gens ont cru que c'était un roman, tu as laissé, d'ailleurs, l'éditeur écrire *roman* sur la couverture, pour des raisons commerciales il disait. Moi, je n'étais pas dupe. C'est-à-dire que je ne comprenais pas. Des raisons commerciales!

Tout cela, je ne le disais pas. C'était Blanche qui parlait. Et pendant qu'elle parlait, je sentais en moi se produire une sorte de tourbillon. Là où se forment les pensées, là où elles essayent les mots comme des gants. Dans cette région chez moi qui est comme une profonde cicatrice, depuis depuis... un lieu de déchirement pas tout à fait, jamais tout à fait calmé. Et quand elle disait *nous*, Blanche, je ne savais jamais de qui elle disait *nous*, cela me faisait comme si on m'avait pris à la gorge, ma gorge, des doigts étrangers, des doigts d'étrangleur... je sentais la cicatrice céder... j'étais sur le point de crier, je portais ma main, l'instinct de ma main, à ma gorge, mes doigts grimpaient à mes lèvres, les clore... C'était Blanche qui parlait. Ce de quoi elle parlait... moi, je suis sourd. Pas seulement quand je n'entends pas. Surtout quand je pense pour mon compte. Allez maintenant lui demander de répéter. Je lui ai bien dit que j'étais sourd. Mais, ces choses-là, on ne les croit pas tout de suite. Tout le monde est comme ça. On croit que le sourd fait le coquet quand il dit qu'il est sourd. Pourquoi ça ferait-il joli dans le paysage, de dire je suis sourd, si on ne l'était pas. Elle parlait donc, Blanche. Elle avait bien, au début, un peu haussé le ton. Puis. Même parfois, des choses probablement intimes, ou douloureuses, elle murmurait. Allez maintenant lui demander de répéter. Elle avait peut-être dit les choses essentielles... tout ce pour quoi tant d'années je me suis cassé la tête... tant pis... manqué. C'est comme la vie. A la fin, pourtant, j'avais entendu : « Tu comprends, mon Geoff' ? » J'ai fait un vague geste qui pouvait vouloir dire je comprends, ou je ne comprends pas, ou qu'y a-t-il à comprendre ? Le langage n'est jamais si évasif que les gestes, si affirmatif non plus, c'est vrai.

Ça pouvait aussi signifier je n'ai pas entendu... Ce que j'aurais voulu demander m'étranglait, comment choisir parmi, hein? Dix-huit ans, et puis choisir, demander ça plutôt qu'autre chose? On se trouve devant un écrivain, on a recours au questionnaire de Marcel Proust... bien que pour être con, il soit con, ce questionnaire... mais, devant Blanche... Sourd devant Blanche à tout ce qui n'est pas ce cœur dans mes oreilles. Pourtant si je l'interrompais, si je lui disais, si je lui criais...

Je ne suis pas si sourd que je n'aie entendu le cri de la bête. Un hurlement rauque, répété. Un déchirement de la nuit. Et Blanche qui tourne la tête vers la porte, vers la route. Je suis devenu froid, et tremblant. Une autre fois le cri redoublé. L'impatience. L'appel sauvage de quelque monstre, et Blanche s'est levée. Elle a brusquement allumé les lampes, et je vois que je me suis trompé : elle ne s'est pas décoloré les cheveux, c'est un voile beige, une sorte de serre-tête qui couvre entièrement ses cheveux noirs. Le troisième appel s'est étranglé. Probablement parce que la lumière a été prise comme un signal. Blanche me regarde. Je vois la pitié de ses yeux. Dix-huit ans de plus. Et elle. Elle est née en 1910, cela lui fait... Elle est extraordinairement jeune pour... mince encore, avec cette robe de 1966, noire, qu'est-ce que c'est? du tulle? qui tombe en s'évasant de sous les seins, une sorte de cape aux épaules, les bras nus, une robe comme on les fait cet été, courte, qui serait au-dessus du genou, n'était qu'elle se prolonge d'un dessous blanc, ruché... on dirait du satin... Une robe comme Diotima en portait une en juin 1802, quelques jours avant sa mort. A peu près enfin... juste les variations du temps... la robe de Diotima, c'est quelque part dans les souvenirs de Marie Belli-Gontard, sa nièce, il n'y manque que le petit chapeau de crêpe blanc avec une plume, qui devait être une copie de la mode parisienne sous le Consulat. Et moi, tout d'un coup, peut-être à cause de cette ressemblance,

Une mèche de cheveux... 459

je cesse à nouveau d'entendre Blanche, est-ce que je n'ai pas rêvé tout ça ? J'avais un peu bu. J'ai beau la voir, Blanche. Elle m'explique : « Je suis restée très longtemps à t'attendre, Geoff', il faut comprendre. Le comprendre. Cette maison noire... nous deux... » De quoi parle-t-elle ? De qui ? Le klaxon a encore appelé, au-dehors, parce que c'est un klaxon. Je pourrais demander, qui est-ce ? je pourrais dire, ne t'en va pas sans m'avoir... Blanche dit : « Tu l'entends, tu l'entends ? Il s'impatiente. Il a dû tourner toute la soirée comme un fou dans les montagnes. Je le connais. Il est vraiment capable de toutes les folies... » Je la regarde. Elle n'est plus jeune, c'est-à-dire si on compare avec la mémoire... mais si on la compare avec l'oubli... Un visage lisse encore. Voilà la différence : autrefois je n'aurais jamais pensé *encore*. Qu'est-ce qu'il y a donc dans ses yeux, les mêmes ? Comme un regret ou une peur, je ne sais. Les deux, probable. Mais ce n'est pas de moi qu'elle a peur. Plus de moi. Ni pour moi. Je dis : « Alors, nous allons nous quitter comme ça ? » Elle a eu un geste inattendu, levé ce bras nu, ce bras d'enfant, toujours, dont j'ai le souffle coupé. Elle a porté sa main à sa tête. Qu'est-ce qu'elle fait ?

Elle a arraché ce voile blond, elle passe les doigts dans les cheveux qui se défont. J'ai vu. Mon Dieu, mon Dieu. Est-ce possible ? C'est terrible, comme ça tout d'un coup. Mais jamais elle n'a été plus belle, cela lui donne une autre douceur du visage que la dureté des cheveux noirs et lourds... Elle dit : « Tu as des ciseaux... », et ce n'est pas une question. Personne comme Blanche ne fait à la fois la question et la réponse (*Tu permets que je t'embrasse ?* comme elle disait après l'avoir fait). Les ciseaux... elle sait qu'il y a des ciseaux, ici, dans le tiroir de la desserte, comme il y a Pulchérie, elle me les demande, feint de me les demander avec ce geste agité de la main, de quelqu'un qui ne dispose pas de son temps. Je ne comprends pas. Alors elle les prend elle-même.

... Elle défit son peigne; tous ses cheveux blancs tombèrent. Elle s'en coupa, brutalement, à la racine, une longue mèche. — Gardez-les! adieu!

C'est incroyable, parfaitement insensé, dans un moment pareil, de ne pas pouvoir faire autrement que de penser à Frédéric Moreau, à Mme Arnoux.

« Non, — dit Blanche —, ne m'accompagne pas, Geoff', c'est un fou, tu sais... et il a si longtemps attendu... »

Quand elle fut sortie, Frédéric ouvrit sa fenêtre. Mme Arnoux sur le trottoir fit signe d'avancer à un fiacre qui passait...

Je n'ai pas reconduit Blanche à la porte, je n'ai pas soulevé le rideau de la fenêtre. Je ne lui avais pas demandé, quand elle a dit *c'est un fou* : « Et tu l'aimes ? » Il n'y avait pas besoin. La voiture là-bas démarrait avec une brutalité de fauve. Je ne suis pas si sourd. D'où j'étais, d'ailleurs, dans la pièce, j'ai vu tourner les phares. Et je me suis caché les yeux dans les mains, pour ne plus voir que l'oubli. Les cendres chaudes de l'oubli. Pourquoi n'avoir pas posé à Blanche la question, l'autre question, il s'agit bien de ce Monsieur! la question dont j'étais brûlé! Ah, pourquoi n'avoir pas demandé à Blanche ce qu'elle cherchait, à Java, dans l'*Hypérion* qu'elle se cachait pour lire ? et si j'avais compris plus tard, trop tard... ou si c'était une idée ?

La nuit m'était retombée dessus, malgré les lumières allumées je m'étais jeté sur le sofa, les yeux dans les coussins, comme si je mordais la nuit. Je tenais la mèche grise et je la fis glisser sur mes lèvres. N'était cela, j'aurais cru... mais même ainsi, même. Il était impossible que Blanche fût venue, que ce fût Blanche, qu'il y ait même eu quelqu'un... tout cela ne pouvait être que fantôme, imagination. J'avais un peu bu. Tu as un peu bu, mon Geoff'... Et puis, c'est comme cela, les êtres imaginaires. Vous savez, dans un songe, tout d'un coup, on voit une femme, on se dit mais c'est Blanche, et c'est Blanche, et le désir vous en vient, comme une folie, comme la jeunesse, et puis, je ne sais pas, ou on la perd, elle a glissé dans une foule, elle devait venir à un rendez-vous, n'importe, elle n'est plus là, et ce qui lui ressemble encore, cette vague forme, mais non c'est une autre, c'est autre chose, j'ai beau me forcer, m'efforcer, vouloir de toute l'âme, du corps, du corps, que ce soit elle, la retrouver, il n'y a rien à faire, rien... quand était-ce une illusion, tout à l'heure ou maintenant ? Ma petite fille, non, tu ne serais pas partie, toi, si tu étais revenue, tu ne serais pas repartie. Tu es une femme réelle, et non pas une apparition. Et non pas une apparition.

Voyons. J'ai un peu bu. Il faut dissiper le mirage. Personne n'est venu ici. Par conséquent aucune automobile n'a corné là, dehors, comme un loup. Personne n'est parti. Tous les détails de cette scène relèvent de l'imagination, de la pure et simple im... du langage imaginaire par quoi je m'explique l'obscurité de ma vie... le langage des fictions... tout ceci n'est qu'une scène de roman, l'explication romanesque... cette Blanche d'ailleurs, est-ce la mienne ou celle du Luna-Park où j'ai erré tantôt à sa recherche... il fallait même, ce n'était pas assez de l'invisible Blanche Hauteville, pour lui donner corps, deux projecteurs au moins, la lumière de Flaubert... J'ai un peu bu. Mais les héros de roman sont des fictions. Ma Blanche à moi n'est pas une hypothèse. Je vous dis que c'est une femme de chair et de sang, ma femme, et non pas une hypothèse, non pas une hyp... Si vous prenez le récit qui précède au pied de la lettre, cela montre que, au lieu de tenir le roman pour l'explication du réel, vous le confondez avec lui. Je me suis ? L'explication encore incomplète, car la scène de roman n'est pas le roman, pas la suite imaginaire d'où naît l'hypothèse, cette Blanche Hauteville que je n'ai même pas besoin de voir pour qu'elle joue ce rôle d'explication du monde, au-delà de ce qu'on connaît d'elle par des témoignages tangibles, les lettres d'hommes qui semblent, *qui semblent!* l'avoir connue... au-delà de ces témoignages, et de celui qu'elle-même donne pour voir clair dans le monde en mutation, à l'occasion (la lumière) de la guerre d'Algérie, des incidents de rue à Paris, une nuit au commissariat, la torture... Au-delà. L'hypothèse Blanche H. m'entraîne au-delà d'elle-même, moi, ou le lecteur, un Justin Merlin comme un autre, à *voir*, et non imaginer, des grandes parts de ce monde où nous vivions, sans en avoir connaissance, nous contentant de cette sphère restreinte où se déroule notre vie immédiate... sans tenir compte de ses prolongements de ce qui fait, pour dire brutalement les choses, que Paris, le décor français, tout cela me paraissait sa propre fin, et que je ne pouvais concevoir ce qui les liait à des faits lointains, pour parler le langage spatial, à d'énormes lacunes de ma conscience, que l'histoire contemporaine finit par me forcer à découvrir en moi, par exemple, tout ce sud du Maghreb, ce sable au-delà des pays dont j'ai sentiment, plus ou moins, pour le nom *romanesque* qu'on leur a donné, Maroc, Algérie, Tunisie... où en étais-je ? J'ai un peu bu. Là-bas où a disparu l'avion de Blanche Hauteville, au-dessus de ces confins où la vie est nomade, et des peuples voilés glissent avec le sable entre ces idées claires dont nous avons stupide fierté, avec leurs modes de vie, leur morale, leur sens autre des vertus, du crime, des valeurs... J'ai un peu bu. Personne n'est venu ici. Personne. Ce désert est un autre désert. Je n'ai pas, pour en sortir, les moyens *romanesques* d'un Justin Merlin, qui va *s'inventer* la survie de Blanche Hauteville, par un film de plus, et le speaker de la télévision s'étonne :

— *Blanche Hauteville ? Vous supposiez quoi, exactement ? Qu'elle n'a pas péri avec son avion au-dessus du Sahara ? Qu'elle a fait un atterrissage forcé et qu'elle a été capturée par le F. L. N. ?*

Parce que, quand s'écrit *Luna-Park*, en 1959, le plus simple, pour un homme de télé, est d'imaginer Blanche *capturée par le F. L. N.*, mais Justin :

— *Qu'elle est en vie. Personne n'a vu les débris de son avion. Ni son cadavre ou son squelette. Si elle est tombée dans le désert, si elle a dû marcher interminablement dans ce paysage lunaire du désert... d'or et d'argent... avec ces ombres que donne à la pleine lune une face humaine lorsqu'on la regarde de terre... Mais qu'est-ce que cela doit être quand on y est! Sur cette étendue inhumaine où l'homme est abandonné à la seule force de son âme! Blanche possède cette force. Aujourd'hui Icare est femme. Blanche Hauteville, pilote d'essai avant sa maladie de cœur, a offert sa vie pour découvrir, conquérir ou combattre... Peut-être est-elle prisonnière d'une secte maraboutique secrète, d'une des confréries religieuses rivales... Peut-être vit-elle parmi ces nomades, en plein moyen âge...*

Quand j'ai lu ce livre, il y a sept ans, j'étais sans nouvelles de Blanche. Une histoire de film aussi, qui se tournait au diable vauvert. Je me souviens du coup que m'a donné cette phrase : *Sur cette étendue inhumaine où l'homme est abandonné à la seule force de son âme...* L'auteur de *Luna-Park* ici ouvrant le rideau sur ce monde d'au-delà notre conscience, moi, je l'entendais à ma manière. On m'a raconté plus tard qu'un instant, au moins, elle avait songé à suivre Blanche Hauteville sur cette étendue inhumaine, à lui donner le sort d'une des figures mystérieuses de notre temps, cette Isabelle Eberhardt qui avait fui le monde lisse de l'Europe pour les hasards du sable et de l'âme. Ici, le roman cherchait dans la vie ce *modèle*, au sens cybernétique, l'explication de l'être imaginaire par une femme réelle, comme si la machine avait inversé sa marche... La fiction avait besoin de toutes les puissances du désert, des mirages africains pour s'expliquer une femme d'ici, ce qui semblait pourtant jusqu'alors à notre mesure, à la taille de nos limites. Mais Blanche n'est pas une fiction... Ah, laissez-moi, j'ai un peu bu. En fait de mirage. Je vous dis qu'il n'y avait personne, là, tout à l'heure. De ce côté-ci du miroir.

Mais qu'est-ce que c'est? Qu'est-ce que je tiens comme ça depuis un bout de temps, serré, dans mon poing gauche? Non, non. J'ai peur de rouvrir mes doigts. J'ai peur de cette *explication*-ci. Mes doigts. Cela... d'où... comment, mon Dieu, mon Dieu.

Une mèche de cheveux presque blancs, légers, expliquez-moi, vous, fantômes, déserts, nomades! expliquez-moi ces cheveux que je tiens... Vous. Insaisissables vous à qui je parle... Vous qui m'entourez... Vous dont les pas font à mes pas un bruit de feuilles froissées. Invisibles vous. Interlocuteurs du silence. Ombres de moi. Échos muets. Expliquez-moi ceci dans ma main vide, puisque personne, ici, ce soir, de toute façon, n'est venu. Une mèche de cheveux n'est pas une hypothèse. Reconstruire le monde à partir d'une mèche de cheveux.

J'ai trouvé, mettant de l'ordre dans mes papiers, de l'ordre! y mettant un autre désordre, une feuille de mon écriture, ce poème n'était pas de moi. Je l'avais traduit peut-être par désœuvrement, il y a de cela des années. Avec quelques ratures, des crochets inversant les mots. En français, ce n'est pas tout à fait un poème. Mais moi-même... Je m'intéresse à ce qui est dit, pourtant mon métier serait plutôt de prendre dans mes filets l'intraduisible. Je n'ai pas choisi, à ce point du récit, de rencontrer cette transcription maladroite. Mais, sans elle, comment passerais-je à ce qui suit? De ce qui précède à ce qui suit.

L'auteur. Je l'avais rencontré jadis. Nous nous étions baignés ensemble dans la Seine. Juste où l'Epte s'y jette. Tôt dans la saison, la fin d'avril ou mai commençant. Un petit rouquin râblé, le visage allongé par les pattes, comme s'il s'était agi d'accuser

la forme verticale du nez, jusqu'à la palpitation des
narines. Un joueur de base-ball volontiers sardonique.
Un nommé E. E. Cummings. J'ai eu de l'amitié pour
lui. Et puis son langage. Une mine d'exemples, mon
cher Pichon, si vous aviez lu l'américain... Nous
étions à peu près du même âge. Il venait tout juste
de publier *The enormous room*... mais c'étaient surtout les poèmes... Bien plus tard, quand je m'étais
déjà fâché avec lui, et au fond je ne me suis jamais calmé de cette rupture, si étranger qu'il me fût devenu...
j'avais je ne sais combien de fois essayé de traduire
ses vers : cela n'en donnait jamais qu'une version
juxtalinéaire, cela me laissait ce goût de l'insatisfaction, comme à l'animal qui tourne en rond dans
sa cage, l'impossibilité d'avoir le sentiment de l'espace.
Ce poème-ci, quatorze vers, une dimension de sonnet
(la cage !) :

Il se peut qu'il n'en soit pas toujours ainsi : et je dis
que si tes lèvres, que j'aimai, touchent celles
d'un autre, tes chers doigts forts saisissent
son cœur, comme le mien dans un temps pas très lointain :
Si sur le visage d'un autre tes doux cheveux reposent
dans ce silence que je sais, ou ces
grands mots en torsade quand, trop pleins de sens,
ils sont sans force devant l'esprit aux abois,

si cela doit être, je dis si cela doit être,
toi de mon cœur, envoie-moi un petit mot ;
que je puisse aller à lui, et prendre ses mains,
disant : Accepte tout bonheur de moi.
Puis je tournerai mon visage, et j'entendrai un oiseau
chanter terriblement au loin dans les pays perdus.

Mon Dieu, que cela, passant par moi, est devenu
pauvre, et toutefois. Irrésistiblement il me fallait
recopier ce papier raturé, sali, juste à cette minute où
Blanche dans la nuit s'éloigne avec un autre, avec
l'invraisemblance d'un autre. Car depuis longtemps,

dans cette histoire, tout n'est qu'invraisemblance.
Et, par exemple, que Geoffroy Gaiffier puisse écrire,
que ce soit Geoffroy Gaiffier qui puisse écrire ici ces
mots de Cummings. Je voulais d'évidence que ce fût
Geoffroy, et naturellement la référence à Édouard
Pichon, à ce temps où lui et moi connaissions le Docteur, pouvait encore prêter à confusion. Mais la rupture. Moi... Qu'est-ce que *je* dis ? C'était dans les
premières années trente, Cummings avait fait ce
voyage à Moscou d'où il était revenu, détestant tout
ce qu'il y avait vu. En ce temps-là, Geoffroy Gaiffier
était à Java, avec Blanche. Le livre de Cummings
ne lui était pas tombé entre les mains, et puis s'il y
était tombé, l'aurait-il blessé ? pourquoi l'aurait-il
blessé ? Mais moi... qu'est-ce que je dis ? Qui, moi ?
Un homme à qui toute critique, toute irrévérence
de ce qui se passait là-bas, dans ce pays où Geoffroy
Gaiffier ni Blanche n'avaient jamais mis les pieds, en
ce temps-là, était blessure à l'espoir, blessure à l'idéal,
blessure au désir... Je n'ai pas relu ce livre depuis
trente ans et plus. Je me dis, ces dernières années, que
je devrais... parce que peut-être, cette rage de voyageur, Cummings l'avait eue de choses que je ne croyais
pas, que je n'avais pas voulu voir, et que maintenant,
moi... Qui, moi ? (EIMI, dit Cummings, I me, Je,
moi... et qu'est-ce que ça signifiait donc en grec ?)
Ainsi j'ai glissé de Geoffroy à cet autre que je vois
dans les miroirs, ce vieil homme qui ne se baigne plus
dans la Seine au mois d'avril... Tout a pris couleur
d'invraisemblance. Le plus incroyable encore, c'est
de ne plus être ce qu'on croit encore, toujours être,
ce jeune homme. Lui, Cummings, il est mort, plus
ou moins à temps, enfin pour *moi*, il est resté ce jeune
homme, ce jeune homme que je n'ai plus revu, pour
des raisons que n'aurait pas eues Geoffroy Gaiffier,
alors, à Java. Il ne s'agit pas tant d'E. E. Cummings,
le poète américain, qui fut mon ami, que de cette
distance entre Geoffroy Gaiffier et moi. Geoffroy
Gaiffier, défini par ses différences d'avec moi : son

père était un acteur, il fume, lui, et moi, depuis 1921,
j'ai cessé de fumer, on sait ça. Il parlait, il racontait
ce soir de Blanche, dans la montagne au-dessus,
au-delà de Grasse. Il n'y avait pas de raison qu'il ne
continuât pas. *J'ai trouvé,* disait-il, *une feuille de
mon écriture,* c'était lui, la première personne. Et
puis. Celui qui parle ne fume plus. Depuis 1921.
Est-ce que la venue de Blanche, tout d'un coup, m'a
fait perdre le contrôle de moi-même ? Que m'est
Blanche, rien! la femme de Geoffroy Gaiffier, voilà,
qui l'a quitté, il y a de ça dix-huit ans, un peu plus,
je ne sais pas bien. Ce ne sont sans doute ni ce type
qui se prend pour un linguiste ni cette femme que
je n'ai jamais fait qu'entrevoir dans les années d'il
y a un quart de siècle, qui peuvent ainsi brusquement
ébranler la conscience que j'ai d'être cet homme-ci,
et pas un autre. Autre chose a dû... Bien sûr! La mèche.
Je le vois de façon claire. La mèche de cheveux.
Quand ce ne serait pas ceux de Blanche. Quand ce ne
serait pas mes doigts sur eux refermés. L'invraisemblable, une fois de plus. Cette mèche de cheveux,
comme la pipe de Geoffroy Gaiffier chez Marie-Noire.
Comme l'horloge parlante détraquée... ah non, ça,
c'est un fait tangible. Enfin, il ne faudrait pas y
regarder de trop près. Il n'y a plus de Geoffroy Gaiffier,
en tout cas, comme il n'y a plus de Marie-Noire, et
jamais ne s'éclaircira *le fait* que c'est Marie-Noire
qui s'imaginait Geoffroy, ou que c'est Geoffroy qui.
Jamais. Seulement, de tout cela, est né un doute, un
doute sur toute chose jeté... A commencer par moi.
A commencer *sur* moi. Qui suis-je ? Celui qui parle.
Celui qui parle et ne peut se retenir de se nommer.
Non pas des mots dont il signe. Mais de sa conscience
d'être. Je, moi. Sa conscience d'être dans les mots.
Ah, il avait raison, l'autre. Contre Stendhal. Je veux
dire de lui reprocher, à Stendhal, d'écrire, de penser
de Julien Sorel *notre héros.* Sortir de soi-même. Abdi-
quer d'être celui-ci, nul autre. Seulement, je ne suis
pas très sûr qu'il y soit parvenu, Balzac, à Stendhal

qui disait... Ni lui ni personne par la suite, malgré la tentation. Il ne suffit pas de ne point parler à la troisième personne, et ce n'est pas même de la troisième personne qu'il s'agit, mais de la première absente, voilà. Quand Balzac parle, il croit se cacher, mais je le vois. Personne d'autre que lui n'aurait pu écrire ces pages où il se suppose invisible. Ai-je pouvoir de m'effacer ? Est-ce vraiment s'effacer qu'être le récitant, que de se borner à être le récitant ? Même au-delà : si la chose écrite semble relever d'une sorte de révélation anonyme, si le récitant disparaît, est-ce assez de la troisième personne, de l'impersonnalité du discours, n'est-ce pas encore le discours de quelqu'un ? Un homme masqué n'est pas autre chose qu'un homme. Et il n'y a qu'apparemment progrès si au lieu que ce soit lui qui dit, c'est une manière de généralisation de la troisième personne, de la personne des choses, non plus *il*, mais *on*. Le tour de passe-passe, qui transfère le roman, aveu ou mensonge, de l'homme défini, du monde des personnes, à celui de l'indéfini, au monde de l'on-dit, n'est qu'une précaution oratoire toute passagère, un masque prêt à tomber quand quelque chose va toucher profondément la chair, va toucher la chair dans ce que vous appelez aussi l'*âme*.

On voudrait, ah, comme on voudrait être à l'abri du regard, à l'abri du ricanement, des doigts des autres! On a inventé le roman pour ça, puis voilà que le mur se fait transparent, l'alibi tombe, c'est toi, c'est toi, le meurtrier! Non, il ne suffit pas de ne pas dire *notre héros*. Il ne suffit pas de crier qu'on ment, non plus. Même les contes de fées... Celui qui écrit est nu. On lui voit ses plaies, ses cicatrices, sa force et sa faiblesse, son sexe et son âme.

Je ne crois pas à l'homme abstrait. Parce que c'est bien de cela qu'il s'agit. Il faudrait que la chose écrite sorte d'un homme abstrait. Plus qu'impartial, incolore. Un homme absent. *L'on parfait*. Qui a capacité de tenir une plume ou de frapper les touches d'une machine à écrire. Rien de plus. Il ne s'agit pas seulement de lui interdire de juger, de dire et déjuger à la fois, cela, c'est si simple, cela va de soi. Mais d'être lui. L'homme abstrait, par exemple, si vous pouvez l'identifier dans son langage, s'il a un style, une prose, par quoi il se fait prendre, ignorant lui-même qu'à ce tic, ou ce chant, ce charme, on le reconnaît, il est perdu comme l'assassin qui n'a pas cru laisser les empreintes de ses doigts dans la chambre du meurtre... Et il inventait sans fin les écrans entre lui et ceux qui vont lui demander compte de ses actes. Il passait d'un sosie à l'autre, il se faisait simple jongleur, ou donnait la parole à n'importe qui comme s'il s'arrachait la langue, pas seulement comme ce gros homme de Flaubert à Mme Bovary... le jeu va se compliquant, se pervertissant, de faux aveux en faux aveux, mais jamais, jamais, je n'atteindrai l'homme abstrait. J'ai beau me dire, j'ai beau vouloir, j'ai beau me tromper moi-même... J'ai beau tenter d'écrire mes histoires comme des comptes de cuisine ou le code civil, l'homme abstrait n'est ni Vatel ni Napoléon. L'homme abstrait parle un langage qui n'a point de part à ce qu'il dit. Il fait les comptes de quelqu'un d'autre sans se préoccuper de savoir si celui-ci peut ou non payer. Il y a entre lui et l'homme tout court, la distance du cri au bilan. Il est celui qui tire le trait de l'addition : étranger à la somme qu'il inscrit en-dessous, car elle ne peut être que cette somme-là, et point une autre, il n'entend pas l'oiseau *chanter terriblement dans les pays perdus*, il n'est là que pour conclure, d'une opération que rien ne peut détourner de ses données, le résultat implacable, qu'un autre à sa place inscrirait semblable. Mettez-le devant une guerre : il saura le nombre des morts, le prix des armes, mais rien, jamais, ne protestera devant les chiffres, rien de lui qui a pour fonction de chiffrer, et chiffre.

    Essayez de prendre sa place. Essayez d'être lui. Sa voix blanche. Sa mécanique parfaite. L'incontestable de ce qu'il aura formulé. Même l'invraisemblable.

Qui, passant par lui, devient le vrai. Vrai comme un tribunal sans appel. L'irrévocable de ses jugements. Et peut-être que tu n'as pas tué cet homme, mais il est décidé que tu l'as tué. L'être abstrait ressemble à la loi, il en a la force, et pour le récuser il faut abattre tout l'édifice des lois, rebâtir la science de la plus lointaine étoile au détail quotidien, si bien que n'importe qui reculera devant la dénégation de ce qu'il avance. Il est moins cher de le croire que de douter de ce qu'il dit.

Et si l'on vous a mis dans la main cette mèche de cheveux, même si personne n'est venu, si tout cela n'est qu'un rêve, il vous faut accepter le monde tel qu'il est avec cette mèche de cheveux-là.

Non, ce n'est pas une hypothèse.

IV

« QUI ÊTES-VOUS, M. BONHEUR ? »

Je me relis. C'est-à-dire que j'assume la responsabilité de tout : Gaiffier, Marie-Noire, moi... l'abstrait, et l'autre. La cohérence et l'incohérence. Le possible et l'impossible, l'incompatible je veux dire, et donc ce n'était pas le possible non plus, mais le réel. Toujours cette question. Par exemple. Page 197 : ... *un livre... où un metteur en scène entre deux films, s'est payé une maison de campagne, quelque part en Vexin...* D'où ai-je tiré que c'était en Vexin ? Rien n'est dit sur la situation de la maison de Justin Merlin dans *Luna-Park*. Ça ne doit pas être très loin de Paris, voilà tout. Peut-être du fait que la femme de ménage, Mme Vavin, avant de venir habiter ce village, tenait un commerce à Gisors... Rien ne prouve qu'elle soit restée dans la région. Elle aurait aussi bien pu avoir un commerce à Marmande. Non. C'est que l'auteur a dû dire à quelqu'un... ou l'ai-je inventé ? Bernard de Jumièges, vous savez ? il avait vendu Artémidore un beau jour, ça lui faisait trop d'ennuis, les métayers, et il avait acheté une maison dans le Vexin. Est-ce qu'elle ressemblait à celle de Blanche Hauteville ? Non. Il me semble qu'à part la cuisine, ce dont Blanche avait fait sa cuisine, aucune pièce ne ressemblait à la bibliothèque où Justin *choisit* de lire *Trilby* : *Le plafond ici était assez haut, puisque la bibliothèque* avait la hauteur du rez-de-chaussée plus l'étage, ce qui lui donnait un air de chapelle, d'autant plus qu'elle était arrondie à un bout, avec des placards dans les coins, derrière les boiseries en rond, et que les fenêtres étroites et hautes appelaient les vitraux... Rien de semblable dans la maison du Vexin, chez Bernard. Par contre, on aurait dit que c'était la description de la bibliothèque des Morfontaine, près de Saint-Césaire, où était venue Blanche. Il y a entre la maison de Blanche, je veux dire de l'autre Blanche, la maison qu'a louée Justin, et la région du camping, environ soixante-dix kilomètres. Si Justin Merlin vient du nord du Vexin, soixante-dix kilomètres, ça le mène au sud de Rambouillet avec les détours. Le camping devrait être à la limite de la forêt de Rambouillet, ou de celle de Dourdan. Mais, à la fin du roman, après l'incendie de l'usine de matières plastiques à côté de chez Blanche Hauteville, Justin reprend sa D. S., gagne le camping d'où il n'a guère qu'à attraper une Nationale pour arriver, semble-t-il, très vite au Centre de Recherches de Saclay, ayant sans doute fait pourtant une trentaine de kilomètres. Cela correspond tant bien que mal à l'endroit où l'itinéraire de Geoffroy Gaiffier, passant par la Fac' d'Ors' pour s'en aller chez Paul et Perdita, doit se croiser avec celui de Justin. Or, le camping est près d'Antibes, et non point où le fixe *Luna-Park*.

Qu'est-ce donc à la fois qui a poussé son auteur à situer la maison de cette Blanche, comme si elle était placée où Bernard avait la sienne, mais en déguisant la maison, la faisant autre, tandis que celle de Paul et Perdita, probablement d'imagination pure, ressemble à la *vraie* maison de Blanche, je veux dire, à la maison où j'ai pour la dernière fois vu Blanche... et se trouve à une distance moindre du *vrai* camping si l'on prend la route naturelle, mais à tout juste soixante-dix kilomètres en suivant l'itinéraire bizarre de Geoffroy parti pour le nord, obliquant sur Coursegoules et ainsi de suite... Comment a joué d'une histoire sur l'autre la mécanique des reflets ?

Il y a d'autres sortes de reflets. Dans la bibliothèque même de Perdita, *Trilby* qui est lecture des deux Blanche, l'une à Java, l'autre en Vexin. Les livres d'Isabelle Eberhardt... mais cela nous entraînerait trop loin, si je vous menais au Collège de France où M. le professeur Berque partageait son temps de parole avec Roger Garaudy... ça devait être en 1964, on m'avait installé une chaise à la porte de l'amphi comble, et quand Berque entreprit de raconter la vie de *cette Russe musulmane qui, à la fin du XIXe siècle, avait apparu en Algérie, y menant la vie des Arabes...* dois-je l'avouer ? j'en ai eu la tête détournée de la leçon, il n'a plus existé pour moi que Blanche Hauteville, soudain expliquée, et le cœur me battait d'une autre, qui ne s'appelle pas Blanche... de *l'incompatibilité* de cette vie qui est la nôtre avec l'imagination... Et dans la bibliothèque de Perdita, il y a *Le Grand Meaulnes*, *Le Château des Carpathes*, *Les Hauts de Hurlevent*... trois histoires d'amour où la femme diversement est inatteignable à l'homme... mais la maison de Sologne qu'Augustin Meaulnes n'arrive pas à retrouver ne ressemble pas plus au *Camping du Cheval mort* qu'au *Château des Carpathes*. Il y a entre le jeune Meaulnes et Gaiffier toute l'histoire d'une longue vie, Geoffroy diffère moins du héros de Jules Verne, écoutant et reconstruisant avec des machines sa Blanche à lui, qui est morte, tandis que Justin Merlin ne la connaîtra, pourtant vivante, que par les lettres de ses amants : *Lorsque Justin avait pour la première fois fermé les rideaux en fausse tapisserie, majestueux à cause de leur longueur, et allumé la lampe en opaline blanche, il eut si fortement le sentiment de surprendre l'intimité de quelqu'un, qu'il se retourna comme pris en faute...* et sans doute Geoffroy Gaiffier s'il n'a pas, s'il n'a jamais pu saisir le secret de Blanche, s'il n'osait lui poser la question simple (*Qu'écris-tu là ?*), s'il était réduit aux conjectures devant la femme qui *semblait* partager sa vie, c'est aussi que, devant *sa* femme même, il avait le sentiment de surprendre quelque chose qu'il n'avait pas le droit de savoir, une intimité qui ne lui appartenait pas, celle de l'âme... Mon histoire est peut-être celle de tous les hommes qui aiment vraiment une femme, et non pas une anomalie, *un roman*, mais le métalangage des hommes pour qui la passion rend toujours sensible en son objet ce qu'il a de toujours insaisissable, cette fuite qu'on a beau serrer dans ses bras, le modèle de leur malheur... Ah, vous parlez de la réalité ! On ne saura jamais ce qui fut vraiment de l'être avec qui l'on a vécu, aimé, dormi, parfois pleuré, toute la vie... Jamais. Le vertige d'une femme, c'est soudain de la sentir absente, autre, étrangère. Celui qui n'a jamais éprouvé cela, dites-moi, osez me dire qu'il aimait ! Si quelque fou qui me ressemble, un jour, après des années et des années à tenter de comprendre une Blanche, ou une autre, en arrivait à l'étouffer dans ses bras, à l'étrangler de ses mains, à chercher de ses doigts dans sa chair le cœur ou l'âme, croyez bien, ah, croyez bien que j'aurais de lui pitié comme de moi-même.

C'est la seconde ou la troisième fois que le mot *anomalie* me revient à propos du roman, la première, vous avez oublié, c'était où je parlais d'Hipparque, qui le premier, deux siècles avant Jésus-Christ, constate... je ne vais pas reprendre ainsi la chose par l'histoire de l'astronomie, il s'agit pourtant du roman, cette astronomie de l'homme. J'ai rêvé sur ce mot. *Anomalie*, dit le dictionnaire, *ce qui anomal*. Nous voilà fixés — pour le psychologue c'est *un écart important relativement au comportement moyen d'un groupe d'individus dans une situation donnée*. L'irrégulier manque à la règle du système solaire ptoléméen, et c'est cela qu'Hipparque constate, d'où il *devrait* déduire la rotation de la terre autour du soleil, seulement il n'y songe pas, ou tremble d'y songer, qui sait ? Qu'est-ce qui ne tourne pas rond dans les sociétés où nous constatons par *l'écart important* et ainsi de suite que peut-être le soleil n'est pas fixe ? Il y a les anomalies du langage, ses verbes irréguliers. Partout dans les sciences, où l'anomalie surgit, elle nous force à nous demander quelle hypothèse devenue peu à peu la loi vient de perdre sa valeur d'organisation du monde chimique, mathématique, biologique ou social. La science progresse à chercher la règle de l'irrégularité, à *oublier* ce qui était jusque-là la règle, parce que la règle est mise en échec par l'irrégularité, l'anomalie, une seule. Quand j'ouvre le journal chaque jour, les faits divers sont les anomalies de la vie humaine. Ils sont inexplicables à celui qui mesure tout aux règles de vivre, à la loi. Ils remettent la loi en cause. Et telle est la naïveté de l'homme qu'il cherche dans une transformation de la loi générale des sociétés la réduction de *toutes* les anomalies sociales. J'ai été de ces braves gens qui ont cru dur comme fer qu'il suffisait de changer le système de distribution des biens pour que disparaissent les vols, les assassinats, les malheurs de l'amour, que sais-je ? Je n'exagère pas. J'ai pensé ainsi, moi comme d'autres. La représentation que nous avons des choses n'embrasse pas forcément la complexité de la vie. La science des anomalies...

Le roman est *une* science de l'anomalie. L'excellent M. Karl B. Popper qui disait que les meilleures hypothèses étaient les plus improbables faisait une remarque qui s'applique *remarquablement* aux romans. Parlant d'Hipparque, je me laissais aller à dire avec aplomb : *un jour quelqu'un calculera l'erreur équinoxiale de l'esprit humain*... on me dira que ce n'est qu'une image, mais vous, alors ! l'image, c'est mon domaine. Un jour, ayant établi la fausseté de la fixité des équinoxes, de ce qui est équinoxe de l'esprit, l'anomalie cessera d'être une anomalie, pour devenir la rectification du calcul, et nous en apprendrons de belles sur le soleil, sur notre soleil à nous.

Je me relis, et tout cela me tourne dans la tête, comme une lumière éclatante. Je me perds. J'oublie ce que j'allais dire, parce que le siège en moi de l'ano-

malie est à la fois objet et sujet. Vous ne me suivez
plus ? Ce qui vous trouble, c'est ce mélange de la
science et de ce qui par définition n'est pas objet de
science. Mais au fait, c'est aux définitions que j'en
ai, c'est elles que je remets en cause. En 1958, préfa-
çant les *Readings in Linguistics*, mon éminent collègue américain Martin Joss écrit : *Une proposition
scientifique est une proposition vulnérable*. Allez après
cela nier le caractère scientifique du roman! C'est la
vulnérabilité du roman qui nous apprend de la vie
ce qui échappe à la règle, ce qui fait le caractère éphémère de toute loi. Le roman, je *vous* dis, est une science
de l'anomalie. Le point de vue jossien n'est pas un
paradoxe. Peut-être pourrais-je lui apporter quelque
appui en comparant l'idée qu'on se fait de la science
comme d'une donnée immuable et la perpétuelle
mutabilité de la science. Je dirai que nous tenons
pour scientifique une proposition sans faille dans *un
contexte donné*, qu'elle est scientifique dans la mesure
où dans *ce contexte-là* elle n'est pas vulnérable, mais
que si le contexte est remis en question la proposition perd le caractère scientifique. Non pas qu'elle
soit devenue vulnérable, elle a simplement cessé d'exister. Par contre une proposition vulnérable dans un
contexte un beau jour contesté, perd sa vulnérabilité en entrant dans un nouveau contexte, l'anomalie devient donnée, il n'y aura plus de science hors
d'elle.

Je parlais du roman. Et si je puis considérer tel
ce manuscrit *anomal* que je viens de relire, j'y remarque une série d'invraisemblances que, dans un
système clos du roman, son auteur chercherait d'abord,
à toute force, à réduire. Pour le rendre croyable. Ce
qui tiendrait plus de la prestidigitation que de la
science. Regardons en face nos anomalies.

Il y a l'histoire de la pipe et de la blague à tabac.
A l'origine, ces accessoires ont servi à l'auteur à distinguer de lui qui ne fume pas le personnage de Geoffroy Gaiffier. Parce qu'il tient, c'est d'évidence, à ce

que le lecteur ne le confonde pas avec son personnage. Une longue expérience, sans doute, lui ayant appris non seulement que c'est possible, mais que c'est la règle générale, au moins depuis Flaubert, Mme Bovary, etc. ; et je le soupçonne même d'avoir entrepris ce roman-ci pour en finir avec cet éclairage fixe des romans, qui fait que le premier imbécile venu sait désormais que pour comprendre quelque chose à un roman, pour se montrer intelligent, il lui fait *éclairer* le personnage de roman avec le personnage de l'auteur, et naturellement en premier lieu attribuer audit auteur toutes les turpitudes de ses bonshommes, ou bonnes femmes. Aussi a-t-il pour éclairer, lui, par exemple, Maryse, choisi de jouer ce bon tour de prendre pour soleil un livre de Flaubert, *L'Éducation sentimentale*, et de me mener par la main jusqu'à la mort de Maryse, avec la vie imaginaire de Mme Arnoux et la vie réelle d'Élisa Schlésinger, tout en confondant Maryse et Rosanette. Cela peut passer pour du *procédé* et sans doute se trouvera-t-il un critique pour l'excuser, comme une démarche éminemment romanesque. Le malheur est que, moi, je tiens à l'inexcusable, à l'inexplicable dans le contexte donné. J'écris, l'auteur abstrait écrit : « ... *si l'aventure d'Élisa Schlésinger a été initialement choisie pour être, au moment venu, le jour jeté sur la fin de Maryse... comme on ne peut pas nier la préexistence du roman de Flaubert, il faut supposer que le roman de Maryse y trouve son origine. Ce qui est contraire aux simples faits...* car Maryse n'est pas un personnage imaginaire, sorti d'un roman déjà écrit, mais une femme que j'ai connue et qui est morte dans les conditions rapportées, sans aucune invention de ma part. Je n'ai pas pillé Flaubert, mais la vie. Il vous semblait que la lumière de Flaubert faisait Maryse, et vous voilà en présence de l'anomalie d'éclairage. Il y a là quelque chose qui ne colle pas. Hipparque l'a bien remarqué, mais de là à remettre en question le système terrestre, à inventer le système solaire, il y a un petit écart de mille huit

cents et quelques rotations de la terre autour du soleil.
   Ne cherchez donc pas à *expliquer* les interférences des personnages de Flaubert et de la malheureuse Maryse. Il n'y a pas moyen de le faire sans remettre en question le système du monde et je sais bien que vous en vous garderiez comme de la peste, les philosophes vous en refusant le droit et comme ils ont raison! Imaginez ce qui se passerait, si tout le monde se mettait de la partie.
   Tout cela prépare l'examen d'une autre anomalie, et vous m'y voyez venir. Mais n'explique pas l'affaire de la pipe et de la blague à tabac, amorcée, interrompue, mais pas oubliée. Débarrassons-nous donc de ces objets vulgaires. Je viens de dire qu'ils avaient été en premier lieu soigneusement préparés comme signes distinctifs de Geoffroy Gaiffier, pour qu'on ne puisse confondre ce Monsieur avec moi, l'auteur. Mais cela n'impliquait pas la manipulation de ces objets telle que je n'ai pas pu me retenir de la pratiquer, une première fois chez Philippe M... en présence de Mme Paupière, en janvier 1966, et un peu plus tard... C'est Gaiffier qui prend l'histoire de la blague et de la pipe sur le radiateur pour une preuve que l'hypothèse Marie-Noire, comme il dit, est devenue inutilisable, cette enfant, prétend-il, ayant inventé toute cette affaire en dehors de lui, et lui pour sa part, venu ou pas chez Pihlippe n'y ayant jamais oublié sa blague et sa pipe. L'explication qu'il donne de cet incident tend à en faire une pure et simple invention de Marie-Noire. Il est clair que c'est une façon un peu simple d'éviter l'explication qu'exige le lecteur. Qui a pleinement le droit de douter de tout, rien qu'à cause de cette pipe et cette... Cela peut paraître disproportionné, mais il en va ainsi. Une hypothèse qui en vaut une autre est que, moi l'auteur, sous le couvert de Marie-Noire d'abord, ensuite de Geoffroy, j'ai utilisé ces ustensiles précisément pour faire lever, maintenir le doute du lecteur sur la réalité de tout ce que je lui dis. Mais quel intérêt y ai-je? A vous de le deviner.

En tout cas, c'est une explication comme une autre.
Et maintenant le doute est en vous, comme je l'avais
fait naître, vous vous souvenez, à propos du personnage de Fargue, Léon-Paul. Vous avez oublié? Ah,
naturellement. Rangez-moi cette pipe au magasin de
la féerie. Il y a dans ce livre une anomalie autrement
sérieuse, et c'est Blanche Hauteville, aviatrice.

Si *Luna-Park* avait paru en 1939 on pourrait
comprendre qu'en 1942 ou 43 on ait fait à Blanche
Gaiffier des faux papiers à ce nom. Mais *Luna-Park*
a été écrit en 1959. Donc Blanche ne peut guère avant
cette date avoir pris le nom de Hauteville, et la profession de l'invisible héroïne de *L'Age de Nylon*. Tout
ce qui tente de faire croire le contraire ne peut être
qu'une invention de Geoffroy Gaiffier, tentant d'*éclairer* Blanche par *Luna-Park* comme Maryse par *L'Éducation*. Il faut donc que la lettre de 1946 au Ministre
de l'Intérieur, signée Aragon, soit un faux. Mais rien
n'explique cette étrange entreprise contre le temps.
Pourquoi faudrait-il que Blanche Gaiffier, ce qui reste
mystérieux aux yeux de Geoffroy dans Blanche, s'identifie avec cette aviatrice, que nous ne connaissons
que par les lettres de ses amants, pourquoi Geoffroy
Gaiffier introduit-il ici cette donnée, les amants de
Blanche Hauteville, quand rien ne lui est plus intolérable que d'imaginer des amants, fût-ce un seul, à
Blanche? Il ne suffit pas de se dire que par ce moyen
singulier Geoffroy jette à ses propres yeux un air d'invraisemblance sur l'existence même de ces amants.
Non. Il faut considérer Blanche, la Blanche de Java
aussi bien que celle de la Résistance, identifiée à
Blanche Hauteville, comme une anomalie temporelle,
laquelle suppose que d'où Blanche est regardée une
erreur de vingt ans et plus n'est pas perceptible, si
bien que les deux images, Blanche Gaiffier, Blanche
Hauteville, puissent paraître superposables, identifiables l'une à l'autre. Mais d'où je lis, rien ne me permettra d'effacer l'anomalie, l'auteur abstrait a consciemment pratiqué *l'improbabilité* comme un élément

du roman, il a fait du roman même une anomalie.

Et le fait que Blanche, à Java, ait prétendu ne pas lire *Hypérion*, tout en citant le *Thalia fragment*... les raisons de cette dissimulation, l'importance que cela prend aux yeux de Gaiffier, l'obsession qui en poursuit celui-ci à travers les années, ce caractère d'inexplicabilité, d'inexpiabilité, l'absence même de tentative sérieuse pour justifier la chose, tout cela contribue à donner au roman cette lumière de l'anomalie, qui règne parfois sur les scènes de la télévision, quand sous le prétexte de régler un poste, tripotant à l'aveuglette, on se trompe de bouton, et le dessin sort des personnages tout se fait transparence, le monde s'incurve d'un côté, les jambes sont incroyablement courtes, les mentons énormes, les nez concaves. Je vous dis que pour remettre le roman au point, rien ne servirait d'inventer des réponses aux questions qu'il soulève : c'est le système du monde qu'il faut changer. Ou tout au moins le roman, les lois du roman. Pour commencer.

Je repasse la parole à M. Gaiffier. A toi, mon Geoff' !

Si le progrès de toute science pendant un certain temps s'est fait dans le cadre de l'hypothèse devenue loi, c'est-à-dire n'a été que le développement d'une donnée qu'on ne discute plus, le progrès à proprement parler c'est autre chose : c'est ce moment de la méditation où l'esprit bute sur l'anomalie, sur ce qui ne peut être expliqué par la loi reconnue, et il doit alors inventer une loi nouvelle, non seulement qui enveloppe l'anomalie, mais permette d'expliquer une série analogique d'anomalies, que je n'ai pas encore rencontrées, que je souhaite rencontrer pour me prouver le bien-fondé de la loi nouvelle. Tout progrès est l'oubli d'une loi ancienne, par quoi l'anomalie perd le caractère d'anomalie.

Je ne sais ce qui m'avait amené à donner cette forme

à ma pensée. Probablement ces pages pour la centième fois feuilletées de *Luna-Park*, qui est à mes yeux le type du roman d'anomalie. Je voulais développer cette idée, j'avais pris du papier, je m'étais installé sur la murette qui sépare la première de la deuxième terrasse, où s'étage le jardin des Morfontaine.

Le phénomène singulier de ce roman, c'est que tout s'y passe comme si le dessein de l'auteur était de nous montrer Blanche Hauteville sans qu'on la voie, par le truchement des lettres trouvées dans le secrétaire d'une maison louée. Ces lettres sont de sept hommes différents et tout à l'air de se passer comme si, de ces sept points de vue, était éclairé le personnage de Blanche. En réalité, même en y adjoignant le témoignage du vieux baron qui a rencontré Blanche et en parle à Justin Merlin, et les lettres de Svengali à Trilby, dans le livre de Du Maurier à la lumière de quoi Justin imagine Blanche Hauteville, cette fois par métaphore (se servant comme moi *d'un roman* pour imaginer Blanche), rien de tout cela ne nous permet de voir Blanche. Par contre, ces hommes, eux, nous les voyons. Il faut donc considérer que c'est Blanche qui éclaire ces hommes et non l'inverse, et plus : ce que nous voyons, ce ne sont pas ces hommes tels qu'ils sont, mais tels que Blanche les a rendus... et par là, par la nature de la modification qu'elle leur fait subir, nous apprenons de Blanche une chose essentielle, une propriété qu'elle a d'agir comme un *révélateur* sur les hommes qui deviennent amoureux d'elle. Par exemple, le grand physicien Charles Drot-Pendère... Justin qui le connaît comme on connaît les hommes célèbres, soudain le surprenant dans une situation inattendue s'écrie : *Drot-Pendère! Le grand physicien... c'était fou en effet.* Ou bien Raymond, cet écrivain de Saint-Germain-des-Prés... Il lui écrit, parce qu'elle a découvert en lui *le sale type* qu'il est : *Dites-vous que grâce au personnage exemplaire que vous êtes, j'aurais tôt fait de détruire en moi ce qui s'oppose encore à une entente que nous voulons tous les deux. Vous seule brillez de cet éclat auquel je ne me suis jamais trompé, et qui est celui des apparitions ou des annonciations...* Et il lui faudra reconnaître, avouer ce qu'il est : *Je ne suis pas un sale type. Tout au plus un produit de la guerre, de la défaite... et ce qui s'ensuit.* Laissons cela, et les autres, le mari, le journaliste, le politicien, Tom le scientifique... L'anomalie tient à ce que, croyant les connaître par eux-mêmes, en réalité nous ne les voyons que par le rayonnement de Blanche. Vers les deux-tiers du livre, le système est brusquement dénoncé parce qu'une lettre adressée à *Monsieur J.-L. Hauteville* n'a pas trouvé le mari et fait retour à l'envoyeur. C'est-à-dire à Blanche. Ici Blanche parle pour lui et pour nous : c'est où nous apprendrons l'aventure, qui *comme une catastrophe de chemin de fer* a donné un tour nouveau à la vie de cette femme en 1957. La manifestation, l'arrestation, le commissariat, la découverte d'une autre vie, d'autres hommes, de la torture, de ceux qui risquent leur vie, et cette volonté de partir, d'aller voir de près ce qui est la cause de tout cela, *l'anomalie*, ce qui se passe là-bas *là où il y a la guerre* et où *il y a toujours la souffrance humiliée de l'homme... Je me trouverai dans les parages où le désert vient lécher les frontières de la Libye et de la Tunisie... Dans le désert où naviguent les nomades, des tribus secouées par la guerre dans le sable sans frontières. De là, j'irai où je pourrai. Il me faut savoir...* Mon Dieu, comme je comprends cela aujourd'hui, quand les nouvelles de l'Insulinde ou du Viêt-Nam me réveillent en sursaut la nuit! Ce qui arrive ici, avec Blanche Hauteville, c'est l'inversion de l'habituel problème humain : il ne s'agit plus de se connaître, mais de voir, de comprendre les autres, le drame extérieur, sans lequel ce temps n'a plus de sens, ni moi-même. Il est pour moi, en tout cas, d'évidence que, même si l'auteur leur apporte quelques modifications, ces lettres sont des lettres *vraies*, peut-être pas toutes, et même il me semble reconnaître un ou deux de ces hommes, leur voix... Et sans doute, à les lire et relire, il me semble que Blanche, c'est moi qu'elle me fait connaître, moi qu'elle force à voir clair en moi, en cet homme que sa femme a quitté lui disant un jour : *Plus jamais... ne me fatigue pas.* Ce n'est pas dans le livre. Mais cela ressemble, cela ressemble tant... Moi aussi, Blanche, c'est par tes yeux que je me suis *finalement* vu tel qu'en moi-même enfin... que je me suis vu à ta lumière, et ne vis plus depuis que pour en mourir...

Blanche, comprends-moi. Le roman... cet étrange passe-temps que tu as choisi peut-être parce qu'il m'était interdit... j'essaye par le roman de m'assurer de ce que je suis, j'ai pu être, j'essaye par cette route étrange de te retrouver dans mes bras, comme si tu ne t'en étais jamais échappée. Le roman comme méthode... et tout ce système construit... Je vois très bien en quoi toute cette théorie, cette justification de notre vie, je veux dire cette théorie du roman, en quoi elle pèche, là surtout où je cherche à la fois l'explication du roman de Blanche Hauteville, et de ma propre vie. La succession des faits dans l'un comme dans l'autre cas doit quelque part contenir une erreur... Je me sens comme celui qui recommence vingt fois une addition, et trouve à chaque fois une somme différente... c'est ce qui m'arrive toujours quand je prépare ma déclaration pour le percepteur. Je ne m'en tire au bout du compte qu'en lui demandant de faire l'addition lui-même. Comme ça, l'erreur, s'il y en a une, je n'en suis pas responsable. Je pourrai toujours dire après qu'Euclide s'est gourré... Mais cette autre addition, je ne peux pas te demander, Blanche, de la faire pour moi.

Il faisait une chaleur de vent tombé. Ce matin encore l'août était glaciaire : on voyait au loin les premières neiges vers l'Italie. Puis peut-être que l'été s'était aussi trompé dans son calcul. Je brûlais merveilleusement. Je me disais *je brûle*, comme si j'étais sur le point de faire une découverte, quand le klaxon d'une voiture m'arracha brutalement à mon rêve.

Il n'y avait pas qu'une voiture, il y avait un train de voitures. Une deux-chevaux, une Chevrolet décapotable, deux I. D., une petite je ne sais quoi rouge foncé, tout un tas de gens sur la route, de grands gestes, des types en short, un gros monsieur à Panama, deux filles, l'une très laide, les caméras, le sigle de l'O. R. T. F. sur l'arrière d'une camionnette, et un jeune homme que je ne reconnus pas tout de suite parce qu'il avait changé de coiffure, et puis qu'il était tout de même plus habillé que d'habitude, dans son logement parisien avec Marie-Noire. Pourtant il n'y avait pas de doute, c'était Philippe M... avec un corps expéditionnaire, à la recherche d'un décor pour un film de vingt minutes destiné à la deuxième chaîne.

« M. Gaiffier! M. Gaiffier! » lui criait-il. Ce qui était une fois de plus contraire à toutes les conventions entre nous, puisqu'il était supposé ne m'avoir jamais rencontré. Était-ce encore une anomalie de passage? Je le fis entrer dans la maison, parce que tout le monde avait besoin d'ombre, et aussi de whisky. Personne à part lui ne semblait me connaître, mais tous étaient, semble-t-il, des familiers de Paul et Perdita ils en parlaient comme de leur première chemise. Il, faut dire que le scénario était de Paul de Morfontaine, et qu'un petit mot arrivé de l'Archipel avait encouragé l'équipe à se transporter près de Saint-Cézaire, à cause des dolmens, le film se passant sur la lune. La lettre disait qu'on pourrait venir se rafraîchir dans la villa, puisque les Morfontaine y avaient installé un vieil ami très accueillant, Geoffroy Gaiffier, le linguiste, qui... J'avoue que cette description de mon personnage m'étonna : moi qui croyais être un ours! Bon, mais enfin, après tout, c'était leur whisky, pas le mien. Tout cela prenait le tour d'une partie de plaisir. Moi, j'étais résigné à la patience. J'ouvris la salle de bains à la demoiselle en soutien-gorge qui suppliait si gentiment qu'on lui permît de prendre une douche, j'appelai Pulchérie qui mettait de la charcuterie sur des toasts crachés par l'appareil électrique dont je n'ai jamais su me servir, le gros homme s'était affalé sur le sofa et reprit brusquement consistance parce qu'il y avait découvert, qui traînait, le bouquin de Foucault (*Ah mais, vous avez lu ça? Je ne suis pas d'accord, pas d'accord...*), les techniciens déchargeaient leurs boîtes et se frottaient l'épaule nue où la courroie avait laissé une marque rouge, l'homme du son demandait s'il passait beaucoup d'avions par ici... La fille laide s'éventait, avec *Le Patriote*, et disait qu'elle, en tout cas, elle coucherait dans sa voiture, on se demande qui ça intéressait. Je voyais bien qu'avec Philippe il y avait quelque chose de pas naturel. Peut-être qu'il cherchait les waters...

Eh bien, non. Il voulait me parler. A part, évidemment. Et il s'arrêta entre deux portes, il ne pouvait plus attendre. En fait, toute cette expédition, c'était un prétexte. La lettre de Paul, et il avait sauté dessus. Vous comprenez. Je ne comprenais pas. Ce jeune homme me prenait pour plus intelligent que je ne suis. « Quand j'ai su que vous étiez chez Perdita! » Eh bien, quand il avait su! La question lui grillait les lèvres : « Où est-elle, M. Gaiffier ? Où est-elle ? » Le contexte exigeait que j'eusse l'air de croire qu'il s'agissait de Perdita, Philippe ne m'en laissa pas le loisir. « Où est Marina, M. Gaiffier ? Vous devez le savoir, vous ! Où est-elle ? » Justement je ne le savais pas. Alors, il se mit à pleurer. Heureusement que j'avais du Kleenex à portée de la main, il se moucha.

Et là-dessus, il m'entraîna dans le jardin, il y a un petit bosquet où on est à l'abri du soleil, et se mit à me raconter ses malheurs. Marie-Noire avait disparu. Sans explication, comme ça. Il y a de cela déjà pas mal de temps... en mai, je ne pourrais pas vous dire le jour exact... pendant qu'on m'avait envoyé aux Baléares. Il aurait bien été voir Nora, je veux dire Madame sa mère, mais cette personne était en Afrique du Sud avec Stanislas Ford... Il s'était mis dans la

tête qu'il n'y avait que M. Gaiffier qui pouvait savoir…
Eh bien, justement, M. Gaiffier, il ne savait pas du tout
ce que Marie-Noire était devenue, voilà.

« M. Gaiffier, je vous en supplie… elle a dû vous faire
jurer, c'est sûr… mais écoutez-moi, je vous en supplie…
Tout ça, à cause d'Agnès, c'est vraiment trop, trop
stupide… » Bon, il chiale encore. Mais qu'est-ce qui
était à cause d'Agnès ?

« Elle s'est mis dans la tête, M. Gaiffier, elle s'est mis
dans la tête… Elle dit que je couche avec Agnès…
Vous connaissez Agnès ? C'est absurde ! Et puis quand
j'aurais couché avec Agnès…

— Bon, mon petit Philippe, calmez-vous. Mais,
entre nous, vous couchez avec Agnès ou non ?

— Non, je ne couche pas avec Agnès. Enfin, j'ai
peut-être bien couché une fois ou deux avec Agnès,
mais est-ce que ça compte ? Si vous me posez la question comme ça, est-ce que je couche avec Agnès, je
peux répondre que non je ne couche pas avec Agnès…
Et puis vous savez qu'elle est enceinte ?

— Agnès ?

— Mais non, M. Gaiffier, ne vous payez pas ma tête.
Marina, voyons. Elle ne m'a pas dit, mais les derniers
jours, ça se voyait. Alors je me suis mis à être heureux,
heureux, et je l'embrassais, et elle m'a repoussé,
elle m'a dit que j'étais stupide. Mais ça se voyait…
Elle vous l'a dit à vous, pour sûr ? Non ? C'est vrai
que vous êtes tombé malade, en février, il me semble…
Mais même si vous avez juré, je vous en supplie. Est-ce
que je peux vivre sans elle ? Je l'aime, moi. Et puis
elle est enceinte, alors, vous pensez, le petit…

— Comment, le petit ? Vous êtes un peu pressé.

— Enfin, le bébé, quoi ! Vous imaginez, disparaître,
comme ça ! »

Il n'y avait pas de raison que cela finisse. Il brouillait tout. On avait beau lui dire. Il fallait que Marie-Noire soit, sinon chez Perdita, du moins dans la région,
et que je lui fasse des visites. Quand il comprit que ce
n'était pas si certain, il me prit les mains, me supplia

de l'aider, bien que, puisque je ne savais pas où était son amie, on ne voit pas trop de quel secours je pouvais lui être. C'était surtout à cause de l'enfant. Il était persuadé que ce serait un garçon : « Marie-Noire aussi... » eus-je la bêtise de dire, ça m'avait échappé, et je dus donc avouer que même elle avait l'intention de l'appeler Oscar. Ce n'était d'ailleurs pas une révélation pour lui. Enfin, c'est-à-dire. Parce qu'ils s'étaient disputés un jour qu'elle lui avait dit... Qu'est-ce qu'elle vous avait dit ? Bon, je ne me rappelle plus exactement. Qu'elle avait passé la journée avec Oscar, et quand il avait demandé qui c'est Oscar, elle avait ri, mais alors tu ne vas pas être jaloux d'Oscar... c'était donc ça !

Il était radieux soudain d'avoir compris, ce garçon. Puis tout d'un coup, le commutateur, le voilà tout sombre. Ça n'explique pas. Oscar, soit. Mais pourquoi Oscar... vous le voyez, ce pauvre mioche, Oscar toute la vie. Oh, on change de nom comme de. Ne croyez pas ça, M. Gaiffier, d'abord on ne peut avoir n'importe quel... et puis la loi, ça change... Vous croyez que ce sera ENCORE à la mode quand il aura vingt ans, ce petit mignon ? Quoi ? Oscar. Et là-dessus il se déboutonne :

« Moi, si j'ai un fils, je veux qu'il s'appelle Avenir. C'est joli, pas ? Eh bien quand je le lui ai dit, à Marina, elle s'est mise à crier ça commence, la voilà bien, la tyrannie masculine ! Moi, je me suis monté. Tu ne trouves pas ça joli, Avenir ? Je trouve ça bête, elle a dit. Bête ? A pleurer. Et moi, Oscar, je... C'est ton droit, mais Avenir ! Tu... Enfin, c'est là-dessus qu'on s'est séparés. Le lendemain l'appartement de l'Avenue Mozart, les fenêtres calfeutrées, la concierge Mademoiselle a dû rejoindre Madame, à ce que j'ai compris. Comment ? En Afrique du Sud ? Et l'autre idiote, c'est bien possible... » Il s'écrase le nez, et renifle. Bref, il n'avait plus de nouvelles depuis... depuis... Les lettres sans réponse. Ça ne devrait pas être permis. C'est mon fils tout de même !

Comme Paul de Morfontaine les y autorisait, ils se sont installés dans la maison, la bande. D'abord il fallait repérer les décors, puis répéter, jouer... enfin. ça prendrait quatre ou cinq jours. Comment ? pour tourner vingt minutes! On voyait bien, à cette remarque, que je n'étais pas du métier, mais pour les coucher tous... il y a bien une chambre d'ami... Oh, ça, pas gênant. On s'installe trois ou quatre dans la bibliothèque, qui est agréable, c'est haut, il y a de l'air... deux dans la grande pièce, si on veut bien se partager le sofa. La jeune personne de toute façon dort avec le type du son. Quant à Mlle Mathilde, elle vous a dit qu'elle couchait dans sa voiture. Ah ? C'était donc ça. Oui, elle craint qu'on lui saute dessus. La baraque était pleine de musique, entre les transistors et la télé.

D'ailleurs, ils ne semblaient pas autrement pressés de commencer leur travail. Encore, le plus agité, c'était le gros type qui n'était pas d'accord avec Foucault. Il avait été reconnaître le *no man's land* d'entre la villa et Saint-Cézaire. Il en était revenu brûlant, transpirant, une fontaine de blondeur mûre, le ventre haletant, avec des cheveux légers frisant en auréole d'une calvitie dévorée de soleil, sur une couenne craquelée de rouge, il était le seul à s'intéresser à ce film et il préférait la fine au whisky. Nous nous étions assis sur le sofa où tout à l'heure le jeune couple nous succéderait. Je ne pus me retenir de demander à ce personnage aux yeux bleus, qui faisait tourner des glaçons dans son verre, ce qu'était au juste la nature de son désaccord avec l'auteur de *Les Mots et les Choses*. Au-dehors les techniciens jouaient à la pétanque sur la première terrasse, sans parvenir à effrayer les cigales.

L'homme, affalé, une de ses grosses jambes nues sur le cuir blanc du siège, se tripotait vaguement le sein. Il soupira : « Qu'est-ce que vous croyez ? Vous m'avez pris pour un marxiste ? Parce que les marxistes, bien sûr, rien que le nom de ce Foucault... » Je lui dis :

« Pourquoi *bien sûr?* » Et il eut sur moi comme un regard de pitié. Je ne devais pas être au courant. Pas lui toujours qui allait m'y mettre, d'ailleurs pas marxiste. lui, alors d'un tout autre point de vue que c'est. Tout simplement, lui, il se refuse à rejeter dans le domaine de l'archéologie les étapes de la science qu'on donne pour dépassées. Un homme du xvie siècle, voyez-vous, un homme des ressemblances, des analogies. Toute la nature est pour lui reflet de l'homme, s'explique par l'anthropomorphisme, il comprend le ciel par l'anatomie d'Ambroise Paré, sa chimie reste purement psychologique, et, par un curieux renversement des choses, il voit dans les maladies de son corps ou ses passions des phénomènes astraux ou l'effet des saisons. Disant que si l'on retire l'homme du monde, tout deviendra un incompréhensible magma, d'ailleurs fort disposé à considérer le monde comme une création humaine et le débordement de ses paroles dans le soir donne assez parfaitement une idée du Déluge. Je n'ai pas essayé de remonter ce flot, fort peu d'humeur à contredire ce singulier colonialisme de l'Homme. J'ai demandé à mon interlocuteur ce que serait au juste ce film qu'ils allaient faire. Ah, qu'est-ce que j'avais été chercher là! Il m'en a parlé plus de trois heures, de ce petit sketch de vingt minutes. Je n'y comprenais rien d'ailleurs. Représenter la lune avec les dolmens d'à côté, au milieu desquels l'herbe, les chênes-nains, les pins n'ont rien de lunaire. A ce que nous savons aujourd'hui. Effectivement, je n'y comprenais rien, car il ne s'agissait pas de la lune comme on nous la montre avec les prises de vue directes, maintenant que la lune c'est Saint-Cloud, mais d'une sorte de concept « lune », dans lequel les arbres, et bien d'autres ustensiles du décor terrestre, peuvent figurer comme dans la conception qu'en pouvait avoir un Cyrano de Bergerac. Et là, il triomphe, mon bonhomme, assez de cosmonautes! l'idée de la lune quand elle n'est basée sur rien d'autre que l'imagination de l'Homme, hein! Parce que Cyrano,

lui, du moins, il n'a jamais fait mine d'y aller! Tout à
coup, j'en ai eu assez, de lui, des autres qui attendent
le divan, du petit Philippe à pleurnicher dans les coins,
et la musique brusquement coupée par des conversations... Quand j'ai pensé que cela allait durer comme
ça quatre jours, impossible d'y tenir même une nuit,
pour s'en aller attendre le petit matin. Surtout que
Mathilde, la script-girl, avait commencé à me faire
la conversation, sans me laisser respirer après le gros
blond Henri II. Alors, je me suis mis à raconter que
j'avais un rendez-vous avec un collègue du côté d'Avignon, qu'il me fallait y être de bonne heure, et de
toute façon, je devais partir quand ces messieurs-
dames s'étaient amenés. Mais comment, rouler en
pleine nuit? Imaginez-vous que j'adore ça. Enfin
j'ai pris ma bagnole et, le collègue de vers Avignon, il
a duré cinq jours pleins, du côté d'Annecy. J'aime
cette partie de la Savoie. J'ai passé tout le temps au
bord du lac, avec un bouquin. Mais non, pas Foucault.
Luna-Park, parce que cette histoire du petit film
de Morfontaine n'avait pu qu'entretenir mes rêvasse-
ries sur ce sujet. Et que je continuais à vouloir me faire
une idée plus claire de la *leçon* de ce livre. Un luna-park,
l'expression est de Blanche Hauteville, elle apparaît
dans la première lettre de Charles Drot-Pondère...
le grand physicien... trouvée par Justin Merlin : *Vous
êtes encore plus impatiente que moi d'aller dans votre
Luna-Park comme vous dites*. Il s'agit bien de l'aventure
du cosmos qui, à l'heure où cela est écrit, n'est pas
commencée. Mais le physicien tout de suite en fait
une métaphore : *C'est que moi j'en ai déjà un pour
moi tout seul, avec des attractions, des amusements, des
tirs et des carrousels que connaissent seulement les
grands amoureux... Un Luna-Park où je tourne tout
seul, à moitié fou, plus fou que ce roi Louis II de Bavière
que vous aimez et qui ne faisait qu'écouter du Wagner,
tout seul, dans un théâtre vide...* phrase qui fait prévoir
Le Grand Jamais, écrit dix ans plus tard, mais aussi
où je ne puis m'empêcher de penser à cet autre Louis II,

à Raymond Roussel qui avait loué le théâtre de
Marseille pour écouter son *Locus Solus*, l'immense
cirque de *Locus Solus*, avec sa foule d'acteurs, seul, lui,
dans une avant-scène, en habit, avec à ses pieds le
trou noir de la salle vide, comme si l'homme avait
déjà disparu de la surface de la terre. C'est pour Justin
Merlin que le *Camping* de la Mort invinciblement sera
le Luna-Park de la femme inconnue dont il poursuit
l'image, et plus tard mieux encore le paysage éclairé
par l'incendie quand flambe l'usine de matières plastiques au-dessus du Vexin ou de quelque nom véritable
que vous affubliez ce pays fabuleux. A ce paysage
encore dans la nuit des illusions va se rattacher sans
explication, comme ça, la *lumière sans merci* (*dans le
vide, pour personne*), du Centre des Recherches de
Saclay, et Justin pense : *C'est toujours étrange de voir
des lumières allumées, pour personne. Une salle de
théâtre sans spectateurs...* Mais pour Blanche Hauteville... comme il rentre de sa randonnée à Paris, tard
cette même nuit, à la Régence où *il n'y avait plus
personne,* Justin lit dans un journal la nouvelle de la
disparition de Blanche Hauteville *perdue au-dessus
du désert du Sahara.* Et sans doute que, pour elle, ce
Luna-Park a une signification tout autre, on dirait
que c'est dans le désert qu'elle a été chercher le secret
de la vie humaine. Au moins est-ce là ce que Justin
Merlin en est venu à penser, qui veut faire un film
intitulé *Luna-Park,* pour retrouver la Blanche qu'il
n'a jamais vue... cette Blanche qui a rêvé d'Isabelle
Eberhardt comme de Louis II... et je songe à la poursuite de ce songe dans *Le Grand Jamais,* où Madeleine Lalande et son amant, le sculpteur, visitent, eux,
ces châteaux de Bavière bâtis pour le plaisir solitaire
du Roi Fou, au milieu de la foule allemande d'aujour-
d'hui avec ses mutilés, ses odeurs de charcuterie, et
ses relents hitlériens... Madeleine qui s'offrira, seule,
le spectacle de la statue élevée par cet homme qu'elle
a quitté à la mémoire de Régis Lalande, son mari
mort, dans la nuit d'une place, quelque part, un coin

de grande banlieue de Paris, la statue qui devrait se mettre à tourner sur cette place vide, vide comme un théâtre, si seulement le soleil venait la frapper ainsi qu'il fit chanter jadis en Égypte la statue de Memnon. Mais Madeleine ne la verra jamais bouger, elle ne verra jamais, sur cet autre Luna-Park, s'écarter les volutes entre lesquelles s'aperçoit son propre visage, et l'inscription *A tout à l'heure* à laquelle elle tenait tant, qu'elle accuse cet amant quitté de ne pas avoir ici gravée dans la pierre, elle quittera cet autre Luna-Park sans connaître sa victoire, sans croire à cet amour qui va se jouer désormais ainsi sans elle, en plein jour, dans la suite des temps devant les foules du dimanche, comme le film de Justin Merlin. Et là-dessus, un autre secret soudain m'éclate au visage, dans une lumière qui fit tourner *pour moi seul* ensemble et le monument du *Grand Jamais* et la leçon de tous les Luna-Parks : c'est que Justin n'a pas pu, ne pourra jamais croire, à cette chose atroce, la mort de Blanche Hauteville sans qui les déserts mêmes seraient déserts...

Quand je suis revenu chez Paul et Perdita, il n'y avait plus personne, qu'un mot de Philippe : *Pour le cas où Marina vous ferait signe, demandez-lui son adresse, la mienne vous la connaissez*. Pulchérie avait tout nettoyé. Plus l'ombre de traces de la Télévision.

Je n'ai pas soufflé mot des visiteurs à Pulchérie. Elle n'y a jamais fait allusion. Dit seulement : « La blanchisseuse a rapporté le linge », le lundi suivant. Si bien que je pourrais tout simplement croire que personne n'est jamais venu, que tout ça, même le voyage d'Annecy, c'est de l'imagination. Le silence est retombé sur la villa. Sauf le bruit des gros moucherons. J'ai dû imaginer Philippe, sa compagnie, toute cette histoire. Il n'y a qu'une réalité. Les livres. Ils sont là. Rien qu'à étendre la main. Je suis ailleurs.

J'imagine, ou c'est le livre qui s'imagine lu par moi.

Dans une lettre à Suzette Gontard, lui envoyant *Hypérion* enfin paru, c'est en octobre ou novembre 1799, Hölderlin lui dit : « *Pardonne-moi d'y faire mourir Diotima…* » J'ai souvent rêvé à cette phrase. Comme à la limite du roman. J'imagine que deux ans et demi plus tard quand c'est Suzette qui meurt, Johann-Friedrich, cette phrase a dû lui revenir comme un remords. Et que c'est lui qui ne s'est plus pardonné d'avoir fait mourir Diotima. Je frémis à la pensée que, l'autre nuit, quand la voiture de cet homme a emporté Blanche, et elle disait de lui : *C'est un fou!* j'ai failli m'imaginer qu'ils étaient partis du côté d'Allos, et que là, comme dans cette phrase entendue au cabaret des rouliers, l'auto… *vlan! des tonneaux…* j'ai failli imaginer la mort de Blanche. Tout de même pas. Tout de même pas.

Jamais je n'arriverai à comprendre cet étrange pouvoir de l'imagination. Jamais je ne m'expliquerai comment cette force de ma tête, cette faculté de mon être peut d'elle-même, de ma chair pensante, faire lever ces lumières noires qui me crèvent les yeux. Quelle singulière perversité tourne contre moi la grandeur même de mon âme ? Ce pouvoir d'inventer qui m'habite, n'est-ce donc pas moi qui le commande, qu'il serve à ma douleur, à ma torture, qu'il me livre à un enfer pis que la mort ? De quoi suis-je celui qui se punit lui-même ? Pourtant le secret de ma vie est dans l'imagination. Tout ce que je suis est d'elle. Elle est comme le poste l'autre nuit, dans le cabaret des rouliers, qui imaginait ce que nous étions, des hommes de même calibre dans un cabaret de rouliers, sur l'écran. Lequel des deux était le modèle, la syntaxe de l'autre ? Mais la phrase meurtrière, le *vlan! des tonneaux*, n'appartenait pas à l'exemple de grammaire. Si pourtant j'y puisais cette vision de Blanche conduite par cet homme à l'abîme, c'était comme un modèle dans le modèle d'autre chose qui n'était pas nécessairement description du cabaret, de la vie des rouliers. L'anomalie. Ah, je ne veux pas y revenir. Pourtant le secret.

Je suis sûr d'avoir vu ce livre allemand dans les mains de Blanche, d'avoir lu son titre en penchant la tête. Voilà, était-ce avant ou après ? Que ma Blanche m'ait dit : « *Un livre allemand. Moi ? Tu rêves ?* », cela n'était plus la même phrase avant ou après... Mais là n'est pas l'étrange. L'étrange serait qu'à Java, Blanche ayant lu *Hypérion*, ait voulu me le cacher. J'ai beau faire, je ne puis m'expliquer cela. Ou du moins je ne puis me l'expliquer que d'une seule façon.

Car si lorsqu'elle dit *Un livre allemand ? Moi ? Tu rêves ?* Blanche ne ment pas, alors quand je prétends lui avoir vu dans les mains *Der Eremit in Griechenland*, je ne me souviens pas, j'imagine. J'imagine *Hypérion* à Java, j'imagine Blanche mentant et ainsi de suite. Il suffit de faire retomber la responsabilité du fait sur moi, ce n'est plus le soleil qui tourne autour de la terre, mais la terre autour du soleil, et l'anomalie perd son caractère d'anomalie, le mouvement de la terre explique la précession des équinoxes. Alors, je comprends le mécanisme par quoi l'incompréhensible est compris.

Ainsi, tout simplement, l'hypothèse par quoi, en 1943, le nom de *Blanche Hauteville, aviatrice* est venu à Blanche d'un livre écrit en 1959, ne peut rester valable que comme l'effet de l'imagination, d'une imagination d'au moins 1959, qui préside à l'invention de la lettre de 1946 où est avancée qu'en 1943 le nom de Blanche Hauteville a été donné à Blanche, par ses papiers d'illégalité. En 1959, j'avais déjà lu *Hypérion*, il est possible que j'aie imaginé l'avoir vu en 1932 dans les mains de Blanche. Il est possible que j'aie imaginé que le nom de la Blanche Hauteville de *Luna-Park* ait été donné à Blanche en 1943...

« *Qui êtes-vous, M. Bonheur ?* »

[Ici la bande magnétique, brutalement, se brise. Ce qu'*il* dit se brise... et *je* recolle Gaiffier, retourner la bande en arrière, le vent bizarre de la parole inversée... Pendant ce temps abstrait, la réversibilité de l'irréversible, la voix négative, et le sens imaginaire de sa racine carrée, comprendre, seulement comprendre : l'obsession de *Luna-Park*, tout ce monceau de feuilles noircies de mon âme, à qui est l'âme, à l'homme Gaiffier ou à l'homme sans visage appelé *moi, lui*, comme *vous* voudrez... tout cela n'est qu'un développement de *Luna-Park*, à partir de ses lettres, la lettre du mari, non pour cette lettre même, mais pour ce qui a provoqué cette lettre comme un cri, comme si, de là, par une étrange nécessité, avait surgi tout ce délire. Et Gaiffier parle, parle, il croit qu'on peut saisir, suivre le fil de sa folie, il oublie, il oublie encore une fois de dire l'essentiel, que la clé de ce livre est dans *Luna-Park* (il a beau résumer, citer, expliquer), que la clé de ce livre est *Luna-Park* tout entier, qu'il aurait fallu d'abord lire *Luna-Park* (et, bien sûr! *Hypérion, L'Éducation sentimentale, Salammbô, Trilby* et cætera, pendant que *vous* y êtes) pour ne pas se perdre dans les méandres, les accrocs de la bande magnétique, le discours du pseudo-linguiste, — non point qu'il l'ignore, Gaiffier, mais il oublie de le dire : *Luna-Park* est la source et la clé de *Blanche ou l'*..., ah, la machine reprend son fil rompu dans l'ordre du temps réel... *Il est posssss... il est pos...* il est poscible] *que j'aie im...* que j'aie imaginé que le nom de la Blanche Hauteville de *Luna-Park* ait été donné à Blanche, ma Blanche, en 1943... [parle, avoue, *toi*, Gaiffier, qui donnais absurdement le nom de roman à tes divagations, tout prêt à les proposer comme une explication générale de l'homme, avoue que *le roman* est ailleurs, que tu n'as fait, bernard-l'hermite, que te loger comme un squatter dans la coquille d'autrui]. Il reste toutefois à comprendre *pourquoi* cela s'est fait. Même si j'ai déjà compris *comment*. *Luna-Park*

est achevé d'imprimer *le neuf décembre mil neuf
cent cinquante-neuf...* il y a donc tout lieu de penser que
je l'ai lu immédiatement après *Hypérion*, sous le coup
de la lecture de *Hypérion*. Étrangement un roman
par lettres l'un comme l'autre. Comment n'aurais-je
pas fait le rapprochement entre Hypérion partant
pour la Grèce afin de se joindre à l'insurrection des
Souliotes, abandonnant pour cela Diotima, et le soudain tournant dans la vie de Blanche Hauteville se
rendant aux confins du désert pour comprendre ce
qu'une soirée de Paris lui a fait entrevoir dans un
commissariat ? De là, à cause de ces événements
d'Indonésie, et le fait qu'en ce temps-là, où nous étions
là-bas, toi et moi, Blanche, nous étions possédés par
des questions sans réponse, auxquelles ces événements
tragiques de 1965-66 donnaient *leur lumière*, cette
invention que peut-être alors, toi Blanche, tu cherchais
à comprendre par *Hypérion*... tu vois comment cela
marche, une tête ? En réalité, mes questions, c'étaient
celles de Justin Merlin, cherchant à *voir* Blanche
Hauteville, devant cette lettre de 1957 où elle annonce
à ce mari, qui est quelque part en Amérique du Sud,
qu'elle part pour ce qui est la Grèce de cette année-là,
*sur cette étendue inhumaine où l'homme est abandonné
à la seule force de son âme...* Tu me suis, Blanche ?
Tu me suis, là où tu es, qui penses à je ne sais trop
quoi, et dans les parages il y a un homme dont la
voiture comme un loup, ah, il s'agit bien de ça ! Est-ce
que tu comprends que pour te retrouver, pour t'atteindre, te reprendre, je ne pouvais imaginer rien d'autre
que le monde tel qu'il est, le terrible monde réel où je
retrouve entrée par le chemin des fables, *Luna-Park*
ou *Hypérion*... où je *ne* retrouve entrée *que* par le
chemin des fables...

Ne le voit-on pas ? Si confus que cela paraisse, parce
que je ne suis pas de ceux qui savent donner *structure*
aux égarements de l'esprit, tout cela supprime les
contradictions où je m'enferrais. C'est donc bien moi
qui, en 1959, ou plus tard, ai donc imaginé ce qui ne

demeure anomalie que dans la mesure où *j'oublie* le rôle de mon imagination, l'initiative de mon imagination, où je méconnais d'où part la lumière, et quel écart à sa chute se fait entre le point de chute calculé sans tenir compte du mouvement qui m'anime et le point de chute vrai qui tient compte de ce mouvement. Appliquez cette méthode de résolution à toutes les anomalies du récit qui marche vers sa fin. Et, par exemple, pour expliquer les rapports de Geoffroy Gaiffier et de Marie-Noire.

Mais si Marie-Noire est un être de mon imagination, il doit être de mon pouvoir de la ressusciter à Philippe M..., et je ne vais pas y manquer. Je vais ré-imaginer Marie-Noire.

J'essaye. Tous les faits descriptifs. Les cheveux blonds. Sa garde-robe. Sa nudité. L'anorak polyester, la jolie petite oreille, les cils artificiels, tout ça pêle-mêle. Le terrible avec le temps, ces quoi ? six-sept mois, je ne sais plus, déjà nous sommes au milieu de septembre! Marie-Noire a glissé du domaine imaginaire à celui de l'oubli. J'essaye de la replacer dans des décors qui m'aident à la définir. Chez le coiffeur de Saint-Trop. Avec le volleyeur. Aux bains Deligny. Dans la chambre de Philippe, à regarder *Guernica*. Et ainsi de suite... tu parles de *feed-back!* Le jeu des lumières sur la peau, les skis dans le placard du couloir, le saut du projecteur à travers le mezzanine olympien, dans l'ordre ou pas, est-ce que je sais ? C'est contre l'oubli que je lutte. L'oubli est l'ange sans nom de l'échelle, qui a pour tâche de m'empêcher de monter à l'arbre de la connaissance. Enfant, l'été, dans mon haut lit d'alors, éveillé au premier soleil, je jouais à être Jacob, quand l'échelle de la lumière se déroulait des persiennes closes. Si j'étais maître de la situation, je retrouverais Marie-Noire.

N'importe où. N'importe quand. Dans n'importe quel décor. Le « Camping du Cheval mort ». Chez Paul et Perdita. Au cabaret des rouliers. N'importe. Mon pouvoir la forcerait à parler.

« Et pourquoi voulez-vous à toute force appeler votre fils Oscar ? Avenir, c'est autrement joli.

— Vous avez eu la visite de Philippe, je vois, M. Gaiffier...

— Mais non, je vous assure !

— Ah vous, maman, vous m'av... je vous jure, pas besoin de l'imagination pour mentir ! En attendant, je croyais ne vous être bonne à rien, pour ce qui est de Blanche... »

Pfuitt, elle m'échappe. Je ne sais déjà plus de quel blond sont ses cheveux. Je voulais lui demander son adresse. Et puis comme un jeune homme qui aborde une femme avec laquelle volontiers. Toujours j'oublie l'essentiel. Elle m'échappe. Elle s'efface à peine apparue. J'ai oubl... et j'oublie Marie-Noire. Il n'y a pas de Marie-Noire dans *Luna-Park*. Ni dans *Hypérion*. Ce sont des livres d'*une* femme. Comme moi. Comme ce livre que je suis. Toutefois je fais semblant de courir après Marie, je cours après elle, je me prends au jeu, mais l'ombre devant moi qui fuit, à quoi bon se mentir ? c'est Blanche, dont les cheveux ne sont plus noirs.

Écoute, Blanche. Je me moque bien du reste, des autres, de Marie-Noire, de Philippe M..., de toutes ces inventions, de ce que j'imagine pour je ne sais quelle diversion. Y compris ce travail de maniaque. Ce métier. Ma fureur de lire. Le grand jeu de mots qui aura été ma vie. Écoute, Blanche. Je te dis, écoute, parce que je sais que tu ne m'entends, m'entendras pas, jamais. C'est vrai. Tout est vrai. Tout ce que tu me reproches. Tout ce que tu m'as dit parfois. Que tu ne m'as pas redit, cette dernière fois, parce que c'est inutile. Parce que tout est inutile. Est-ce que tu liras ces lignes seulement ? J'ai une lettre de toi. Je l'ai gardée. Je la lis de temps en temps. C'est l'acte d'accusation le plus terrible qu'un homme puisse entendre du banc des criminels. D'abord parce qu'il s'agit de crimes qui ne tombent pas sous le coup des lois. Parce que rien de ce que cela contient je ne peux le penser de moi-même. Mais quand je relis tes grands caractères bleus, ces jambages de malheur, je suis pris d'une telle honte, ivre d'un tel désespoir... Je voulais faire une chose affreuse. Ce que je mérite. Recopier ici cette lettre dont je parle. Et puis je l'ai relue, je n'ai pas pu. Je l'ai renfermée dans cette cassette de fer avec des frottis dans le métal, tu sais, style coffre-fort, que je trimbalais avec nous déjà du temps de Java. C'est fait pour l'argent, les bijoux. Moi, j'y mets ta lettre. J'y mets ces six pages de ta haute écriture, écrites d'un coup, comme un cri. Je n'y mets que cette lettre. Je l'ai sortie, relue. Et tout d'un coup cela m'a fait si mal, oh, un mal que je mérite, mais oui. Impossible de recopier cela. Impossible de le faire pour des yeux de hasard, n'importe qui. Ce serait indécent, abominable, de l'exhibitionnisme. Je n'ai pas pu me punir ainsi. Ainsi que j'en avais pourtant bien décidé. J'ai rejeté ces pages dans le coffret, je l'ai fermé de cette clé qui pend avec les autres, dans ma poche, à un porte-clefs réclame. J'ai enfermé ces pages. Je sais qu'elles sont là. Parfois je suis sur le point de rouvrir le coffret, pour relire une fois de plus ces phrases dont j'ai tout le cœur griffé, pis que le cœur, le visage. Et puis quand tu es venue me voir, ou que j'ai imaginé que tu étais venue, après ton départ, j'ai rouvert le coffret. Il n'y avait pourtant pas longtemps que je l'avais revue, cette lettre. Je m'étais dit, qu'après tout peut-être qu'à la reprendre, maintenant que le texte m'en était encore présent, peut-être j'aurais une autre façon de l'envisager. Mais non... Ce n'est pas tolérable. Ne te fâche pas. Je sais bien que c'est la vie que je t'ai faite qui n'était pas tolérable. Tu as raison. N'empêche.

D'ailleurs, je ne te demande rien. Je ne dis pas, reviens, ou autres choses stupides. Ni tirons un trait et recommençons à zéro. Rien. Seulement j'aimerais que tu saches que pour toute ma maladresse, mon égoïsme, mon inattention, mes colères, mes humeurs, mes grossièretés, cette façon de considérer ce que je fais comme le plus important, cette solitude où je t'ai tant de fois laissée, ces distractions, ces... rien ne sert d'énumérer, pour tout cela et le reste, j'aimerais que tu saches que j'ai payé chaque jour, chaque nuit, que je paye encore, que je payerai jusqu'à mon dernier souffle. Je ne veux pas me faire un capital de ce que je paye. Je te dis simplement que je paye. Cela ne se voit pas. C'est une affaire entre moi et moi. C'est comme saigner dans son propre ventre. Je ne sais pas comment sont les autres, mais j'aurais voulu être différent, mieux. C'est plutôt raté. J'ai été aveugle, sourd, absurde. Je m'expliquais tout avec des raisons qui, même si je n'en savais rien, n'avaient de but que me faire irresponsable à mes propres yeux, aux tiens aussi bien sûr, dans la mesure où j'avais la naïveté de croire qu'avec des raisons données on fait oublier à une femme l'humiliation perpétuelle qui lui vient d'un homme. Oh, et puis, ce que je t'en dis, je sais si bien comment tu vas l'entendre! A quoi bon s'excuser toujours, puisque les excuses n'empêchent pas, n'ont pas empêché la récidive, toute une vie? J'avais tellement cru pouvoir me changer, pouvoir en moi voir la chose à changer, paralyser les réflexes d'habitude, et à rien ne sert de dire que j'ai fait ce que j'ai pu, puisque, *ce que j'ai pu*, c'était comme rien. Dans ta lettre tu me disais, — et je crois que c'est tout ce que je pourrais ici en reproduire sans mourir de honte, comme un échantillon..., tu me disais : *Ce que je veux? Rien. Le dire. Que tu t'en rendes compte. Mais j'ai déjà essayé, je sais que c'est impossible...* tu vois, deux lignes, pas même, mais déjà cela j'étouffe d'horreur de moi. Je n'aurai été que cet homme-là pour toi. Que cet homme-là. Je ne dis pas ça pour que tu changes ton jugement de moi. Je ne dis pas ça pour montrer que j'ai compris, que je ne le ferai plus. Je le dis contre moi. Contre moi qui t'aime, qui n'aime que toi, et qui n'ai su être que cet homme-là pour toi. On ne peut pas se représenter un pire échec. Il est parfaitement inutile de mendier la pitié. Toute la responsabilité est pour moi. Je n'ai pas de pitié pour moi. Pourquoi t'en demanderais-je ? Tu as bien fait de me quitter. Te rends-tu compte de ce que je viens d'écrire. Tu as bien fait de me quitter.

Quitter... c'est un mot qui peut se comprendre de tant de façons. On quitte quelqu'un comme sur les images, en allant ailleurs, vivre avec quelqu'un d'autre. Ou non. On peut aussi quitter sur place. Sans que rien ne s'en voie. Sans que personne en pense : elle l'a quitté, il l'a quittée. Quelle abomination, mon Dieu, quelle abomination! J'ai vu l'autre jour une interview au petit écran. Une femme demandait à un écrivain, son nom ne te dirait rien : « Parlez-moi du bonheur, Maître, parlez-moi du bonheur! » Alors il s'est produit une chose bouleversante. Il l'a regardée, l'innocente, il l'a regardée et ses lèvres se sont mises à bouger comme s'il commençait à parler, mais il n'a rien dit. Elle, elle attendait, elle ne comprenait pas, et même elle a insisté : « Mais répondez-moi, Maître, qu'est-ce que c'est que le bonheur ? » Il n'a rien dit, et puis il a fermé les yeux comme pour cacher des larmes. Ah, ces questionnaires! *Qui êtes-vous, M. Bonheur ?*

Pardonne-moi, Blanche, je n'ai pas le droit de te dire ces choses-là. Mais peut-être que tu ne les liras jamais. Ou que tu les liras *après*. Alors cela aura peut-être pour toi signification différente... Écoute, ce cœur que j'ai : comme il te venge bien!

Gaiffier! Gaiffier! Reprends ta place. Où est-il ? A quoi pense-t-il ? Il est encore à lire les journaux, son courrier, les dernières nouveautés linguistiques. Gaiffier! Il me semble que j'entends sa voix. Gaiffier parle. Il dit *je*, il dit... Et je m'efface, et je lui laisse la res-

ponsabilité de ce que *je*, moi, l'autre, pense. Et tait.
De ce mal qu'il, l'autre, en lui, là où naît la parole,
porte, sa plaie. Je… dit Gaiffier. Ah enfin… et donc…

J'en ai assez des bout' à la m'. A quelle mer les
confier vers Blanche, désormais ? J'ai eu mes accalmies, les moments où le mal cède, à force, parce qu'autrement il n'y aurait plus qu'à mourir, et l'on mourrait bien, mais le mal ne veut pas, qui entend garder
son jouet, sa balle. Il se tapit pour, tout à coup, je
ne sais quand, où, soudain, lancer la patte et m'atteindre avec toute la violence de sa griffe. Cela
somnole plus ou moins longtemps, on reprend la routine d'être. Non pas qu'on ait oublié. Mais cela dort.
Cela s'apaise en moi. Je fais à nouveau comme si.
De temps à autre étonné de moi-même. Il y a eu, oh,
cela fait des années et des années, encore quand nous
étions ensemble, des jours où je ne pouvais plus croire
à l'apaisement. Tant que Blanche était là, c'était
d'elle qu'il venait. Il semblait qu'en elle quelque chose
fléchissait, et j'avais alors cette hâte insensée d'y
croire. Bon, c'est de l'histoire ancienne. Mais depuis,
combien ? dix-huit ans, me semble-t-il, la bataille
n'est plus qu'entre moi et moi. Et c'est bien pire,
crois-m'en, Blanche. Parce qu'il n'y a pas plus de
raison que je cède, ou lui, l'autre moi-même. Il y a si
longtemps que cela dure. Alors, quand vient le fléchissement de cette tempête en moi, de cette fureur
que j'ai de moi, de ce sentiment à hurler que doivent
avoir les meurtriers d'inadvertance, les monstres cycliques à se surprendre dans le miroir, quand tombe le
soudain silence, et j'attends le plouf profond de la
pierre au tréfonds de moi-même, indéfiniment, rien
ne vient, rien ne vient, que l'oscillation du temps,
rien ne vient, et peu à peu germe l'espoir absurde des
douleurs endormies, je m'immobilise, je crois au
miracle de l'équilibre, je survis… des jours, des semaines… je suis là qui fais semblant, semblant. Cette fois.

Cette fois, que pourrais-je attendre ? Blanche est
venue. Je n'attends plus qu'elle vienne. Je sais ce qui

se passe quand elle vient. Qu'y aurait-il d'autre à
attendre ? Qu'elle reste ? Vous voulez rire. Supposons
qu'elle est restée, qu'elle est là, dans une autre pièce
de ce logis croulant de livres et de paperasses, que j'habite à Paris, qu'est-ce que ça y changerait ? Peut-être
n'en est-elle jamais partie. Peut-être qu'entre nous
la distance, l'abîme... j'aimerais mieux la vulgaire
histoire par quoi deux êtres sont divorcés, cet homme
dont elle dit que c'est un fou, le cri de la voiture dans
la nuit, comme d'un loup. Je n'ai pas le choix. C'est
comme c'est. Et de tomber brut à genoux, l'âme aussi
se couronne.

Je me suis mis à courir les routes. Je ne cherchais
pas Blanche. J'essayais de me fuir. Je partais sans
savoir où, pour combien de temps. Les montagnes
déjà s'embrumaient, sans la pluie ou la neige. Je
passais des cols, dont il fallait consulter pour savoir
s'ils étaient encore ouverts. J'ai couru vers l'ouest
comme pour empêcher le soleil de se coucher. Je passais par les chemins dont personne ne veut, où cela
tournicote, et le sol est défoncé, je prenais les grandes
routes encombrées de camions, les nouvelles auto-
routes où on a le sentiment féodal d'avoir payé trois
cents francs pour un tronçon récent. Mais où est-ce
que je vais ? Je regardais le Guide Michelin pour un
hôtel, j'allais rôder autour d'un château, j'arrivais à
la nuit à des points de vue bouchés, des lacs éteints.
Te voilà bien, ma vie. J'ai fui jusqu'en Italie. Nulle
part comme sur cette Riviera je n'éprouve le sentiment de l'impatience. Tout ce pays dévasté par les
constructions nouvelles. J'ai passé Gênes, j'ai cherché
dans ces régions de pétrole, ces tunnels sans lumière,
l'accident qui aurait si bien expliqué la fin de ce
roman. Entre deux colères de vitesse, j'étais rentré
épuisé, pantelant et déçu, à ce havre perché, ce
refuge de Paul et Perdita partis. Puis j'ai repensé à
ce soir chez les rouliers, leur conversation, et je me
suis enfui cette fois comme quelqu'un qui ne reviendra
pas, laissant pourtant toutes mes affaires avec un

équivoque merci d'écrit pour mes hôtes à leur retour. J'ai tourné par la route Napoléon, comme si je revenais de l'Ile d'Elbe. Avec un sentiment de victoire. Je riais à la mort. Je pensais tout le temps : *vlan! des tonneaux... des tonneaux...* Cela roulait de haut en bas, dans ma tête. J'imaginais la carcasse de l'Opel, la bête humaine prise à la fantaisie du fer, ce moment de nuit qui ne dit pas *A tout à l'heure!* lui, et qu'on retrouve à l'aube, dans le dédale quelque part, au-dessous du col d'Allos. Dire qu'il y a des gens qui préfèrent la Tour Eiffel! Et puis, cela n'est pas si simple, les tonneaux, il faut commencer... j'ai été dormir dans une petite auberge où je me suis abominablement saoulé. L'aube m'a retrouvé au bout de ces tonneaux-là, un vieil homme qui a de plus en plus honte de lui-même. Et c'est à Grenoble vers dix heures que j'ai lu les journaux.

Le drame de l'Avenue Mozart, comme ça s'appelait à la une des journaux du soir, un gros titre et la photographie de Marie-Noire, celle du Pont Alexandre. Très agrandie. Avec un peu en arrière, ce garçon qu'on voit mal. Geoffroy sait que c'est Philippe, mais. Il a manqué les journaux du matin, la veille. C'était comme toujours, un feuilleton qu'on prend déjà commencé. Le lecteur est supposé savoir, ou enfin, la nouvelle rejetée en page intérieure, on s'y reportera. La seule chose que Gaiffier retient d'abord, et le reste est détail, les tempes lui bourdonnent, c'est que Marie-Noire est morte. On l'a tuée. Avenue Mozart, donc, dans l'appartement de Mme Noire, sa mère, où elle avait, dit-on, une chambre. Mais pourquoi... Parce que, tout de suite, l'autre fait, le nouveau, celui du soir, l'information du soir : la mère, et son « ami », le compositeur Stanislas Ford, *spécialiste* de la musique sérielle (ça vous a tout de suite l'air suspect, un « spécialiste » comme ça) qu'on avait d'abord laissés tranquilles après le premier interrogatoire, ont été amenés dans les locaux de la police où on les interroge à nouveau depuis une dizaine d'heures. Qu'est-ce que cela veut dire ? Il a beau se répéter, Gaiffier, que Marie-Noire après tout n'est qu'un être imaginaire, se répéter, il tremble, ses mains s'agitent, ces journaux sont d'un incommode. Quelle page ? Le renvoi est fait de travers, un coup de pince sur la composition le numéro déjà tiré, bon, ce n'est pas là. Plus loin... non. Il l'avait passé. Le récit de l'affaire, avec ses yeux brouillés, il n'y comprend rien, doit recommencer. A en croire Mme Noire, le meurtre a eu lieu avant *leur retour*. Leur ? Ah oui, de Stan et Nora. Ils arrivaient d'Orly, c'est-à-dire de l'Afrique du Sud où M. Ford avait... comme on sait... La bonne était en vacances. Mme Noire ne se doutait pas de ce que sa fille était chez elle, comme elle ignorait d'ailleurs, avec ces voyages ! que celle-ci fût enceinte. Ils l'avaient trouvée déjà sans vie, sur le lit, les draps défaits, un certain désordre. La mort semblait consécutive à une strangulation. Il avait dû s'écouler plusieurs heures depuis... Le témoignage de la concierge devait apprendre aux enquêteurs que Marie était sur le point d'accoucher, quand elle l'avait vue la dernière fois, la veille au soir. « A moins que je vous appelle par le téléphone... laissez-moi me reposer demain matin... ce sera probablement pour demain soir... » avait-elle dit, cette demoiselle. Les premières constatations avaient permis de se rendre compte que l'accouchement avait eu lieu. Même on avait enlevé les linges sanglants, nettoyé un peu. Comme si quelqu'un était venu, avait aidé. Plus trace de l'enfant. Mme Noire n'avait pas la moindre idée de qui pouvait bien être le père (Comment la photo, avec Philippe, a pu parvenir aux journaux ? Cela, ne comptez pas sur moi, je ne vais pas violer le secret professionnel !).

Tout cela était singulier, mais d'abord on avait respecté la douleur de la mère, bien qu'on eût trouvé assez singulier son comportement et celui de son « compagnon » qui ont tous deux à plusieurs reprises cherché à se parler séparément, à se concerter en dehors des policiers. La nuit passée là-dessus, une enquête à Orly, des recoupements avaient appris qu'en fait le couple n'était effectivement pas venu du champ d'aviation à la rue Mozart, ou qu'en tout cas le temps écoulé entre leur descente d'avion et leur arrivée à l'appartement avait été d'une longueur inexplicable. Après tout, Mme Noire prétendait ignorer que sa fillle fût avenue Mozart, alors pourquoi cacher le détour fait, le lieu où elle avait pu aller avec *son* compositeur ? Dans ces histoires d'accouchement clandestin, il règne toujours un vague parfum d'infanticide. Où il est, l'enfant ? L'embarras des deux personnages, les sanglots subits de Mme Noire, laquelle avait, d'abord, montré un incompréhensible sang-froid, tout cela avait fini par amener les inspecteurs à penser que cette dame en savait plus long qu'elle ne voulait le dire. Ils étaient maintenant Quai des Orfèvres, elle et son amant, où on les avait priés de s'expliquer.

Qu'importent les réactions de Geoffroy Gaiffier : il est extérieur à cette aventure, même si elle naît de son imagination. Il en doute d'ailleurs tout à coup, dans sa voiture entre Grenoble et Lyon. Pourquoi a-t-il pris cette direction ? Cela ne change rien ni à la mort de Marie-Noire ni à la disparition de l'enfant Avenir, ni à l'énigme pour quoi vont se passionner les lecteurs du soir et du matin. Lyon, c'est le chemin du retour : Geoffroy trouvera les journaux du jour à la gare de Perrache. Il est encore assez tôt pour hésiter entre Paris et la Côte. Un croissant et un café-crème. Pas encore temps de déjeuner. D'ailleurs. Faim d'autre chose. La presse du matin donc... On a relâché Nora et Stan. Ils ont pu expliquer leur retard avenue Mozart, prouver l'emploi de leur temps. Les journaux disent du bien de la musique sérielle. On est maintenant sur une autre piste. A cause de la photo, la veille dans... Oui, celle du Pont Alexandre. Quelqu'un a reconnu le jeune homme au second plan, qu'on entoure

d'un trait de crayon. C'est un certain Philippe M...,
technicien à l'O. R. T. F., où justement on ne l'a plus
vu depuis deux jours, il n'est pas à son domicile, la
concierge Mme Paupière (photographie) ne sait rien,
et dit que c'était un gentil petit couple, mais que
depuis plusieurs mois elle n'avait plus aperçu Mlle
Marina, comme elle l'appelle, alors quand elle a vu la
photo sur le journal, ça lui a fait un coup. On recherche
le pauvre petit Philou. Qui probablement n'est pour
rien dans tout ça. A quoi bon remonter vers Paris ?
Tandis que la voiture roule le long du Rhône, le
poste dit justement qu'on est probablement en
présence d'un crime crapuleux, des cambrioleurs
tombés juste quand l'enfant venait de naître.
Mais pourquoi l'auraient-ils emporté ? Avignon...
Aix... Il y avait un encombrement épouvantable à
l'entrée d'Aix, et pour traverser la ville. Cinq heures
du soir. Un verre de quelque chose avec des chips
dans un de ces grands cafés qui ont un air d'aquarium.
Fantastique, ce que cela paraît long jusqu'aux abords
de Fréjus, l'entrée de l'auto-route. C'est absurde,
cette histoire de Philippe. Ça ne tient pas debout.
Le crépuscule qui n'en est pas un, avec ces hauts parapets de l'Esterel. Le pays maintenant est comme ça,
plein de couloirs, des fossés, des praticables entre les
décors. Difficile de s'imaginer ce qui arrive à droite
et à gauche quand on s'écarte... Pauvre petit Philou.
Où est-il ? Qu'est-ce qu'il pense ? Quand il aura vu sa
photo, celle qu'a prise cette fille à chapeau de paille
sur le Pont Alexandre, à leurs premiers jours...
Quand ça commence, l'entre chien et loup, tout prend
figure d'un Luna-Park ou d'un autre... Gaiffier commence à avoir faim. Il va s'arrêter à Grasse. Et puis,
qu'est-ce que c'est que cette folie, au lieu de continuer
sur Grasse à la sortie de l'auto-route, il a tourné vers
Cannes, les encombrements, la ville, tout ce monde,
le luxe du soir, ses lumières, la Croisette et le retour
des voitures où les hommes conduisent presque nus,
un bras autour d'une fille peinte, les trottoirs gorgés

d'êtres extravagants, les cafés, des musiques, une
espèce de quête où les Parsifal vespéraux cherchent un
tout autre Graal... la route de Nice... Geoffroy sait
où il va... Il passe les antiquaires du bord des routes
qui continuent à vendre des chevaux de manège...
À Antibes, il hésite : comment retrouver l'endroit,
pris à revers ? Allons. Il tourne dans le vallon de Biot...
la nuit. La maison de la Radio, blanche, éclairée, la
haute antenne. Passer l'auto-route. C'est bête, il
aurait pu venir ici tout droit, au lieu de sortir à La
Bocca. Il n'y a pas pensé. On dirait qu'il le fait exprès,
qu'il retarde son retour. Pourquoi ? Quelle superstition,
ou quelle crainte, ou quelle attente ? C'est d'ici, de
ces collines, qu'il est parti le soir où Blanche... Et voici
le camping, les bungalows, les tentes... *Sur cette
étendue inhumaine où l'homme est abandonné à la seule
force de son âme*... Il a oublié Marie-Noire, et le Philou,
ces histoires de journaux, ces imaginations des journaux... Le malheur des autres, celui qui se raconte,
qui se résume, une fille étranglée sur un lit, les inspecteurs, peut-être à des barrages de routes des policiers qui font s'arrêter des voitures ressemblant au
signalement donné par Mme Paupière, et ces femmes
affolées sous la lampe de poche braquée, les Messieurs
qui protestent... Lui qui continue son chemin sur cette
étendue inhumaine du temps, de l'irréversible temps
sans elle, Blanche... et soudain il court, il n'y a pas de
vitesse qui lui suffise, tout est insupportable, irréparable, atroce, jamais on ne va comme on voudrait à fendre
la nuit, déraper, tourner, grincer sur les pneus, la
caillasse... ce chemin de la mort, de l'oubli, ce hurlement intérieur... Geoffroy... *abandonné à la seule force
de son âme*... Est-ce qu'il croit maintenant qu'elle
l'attend, chez lui, chez Perdita c'est-à-dire... qu'elle
est là, Blanche, dans la grande pièce obscure, elle n'a
pas allumé, on ne voit que le point rouge de sa cigarette... on ne sait pas de quelle couleur sont ses
cheveux... elle l'attend... elle l'attend... Il ne s'est pas
arrêté à Grasse. Et s'il a faim, s'il sent en lui cette

faim féroce, ah, c'est d'autre chose, que du pain et du vin! Plus vite, plus vite... La route tourne, et dix fois quelqu'un qu'on évite de justesse, il ne pense même pas à la prochaine, les écarts qui ont failli le jeter par-dessus le parapet, grimpant vers le ciel noir, et il se dit pourquoi redresser, de ce geste de fou, le volant, peut-être que la fois suivante il n'aura plus ce réflexe absurde, il pense à comment ça bascule, une bagnole, il a brusquement écrasé quelque chose, un chien, ça pourrait suffire à chavirer, mais non, la route monte, et tourne et tourne... Ah, que le monde imaginaire aille au diable! Et d'ailleurs je n'ai aucune responsabilité dans cette histoire, rien, ni l'enfant, ni le meurtre, tout cela, ce sont les journaux qui l'ont inventé, les journaux qui rêvent, l'encre et le sang, le retour de Mme Noire avec son ami le grand musicien, Mme Paupière qui ne croit pas à ce qu'on dit de M. Philippe, mais qui donne le signalement de sa voiture... La réalité, c'est là-bas, dans le noir, cette cigarette, la voix qui va dire : *C'est toi, mon Geoff?* Remarquez, s'il me fallait prouver ce que j'ai fait, quand était-ce, il y a trois jours, ou deux... Pas de témoins, ces randonnées sans but, avant qu'on déniche un garçon de café ou... Je m'imagine aux mains de ces gens... qu'est-ce qu'il y avait encore dans le journal sur le procès Ben Barka? ça ne finira donc jamais? Tout dans cette vie a l'air d'un cauchemar. Les nouvelles d'Indonésie, je ne les lis même plus. L'indifférence m'a gagné... l'oubli, sans doute. Et qu'elle hurle, cette voiture, à son tour, comme si j'étais l'amant de Blanche, le loup dans la nuit...

Il y avait une petite auto rouge sombre, il m'a semblé, dans les phares le long de la route, contre le talus. Elle est là. Geoffroy Gaiffier dégringole de son siège, il court, trébuche, entre et, dans la grande pièce, noire, il n'y a que le point rouge d'une cigarette...

« M. Gaiffier! »

Le froid l'a pris. Ce n'est pas Blanche. Il allume. C'est Philippe. Un Philippe pâle, décoiffé, ravagé, dont on voit battre le cœur, sous sa chemise-tricot jaune pâle : « M. Gaiffier ! Vous avez lu les journaux ? »

Tout cela est très simple. Philippe, à force de faire le guet devant la maison de Nora, a fini par savoir que Marina était rentrée. Il s'est amené à la nuit, derrière un locataire. Il avait une clé de l'appartement, pour quand Madame mère était à Megève ou Courchevel. Marie n'avait demandé l'aide de personne. Ayant fait des exercices, le genre sans douleur, vous savez ? Quelle chose terrible... je n'avais jamais vu... elle se moquait de moi, extraordinaire, elle n'a pas crié, elle gémissait un peu, aide-le, aide-le donc. Parce que c'était l'enfant déjà... je n'avais jamais vu... Un garçon, oui.

Je vous passe la description. Il lui avait fait des boules d'eau chaude, elle s'était bien couverte, et puis voilà que, lui, *le père*, il s'était mis à parler, à parler, ça le grisait, la fierté. *Quand tu auras fini de déconner*... tout à coup elle a dit. Et ils se sont encore disputés sur le nom du gosse. Lui, l'avait enveloppé, le portait dans ses bras, le môme, le berçant : ah, il glapissait, il glapissait, mon petit Avenir... Là-dessus, Marina, qui était comme épuisée, a brusquement retrouvé assez de force pour crier : *Donne-le-moi, cet enfant ! Ce n'est pas le tien !* Ou quelque chose dans ce genre. Et elle a dit qu'il n'était qu'à elle, qu'elle n'avait pas besoin d'un homme... qu'elle l'élèverait toute seule, et que Philippe pouvait bien... Alors lui. Vous comprenez... Il a essayé de l'embrasser, elle lui a dit : *Pose cet enfant !* Il l'a posé. Mais elle s'enfonçait sous les draps. *Laisse-moi, laisse-moi*... Il voulait tant l'embrasser. C'est devenu une bataille. Elle lui soufflait qu'elle allait l'emporter, le miochon, disparaître... et il ne les retrouverait pas, jamais, jamais... Alors il a voulu la faire taire, et d'abord c'était comme un jeu, puis il s'était rappelé comme elle lui avait dit, un jour de l'hiver d'avant, c'était elle qui lui avait dit, avec ses mains, *Essaye un peu, pour voir comment ça fait*... Il se l'est rappelé, et puis il a voulu lui faire peur...

Il a serré. Elle s'est débattue, et lui il a serré plus fort, et elle commençait à vouloir crier, alors il lui a mis ses lèvres sur les lèvres, et elle l'a mordu… puis je ne sais plus, tout d'un coup elle était comme une morte… comme une morte.
Il s'était arrêté de raconter, Philippe, il sanglotait. Geoffroy se disait, quelle horreur, mais en même temps, ce qui le faisait frémir, c'est que tout d'un coup tout se passait comme si lui-même… il comprenait trop bien. Quelle horreur! Mais il ne pensait même pas à Marie-Noire. Maintenant c'était ce malheureux garçon qui était à plaindre… comment pourrait-il s'en sortir? Il demanda : « Et l'enfant? » Philippe eut un sanglot du ventre, il s'abattit sur le sofa. Geoffroy le regardait, il ne put s'empêcher de se rappeler comme, à leur arrivée, l'autre jour, pour cette histoire de luna-park, il avait dit, le Philou, en s'affalant à la renverse dans les coussins : « Ah, dites donc, ce truc-là, pour du relax, alors, c'est vachement relax! » Mais l'enfant?
L'enfant était mort presque tout de suite. Philippe s'était précipité, parce qu'il avait vu brusquement le petit tout bleu, il ne respirait plus, qu'est-ce qui avait pu l'étouffer, lui? comment se résoudre à le laisser là? Il avait erré deux jours à travers la France, dormant dans la voiture garée sous les bois, avec la chose. Il avait bien fallu l'enterrer, quelque part dans le Lubéron. De là, il avait pensé à Gaiffier… « A qui j'aurais été raconter ça? Que devenir? J'ai voulu aller à la police, leur dire… je ne pouvais pas m'y décider. La pensée des interrogatoires… et puis après, tout, la prison, le tribunal, des mois, des mois! Encore s'ils avaient pu me tuer tout de suite! Il n'y a que vous. Je me suis dit, M. Gaiffier, il ira les prévenir, on viendra me prendre… ou bien il me donnera un revolver… »
Pauvre petit Philou, le malheureux gosse! Il a parlé toute la nuit, je l'écoutais et je ne l'écoutais plus. La fatigue. Une sorte de somnolence. J'avais beau me dire, c'est un assassin, tout de même. La pitié avait

le dessus. Plutôt drôle, c'est un sentiment que je n'aurai guère connu de toute ma vie. La pitié. Une belle saloperie. Mais quand ça vous tient... Puis j'ai compris ce qu'il lui fallait, au Philou : quelque chose d'un peu fort, le whisky de Perdita est là, pour un coup, ou plus. Je l'ai servi, j'ai mis la bouteille à côté, été chercher des glaçons dans le frigidaire. Sers-toi, petit, va. Tu peux y aller. C'est le whisky de Perdita... Il parlait un peu autrement. De l'enfant. On croirait qu'il a eu une longue vie avec... De tout ce qu'il a pensé avant, bien sûr. Moi, je commençais à ne plus trop entendre, mes yeux se brouillaient. J'en ai pris un doigt, du whisky. Depuis deux, trois ans, je ne peux pas plus. Qu'il parle, si ça le soulage! Moi, j'avais mon propre discours. Sans bouger les lèvres. Je me parlais en dedans. Qui étions-nous, tous les deux ? je veux dire lui et moi, moi et moi si vous préférez. Nous nous parlions dans cette langue sans bruit, comme est une glace sans tain. D'autre chose. Sans nous occuper de Philippe.

« Je peux en reprendre ? »

Quoi ? Ah oui. Va-z-y, mon gars. Pour ce que ça coûte. Il reprit du whisky, puis, ayant oublié ce qu'il avait dit, recommença. Je le regardais, ce pauvre gosse, ivre, hagard. Je ne l'écoutais plus. J'écoutais au-delà de lui cette grande plainte qui emplit le monde, cette voix déchirée déchirante, qui parle, plus haut que les hommes, le langage de leur malheur. Cela vient de tous les côtés, comme le vent. De la profonde Asie et de moi-même, qui me suis ma propre Asie, ressemblante à la façon de l'homme que je vois dans le miroir, et qui me ressemble sans être moi-même, ainsi qu'il m'arrive d'être moi-même sans me ressembler. Comment, comment pouvons-nous supporter le monde tel qu'il est ? J'ai passé ma vie à tenter de l'imaginer autre. Et puis voilà que dans l'indifférence on tue un million d'hommes le long des chemins quelque part. J'entends tomber la mort sur de pauvres cahutes, et je ne puis même plus prétendre à l'innocence des yeux, depuis que nous avons des machines à voir au diable le visage de l'homme dans le ciel à l'instant qu'il largue une bombe sur la vie de tous les jours. Et voici devant moi celui-ci qui disait *je t'aime* à celle-là qu'il a de ses mains tuée, celui qui dans la terre enfouit son jeune Avenir... j'ai beau me dire c'est un meurtrier... j'ai beau me dire... que suis-je d'autre, moi-même, le vieillard pareil à cet enfant ? Pas, à lui ressembler, ne m'est nécessaire d'avoir, de ces mains-ci, étranglé mon bonheur : il est d'autres formes du meurtre, au fond de l'homme, et qu'on ne lui reprochera jamais. Lui seul sait ce qui s'est passé dans sa tête. Lui seul connaît les crimes de son imagination. En quoi suis-je différent de cet être perdu ? De ce que je ne tombe point sous le coup des lois ? De ce que je vais lui survivre au-delà de cette aube qui vient, rouge comme un œil d'avoir pleuré dans son sommeil ? Il n'y a pas que celui qui tue pour être un meurtrier.

Mon reflet me regarde avec les yeux de l'innocence. Assez de tes mouvements de manche, avocat! Quand il va partir tout à l'heure, ce petit, dans sa voiture de sang caillé, le monde sera pour lui si borné de tous les côtés par la mort, que je ne vois pas comment il pourrait trouver la voie de survivre ? Et moi, je vais durer autant que ce corps le permet, sans qu'il soit quelqu'un d'autre que soi-même, pour me mettre à la question, courber mon front sur la terre. Voilà des années et des années que je règne dans cet univers de mes songes, que j'engendre des créatures vouées à leur propre clameur. Il ne suffit donc pas du malheur qui est ? Est-ce que cette histoire ne s'était pas terminée ce soir-là, dans cette même pièce où je suis, voilà, combien, trois semaines, un mois ? quand à l'improviste ici vint Blanche ? Y a-t-il vraiment quoi que ce soit à ajouter à cette explication de notre vie, après cette nuit où la voiture s'en fut comme un loup hurlant par la montagne, et je restai seul, *sur cette étendue inhumaine où l'homme est abandonné à la seule force de son âme...* rien de plus que ces pages après que Mme Arnoux ait donné, on ne sait pas à un an près, à la distance près de Paris à Bade, d'où nous observons *l'anomalie*, ces quelques pages de Flaubert qui croit survivre, le fou! et ne verra jamais le malheur d'aimer à son comble, quand Élisa Schlésinger là-bas achève interminablement d'être, dans la maison d'Illenau. Ou faudrait-il que *le héros* traîne comme Hölderlin quarante et une années après la fin de Diotima? Mais quand il mourut, lui, en 1843, il était à peine plus âgé que je ne le suis, j'aurai parcouru le même désert que lui en 1971, c'est-à-dire quand j'atteindrai l'âge où mourut Schlésinger, le mari... Tout cela me paraît cette nuit d'une extraordinaire futilité. Pourtant, comme celui qui tombe par la fenêtre, je repasse vertigineusement ce qui fut ma vie, le film à toute allure déroulé, et qui se mêle et se déchire, de cette vie interminable à se cicatriser.

Dieu du ciel mensonger! Dire que les hommes maintenant se construisent des machines appelées « mémoires »... et rien ne leur semble plus atroce que d'oublier. Ils oublieront pourtant ce monde à leur tour, et la douleur, et leur visage. Comme j'envie cet enfant qui s'est lourdement endormi sur le sofa de ce faux refuge, la demeure de sa dernière nuit...

. . . .

Blanche! Le cri m'est sorti comme si j'appelais au secours. Ce corps perclus d'ankylose s'étire au jour revenu. J'avais dormi dans un fauteuil, les bras pendants, la tête renversée, et par quels chemins obscurs avais-je, dormant, couru *de la seule force de mon âme?* Il y a tant de choses que j'ai oubliées de ma vie, et tous les rêves de mes nuits. J'eus peur que le petit m'ait entendu crier Blanche, honte plus encore que peur. Je me redressai.

Philippe n'était plus sur le sofa. Je criai : « *Philippe!* » Et Pulchérie entrait avec le café : « Ce jeune homme n'est plus là, Monsieur ? Je lui apportais le petit déjeuner... »

La voiture cramoisie s'était envolée, grosse comme

une framboise. On n'a plus jamais revu vivant ce garçon qui avait si bien, du fond du cœur, un jour d'octobre 1965, dit *Je t'aime* à une fille de mon imagination.

Jusqu'où vais-je poursuivre ce que Hölderlin appelle *das närrischwilde Nachsuchen nach einem Bewusztsein*... comment traduire ? *la quête bouffonne et farouche d'une conscience*... Comme d'Œdipe, je me suis assez mesuré à la grandeur du temps.

Tout allait pour le mieux dans le meilleur des mondes imaginaires. Les prisons étaient vides, plusieurs personnes immensément riches. Ernest V adoré de ses sujets... Jusqu'ici, les romanciers se sont contentés de parodier le monde. Il s'agit maintenant de l'inventer.

TO THE UNHAPPY CROWD.

APRÈS-DIRE

Ce que nous cherchons est tout.

Cette phrase de Hölderlin qui est citée quelque part dans ce livre en contient l'entière signification. J'avais tout juste écrit *La Mise à mort*, avoué que Fougère y était une image d'Elsa, que c'était Elsa, malgré le travestissement de l'écriture par le chant, c'est-à-dire soulignant par cette image altérée la réalité même de ma vie. Elsa m'avait dit : « Je voudrais qu'une fois, avant que je meure, tu aies écrit un livre où je serais visible telle que je suis, j'étais... » Et ces mots-là m'ont longuement hanté, bouleversé, parce que cela signifiait pour elle la conscience de la mort approchant. Et j'aurais voulu répondre à son souhait par un livre d'elle, oui, mais le faire, n'était-ce pas admettre cette idée de la mort prochaine ? Et dans ce temps-là, cette idée de la mort d'Elsa ne me quittait déjà plus, elle était comme un loup à me manger le cœur, elle me tenait éveillé, ou si elle m'éveillait c'était pour me donner à crier le sentiment criminel d'avoir dormi, si peu que ce fût, assez pour lui permettre de s'en aller à jamais de moi, sans que je... Sans quoi ? Ah, on est fou. J'ai toujours été un fou, mais pas de cette folie-là. La pire.

Je la tenais dans mes bras, je surveillais sa respiration, les moindres variations du sang, un soupir, parfois des mots échappés au dormir, j'étais assis dans les draps, nu, comme si ma nudité pouvait pour elle être un rempart, le rempart de la vie. Les heures passaient. Les nuits. Depuis quand cela durait-il ? Moi si longtemps qui avais cru le premier partir. Et il fallait absolument, il fallait que pour elle rien ne changeât, qu'elle crût que c'était moi, non pas elle, à mes yeux, à mes lèvres tremblantes, contre qui était la menace, comme si de le penser détournait d'elle le danger. Le premier pâlir du jour. Il fallait conjurer la mort par une fable. Écrire au contraire un livre où Blanche serait tout sauf Elsa. Comme une preuve que je croyais avoir devant moi une longue vie d'elle, l'en persuader, l'en persuader comme on aime, et je veux dire *physiquement*.

Blanche, à cause de cette couleur de l'aube, et aussi d'autres raisons du non-mourir : prendre une femme de ses livres, pour son nom, la Blanche Hauteville de *Luna-Park*, et toutes les Blanche de mes livres qui *ne pouvaient pas* être Elsa. Blanche pour faire oublier Elsa à Elsa, la promener dans les lieux où elle n'a jamais été, comme dans d'autres, où nous avons été ensemble, mais là on voyait d'évidence que nous n'étions ni elle ni moi... parce qu'ici j'avais été sans elle, là sans doute elle m'avait précédé. On allait croire que c'était un jeu, on l'a sûrement cru : qui, lisant ce livre, y aurait reconnu le visage de la peur ? L'unique visage de la peur. Cette peur, pour se cacher, qui prend le nom de l'oubli, et le plus grand oubli n'est-ce pas de mourir ?

Ce que nous cherchons est tout.

Elsa, je l'ai cherchée toute ma vie. Avant elle, dès l'enfance, avec cet instinct d'avant l'âge qui me jetait à des jeunes filles caressantes, à des enfants que je caressais dans les cachettes du jeu. Elsa, à qui je ne suis qu'à trente et un ans parvenu, après tous les voyages du corps, tous les égarements de l'âme. Je me souviens, je pouvais avoir onze ou douze ans, à Neuilly, ces grands dialogues de moi seul, m'égarant à faire le très court chemin de l'école à la maison des miens, traversant la rue, histoire de désobéir, certes, mais surtout de gagner l'espace du rêve, le temps du vertige... Elsa n'avait pas encore de nom, c'était un oubli à rebours, un ciel de nuages que désespérément à coups de bec, l'oiseau des migrations saisonnières tentait de déchirer, l'oubli d'avant, la peur de ne jamais trouver ce que l'on cherche, car

Ce que nous cherchons est tout.

Pendant quarante-deux années j'ai *cherché* Elsa. Je la cherche encore. Ce que je cherche est tout. Elsa m'est tout. Je la cherche toujours. Le tombeau où j'irai la retrouver (la chercher) porte déjà près du sien mon nom, moins la seconde date, voilà tout. Ces quarante-deux années, ou presque, n'ont été, ne m'ont été rien que la quête d'Elsa. Personne ne l'a mieux connue, moins connue que moi. J'ai été son ombre. A ses pieds attachée. Et que sait l'ombre de l'image solaire qu'elle complète, dont elle est le tapis tournant, rien de plus. Blanche n'est pas Elsa. Je ne suis pas Geoffroy Gaiffier. Le couple Marie-Noire-Philippe n'est pas notre couple. Tout cela, ce sont des hypothèses : des hypothèses pour essayer de comprendre ce que je n'ai pas su, pas compris, ce que j'ai cherché, ce que je cherche...

Qui est tout.

Par exemple : *J'imagine Blanche à Java, vers 1930.* Un subterfuge pour comprendre Elsa par qui n'est pas elle, par un pays où elle n'a jamais été. Elsa, ce pays inconnu. J'ai essayé pour cela le paysage des mots malais, de l'Indonésie alors qui n'existait pas encore, qui n'était qu'une colonie hollandaise, où Elsa n'avait jamais mis les pieds. Ni moi, son ombre, ma tête à terre tournante, au cadran lunaire. Ce pays que je ne connais que par les mots appris vers 1927 ou je ne sais, un peu avant, à l'École Berlitz, le paysage des mots appréhendés par la méthode Berlitz, et comment dire dans cette langue de haut cérémonial *les mots que je cherche sont tout*? Et Java du même coup devient Tahiti, où Blanche non, mais oui Elsa s'en fut, comme en fait foi le passeport délivré sur sa demande par la Commune de Papeete le 27 Juillet 1920, *valable pour un an*... ce passeport que j'ai retrouvé bien plus tard dans les papiers d'Elsa qui n'était plus. J'imagine Elsa à Tahiti en 1920 (je me vante), je cherche Elsa à Tahiti, dans les mots qu'elle en a dits :

Il n'y a que les premiers soirs ici que ça sent la vanille...

Mais j'ai beau chercher, je ne trouverai que Blanche à Java vers 1930 : rien ne m'est ce que je trouve, *ce que je cherche est tout*.

J'ai donné à Geoffroy Gaiffier ma date de naissance, pour pouvoir lui faire cadeau d'événements qui appartiennent, c'est vrai, à ma vie : mais c'est comme on met un acteur à jouer Œdipe ou Hernani, il n'est pas Œdipe, il n'est pas l'amant de Doña Sol. Il fallait, pour pouvoir se servir de mon expérience, que ce personnage inventé me fût strictement contemporain. Il n'y a entre Blanche et Elsa que cette ressemblance, Java-Tahiti, encore y a-t-il dix ans de décalage entre les deux voyages exactement : pour ne pas céder à la tentation qu'à Tahiti en 1930 arrive en même temps qu'Elsa Matisse, sans doute, mais simplement aussi parce que le décalage implique la différence d'âge entre Gaiffier et sa femme. Cette différence suffirait à elle seule à rendre impossible de les comparer à *nous*. Cependant, si je cherche à me comprendre, c'est que je voulais dire une chose vraie de *notre* vie qu'on retrouve chez les Gaiffier, et dont alors (Elsa vivante) je n'avais pas osé parler à haute voix : dans ces années de Java, je puis si Gaiffier n'est pas moi d'évidence, encore qu'il porte mon calendrier comme paletot (si surtout Blanche n'est pas, ne peut pas être Elsa, parce qu'Elsa n'est plus à Tahiti depuis treize ans quand Blanche devra quitter Java) — je puis avouer *son* crime, qui est de ne pas comprendre que Blanche est habitée du besoin d'écrire pour *se* comprendre, de ne pas comprendre ce que cela signifie, ces cahiers multicolores où elle écrit, sans rien dire. En ce temps-là, *nous* sommes à Paris où Elsa fait des colliers *beaux à n'y pas croire*. Cependant six ou sept ans plus tard, sur des cahiers multicolores, c'est en cachette de moi qu'Elsa écrira des *choses* inconnues, qui seront bientôt *Bonsoir, Thérèse*. Et je ne le comprendrai pas comme Gaiffier de Blanche, à l'époque des colliers... Le livre de 1965 ne pouvait faire cet aveu qu'autant que Blanche n'était pas Elsa, je n'étais pas Gaiffier. Pour cet aveu, cependant, et plusieurs autres similaires, ce roman de 1965-66 a été écrit. Pour progresser dans la connaissance d'Elsa, pour me forcer à reconnaître ce que je cherchais à me dissimuler, ce que je ne voulais pas voir en face, ma faute devant Elsa de n'avoir pas compris, pas voulu comprendre ce qu'était sa tragédie, ce passage de sa langue natale au français, par l'écriture, par la maîtrise écrite du français, comme une victoire sur la xénophobie, l'étrangeté d'être étrangère [1]. Il ne fallait pas, d'ailleurs, souligner ce caractère du drame, parce que c'était me livrer, livrer un secret qui ne m'appartenait pas, et dont l'ampleur plus tard fera *Le Rendez-vous des étrangers*, ce roman qui touchait au plus blessé du cœur, chez Elsa. Ce livre dont je pourrais bien aujourd'hui raconter comment il fut reçu de ceux-là mêmes qui auraient dû en comprendre le sens mieux que d'autres, mais qui étaient dominés d'un esprit opposé à *cet* internationalisme qu'ils affichaient. Ah, voyez, comme encore aujourd'hui je parle par énigmes! Mais c'est la femme qui pose l'énigme à Œdipe, vous savez bien : le sphinx est

---

1. Comme dit Edmonde Charles-Roux.

femme. Si Œdipe ne sait pas trouver la solution de l'énigme, il va sans doute en périr... Œdipe devant la femme qui sans doute murmurait *Ce que je cherche est tout...* comme Orphée au milieu des Ménades paye le crime de n'avoir pas ramené Eurydice, Orphée pourtant à qui Eurydice était *tout*. Et peut-être quand elle regarda en arrière, était-ce qu'aux Enfers elle laissait de petits cahiers multicolores, dont la perte lui était plus déchirante que de mourir.

Mais Eurydice est morte. Et le crime est bien, si peu que ce fût sa faute, pour Orphée d'être demeuré vivant. Ô Ménades, merci à vous, d'avoir déchiré de vos mains le poète, qu'il ne reste pas vivant pour souffrir de n'avoir pas ramené Eurydice des Enfers. Je l'envie, déchiré, ses membres disjoints. Il n'aura pas eu ces soirs d'être seul, ces promenades de fou dans la nuit, et brusquement dans les ténèbres du lit, près de lui, l'illusion (était-ce illusion ?) d'un soupir, d'une plainte errante, sans corps, parfois même un nom murmuré, comme un reproche d'avoir préféré la vie à la femme qui était tout, tout ce que n'est, ne sont, ni le grand jour ni la ténèbre et ses fantômes. Je me réveille en sursaut, une porte a battu, ce que j'entends c'est un châle dans l'obscurité qui s'est à un meuble accroché, qui se déchire... et chaque fois que je me réveille, il me semble trahir celle aux enfers restée... chaque fois.

Il n'y a pas de préface possible à *Blanche*, comme il n'y a pas de préface à la vie. Une préface à *Blanche* ne serait que le livre tout entier répété. Sans en passer un mot. A vrai dire, tout essai d'introduction à ce livre demeure tentative dérisoire. Ceci même est le contraire d'une préface, au plus, au mieux ce pourrait être un *Après dire*. Et pas seulement l'après dire du roman, celui de toute une vie. Des pensées dont fut toute une vie déchiré Orphée. Seulement Orphée en meurt, l'heureux homme. Imaginez Orphée survivant.

Il essayera bien de se justifier de survivre. Le monde entier à cet égard sera son complice, avec toutes les expressions du genre : *la vie est la plus forte*. Contre quoi je m'inscris en faux. Et usage de faux. Il fallait le dire sans le dire. Tout n'est jamais que contrebande. Je relis, non pas *Blanche*, mais tout ce qu'a jamais écrit Elsa, je veux dire publié et non publié, les cahiers, les choses au crayon, des papiers à demi déchirés, des notes en bas de page ou en pleine chair d'un manuscrit, ces milliers de pages autour de moi qui bourdonnent, l'archive d'Elsa, ce qu'elle m'a laissé, que je n'ouvre jamais sans terreur, et pour ce que je sais et pour ce que j'ignore. Quand nous écrivions, elle et moi, dans la France envahie, la contrebande c'était la patrie, un sentiment exalté, un défi des mots à partager avec tout un peuple. Aujourd'hui. Aujourd'hui, la contrebande n'est pas, n'est plus cet art de dire aux uns ce que les autres n'entendront pas, ne doivent pas entendre. Elle est d'autre nature, elle est l'arrière-texte, comme Elsa disait de Tchekhov, ce qui restera toujours l'arrière-texte. Cette conversation d'elle et de moi. Et je m'assieds par terre, comme jadis enfant, avec les feuilles volées à la mort, sur le plancher éparses, pour un long jeu terrible, le jeu de comprendre au-delà des mots cette chose déguisée, d'elle comme de moi, cherchant à nous comprendre l'un par l'autre, ce qui est écrit par ce qui ne l'est pas ; ce que je sais par ce que j'ignore, ce que j'ignore par ce que j'ai su. Cherchant. Ce que je cherche est tout.

Je vis encore, je vis contre l'oubli. Pour un peu de temps. Jamais je ne déchiffrerai tout ce que je cherche à savoir, dans ces hiéroglyphes que nous aurons l'un et l'autre laissés de nous, et pour quoi jamais il n'y aura de Champollion. Je cherche. Le feu. Sous la cendre des apparences. Le feu, ce qui brûle, et se reconnaît moins à l'éclat qu'à la douleur. Voilà, voilà : ce qu'il ne faut pas permettre... laisser s'éteindre... il ne faut pas. Et soudain, je tressaille : j'ai touché *la douleur*. L'essentiel de l'être. Ce qui fut nous. Ce qui est toujours elle, Elsa, la douleur. Un certain sens profond, plus qu'entendre ou que voir, l'éveil rendu à la douleur. Il y a bien sûr ce que je sais, ce que je savais aussi sans le savoir. Mais au-delà du savoir, du connaître, il y a cette connaissance inconnue, soudaine, endormie, éveillée, réveillée, la douleur. Et vous n'auriez guère à me pousser que je dise que toute science est de la douleur. Toute science, en marche, non point dictionnaire, mais découverte, perpétuel frémir... Toute science, c'est à dire la progression dans les ténèbres, la recherche, et non pas le savoir, l'acquis, le trésor sur quoi dormir. La Science d'Empédocle, ce qu'il va chercher dans le feu du cratère. Et qui lui est *tout*.

La douleur. L'intolérable. Empédocle, quelle souffrance avait-il touchée ? Pour à la vie, comme de nos jours un certain Jan Pallach, préférer la consomption de soi-même.

J'avais cru, d'introduire la Blanche Hauteville de *Luna-Park* dans *Blanche*, pas seulement par ce prénom mais par divers détails biographiques (comme par exemple la transposition du luna-park terrestre, le camping du roman, de la situation imaginaire qui lui y est donné, à son emplacement vrai aux environs d'Antibes, défaisant ainsi à l'envers la tapisserie d'Elsa), j'avais cru, dans ce livre où elle n'est pas, suffisamment par la porte de la réalité, rapprocher d'elle la fiction. Quand j'y repense aujourd'hui, dans la distance que donne la mort, cela me paraît enfantin, et j'aperçois *en quoi* cela est déficient par rapport à Elsa : car, enfin, tout d'un coup ce qui me saute aux yeux, c'est entre *Blanche* (roman, sinon femme) et elle une toute autre parenté, diverses autres parentés qu'avec Blanche Hauteville. J'entends, entre *les* romans d'Elsa, et celui-ci que j'écrivis si tard dans notre vie.

Une des caractéristiques de *Blanche ou l'oubli*, c'est le doute perpétuel qui règne sur l'existence des personnages du roman, sur la personnalité du (ou des) narrateur, etc. Or, le premier roman français d'Elsa, *Bonsoir, Thérèse*, paru en 1938, dix-neuf années avant *Blanche*, jouait essentiellement sur cette incertitude concernant non seulement la Thérèse qui n'était d'abord qu'un nom par hasard entendu à la radio, mais *toutes* les femmes du livre qui pourraient être cette Thérèse inconnue. Absente du livre comme Blanche Hauteville le sera de *Luna-Park*, mais dont l'identité avec les héroïnes des diverses parties du livre, d'*Une vie étrangère* à *La femme au diamant* est étrangement possible, par nous, lecteurs, à chaque fois espérée. Etrangement espérée. Pour Elsa elle-même, et il faudrait dire tout ce que je sais de ce livre, de son arrière-texte, à me faire de vous mieux comprendre. Il m'est caractéristique que, de tous les personnages d'Elsa qui meurent au bout de leur roman (le Michel du *Cheval Blanc*, la Jenny de *Personne ne m'aime*, l'Antonin Blond de l'*Inspecteur des Ruines* ou le Lewka du *Monument*, pour m'en tenir là), jamais l'auteur n'en a regretté aucun, haussant l'épaule quand on lui disait : « Mais pourquoi avoir tué Martine au bout de *Roses à crédit* ? » par exemple. Aucune, aucun. Sauf Anne-Marie-Thérèse Favart, celle qui est la Femme au diamant. D'elle, j'ai entendu Elsa dire : « Je regrette de l'avoir tuée... », sans doute de ne pas prolonger sa vie ailleurs que dans *Bonsoir, Thérèse*. Je ne crois pas qu'on ait lu avec assez de sérieux ce livre d'une inconnue signant Elsa Triolet, et en 1938 la mode n'était pas à ce doute pourtant qui est l'atmosphère même de *Bonsoir, Thérèse*, j'en dirais : la musique sourde. Que ce soit de là d'ailleurs que j'ai été amené aux ambiguïtés d'existence pour les personnages de *Blanche ou l'oubli*, je n'y ai pas songé, écrivant. Mais à me relire cela me paraît aujourd'hui d'évidence. Elsa, dans la préface de l'édition de 1949, dit de *Bonsoir, Thérèse*, à la relire, qu'elle y trouve *comme un pressentiment de ce que j'allais écrire ensuite...* Il me prend l'envie de dire que de cette Thérèse-là une grande part de ce que j'ai écrit (*Les Communistes*, la

Semaine Sainte, certaines pages du *Fou d'Elsa*, *La Mise à mort*, *Blanche*) ne l'aurait pas été sans *Tous ces rêves de Thérèse*, comme dit Elsa, et qu'importe qu'elles s'appellent Maryse, Marie-Noire, Blanche ou Dieu sait comme. Mais d'une des Thérèse, celle qui était dans un bar

> *Dont'you remember*
> *The Wonder-Bar?...*

Elsa ne dit-elle pas simplement : *Elle s'appelait Raymonde*. Ainsi je m'appelle peut-être bien Gaiffier, Geoffroy Gaiffier, après tout ! Et Blanche, dans ce livre où de *Salammbô* à l'*Éducation sentimentale*, le conteur se perd de Gustave Flaubert à Jean-Luc Godard, qui sait, Blanche ? c'est peut-être bien Mme Arnoux... quel était le prénom de Mme Arnoux ? Pas besoin de s'appeler Thérèse. Ou Blanche. Toutes ces Thérèse ne sont qu'affaire de rêves. Tout dans la vie n'est qu'affaire de rêves. Les rêves sont l'image fuyante de ce que nous cherchons. Les rêves sont peut-être tout. Les rêves qu'on écrit dans des cahiers d'écoliers, même en ayant bien passé l'âge.

Et rien, à partir d'un beau jour, un jour de la mi-juin, n'est plus que rêves. Ne sera jamais rien d'autre, jamais plus que rêves ? Avez-vous déjà rêvé de la douleur ? La douleur est une hypothèse... j'ai dit quelque part quelque chose dans ce goût-là. Il y a des hypothèses à quoi l'on se tient, d'autres qu'on abandonne... à toi, bonsoir, bonsoir, Thérèse! Les plus belles hypothèses sont des rêves abandonnés. Comme des enfants au porche des églises.

Ou, sur un banc d'une plage un gant, et la mer à marée basse au loin refait le bruit éteint des baisers.

Aragon

PREMIÈRE PARTIE

   I. *Ceci n'est pas un roman d'anticipation*   11
  II. *Le je et le vous*   23
 III. *Berceuse pour un éléphant*   41
 IV. *Personne n'écoute les voyageurs*   59
  V. *« Et toi, ta grande passion ? »*   75
 VI. *Le nom de la violette*   97
VII. *Changer de Dieu*   113
VIII. *Le S. S.*   133
 IX. *« Pardonnez-moi, Monsieur Bohème... »*   151

DEUXIÈME PARTIE

   I. *La lettre*   177
  II. *Quel est donc le parfum de la tristesse ?*   193
 III. *Ce cœur pour les chiens*   215
 IV. *... The isle is full of noises...*   233
  V. *« Ne dérangez pas M. Zitrone! »*   253
 VI. *J'écoute seul ma langue intérieure*   271
VII. *L'escargot tournant*   291
VIII. *Histoire d'Angus et de Jessica*   303
 IX. *Parenthèse — hypothèse*   321
  X. *Histoire d'Angus et de Jessica* (suite et fin)   331

TROISIÈME PARTIE

   i. *Un perpétuel mourir* 345
  ii. *Tout l'orge de l'avenir* 383
 iii. *Une mèche de cheveux n'est pas une hypothèse* 427
  iv. *« Qui êtes-vous, M. Bonheur ? »* 471

APRÈS-DIRE 517

ŒUVRES D'ARAGON

Poèmes

FEU DE JOIE (*Au Sans Pareil*).
LE MOUVEMENT PERPÉTUEL (*N. R. F.*).
LA GRANDE GAÎTÉ (*N. R. F.*).
PERSÉCUTÉ PERSÉCUTEUR (*Éditions Surréalistes*).
HOURRA L'OURAL (*Denoël*).
LE CRÈVE-CŒUR (*N. R. F.*).
CANTIQUE A ELSA (*Fontaine, Alger*).
LES YEUX D'ELSA (*Cahiers du Rhône, Neuchâtel – Seghers*).
BROCÉLIANDE (*Cahiers du Rhône*).
LE MUSÉE GRÉVIN (*Bibliothèque Française – Éditions de Minuit – E. F. R.*).
EN FRANÇAIS DANS LE TEXTE (*Ides et Calendes*).
LA DIANE FRANÇAISE (*Bibliothèque Française – Seghers*)
EN ÉTRANGE PAYS DANS MON PAYS LUI-MÊME (*Éditions du Rocher – Seghers*).
LE NOUVEAU CRÈVE-CŒUR (*N. R. F.*).
MES CARAVANES (*Seghers*).
LES YEUX ET LA MÉMOIRE (*N. R. F.*).
LE ROMAN INACHEVÉ (*N. R. F.*).
ELSA (*N. R. F.*).
LES POÈTES (*N. R. F.*).
LE FOU D'ELSA (*N. R. F.*).
IL NE M'EST PARIS QUE D'ELSA (*Robert Laffont*).
LE VOYAGE DE HOLLANDE ET AUTRES POÈMES (*Seghers*).

Proses

ANICET OU LE PANORAMA, roman (*N. R. F.*).
LES AVENTURES DE TÉLÉMAQUE (*N. R. F.*).

LES PLAISIRS DE LA CAPITALE (*Berlin*).
LE LIBERTINAGE (*N. R. F.*).
LE PAYSAN DE PARIS (*N. R. F.*).
UNE VAGUE DE RÊVES (*Hors commerce*).
LA PEINTURE AU DÉFI (*Galerie Gœmans*).
TRAITÉ DU STYLE (*N. R. F.*).
POUR UN RÉALISME SOCIALISTE (*Denoël*).
MATISSE EN FRANCE (*Fabiani*).
LE CRIME CONTRE L'ESPRIT PAR LE TÉMOIN DES MARTYRS (*Presses de « Libération » – Bibliothèque Française – Éditions de Minuit*).
SERVITUDE ET GRANDEUR DES FRANÇAIS (*E. F. R.*).
SAINT-POL ROUX OU L'ESPOIR (*Seghers*).
L'HOMME COMMUNISTE, I et II (*N. R. F.*).
LA CULTURE ET LES HOMMES (*Éditions Sociales*).
CHRONIQUES DU BEL CANTO (*Skira*).
LA LUMIÈRE ET LA PAIX (*Lettres Françaises*).
LES EGMONT D'AUJOURD'HUI S'APPELLENT ANDRÉ STIL (*Lettres Françaises*).
LA « VRAIE LIBERTÉ DE LA CULTURE » (*Lettres Françaises*).
L'EXEMPLE DE COURBET (*Cercle d'Art*).
LE NEVEU DE M. DUVAL (*E. F. R.*).
LA LUMIÈRE DE STENDHAL (*Denoël*).
JOURNAL D'UNE POÉSIE NATIONALE (*Henneuse*).
LITTÉRATURES SOVIÉTIQUES (*Denoël*).
J'ABATS MON JEU (*E. F. R.*).
IL FAUT APPELER LES CHOSES PAR LEUR NOM (*Parti Communiste Français*).
L'UN NE VA PAS SANS L'AUTRE (*Armand Henneuse*).
LA SEMAINE SAINTE, roman (*N. R. F.*).
ENTRETIENS AVEC FRANCIS CRÉMIEUX (*N. R. F.*).
LA MISE A MORT, roman (*N. R. F.*).

LE MONDE RÉEL

Romans

LES CLOCHES DE BALE (*Denoël*).
LES BEAUX QUARTIERS (*Denoël*).
LES VOYAGEURS DE L'IMPÉRIALE (*N. R. F.*).
AURÉLIEN (*N. R. F.*).
LES COMMUNISTES (*E. F. R.*).
  I. Février-septembre 1939.
  II. Septembre-novembre 1939.
  III. Novembre 1939-mars 1940.
  IV. Mars-mai 1940.
  V. Mai 1940.
  VI. Mai-juin 1940.

En collaboration avec Jean Cocteau :
ENTRETIENS SUR LE MUSÉE DE DRESDE (*Cercle d'Art*).
En collaboration avec André Maurois :
HISTOIRE PARALLÈLE DES U. S. A. ET DE L'U. R. S. S. (*Presses de la Cité*).
LES DEUX GÉANTS, *édition illustrée du même ouvrage* (*Robert Laffont*).

En cours de publication

ŒUVRES ROMANESQUES CROISÉES D'ELSA TRIOLET ET ARAGON, 32 volumes (*Robert Laffont*).

Traductions

LA CHASSE AU SNARK, de Lewis Carroll (*The Hours Press, Seghers*).
DJAMILA, de Tchinguiz Aïtmatov (*E. F. R.*).

COLLECTION FOLIO

Déjà parus

1. André Malraux — *La condition humaine.*
2. Albert Camus — *L'étranger.*
3. Jean-Paul Sartre — *Huis clos* suivi de *Les Mouches.*
4. Antoine de Saint-Exupéry — *Vol de nuit.*
5. Jean Giono — *Le chant du monde.*
6. Jean Anouilh — *Les poissons rouges.*
7. Ernest Hemingway — *Le vieil homme et la mer.*
8. Honoré de Balzac — *Le père Goriot.*
9. Marguerite Duras — *Hiroshima mon amour.*
10. Albert Camus — *La chute.*
11. Victor Hugo — *Choses vues, 1830-1846.*
12. Henry de Montherlant — *La Reine morte.*
13. Artur London — *L'aveu.*
14. Jean-Paul Sartre — *L'âge de raison.*
15. Blaise Cendrars — *Emmène-moi au bout du monde.*
16. Albert Camus — *Noces* suivi de *L'été.*
17. Stendhal — *Le rouge et le noir.*
18. André Gide — *La symphonie pastorale.*
19. D. H. Lawrence — *L'amant de lady Chatterley.*
20. André Malraux — *L'espoir.*
21. Antoine de Saint-Exupéry — *Terre des hommes.*
22. Simone de Beauvoir — *Mémoires d'une jeune fille rangée.*
23. André Malraux — *Antimémoires.*
24. Jean-Paul Sartre — *Les mots.*
25. Abbé Prévost — *Manon Lescaut.*
26. Paul Claudel — *L'annonce faite à Marie.*
27. Ernest Hemingway — *L'adieu aux armes.*
28. Louis-Ferdinand Céline — *Voyage au bout de la nuit.*

29. Antoine Blondin — *Monsieur Jadis.*
30. Jean-Paul Sartre — *Les mains sales.*
31. Honoré de Balzac — *Eugénie Grandet.*
32. Boileau-Narcejac — *Le mauvais œil.*
33. Louis-Ferdinand Céline — *Mort à crédit.*
34. André Gide — *Les caves du Vatican.*
35. Henry de Montherlant — *La Mort qui fait le trottoir (Don Juan).*
36. Jean-Paul Sartre — *Le sursis.*
37. John Steinbeck — *Des souris et des hommes.*
38. Léon Tolstoï — *Anna Karénine, tome I.*
39. Léon Tolstoï — *Anna Karénine, tome II.*
40. Jean-Paul Sartre — *Les séquestrés d'Altona.*
41. Violette Leduc — *La bâtarde.*
42. Albert Camus — *La peste.*
43. John Updike — *Couples.*
44. Simone de Beauvoir — *La force de l'âge.*
45. Paul Vialar — *La grande meute.*
46. Jean-Paul Sartre — *La nausée.*
47. Victor Hugo — *Choses vues, 1847-1848.*
48. Elsa Triolet — *Le cheval blanc.*
49. Joseph Kessel — *Le lion.*
50. Romain Gary — *Chien Blanc.*
51. Gustave Flaubert — *Madame Bovary.*
52. Jean-Paul Sartre — *Le diable et le bon Dieu.*
53. Georges Duhamel — *Le notaire du Havre.*
54. Margaret Mitchell — *Autant en emporte le vent, tome I.*
55. Jacques Prévert — *Paroles.*
56. Robert Merle — *Un animal doué de raison.*
57. Diderot — *La religieuse.*
58. Jean-Paul Sartre — *La mort dans l'âme.*
59. Truman Capote — *De sang-froid.*
60. Jules Romains — *Knock.*
61. Jack Kerouac — *Sur la route.*
62. Honoré de Balzac — *Illusions perdues.*
63. Michel de Saint Pierre — *Les aristocrates.*
64. Albert Camus — *Caligula* suivi de *Le malentendu.*

65. Louis Aragon — *Blanche ou l'oubli.*
66. Margaret Mitchell — *Autant en emporte le vent, tome II.*
67. Marcel Aymé — *La jument verte.*
68. Jean-Paul Sartre — *Le mur.*
69. John Steinbeck — *Tortilla Flat.*
70. Pétrone — *Le Satiricon.*
71. Michel Déon — *Les poneys sauvages.*
72. Antoine de Saint-Exupéry — *Pilote de guerre.*
73. André Breton — *Nadja.*
74. Franz Kafka — *La métamorphose.*
75. Michel de Saint Pierre — *Les nouveaux prêtres.*
76. Simone de Beauvoir — *La femme rompue.*
77. Choderlos de Laclos — *Les liaisons dangereuses.*
78. Albert Camus — *L'exil et le royaume.*
79. Boris Pasternak — *Le docteur Jivago.*

*Cet ouvrage
a été achevé d'imprimer
sur les presses de l'Imprimerie Bussière
à Saint-Amand (Cher), le 5 avril 1972.
Dépôt légal : 2ᵉ trimestre 1972.
Nº d'édition : 16644.
Imprimé en France.
(714)*